下一页爱情（上）

［爱尔兰］玛丽安·凯斯——著
李阳——译

新星出版社 NEW STAR PRESS

图书在版编目（CIP）数据

下一页爱情（全二册）／（爱尔兰）凯斯著；李阳译．—北京：新星出版社，2012.8

ISBN 978-7-5133-0772-7

Ⅰ．①下… Ⅱ．①凯… ②李… Ⅲ．①长篇小说－爱尔兰－现代 Ⅳ．①I562.45

中国版本图书馆CIP数据核字（2012）第145136号

下一页爱情（上、下）

（爱尔兰）玛丽安·凯斯 著；李阳 译

统筹编辑：高 磊
责任编辑：高微茗
责任印制：韦 舰
封面设计：天行健设计

出版发行：新星出版社
出 版 人：谢 刚
社　　址：北京市西城区车公庄大街丙3号楼 100044
网　　址：www.newstarpress.com
电　　话：010-88310888
传　　真：010-65270449
法律顾问：北京市大成律师事务所

读者服务：010-88310800 service@newstarpress.com
邮购地址：北京市西城区车公庄大街丙3号楼 100044

印　　刷：北京佳顺印务有限公司
开　　本：660mm×970mm 1/16
印　　张：39
字　　数：342千字
版　　次：2012年8月第一版 2012年8月第一次印刷
书　　号：ISBN 978-7-5133-0772-7
定　　价：48.00元（全二册）

“每个故事都有三面：你的一面，他们的一面，还有真实的一面。”

——无名氏

“如今世风日下。孩子们不听父母的话了，所有的人又都在写书。”

——马库斯·图利乌斯·西塞罗（公元前106～前43），

古罗马政治家、演说家、作家

第一部

杰　玛

1

收件人：Susan_inseattle@yahoo.com

发件人：Gemma343@hotmail.com

主题：爸爸出走了

苏珊，你想听新闻。好吧，我这儿有。不过你听了也许会难过的。我爸好像离开了我妈。我还不清楚情况到底有多严重。我一问清楚就告诉你。

杰玛 xxx①

我乍一听电话，还以为爸爸死了呢。有两个原因：其一，最近一段时间我参加了太多的葬礼，数量多得让人没法不担心——有我父母的朋友的葬礼，还有更糟糕的，我朋友的父母的葬礼。其二，妈妈的电话是打到我手机上的。这还是第一回，因为她一向坚信只有手机才能给手机打电话，就好像它们是民用波段电台一样的东西。所以当我把手机举到耳旁，听到她哽咽着说“他走了”时，我以为是爸爸蹬了腿，现在就剩下她和我了。又有谁能责怪我呢？

“他打了个包，走了。”

“他打了个……包？”我这才意识到爸爸也许没死。

“快回家来吧。”她说。

“好吧……”可我在工作，而且不是在办公室，是在一个宾馆的舞厅里，

① XXX：西方亲友、情侣间的非正式通信常用“X”这个符号表示亲吻。下文皆同。——编者注（本书注释除标明为编者注外均为译者注）

正在监督一个（关于背痛治疗的）医学会议的最后一点点准备工作。整个准备工作非常繁重，花了好几个星期才搞定。昨天晚上我一直在那个宾馆待到十二点半，接待数以百计的与会代表，为他们解决各种各样的问题。（比如，重新安置那些被分到无烟房间却溜出去抽烟的人，为他们重新订房间，带他们去房间，等等。）今天终于到了报到日，再过不到一小时，就会有两百多名脊椎按摩师像潮水一般涌入，每个人都需要：

1）姓名牌和椅子。
2）上午 11：00，咖啡和两种饼干（一种普通的，一种高档的）。
3）中午 12：45，午餐，包括三道菜（还要提供素食者备选餐）。
4）下午 3：30，咖啡和两种饼干（均为普通的）。
5）晚上鸡尾酒会，继而是晚宴，要有适于派对、跳舞和拥抱接吻（非必选项目）的氛围。

实际上我接手机的时候，还以为是那个出租屏幕的家伙通知我他已经上路，而且——这点非常重要——带着屏幕。

“告诉我是怎么回事。”我问妈妈，心里却被两种相互矛盾的责任撕扯着。我不能离开这里啊……

“等你到家了我再告诉你。快点来吧。我现在情绪很糟，天知道我会做出些什么事来。”

只好如此了。我合上手机盖，看了看安德烈娅，她显然已经猜出发生了什么样的事情。

“一切还好？”她咕哝道。

“我爸爸……”

我能从她脸上看出，她也以为我爸爸蹬腿了呢（就像他自己常说的那样）。（我这么说倒好像他真的死了。）

“噢，上帝呀……是……他是——？”

“哦，不，”我纠正道，“他还活着。”

“走吧，走吧，快走吧！”她把我推向门口，显然是认为我要到父亲病床前作临终告别。

“我不能走。这摊事情怎么办？”我指了指舞厅。

“我和摩西能对付，我还会给办公室打电话，把露丝叫来帮忙。看，你都做了这么多工作了，还能出什么岔子？”

正确的答案无疑应当是：我做了几乎所有工作。我组织大型活动已经有七年了，见识过各种各样的场面，无论是会间休息时喝多了的发言者跌下讲台，还是教授们为争抢高档饼干而打架。

“是的，可是……”我昨晚还在威胁安德烈娅和摩西，要求他们今天一早必须出现在会场，哪怕是死了也要让我见到尸首，然而现在我却要临阵脱逃了——而且究竟是为了什么原因呢？

唉，这一天呐，几乎还没有开始就有这么多事情都弄糟了。首先是我的头发。我已经好久没有时间去理发了，结果一阵冲动之下，我自己把前面的头发剪短了。我本打算只修剪一点儿，然而一旦动起手就停不下来了，最终只剩下一点儿短得让人发笑的刘海儿。

人们有时候说我长得像电影《酒店》里的丽莎·米尼丽，但今天早晨我到达宾馆时，摩西见面的第一句话却是：“生生不息，繁荣昌盛！”还分开手指给我敬了个瓦肯分指礼。接着，我要他再给出租屏幕的那家伙打个电话，他却郑重地说：“这没必要，船长。”好像我不再是《酒店》里的丽莎·米尼丽，而是《星际迷航》里的史波克[①]了。（顺便说一句：摩西可不像《圣经》中那个穿着脏衣服、破草鞋的仆人，而是个时尚风流、衣着得体、英俊潇洒的尼日利亚裔小伙儿。）

“走吧！”安德烈娅又把我向门口推了推。“多加保重，如果我们能帮上什么忙，尽管说。”

这都是在有人去世时说的话。这样想着，我已经来到了停车场。一月的

---

①史波克等：“生生不息，繁荣昌盛”是美国著名科幻电视剧《星际迷航》中外星种族瓦肯人的问候语，问候同时配合瓦肯人分指礼动作。“船长”指该剧中著名的瓦肯人船长史波克，他是留着黑色齐刘海短发、不苟言笑的男性，与上文提到的女影星丽莎·米尼丽发型酷似。——编者注

雾气寒冷刺骨，围绕在我身旁，让我想起把大衣落在了宾馆里。我没有费工夫回去取，大衣这会儿似乎已经不重要了。

我钻进小汽车时，一个男人吹了吹口哨——是冲着车，而不是冲着我。我开的是辆丰田 MR_2，是一种像赛车一样的小型敞篷车（非常小，幸亏我身高才五英尺二英寸[①]）。并不是我想买这种车——是迪格南夫妇一再劝说，我才买的。他们说像我这样的女人开这种车，看上去很俏。哦，是的，还有这种车在他们的儿子那儿卖得很便宜。嗤。

男人们对这辆车的态度很矛盾。白天，他们全都对着它吹口哨、眨眼睛。然而到了晚上，当他们在小酒馆里喝得酩酊大醉回家时，情况就大不一样了。他们或者用刀子划伤我车顶的软篷，或者用砖头砸碎车窗。他们倒没真想偷这辆车，只是狠狠地伤害它。它在修理厂里待的时间比在路上都长。为了博取这些不知是谁的恶心男人们的同情，我在后车窗上贴了张纸，写道："我另一辆车已经被毁了，是辆八九款的福特科蒂纳。"（是安东给我出的主意，并亲自帮我写的，也许在他走后我该把它揭下来，不过现在不是想这事的时候。）

通往我父母家的路上几乎没有车，而通往都柏林市中心的相反方向却堵得一塌糊涂。穿行在像干冰一样打着旋的雾中，空空如也的路让我感觉恍如梦境。

五分钟前还是一个正常的星期二早晨。我完全处于会议第一天的状态中。当然了，情绪很紧张，最后一分钟总会出些岔子，但我怎么也没想到要应付这种局面。

我不知道到了爸妈家里会看到什么样的情形。显然，发生了非常糟糕的事情，哪怕只是妈妈失去了理智。我觉得她不是那种人，但家务事谁能断得清呢？"他打了个包……"这话听着就像是太阳从西边出来了。无论爸爸是出差去参加销售会议，还是仅仅去打一场高尔夫球，从来都是妈妈替他打包。我顿时觉得一定是妈妈失去了理智，或者是爸爸真的死了。一阵恐慌袭上了我的心头，我不禁把脚更重地往油门上踩了下去。

我把车停在了爸妈的房子外，停得很歪。（他们住的是一座上世纪六十年

---

①英尺、英寸：一英尺约合三十厘米；一英寸约合二点五厘米。——编者注

代建的简朴的双层别墅。）爸爸的车不在，而死人是不会开车的。

我感到一阵宽慰，并放纵自己轻松了好半天，但随即又恐惧起来。爸爸从来不开车上班，他总是坐公共汽车去。小汽车不在，又使我心生一种强烈的不祥之感。

还没等我从车里钻出来，妈妈就打开了前门。她穿着桃红色的灯芯绒睡衣，头上戴着橙色的发夹。

“他走了！”

我急匆匆地走进屋，直奔餐厅。我很想赶紧坐下来。尽管自知是痴心妄想，但我心中仍萌动着一种希望——爸爸坐在那里，困惑地说：“我不停地告诉她我没走，可她就是不听。”但是餐厅里什么也没有，只有冷面包、黄油刀和其他早餐餐具。

“发生什么事了吗？你们打架了吗？”

“没有，什么事也没发生。他像平常一样吃了早饭。喝的粥，是我做的。你看。”她指了指碗，里面还有残余的粥，不多。他应该得到这样的礼遇，让他的食管被羞辱堵塞住。

“接着他说他想和我谈谈。我以为他要跟我说我可以建我的玻璃暖房了。可他却说他不幸福，这情况没法解决，所以他要走了。”

“‘这情况没法解决？’可你们已经结婚三十五年了！也许……也许他这是中年危机的症状。”

“他都快六十了，犯中年危机的毛病已经太老了。”

她说得对。爸爸十五年前倒是很有可能患上中年危机，那时候没人对此讳言，实际上我们还认认真真地为此做了准备，但他却没显露出中年危机症状，只是不停地掉头发，有时候会发呆，但对人很和蔼。

“接着他就拿了个手提箱，把东西都塞了进去。”

“我不信。比如，他都塞进去了些什么？他怎么知道该塞些什么东西进去？”

妈妈开始看上去有些含糊了，为了向我证明——也许也是为了向她自己证明——我们一起上了楼，她指了指壁橱中的一块空地儿，那里原来的确放着一个手提箱（是他们购买汽油时获得的赠品之一）。接着她又领我进了他们的卧室，给我看了看他衣柜里的空缺。他带走了他的薄大衣、厚夹克和考究的正装，留下了一大堆只能称为“休闲装”的五颜六色的上衣、毛衣和裤子，颜色土气，形状、式样和质地也都很差劲儿。要是我，也会把它们丢下的。

“他会回来拿衣服的。”妈妈说。

我却不这么认为。

“我觉得他临走时有些精神恍惚，”妈妈说，“我跟你说过。”

我们以前曾讨论过他会不会已经得了老年痴呆。于是突然之间，我明白了。他的确是得了老年痴呆症。他的头脑不正常。他正开着车四处转悠，完全傻了，以为他是逃亡的俄国公主阿纳斯塔西娅呢。我们得报警。

“他的车牌号是多少？”

妈妈看上去有些惊讶。“我不知道。”

“你怎么会不知道？”

“我怎么会知道？我只坐车，从来不开车。”

“我们得查查，因为我也不知道。”

“要车牌号干什么？”

“我们不能光跟警察说，去找一辆蓝色的尼桑阳光车，里面坐着个五十九岁的老头儿，自认为是罗曼诺夫家族的最后独苗儿。你们把汽车的发票、证件之类的放在哪儿？”

“在餐厅的架子上。”

但是我在那间爸爸的“办公室”里匆匆地搜寻了一番，什么关于汽车的资料也没有找到，妈妈也帮不上忙。

“那是公司的汽车，是吧？”

“嗯，我想是的。”

“我给他公司打个电话，那里总会有人，比如他的秘书什么的，能帮点儿忙。”

虽然我拨的是爸爸的直拨电话，但我相信接电话的不会是他。他可能去任何地方，但绝不会来上班。当我把手放到话筒上时，我吩咐妈妈去查一下基尔马库德[①]警察分局的电话，可还没等她离开椅子，就有人接电话了。是爸爸。

“爸——爸？是你？”

“是杰玛？”爸爸小心翼翼地说道。这本身并没有什么不正常的，他接我的电话时一向是小心翼翼的。他有十足的理由——因为我只在下列情况下给他打电话：

1）告诉他我的电视机坏了，问他能否带着工具箱来一趟。

2）告诉他我的草坪需要修剪了，问他能否带着除草机来一趟。

3）告诉他我的前厅需要粉刷了，问他能否带着泥板、滚筒、刷子、胶带，外加一大包杂拌巧克力棒来一趟。

“爸爸，你在上班。”毫无疑问。

“是的，我——”

“发生了什么事？”

“你看，我本打算过一会儿给你打电话的，可是这儿的事情乱得一团糟。”他喘着粗气。“样品方案绝不能泄漏，可公司里有人却要举行新闻发布会——新产品和以前几乎是完全一样的，行业间谍——”

“爸爸！”

在我们继续往下讲述之前，我必须先交代一下，我爸爸在一家大型糖果公司的销售部工作（我就不说公司的名字了，因为在这种情况下，我可不想给他们做任何免费广告）。从我出生起他就在为这家公司工作，好处之一是公司的产品他想要多少就能拿多少——当然，是免费的。这就意味着我们家里总是到处散落着巧克力棒，我在小朋友们中也备受欢迎。当然，他也严格禁止妈妈和我买对手公司的任何产品，以免“让他们占便宜”。即便我厌恶他的苛刻命令（其实也谈不上是苛刻命令，爸爸很和蔼，绝对算不上苛刻），我也不敢违抗。虽然有些荒唐，但我第一次吃费列罗巧克力时，我的确有负罪感。（我知道那

①基尔马库德：都柏林南郊一地名，距都柏林市中心约十公里。——编者注

些“大使先生，你在腐蚀我们”[①]之类的都是玩笑，但我却对费列罗巧克力留下了深刻印象，尤其是它们圆圆的形状。然而，当我偶尔不经意地跟爸爸说他们的人也该鼓捣些圆形的巧克力时，他就会难过地盯着我说：“你能跟我说点儿别的吗？”）

“爸爸，我在妈妈这儿，她心里很烦。请告诉我，到底发生了什么事？”我没有把他视为父亲，而是当成了一个莽撞的大男孩儿，仿佛他正做着什么蠢事，一旦我给他指出了，他就会幡然悔悟。

“我过一会儿给你打电话。”

“喂，你现在就跟我说吧。”

“我现在不方便。”

“你再不可能比这会儿更方便了。”但说完我心头便生出了不祥之感。他并没有像某些老人那样崩溃，而我原本以为只要我语气一严厉，他就会崩溃的。

“爸爸，我和妈妈，我们都在为你担心。我们觉得你也许有一点儿……”我怎么说得出这话呢？“有一点儿精神病。”

“我没有。”

“你以为你没有。精神病人一般都不知道自己得了精神病。”

“杰玛，我知道我前一阵子有些走神儿，我知道得一清二楚。但这不是因为年纪大了。”

情况根本不像我想象的那样。他看来并没有精神错乱。或者说他掩饰得很好。似乎他知道些我不知道的情况。

“发生了什么事情？”我的声音小多了。

“我现在没工夫说，我有急事要处理。”

我厉声说道：“我认为，你的婚姻状况比你那些提拉米苏棒重要得多……”

“嘘！”他在电话里发出了嘘声。“你想让全世界的人都知道吗？我真后悔接了你的电话。”

---

①二十世纪九十年代，意大利费列罗巧克力公司曾在英语国家推出了一个风靡一时的系列广告片，场景设计在欧洲某国大使的官邸，其中有一句台词是大使招待的尊贵客人说：“大使先生，你在用这些费列罗巧克力腐蚀我们。”

我吓得说不出话了。他可从来没对我发过火呢。

“等我方便时，会给你打电话的。”他的声音很坚定，有点儿像……真是可笑，有点儿像一位父亲了。

“怎么样？”我挂上电话时，妈妈眼巴巴地看着我。

“他会回电话的。”

“什么时候？”

“他一有空就回。”

我咬着手指的关节，不知道接下去该怎么办。他看来没疯，但好像也不正常。

我想不出该做什么。我从来没经历过这种情况，没有先例，也没人可咨询。我们只能等待，等待我凭直觉感到不妙的消息。妈妈不停地在问：“你怎么看？杰玛，你怎么看？”就好像小孩子在问无所不知的大人。

唯一值得欣慰的是，我没有愉快地说上一句“来杯茶怎么样？”或者更糟糕的，“沏杯茶吧。”我认为茶解决不了任何问题，并且一向这么说，无论这场危机最终结果如何，都不可能让我变成一个喝茶的人。

我考虑过开车到爸爸公司去找他，但如果他真的处于一场提拉米苏口味的危机当中，我恐怕根本见不着他。

“可是他住哪儿呢？”妈妈突然忧心地说道，“我们的朋友都不会让他搬去住的。”

她说得不错。他们那个圈子的朋友，都是男人管钱包和车钥匙，女人在家里掌权。让谁来不让谁来，最终是女主人说了算，所以即使有哪个男人答应爸爸说他可以睡在他们空余的房间里，他的太太出于对妈妈的忠诚，也不会准许爸爸进门的。可是如果他不是去他的朋友家住，又会去哪里呢？

我无法想象他会待在一间发霉的房子里，守着一个小煤气炉和一只水烧开了都不会自动关火的锈铁壶。

但是，如果他真的一时发疯，他也不可能长久地离开妈妈，还有家庭的舒适。他可以一连打上三天高尔夫球，但当他需要干净的袜子时，他还得回家来。

“他什么时候回电话？”妈妈又问道。

“我不知道。咱们看看电视吧。”

妈妈假装看起了《日落海滩》，我就在这时给苏珊写了第一封电子邮件。我把她标注为“我亲爱的苏珊”，以便和其他也许同样可爱的苏珊区别开来。她是我们“三人团”的成员之一，另外两人是我和莉莉。出了这样的灾难，她会帮助我的。

就在不到八天前，一月一日，她搬到西雅图去了，签了两年合同，为一家大银行做公关工作。她走的时候，满心以为自己能当个网虫，但一到那边就发现，那里的人都是一天工作二十七个小时，没给爱好交际、天性浪漫的苏珊留下什么空闲时间。迄今为止，她除了品尝各种各样的咖啡之外，就是不停地在干活儿，所以她感到很寂寞，总想听到些新鲜事。

我简短地描述了情况，就按下了我的智能手机的“发送”键。这手机真像个大砖头，有这么多功能，简直能猜出你在想什么。是公司以礼物的名义把它送给我的。没错，就是这样！实际上这使我比以前更像个奴隶了——他们想什么时候找到我就能找到我。而且这手机的重量已经导致我第二好的手袋的丝绸里子撕裂了。

《日落海滩》都放完了，爸爸还没有回电话。我说：“这不大对头。我得再给他拨过去。”

2

收件人：Susan_inseattle@yahoo.com

发件人：Gemma343@hotmail.com

主题：逃跑的爸爸，仍然没有落网

OK，我这儿又有新消息了。你听的时候，会需要些镇静药的。所以先别急着往下读，去弄点儿镇静药来吧。去吧，快去。

你回来啦？准备好镇静药了？好的。我的父亲，诺埃尔·霍根，有了个女朋友。更糟糕的是：她才三十六岁，只比我大四岁！

他在哪儿认识她的？你说呢？当然，是在公司。她是他的——上帝呀，我们怎么没早点儿想到呢？——她是他的私人助理。她叫科莉特，有两个孩子，一个九岁的女孩儿和一个七岁的男孩儿，是和另一个情人生的。她也没跟那个男人结婚。我把这情况告诉妈妈时，她说：“这没什么可奇怪的。你既然能喝到免费牛奶，干吗还买奶牛呢？”

据说他们为一种新的提拉米苏棒的营销计划，已经一起工作好长时间了，结果打得火热。

是的，我已经跟苏珊说过那种提拉米苏棒了。我知道这是商业秘密，我向爸爸保证过绝不跟任何人说起，但苏珊对这个话题非常热心，我没法对她保密。她爱做这样题目的论文：《从库利伍利到大奇巧——二十一世纪的巧克力棒向何处去？》她说：“求求你，想想我不得不做的研究吧。”

我不得不丢下工作，颠回了家（把两百名活蹦乱跳的脊椎按摩师留给了安德烈娅），从爸爸嘴里撬出了事实真相，就好像是在玩“二十个问题以内猜中真相”的游戏。“你是欠别人钱了吗？”“你是不是不舒服？”最后我击中了要害：“你是不是有了外遇？”

他说这事才发生了三个月左右。他在干什么呢？为了三个月的放荡，就要背离三十五年的婚姻？而且他打算什么时候告诉我们呢？他难道真的以为，他可以在一个星期二的早晨拎起一只手提箱，也不解释一下就一去不复返吗？

这个可耻的懦夫呀。他在电话里坦白地向我承认了，又叫我把这事告诉妈妈。哎！我是他的女儿啊。她是他的妻子啊。可当我提醒他这一点时，他却说：“哦，不，你去跟她说，这样的事，女人去办更好。”

他甚至连要我立刻去告诉妈妈这样的好意都没有。当妈妈像头受伤的野兽一样时，他却要和科莉特寻欢作乐。

“她使我重新焕发了青春。”他这样说道，好像我该为他高兴才是。接着他说——他还没说，我就知道他肯定要说——他说：“我觉得自己又像个十几岁的小伙子了。”于是我说：“我相信你是那个样子的。可你还是个男人吗？”他没接我这话。这个荒唐的老糊涂啊！

告诉妈妈她的丈夫因为女秘书而离开了她，这简直是我这辈子要办的最难的事情。告诉她他死了倒还容易些。

可是她听了后很平静——简直是太平静了。她只说了句：“我明白了。”看上去非常理性。“你是说，一个女朋友？咱们接着看《魔法奇兵》吧。”

于是，尽管听上去不可理喻，我们的确坐在电视机前观看起《魔法奇兵》来了，不过我是一点儿也没看进去。后来，她说都没说一声，就突然关了电视，对我说：“你明白，我得跟他说几句话。”

我们来到了电话机旁，这回是她给他拨了过去，他在办公桌旁接了电话。他们进行了一场冷静的对话——非常冷静：“是的，杰玛告诉我了，可我觉得她也许听错了。嗯嗯，她没听错。嗯嗯，是的……科莉特……你爱上了她……我明白……我明白。是的，你当然应当追求幸福……不错的公寓……那很好。一座不错的公寓会很好……律师函……我明白，是的，我等着，好的，再见。”

她挂上电话后说道：“他有了个女朋友。”就好像她刚刚知道似的。

她走回了餐厅，我跟在后面。“一个女朋友，诺埃尔·霍根有了个女朋友。他要搬到她那座不错的公寓里，和她一起住。”

接着她打开了一个碗橱，拿出一个盘子，像掷飞碟一样抛向了墙。盘子摔得粉碎。她又扔了一个，又扔了一个。她越扔越快，盘子旋转得越来越快，我躲避碎片的空间也越来越小。

当她还只是摔餐厅里那些普通的蓝白瓷器时，我并不太担心，觉得她只不过是做了我预料中她会做的事情。但当她走进起居室，从她那些骨瓷芭蕾舞女中拿起了一个——你知道那些小玩意儿，难看死了，可她却很喜欢——她仅仅稍微犹豫了一下，就把它掷出了窗外，我担心了起来。

“我要开车去他那儿，宰了他。”她咆哮道，好像是完全疯了。只不过：

1）她不会开车。

2）爸爸把车开走了。

3）她不会坐我的车，因为她老说我的车“太招摇了”。

不然我敢肯定她真能做得到。

当她意识到自己哪儿也去不成时，她开始撕扯自己的衣服。我不停地想抓住她的手阻止她，但相对我来说，她的力气实在是太大了。当时我吓坏了。她完全失去了控制，我一点儿也不知道该怎么办。我能给谁打电话呢？可笑的是，我第一个想到的竟然是爸爸，可这都是他惹的祸啊。最终我决定给科迪打电话。我当然没指望从他那儿得到任何安慰，但我希望得到些实际的建议。他没有用工作中的语气接电话，也就是说，没有像同性恋者那样忸怩作态。“你受了惊吓？尽管跟我说吧。”

“我爸爸离开了她。我该怎么办？”

“噢，天呐。我听到的是她的声音吗？”

“什么？你说那尖叫声？是的。”

“她……？是安斯利的牧羊女们的声音吧？”

我迅速地瞟了一眼。“是比利克的奶油工。差不多。我该怎么办？”

“把好瓷器藏起来。”当科迪看出我不想和他逗闷子时，他这样说道——对他来说，这已经很友好了。“打电话叫医生吧，亲爱的。”

这会儿叫医生上门出诊，比见到腰果只吃一粒都难（咱俩都知道，那是绝对不可能的）。我打了电话，是福伊太太接的，她是贝利医生的接待员，脾气很坏——我跟你提到过她吗？恐怕从《圣经》里那场大洪水之前她就在为贝利医生工作了，但好像所有预约上门的要求，都被她视为骗取贝利医生时间的行为。不过我还是设法让这个怪阿姨相信了情况很紧急，妈妈歇斯底里的背景音肯定也起了作用。

于是半个小时后，贝利医生穿着高尔夫球衫来了，给妈妈打了一针。我原来还以为只有艳情小说里的人物，在激动过分时才会被医生打针的。不管医生打的是什么药，药效一定很强，因为妈妈当着我们的面停止了喘粗气，有气无力地倒在了她的床上。

“还需要再打针吗？”我问道。医生却说：“啊哈！到底发生了什么事？”

“我爸爸抛弃了我们，和他的女秘书跑了。”

我本以为这位好心的医生会大吃一惊的，可是你猜怎么着？他脸上居然掠过了一丝负疚的神情，我不是开玩笑，我发誓我听到了“伟哥”什么的，简直是晴天霹雳。爸爸最近一定去找过他，我敢打赌。

医生马上就走了，跑得不能再快了。临走时他说：“扶她上床吧。她醒来后，别让她一个人待着……”他又从药瓶里晃出了两片药，递给了我。“只能在紧急情况下给她吃两片。”接着他潦草地开了镇静药的处方，就匆匆赶回第十三洞去了。他的钉鞋还在客厅的地毯上留下了几根草。

我扶妈妈上了床——她没有穿外衣，所以也不用给她脱衣服——我拉上了窗帘，就在妈妈身旁睡下了，躺在了鸭绒被上。我穿着尼科尔·法伊[1]的套装，虽然不是在大甩卖的时候买来的便宜货，虽然我明知会粘上一身鸭绒，但我却不在乎。看看我当时崩溃成了什么样子。

这事情实在太奇怪了。你知道我们这儿的情况。没人会抛弃妻子。人们结婚，然后会一块儿过上一百七十年，哪怕他们相互厌恶。而妈妈和爸爸好像从来没有相互厌恶过，根本没有。他们只是……你知道……结婚了。

我停顿了片刻，删掉了最后一段。苏珊两岁时，她妈妈就去世了；她二十岁时，她爸爸又结婚了。这段婚姻大约三年前破裂了。尽管卡萝尔不是苏珊的亲妈，尽管从裂痕刚刚出现时苏珊就不再回家住了，她仍然为这件事心烦。

不管怎样，我穿着上好的套装倒在了床上，后来教堂午祷的钟声敲响了：我躺在黑漆漆的屋子里，只有打了安定针的母亲躺在我身旁，而午饭时间甚至都还没到。这使我突然产生了一股强烈的恐惧，我给会场打了电话，只是想感受一下这世上并不是真剩下了我一个人。安德烈娅无意中透露了脊椎按摩师会议所需要的大屏幕始终没有送到，但她坚持说会议进展很顺利。当然不会顺利了——没有大屏幕，脊椎按摩师们怎么看他们那些畸形脊椎的图片呀？

可是谁在乎呢？我这么感觉。平心而论，无论我准备得多么充分，开会时总要出些岔子，好歹作为盛装晚宴中心装饰的花儿送到了。（我们把蜀葵和其他细长的花束缠上了铁丝，小心翼翼地把它们弯曲成脊椎的样子。这主意是安德烈娅出的——她的确是长进不小。）

可是安德烈娅这傻丫头拼命地想知道爸爸怎么样了，是突发心脏病了还是中风了还是其他什么的，你知道，出于礼貌是不能这样刨根究底地发问的。我只是说爸爸很好，可她还不肯罢休。

“稳定吗？”她问。

---

①尼科尔·法伊：英国高级成衣品牌。——编者注

“稳定？他肯定不是装的。”

我赶紧撂下了电话，但却想到了一个问题。公司的所有人都以为爸爸病入膏肓了，我到底该怎么向他们解释真相呢？——唯一出错的地方就是他有了个女朋友。

这不仅会令人极其尴尬，而且由于那么多人都认识我爸爸，他们也不会相信我。说实话，尽管是爸爸亲口告诉我他有了女朋友的，我也不大相信。他可不是那种人啊。就连他的名字也不像是那种人，你不这么认为吗？女士们先生们，请扪心想一想，叫诺埃尔·霍根这样名字的男人，会抛弃他的妻子，投向一个年龄足以做他女儿的女人的怀抱吗？难道那样的男人，不应该叫做约翰尼·尚瑟或者史蒂夫·格利姆什么的吗？不，尊敬的陪审团的女士们先生们，我要告诉你们的是，名叫诺埃尔·霍根的这个男人，爱读的是约翰·格里沙姆[①]的书，修过家族四代的家谱，他崇拜的英雄不是阿诺或兰博，而是摩斯探长。换句话说，女士们先生们，他是一个从来不让他的妻子和女儿有片刻担忧的男人。

不管怎样……在床上躺了很久很久之后，我觉得还是把碎瓷片收拾了为好。我向上帝保证，你绝对不想看到那样的厨房场景：到处都是碎盘子——有的扎进了黄油里，有的漂浮在牛奶上。有一块四英寸长的碎片从“凤仙花”牌炖锅里钻了出来，倒像是现代行为艺术。

至于起居室，则是装饰品遭殃了……表面上，因为它们实在太难看，这未尝不是件好事，但我还是为那个小芭蕾舞女由衷感到难过——她跳舞的日子就此结束了。

然后我回到卧室，又躺在了妈妈身旁，她正小声地打着鼾，我还是躺在了鸭绒被的上面。妈妈那一侧的地板上有几本低俗的杂志，这一天剩下的时间，我就靠读它们来打发了。

唉，苏珊，从这时起，我有些担忧自己的行为了——十一点钟时，暖气咔嗒一声停了，屋里变得非常冷，但我不想盖上被子。我心想，只

①约翰·格里沙姆（1955~）：美国小说家，以创作法制题材的流行小说而著称。

要我不真的上床睡觉，我就只是在陪着妈妈，而一旦我睡了，那就意味着爸爸不会回家了。虽然我硬撑着，可还是打了个瞌睡，等我醒来时，冷得好像连皮肤都失去了知觉。当我用手指戳胳膊时，我能看见凹下去的坑，却什么感觉也没有。这其实挺好玩的，有点儿像是死了。我这样玩了好长时间，才穿上了妈妈的大衣——没必要因为爸爸发疯而冻着我自己——但我还是不肯上床。等我第二次醒来时，血红的太阳已经爬上了天空。我有点儿生自己的气。如果现在仍然是黑夜，爸爸就还有希望回家，而如果我一直醒着，就会像警卫一样，清晨永远不会来临。我知道我这样想像是发疯，可我就是这样想的。

妈妈醒来后说的第一句话是："他不会回家了。"

第二句话是："你穿着我的大衣做什么？"

这就是目前的情况。一有新消息我就告诉你。

爱你的

杰玛 xxx

又：这一切全都怪你。你要是不接受那份工作，不去一个人都不认识的西雅图，你就不会感到寂寞，也就不需要家里的新闻了，那我的生活也不会因为要满足你而毁成这个样子了。

再又：上面这段话只是开个玩笑。

3

我的手机响了。是科迪打来的。当然，科迪不是他的真名。他的真名是阿洛伊修斯，不过他刚上学时，他的小伙伴们都念不好这个名字，他们顶多能念成“维塞”。

科迪对他的父母说：“我要起个小名，一个别人能叫得出的名字。”

库珀先生（昂加斯）瞟了库珀太太（玛丽）一眼。他从一开始就不愿意给孩子起阿洛伊修斯这么个名字。他深知背负一个不好发音的名字会有多么倒霉，但他虔诚于宗教的妻子却非起这个名字不可。她说阿洛伊修斯是个顶尖的圣徒——九岁时他就发誓要禁欲，后来他在照顾黑死病患者时自己也染上了病，年仅二十三岁就去世了——起这样一个名字，是一份荣耀。

“好吧，那就起个小名吧。随便你起什么，儿子。”库珀先生宽宏地说道。

“我要起的小名是……嗯……是……科迪！”

父母全都愣住了。“科迪？”

“科迪。”

“科迪是个挺好玩的名字，儿子。不过你不愿意再想想别的吗？比如，帕迪就是个很不错的名字。或者布奇，怎么样？”

五岁的科迪即阿洛伊修斯高傲地摇了摇头。“你们想揍我就揍吧，可我的名字就叫科迪。”

“揍你？”库珀先生吓了一跳。他扭头问库珀太太：“你给孩子讲什么故事了？”

库珀太太脸红了。她讲的是《圣徒们的一生》，是一本很好的书，很有教益。可这些圣徒们的下场都不大妙，不是被油炸了，就是被乱箭穿身，再或是被石头砸死，这难道是她的错吗？

科迪是我认识的人中唯一认为自己是负有“天命”的。他在神学院里待过两年，学习过牧师的基本课程（尤其是如何鞭策人）。随后有一天，如他自己所说的：“我恍然大悟，意识到我并非圣贤，只是个同性恋者。”

“好了，杰玛，”科迪对我说，“你要坚强些。”

“噢，上帝呀。”我说。因为如果是科迪要你坚强些，那就意识着他要告诉你的事情的确可怕极了。

科迪是个有趣的人。他非常诚实，诚实得简直是发迂。假如你对科迪说：“请告诉我，请说实话，务必说实话，我能承受，我穿这件衣服是不是显得很胖？”他还真会正儿八经地回答。

现在，显然没人再问他这个问题了，如果他们预料答案是“是”的话。除非是在经过了一个月的减肥锻炼，一天三次使用某种法国“苗条”器械，整天穿着燃脂紧身衣以及某种昂贵的、弹力极强的莱卡内衣后，信心满满，确信答案将是一个大大的、重重的“不”字时，人们才会问这个问题。

但是在这种情况下，科迪却会告诉你，他能看出你在减了脂肪后，哪里的皮肤上现出了橘皮纹。我并不认为他这样做是因为天性残忍，相反他会跟别人抬杠来保护他最亲近最喜爱的人不受嘲弄。他似乎是认为，乐观主义所带来的虚假的希望和错觉会愚弄我们，从而让别人占便宜。

“是莉莉，”他说，“莉莉·赖特，”见我没搭话，他又重复了一遍。“她的书已经出来了，叫《米米的救赎》。《爱尔兰时报》将在星期六发书评。”

“你怎么知道的？”

“昨晚见了一个人。”科迪认识各种各样的人：记者、政客、夜总会老板……他在外事部工作，有一种克拉克·肯特[①]的做派：白天时庄重严肃、雄心勃勃、“坚持原则”，快到下班时，又会把那股装腔作势的劲儿抛到九霄云外。他横跨很多阵营，总是能提前知道各种各样的信息。

“评论很不错吗？”我的嘴唇有些不大自然。

①克拉克·肯特：美国电视系列剧《超人》中的超人作为普通人时的姓名。

"我想是的。"

好长时间以前，我就听说她要出书了，我几乎是呆呆地注视着这个不公平的事件发生。人们普遍认为会出书的是我，我也经常说要写一本书。然而迄今为止，我的写作生涯仍然只是读别人的书，然后把它们扔到墙上，大声宣称："真是狗屎！我就是做梦的时候写，也比这强。"以后可怎么办呀？

有一阵子，我每次路过书店，都会进去找莉莉的书，结果每次都找不到。这么长时间过去了——都一年多了——我早就以为这个事情绝不会发生了。

"谢谢你告诉我。"

"诺埃尔回家了吗？"

"还没有。"

电话里传来了科迪手点桌子的声音。"上帝关闭一扇门时，一定会在你面前再开启一扇。嗯……你知道……需要我的时候就给我打电话吧。"就科迪而言，这要算深切的关心了，我被触到了痛处。

我合上了手机，看了看妈妈。她的眼睛里充满了焦虑。"是你爸爸打来的吗？"

"不是，妈妈。对不起，妈妈。"上午已经快过去一半了，我们的情绪仍然非常非常低。妈妈醒来后，看上去格外可怜。当我们去吃早餐，路过前门时，她突然深深地倒吸了一口凉气，说道："耶稣基督啊，玛丽和约瑟啊，铁链子没拉上。"她又仔细地看了看。"门锁也没锁。"

她急急忙忙地冲进餐厅，检查了一下后门。"后门没上双锁，警报器也没打开。可别告诉我窗户也没插上！"显然爸爸每天晚上都会作例行检查，把房子锁得比诺克斯堡[①]都紧。

"你为什么不做这些事？"妈妈问道。她不是责备我，更多的是困惑。

"因为我不知道要做这些事。"

这个回答使她变得更加困惑了。她愣了一会儿后说道："好吧，你现在知道了。"

①诺克斯堡：美国肯塔基州北部一个军用地，自 1936 年以来为联邦政府黄金储备的贮存处。

我本来做好了去工作的一切准备，但妈妈这样失魂落魄，像个孩子一样，我只好给安德烈娅打了个电话，看看事情进展如何。出乎我意料的是，她说盛装晚宴“有意思极了”，脊椎按摩师们非常火爆，他们把蜀葵做成的中心装饰弯曲成两半，说这是“椎间盘突出”等等。我想她离开会场时，一定是和他们中的一位一起走的。

她说我不必过去，这话从她嘴里说出来真令人感动，因为会后的扫尾工作可是不轻松：要把与会代表们送往机场，把椅子、照明设备和屏幕等归还给租赁公司——尽管由于屏幕根本没送来，少了一项工作——还要和宾馆就账单争吵，等等。

为了回报她的好意，我简短地告诉了她爸爸的真实情况。她肯定地对我说：“这就是中年危机。他开的是什么车？”

“日产阳光。”

“好的。他现在随时可能把它卖了，换一辆红色的马自达MX5，然后他就会很快恢复理智的。”

我回到屋里，把这个好消息转告给妈妈，但她只是说：“我在哪儿看到过，红色车的保险费更高。我想要他回家。”

她把胳膊肘支在了桌子上。桌上还散布着昨天早餐的残迹：碗、黄油刀、茶杯（唉）。我昨天清理碎瓷片时没有费心收拾这些，大概是因为我觉得这是妈妈的地盘。她非常关心家事——至少在正常的情况下是这样——但现在她却似乎都没有看见这团乱糟糟的景象。我开始动手收拾，把盘子一个一个地摞了起来，但当我拾起爸爸的粥碗时，妈妈叫道：“不。”她一把把碗夺了过去，放到了她的膝盖上。

接着她又拨了一遍爸爸公司的电话。自八点半以来，大约每五分钟她就要拨一次，但次次都被转到了爸爸的语音信箱。现在已经十点半了。

“杰玛，咱们能不能去一趟他们公司？求求你。我必须见见他。”

她那毫不掩饰的绝望真让人难受。“还是等他回了电话再说吧。”因为假如我们到了他们公司，他却不见我们，该怎么办呢？我不能冒这个险。

“妈妈，你介不介意我出去十分钟？”

“你要去哪儿？”她的声音里都像是包含着泪水。“别离开我。”

“我就去附近的商店看看。我保证过一会儿就回来。需要我给你买点儿什么吗？比如，一袋牛奶？”

“我们为什么还要买牛奶？送奶工不会送来吗？”

他们还用送奶工。这真是另一个世界。

我找了半天大衣，后来才想起落在那帮脊椎按摩师那儿了。我得像来的时候那样出去了——穿着昨天的套装，已经皱皱巴巴，上面还粘了些鸭绒。

“你马上就回来？”妈妈在我背后喊道。

“马上。”

我急火火地赶到小镇的商业区，车还没停稳就出了车门。我的心嘭嘭跳着。这时爸爸的事已退居第二位，莉莉的书才是让我口干舌燥的原因。我跑步穿过人流，心里祈祷着可千万别碰见任何工作中认识的人。我满怀警惕地踏进了书店，肾上腺素升到了最高值，感觉就像是反恐突击队士兵闯进了敌国大使馆。我的眼睛从左到右扫了一遍，以为会遭到隆重展示的莉莉的书的伏击，接着我又猛一转身，看看后面会有什么。结果，什么也没发现。凭着我超级焦虑下的眼力，我发现了展示新书的那面墙，不到一秒钟，就把所有封面都扫了一遍——“六百万美元的人”①都做不到这么快——但是我没看到莉莉的书。

他们会不会没有把书发到这里？毕竟，这只是一个小小的小镇书店。我明白我应该到大些的书店去，但我不肯放弃，我要继续寻找，直到手里拿到一本莉莉的书。

接下去，我到按作者姓氏字母排列的书架上去找。W 在书架的底层，差不多挨着地板了。我蹲下了身子。沃尔特、沃瑟、沃根……噢，基督，在那儿呢。那儿是她的名字：莉莉·赖特。用的还是花体。书名用的也是花体：《米米的救赎》。

我的心猛烈地跳动着，我手里满是汗水，竟在封面上留下了印迹。我翻着书页，可手指不停地颤抖。我在寻找作者简介，随即发现了。

---

①《六百万美元的人》：一部美国电视系列剧，主人公是一个虚构的半机器人。

莉莉·赖特和她的伴侣安东以及他们的女婴埃玛一起，住在伦敦。

亲爱的基督啊。在书上看到这条消息，比以往任何时候听到都可信。这可是印上去的啊！

所有人——这本书的出版商、读者、书店店员，还有印刷厂的人们——全都相信这是真的。安东是莉莉的伴侣，他们还生了个小女孩。我感到浑身发冷，觉得自己一直被蒙在鼓里，因为整个世界只有我一个人还以为安东理所当然是我的。世界各地的所有人都认为莉莉拥有他是合理合法的。这实在太不公平了。她偷走了他，可没人会把她当成罪犯，反而全都会拍着她的肩膀祝贺她："真不错。你的男朋友很可爱。你也是个好姑娘。"当然，没有人会提她的头发正在变稀这件事。甚至都没人会暗示她，如果她像伯特·雷诺兹①那样做个毛囊移植，她会好看很多——这可不是我心怀歹毒，她自己就经常这么说。但是，往好的方面想想，并不是所有东西都是多毛才可爱啊。封底上有一张小小的黑白照片，我凝视了半天，苦乐参半地撅起了嘴。你看她，那么漂亮，大大的眼睛、卷曲的金发，就像个四肢修长、身材苗条的天使。人都说照相机是不会撒谎的……

我几乎觉得我不应该为这本书付钱——因为作者不仅偷走了我最心爱的男人，而且这本书写的是我。我差点儿就在一股难以抵御的冲动下向店员抱怨："你们要知道，这本书全是写我的。"但我努力克制住了。

我恍恍惚惚地付了款，走出店外，在寒气中翻起了书页，寻找着我的名字。第一眼没看见。我继续寻找，随即领悟到她一定是把我的名字改了，以防我起诉她什么的。我也许就是那个"米米"。我翻了七页后，突然从恍惚中惊醒，意识到回到妈妈那里，在温暖的屋里，比站在这儿读要好得多。

我刚一回到家，妈妈就站在了餐厅门口，抽泣着说道："他有了个女朋友。"在我外出时，她终于打通了爸爸的电话，于是又把那消息重温了一遍。

---

①伯特·雷诺兹（1936~）：美国男影星。

“我认识的人里，谁都没出过这样的事情。我到底做错了什么？”

她扑进我怀里，全身都倚靠在我身上。有件硬硬的东西顶在了我的髋骨上——是那个粥碗，她把它放进了晨衣的口袋里。她哭得完全像个小孩子，是正儿八经的“哇——哇——哇哇哇”，其间夹杂着哽咽、咳嗽和打嗝。我的心都快碎了。她的状态这么可怕，我给她吃了那两片紧急情况下吃的药片，把她扶回到床上。她的呼吸刚一均匀，我就攥起了贝利医生开的镇静药的处方——一有机会我就去药店。

接着，在一股愤怒的冲动下，我给爸爸拨了电话。他听到我的声音后似乎很吃惊——是的，吃惊，一点儿也不夸张。

“今天晚上你回家来解释解释。”我气咻咻地说道。

“我没有什么可解释的，”他试探着说道，“科莉特说——”

“滚他妈的科莉特，我才不听科莉特的胡说八道呢。你到这儿来，要有点儿礼貌。”

“你居然爆粗口，”他生气地说道，“好吧。我大约七点钟到。”

我挂上了电话，感到脚下的大地果真晃动了起来。我的父亲有了外遇。我的父亲离开了我的母亲。

我躺到床上，躺在妈妈身边，开始读那本全都是在写我的书。

下午过了一半时，妈妈睁开了一只眼睛。“你在看什么？”她喃喃地说道。

“一本书。”

“唉。”

4

收件人：Susan_inseattle@yahoo.com

发件人：Gemma343@hotmail.com

主题：什么样的女人才会从她最好的朋友那里偷走她一生的至爱，然后又一声不响地写一本书呢？

新的一天，新的痛苦。

刚刚又得知了新的令人震惊的消息。莉莉的书出来了。是的，莉莉·“人人为我”·赖特。莉莉·“秃头”·赖特。这是我读到过的最疯狂的东西，有点儿像儿童读物，只是没有配图，用词也太夸张。讲的是一个名叫米米的女巫（是的，你没听错，就是女巫），来到一座村庄。这村庄有可能在爱尔兰，也有可能在英格兰，也有可能在火星。她开始介入所有人的生活。她编造的符咒中有些这样的教训人的话：“加入一点点同情、一点点智慧，就能得到一大团的爱。”真是令人作呕。书里没我，也没你，甚至连安东好像都没有。我唯一认出的是一个长着长长的卷发，心怀恶意的女孩，应该是科迪。

我只花了四个小时读这本书，但我觉得会有好几百万人买这本书。她会变成一个百万富翁，一个大名人。人生就是这么混账。

我刚一读完，就不得不把妈妈叫起来了，因为爸爸快来了。她拒绝换衣服——她太喜欢穿着晨衣了。至于爸爸的粥碗，她仍然揣在口袋里，就好像等着法院的人来，拿去贴个标签：证据一。

接着爸爸就进来了——用的是他自己的钥匙，我还以为他根本不知道哪把钥匙开哪个门呢——我当真吓了一跳。还不到两天，他已经换了副模样。显得精干了一些，不再不修边幅了，眼睛也有神了，最让我意识到情况严重的是他穿着新衣服。唉，我肯定从来没见他穿过这些衣服。棕色的软羔皮夹克——上帝呀！他的鬓角只剩下一点点，头发精心梳理过，最糟糕的是，他穿着运动鞋。噢，圣母啊，运动鞋！白得耀眼，非常厚实，看上去倒像是它们穿着他，而不是他穿着它们。

“到底是怎么回事？”我问。

他甚至都没坐下，就说他很抱歉，但他爱科莉特，科莉特也爱他。

这真是最奇怪、最糟糕的情况。这幅场景到底是哪里不对头呢？真他妈是全乱了。

“可我们怎么办？”我说，“妈妈怎么办？”我本以为这话会问倒他，因为从我生下来他就一直在为我们奉献。可你猜他说什么？他说：“我很抱歉。”

这无疑意味着他不抱歉。他不在乎。我不明白他怎么会这样，因为他一向是那么温文尔雅、和蔼可亲。我愣了半天神才反应过来正在发生着什么事情，因为这是我爸爸呀，你明白吗？接着，我又被吓了一跳，我明白了他处在爱的蚕茧的包裹中。在这样的包裹中，你只能感受到自己的幸福，却想象不到别人并不会同样感受到幸福。我从来没想到这种情况也会发生在老人身上，发生在父母身上。

接着妈妈怯怯地问道：“你留下吃晚饭吗？”我顿时大怒！千真万确地发怒了。于是我气冲冲地说道：“他不能，没有那么多盘子。”我又责怪地对爸爸说，“昨天她把盘子差不多全摔碎了，因为她难过极了。”

但这并没有让他感到烦扰。他只是说：“我不能再待在这儿了。”接着他偷偷地瞟了一眼前门。原来如此！我大叫道：“她在外面！你居然还把她带来了。”

“杰玛。”他喝道，但我已经走到了前门口。没错，有个女人坐在外面的日产阳光车里。我呆呆地看着。真有另一个女人，爸爸并不是劳累过度产生了幻觉。

你知道，书里总是说偷了别人男人的女人模样都很“冷酷”，这样我们就不会同情她们了。是的，科莉特就是这样，她的确看上去很冷酷。她也发现了我，瞪着我，那眼神传达的意思是“别惹我”。我把脸贴在她那侧的窗户上，把下嘴唇压在上嘴唇上，张大眼睛瞪着她，做着各种各样的鬼脸，摆出下流的姿势羞辱她，但是算她有种，她居然一寸也没有退让，只是用她那圆圆的蓝眼睛冷冷地盯着我。

爸爸走到了我身后，说：“杰玛，别惹她，这事不是她的错。”接着他又低声说道：“对不起，亲爱的。”这话不是冲着我说的。我沮丧到了极点，转身走回了屋里。苏珊呀，你知道那一刻我在想什么吗？我在想，她把头发染成了浅色，她的头发比我的都好。

爸爸只多待了五分钟，就在他离开时，他又从他那（我简直打不出下面这些字）棕色软羔皮夹克的口袋里掏出了四根提拉米苏棒样品。有那么片刻我差点儿接了过来——至少他还打算继续给我们提供巧克力——接着他说：“把你们的感觉告诉我，特别是如果你们觉得咖啡味太重的话。”

我接过一根提拉米苏棒掷向了他，正中他的鬓角。我说：“你自己去做他妈的市场调研吧。”但妈妈却紧紧地握住了给她的那几根。

接下去，你知道，又只剩下我和妈妈了。我们静静地坐着，目瞪口呆。

就是在那时，我真正震惊了。发生的这些事情，似乎没有一件是真的。我没法把任何一件事接入我的大脑系统中。

这些事情都是怎么发生的？可你知道吗，除了所有其他感受外，我头脑中仍有空间感受到尴尬。这很糟糕，难道不是吗？可是，基督啊，我还是想到了我父亲在寻欢作乐，和一个与我年龄相仿的女人寻欢作乐。想到自己的父母相互做爱就已经够令人尴尬的。可这还是跟别人……

还记得你爸爸和卡萝尔结婚那会儿吗？他们一起“做那事”，这想法让我们感到有多么可怕，以致我们认定他们就是搭帮过日子？要是我能让自己确信我爸爸也是这样，该有多好呀！

可是跟面容冷酷、染了头发的科莉特又会是什么样子呢？我的爸爸穿着背心。穿着背心啊，看在上帝的分上！

唉！想象一下他们“做那事”吧。

妈妈说：“伺候了他一辈子，到我晚年了，他却离开了我。我到底做错了什么？”

你知道吗？我一向担心生孩子，因为我不忍心看他们在十几岁的花季遭受心碎的痛苦。可即使在我最可怕的噩梦里，我也没想到会亲眼看到我母亲这个样子。

你知道她是什么样的人——典型的贤妻，做得一手好菜，总能保持家里的整洁。当爸爸因为巧克力棒的销售不如预期而发脾气时，她从不责备他。直到更年期，她的体形始终保持得很好。甚至更年期她也是平静地度过的。她从超市出来，手提包里经常有免费赠送的沙丁鱼罐头。（可为什么总是沙丁鱼罐头呢？）

告诉你我悟出的道理。这件事让我恨透了男人。为什么这么说？你把一生都奉献给他们，为他们做饭直到自己成了黄脸婆，为保持体形饿得自己患上骨质疏松症，为的是什么？为的就是让他们在你人老珠黄后抛弃你，去找一个喜欢背心、染浅头发的女人。

“他配不上你。”我说。

但她却好像生气了，说：“你说的是你爸爸呀。”

那我还能说什么呢？好人多得是，你还会遇到别人的？好吧，妈妈已经六十二岁了。她皮肤松弛，体态臃肿，已经完全是一副老奶奶的模样了。

你要是有时间，就给我妈妈家打电话找我。她害怕一个人待着，所以我得在她这儿住上一阵子了，直到爸爸幡然醒悟回家来。

爱你的

杰玛

又：我不介意你没吃镇静药，用朗姆酒和可口可乐代替很不错。你做得对。

妈妈准许我回自己的住处收拾些干净衣服带来，开车去只需要十五分钟。她说："如果你四十分钟内回不来，我会害怕的。"

每当这样的时候，我就恨自己是个独生女。妈妈流产过两次，一次在生我之前，一次在生我之后——尽管我因此有了更多的摇摆木马和小自行车之类的玩具，但仍然弥补不了我没有兄弟姐妹的遗憾。

我开着车，思绪却仍然在科莉特和她的染发上。最让我震惊的就是她居然和我年龄差不多。这会不会意味着爸爸也曾觊觎过我的朋友？他从来没有过外遇和调情的前科——直到昨天，谁要是这么想，我一定会拊掌大笑的——然而忽然之间，我就必须以新的眼光来审视他了。回想过去，他一向对我的朋友们很和善，无论他们什么时候来我家玩，他都会给他们巧克力，简直就像是请他们分享家里的新鲜空气。在我二十岁前后，爸爸经常要在凌晨两点左右起床，到城里的一个俱乐部接我和另外九到十个人。我们那会儿往往已经喝得酩酊大醉，最高潮的情形是苏珊打开她那一侧的车门，顺着车门外侧吐出将近半瓶子桃味杜松子酒。爸爸当时注意不到，直到他第二天去打高尔夫球，用钥匙拧开车门时，才会发现有一扇车门上凝着厚厚的一层呕吐物。不过爸爸可不会像拜尔斯先生那样发疯般地大喊大叫。有一次苏珊吐在了拜尔斯先生的花坛里，拜尔斯先生咆哮道："你们去告诉那小丫头，叫她离这儿远点儿，滚得越远越好！她不应该喝酒，她还不到年龄，她不能碰酒！"而爸爸只会说上一句："唉，宝贝啊！这又是苏珊干的。"然后他就会回屋端一盆水，拿一块抹布出来。那时候我觉得爸爸只不过是非常和善，但现在我却开始怀疑这会不会也有很深的淫邪的意味呢。

这是个令人作呕的想法。

我碰到了好几个红灯，耽误了我不少时间，不过还好，公寓电子门的密码锁这会儿还正常。我住的公寓所在的小区，一直渴望成为一个时尚和"现代化"的社区，为此置办了不少时髦设施，比如一个（简陋得可笑的）健身房，再比如这种意在保证"安全"的电子门。门上的密码锁时不时就会出故障，依发生时间的不同，人们不是出不了门上不了班，就是回不了家吃不了饭。

我扫了一眼我的邮箱——有六七张强力瑜伽的广告，还有一张肠道灌洗的宣传品——我又检查了一下我电话机上的语音留言，没有特别紧急的，每个人在留言的最后都说了“我会给你打手机”。(他们的确打了。如果他们只打座机的话，我的生活倒还轻松些。）接着我把化妆品、内衣、手机充电器扔进了包里，然后开始寻找可以穿到工作场所的干净衣服。我看到衣柜门上吊着一件熨得皱皱巴巴的衬衫，但我需要的是两件。在衣服架中翻找了一番后又发现了一件，但我马上看出了我没穿它的原因，因为袖子下有一道很奇怪的黄色污痕，怎么洗也洗不掉，所以我不打算再穿了。可我现在不得不用上它了，只要我不脱外套就行。最后,我把细条纹的套装和四英寸的高跟鞋装进了包中。(我从来不穿平底鞋。我的鞋跟一向很高，所以有时候我脱了高跟鞋时，总会有人一脸迷茫地四处张望，问“她跑到哪儿去了”，我就会说：“低点儿头，我在这儿呢。”)

我在离开前，又深情地望了望我的床。今晚我将睡在我父母空余的房间里，那感觉可大不一样。我爱我的床。让我告诉你……

我最喜爱的东西

第一号最喜爱的东西

我的床：一段爱情故事

我的床是张可爱的床。它可不是一般的老床。它是我亲手组装起来的。我的意思可不是说它是从宜家买来的简易组装件。我买了一张很贵的床垫，换句话说，不是商店里最便宜的。我记得是倒数第三便宜的。真是腐败！

再说寝具。我有两床——而不是一床——鸭绒被。一件显然是我自己盖的。另一件嘛——你很快也会这样做的——是垫在我的床单底下的，也就是说我睡在它上面。这是妈妈教我的小技巧，那种钻进毛茸茸、软篷篷的大信封里的舒服感觉，真是难以言传。鸭绒被似乎在轻轻地拍打着我，喁喁地说道：“现在好了，我们找到你了，我们找到你了，没事了，一切都好了，你现在安全了。”——就像电影的结尾，美女逃脱了美国联邦调查局那帮恶棍的追杀，最终揭露了他们的阴谋时，英雄安慰美女那样。

床单、鸭绒被套，还有枕套，当然都是棉布的，而且它们全都是白的，雪白雪白的（只是上面有咖啡渍）。

最独具一格的是：床头板。也是床上最好的组件。是科迪的朋友克劳德给我做的（不是礼物，我付钱给他了）。这是那种五十年代的电影明星们常用的床头板：很大，很花哨，有靠垫，有弧度，饰有褪色的青铜丝，上面点缀着香水月季，既像是童话幻境，也像是新艺术风格，总之，实在是太妙了！看过的人都会夸赞它。实际上安东第一次看到这床头板时，惊叫道："好女孩子气的床啊！"接着他大笑起来，然后就抱着我滚在了床上。唉，那是多么幸福的日子啊……

我依依不舍地最后看了一眼我的床，希望这不是永别。我同我没能来到人世的姐妹们商量道："你们去看看妈妈吧。"我对妈妈在我之前怀的那位说："你是大姐啊。"可是没有用，我还得自己去。

当我拿着干净的套装和衬衫，出了车门进了家门后，妈妈说："你拿这些衣服来做什么？"

"我要上班啊。"

"上班？"就好像她从来没听说过这回事似的。

"是啊，妈妈，我得上班。"

"什么时候？"

"明天。"

"你不能去。"

"妈妈，我必须去。我要是再不去，就会丢了这份工作的。"

"你请一下私事假吧。"

"可是只有有人去世时，才准请私事假的。"

"我倒希望他死了。"

"妈妈！"

“可我就是这么想的。已经有好多人向我表达同情和慰问了。邻居们会送吃的来的。”

“乳蛋饼。”我说。（他们的确会送来的。）

“还有苹果馅饼。玛格丽特·凯利为葬礼准备的苹果馅饼，做得很不错呢。”（她说这话时，多少带着些怨气，过一会儿你就会知道原因的。）“可他没有享受到这份哀荣，而是找了个女朋友，甩了我。而你现在又说要去上班。你请请假吧，不管是什么假。”

“可我已经没有假了。”

“那就请病假。贝利大夫会给你开假条的。我来付钱。”

“妈妈，我不能啊。”我开始有些惊慌了。

“有什么事这么重要？”

“下星期四是达维妮娅·韦斯特波德的婚礼。”

“是笔大生意。”她说。

准确地说，这是本年度上流社会的盛大婚礼之一。是我迄今接手的最重要、最复杂、最昂贵，也最可怕的工作。一连几个月，我一直在考虑婚礼的后勤保障事宜，无论是在醒时还是在梦中。

单是婚礼用花，就有五千株从荷兰空运来的冷冻的郁金香，还从纽约请来了一位花卉专家和他的六名助手。婚礼蛋糕将是一座十二英尺高的自由女神像模型，但将由冰激凌制成，所以只能在最后一刻制作。一座大得足以盛下五百名宾客的大帐篷，将于星期一晚上在基尔代尔搭起，到星期四早晨，将要变成阿拉伯天方夜谭般的幻境。达维妮娅从很多方面说，都是个通情达理、热情体贴的姑娘，但就因为她选择了一月份在帐篷里举行婚礼，我至今还在到处踅摸电暖器，以确保我们不被冻僵。还有其他事情……很多很多其他事情。达维妮娅让我来操办她梦寐以求的婚礼，是一种切切实实的肯定。可这压力啊，我真没法跟你说——厨师有可能造成食物中毒，花匠有可能让大家花粉过敏，理发师有可能一时失手，大帐篷有可能遭到破坏，而最终这些错误都会归咎于我。

但我不能告诉妈妈任何细节。这些都是高度机密，而她在保守秘密方面比我还糟糕——已经有一半以上的当地居民都知道了那种提拉米苏棒。

“可你要是去上班，我怎么办？”

“也许可以请一位邻居来陪陪你。”

一阵沉默。

“好吗，妈妈？因为，你看，这是我的工作，他们为此付给我薪水，可我已经两天没去了。”

“你想请哪位邻居？”

“嗯……”

最近的一些变故使当地社区的结构发生了变化。有那么一阵子，似乎所有邻居都是妈妈这个年龄的老太太，甚至还要老。她们分别叫玛丽、毛拉、梅、玛丽娅、莫伊拉、玛丽、马里、玛丽、玛丽，还是玛丽。只有普里奥尔太太叫洛特，但那仅仅因为她是荷兰人。她们似乎经常串门，分发为教堂募捐的信封，或者来借工作装，或者……或者……你知道，就是那些事儿。

但最近有三到四位玛丽搬走了。“既然孩子们已经长大了”，玛丽·韦伯和韦伯先生卖了房子还了债，搬到海边的养老院去住了。斯帕罗先生去世了，妈妈的好朋友玛丽·斯帕罗去威尔士和她女儿一起住了。还有两位玛丽呢？我记不住了，我必须承认，在妈妈唠叨街坊邻里的事情时，我没有足够认真地去听。噢，对了，玛丽·格里芬和格里芬先生迁往西班牙了，因为玛丽·格里芬的关节炎实在太严重了。还有一位玛丽是谁呢？哦，我想起来了。

“帕森斯太太，”我提议道，“她很不错。或者凯利太太。”

这可是个馊主意，我马上意识到了。整条街的人都知道，女儿过二十一岁生日时要请我妈妈做蛋糕，但西莉亚·帕森斯二十一岁时，帕森斯太太却请了凯利太太而没有请我妈妈做蛋糕。凯利太太做了个钥匙形的蛋糕。自那以后，她们的关系就变得紧张起来——当然，表面上还是彬彬有礼的，但实际上很紧张（这其实已经是八年前的事了，但记仇却是这里人们的嗜好之一）。

“凯利太太，”我重复道，“帕森斯太太请她做蛋糕，并不是她的错呀。”

“可她不是非做不可的，她可以拒绝嘛。”

我叹了口气。这样的对话，我们已经重复了一千遍了。“西莉亚·帕森斯并不想要钥匙形的蛋糕，她想要香槟酒瓶形状的。”

“多迪·帕森斯至少可以问我一句我能不能做。”

“是的，可她知道凯利太太有装饰方面的书。”

“我用不着看书。我光用脑袋就能想出方案来。”

“没错！你的水平更高。”

“而且所有人都说那蛋糕的面干得像沙子。”

“大家是这么说的。”

“她应该只做她擅长做的事情——为葬礼准备苹果馅饼。”

“妈妈，可这事的确不是凯利太太的错。”

我必须把凯利太太和妈妈的关系拉近，这非常重要，因为我不能再请任何假了。我赢得了达维妮娅婚礼这笔业务后，弗朗西斯和弗朗西丝——对，就是“F&F 迪格南公司”的“F&F”——很高兴，说如果我干得好，以后她拉来的所有婚礼就都由我操办了。可如果我办砸了，哼哼……我很讨厌弗朗西斯和弗朗西丝，我们都讨厌他俩。弗朗西丝留着铁灰色的波波头，反而使她那像拳击手一样的方下巴更显得突出。尽管她不真的吸雪茄，她却穿男人的衣服，坐着的时候腿是岔开的。无论我什么时候闭上眼睛想起她，脑海中浮现的都是这副形象——好在我不常想起她，至少是不会主动想起。她那个脾气暴躁的合伙人弗朗西斯，模样就像两条腿支起了一个大鸡蛋：他全身的重量都堆在了肚子上，腿却像凯特·摩斯[①]一样有骨感。他长着一张圆脸，头顶秃了，只在两只耳朵上方各有一绺头发，所以他看上去有点儿像尤达大师[②]。不大了解他的人会以为他是个滑稽的人。他们在提到弗朗西丝时会说：“她是当家的。”他们这么说可不对。他俩都当家。

如果我把这婚礼办砸了，他们就会把我叫进那间没有窗户的房间——那是他们的 101 室[③]——说我辜负了他们的期望。然后他们会展示后见之明，开了我。因为他俩是夫妻，所以他们经常吹嘘公司就像一个大家庭。他们当然知道怎样让我感觉自己像个做错了事的小姑娘。他们鼓励客户经理（我也是

①凯特·摩斯（1974～）：英国名模，以双腿修长而著称。

②尤达大师：美国电影《星球大战》系列中绝地武士的导师。

③ 101 室：英国作家乔治·奥威尔的小说《一九八四》中友爱部的刑讯室。

其中之一）和同事们像小孩儿争宠一样相互竞争——这话是了解内幕的人告诉我的。

不管怎样。

“我要不要请凯利太太来？”

妈妈重新陷入了沉默。

她张开了嘴。有那么一阵子什么声音也没发出，但我知道有某种声音正在半路上。接着就从她体内深处不知什么地方，发出了长长的、尖细的痛哭声。简直像是无线电的白噪音，但又掺杂了一种细微的、刺耳的人类的低音。那声音真是瘆人。相形之下，我宁愿看她摔盘子。

她停了一下，换了口气，又开始了。我摇着她的胳膊喊道：“妈妈，求求你，妈妈！”

“诺埃尔走了。诺埃尔走了。”这时，那白噪音般的声音停止了，她只是抑制不住地狂吼着，就像那天早晨一样。那天早晨，我是用贝利医生开的在紧急情况下使用的药片，才使她安静了下来。但是现在药片已经用完了。我刚才出去的时候，真该去趟药店的。没准儿半夜里还需要那药片呢。

“妈妈，我出去请个人来陪陪你，我得去买点儿药。”

她根本没注意我在说什么，我连忙走上了通往凯利太太家的路。当凯利太太看到我站在门口的那副模样时，很显然她在想，该是和面、削苹果皮的时候了。

我跟她说了说情况，她知道有一家药店。“他们十点钟关门。”

现在是差十分十点。顾不得交通法规了。

我像疯子一样地开着车，在十点过一分时赶到了药店。里面还有人。我重重地拍了拍玻璃门，一个男人神态自若地走过来给我开了门。

“谢谢你。噢，感谢上帝。”我简直要瘫倒了。

“很高兴为您服务。”他说。

我把揉得皱皱巴巴的处方塞到了他手里。“可别告诉我你们没这药。情况很紧急。”

他把处方展平后说：“别担心，我们有这药。请稍坐一会儿。”

他消失在隔着放药的地方的白帘子后。我一屁股坐进椅子里，大口喘着粗气。

“这样就对了，”从塑料隔板后传来了他的声音，“最好再做做深呼吸。吸气，憋气，呼气。”

他拿着镇静药出来了，和善地说道：“现在，注意听我说。一定要记住，吃完药后不要开车，也不要操作任何机器。”

“好的。谢谢。太谢谢了。”直到我坐到了方向盘前，我才明白过来，原来他以为那药片是给我自己吃的呢。

5

通常我从来不看书评，所以花了好大一阵工夫才在星期六的报纸上找到了书评版。当我的目光扫过一堆不知名的英国将军传记和一本关于布尔战争的专著的评论时，我开始怀疑科迪怕是终于要犯一次错了。但紧接着，我的心就重重地一沉，把我的胸口都撞疼了。该死的科迪又说对了。那篇书评的确刊出了。他简直什么都知道。

迷人的亮相

《米米的救赎》，莉莉·赖特著。达尔金·埃默里公司出版。定价6.99英镑

> 莉莉·赖特的这本处女作，与其说是一部小说，不如说是一篇展开了的童话——这丝毫没有降低其价值。一位行善的女巫，也就是本书书名提到的米米，神秘地出现在一个地点不明的小村庄，施展开她那独特的魔法。摇摇欲坠的婚姻得到了巩固，分离的恋人破镜重圆。太平淡了，太天真了，是吗？且慢冷嘲热讽，请继续往下读。充满了魔法的《米米的救赎》，对社会怪相进行了辛辣讽刺，是一部高雅的幽默之作。读起来像在寒冷的夜晚大嚼热奶油吐司一样惬意，你一看就会上瘾的。

我的手哆嗦着，放下了报纸。我想人们会喜欢这本书的。我深深地吸了一口气，憋住，深深地呼了出来，又深深地吸了一口气，憋住，深深地呼了出

来。噢，上帝呀，我嫉妒，我嫉妒死了。我浑身的血管都充满了嫉妒。

我能想到即将发生的一切：莉莉·赖特将成为大名人。所有的报纸、所有的人都会追逐她。尽管她头顶上有些地方都秃了，她却将出现在《哈罗！》杂志上。她还会上帕金森的节目，甚至还会上戴维·莱特曼或奥普拉的节目。她会赚很多钱，最终能像伯特·雷诺兹那样付得起毛囊移植的钱，于是所有的人又会更加喜欢她。她会去做慈善工作，并因此而获奖。她将拥有豪华小汽车，拥有巨大的豪宅，拥有崇拜者。她想要什么就有什么！

我又拾起了报纸，把书评重读了一遍，想寻找一些——或者说是任何——负面评价。里面肯定会有一些的。但无论我怎么读，我的确看不出这篇书评除了胡说八道外还有什么。

我猛地一把把报纸甩了出去。为什么人生这么混账？为什么有人他妈的什么都能得到？莉莉·赖特有个很好的男人——而这本该是我的。她还有一个可爱的小女孩——而这有一半该是我的。现在她又有了辉煌的事业。这真不公平。

我的手机响了，我一把抓了过来。是科迪。“你看了书评了吗？”他问道。

“看了，你呢？”

“我也看了。”他停顿了一会儿。“对她来说是公平的。”

科迪小心翼翼地在莉莉和我之间维持着平衡。当重大争执发生时，他拒绝选边站。他不肯和我一起抱怨莉莉，那简直比让他在奥运会上为爱尔兰拿金牌都难。有一次他居然胡说什么莉莉从我这里偷走了安东，这将给她带来的痛苦比我还多。气死我了！理论上我能理解他的立场——莉莉从来没伤害过他——但有时候，就像今天，他的确戳到了我的痛处。

星期六上午，爸爸离开家已有五天了——五天呐——他还没有回来。我一直坚信到这时候他就该回来了。我以为他只是一时头脑发昏，再加上提拉米苏风波给他施加了压力，用不了多久他就会恢复理智的。

我一直在等待，等待，等待。等待他用钥匙开锁的声音，等待他冲进屋里高喊他犯了多么可怕的错误，等待着这倒霉的一切赶紧过去。

星期四那天我给他打了四次电话，请他回家来，每次他都说着同样的话——他很抱歉，但他不会回来。于是我想大概是我电话打得太多了，也许我和妈妈静默几天，倒会让他幡然醒悟。

一个星期。我将静默一个星期。到那时候他就会回来了。他怎么可能不回来呢？那真是不堪想象。

星期四和星期五我都没有上班。我没法去——妈妈的状况太让我担心了。但我在妈妈家也工作了。整个星期四我都在打电话、发传真、发电子邮件，督促达维妮娅婚礼的筹备工作。我甚至还见缝插针地往西雅图发了几封电子邮件，向苏珊倾诉。苏珊和我都一致认为，爸爸穿的外套不如以前，上面居然还有毛边。

星期五上午安德烈娅带着文案来到了妈妈家。我们逐一审查了清单。达维妮娅·韦斯特波德的婚礼安排由各种各样的清单构成。有来宾到达时间的清单；有派去接他们的司机的名单；有所有人的住址及他们的特殊要求的清单。

（我喜欢拉单子，有时候开始工作时，我会把所有已经做了的事情列在单子上，这样我就知道接下去该做什么了。）

接着是时间表。我们一个小时一个小时地敲定了该做什么事：什么时候大帐篷该搭起来，什么时候绸缎该送到，什么时候供暖和照明设备该安装好。我们一切进展顺利，直到星期五下午达维妮娅打来电话，说她的朋友布卢和西恩娜闹掰了，不能再坐在同一张桌上了。接下去的两个小时，所有其他工作都不得不暂停下来，等我们重新安排座位——这个小小的裂变却引发了一股席卷整个婚宴的冲击波，因为他们似乎全都彼此有一腿。不管怎么动，都有不便之处：西恩娜不能坐在第四桌，因为布卢的新女友奥古斯特在那桌；她也不能坐第五桌，因为她的前男友查利在那桌。第六桌有布卢的前女友莉娅，布卢正是蹬了她才跟西恩娜好上的。第七桌……诸如此类。而如果我们试图挪开障碍——比如给奥古斯特换张桌子——奥古斯特又会跟被她踹掉或曾跟她上过床的人面对面了。这简直像是解魔方。

雪上加霜的是，我还没法让安德烈娅全神贯注。她不停地瞟着窗台上、面包箱上、冰箱顶上到处散落的巧克力棒。她惊叫道：“这简直像是糖果店里翻了天。”

我从小不缺巧克力，所以对巧克力的态度一向是无所谓的，但从星期二起，我却是手边不离巧克力了：比妈妈丧失了生活的意愿更可怕的是，她丧失了做饭的意愿。由于我还不知该怎么办，到饭点时就很容易想到吃饼干和巧克力。

我给安德烈娅拿了一大把各种各样的巧克力，希望她能集中注意力于手头的工作。

“专心点儿，”我恳求道。“就算不看在我的分上，也看在达维妮娅的分上吧。”

你知道，达维妮娅·韦斯特波德可是个罕见的好姑娘。尽管她时髦、富有、漂亮，心眼却不错（只除了非要在一年最冷的月份在大帐篷里举行婚礼）。工作中最让我头痛的多半都是客户——我曾经遇到过在活动举办之前两天宾馆的舞厅着火了，也曾遇到过在募捐晚会上，嘉宾因为吃了感染沙门氏菌的鸡肉而突然吐得一塌糊涂，不得不在抽奖时被架离了现场，然而这些都不及客户麻烦。不过达维妮娅不同。她不会在半夜给我家里打电话，惊叫说她的翻领套头衫的黑色色度不对，或者她嘴边长了疱疹，要我想想办法。

安德烈娅和我一直忙到晚上八点左右才完事。她千恩万谢地拿着一大包糖果刚一离开，妈妈就塞给我一张单子，要我去超市采购一星期需要的东西。她不跟我一块去，因为无论什么时候我建议她穿上外衣，她都会紧紧地抱住她那越来越脏的桃红色睡衣抽泣道：“别逼我。”但是当我从超市回来，刚一打开购物袋，妈妈就抱怨起来，说我的东西全买错了。“你买这种黄油干什么？”她问，就像发现我第一天晚上没有锁门时一样困惑。“这不是我们要的面包。我们也不吃其他牌子的玉米片，我们只吃超市自有品牌的东西。你简直是在扔钱……”她嘟囔着。

我在上床前，还得关门窗。按照妈妈的高标准，检查了所有窗户，插上了插销，在门上拴了铁链。当我跌跌撞撞地走向床时，实在是筋疲力尽了——我抑制不住地感到委屈。这是星期五的晚上，我本该在外面狂欢，而不是在这里照看妈妈。我多么希望爸爸能回家啊。

我心烦意乱，睡不着觉，只好到幻想中去躲避。编造逃跑的男朋友归来、敌人最终被打败这样的故事，是我在晚会上的拿手好戏。我在这方面已经很有名气，特别是在科迪那帮人中。有时候有人刚被介绍认识我，就立刻请求我露一手。

程序是这样的：她们先告诉我一个悲惨事件的概况，比如，她们看到男朋友从布朗·托马斯百货公司[①]出来，拿着一个作为礼品包装起来的巴宝莉[②]包。自然，参加晚会的那个悲伤的人儿认为这包是给她买的，于是便做了一件所有敏感的女人都会做的事情——径直出门去买了一双配得上那包的凉鞋。然而，当下一次见面时，那家伙却提出了分手……而且还没有拿出那个包来减轻打击。显然他有了别人！

我再问她们一些信息，比如他们的关系持续了多长时间、那个包的价钱，等等。然后我略加思索，就会编出一个这样的故事："好吧，想象这样一个场景。三个月后，你和他不期而遇，而你碰巧看上去非常地……"我再停顿片刻，考虑一下她们的发式和衣着——是的，她们可以穿上从《时尚》杂志上看来的彩条苏格兰格子呢裤，是的，可以穿那种低领的上衣。当然，如果她们愿意的话，也可以穿高领的上衣。嗯，还有新一季的靴子，显然——接下去我继续编道："巴宝莉包降价了，你给自己买了两个。不，不，等等，你根本没买巴宝莉包，谁会要别人都不要的东西呢？不，你在工作中得到了一笔额外的奖金，你给自己买了个奥兰·凯利[③]包，好多人都等着买这种包呢。你刚度了一个阳光假期回来，你得了黄疸病，结果不仅瘦得很有骨感，肤色还恰到好处。他因为非法停车，车子被警察用轮夹夹住了。当时正下着瓢泼大雨，他的一只鞋还被小偷给偷了。"等等等等。人们都说，为别人提供的故事梗概添枝加叶是我的特长。安东和莉莉跑了后，正是这种幻想力治愈了我的伤痛。

我安慰自己用的脚本中，包括逃到遥远的米尔斯·布恩[④]式的乡下社区的

---

①布朗·托马斯百货公司：爱尔兰著名连锁百货公司。

②巴宝莉：官方翻译为博柏利，是英国著名皮具和服装品牌。

③奥兰·凯利：英国著名设计师品牌。

④米尔斯·布恩：英国出版商，以称霸言情小说市场著称。

故事。当然是在海边，某个波涛汹涌、白浪滔天的荒凉海滨。我沿着海滩或者悬崖峭壁疯狂地暴走了很久很久，正当我情绪低落、步履蹒跚之际，一个英俊潇洒的农夫发现了我。尽管我很长时间都已经心如止水了，他却撩动了我的心弦。当然，他不是个一般的农夫，他是一位电影导演或者把自己刚刚创立的公司卖了好几百万的前企业家。我有一种幽雅而纤柔的气质，但因为我伤得太重，所以当他在一个乡下旅店向我示好时，我却很粗鲁地对待他。然而，他没有像现实生活中会发生的那样骂我是个泼妇、蠢货，然后再去和别的乡下贱女人调情，而是第二天一早在我的屋门口留下两个新鲜鸡蛋。当我沿着悬崖暴走了四英里[①]，迈着沉重的步伐回来时，发现了那鸡蛋——当然，是刚从鸡窝里拿出来的，还带着温乎劲儿——正可以做我的早餐（不必介意，通常我的早餐都是一小杯冰激凌和三块泡芙）。于是我又从花园里摘了些野香芹，做了个美味的煎蛋卷。或者他留下的是一大捧新摘的野花，于是下一次我见到他时，不会揶揄说："那么，海外鲜花服务是不会快递到这里的喽？"而是真诚地感谢他，并且说毛茛属植物是我最喜欢的（假装是这样）。到了一定阶段，我最终会在他的厨房里，看着他用婴儿的奶瓶小心翼翼地喂一只小羔羊，于是我冰封已久的心开始解冻了。直到一天早晨我外出远足时，悬崖上的一块岩石松动了，带着我一起坠落深渊。早就有人警告过我悬崖的边缘不大牢靠，但有求死之心的我根本没在乎。碰巧那位英俊的农夫看见了我坠入大海，于是他开着拖拉机拿着绳子来了，从我幸运地爬上的一块小岩礁上救了我。见鬼去吧，那些"从此过上了幸福的生活"的结局。

①英里：一英里约合一点六公里。——编者注

6

收件人：Susan_inseattle@yahoo.com

发件人：Gemma343@hotmail.com

主题：戏还没有结束

先听听这个。昨天晚上，我正躺在床上，用那个电影导演兼农夫的幻想故事安慰自己时，突然听到从妈妈的屋里传来了声响。一种撞击的声音，接着就听见她可怜巴巴地喊道："杰玛，杰玛。"声音是这样的——杰杰玛玛玛玛……杰杰玛玛玛玛……我赶紧跑过去拍了拍她。她转过身来，像条垂死的鳕鱼一样挣扎着，说道："我的心！"（这么说，在真实世界里，人们的确是会这样说话的。）"我的心脏病犯了。"

我相信她——她脸色苍白，胸口起伏着，眼睛也鼓了出来。我一把抓起床头的电话，但下手太重，电话竟掉在了地上。

打999急救电话，真是件怪异无比的事情——以前我只打过一次。那次安东打嗝打得很厉害，而我喝得酩酊大醉（实际上，正是我的烂醉引起了他的打嗝）。我们尝试了一切办法想制止他打嗝，比如：把冰凉的钥匙按在他的背上；让他从杯子不常用的一端喝水；让他看看自己的信用卡透支已多么严重……当时情况看上去很紧急，可999的接线员却不理会我。

这回情况不同了。接线员非常认真，告诉我始终让妈妈处于能正常呼吸的姿势（不管是什么姿势），并承诺急救车马上就到。在我们等待时，我一直握着妈妈的手，求她不要死。

“我很清楚，”她气喘吁吁地说道，“这事会给你爸爸一个教训。”

糟糕的是，我居然没有爸爸的电话号码。我应该不顾科莉特的冷脸，坚持要一下她的电话号码，以备急用，可我太要面子了，问都没问。

妈妈呼哧呼哧地喘着粗气——那情景实在太可怕了。我没法跟你说清楚——我真不明白我怎么会这么倒霉。你想想吧！我一星期内就要接连失去双亲，上星期天的星象预测节目可根本没说呀。

这时候，我多么希望那些你我通常都会报名（但三个星期后就不会去听了）的秋天晚上的课程能帮上忙啊。当时真不该去学什么瑜伽和西班牙语会话。如果我真能从那些课上学点儿东西，也许在我母亲生死之际，我就能发挥关键作用了。

我隐隐约约记得那些课上提到过阿司匹林——可是该不该给心脏病人服用呢？好像说的是该用，也好像说的是不该用……

这时远处传来的警报器的声音，越来越近，接着透过卧室的窗帘就能看到蓝灯在闪了。我连忙下楼去开前门。当十分钟后我把所有的链子和锁都打开时，两个身高体壮的棒小伙儿（你会喜欢他们的）冲了进来，抬着担架咚咚咚地跑上了楼，用皮带把妈妈固定在担架上，又咚咚咚地跑下了楼。我连跑带颠地跟在他们后面。他们把妈妈送进了急救车里，我也跳了上去，接着他们就把各种各样的监测仪器附在了妈妈身上。

急救车呜呜呜地从街上驶过，两个人检查起妈妈的各种读数。我不知道我是怎么觉察到的，但没过多久，车里的气氛就从紧张高效变成了某种令人不快的感觉。两个人相互扮了个鬼脸。我的心揪紧了。

“她会死吗？”我问。

“不会。”

“嗯……？”

接着其中的一个小伙子说道：“她什么病也没犯。没犯心脏病。也没有中风。她的一切生命体征都很正常。”

“可她喘着粗气，”我说，“脸色也很苍白。”

“可能是受了惊吓。去看看你们的社区医生吧，请他开几片镇静药就行。”

你能想得到吗！警报器不响了。急救车调了个头，以慢了许多的速度，把妈妈和我送回了家，但在我们的前门外就让我们下车了。令人稍感欣慰的是，两个小伙子的态度还好。我下了车后，道歉说耽误了他们的时间，他们只说了一句：“没关系。”

我回到了床上。我向上帝发誓我心中充满了羞耻，火烧火燎的羞耻。每当我的心思稍有偏离，我又会马上想起来并勃然大怒，不得不坐起身来。过了好几个小时后我才睡着，等我醒来时，已是星期六的上午，该读《爱尔兰时报》上那篇胡说八道的莉莉的书的书评了（《爱尔兰时报》的网站上也贴出了一份）。

我痛恨我的生活。

虽然我很高兴这些事能给你的生活增添些趣味——但你很快就会交上朋友的，那你就不会再感到孤独了。

我得离开电脑了，因为贝利大夫（又）来了。请给我回邮件，告诉我些西雅图令人高兴的事情。

爱你的

杰玛

又：也许我根本不该这样幽默地跟你提这个话题，不过你要是真想知道的话，我觉得这种提拉米苏棒的咖啡味儿太浓了，我更喜欢牛奶巧克力而不是黑巧克力。

我获得了准许，按照处方到药房去给妈妈买药。贝利大夫开了药力更强的镇静药，然后又在处方簿上龙飞凤舞地划拉起来，说：“也许还应该吃些抗抑郁药。”

妈妈说：“我唯一想要的抗抑郁药，就是让我丈夫回家来。”

“那种药还没有上市呢。”贝利大夫说着，已经走到了楼梯边上。他要回高尔夫球场去了。

我去了几天前的晚上去过的那家药店。不仅是因为他们态度很好，而且因为那儿最近。

门砰的一声开了，有人说道：“欢迎再次光临。”

正是星期三晚上救了我一命的那个人。

“你好。”我递上了处方。他扫了一眼，嘴里发出了同情的啧啧声。“请坐。”

他闪到了蜜胺树脂隔板后去给妈妈取药。我注意到这里原来还有其他各种各样的好东西，星期三我匆忙而来时倒忽略了。

这里不仅有通常药店都会具备的止痛片、镇咳药之类，还有中档面霜，以及最出人意料的——指甲油。下面就是我对指甲油的感受……

我最喜爱的东西

第二号最喜爱的东西

我的指甲油：一种证明

我一辈子都讨厌我的手。我的胳膊和腿很可能都有些短，其中最突出的就是我的手指。不过大约六个月前，在苏珊的撺掇下，我开始“做”指甲了。也就是说用各种各样的障眼法使它们变长变牢固，而这些招数最大的好处是看上去却不像假的。“做”过的指甲就像是长得好的指甲，长度正合适，涂着漂亮的颜色（可别跟我说像女妖精的红爪子）。

做了指甲后，我就像变了个人一样，更加朝气蓬勃了，说话爱打手势了，也更能镇住同事们了。我可以通过不停地敲桌子来表示不耐烦，也可以在圆满结束会议时打上几个漂亮的响指。

现在我已经离不开我的长指甲了。没有了它们，我就像是参孙没有了头发，会感到力量全失。当人们再拿某个因为指甲劈了而伤心的姑娘打趣时，我就笑不出来了，因为指甲劈了对我来说，就如同超人遇上了氪石。

有生以来第一次，我开始买指甲油了。每当我站在指甲油柜台前，都会感到自己以往被亏待了，不过现在我把失去的时间弥补回来了，我有了好多指甲油。有透明的、不透明的、金属型的、闪光型的，还有乳白色的。

唯一的问题是工作中出了错后该怎么办，现在我不能再咬指甲了。我也许该弄个假指甲来咬，就像戒烟的人要用假烟一样。或者动真格的，我也可以抽烟嘛。

当那个人拿着镇静药重新出现时，我已经选好了指甲油：乳白泛米黄色的，就像一月的天空。不过，一月的天空如果当真出现了这种颜色，将会相当令人不快，然而非常有趣的是，作为指甲油，这种颜色却极其优雅而别致。

“这种明暗对比很不错，令人愉快。”他说。

我心想，一个男人做出这样的评论真是滑稽，尤其是当他说得还不对时。

但紧接着他就滔滔不绝地说起了药嘱——“抗抑郁药每天吃一次，如果哪天忘了吃了，第二天不要加大剂量，还按正常的量服用。镇静药只能在紧急情况下服用，这种药很容易上瘾”——我记得星期三晚上他就以为那些镇静药是给我开的。显然，现在他仍然认为这些药是我的，我却不知道该怎样跟他说这些药是给我妈妈的。

“嗯，谢谢。”

“保重。”他在我身后喊道。

回到妈妈家后，我内心的忧虑开始不断增长。我得回趟自己家。

我必须：

1）洗衣服。

2）倒垃圾。

3）还账单。

4）设置好录像机，收录《我爱1988》。

到了外面，我还必须：

5）给科迪买生日礼物。

6）为达维妮娅的婚礼买别致的紧身衣（尽管是我在操办婚礼，我却必须装扮成客人的模样；我真应该申请一笔置装费，因为我为了工作不得不买了那么多装扮用的衣服，比如帽子、礼服，等等）。

7）做指甲。

在我站起身来的那一瞬，我必须把我的目的和决心传递给妈妈，因为她焦虑地说道："你要去哪儿？"

"我得回趟家，妈妈。我得洗衣服，还得——"

"你要去多久？"

"几个小时，所以——"

"所以你要到三点钟才能回来。你为什么不把你的衣服拿到这儿来，让我给你洗？"

"那没必要。"

"我洗的要好得多。"

"是的，可我还有其他事情要做。"

"那我怎么办？你要把我一个人撇在这儿吗？"

我开车走了，但恐惧像一块大石头一样压在我的心头。必须找个人来帮忙，可我把可能的选择细细捋了一遍，也没有发现合适的人选。

1）我的兄弟姐妹？没有。

2）我的关怀备至、体贴入微的伴侣？没有。

3）妈妈的兄弟姐妹？也没有。妈妈像我一样，也是独生女——显然，这是家庭遗传。

4）爸爸的兄弟姐妹？停！他有两个姐妹——但一位住在罗德岛[①]，一位住在因弗内斯[②]——他还有一位兄弟，利奥叔叔，将近七个月前，他在伍迪斯买运动器械时，突发心脏病而去世了。这个噩耗够惊人的，可还不算完，他的妻子，也是妈妈最好的朋友之一——玛戈婶婶，仅仅过了五个星期后也去世了。你也许认为是伤心过度造成的，但实际上她是因为在一个雨天开车拐弯时太急，撞上了一堵卵石灰浆墙而去世的。这真可怕，尤其是距利奥叔叔的死这么近——玛戈婶婶是个可爱的人，尽管我只在圣诞节等家宴上见过她，但就连我也怀念她。

5）邻居？我能想得出的最好人选就是可怜的被误解的凯利太太。我在努力领悟和接受现状。在我成长阶段，这个社区就像是一个共同体。所有的家庭似乎年龄都相仿。现在，在我不知不觉间，年老一代的家庭已经被年轻一代家庭取而代之了。从什么时候开始情况就全变了？从什么时候开始，所有人都开始去世，或者搬进了那些方便管理的公寓，将那里作为去天堂前的最后港湾？

6）朋友？妈妈和爸爸实际上是一个奇妙的大团体中的一部分。妈妈的所有朋友也都是爸爸的朋友——他们是“两口子”，他们交往的也都是“两口子”，他们谈论的人是“可爱的两口子”。其中有“贝克夫妇”——爸爸和贝克先生一起打高尔夫球。还有“廷代尔夫妇”。

7）妈妈的精神顾问？某个神父什么的——值得一试。

诺埃尔·霍根啊，你挑了这么好个时候离开我们，你这可恶的家伙。我忍不住在想，如果他再也不回来了怎么办？如果情况总是这样该怎么办？如果我每次离开妈妈家，她都要倒吸气，该怎么办？我该怎样保住我的工作？我该怎样生活？

①罗德岛：美国东海岸一州。

②因弗内斯：英国苏格兰一城市。

7

星期一早上我必须去上班了。我的确的确必须去了。达维妮娅要求与我面谈。我还必须去基尔代尔看看现场，以确保帐篷搭在正确的地方。我知道你会觉得我太过大惊小怪了，可这种事情在“拉兹”男孩乐队的韦恩 · 迪夫尼身上还真发生过（你知道他吧？就是那个发型格外傻的“怪”家伙）。他的婚礼帐篷就搭错了地方，而且没有时间拆掉重搭了，所以只好给拥有那块地的农民额外付了一笔钱。谢天谢地这事没出在我们公司，但也严重动摇了爱尔兰公关行业协会的基础。

于是星期天晚上，我怀着负疚感，鼓足勇气按下了电视机的“静音”键，说道：“哎，妈妈，我明天绝对必须上班去了。”

她没有回答，只是坐在那里，眼睛直勾勾地盯着没有声音的电视画面，就好像没听见我说什么一样。

这真是可怕的一天——妈妈居然没去做弥撒。对于不熟悉爱尔兰天主教妈咪会的人来说，你根本不明白这有多严重。参加该会的妈妈们绝不会错过星期天的弥撒的。哪怕有人得了狂犬病，满嘴吐白沫，她也会带上一盒卫生纸硬挺着去。如果她一条腿瘸了，她会拄着拐杖去。而如果她两条腿都瘸了，她架着双拐也要去，路上还会和蔼而优雅地向经过的邻居的车摆摆手。

星期天上午十点钟时，我打断了正面无表情地坐在电视机前观看一周股市综述的妈妈：“妈妈，你不准备一下，去参加弥撒吗？”

（就在那一刻，我突然想起离开的第四位玛丽是谁了。她不叫玛丽，而是普里奥尔太太——名叫洛特。怪不得我想不起来呢。是刚刚闪进我脑海里的弥撒捎带着让我想到了她，因为妈妈有一次说过：“我很喜欢洛特，哪怕她是个路德派信徒。”但是去年夏天洛特去参加天上的木屐舞大会了，普里奥尔先生卖了房子，搬进了养老院。)

妈妈好像没听见我说话，于是我又说道：“妈妈！该准备去做弥撒了。我开车送你去。”

“我不去了。”

我的胃一沉。“好吧，我跟你一起去。”

“我没说过我不去吗？她们全都会看我笑话的。”

我搬出了从小以来每当我自我意识太强时她用来教育我的那句话。“别犯傻了，”我说，“她们更关心她们自己，谁在意你呀？”

“她们全都在意。”她悲伤地说道，而实际上，她说的是对的。

正常情况下，十一点钟去做弥撒被认为是“散散步”。妈妈和她的朋友们则说是“出去转转”。如果这个圈子里的某个人新买了件冬天穿的大衣，第一次展示给大家，就会是在十一点钟做弥撒时。

但是现在妈妈成了弃妇，她会把所有冬天的新大衣排除在今天的日程之外的——而今天肯定会有一两件新大衣亮相的，现在是一月份，又是打折促销期。所有闲言碎语和诡秘的目光都会指向妈妈和她的被弃，完全绕开诸如帕森斯太太七五折买了件褐紫色羊毛涤纶混纺短大衣之类的话题。

所以妈妈没有去做弥撒，她又穿着睡袍在家里待了一天，现在她又不肯听我说话了。

“妈妈，请看看我。我明天真的必须去上班了。”

我关掉了电视，她扭头看着我，一副受伤的样子。“我在看这个节目。”

“你没看。”

“明天请假吧。”

“妈妈，我明天必须一早就去上班了，接下来的四天，每秒钟都很重要。”

“你老是不好好做计划，什么事都留到最后一分钟。”

“不是这样的。租那个大帐篷一天要花两万欧元呢，所以我们只能把所有事情都堆在最后这几天做。”

“难道安德烈娅做不了吗？”

“不，这是我的责任。”

“那你什么时候回来呢？”

一阵恐慌涌上我的心头。干这种活儿，通常我都会住在现场，才好抓紧不工作的每一个瞬间来打上一个宝贵的盹儿。但这回看来我每天都得开车一小时二十分钟从都柏林到基尔代尔[①]，然后再回来。一天要少睡两小时四十分钟的觉。我的天呐！

星期一早晨六点，当闹钟响起时，我哭了。不仅是因为已经到了星期一早晨六点，而且还因为我想爸爸。

这是我此生中度过的最奇怪的一个星期——我受到了极大的震惊，又竭尽全力地照料妈妈，而现在，一切感觉都烟消云散了，剩下的只有悲哀。

泪水涌出我的眼眶，洒在了枕头上。我以一种孩子般的非理性，希望爸爸从来没有离开，家里的一切还都像他在时一样。

他是我爸爸，家才是他应该在的地方。他是个安静的人，把说话的机会大都留给了妈妈，可是他不在家了，我们还是能真真切切地感觉到。

这是我的错。我忽略了他。我忽略了他们俩。全都是因为我以为他们俩在一起很幸福。实际上，我从来没思考过他们到底有多幸福。他们从来没让我有过片刻的担忧，他们只是平静地过日子，看上去彼此非常相爱。是的，爸爸工作、打高尔夫球，妈妈整天待在家里，但他们也有很多共同的爱好——玩填字游戏，到威克洛山去看风景，他们还都非常热衷于一些温和的社区谋杀案电脑游戏，比如《摩斯探长》、《米德萨默杀手》，等等。有一次他们还出去参加了一个“谋杀之谜”周末晚会，不过我觉得那个晚会跟他们想象的很不一样：他们肯定是想参加一次严肃的模拟谋杀调查，有“犯罪事实”，有一系列线索引导他们查出凶手。然而在那个晚会上，他们却是喝得醉醺醺的，再穿上全套戏装，和参加晚会的其他“侦探”们一起咯咯笑着在黑暗中摸索。

爸爸感到不快乐，有很长时间了吗？他一向是个温和友善的人，这是不

①基尔代尔：爱尔兰东部一郡。

是遮掩了一些阴暗的东西，比如抑郁症？这么多年来他是不是一直在渴望着另一种生活？迄今为止我还从来没有把他当成一个人来思考，而只是把他当成了一名丈夫、父亲和高尔夫球爱好者。但他实际上要比这复杂得多，以致那些未知的领域让我感到困惑和羞愧。

我费力地起了床，穿好衣服去上班了。

上午十点钟时，基尔代尔的现场就像是一个电影外景地——到处都是卡车和人。

我头戴着耳机和麦克风，看上去就像是“金发雄心”巡回演唱会中的麦当娜，只是我的胸罩没她那么尖。

大帐篷已经从英格兰运来了，合同规定的二十名安装工人已经有十七名在现场露面了。我签收了四个临时厕所，一队木匠正奋力地抢铺一条步道，我还通过电话向一名海关官员证实了那辆装满了郁金香的冷冻厢式货车是我们的，请他放行。

当烹饪用的小帐篷的炉子运来后——两天前就应该送来的，不过至少还是送来了——我坐进了小汽车，打开暖气，给爸爸的办公室打了个电话，再一次求他回家。

他温和而坚定地拒绝了，于是我只好提出了一个周末时想到的重要问题。“爸爸，妈妈靠什么钱生活？”

“你们没收到信吗？”

“什么信？”

“我给你们发了封信，信里都说了。”

我立刻给妈妈打了电话，她气喘吁吁地拿起了听筒。“诺埃尔？”

我的心沉到了底。“不，妈妈，是我。爸爸有一封信到了吗？你能去看看吗？”

她离开了一会儿又回来了。“是的，有一封公务信封装的信，是给我的。”

“信放在哪里了？”

“在窗台上，和其他信在一起。”

“可是……你为什么不拆开看呢？”

“噢，这种公务信函，我一向是让你爸爸来处理的。”

“可这封信是爸爸寄来的。是爸爸给你的。你能拆开看看吗？”

“不，我要等你回家来再看。哦，还有，贝利大夫刚才来过，给我开了个安眠药的处方。我怎么才能拿到药呢？”

“到药店去买一趟嘛。”我声音甜甜地哄着她。

“不，”她的声音颤抖了。“我不能离开家。你能去一趟吗？药店一直开到晚上十点呢，那时候你肯定该回家了。”

“我尽量吧。”我挂断了电话，把脸埋进了双手中。（结果误碰了重拨键，于是又听见了妈妈气喘吁吁的声音：“诺埃尔？”还有电视里《偷天情缘》的声音。）

我晚上八点半离开婚礼现场时，感觉好像才过了半天。我在不被警察拦下的前提下，以最快的速度开车回到了妈妈家，一把抓过药方，就冲向了药店。那个好人儿没在，感谢上帝。我把药方递给了一个看上去令人生厌的丫头，但紧接着，那个好人儿就从药房里闪了出来，愉快地对我说了声：“欢迎光临。”我简直要怀疑他是不是就住在药店里，靠吃麦芽糖棒喝咳嗽糖浆过活，晚上就头枕着一堆鸡眼膏瓶子睡。

他拿过了药方，同情地念叨道：“睡不着觉？”他审视了一番我的脸，遗憾地摇了摇头。“是的，抗抑郁药一开始经常会产生这样的效果。”

他的同情尽管完全错了位，却令人欣慰。我感激地笑了笑，就回家看妈妈去了。我们一起坐下，拆开了爸爸那封令人提心吊胆的信。

信是他的律师寄来的，耶稣基督啊，这情况有多严重呢？尽管困倦使得信上的字在我眼前不停地跳舞，但我还是读懂了大意。

爸爸提出了一项他称之为“过渡时期财务安排”的计划。这是个不祥之兆，说明以后还会有永久性财务安排。信里说他将每月给妈妈一定数目的钱，但妈妈必须用这笔钱的一部分支付房子的一切费用，包括抵押贷款。

“好吧，咱们得算算账。抵押贷款还剩多少？”

妈妈瞪着眼睛，就好像我要她解释相对论似的。

“那么，公用事业费呢？比如一个月电费大概有多少？”

“我……我不知道。所有支票都是你爸爸开的。我很抱歉。”她说道，声音低得我都快听不见了。

什么也别说了。

真难相信妈妈还工作过——她曾经是一家大公司的打字员。她就是在那家公司认识爸爸的。但她怀上我后就辞职了。先前有过流产，她再也不敢冒险了。也许在我出生后她无论如何也得辞职了，因为那时候爱尔兰妇女都是这样做的。但其他母亲在孩子们都上了学后就又重新工作了，我妈妈却没有。她说我太宝贵了。实际上我们也一直不缺钱。虽然爸爸始终没有被提升到高管职位，但我们的钱足够花了。

“我想咱们得好好算算账，”我叹了口气。“现在先睡觉吧。”

“还有一件事，”她说，“我发了皮疹。”她伸出一条腿，掀开了睡袍。没错，她的腿上布满了红疱。

“你该去看看大夫。”我的嘴抽搐着，歇斯底里地喊道。

她竟大笑了起来。“我不能再给贝利大夫打电话叫他来家里出诊了。”

我也不能再去药店了。那个好人儿肯定会把我当成一个纯粹的疯子。

星期二早晨基尔代尔发生了冲突。内部装修师和他由八名壮汉组成的队伍在帐篷里走来走去，准备把还散发着潮湿青草味儿的帐篷改造成辉煌璀璨的天方夜谭幻境。然而帐篷还没有完全搭起来，两个工程队都想在里面干活儿，于是当一位搭帐篷的工人穿着泥靴子踩上金缎子后，战幕便拉开了。

装修师是个肌肉发达但爱开玩笑的家伙。他说那个搭帐篷的工人是个“笨手笨脚的野兽”。

然而那位搭帐篷的工人却认为“笨手笨脚的野兽”是他听到过的最有趣的称呼，于是他不停地说：“听着，伙计们，我可是头笨手笨脚的野兽啊。一头野兽！”

接着他又把装修师称为“大肥驴”。这话说得一点儿也不错，但对于建设和睦的工作环境却没有好处，于是我不得不施展我那非同寻常的谈判技巧，以避免装修队拂袖而去（还能怎么而去呢？）。

帐篷里恢复了平静后，我便来到寒冷刺骨的室外，趁四下无人给因弗内斯的格温姑姑打了个电话。

她只小小地尖叫了一声，便开始啰嗦了起来，什么听到我的声音有多高兴，问我多大岁数了，等等，我毫不客气地打断了她——我可受不了，哪儿有那么多时间。我简要地向她说明了爸爸的情况，最后说："我想，也许你能劝劝他。"

格温姑姑顿时变成了一个畏怯的老太太。"嗯，我不知道……我不能……这事我干不了……你是说，一个女朋友……可我跟他说什么呢……"

这时有其他事情吸引了我的注意力：装修师傅们和搭帐篷的工人们涌出了帐篷，来到了临时厕所和道路之间的空地上。让我吃惊的是，他们好像已经拉开了架势准备大干一架。好几名搭帐篷的小伙子都挽起了袖子，一名装修师傅气势汹汹地挥舞着他的依云牌矿泉水瓶子。我得过去了。"好的，谢谢，格温姑姑。"她还在絮叨她那些不咸不淡的理由，我便挂断了电话，大步走过冻得硬邦邦的地面。

当天晚些时候，我又给罗德岛的埃莉什姑姑打了个电话。她正在一大群人中间，声音之嘈杂，你简直说不清是不是有杆枪正逼着她们的头。她是这样回答的："我们全都是成人了。你爸爸要为他怎样生活而负责，就像你妈妈也要为她怎样生活而负责一样。"

"我可以把你的话理解为'不'，是吧？"

"不。'不'只是另一种机会。我不相信'不'字。"

"可你刚刚说了'不'。"

"不，我没说。"

后来，我又给爸爸的高尔夫球友格里·贝克打了电话。他装腔作势地大笑了一阵子。"我猜我就会接到你的电话。嗯，实际上，是你妈妈的电话。我想你是要我去劝劝你爸爸。"

"是的！"谢天谢地，总算有人打算帮忙了。"你愿意吗？"

“没有必要。他会在适当的时候清醒过来的。”

我情绪低落到了谷底，又给廷代尔太太打了电话，希望她能安慰安慰妈妈。然而不行。我听得出她的语气很冷淡，没说上几句话，她就假装说有人在叫门，只为了摆脱我。

我曾听被丈夫抛弃的女人们抱怨过，说她们的“朋友”不愿再跟她们来往，以防她们自己的丈夫被偷走。我斥之为妄想症，但现在看来还真有这情况。

那天晚上我直到快一点钟时才到家。妈妈还没睡，但让我吃惊的是她似乎好了一些。她那呆滞、冷漠的眼神有所缓和，神态也比较轻松。紧接着我就明白了为什么。

“我看了那本书。”她说道，简直是得意洋洋地。

“什么书？”

“那本《米米的救赎》。写得真不错。”

“是吗？”我突然非常害怕起来。我可不希望任何人喜欢它。

“这本书让我心情好了起来。你可从来没跟我说过这是莉莉写的。我是看了封底才认出她来的。她都出书了，可真了不起。”接着她又若有所思地说道，“我很喜欢莉莉，她一向很体贴人。”

“喂，对不起！她偷走了我的男朋友，你不记得了？”

“哦，对了。那么她还写没写其他书？”

“还写过一本，”我没好气地说道，“但没出来。”

“为什么？”妈妈听上去有些愤愤不平。

“因为……因为没人喜欢。”我偏要让她难受难受。其实有文学代理公司喜欢那本书。他们差点儿就接受了，只要她能删掉某个人物，或者把故事发生地换成缅因州，或者改用现在时态来写……

一连好几年，莉莉一遍又一遍地修改那本书——它叫什么名字来着？好像跟水有关。哦，对了，《水晶般清澈》，就是这个名字。然而尽管她按要求修改了，仍然没有文学代理公司接受。不止一家公司拒绝了她，甚至不止两家公司，我记得很清楚，总共有三家公司拒绝了她，但她最终还是成功了。

“我要把这本《米米的救赎》借给凯利太太，”妈妈说，“她肯定会爱读的。”

妈妈喜欢莉莉的书，又重新点燃了我这一个星期来竭力掩藏的担忧。第二天早晨我刚一有空，就给科迪打了个电话。他没在办公室，我又给他打了手机。他喘着粗气，我猜他正在跑步机上，也可能在做爱。“莉莉的书反响怎么样？”

“并没有火起来。”

“感谢上帝。”

“好，好。”

“哼，滚蛋吧你。”

接着，他几乎是犹犹豫豫地问道：“你看过了吗？”

“当然！从来没这么快过。你看过了吗？”

“看过了。”

“感想如何？”

他迟疑了一下。“我觉得……其实，这书写得很美。”

我想他这是在挖苦我，科迪一向如此。

但紧接着我就意识到他并不是在挖苦我，于是恐惧几乎要吞噬了我。如果连科迪这个地球上最爱挖苦人的人都认为这本书很美，那它一定的确是很美。

8

收件人：Susan_inseattle@yahoo.com

发件人：Gemma343@hotmail.com

主题：酒鬼

星期六是科迪的生日——还用我多说什么吗？他和二十几位他最亲密的朋友在都柏林新开的马莫塞特餐厅举行了一个晚会，他很生气我没有充分发挥我的组织才能来帮他张罗。实际上，他比妈妈更让我头疼，我根本就不想去。不管怎么说，达维妮娅的婚礼总算没出太多岔子地过去了，让我大大地松了口气，然而我的家庭生活却承受着巨大压力，两种情绪相交，简直要让我精神错乱了。

显然我从一开始就担心喝醉，所以我给自己制定了一个傻子都能执行的计划，以确保我规规矩矩的：我不喝葡萄酒，因为喝完了就会有人给你满上，你根本不知道自己喝了多少。所以我喝加奎宁水的伏特加——这就是诀窍所在——每喝一杯我就会把杯中的柠檬片移到新杯子里去。这样就能记录自己喝了多少杯了，当杯子里的柠檬片满了时，就倒不进酒了，那我就该回家了。这办法聪明吧？

一点儿也不。

我差不多是最晚到达的。不仅仅是因为妈妈想尽各种借口不让我离开，也因为这个马莫塞特餐厅是那种根本不标示其存在的可怜地方——没标店名，没有街道牌号，也没有窗户，就像五年前纽约和伦敦时兴的那些酷酷的地方一样。但我最终还是找到了。寿星佬科迪坐在桌子顶头，接受着礼品。我有些麻烦，因为那天下午是自爸爸这档子事出来后妈妈头一回允许我逛商场。我被兴奋冲昏了头，一时竟不知从哪里转起，买什么东西。于是我没有给科迪选礼物，而是——首先——给自己买了个煤斗。别问我为什么，我就是喜欢那东西。我抄近道穿过邓恩商店的家居用品部时看见了它，突然就觉得我当真需要它。接着——你可别跟别人说——我又到玩具部给自己买了根魔棒。魔棒上有一颗闪闪发光的银星，背后是淡紫色的绒毛。我是那样喜欢它，我自己都不知道为什么，我还为此而害臊，最终我认为，是因为爸爸跑了，我觉得我的童年被抢走了，我想把它找回来。

总之，我想说的是，最终剩下的时间，我只能给科迪买了一瓶香槟酒，又在上面贴了个玫瑰花饰，贴得有些歪，因为一到这种时候我的手好像都会颤抖。当我把酒给科迪时，他板起了他那张傲慢的脸，尖酸刻薄地说道："我看得出，你一定费了很大心思。"

我差点儿扭头就走，回家跟妈妈一起看《连胜》去。"我不是来受你气的，"我说，"我能去的地方多得是。"

于是他——打出了白旗！——向我道了歉，并请特雷弗起身，让我坐到了他的右手边。

来的都是科迪通常来往的那伙人：模样俊俏、大呼小叫、爱开玩笑。男人们都修了指甲，女人们都精心打扮，全都喷着巴宝莉香水。西尔维来了，珍妮弗也来了，还有一些我一时想不起名字的人。

我喝着伏特加加奎宁水，情绪开始高涨起来，总之，仿佛又回到了旧日的好时光。随后我向科迪提起了不用盘子吃饭让我感到多么新奇。自从妈妈摔碎了所有盘子后，我一直还没抽出时间去买新盘子，我们一直在用各种木板凑合。

于是科迪用刀子敲起了玻璃杯（把一块萝卜敲进了香槟酒里，他都没注意到），还发出嘘声要大家安静，要我讲一讲爸爸离开的事情。我当时已在喝着第六杯伏特加，所以没觉得他的主意有多讨厌，只是觉得特别有趣。于是全桌的人都聚精会神地听我描述起爸爸的新模样、那次叫急救车的过程和我多次去药店的经历。他们时而皱着眉，时而笑得喘不过气来。接着我又给他们讲起了我刚刚度过的一星期，早上五点钟出发，半夜一点钟从基尔代尔回家。婚礼那天上午，临时厕所出现了可怕的状况，没有人愿意打扫它，因为那不是他们的活儿，于是我只好卷起了我的婚礼盛装的袖子，挥舞起了厕所的墩布。我在擦洗厕所时，还不得不戴着我那引人注目的孔雀羽毛头饰，因为没有干净的地方搁它。

当时我为这事很是生气，但现在在宴会上讲述起来时，我突然发现了它有趣的一面。简直是太滑稽了，太引人发笑了，于是我讲着讲着竟大哭大叫起来。西尔维和雷蒙德把我扶到了女厕所，让我整理仪容。随后我又点了一杯伏特加加奎宁水，恢复了平静。

接着我又向所有人讲述了那种提拉米苏棒，甚至对服务生和其他桌的客人都讲了。

再后来的事情，我就记不大清楚了，只记得账单高得吓人，所有的人都指责我，因为伏特加加奎宁水是十美元一杯，而我至少喝了十一杯。我还隐隐约约地记得我拒绝离开马莫塞特餐厅，因为我的杯子里还能再放三四片柠檬呢。再后来有一幅景象也许是梦也许不是，我和科迪、西尔维坐进了一辆出租车。他们费了好大劲儿才砰的一声关上了门——至今我的耳朵还在轰鸣，看来这事是当真发生过。再后来，我就什么都记不得了……

写到这里，我停顿了下来。如果不浓缩一下随后发生的情况，这封电子邮件就会像《战争与和平》一样长了。因为科迪晚宴的第二天早晨我是在我自己的公寓自己的床上醒来的，随即我就发现我睡在鸭绒被里，我的心里充满了不祥的预兆。我有一种奇怪的没着没落的感觉，进一步的调查发现我穿着全套衣服，但胸罩在衣服里被解开了，我的内裤被往下拽到了大腿上，但连裤袜还好好地穿着。一发现这点，我立刻陷入了难以承受的不安中。

我扭动着身子想让自己舒服一些，同时——你也会这样做的——目光越过了床边向下望了望，地上像警察展示的尸体一样躺着一个男人。黑头发，身上的衣服很完整。我不知道他是谁。一点儿也不知道。他睁开了一只眼睛，向我眨了眨，说："早安。"

"早安。"我回答道。

他睁开了另一只眼睛，这时我觉得我认识他。我仔细打量着他的脸，越发肯定是这样。

"我叫欧文，"他主动说道，"昨天晚上你在哈曼认识我的。"

哈曼是一家很火的新酒吧——可我一点儿也不知道我去过那里。

"你为什么睡在地上？"我问道。

"因为你把我推了下来。"

"为什么？"

"我不知道。"

"你不冷吗？"

"快冻僵了。"

"你好像很年轻。"

"二十八岁了。"

"那我比你大。"我四下打量了一番房间，又问，"我的煤斗怎么在这里？"

"你拿给我看的。昨天晚上你给很多人讲了这个煤斗，你好像很为它骄傲。你说得没错，"他补充道，"这煤斗的确很漂亮。"

他在笑话我，我希望他赶紧离开，让我再睡一会儿，看看我能不能想起一切。

"你受惊了，"他说道，显然很善于察言观色。"我给你沏杯茶吧，然后我就走。"

我惊叫道："不要茶！"

"那就来杯咖啡？"

"好吧。"

接下来我记得的事情是，我猛然醒来，嘴贴在羊皮上，怀疑自己是不是在做梦。但我身旁放着那杯咖啡——已经冰冰凉了——我在喝它之前又昏睡了过去。煤斗还在梳妆台上，而各种各样我心爱的小玩意儿——指甲油、爽肤水、蜜粉——散落了一地，在我像是一夜没睡的眼睛看来，就仿佛车祸现场。

真可怕，当我下了床，第一次试图站起来时，腿一发软，差点儿摔倒在地。前屋里沙发上的靠垫都掉到了地上，似乎有什么人（难道是我和欧文？）在上面进行过摔跤比赛。我那可爱的木质地板上印着几个黏糊糊的红圈圈，这是拜一个打开的红葡萄酒瓶所赐，而我那百分之八十纯羊毛的地毯上也有一道像血一样可怕的污渍。从污渍四周的碎玻璃来看，好像我们在摔跤时压到了盛葡萄酒的破碎玻璃杯上。

继而，当我觉得木地板上冒出了奇怪的银色泡沫时，我当真恐慌了，但凑近一看，原来那只是散落在屋子各处的CD光盘在阳光照射下的反光。走进前厅，只见门下被塞进了一张纸条，上面用非常愤怒的字体写道：楼上的加里和盖伊对噪音非常不满。他们出离愤怒了，我真希望我死了。我会道歉的，但我想他们不会再搭理我了。

显然，昨天晚上这种场面，曾经一度在星期六晚上和星期天早晨形成了常态，不过我变得这么疯狂，其实并没有几年——嗯，也就是一年。

请注意，自我上一次带一个我都不记得怎么认识的男人回家以来，世事一定是发生了些变化，那个自作聪明的小伙子居然给我留了张便条。我还以为这帮家伙通常都会把内裤揣在口袋里，在凌晨四点左右悄悄离开，再也不会露面了呢。那张便条是用我的眼线笔写在一张结肠灌洗广告单上的（这样的广告单，我收到过好几百万张），写的是：

煤斗天使，我发现你实在是太迷人了。咱们什么时候再来一次。等我身上的瘀伤一好，我就给你打电话。欧文

又：生生不息，繁荣昌盛！

我会给你打电话。

看到这句话，一个想法从我疼痛的眼窝，穿过我蓬乱的头发，钻进了我肿胀的脑袋，我知道最终把我压垮的这种极其不祥的可怕感觉，不是宿醉的恐慌，而是妈妈！我的眼光移到了电话机上——我简直不敢看它。电话答录机的

灯在跳，速度好像比平时快了三倍，似乎它也暴怒了。（会不会真是这样？在你有太多未听的信息时，它会不会真的加速？）

噢，可怕啊。恐惧、恐怖、恐慌，实在是太糟糕了。就好比我的闹钟没响，错过了最好的朋友的婚礼，错过了免费飞往巴巴多斯[①]的航班，错过了救命的外科手术……

我不该在我的公寓里的。昨天晚上我本该回妈妈家的。我承诺过，这是我唯一能说服她放我出来的办法。可是我怎么能忘记呢？我怎么能在这里睡到今天上午？我怎么能到现在才想起她来？

我按下了“播放”键，当那呆板的玛格丽特·撒切尔式的声音念完“你——有——十——条——新——留——言”后，我真恨不得去死。头四条是楼上的加里和盖伊留下的。他们非常非常愤怒。接着妈妈的留言就开始了。第一个电话是早上五点打来的。“你在哪里？怎么还不回家？为什么不接手机？我到现在还没睡呢。”第二个电话是六点一刻打的，然后是八点半和九点二十。她的声音听上去越来越疯狂。在十点半打来的电话中，她已经呼哧呼哧地喘着粗气了。“我感觉很不舒服。是心脏，这回是真的犯病了。你在哪儿？”

再下面一条留言不是妈妈的，而是凯利太太的。“你可怜的妈妈被送进医院了，情况很不好。”她冷冰冰地说道，“如果你能抽时间给家里来个电话，我们都非常感谢。”

①巴巴多斯：加勒比海岛屿国家，度假胜地。

9

收件人：Susan_inseattle@yahoo.com

发件人：Gemma343@hotmail.com

主题：总共用了三天，恐惧才散去

直到今天，我的心才踏实下来。

感谢基督——妈妈并没有犯心脏病，只是又一次恐慌发作。护士们有些责怪她，说了些像“浪费警察的时间就是犯罪”这样的话。但妈妈向她们解释了爸爸离开和我没回家这些情况后，她们的矛头就都转向了我。我感到非常内疚，只好忍着。

爸爸仍然没有回来。整个上星期我都在像机器一样运转，的确没有时间考虑这个问题。现在我的日程恢复了正常，于是意识到他离开已经两个星期了。就好像我一直在恍惚中一样——他怎么可能两个星期都不回来呢？这么长的时间的确令我吃惊，但我给他一个月的时间，也许到那时他就该回来了。

科迪、凯利太太和我工作中认识的所有人，都对这事啧啧不已，说他是个愚蠢的老浑蛋，但每当我对他们表示赞同，或勃然大怒或眼泪汪汪时，他们又都以一种滑稽的眼光看着我。我能看出他们怎么想——这跟我丈夫离开我可不一样。妻子可以勃然大怒或眼泪汪汪，女儿却不行，应该和他们一起羞辱他。我曾试着骂他“老疯子”，凯利太太夸我是“好姑娘”。但随即我大哭起来，她就明显不高兴了。

这事是个恶性循环。起初我一直在想，爸爸走了，一切都完了；接着我就振作起来，心想他很快就会回来的。但随后事实证明他没有回来，我又会陷入比先前更深的痛苦中。但正像我所说的，我们又会给他一个月的时间，这可是段可观的宽限期啊。

对了，再说说那根魔棒，谢谢你提醒说我一向喜欢低级庸俗的漂亮玩意儿。不过我那个“小猫去纽约”的浴帽到底有什么庸俗的呢？它很漂亮，更不用说还有很多实用功能了。

这个星期我全都在办公室上班。一天只用工作十小时，而且离商店这么近，真让我感到宽慰。昨天午饭时间我买了个钥匙圈，是用闪亮的玻璃制作的短剑形状，顶部还有一朵蓝色的花儿。接着我又把我的指甲涂成了十种不同的颜色，每种用的菘蓝染料都比前一种多。我为我进入了青春中期而感谢上帝。

唉，咱们都在苦苦跋涉。给我发个笑话来吧。

无比爱你的

杰玛 xxx

那天晚上下班回家的路上——像大多数晚上一样——我急匆匆地闯进药店给妈妈买药。这回是买脚气膏——脚气俗称“运动员脚”，可妈妈做的最剧烈的运动不过是打开一包饼干，我真不知道她是怎么得上脚气的。然而还没等我开口问，那个好人儿就在柜台后说道：“你上星期六晚上状态不错嘛。”

在我脸部循环的所有血液顿时迅速地散去了，我的腿和手又开始颤抖起来。这令我很是恼火，因为我是刚刚才迫使它们停止了这种恶作剧的。

“你在哪里看到我的？”我张开没有血色的嘴唇问道。

他愣了一下，似乎很是吃惊，接着他不安地说道：“在哈曼酒吧。”

“在哈曼？”耶稣基督啊，还有多少人是我上星期六晚上在哈曼酒吧遇见过的？

“这让你很……吃惊吗？”

当然吃惊。太吃惊了。我在哈曼酒吧见过药店的这个人，而我却什么也记不住了。他居然还能够跑到柜台外面来。他那天穿着什么衣服呢？除了穿白大褂，我真想象不出他还能穿什么。他是和一群药剂师一起去的吗？他们全都穿着白大褂吗？

“我那天走得太快了。”我小声说道。

“那是星期六晚上。”他说，但紧接着他的声音变得严厉了一些，又说，“你的医生难道没告诉你，在服抗抑郁药期间不能喝酒吗？”

该是解释清楚的时候了。我说：“不，他没有，因为，你看，情况是这样的，我每次从你手中拿走的药方，都不是给我开的，而是我妈妈的。我很抱歉没有早告诉你，每次时间好像都不大对头。”

他退后了一步，一边思忖着我的话，一边久久地瞪着我，并微微点着头。最终他又开腔了：“那些药没有一副是给你的吗？”

我回想了一下妈妈那长长的药单子，不仅仅是抗抑郁药、镇定药、安眠药，还有治皮疹的抗组胺剂、治胃疼的抗酸药、治鼻窦炎的止痛药……

“指甲油是给我的。”

“你知道吗？”他沉思着。“我觉得自己真是个大傻瓜。”

“别这么说，”我说，“这是我的错，我该马上告诉你的。我喜欢有人对我好这种感觉，哪怕我根本没病。”

“好吧。”他看上去仍然有些不自在。

“只是出于好奇心问问，”我问道，“哈曼酒吧是什么样子的？”

“哦，很不错。那儿有很多人，就是太年轻了些。”

我突然很想知道他的年龄——这之前我从来没关心过他会有多大。实际上我根本没把他当成一个男人，只是当成了一个能配好药，使我妈妈不致彻底发疯的好人。

他窥破了我的心思，说：“是白大褂让我们变得没人味了。我可能比你大不了几岁。我刚明白过来莫琳恐怕不是你的名字。”

“不是，我叫杰玛。”

“我也有名字，”他说，“我叫约翰尼。”

收件人：Susan_inseattle@yahoo.com

发件人：Gemma343@hotmail.com

主题：奇事总是不断

你猜怎么着？那个小伙子给我打电话了。就是我在科迪生日那天晚上认识的那个小伙子。叫欧文什么的。他想约我出去。我问他："出去做什么？"他说："一起喝点儿什么。"我说："你过了将近两个星期才来电话。"他回答说："我想吊吊你的胃口。"

不管怎么样，我对他说不行，他说："我明白，你想更多地跟你的煤斗在一起。"

显然不是这个原因，是因为我没法再说服妈妈放我出来。她只准我出去上班，或者拿着药方替她到药店买药。我也没有精力反抗她，特别是在科迪生日那天晚上我丢尽了脸后……

无论如何，请告诉我你现在怎么样？有什么男朋友了吗？

爱你的

杰玛

说起药方，妈妈的安眠药吃完了——她吃安眠药简直跟吃巧克力豆一样——所以我只好又钻进了小汽车。像往常一样，那个好人儿穿着白大褂站在柜台后。

"嗨，杰玛，"他说。"不是莫琳，是杰玛。你看我练过一段儿后叫得自然多了。看看人们是怎么把吉夫念成奇夫的，一开始大家都不习惯，但现在这么念已经成了第二天性了。"

"还有，乌来油也被念成了玉兰油，"我附和道，"你有不在这儿的时候吗？"

他思忖了片刻。"没有。"

"为什么呢？难道没有其他药剂师给你帮忙吗？"

“有——是我兄弟。可他出了车祸。”

我同情地“唉”了一声，尽管我并不认识他的兄弟。“什么时候的事情？”

“十月份。”

“上帝啊，这么长时间了。”

“他要好起来，还得有很长时间。他伤了腿。”

我又同情地“唉”了几声。

“而且不大可能找到临时替代的人。”

“可是你非要开这么长时间不可吗？你就不能早点儿关门吗？”

“所有人都知道我们一直开到十点钟。还记得你第一天晚上来这儿吗？我们如果关门了，你怎么办？”

我闭上眼睛想了想这个问题。我有个近乎于疯癫的妈妈，没有办法让她情况好转。他说得很对。

“我也不能经常出门。”我想让他知道并不是只有他一个人这样。“我来这里都被认为是社会活动。”

“怎么回事？”他非常好奇。这不怪他，我要是整天坐在这店里，老是看“安乃近”盒子背面的说明，我也会厌烦到发疯的。于是我给他讲了整个故事——像我迄今讲过的一样——那个电话、科莉特染成浅色的头发、爸爸的鬓角、妈妈的“心脏病”，还有我这些天看过的大量的电视节目。

这时有人进来买眼药膏，我便让他去接待了。

10

因为我是独生女，我责无旁贷地最终要照顾年老的父母。但我还没做准备，还没准备好。我以为那将是非常遥远的远景，而在那模模糊糊的画面中，总有一个男人和我一起分担这份重担。而且,我以为父母中如果有一位不在了，那一定是去世了，可没想到他们会和秘书同居。唉，我的如意算盘啊。

我昔日的生活突然之间就寿终正寝了，令我震惊不已。虽然我还远远地留恋着旧日生活——我的公寓、我的朋友、我的独立，但我很容易地就顺从了妈妈。而且，坦率地说，父亲不在了，我感到也很需要与双亲中仅剩的一位相依相偎。

完全是在我无意的情况下，我和妈妈的生活变成了例行公事。我们大多数时间都像两个怪人一样窝在家里。妈妈准许我去上班——或者到药店去给她买药——然后我就回家，陪她坐在沙发上，每天晚上按照同样的顺序观看电视节目：先是两集《辛普森一家》，再看一小时《魔法奇兵》，再看晚九点的新闻。

如果我不得不加班，她就一个人看电视，等我回来再把情节讲给我听。周末时我们就看《米德萨默杀手》或《摩斯探长》，都是以前她和爸爸一起看的电视剧。奇怪的是，我从来没一个人独处过，可我却感到无比孤独。

妈妈和我很少有话可说，有时候她会问我："你说他为什么会走？"

"也许是因为利奥叔叔和玛戈婶婶的死太接近了。"

"我也为利奥和玛戈伤透了心，"她说，"另外，你从来没见过我有外遇吧？"

"嗯，也许是因为他八月份就满六十岁了。人们在整岁时经常会发疯。"

“两年前我就满六十岁了，我跟谁有外遇了？”

我们都坚持认为爸爸一定会回来，于是生活就变成了一种守望，尽管我们从来不承认是这样。妈妈不再做饭，我们就靠薄脆饼干、法式馅饼和百利甜[①]等过活。假如我从沙发上起身，哪怕是去上个厕所，她都会警觉地看着我，而我也会产生一种负疚感。

谁都不相信我居然没能把爸爸拉回家。“你能搞定一切事情的呀。”科迪说。

“就是搞不定我自己的情感生活。”我并不是个自轻自贱的人，只是为了避免这话从他嘴里说出来。

我的工作也不大顺。虽然我并没有真的损失什么业务，但我也没招揽来任何新项目，弗朗西丝和弗朗西斯对此可不大高兴，正像他们几乎每天都提醒我的那样，我必须每年把营业额递增百分之十五。（去年还是百分之十，但他们现在已着眼于在西班牙买度假别墅了。）

“新业务不会自己送上门来，”弗朗西丝曾对我咆哮道，“你必须去捕猎，杰玛。像狗一样去捕猎。”

问题是我不在状态。我的业绩全靠我的激情。当我把大公司的人力资源官员们请到午餐桌上后，他们都会为我的激情所倾倒，相信他们的下一次会议将是一次不同凡响、辉煌灿烂、充满魅力的会议。他们会情不自禁地认真考虑的。

人们都为我担心，尤其是科迪。“你再也不出击了。你可不像是个会屈服的人啊。”

“我没有屈服，但是要等爸爸回家。我在心里给了他两个月的时间，可现在才过了六个星期。”

“要是他永远不回来了怎么办？”

“他会回来的。”我把我的希望寄托在几件事情上，尤其是再也没有律师

---

①百利甜：一种由爱尔兰奶油、威士忌、可可等调制的女士甜酒。——译者注

函来谈什么“永久性财务安排”。

“如果你妈妈不肯外出，你就必须让她一个人待着了。”

“那可不行。她会大哭大闹，会呼吸过度。我在家里守着她倒还容易些。她连做弥撒都不去了。她还说宗教全都是废话。”

科迪震惊了。“我还以为她很正常呢。没想到情况这么糟。那我到你家看看吧。”

他来了，坐在妈妈身旁说道：“听我说，莫琳，你光是在这儿坐着，是没法让他回来的。”

“我去舞厅跳舞，去打桥牌，也没法让他回来。”

“莫琳，生活还要继续。”

“对我来说不是了。”

他没过多久就放弃了。走到前厅后，他不无钦佩地说道：“她可真够固执的，是吧？”

“我跟你说过。固执得简直像头倔骡子。”

“现在我明白你的固执从哪儿来的了。你这儿有什么新型的巧克力吗？一点点就行。”他夸张地用一只手拍了拍嘴巴。“不，我猜你没有。可从你妈妈的脸色看，她还在吃这种垃圾食品。”

“喂——”我要发作了，但他把手掌抚在胸口，坚决地打断了我。

“科迪·库珀是真心诚意的。我说这些话是因为必须有人说。你的妈妈，她是个非常有魅力的女人，就像是五十多岁的黛比·雷诺兹[①]一样。可她的头发怎么了？”

“连根拔了，就是这样，连根拔了。她不肯去理发师那里。”我一直在以妈妈头发的长度来衡量爸爸离开的时间。她的头发实在是太长了。

“她在滑向地狱。”科迪停顿了一下，看了看我的反应。“你恐怕也是。你仔细想想吧。”

然后他就像蝙蝠侠一样走了。我不想思索他说我的那些话，于是就思索

①黛比·雷诺兹（1932～）：美国著名女演员，早年以邻家女孩形象著称，演艺生涯持续至老年。——编者注

起我妈妈来。

你看待父母的眼光与看待其他人是不同的，但我猜想妈妈年轻时是个伶俐可爱的女人，绝对是这样。她有着曲线很美的腿、圆润的胳膊、玲珑的细腰和柔软的小手和小脚。（我长得像她，气人的是这样的身材现在不吃香了。）有很长时间，她看上去都比爸爸年轻。我说不清究竟从什么时候开始情况起了变化，但她的确看上去不再年轻了。在这场危机发生之前，她会定期去做头发——她当然不会烫成蓬松的羽毛之类的发型。仅仅是因为她的头发比以往光亮而精致，我才知道她去做了头发，但重要的是她会去做头发。她还爱买衣服——简直不用说，除非生活所迫，否则我绝不会穿她买的那些衣服的，比如有着闪亮纽扣的贴花开襟绒线衫或裤子。但她酷爱那些衣服，尤其是爱成包成包地买便宜货。一到打折促销时节，她就会独自乘公共汽车进城，并且总是满载而归。“简直像是世界末日来临——那些丑老太婆们不停地用胳膊肘子碰我——不过我可让她们赔大发了。”

她会兴高采烈地展示她的战利品。她把那些衣服摊在床上，要我来猜她花了多少钱买的。

“上帝呀，我可不知道。”

“没关系，猜猜嘛！”

“猜原价还是猜成交价？”

“先猜原价。”

“七十五。”

“七十五？这可是羊绒的呀！”

“一百。”

“还要高。”

“一百五十。”

“没那么高。”

“一百三十。”

“对了！现在猜猜我是多少钱买的。”

“四十？”

“哎，好好猜，杰玛。这不是玩游戏。”

“一百。”

“低点儿，低点儿！”

“九十？”

“再低点儿。”

“七十？”

“差不多了。”

“六十？”

“再高点儿。”

“六十五？”

“对了！半价。这可是羊绒的啊！”

她买的每一件衣服，都得重复一遍这样的过程，而爸爸总会分享她的快乐。“真不错，亲爱的。”他还经常一派真诚地对我说：“杰玛，你妈妈可是个讲究的女人。”

所以当他离开她时，我如此震惊，有什么奇怪的呢？

提醒你一句，她也会让他把所有衣服的价格猜一遍，所以也许的确没必要对此感到震惊。

收件人：Susan_inseattle@yahoo.com

发件人：Gemma343@hotmail.com

主题：不忠的母牛

你知道发生了什么事吗？安德烈娅居然在上班时跑来找我，两眼发光地说：“我读了莉莉·赖特的那本书！”就好像她该为此获得一枚奖章什么的似的。她说她很喜欢那本书，读了那本书让她心情大好。随后她一定注意到了我的脸色，因为她突然闭了嘴。上帝呀，这世界上的蠢人还真不少啊。

自我把提拉米苏棒扔还给爸爸那天之后，妈妈和我都再没见过他。

他没给我们俩打过电话——一次也没有。你能相信吗？我和他唯一的一次交谈是我给他公司打了电话，这回科莉特没在，没能扯谎说他去看牙医了。他根本没有回家来取过他的衣服、他的信件，什么都没来取。他求我把他的信件转寄给他，我拒绝了，因为我想利用这些信引他回来看我们。但他还是不打算来。他说："唉，好吧。那些信不过是账单之类的东西，并不重要。"

我在继续往下写之前停顿了。我本想告诉苏珊，最近两个星期的每天早晨，我都是五点钟就醒来了。我不知道接下去会发生什么情况——恐惧简直要让我窒息。我才三十二岁，可我的生活好像已经结束了。情况什么时候才能恢复正常呢？我没有男朋友——没有退路。而过着这样的生活，我永远也不可能有男朋友。或者是要爸爸回来，或者……或者还能怎样呢？

必须改变这种情况。

但是什么招数对爸爸都不管用。无论是道歉、承诺、发怒还是乞求，都不能唤起他的责任感。我对他说："爸爸，求你帮帮我吧。妈妈，她过不了……没有你的生活。"

"一开始肯定会有困难，但她会习惯的。"他的语气依然温和，但有一种令人恐惧的无所谓的成分。他并不在乎。

所有的天真都随风而去了，只剩下肮脏和堕落。我小时候以为爸爸能搞定一切。埃莉什姑姑曾经爱说一个笑话——那时候她可真够大胆的，竟敢渎神："上帝和诺埃尔·霍根有什么区别？杰玛还以为上帝就是诺埃尔·霍根呢。"

然而现在，已是物是人非。再没有魔法般的解决办法了。我无法忍受，特别是我已经做惯了一个好爸爸的女儿。直到我四岁左右，每天他下班回家后，都会推上我的童车，拿上我的洋娃娃，和我手拉手地去商店给他买香烟。

现在所有那些温馨都一去不复返了，我再也不是他的小丫丫了。他另外有了人，尽管我知道他是头脑发昏、愚蠢至极，但我仍然感到被抛弃了。我到底做错了什么，竟使他要去跟一个只比我大四岁的女人鬼混？

妈妈说得对——权当他死了吧，否则只会更糟。

我最害怕的是科莉特会怀孕。那将使所有这些乌七八糟的事都变成板上钉钉，事情就再也无可挽回了。

令人悲哀的是，我一生都希望能有兄弟姐妹。人许愿时真该慎重一些。

每次和爸爸通话时，我都心怀惴惴，生怕他说出："你很快就要有一个小妹妹或小弟弟了。"这会不会是不可避免的？我不敢问，因为害怕这反而促成他考虑这个问题，但我的耐心一向是不能持久的，于是最终我还是给他打了电话："爸爸，我有件事想求你。"

"是你的草坪吗？"他回答道，"要到四月份才需要修剪呢，而且除草机在大棚里。"

"假如科莉特怀孕了……"我故意停顿了一下，等着他暴跳如雷，咆哮说根本不会发生这样的事。但他没有。我强制着自己挺过了恐惧。"假如她有了反应，我希望你打电话给我。你在听我说吗？你觉得你有可能做到吗？"

"唉，杰玛，别这样。"

我也叹了口气，为我的恶意感到后悔。"对不起，爸爸。可你能告诉我吗？"

"可以。"

尽管这话让我很伤心，但他始终没来电话，又让我觉得也是一种安慰。

继续给苏珊写邮件。

我现在还特别想要一个"凯蒂猫"烤箱。实在是太可爱了——你知道吗？——它能把凯蒂猫的脸印在面包片上。

我设法把互联网接入软件装进了爸爸糟糕透顶的旧电脑。尽管我多才多艺，却也没法在他的电脑上看到"凯蒂猫"烤箱的彩色照片。

祝我好运吧。

爱你的

杰玛

又：现在距爸爸离开已经六个星期了，妈妈有了极大的好转。她减了三十公斤体重，头发染成了金黄色，还悄悄地做了整容手术。她有了个三十五岁的男朋友。他们一起去费拉角度了假。她仍然不肯学开车，但这没关系，因为她的新男人（他叫赫尔穆特，是个瑞士人）总会派车来接她，或者亲自开着他那辆有着鸥翼式车门的红色阿斯顿·马丁来。

我按下了“发送”键，然后打开了爸爸的旧电脑。我这次如果在互联网上搜索不到“凯蒂猫”烤箱，就索性死心。

“你在干什么？”妈妈进了屋，站在我身后，看着我点鼠标敲键盘。

“我在找凯蒂猫烤箱。”

“为什么？”

“因为……”我专心致志地向下滚屏，浏览着商品。“我从报纸上看到瑞茜·威瑟斯彭[①]有一个。”

妈妈停顿了一会儿，说：“如果瑞茜·威瑟斯彭跳了崖，你是不是也要跳？”

收件人：Susan_inseattle@yahoo.com

发件人：Gemma343@hotmail.com

主题：黑暗的一天

爸爸的最后一块免费糖果吃完了。也许这会把妈妈从她那一成不变的老套生活中摇晃出来。她不仅是钻在老套子里，简直是躺在里面，上面盖满了巧克力。

没错，我说的她的大转变的确只是个玩笑！仁慈的上帝啊！我想她是不会从她那件灯芯绒睡衣里钻出来了，自爸爸离开的那天早晨，她就一直穿着它，口袋里还仍然装着他的粥碗。至于说减了三十公斤体重，

①瑞茜·威瑟斯彭（1976～）：美国女影星。

还不如说是增加了三十公斤。她不停地吃巧克力，她说吃爸爸公司的产品会使她感到离爸爸“更近一些”。

爱你的

杰玛

又：烤箱我已经下了单子，现在我又想要芭比娃娃的背包了。

再又：赫尔穆特长着蓬松的金发（和妈妈的很像），晒得黑黝黝的皮肤，高大但很柔韧的身材——不知怎么的，我很不喜欢。他用蓓莉[①]产品，实在是很贵很贵的护肤品。他在浴室里留了一瓶，于是我理所当然地用了一些，结果第二天他说这是“偷窃”，气势汹汹地来质问我。我当然否认了，可他说他知道是我干的，瓶子里留下了我的指印，只有野蛮人才会把手伸进瓶子，挖出那么一大坨蓓莉护肤品。

我讨厌被称为野蛮人，于是去向妈妈告状。她穿着乳白色的绸睡衣坐在床上，正在吃早饭——一片全麦面包，上面抹着几乎看不见的一抹蜂蜜。她已经梳好了头，化好了妆。我向她抱怨了起来。

“噢，亲爱的，”她叹了口气。她可从来不叫我“亲爱的”。“我真的希望你们俩不要为我打架，尽量好好相处。”

“我真不明白你看上了他哪一点。”

“嗯，亲爱的。”她怪模怪样地冲我皱了皱拔了眉毛的眉头——妈妈什么时候开始拔眉毛了？又是什么时候开始这样皱眉头了？“就说他……嗯，床上功夫很好吧。”

“你怎么能说这种话！我是你的女儿呀。”

她下了床。她的睡衣都没能盖住她的下身。对于一位六十二岁的女人来说，她的腿很不错。不过她已经开始对人们说她才四十九岁，还说

①蓓莉：瑞士顶级护肤品品牌，全球最昂贵的护肤品品牌之一，特点是富含细胞精华。

她明年要过五十大寿呢。

我向她指出，如果她现在才四十九岁，那她就是十六岁时生的我。“亲爱的，我是小新娘。”

“那就意味着爸爸生我时才十三岁。”

“谁？”她心不在焉地笑了笑。

“爸爸。我的父亲。你嫁的那个男人。”

“哦。”她轻轻地摆了摆手，意思是别再提爸爸，她很遗憾。

11

收件人：Susan_inseattle@yahoo.com

发件人：Gemma343@hotmail.com

主题：爸爸出走了

我写了个小故事，我想你会爱读的。

诺埃尔·霍根静静地坐在电视机前，观看着高尔夫球赛，突然一声东西破碎的巨响从楼上的屋子里传来，使他头顶上的枝型吊灯都摇晃了起来。格里和罗比又在楼上祸害，但他太累了，懒得上去搭理他们。而且他去了也没用，他们只会嘲笑他。他把注意力转回到高尔夫球赛上，并对自己说，孩子们把电视机从上下铺的床上推下来，也是正常的事情。

科莉特进城时，就让他照顾孩子。她说这是他和那两个小杂种（这是他的话，而不是她的）消除隔膜的好机会，但他无法不怀疑她只是想在没有孩子缠着她的情况下好好逛逛商店。

过了一会儿，他注意到破碎的声音停止了。见鬼。怎么回事？门开了，罗比和格里溜了进来，他的心一沉。他们俩长得都很丑。奇怪的是，他们长得都是妈妈那副模样，可他们的母亲却一点儿也不丑。难道她……？

格里拿起了遥控器，旁若无人地换了台。

“我在看球赛呢。”诺埃尔说。

“你管得着吗？这儿又不是你们家。”

格里飞快地换着台，跳过诺埃尔感兴趣的所有台，直到她发现了一个似乎正转播一位大主教的国葬仪式的台；电视画面上人们缓慢地走着，乐队在奏着哀乐。

他们静静地坐着，听着人们音调不齐地唱着赞美诗。最终罗比开了口："我们讨厌你。"

"是的，你不是我们的爸爸。"

"你更像我们的爷爷。比我们的爷爷还老。"

他们又沉默了一会儿。诺埃尔不能对他们说他也讨厌他们。他仍然试图赢得他们的心。

"她出去是花你的钱去了，"格里说，"这是她和你在一起的唯一原因。她会为她自己，为我和罗比，也为我们的爸爸买好东西。等她把你的钱花完了，她就会甩了你。如果你那会儿还活着的话。"

格里这番恶狠狠的话触动了诺埃尔的心弦。科莉特花钱的确是太疯狂了。

"吃点儿巧克力吧。"小孩子都喜欢巧克力。

"不，你这些东西都是垃圾。我们只吃费列罗巧克力。"

终于，他听到了科莉特用钥匙开门的声音。感谢上帝。她进了门，把足有几十个玛莎百货的购物袋放在了桌上。

"哈罗，亲爱的。"她吻了吻诺埃尔的鼻子，然后挑逗道，"我有个小礼物给你。"

一定是肉饼！玛莎百货那种肥肥的猪肉馅饼，是世界上最好吃的东西。多好的女人啊！他离开了他结婚三十五年的忠诚、可爱的妻子而投向了她，真是个正确的抉择。

科莉特的手伸进了包里，慢慢地掏出了一样东西。包装纸上有褶皱，真像是包着一包肉饼——然而却不是肉饼，而是一个胸罩，黑色和青绿色的尼龙胸罩。很漂亮。接着那只手又伸进了包里，再出来时拿着一条颜色相同的短裤。

"这短裤很不错。"他勇敢地说道。

"不是短裤。"科莉特顽皮地把那件系着带子的东西扔向了他。那东西落在了他头上，弄乱了他的发型，还在他那已经稀疏的头发上摩擦出了静电。“是泳裤！”

那是一条细布条和细绳相连的露臀泳裤。诺埃尔明白这样一条泳裤的意思。那意味着她今晚要做爱。又一次。但首先他们还得来一场时装秀。她穿着各种各样奇异的内裤，在他面前晃来晃去，用屁股拱他。每个血腥的夜晚都是这样。

她的欲望无穷无尽，而他已经精疲力竭。

“包里还有什么东西吗？”他问道，心里还在想着肉饼。

“当然还有！”她又掏出了一条颜色相同的吊袜带。

诺埃尔痛苦地点了点头。他竟以为她会给他带肉饼来，真是疯了。她从来不许他吃肉饼。她说他老了，身体也不好了，他的血管里积满了脂肪。

可她准许他吃的健康的低脂食品，简直能要了他的命。

故事结束

你觉得怎么样？情况会不会真是这样？这样难道不是很好吗？我宁愿付出一切来换他回家。

我该去药师约翰尼那里了。他正在同一位买支气管炎药的妇女谈话。

“这位是杰玛，她也许知道。”

“知道什么？”

“到巴黎去度周末需要带多少钱。”

“要带很多，”我说，“很多很多。”

“他说得带四百。”支气管炎太太向约翰尼点了点头。

“哦，至少得这个数。巴黎有漂亮的鞋，有珠宝，有衣服，再想想那些美食。”亲爱的上帝啊！“我好想去巴黎。”

“我也是。”约翰尼说。

我们的目光相遇了。“我要带你一起去，”他说，“在那里过上几个星期。”

“一个月怎么样？”说完我们俩都无法控制地大笑起来，笑得脸上堆满了皱纹。

支气管炎太太看着我们，微笑了起来。但当约翰尼和我停住了笑，直起了腰，又精神抖擞地相互对视起来时，她的微笑消失了。“这有什么可笑的？”

“没什么，”约翰尼气喘吁吁地说道，“什么也没有。”这就是一切。

收件人：Susan_inseattle@yahoo.com

发件人：Gemma343@hotmail.com

主题：那宝贝又来了

你猜怎么着？那个叫欧文的小子又打电话来了，说他觉得腿上有些不对劲，后来想起来是那次我把他推下床时摔肿的。他不知道还有没有机会再重复一次那样的表演，他那次一定是在我感情特别脆弱时得到了我，因为我说了可以。详情还需再确定。我不知道怎么跟妈妈说，但我会想出些理由来的。我打算好好地享受享受……

爱你的

杰玛

我出门了，真是太好了。和妈妈一起待在家里的时间，严重影响我清醒地认识现实。我不停地在想象爸爸和科莉特发生龃龉的各种可能的情况，写下了一篇又一篇小文章。这是唯一能让我感到安慰的事情。我构筑了一个清晰的假想世界，在那里面科莉特坏事做绝，而且既然有爸爸养活，她就什么活儿也不干了，而爸爸却跟上司发生了矛盾，他逐渐地醒悟过来。

我强烈地渴望爸爸和妈妈复合。做一个破碎家庭的孩子实在是太可怕了，尽管我已经三十二岁了。

我不再想象那个电影导演兼农夫的荒唐故事了，而是根据从各种各样浪漫小说中得到的启发，设计出爸爸和妈妈破镜重圆的各种情节。我非常喜欢这样一个版本：在某种情况下——比如，他们去为一位共同的老朋友祝寿——他们必须共同经历一段漫长的旅程，但是车却抛锚了，他们不得不在途中某地的一座农舍里栖身，又赶上了大风暴，农舍断了电，屋外传来各种各样奇怪的声音，他们只好紧紧地相拥在同一张床上。

但我最喜欢的版本却是：爸爸以收集他的信件的名义，来拜访妈妈。妈妈做过头发，化了素雅的淡妆，穿着纱笼[①]和浴衣，看上去美极了。

“诺埃尔，”她以一种令他困惑的热情说道，“见到你真高兴。我正要吃午饭，你愿意和我一起吃吗？”

“嗯，那得看情况。你吃什么？”

“有烤乳酪和火腿的三明治，还有一瓶很不错的夏埃诺干白。”

“科莉特不让我吃乳酪。”

“赫尔穆特也以为我是个素食主义者呢。”她冷冷地说道。

“咱们不听他们的吧。”

“真的？”妈妈的脸上慢慢地泛起了坏笑。“咱们淘气一回。你要是不说我还想不到呢。”

“好吧，就这样。”

“今天天气这么好，咱们把桌子抬到天井里去吧。”

他们坐在了小桌旁，太阳微笑着看着他们。蜜蜂嗡嗡叫着从红色的毛地黄花里飞进飞出。妈妈戴着香奈儿太阳镜。她吃着三明治，唇膏也没有脱落。爸爸凝视着开满鲜花的美丽花园，在他被露臀泳裤勾走之前，这里曾是他的骄傲和快乐所在。“我都忘记了，这是多好的一个避风向阳的地方啊。”

“我没忘。”妈妈伸开了一条常年在日光下晒得黝黑的腿。“这里是基尔马库德的里维埃拉[②]呀，我亲爱的。好了，把一切都告诉我吧。和克劳德特过得怎么样？”

“是科莉特。”

---

①纱笼：东南亚女性的特色服装，一种用整块长方形布料裹成的长裙。——编者注

②里维埃拉：从意大利拉斯佩齐亚沿地中海到法国戛纳一带的避寒游憩胜地。

“噢，对不起。科莉特。过得很好，是吧？”

“还好，”他的语气有些阴郁。“你和赫尔穆特过得怎样？”

“好极了。做爱的花样比我以前知道的多多了。”

“哦……那当然。”

妈妈吮着手指上的乳酪，不屑地说道：“这些年轻人啊，满脑子想的都是做爱。你简直会觉得，好像做爱就是他们发明的一样。可悲啊。”

“是的。他们简直要把你耗干。”爸爸突然打开了话匣子。“仅仅拥抱在一起有什么错？为什么每次都必须弓满弦张？为什么我就不能仅仅为睡觉而上一次床？”

“说得对。真是烦死人了。”

他们静静地坐着。（当然，非常融洽。）

“克劳德特有两个小家伙，是吧？他们怎么样？这会儿一定精力旺盛，是吧？”

“当然。”他厌恶地说道。

“两个小坏蛋，错不了。”

“没错。”他惊讶地看着她。她并不总是这么聪明呀，是吧？

“情况只会更糟。等那小丫头进了青春期，才有你好瞧的呢！”

诺埃尔已经受不了了，突然之间，还要回到科莉特家这个念头，让他坠入了黑暗无比的深渊。

“我得走了。格里去跳嘻哈舞了，我得去接她。”

他走进了前厅，差点儿忘了拿他的信就出门了，妈妈提醒了他。

“你的脑袋要是没连着脖子，你会把脑袋都忘了的。”她深情地说道。在前厅的阴暗中，她那浴衣上斑驳的蓝色和绿色，使她看上去就像他当年迎娶的那个少女。

“很高兴见到你，”她说着，吻了一下他的面颊。“代我向克劳德特问好。记住，”她顽皮地一笑，“那些乳酪——如果你不说，我也不会说的。那是我们的小秘密。”

乔　乔

12

星期一下午两点三十五分

马诺伊把头伸进了门。“乔乔，凯特·施泰因来了。”

“凯特·施泰因是谁？”

“《图书新闻》的摄影师。是为你的问卷配图来拍照的。”

“噢，对了。稍等两分钟。”乔乔说道。她把架在桌子上的双脚放了下来，把正玩得入迷的拼字游戏盘扔到了一边。权充临时发夹的圆珠笔从她的头发里滑了下来，那团赤褐色的波浪滚落在她的双肩上。

“哇，哈维小姐，你真漂亮，”马诺伊说道，“只是你的睫毛膏脱落了。”

他把她的手包递给了她。“把你的最佳形象展示出来吧。”

乔乔根本用不着鼓励。出版界的所有人都看《图书新闻》的问卷调查表。他们拿到报纸，首先要看的就是这个。

她啪的一声打开了小粉盒，重新涂了一遍她那招牌性的红色唇膏。她本不希望这种唇膏成为她的招牌，她更喜欢淡粉色的唇彩配灰褐色的唇膏。但有一次她化着这种“果汁冰糕式”的妆上班时，人们都奇怪地看着她。马克·埃弗里说她看上去“有些病怏怏的”，里奇·甘特则说她肯定是喝到宿醉了。

头发也一样。任何其他发型都不适合她。如果太长，她就会像个头发蓬乱的陶匠。如果太短呢……她二十岁出头时，刚到伦敦不久，留了一头自认为是假小子式的短发，结果再去酒吧时，服务生用怀疑的眼光打量了她一番，问道：“你多大了，小伙子？”

这都是短发——还有陌生的面孔——惹的祸。

“再来点儿睫毛膏。”马诺伊建议道。

“你真够娘娘腔的。”乔乔任性地说道。

“而你真够政治不正确的。我说睫毛膏是认真的。就两个词：里奇·甘特。让他难受难受。”

乔乔觉得自己重新振作起了精神，涂起了睫毛膏。

在迅速地捯饬了一下脸上的其余部分——上了腮红、遮瑕膏、亮光粉——之后，乔乔最后用刷子刷了一下头发，一切准备就绪。

“太性感了，老板。太酷了。”

“叫他进来吧。”

凯特扛着摄影器材走进了办公室，他突然立定，放声大笑起来。“你真像《谁陷害了兔子罗杰》里的兔子杰西卡[①]！”他用赞叹的语气说道。“或者说，更像是五十年代那个红头发的影星。她叫什么名字来着？”他跺了好几次脚。“凯瑟琳·赫本[②]？哦，不。”

“斯潘塞·特雷西[③]？”

“他不是个男的吗？”

乔乔不想再逗闷子了。“丽塔·海华斯[④]。”

“对了！以前也有人这么说过吗？”

“没有，”她笑了笑。“没人这么说过。”他的眼睛如此明亮，不可能怀有恶意。

凯特放下了摄影器材，扫视了一遍堆满书的小房间，对着乔乔沉思片刻，又四下打量了一番。“咱们搞得别致一些吧，”他建议道，“别像通常那样，你坐在桌子后，跟温斯顿·丘吉尔似的，咱们拍得性感一些。”

乔乔冷冷地瞪了马诺伊一眼。“这是最后一次了，给我听明白点儿。我不会脱掉上衣的。”

凯特眼睛一亮。“你原打算这么做的吗？我会拍得非常谨慎的，只按两次

---

①兔子杰西卡：迪士尼动画人物，是兔子罗杰的人类妻子，一个一头红色大波浪卷发、身段凹凸有致的妖娆女郎。——编者注

②凯瑟琳·赫本（1907 ~ 2003）：美国女影星。

③斯潘塞·特雷西（1900 ~ 1967）：美国男影星，曾在很多部电影中与凯瑟琳·赫本搭档。

④丽塔·海华斯（1918 ~ 1987）：美国女影星。

快门——”

乔乔的目光让他突然住了口，当他再开腔时，语气不再那样兴奋了。“乔乔，你的办公桌好大。你侧身躺在上面，使劲地眨一下眼睛，怎么样？”

“我是个文学代理人。请放尊重些！”而且乔乔的个子太高了，她的头和脚都会伸到办公桌外。

“我有个主意，”马诺伊说，“咱们模仿克丽丝汀·基勒[①]那张有名的照片照一张，怎么样？你知道那张照片吗？”

“就是椅子背朝前骑坐在餐椅上的那张？”凯特说，“经典的姿势。不错。”

“可她是裸体的。”

“你不用。”

“好吧。”乔乔心想，这比侧卧在办公桌上，臂肘悬空要强多了。就这样赶紧拍完吧。她还有成堆的工作要做，而她已经在填字游戏上耽误了半个小时了。

马诺伊跑了出去，回来时拿了把餐椅，乔乔骑坐了上去，觉得这样子真傻。

“棒极了。”凯特跪在她面前，咔嗒咔嗒地操作起机器。“笑一笑。”但他没按快门，又放下相机，站了起来。“你看上去不大舒服，”他说。“是你的衣服闹的。你能脱下外衣吗？只脱外衣。”他连忙补充了一句。

乔乔不想在上班的时候脱外衣。她那件细条纹外衣对她来说就像是一条安全带，如果没了它，她那丰硕的胸部就会完全显露出来。一旦没有了外衣的收束，她的体态就会让她想到溢出了杯子的咖啡——而且溢出的很多，你都难以想象那些咖啡曾经是盛在一个杯子里的。但是现在，她的“大波”可以藏在椅子背的后面，于是她脱去了外衣，重新骑在了椅子上，把椅子背往胸前拉了拉。

“还有一件事情，”凯特说，“你能把衬衫的袖子挽起来吗？再把脖子上的纽扣解开一个。只解开一个，这就是我的全部要求了。还有，你明白，晃一晃

---

①克丽丝汀·基勒（1942～）：美国著名女模特。

脑袋，让头发蓬松一些。”

“想想天热的时候吧，”马诺伊劝说道。

“想想领失业救济金的长队吧，你。”

“咱们开拍吧，”凯特打断了他们的话。“乔乔，眼睛看着我。”咔嚓！“我听办公室的人们说，你在干这行之前在纽约当过警察。是吗？”

咔嚓！

“跟警察弟兄们相处，感觉怎么样？”他们都喜欢她的警察经历。甚至马克·埃弗里都承认，想象一下乔乔一脚踢开门，啪嗒一声给歹徒扣上手铐，低声说道：“我现在逮捕你。”真是迷人极了。“就好比，你们那儿没有女警察吗？”

“那儿跟这儿不一样，她们穿着平底鞋，留着难看的头发。这么说你真当过警察了？”

“当过几年。”

咔嚓！

“好酷！”

一点儿也不酷。那是个悲惨的工作，她很讨厌电视剧里把女警察都拍得那么迷人。

“你踢开过门吗？”

“踢开过好几百扇呢。”

咔嚓！

“执行过秘密任务吗？”

“噢，经常执行。我要去引诱黑手党头目。和他们睡觉，摸清他们的所有秘密。”

“真的？”

咔嚓！

“当然不是，”她大笑了起来。

“保持这个表情。有人朝你开过枪吗？”

咔嚓！

“经常有。”

“把头稍微偏一点点。你朝别人开过枪吗？”

咔嚓！

“开过。”

“微笑得再灿烂一些。你打死过人吗？”

咔嚓！咔嚓！咔嚓！

13

星期一下午较晚些时候

凯特走了，乔乔又重新用外衣收束了自己。她正要开始工作，马诺伊打来了电话。

“埃蒙·法雷尔来电话了。”

“这回又是什么事？”

“显然是因为今天的《独立报》上发了篇关于拉森·科扎的瞎了眼的书评，为什么不发关于他的书评呢？我要不要给他打打飞机，把他打发掉？”

“你老是爱说这种话。我可从来没这么教过你。不，把他的电话转过来。”

只听咔嗒一声，埃蒙愤怒的咆哮声就通过电话线灌进了这间屋子。“乔乔，我讨厌死科扎那个浑蛋了。”

他大发雷霆。乔乔则一面同情地“嗯嗯”着，一面扫视着电子邮件。有一封是马克来的，她保存了下来，等着挂上电话后看。

“……剽窃……我是最先……”埃蒙滔滔不绝地说着，“……全都得归功于我……我觉得全是因为形象……仅仅外表漂亮的大傻瓜……”乔乔把听筒从耳边拿开了片刻，只是为了看看听筒里是不是冒出了泡沫。埃蒙还在不停地说：“你知道他们怎么称呼他吗？‘土耳其青年作家。’我他妈才是这儿的土耳其青年作家呢。”

可怜的人啊，乔乔心想。她不是第一次碰到这样的作家了。他们在经历了作品出版之初的惊喜后，原本怯生生的那种态度就会烟消云散，给嫉妒腾出地儿来。他们会突然发现自己并非这世界上唯一的新作家——还有很多很多其他新作家！他们得到了更好的书评，也得到了更高的预付金！这实在让人难以接受，特别是对像埃蒙这样很早就享受到大量成功的人来说。他原先一直被称为“土耳其青年作家”和神童。现在居然是拉森·科扎获得了这些赞誉。

埃蒙暂时停止了咆哮。

“那么，这事你打算怎么办呢？别忘了，你可是拿了我两万五千英镑委托金呢。”

我倒但愿是我拿的。

她让埃蒙为自己的书得到了二十五万英镑预付金。这是她最大的业务之一，从很多方面看，都是令人惊叹的——尤其是对一位作品受到过很多赞誉，但商业价值却不高的土耳其青年作家来说。

“你从我的预付金中提了百分之十做你的薪水。”

你这么说就错了，乖乖。乔乔没有从预付金中提任何钱。只有合伙人才有资格提成，但最多也只能提百分之五。

不过她没辩解。埃蒙正在气头上，情绪很不稳定，她可不想自己来承受后果。终于，在又说了些冒犯的话后，埃蒙戛然而止了，接着他又说道：“唉，乔乔。我很抱歉。我抱歉极了。我怎么能这么对你说话呢，我真是个大傻瓜。只是这一行的竞争实在太激烈了，比哪一行都激烈，我真的要崩溃了。”

乔乔心想，他怕是想当文学代理人了，那他就知道什么才是真正的竞争激烈了。然而她只是说：“我明白，我完全理解。别太在意了。”

“乔乔·哈维，你真是个好人。一个最好的人。你能把我刚才说的那些胡话全都忘了吗？”

“我已经忘了。”

收件人：Jojo.harvey@LIPMAN HAIGH.co

发件人：Mark.avery@LIPMAN HAIGH.co

主题：Miss

Miss（动词）1.想要。2.没有得到。3.因没有……而感到非常遗憾。

也就是说，我想你。

马 xx

收件人：Mark.avery@LIPMAN HAIGH.co

发件人：Jojo.harvey@LIPMAN HAIGH.co

主题：Tough

Tough（形容词）1.强硬的，艰苦的，令人不快的。也就是说，坏运气，你不该整整一星期都在书展上。(Joke（名词）1.说出来或做出来让人发笑的事情。)

乔乔 xx

又：我也因为你不在而感到非常遗憾。

十分钟后

马诺伊又来电话了。“你表姐贝姬打电话来了。如果你桌上的照片是她的话，她长得很像你，只是没你漂亮。我想她是想要你今晚陪她，她断断续续地在唠叨比萨快递。如果你们需要男士陪伴的话，我很希望你们取消男士送餐的订单，我本人很愿意效劳。这个电话你是接还是不接？”

“转过来吧。”

“不，你该说：‘我接。’”

乔乔叹了口气。“我接。”

14

星期一晚上七点十分。

大多数人都已经回家了，乔乔开始填《图书新闻》的调查表。

姓名

乔乔·哈维

年龄

三十二岁

工作经历

在纽约警察局工作三年（没错，这是真的）。在我首次来伦敦前，曾在酒吧做过几个月服务生，在查理斯公司做过六个月阅读员，然后升为助理，又升为初级代理人。四年后升为代理人，一年半后进入李普曼·黑格公司。

你最喜欢的气味是什么？

马克·埃弗里

乔乔潦草地写道，恨不得立刻就吸进他的气息。

不，等等，不能这么写。她飞快地在那行上面划了很多道，差点儿把纸都划破了。其他人是怎么填的呢？她迅速地翻了翻前几版的调查表，发现一些打着领结的老家伙们写的是“珍本首版书久经岁月后的尘埃气味”。还有一个打着更大更邋遢的领结的家伙写的是“新作家处女作新鲜的墨水芳香”。

里奇·甘特（他根本不打领带，因为没有人会穿T恤打领带）写的是“钱”，他的愚钝经常在书出版时造成很多麻烦。然而，乔乔不情愿地想道，她不得不佩服这家伙的诚实……

下一个问题。

什么会使你情绪低落？

里奇·甘特

她停顿了一下，又重重地划去了。

你最喜欢的一句话是什么？

里奇·甘特去死吧！

不，也不能这么写。

耶稣基督啊。她的确是非常希望有人让她来填这个调查表，可这表却比她想象的要难填得多。

你最钦佩的依然健在的人是？

马克·埃弗里

你最鄙视的仍然健在的人是？

马克·埃弗里的妻子。不，不，不。应该是我——参见下一个问题。

别人身上你最不喜欢的特性是？

女人去追已婚男人。

你将怎样改变自己？

和我已婚并有两个孩子的男朋友分手？

她不知道，是她追求完美的个性讨人嫌吗？是她顽固执著的个性招人烦吗？不，她想，问题还是出在她的小腿上。她的腿太粗壮了。长筒皮靴跟乔乔是根本无缘的。就是穿富有弹性的短靴也很费力。对乔乔来说，一个足以抱怨的问题就是，即使是高仅及脚踝的短靴，拉链都拉不上。更糟糕的是，她坚持认为自己的腿像腌牛肉一样，既有斑点，又硬邦邦的。于是她总是穿着定制的裤子上班。那些裤子成了她的特有品牌。（这是又一个令人讨厌的问题。）

你怎样放松自己？

和马克·埃弗里做爱。如果他不在，就喝上一瓶墨尔乐葡萄酒，玩野生动物电脑游戏，尤其是关于小海豹的游戏。

什么事情会让你哭？

喝上一瓶墨尔乐葡萄酒，玩野生动物电脑游戏，尤其是关于小海豹的游戏。

你认为相爱的人应该厮守一生吗？

是的。是的，我知道，可我怎么能呢？我是个伪君子。但我从来没主动想和马克做这些事。我不是那种人。

有哪本书是你希望你代理过的？

这个问题很容易回答，她心想，不过她从来没公开承认过，哪怕是在酷刑之下她也不会承认。那本书就是现在街谈巷议的热点《飞快的小汽车》。那的确是一本杰出的小说，只是代理人是里奇·甘特——而不是乔乔——甚至在拍卖之前，他就已经拿下了一百一十万英镑的预付金。乔乔也有过类似的成功之作，但预付金可远没有这么多。令人讨厌的是，乔乔很嫉妒，甚至是在里奇·甘特专门穿过大厅，走进她的办公室之前。那次他挥舞着合同向她喊道："看看这个，去哭吧，美国佬。"

你认为五年之后你在哪里？

在李普曼·黑格代理公司，成为合伙人。希望用不了五年时间。比如，某人刚一退休我就顶上。

李普曼·黑格公司有七名合伙人——其中有五名在伦敦，两名在爱丁堡的分公司。此外有八名不是合伙人的代理人，由于不知道董事会会挑选谁来接替下一个退休的合伙人，乔乔希望是自己。虽然有三名代理人在这里工作的时间比她长，但她为公司带来了大量利润——最近两年，她的业绩比任何其他代理人都好。

你最爱说的常用语是什么？

没有击倒我们的东西，会使我们变得更富幽默感。

你有什么特长？

我能用口哨叫出租车，用意大利语发誓。我能画唐老鸭漫画，画得很好。我还能修自行车。

你生活中最不可或缺的五种东西是？

香烟、咖啡、伏特加酒、动画片《辛普森一家》……还有什么？正常的心跳吗？……更多的香烟。

最令你骄傲的成就是什么？

我想是，戒烟。不过这情况还没有发生……

你从生活中得到的最重要的教训是什么？

好人的头发总是不好。

她停下了笔，心想这问卷上真是满篇胡话。她又把笔插到了头发上，觉得笔还是当发夹更有用。这份调查表可以由马诺伊代填，现在她该去接贝姬了。

15

星期一晚上八点四十五分

乔乔走到了沃德街上。即使是一月末这样一个冰冷的晚上，这条街上仍然是熙熙攘攘。乔乔飞快地走着，以致路边一个流浪汉咕哝道：“哪儿着火了，亲爱的？”

乔乔更是加快了脚步，她可不想在见贝姬时迟到。

乔乔和贝姬非常亲密，就像亲姐妹一样。乔乔刚从纽约来到伦敦时，只能挣到很少一点点钱，先是在酒吧做服务生，继而为一名图书代理人做阅读员，她于是和贝姬挤在一个卧室里睡。原本挤在那么小一间屋子里，俩人很可能会打架，可她们却在上百万种情况下都水乳交融。尽管俩人是在远隔好几千英里的地方分别长大的，可她们却能为彼此有那么多的共同点而激动和沉醉。她们发现，她们（身为亲姐妹）的妈妈都会把罩在新家具上的塑料布保留一年以上。当女儿有出格行为时，两位妈妈都会说：“我不为你生气，但我很失望。”接着她们又都会在女儿头顶上假作抽打的手势，那样子却更像是生气而不是失望。

贝姬和乔乔甚至长得都很像。不过乔乔个子更高一些，曲线更优美一些，就像是贝姬的七五折促销版[①]。（尽管她们俩都天生是红褐色头发，贝姬的头发要短一些，有些地方也浅一些，因此从来没人说她像兔子杰西卡。）

她们在一张床上挤了几个月后，最终搬进了一座公寓，俩人各有一间卧室，又彼此和睦地一起住了好几年，直到乔乔买了自己的房子，贝姬认识了

①这句话的意思是乔乔比贝姬更抢手，更受欢迎。——编者注

安迪。

尽管贝姬比乔乔还大八个月，但乔乔看上去倒像个姐姐。不知为什么，她总是比贝姬更能吸引人们的注意力，她本质上是个温柔的人。

在比萨快递餐厅里，贝姬一边喝着红酒，一边挑选着蒜蓉面包。她挥挥手招呼乔乔过去。

俩人拥抱了一下，然后贝姬往后一退，向乔乔张开了牙齿，好像是无声地咆哮一样。“我的牙黑吗？”

“不黑呀，”乔乔警觉了起来。“为什么问这个，是我的牙黑吗？”

“不是，可我在喝红酒。留神点儿我。”

“好的，不过我也要喝，你最好也留神点儿我。”

她们浏览了一遍菜单，贝姬说：“如果我点一个威尼斯比萨饼，你愿不愿意告诉我，我的牙缝里塞没塞进菠菜？你相信吗？米克·贾格尔有一阵子真在牙里镶了一块翡翠。他到底怎么想的？牙缝里塞进真正的食物就够糟糕的了，可他还往里面镶假的……”

她们点过餐后，乔乔问：“你最近怎么样？”

贝姬是一个私人保健公司的管理人员，负责联系一些大公司，忙得焦头烂额。

“你简直没法相信——她今天一天就塞给我四个客户。”“她”指的是埃莉斯，是令贝姬备受折磨的老板。“四个公司呀！每个公司都有好几十名员工，全都需要做保健方案。我实在是力不从心了。我开始犯低级错误了，而情况还会更糟，因为我没有时间仔细检查我写的东西。”

“贝姬，你该告诉她，这太过分了。”

“这可不行。别人会认为你能力不够的。”

“你必须去说。”

“我不能。”

“如果她给你更多的客户，那说明她一定认为你很优秀。”

“根本不是这样！她不停地给我加重担，是想让我崩溃，离开这里。她是条母狗，我恨死她了。”

乔乔听着贝姬的诉说，心情也沉郁起来。她从口袋里掏出了一包烟。“我又重新抽烟了。”

“你用针刺疗法戒烟，不灵吗？”

“每次我把针扎进耳朵里，都特别想吃土豆泥。就好像，嗯，的确非常糟糕。但我星期五晚上要去试试催眠疗法。我们那儿的一个合伙人，吉姆·斯威特曼，给我出的这主意。他原来一天至少抽两包，现在已经三个星期没抽烟了。”

“我们都需要有点儿恶习。”贝姬一本正经地说道。

“我知道，可人们对抽烟的人都太苛刻了。如果我想在上班时抽烟，我就得站到大街上去，有几次还有人把我当成妓女了。”

贝姬大喝了几口红酒，然后用勺子照了照自己的牙。勺子中映出的牙参差不齐，但是并不黑。不错。“我感觉好多了，”她说，“你不能不发泄。现在，该你了，乔乔。让我分享一下你的快乐。”

“我们……嗯，好吧，我这阵子什么也没卖出去。我没弄到什么好稿子。好比说，我一无所获，而甘特那浑小子倒搞了两个大项目，着实吓着我了。”

贝姬晃了晃一根手指。“你上星期不刚做成了一个项目吗？你还为此买了个马克·雅可布[①]钱包以示庆祝了吧？”

“哪个？哦，是埃蒙·法雷尔的那个稿子。我说的不是我已有的作者。我需要不断地增加我的客户名单。如果情况不能很快有起色的话，我今年就拿不到奖金了。”

“那你买马克·雅可布的钱包装什么呀？奖金呀，我的可怜鬼。你该从你谈定的项目中提成。你要当合伙人！”

“我正在为此而努力。”

“你还对那个钱包爱不释手吗？”

“不那么厉害了。”

“你的新伙计干得怎么样？”

---

①马克·雅可布（1963～）：美国著名服装设计师，奢侈品牌路易威登的艺术总监，也有自己的同名品牌。

“马诺伊？年轻，聪明，机灵得像根鞭子，可是……唉，他顶不上路易莎。为什么她一定要怀孕，要离开我呢？”

“四个月后她就会回来的。”

“你这么认为吗？你难道不认为她会非常疼爱她的小宝贝，不忍再离开他吗？”

“路易莎？她好像没那么糟糕吧。”

路易莎是个爱穿高跟鞋，爱喝伏特加丁尼酒，脑袋聪明绝顶的俏妞儿。她怀孕后，除了戒掉了伏特加丁尼酒外，并没有多大变化。

“我真想她，”乔乔叹了口气。“现在我在公司没人可以聊天了。”路易莎是公司里唯一知道她和马克私情的人。

“马诺伊是个什么样的人？”

“噢，不，贝姬。噢，不，不，不。他七十五磅①重，性格懦弱，很不成熟，有点儿像个咋咋呼呼的自大狂。他喜欢维护我的高大形象，他认为让人们都那样看我是他的职责。”

“他是同性恋者吗？”

“不是。”

“那是个伪娘？”

“什么？”

“就是像女人一样的男人。”

“对！而且正像我所说的，他很机灵。才来了两个星期，他已经知道了我和里奇·甘特的矛盾。”

“他知道你和马克的事吗？”

“不！你疯了？”

“马克什么时候从图书博览会上回来？这次是在哪儿举办的？”

“星期五。耶路撒冷。”

“你为什么不跟他一起去呢？”贝姬问。

---

①磅：一磅约合零点四五公斤。——编者注

“整整一星期不干活儿，待在宾馆房间里等他从会上回来？”乔乔想装出一副愤愤不平的样子，可是绷不住。“噢，上帝呀，你想想吧。整整五天都在床上，让服务员把饭送到客房来，天天看电影，睡新床单，宾馆的床单倒是不错……可是李普曼·黑格公司还有很多其他人也去了，而且住在同一个宾馆里。难免会有人看见我们。”乔乔有些伤心地看着她的比萨饼。

贝姬握了握她的手以示安慰，但也没有更多的话可说。大约四个月前，这段私情开始时，她们已经详细地分析了形势，有时候软心肠的贝姬都有些后悔卷入了这事。

乔乔听到的经验是，马克在出轨时，他的婚姻中一定已经有什么东西出错了。但乔乔想，当私情的主角是你自己时，你就不会这么想了。你会情不自禁地感到羞耻。是的，她无论如何摆脱不了这种念头。

但她还从来没有这么长时间地深深爱上一个男人。她的上一任男朋友(“可怜的克雷格”）后来沦落得穷困潦倒，俩人分手后，就形同陌路了。在此之前的一段感情，开端良好，但当那小子（“迪克·理查”）发现乔乔挣得比他还多后，就变得尖酸刻薄起来。她走路的速度，她身高都快一米八了却还穿高跟鞋，她从来不穿短裙……他都要抱怨。

“这星期你还有什么事？”贝姬问。

“明天晚上，米兰达·英格兰的第四本小说举行发布会。”

“哦，你能给我弄一本吗？我喜欢她。星期三晚上你干什么？”

“嗯……”乔乔用双手托住了腮。“有个晚宴。《丘吉尔传》举行发布会。老家伙们谈第二次世界大战的事情，我会感到很无聊，只能低头盯着眼前的汤发呆。”

“那你还去干吗？那又不是你的书。”

“丹 · 斯旺请我一起去。”

“他又不是你老板。推掉算了。”

推掉聪明绝顶的丹老头的事情，乔乔不禁对这主意大笑起来。“他是个高级合伙人，对我也的确很不错。能获得他的邀请是一种荣幸。星期四晚上我要去做瑜伽。”她停顿了一下。“也许。星期五晚上我要去试试那个催眠疗法，星期六我去见马克。”

“那就星期天到我那儿去吧。安迪说他好久没见你了。”

“还不到两个星期呢。嗨，贝姬，我在你和安迪之间当大灯泡的时间太多了吧？只是因为你是亲戚，你也知道马克的事，我才在你面前想说什么就说什么，而你也不会让我闭嘴。可我不能老这样啊。”

“根本不是这样，我们喜欢听你说话。来吧，咱们一起看报纸，吃冰淇淋，一起抱怨。”

“抱怨什么？”

“你爱抱怨什么就抱怨什么，”贝姬宽宏大量地说道，“天气。你的工作。彩蛋巧克力越来越小了。由你挑。”

一小时后，当她们吻别时，贝姬问道：“我的牙黑吗？”

“不黑。我的呢？”

“也不黑。”

“看来咱们没喝好。这真糟糕。星期天见。”

16

星期二下午

收件人：Jojo.harvey@LIPMAN HAIGH.co

发件人：Mark.avery@LIPMAN HAIGH.co

主题：思念

渴望，思念，苦思，多么想脱去衣服，和你一起睡下。

马 xx

收件人：Mark.avery@LIPMAN HAIGH.co

发件人：Jojo.harvey@LIPMAN HAIGH.co

主题：痛苦

冷酷、严酷、残酷、讨厌，但只好忍着，这全都是因为你的糊涂，整整一个星期都在外面参加书展。

乔乔 xx

星期三下午

收件人：Mark.avery@LIPMAN HAIGH.co

发件人：Jojo.harvey@LIPMAN HAIGH.co

主题：猜字谜

我都被弄糊涂了。

答案是affirmative颠倒过来围绕着ten？四个字母的词。

乔乔xx

收件人：Jojo.harvey@LIPMAN HAIGH.co

发件人：Mark.avery@LIPMAN HAIGH.co

主题：sexy！（性感！）

（ten用罗马数字表示就是x。affirmative是yes，颠倒过来就是sey。答案=sexy。）请尽快确认：我什么时候能够再见到你？我们什么时候能够再共享以往那样的好时光？

马xx

收件人：Mark.avery@LIPMAN HAIGH.co

发件人：Jojo.harvey@LIPMAN HAIGH.co

主题：我什么时候可以再见到你？

星期六，星期六，星期六，星期六，星期六，星期六，星期六，星期六，星期六晚上，没问题。（白天也可以。）

乔乔xx

收件人：Jojo.harvey@LIPMAN HAIGH.co

发件人：Mark.avery@LIPMAN HAIGH.co

主题：星期六

好的。没有你的时候，床真是太大了。

马xx

17

星期五上午八点五十七分

乔乔还没有看见他们，就听见了他们的声音——那些助理和阅读员们聚集在最新一期《图书新闻》前，像一群麻雀一样大呼小叫着。

帕姆是第一个看见她的人。

“你填的调查表登出来了！”

“你真棒！”

一本杂志被推到了乔乔眼前，她不禁后退了一步。用的是这张照片！她看上去像个五十年代二流电影里的妖妇——波浪翻滚的赤褐色头发垂了下来，遮住了一只眼睛，深色的嘴唇向上撅着——而且她还在眨眼。凯特居然用了眨眼的这张照片！这在当时只是作为玩笑拍的，他答应过不用的。

“你答得真好。太有趣了！”

“谢谢你，”马诺伊说，“呃……我代表乔乔。”

你最喜欢的气味是什么？

成功。

你最钦佩的依然健在的人是？

我自己。

你最希望改变的自己的缺点是什么？

我不够谦虚。

你最鄙视的仍然健在的人是?
我自己——因为我不够谦虚。

你怎样放松自己?
睡觉。我喜欢一晚上睡七个小时。

别人身上你最不喜欢的特性是?
他们肮脏的思想。

什么事情会让你哭?
切洋葱。

什么会使你情绪低落?
我没有超自然的能力。

你认为五年之后你在哪里?
参见上一个问题的回答。

有哪本书是你希望你代理过的?
《圣经》。

你认为相爱的人应该厮守一生吗?
这是场游戏，是吧?

你有什么特长?
我能用口哨叫出租车，用意大利语发誓。我能画唐老鸭漫画，画得很好。我还能修自行车。

这是马诺伊唯一同意保留的乔乔的原答案——当然，那些更私密的答案，乔乔也没和他分享。

你生活中最不可或缺的五种东西是？

新鲜空气、睡眠、食品、血液循环系统——还有书。

你最爱说的常用语是什么？

你们接受维萨卡支付吗？

什么事情能让你高兴？

当答案是“对”的时候。

你从生活中得到的最重要的教训是什么？

好姑娘总是剩到最后。

最后一条真是点睛之笔。乔乔和马诺伊互相眨了一下眼，帕姆仔细地观察着。她曾有一次——在喝了酒之后——想模仿乔乔性感的眨眼，结果隐形眼镜错了位，使她的眼皮像被捉住的蝴蝶一样扑闪着。待她最终平息了这阵抽搐之后，她原本想勾引的那个男人，已经给别人买了鸡尾酒。

但并不是所有人都为乔乔高兴。在走回自己办公室的路上，乔乔遇到了洛贝莉娅·弗伦奇和奥罗拉·霍尔，她们曾是这里头号和二号最招人喜欢的“黄金女郎”，直到乔乔加入公司。此时她俩都装作没看见乔乔。还有塔尔坎·温特沃思，一个业绩平平的代理人，因为人们在称呼他时都在姓氏前加一个“亲爱的”，他便认为自己理所当然地获得了晋升合伙人的资格——这也是乔乔到来之前的事。

十一分钟后

乔乔还没来得及收电子邮件，高级合伙人之一乔斯林·福赛思就在敲她的门了。“我可以进来吗？”

他的英语就像必发达金酒一样醇美爽适。他用一本卷起来的《图书新闻》拍打着自己的手掌，然后把杂志展开，展示了一下乔乔的照片。“我亲爱的姑娘，你真是文学的伟哥。我可以坐下吗？”他指了指一把椅子。

我的天呐。“当然可以。”

他拽了一把他那手工缝制的裤子的膝部，坐下了。“你很有希望成功，是吧？”

就在这时，马诺伊把头探进了门，向乔斯林点了点头。“你好，乔克。对不起，乔乔，埃蒙·法雷尔来电话了，他简直要疯了。他去了水磨石书店，那里有十二本拉森·科扎的书，却只有三本他的书。他说想换出版商。我要不要给他打打飞机，把他打发走。”

“你要怎么样？”乔斯林问道。

“给他打打飞机——”

乔乔打断了他的话。“那意思就是，比如说，和他开开玩笑，让他高高兴兴地挂电话。告诉他，那儿有十二本拉森·科扎的书，是因为没人买。你知道该怎么说话。”

“这句俗语的出处是什么？”乔斯林问道，“跟你当年的执法经历有关吗？”

“呃，是的。”

“请解释一下。”

乔乔感觉自己就像一只在表演的海豹，但她遵从了。“你看。嗯，人们经过你的辖区时，可能会抱怨街上警察太少。他们说得没错，的确没有足够的警察四处巡逻。但我们会说：‘别担心，我们还有很多便衣警察和秘密警察。你看不见他们，但请相信我，他们的确存在。’于是他们就会满意地离开。”

“这是心理学的应用。”

“你说得对。”

“请再举一个例子。”

乔乔急着收电子邮件，心里直痒痒，可乔斯林是个好老头儿，而且他还是位合伙人。

“让我想想。好吧，一位妇女来到我的辖区，说中央情报局通过她的电源插座监视她。”

“我的一位姑姑也出现过类似情况，”乔斯林咕哝道，“不过她抱怨的是情报五处而不是中央情报局，但两者并没有相差十万八千里。”

“那她一定很受伤。”

“我必须承认，我的宝贝——这可不是什么让我骄傲的事——我觉得这实在是滑稽。”

“是的。嗯，我遇到的那位可怜的女士是个精神病人，应当是进过精神病院。我们把她送回家时，发现她家对面有个服装店，嗯，透过窗户可以看到里面的人体模特，我们就跟她说其中一个模特是便衣女警察，正在守卫她。”

“她相信了？”

“当然。”

“我明白了。‘给他打打飞机，把他打发走。’”乔斯林不断地重复着这句话。“太妙了。我以后也要用用这句话。好了，我得走了，宝贝。必须走了，不过没准儿哪天你能陪我吃吃午饭。”

“好的。”

“我觉得他喜欢你。”乔斯林刚一出门，马诺伊就小声说道。

“嗯。”

“高级合伙人喜欢你可是好事。”

“嗯。”

“我打赌他来上班时一定穿着内衣。”

“你真下流。”

两分钟后

“路易莎的丈夫来电话了，”马诺伊说，“她的羊水已经破了。”

“什么，已经破了？她还没到预产期——”

“提早了两个星期。”马诺伊确认了她的话。

太好了，乔乔心想。路易莎生孩子越早，她回到自己身边就会越快，难道不是吗？

“她还是会休完完整的产假的。”马诺伊看穿了她的心思。“所有的产妇都会这样。现在，我们该给她送花了。”

“‘我们’是谁？白种人吗？”

“我的意思是：你。需要我帮你办这事吗？”

午饭时间

马诺伊出去买热水瓶去了，整个楼道里都静悄悄的。乔乔一边吃着苹果，一边读着埃蒙·法雷尔“呕心沥血的第二部小说”。

她没有听见有人进来，但不知怎么的，她却感觉到有人在看着她，于是她猛地抬起头来。

是马克。

“你回来了！”

她坐直了身子，心想这可真是幸福。看到马克·埃弗里真真切切地站在眼前，一股欢快的情绪从她心里喷涌而出。

有些问题真是令人难解，理论上说，马克·埃弗里可不是个有吸引力的人。他根本不具备浪漫主角通常所必备的高个子、黑头发和英俊的面孔。他可能身高一米七七，但因为太胖，看上去要矮得多。尽管他的头发微微有些黑，但他的皮肤和眼睛都是普通英国人的颜色，绝对没有异国情调的橄榄色。不过，这都没关系……

他微笑着转变了话题。“我看过你的答卷了。你可真棒，乔乔。”他的声音更加温柔了一些。“还有整整七个小时，是吗？好吧，我想想办法吧。”

但还没等她回答，楼道里就传来了叽叽喳喳的声音——有些出去吃午饭的人回来了——马克走了。他们都非常害怕别人看见他俩在一起，简直到了妄想狂的地步，于是经常是她的话还没说完，他就已经一溜烟地走了，她成了对着他身后的气流在说话，于是很多话就死在了她嘴里。

18

四秒钟后

乔乔真想跳起来去追他，结果大腿磕在了办公桌上，磕起一片青肿——耶稣基督啊，她已经整整一个星期没见到他了——可是她不能。

她想重新投入工作，可是埃蒙·法雷尔呕心沥血的第二部小说突然变得索然无味起来，而刚开始看时还挺吸引人的。

我还怎么干活儿呀？

然而，不期而至的援助就来自身边。

十三分半钟后

帕姆突然闯了进来，一把关上门后靠在了上面，就仿佛有条野狗在后面追她。她胸前紧紧抱着一叠稿子。她用手指戳着稿子，声音嘶哑地说道："我们逮住了条活鱼。"

帕姆是乔乔的阅读员。每个代理人都配有一名阅读员——乔乔在升为代理人之前，也是从做阅读员起步的。阅读员要对李普曼·黑格公司每天都会收到的堆积如山的稿件进行初筛。偶尔他们会遇到好稿子，但大部分时间，他们都不得不把稿子丢弃，并写信劝说作者不要放弃他们的日常工作。

这曾使乔乔想起她以前读过的一份关于里约或加拉加斯——总之是某个南美城市——的文件，说那里有大批穷困潦倒的人靠在城市里捡垃圾谋生。他们整天趴在臭气熏天的垃圾堆里，寻觅能卖钱或能换来东西的东西。

"书名叫《爱情和面纱》，这是前三章，"帕姆说，"写得真棒。"

"谁写的？"

“内森·弗雷。”

“没听说过。给我吧。”

才看了两页，乔乔就被深深地吸引住了。她全神贯注起来，简直都忘了呼吸。多么幸运啊，是帕姆而不是其他阅读员挑到了这部稿子！

她看完前三章后，身子往椅背上一靠。“马诺伊，给这家伙打电话。告诉他我们要看其余的部分。叫快递去取。”

她还不能只看三章就答应代理内森·费雷的整本书。她已经不止一次地遇到过这情况了：头三章很精彩，从第四章开始就不怎么样了。

收件人：Jojo.harvey@LIPMAN HAIGH.co

发件人：Mark.avery@LIPMAN HAIGH.co

主题：你

乔乔觉得是什么——a horn blowing around 500[①]。(4 – 2)

马 XX

乔乔漫不经心地乱画了几笔，心想：有人有了私情，还学了密宗的性。而我，受的却是神秘的猜字游戏的指导。

她一边等着内森·弗雷的稿子，一边在便笺簿上划拉起来。“乔乔觉得是什么——a horn blowing around 500。”括号里的提示是前面的词四个字母，后面的词两个字母，中间用连字符连起来。在罗马数字中，500是D。“Blowing around”会不会是指用回文构词法颠倒字母？A horn d？Daho–rn？Horn–ad？随即她猜着了，不禁大笑起来。是Hard–on（严厉对待）。

一小时（破了纪录）五十五分钟后

马诺伊把全部手稿放进了她手里，小心翼翼得就像是捧着个婴儿。

①原意为“警报器声高500分贝”，此处为猜字游戏的谜面。

“太好了。噢，太好了。谢谢你。”

“所有的电话都先不接了？”

“你想得真周到。”

乔乔把双脚架在了办公桌上，陷入了书中。这本书讲述的是一个阿富汗姑娘和一个英国特工的爱情故事，写得很优美。简直是《战火实录》[①]加《战地情人》[②]。是一本集中了悬念、哀婉、人性和大量性描写的不可多得的好书。

很长时间后

马诺伊把头探进了门。“读得头疼吗？”

“还好。写得不错。”

“我们现在要去酒吧了。”

“你个没出息的小瘪三。”

“现在是星期五晚上。咱们一起去酒吧吧。我都来了快三个星期了，你还没请我喝一次酒呢。人都说你跟路易莎要好得像合穿一条裤子一样。”

“胡说！最近九个月她一直在怀孕。我得把这部分看完。我停不下来。”尤其是她强烈地预感到故事将以悲剧结尾——这很可能确保获得好评，甚至有可能得个文学奖。

不过马诺伊说得对，她以往经常跟同事们一起外出。星期五晚上喧嚣的伏特加丁尼鸡尾酒会的结局，经常是未婚女士们一起去泡夜总会，物色男人。但乔乔要见她自己的男人……

她还没能再次陷入书中，就又有人来问了：“一起去喝一杯？”

这回是吉姆·斯威特曼，媒体负责人，也是最年轻的合伙人。

“不了。”

“你再也不跟我们一起出去了。”

---

①《战火实录》：一部以半纪录片方式拍摄的英国故事片，描述了海湾战争时期英国特种空降勤务队(SAS)执行一项代号为“Bravo Two Zero”的任务，企图摧毁伊拉克机动式飞毛腿导弹基地的真实故事。

②《战地情人》：讲述二战时期一个意大利军人与一个希腊渔民女儿相爱故事的美国故事片。

“是马诺伊叫你来的吗？”

吉姆皱起了眉。“我冒犯过你吗？我有没有在哪天晚上趁你喝醉时拥抱亲吻过你？”

“没有。而且你知道你怎么还能说这话。因为你的牙还都健在。”乔乔大笑了起来。“我要看完这部非常非常棒的稿子，然后，九点钟的时候，我要去见你那位催眠疗法师，治疗烟瘾，你还记得吧？”

“啊。祝你好运。”

“周末愉快。再见。”

她又读了二十分钟，也许是二十五分钟，又听到有人说：“你在干什么？”

这回又是谁？可这是马克啊。幸福如潮水般涌来，她的脸上立刻绽放出最灿烂的笑容。“看稿子。”

“你什么时候学会干这个了？”

她向后一靠，椅子的前腿翘了起来，架在桌上的一只脚轻轻地晃悠起来。能够想怎么看他就怎么看他，这感觉实在太妙了。上班时的大部分时间，她都只允许自己偶尔短短地瞟他一眼——也许她看马克的时间比看任何其他同事的时间都短。但即便如此，她仍然害怕会被什么人抓个正着。“啊哈！好嘛！你在盯着马克·埃弗里看。你和主理合伙人有什么关系呀？”

“我还以为你这会儿已经回家了呢。”她说。

“有些事耽搁了一下。”

“书展怎么样？”

“你真该和我一起去。”

“哦，是吗？”

一丝微笑慢慢地漾到了他的眼睛上。“我不可以吻你一下吗？”

“我不知道。”她用脚摇摆着椅子中的自己。“你说呢？”

他走到了她的桌子后。她站起身来，用胳膊搂住了他的脖子，把脸贴在了他身上，全身心地享受起这一刻他的存在带给她的宽慰。他的体温，他坚强的双臂，他身上的气味——不是剃须后涂的润肤水或古龙香水的气味，而就是某种说不出的男人的气味。她体内紧张的结一下子松开了，感到飘飘欲仙。

接着她挪动了头，让他那尖利的胡子茬轻轻地在她脸颊上划动着，找到了他的嘴唇。

“乔乔。”马克轻声说道。他的脸贴在了她的脖子上。他们又一次亲吻起来，他的手摸到了她的外衣下摆，想伸进去。在她的耳畔，他的呼吸又热又响。她感到桌沿已经抵进了她的臀部。接着他解开了她外衣的纽扣。他的手按在了她像枕头一样柔软的乳房上，她的腿因为渴望而颤抖了起来。

他勃起了，紧紧地顶着她。他的手使劲地抓住了她的肩膀，想把她扳倒在地上。他力气很大，也很坚决，但乔乔顽强地抵抗着。

“所有人都走了，”他说着，手指头摸到了她的乳头。“没事的。”

“不。”她从他怀抱里溜了出来。“我明天见你。”

无论她多么想他，她都不能在自己办公室的地板上做爱。他把她当成什么人了？

19

星期五晚上更晚些时候

乔乔，跟我说说你的父亲。

……嗯……你在开玩笑，是吗？……

跟我说说你的父亲。

……我们在干什么，在演伍迪·艾伦[①]的电影吗？……对不起，你听得清我的话吗？……

我听得非常清楚。

那你为什么不对我说话呢？

我们在这里，是要听你说，而不是我说。

不，请等等，我们在干什么，我是来接受戒烟的催眠疗法的。

我需要先了解你，然后才能帮助你。

不，不，你不要这样。我以前在电视里看见过催眠术专家，他们把人们变得就像是阉过的小鸡一样。而他们以前根本就不认识，一点儿也不了解。

我是催眠治疗师，不是催眠术专家。

---

①伍迪·艾伦（1935～）：美国著名导演和喜剧演员。

这有什么区别吗？

区别很大。他们是娱乐人士，甚至可能是江湖骗子。而我是专业人士。

……哦……我的……上帝。你是个精神病医师。

你对此有怀疑吗？

不。嗯，是的！我来这里，以为会凝望着你的眼睛，感觉到昏昏欲睡，离开后就再也不想抽烟了。

烟瘾是一种很顽固的瘾，没有神奇的解决办法。

……是的，我希望有神奇的解决办法……那么，我今晚离开这里后，仍然会想抽烟？

是的。

我下星期还必须来吗？

是的。

还要告诉你我的警察经历？

是的。

请别再说“是的”了。我需要来这里多少星期？

一根线有多长？

总比我的耐心要长。到底多少个星期？

一般来说，需要六到九个星期。

谢谢你。

你好像觉得我们的可信度有问题。

我不是觉得你们的可信度有问题，而是觉得时间有问题。

那你现在就可以走了。

我可以的，但那样我会得罪朋友，所以我还是留下吧。那就继续进行！我们开始得越早，我戒烟也就越早。你想了解我爸爸。喂，我能在这儿抽根烟吗？不行？……那倒值得试一试。好吧。他的名字叫查理，他有一半爱尔兰血统，四分之一意大利血统，四分之一犹太血统。他大概六十三岁了，重二百二十磅，也许是二百三十磅。他起初是个警察，后来又做了消防员。我还需要告诉你什么？

在你成长时期，他是个怎样的人？

嗯……你知道，他只是……跟所有爸爸都差不多。

你是他最小的孩子，也是他唯一的女儿。他对待你和对待你的三个哥哥，有什么不同吗？

没什么不同。我一向是那帮小崽子中的一个，是第四个儿子。差不多十五岁前，我一直没意识到自己是个女孩儿。

什么事这么好笑？

你说什么？

你笑什么？弄不清自己的性别，有什么可笑的呢？

好了，我不闹了，我在开玩笑。我的意思只是：我不是那种穿着去参加晚会的连衣裙，从来不把手弄脏的俏女孩儿。我能嚼块口香糖吗？不行？这也不行吗？

那你穿什么呢？

不让抽烟我能理解，可为什么连口香糖都不让嚼呢？而且这不是一般的口香糖，这是“尼可戒”。是药用的！你知道，我走的时候又不会把它抹到椅子底下。你还有什么话可说？

那你穿什么呢？

我要把你的话理解为“不”，那么，是“是”？妈的。那么我穿什么呢？就是普通的衣服——牛仔裤、运动鞋。戴墨镜。仿制的燕尾服。羽毛围巾……抱歉。就是牛仔裤和运动鞋。

都是你自己的？

有些是。

还有些是谁的？

我哥哥的。喂，我们家没那么多钱，我和妈妈都不在乎穿什么衣服。

你的哥哥们现在都在做什么？

他们全都是警察。

三个全都是？

嗯……是的……

你的家庭环境看来很男性化。

抱歉，我可不认为我妈妈听了这话会高兴！她是个纯粹的女人。如果我们忘乎所以，嘴上带出了“她妈的”，她会扇我们耳光的。

她扇你们耳光？

……啊……我明白你的意思了……可她只是不想让孩子们说脏话。她在教我们学好。

再多跟我说些你妈妈的情况？

她是英国人，名叫戴安娜，是个护士。爸爸带一名中了枪伤的人来医院时，他们相识了。

当你得病时，有个当护士的妈妈，肯定很不错。

你开什么玩笑？她说她上班时整天都得照顾病人，回到家里就不想再干这事了。比如说，如果我摔了一跤，摔破了膝盖，她就会说她们病房里有个三度烧伤的小姑娘，全身上下百分之七十都烧着了。如果爸爸喊头疼，她会说他该拿棒球棒把他的天灵盖敲开——她还会主动要求替他动手。

这么说你父母的婚姻很不幸福了？

不！他们相互爱得发疯。她说棒球棒那样的话时，只是在开玩笑。

你十五岁时发生了什么事？你说你那时候才意识到自己是个女孩儿？

听着，我一直明白自己是个女孩儿，只是，你知道，我总是和男孩子们在一起……但我十五岁那年，我打台球时赢了一个小子……你还想听我继续说这事吗？……好吧，我们家地下室里有一张台球桌，我经常和爸爸哥哥们一起打，他们老是赢我。但我爱钻研技术，越打越好。后来我认识了那小子，并喜欢上了他。

有多喜欢？

喜欢他，喜欢他。实际上是迷恋他。

这是你第一次迷恋一个男人吗？

嗯，不，那时候我十五岁，而我八岁左右就迷恋过男人，不过不是身边的人，大多是电影明星。比如，我爱汤姆·克鲁斯，我也很在意汤姆·塞莱克……也许我就是喜欢叫汤姆的人。你知道，我刚注意到，我真的非常非常喜欢汤姆·汉克斯①。

你迷恋的那个男孩叫什么？

梅尔文。不叫汤姆。也许这就是这件事不会有好结果的预兆。

发生了什么事？

这是我第一次正儿八经地约会。他从我们家旁边经过时，爸爸对他说，如果他敢欺负我，就宰了他。后来，在把他吓得够戗之后，爸爸又说："祝你玩得开心，孩子。"就好像我们是在电视剧《快乐时光》里。于是我和梅尔文就到外面去打了一次台球，我打败了他。他很不高兴，后来就不愿意和我交往了。

你对这事感觉如何？

我觉得他真是头蠢驴。我可不想要一个非得比我强的家伙。

好了，我们已经取得了一定进展。

是吗？

可是时间已经到了。下星期同一时间见。

---

①汤姆·克鲁斯等：汤姆·克鲁斯、汤姆·赛莱克和汤姆·汉克斯均为美国著名男演员。

20

星期六早晨九点零七分

电话响了：是马克。

坏消息。她已经猜到了一半。他离家整整一个星期了，如果她是他老婆，她也会希望他回家的第一天一直待在家里的——有垃圾要清理，孩子们要管教，有好多这样的事情呢。

“乔乔？”他低声说道，“我非常抱歉。我今天不行了。”

她什么也没说。她太失望了，没法安慰他。

“萨姆出了点事。”萨姆是他儿子。“昨晚他给我们打了个电话，说他和朋友一起出去喝了点儿——他之前告诉我们的是他在看录像——可最后事情糟透了，他居然被送进了医院。”

“他没事吧？”

“现在没事了。但我们都吓坏了，我得守在他身边。”

她能说什么？萨姆是个十三岁的男孩。这是个严重的事情。“你现在在哪里？”

“在储藏室。”

在储藏室，被除草剂、驱虫剂、蜘蛛网等包围着。她差点儿大笑起来——这就是私情的魅力。

“好吧。照顾好你自己，还有他，还有，其他人。”你的老婆，你的女儿。

“我很抱歉，乔乔，你知道的。不过明天我倒可能有机会——”

“明天，我已经有安排了。我希望萨姆没事。星期一见吧。”

她挂断了电话，把被子往上一拉，抵住了下巴，就这样待了一会儿。她不想抱怨。从一开始她就明白她将陷入什么境地，而她是心甘情愿的。

可是从昨天起她就一直很激动，她已经有一个礼拜没跟他在一起了……

她瞟了一眼床头柜，每天晚上她都把新钱包放在上面，这样当她醒来时，第一眼看到的都将是它。她会对它骂上一句："唉，他妈的。"

现在她有些后悔昨晚没有在办公室地板上和他做爱了。如果你跟已婚男人私通，你必须抓住一切机会。

怎么会是这样？在铺着人造纤维的办公室地板上做爱居然像是上天的赏赐？她和马克 · 埃弗里怎么会沦落到这个地步？

她一向喜欢他，敬仰他脚踏实地的工作作风。他不断地激励员工，从不呵斥吓唬他们。很显然他也喜欢她。当她走在李普曼 · 黑格公司的走廊里，从他面前经过时，他时常会很夸张地把身子紧紧贴在墙上，说："小心，她在高速运行。"

他叫她"小红"而她叫他"老板"。起初他俩交谈时都面无表情，像是在演基调忧郁的黑色电影。

他是个好老板，是那种你可以求教的人。但她尽量不去打搅他。她喜欢自己思考判断，自己解决问题——除非她当真陷入了难以自拔的一团乱麻中。就像米兰达 · 英格兰那回，形势一塌糊涂，似乎毫无办法，她简直要疯了。

她走进了马克的办公室，坐下后说道："这可是件麻烦事，老板。"

他用不带丝毫感情色彩的语气，慢吞吞地说道："在漫长的人生中的漫长的一星期中的漫长的一天，她出现了。有什么事，小红？"

她一五一十地讲述道：米兰达 · 英格兰是位了不起的作家，可她的事情却被安排得一团糟。米兰达想炒了她的代理人莱恩 · 麦克菲登，由乔乔来为她做代理。她还想更换出版商。可莱恩已经和旧出版商预签了两本书的合同。米兰达也在合同上签了字。如果莱恩把合同还给她，她可以自由地选择新出版商，但如果他把合同交给旧出版商，她就必须再在那里出两本书。当莱恩听说她想炒了自己后，在一阵酸葡萄心理发作之下，后者恰恰是他宣扬要做的事情。

"而且你从中得不到任何收入。直到下一次谈合同时？"

"是的。如果到那时候米兰达的事业还没有被毁掉的话。"

马克仰望着天花板沉思了一会儿，又低头看着她。“第一个问题。这样麻烦值不值得？”

“值得，肯定值得。米兰达·英格兰很棒，简直是棒极了。她的写作生涯一定会很长，能写出很多好书来，但是她需要找对出版商。佩勒姆公司拿不出钱来做市场营销，可达尔金·埃默里公司可以。她和达尔金·埃默里公司合作，事业会马上步入正轨。我们甚至可以试着把她前两本书的版权买回来，当成新的出版物，重新发行。这回如果做对了，就会大大地……”

“好的。那么问题就在莱恩·麦克菲登身上了。他会有什么损失？”

“两本新书版税的百分之十。”

“你能和达尔金·埃默里公司谈下更好的条件吗？既能弥补麦克菲登那百分之十，又不让米兰达少拿钱？”

乔乔想了想。达尔金·埃默里出版公司到底有多么想要米兰达的书？“你知道，我想我可以。”

“好吧，那就干吧。”

“天呐，你太好了。”

她走进他的办公室时，还以为自己深陷第二十二条军规中——无论怎样选择都会有所损失。然而他却给出了双赢的解决办法。

“你真是蜜蜂的膝盖。”她对他说。

“是猫的睡衣？”[①]

“也是，谢谢你。”

那是大约十八个月前了。这件事使得他在她心目中的地位变得非常高，她的芳心开始荡漾。他们之间突然有了更多的温存。每当星期五上午她在代理人例会上发言时，他都会认真地听，但目光却转向一旁，脸上带着她感到很迷人的微笑。他欣赏她的工作，她对此很高兴。

不过她却一次也没有把他想象成潜在的男朋友——他结婚了，这自然意味着他失去了资格。而且，如果她能冷静地想一想，她也会认定，四十六岁的

---

①“蜜蜂的膝盖”和“猫的睡衣”，在英语中都是“太棒了，妙极了”的意思。

他，对自己来说太老了。

然而，自那个下午他来到她的办公室后，事情就发生了变化。他是来找人代表公司出席当晚的晚宴的。本来他要去的，但他的太太突然患了偏头痛，他不得不代替她去参加孩子的家长会。

“我知道这会儿说太晚了，”他说，“但你今天晚上有空吗？”

乔乔斜着眼睛看着他。“我不知道。昨天晚上我该向你收取多少费用？”

她本以为他会大笑，但他脸上的表情让她明白了，有什么事情出了岔子。他连微笑都没有，相反，简直是冷若冰霜。她轻松的心情顿时沉重了起来——而且，她很奇怪。在此之前他一向是愿意别人同他开玩笑的呀，看来她太过放肆了。无论他多么友好，他毕竟是她的老板。

“对不起，”她正经地说道，“当然，我有空。”

自那以后她以为情况恢复了正常，但几天后她发现并非如此。

在希尔顿柏宁酒店举行了一个图书颁奖仪式，是个冗长而喧闹的活动。那天晚上活动结束时，乔乔走出酒店，排在打出租车的队列里，把露跟女鞋吊在手指尖上晃悠着，这时马克出现了。她一整晚上都没看见他。

“小红。”他猛然冲向她。“我一直在找你。”

“我在这儿。”

队伍后面有人喊道：“马克·埃弗里，你在干什么？”

“加个塞！”

“他倒是说实话。”乔乔听见那人嘟囔道。

“你觉得今晚怎么样？”她问。

“废话，废话，废话，图书，”马克大笑起来，他有些喝醉了，“废话，废话，废话，销售。”接着他注意到她手里拎着鞋，于是奇怪地低下头看她的脚。她光着脚站在夜晚冰冷的人行道上。

乔乔耸了耸肩。“这鞋把我的脚磨伤了。”

他摇了摇头，那也许不无赞赏，接着他低声吟诵道：“……憎恶加利福尼亚，那里又冷又脏……这就是那位女士步履蹒跚的原因……她喜欢清凉的风吹进她的头发……没有空气的生活……”

“你多加小心，”乔乔提醒道，“我的车来了。晚安。明天见。”

车门开了，乔乔往里钻时，马克拽了拽她的头发。她奇怪地转过身来，他问道：“我能和你一起回家吗？”

“你想让我捎你一段儿？”

“不，我想和你一起回家。”

她还以为自己产生了幻觉。“不。”她惊奇地说道。

“为什么？”

“你已经结婚了。你是我的老板。你喝醉了。你还想让我继续说下去吗？”

“到了早上我会清醒过来的。”

“但你仍然已经结婚了。你仍然是我的老板。”

“求求你？”

“不。”她大笑起来，推开了他的手，钻进了车子。在关上门之前，她又说了一句：“我会忘掉这件事的。”

“我可不会。”

第二天，她本以为他会不好意思地开个玩笑，转动着眼珠道歉说：“基督啊，我昨晚醉得可真不像话。”接着他也许会和气地递上一瓶汽水。然而，没有道歉，没有汽水，什么也没有。

她甚至一直没看见他，直到下午，那也是偶然相遇，当时他们俩同时穿过大厅。

他一看见她，眼睛就明显地发生了变化。她听说过瞳孔扩张——送到她这儿来的浪漫小说可不少——但还从来没在现实生活中看见过。现在，好像是应她的特殊要求一般，他的瞳孔不断在放大，直到几乎完全变黑了。他一句话也没对她说，但自那以后，一切就都不一样了。

21

星期六上午十一点十二分

乔乔刚刚重新入睡，门禁的蜂鸣器就响了。是送花的。自她和马克开始那事以来，她收到的花比以往人生的总和都要多，而她却不想收这些花，因为它们意味着约会被取消、用蜡脱掉了比基尼线却派不上用场、整篮的草莓全都得她一个人来吃，简直要撑着她。

她穿着长T恤，站到了门前，等待着送花工上楼梯。她住在梅达谷那些红色公寓楼中的一座五层的一套房间内。最初这些小楼都是已婚男人给他们的情妇住的。不过她搬进来时，并不知道她最终也将成为一名情妇。假如她知道的话，她一定会大笑的，不仅为这种想法，也为“情妇”这个名称。

一簇巨大的百合花爬上了楼梯，当升到顶层时开始下降，一阵重重的喘息声从花簇上方传了过来，接着一个小伙子露出了脸。

“又是你。”他向乔乔抱怨道。随着一阵玻璃纸的噼噼啪啪声，交接完成了。“哦，等等，还有卡片。”他在口袋里摸了一会儿，掏出一个小信封来。“他说他很抱歉，他会补偿你的。”

“无论我内心深处受了多大的伤，他都补偿吗？”

“我只照他吩咐的写。你受的伤能有多大呢？你们这回肯定吵得不轻，他说的全部的话就是这些。”

“好吧。谢谢。”乔乔进了门。

“你们能不能别再吵架了？这楼梯可坑苦我了。”

乔乔关上了门，把花扔进了厨房的水槽里，然后给贝姬打了个电话。“你在干什么？”

“我还以为你今天和马克在一起呢。”贝姬的声音里透着关切。

“计划变了，你那儿怎么样？”她的语调很轻快，她不希望别人怜悯。

“我先要去看个牙医，”贝姬说道，“我镶的一颗牙昨晚掉了下来。然后我和莎娜去逛街。你愿意一块去吗？”

乔乔有些犹豫。她胸大、骨盆大、臀部高，这种体型自1959年后就不大时髦了。和斯琳琪·莎娜一起逛街可不是件非常令人愉快的事情，因为她老要进一些似乎专为营养不良的十三岁女孩卖衣服的商店。

“我明白，”贝姬猜出了她在犹豫什么。“她会带咱们去摩根公司的。不管怎么说，你来吧。咱们在一起，会有很多乐子的。”

“亲爱的，我不跟你们去逛街。但再晚些时候，我会去找你们的。”

星期六中午十二点十分

“莎娜，你的宴会是今天晚上？我知道我打扰了你，可我能改变主意吗？我很抱歉打乱了你的原有的安排，但我喜欢和孩子们一起在小方桌上吃炸鸡块。”

“又一次。”莎娜说。

“是的，又一次。”

和已婚男人交往，一大副作用是你不得不经常在最后一分钟改变安排，而这并不总是令人舒服的感觉。

“你不该受他那份气的。”莎娜说。她谁的气也不受。

“你听见我抱怨了吗？”

莎娜把舌头顶在牙齿上，发出了亲吻的声音。“啧！不管怎么说，今晚没孩子，所以你可以坐在大桌上。”

“哇，太好了。”

莎娜是贝姬儿时的密友。乔乔来英国后，她也成了乔乔的朋友。她可不是一般的牛人！她是她所在的管理咨询公司的第一位黑人——兼女性——合伙人，挣的比她那做出庭律师的丈夫布兰登多多了。而且布兰登对她言听计从。尽管她已经生了两个孩子，她的腹部仍然是平坦而紧绷的，她的臀部也没有现出任何与背部脱离而下坠的迹象。他们的家是斯托克纽因顿[①]一幢巨大的三层楼别墅。而他们是以区区七英镑五十便士，或者差不多这么个微不足道的数目买下的。他们修理了干朽的部分、湿腐的部分，以及潮湿而复杂的各种管道，使得原本摇摇欲坠的房子重新焕发了美丽——而且恰恰赶在了当地房地产价格飙升之前。

莎娜善于举办精致的晚宴聚会。至少一开始是精致的，只是她总能给宾客们劝下太多的酒，以致到晚宴结束时，他们大都头发蓬乱、衣服凌乱，并且离桌子比一开始时要近得多。

星期六下午两点十分，肯辛顿大街

乔乔喜欢独自逛街——这意味着她可以随心所欲地改变主意而不会有人对她生气。看，她今天下午的计划是扫荡家居用品，比如精美的床单枕套和奇异的浴油，最近二十个月以来她一直在使用外国浴油——她把爱情和金钱都浪费在了那上面。莫名其妙地，她不读正常杂志，改读室内装修杂志了；她对涂料颜色的兴趣超过了指甲油颜色；她花在相框上面的时间比花在鞋上的要多；她买了一张巨大的软沙发和一套仿制的印度家具，还曾考虑过购买配有内置烟灰缸和啤酒冷却器的“懒孩子”牌斜躺椅，直到贝姬劝阻了她。简而言之，她经历了一场“新居狂热症”。

后来一切都安定了下来，她又重新开始购买《哈泼斯名媛》[②]杂志了——直到她开始与马克交往。由于他们从来不一起外出，她的公寓就成了爱巢，购买诸如香薰蜡烛和埃及棉床单这样的东西，会使她心生一种自己做主的感觉。

但是今天下午，她突然感到再买一床床单是毫无意义的——他的妻子和家庭不会消失——而她的“性感”内衣也多得足够开一家店了，于是她享受起单独购物者的特权：改变了主意。床单、枕套是骗人的，衣服才是真正需要的。在巴克店里逛了十分钟后，她看中了一条裤子，可实在太贵了，她竟对着价签惊叫了起来。

①斯托克纽因顿：伦敦哈克尼区一地名。——编者注

②《哈泼斯名媛》：英国著名时尚杂志。——编者注

“哪里出错了吗，小姐？”一个店员不知从哪里闪了出来。

乔乔尴尬地笑了笑。“怪不得你们老说美国人嗓门大。这就是这条裤子的价格，是吗？好像，不是型号吧？”

“这条裤子穿上去可漂亮了，你为什么不试试呢？”

乔乔看了看店员胸前的姓名牌：“可是，温迪，我不用试就知道会很好看。”

她本该快些离开，全速冲进电梯，跑到街上安全的地方的。然而她没有，而是跟着温迪进了试衣间，当拉锁飕飕地拉上后，她显得更高了，腹部也平了，腿更修长了，臀部的曲线也凸显了出来。

“简直太完美了。”温迪评说道。

乔乔叹了口气，迅速地思索了一下自己的财政状况，知道不能买，于是说道：“怎么搞的？你们一个机会也不放过。”

她换回了自己的衣服，把新裤子递还了温迪。“这种裤子还有其他颜色的吗？没有？好吧，现在我真要吓着你了——你们还有更多同样的裤子吗？”

“也许有，可是你难道不想试试别的衣服吗？”

乔乔摇了摇头。“我试过的太多了。别人都笑我，可问题是，像我这样的体型，如果你们能找到一件适合我穿的，你们就会不停地拿出好几件来，你明白吗？有一次我买了五件一模一样的胸罩。它们是不同颜色的，可正像我的朋友莎娜所说的，它们仍然是同样的胸罩。”

乔乔嘴里仍然说个不停，却跟着温迪来到了结账台。

“我表姐贝姬和我一样，这难道是家族的遗传？只是贝姬有时候太尴尬了，她会对店员撒谎说，多买的一件是给她妹妹买的。可她根本没有亲妹妹。”

温迪看着电脑屏幕，检查着存货，发现那种裤子还有一条。

“可是我也会非常尴尬的，”乔乔承认道，“要么我干吗跟你说这些呢？”

温迪继续敲着键盘，什么也没说。她只是个卖衣服的小姑娘，不是心理分析师。她没挣那么多钱。

星期六晚上八点十五分

乔乔到达时，莎娜正风风火火地在屋里转来转去。她穿着一身紧身的白色套装。上衣在腹部有三英寸宽闪闪发光的红褐色条纹，非常引人注目。她不停地用一种以朗姆酒打底的非常容易上瘾的鸡尾酒灌着大家。她说："这是我自己的配方。我叫它'生命维持机'。"

客人中有布兰登公司的一帮固执己见又自认为无所不知的家伙，有莎娜公司一帮雄心勃勃的牛人，还有几位投缘的老邻居。再有就是像贝姬和安迪这样的老朋友了。

乔乔接过了一杯鸡尾酒，同其他人打了打招呼，她有些小小震惊地意识到来的是这么一帮家伙——她于是有些厌烦了。

餐厅里点燃着饱满的蜡烛，烛光摇曳着，将各种投影投射到粉刷的白墙上。在闪着微光的橱柜里，立着时尚的插花——也就是嫩枝和塑料制成的花。再没有什么比花瓣更难看了。

"我长大后，"贝姬说道，"想做个像莎娜那样的人。"

"嗯。"乔乔哼了一声。这还不仅仅是烦人。我原本是应该和马克待在一起的啊。

她的世界萎缩了——无论她和谁在一起，她都觉得不如和马克在一起。一旦你坠入了爱河，就是这个样子——你只想看着他们。

她又用了整整五秒，才注意到在座的所有人都是成双成对的：莎娜有唯唯诺诺的布兰登，贝姬有安迪——这简直像是在诺亚方舟里一样。但由于马克是已婚人士，她实际上处于模糊地带，既不能说是单身，也不能说有了伴侣。

呀。这样想问题可不好。

突然，贝姬出现在乔乔对面。她伏下身子，离乔乔更近了一些，然后"哈"的一声，冲着乔乔大大地呼出一口气，正呼在乔乔脸上。"我的口气好闻吗？"

当天早些时候，她的牙医说她嚼的口香糖效力有些弱了，一种电动牙刷可以解决这个问题，然而贝姬即使在自我感觉最好的时候，也会担忧牙齿的状态，一听这话，便觉得自己可能已深深地陷入严重的齿龈炎中了。

"口气不错。安迪觉得怎么样？"

"他已经太熟悉我了，哪怕我吞下只臭鼬，他都闻不出来。"

这使乔乔又感到一阵疼痛。她和马克何曾有机会变得这样熟悉，以致她吞下只臭鼬，他都闻不出来？

接着她看了一眼黑木做的长餐桌，桌上有十二张古色古香的“垂柳”牌盘子、十二副手工制作的银刀叉、十二只“穆拉诺”牌酒杯——还有一只塑料的“天线宝宝”碗、一只“小建筑师巴布”大杯子和一副“彼得兔”刀叉。莎娜指了指，这是乔乔的座位。

大家坐下开吃后，莎娜虽然指过了刚才那个位置，她却自己拿起了“天线宝宝”碗，递给了乔乔一个“垂柳”盘子，上面高高地堆着美国南方风味的食品：烤鸡肉、豌豆米饭、约翰尼蛋糕。乔乔深深地吸了一口气，便狼吞虎咽了起来。

“我的天呐，”坐在她身旁的一位男士叫道。他叫安布罗斯，是和布兰登一个公司的什么人。“你真不该吃这些东西呀。”

“这是食物，”乔乔说，“你觉得我该拿它们怎么办？编篮子吗？”

那人眼睁睁地看着又一大口食物消失在乔乔口中，不禁“哎哟”了一声，声音大得足以让所有人都听见。

乔乔低下了头，把脸更深地埋进了盘子里。天呐！居然有人对她表示反感——是对她的胃口？还是对她的身高？——无论是什么。不过虽然明知道他们是一群不值得搭理的傻瓜蠢货，但这并不意味着她就能不生气。

“乔乔从不节食。”莎娜得意地说道。

不，她试过一次，在她十七岁的时候，不过连一天也没有坚持下来。

“这很显然。”

“安布罗斯，看在上帝的分上，道歉！”坐在对面的女子大声喝道。她瘦得简直遮挡不住身后的任何东西。乔乔推断她是安布罗斯的女朋友。

“我为什么要道歉？我只不过在评说一个事实。”

“可恶的律师们呐。”莎娜闭上了眼睛。

安布罗斯丝毫没显出有什么歉疚，向那个骷髅般的女子点了点头。“你看看塞西莉。她简直什么也没吃，可她不也一切都好嘛。”

真有他的，乔乔心想，不禁怀疑起骷髅女上次来月经会是在什么时候。

“我真的很抱歉，”塞西莉隔着桌子道歉说，“他平常不这么粗鲁的。”

“嗨，你没必要道歉的。”乔乔虽然心里气得鼓鼓的，脸上却现出一丝微笑。犯不着跟这帮蠢货一般见识。

“他是个傻瓜。请别在意他。”塞西莉对乔乔很感兴趣。乔乔一到，她就一直在关注她。乔乔是个“大码的”姑娘——比她最异想天开的噩梦里所能想象的都大——可她真是酷毙了。穿着合体的黑裤子和深紫色的紧身露肩上装，显得性感又成熟。她那裸露的双肩像缎子一样光滑而白皙。（实际上，这全仗着那珍珠般的润肤露，假如她问起，乔乔会很愉快地告诉她的。）

但是真正打动塞西莉的，是乔乔看上去泰然自若的神态。她简直一时冲动，想取消自己在健身馆的会员资格，甚至——真该死！——想吃什么就吃什么。如果这个乔乔能这样活着，她为什么就不能呢？

这种情况时常发生在乔乔周围的女人们身上。当她们和她在一起时，她们会看穿广告业的谎言，认为有形的身材并不重要，真正重要的是无形的生活情趣和自信心。然而当她们回家后，她们又会发现，令她们大失所望的是，她们并非乔乔·哈维，她们不明白自己刚才怎么会那么想。

星期六晚上十一点四十五分

当第一波醉醺醺地讨论政治的噪音泛起后，乔乔心想，一点不错！这就够了。突然之间，她无法再忍受与不是马克的人们相处了，她只想离开了。这些天来，她似乎总是最先离开的人。

莎娜和布兰登想多留她一会儿，等他们打电话叫一辆出租车来。他们警告说这儿可没那么热闹繁华，星期六晚上独自走在街上并不安全，但她执意要走。一种陷入了罗网的恐惧感在她心里不断上升，直到经过了一阵拥抱和亲吻后，她最终获准离开。走在寂静无声的马路上，她大口地呼吸着，让夜晚怡人的冷空气充满了肺部，接着她看见一辆出租车的黄灯正越来越近。哇！

半小时后，她回到了她那静悄悄的公寓，给自己倒了一杯墨尔乐葡萄酒，打开床脚处的电视机，钻进羽绒被里，观看起关于卡拉哈里沙漠的猫鼬的录像来。这片子是奥尔佳·菲舍尔借给她的。奥尔佳·菲舍尔是李普曼·黑格公司的七名合伙人之一——是其中唯一的女性——她和乔乔有一个共同的喜好：爱看关于野生动物的节目。所有的人都因此而嘲笑她们，她俩只好偷偷摸摸地交换戴维·阿滕伯勒[①]拍摄的节目录像，就好像是在交换色情片似的。

奥尔佳快五十岁了，独身，总是戴着珠宝，围巾优雅地下垂着。由于她总能通过谈判为作者争取到优惠的条件，人们都叫她“母老虎”。乔乔曾不屑地心想，假如奥尔佳是个男人，他们就会称她为“杰出代理人”了。她怀疑那些人是不是背后也把她乔乔称为“母老虎”。也许会的。这帮蠢货。

她舒舒服服地倚在床上，一边看着一只正在高高的树上瞭望的雄性猫鼬，一边咯咯地笑着。它的爪子搭在屁股上，眼睛望着一段距离之外，突然，它的身子失去了平衡，摔落到地上。它站起身来，掸落了身上的尘土，样子显得十分尴尬。它的眼睛瞪着摄像机镜头，就像是罗比·威廉斯[②]怒视着狗仔队。

突然，乔乔止住了笑，心想：我是个正当年华的女人，我不该独自躺在床上，靠观看猫鼬从树上掉下来的录像来打发星期六的晚上。

她扭头看了看她的钱包。钱包正躺在她身旁的枕头上。“这样可不对啊，”她说道。但这是她早就明白了的道理。

---

①戴维·阿滕伯勒（1926～）：英国电视节目制片人，以拍摄自然界历史节目而著称。

②罗比·威廉斯（1974～）：英国著名歌手和歌曲创作人。

22

乔乔心想，我真不该和他开始这件事。现在我该和别人相爱了，和某个没有结婚的人。唉，我应该，我将要，我能够……

乔乔后悔地想着，假如这事只关性爱，只是带有冒险性的令人激动震颤的性交，该有多好。可情感专家们总是说，建立在友谊和互敬基础之上的吸引力，是极可能恒久不变的——这帮家伙说得一点不错。

甚至在乔乔到李普曼·黑格公司工作之前，她就敬佩马克。他慧眼识珠，在这行里是遐迩闻名的。五年前，在他还没有出任主理合伙人时，李普曼·黑格只是个默默无闻的小代理公司。一些合伙人实在是太老了，竟使乔斯林·福赛思都像是一个刺头儿少年。马克上任后烧的第一把火就是挖来了几名生龙活虎的年轻代理人，而且一等三名最老迈的现任合伙人被说服退休后，就立刻从中擢升了三名合伙人。继而他又增设了一个对外版权部和一个生气勃勃的媒体部，仅仅过了十八个月，李普曼·黑格就从一个无人问津的大路货公司，变成了炙手可热的伦敦代理公司中的“后起之秀”。

他是个强悍的人——他必须如此——但他的强悍罩上了一层优雅和宽厚的外衣。在同出版商谈判时，他可能变得像人身上的脂肪团一样寸步不退，但他却能表现得彬彬有礼。他的风度会告诉对方，尽管任何事情都不是私事，但这样做是行不通的。我不会屈服，所以最好是你妥协。他既不严厉，也不谄媚，只是很坦率。

他还很有幽默感。不是像他青睐的吉姆·斯威特曼那种只能让人大笑一分钟的幽默感。吉姆当然也知道怎样赢得朋友和影响别人，但马克的幽默感却深邃而不肤浅。

但马克·埃弗里最让乔乔佩服的，还是他那令人难以置信的解决困难的能力。他的直觉是可靠的，任何事情都无法吓倒他，他是一个无所不知的人，就像是一位没有大嗓门、没有大肚皮、没有随从的教父堂·考利昂[1]。

但是她起初并不，嗯，迷恋他。随后就有了希尔顿酒店外的那个夜晚，接着又有了走廊里瞳孔扩大的事情，于是一切都变得怪异起来。当乔乔在星期五上午的董事会上做汇报时，马克一边听着，一边兀自把目光移向一旁，微笑着——但那微笑是若隐若现的。当她风风火火地穿过李普曼·黑格公司的大厅时，他不再夸张地紧贴墙壁站立了。他直呼她的名字“乔乔”，他们之间也不再有“猫的睡衣”之类的玩笑了。

她不喜欢这样，但她可以等待这一切结束。她善于等待——跟那些出版商打交道，你自然会经常等待——她也能关闭头脑中疑惑和恐惧的声音。

但马克恰恰是因为有着钢铁般的意志，才成为一个文学代理公司的主理合伙人的，因此他们之间微妙的疏远关系持续了很久。

我能耗过任何人，乔乔心想，但他们之间的气氛一直这样紧张，如果她发现自己也想了解他的事情了，她还能挺得住吗？而一旦她把他作为一个男人而不是一位老板来打量，她的想象力就开始飞翔，她的决心就开始打折扣。走廊里那意味深长的一瞥，是她屈服于他那超凡魅力的开始，这当真令她非常烦恼。最终她不得不向贝姬承认：“我不停地在想象，和马克·埃弗里睡觉会是什么样。”

“像他那样的老家伙？真是胡思乱想。”

“他才四十六岁，不是八十六岁。”

贝姬对此非常担心——这事能有什么好结果？“这只是因为你已经有九个月没有性生活了。自可怜的克雷格以后。你也许应当和别的什么人睡觉。”

“和谁？”

“既然你现在非要问，那么，和任何人。”

“我可不想仅仅找一个睡觉的人。我不是那种人。我想和马克睡觉，而不

---

[1] 教父堂·考利昂：马里奥·普佐创作，1969 年在美国出版的长篇小说《教父》中的主人公，神通广大的黑社会头目。该书是美国出版史上第一畅销书，二十世纪七十年代被拍成电影，影响也很巨大。

是和其他任何人。”

“乔乔，快别这么想了。求求你。”

“考虑到我已经喜欢、佩服和敬重他了，我这是命中注定。”她凄凄惨惨地继续说道。

更实际的是，她还必须考虑她的职业生涯。她希望能够尽快成为合伙人，但如果老板根本无视她的存在，这怎么可能实现?

五个星期后，她屈服了，主动打电话要见他。她走进他的办公室，重重地关上门，坐在了他面前。

“乔乔?”

“马克。嗯……我不知道该怎么跟你说，但情况好像是，好像我们之间的关系有些紧张。是因为我的工作吗?你觉得我的工作有什么问题吗?”

她知道不是这个原因，但她想澄清。

“不，你的工作没有问题。”

“真……的吗?那么我们可不可以不要这么不自然。我们能不能恢复到以前那样?”

他想了想。“不能。”

“为什么不能?”

“因为……因为……我该怎么说呢?”他说，“因为——请不要笑——因为我已经爱上了你。”

“求求你!你怎么能这样呢?”

“我已经和你一起工作两年了。假如我到现在还不认识你……”

一阵沉默之后，乔乔的目光从膝盖处抬了起来，说道:“你已经结婚了。我永远不会跟一位已婚男人在一起的。”

“我明白。这正是你让我产生现在这种感觉的原因之一。”

“唉，”她叹息道，“这难道不是昏了头吗?”

23

他们原本只想做一次——以便让彼此觉得不过尔尔，这样他们就可以恢复以往轻松自如的同事关系了。这无疑是彻头彻尾的谎话。乔乔明白，马克也明白。他们都对彼此断了念想不感兴趣，而是都想把这件事包装成一件“好事”，使其不那么令人惊骇而已。

在马克明确地宣布他爱上了乔乔后，乔乔给贝姬打了电话，把全部情况一股脑儿地都告诉了她。

“别担心，”贝姬更加肯定了。“这只不过是骗你上床的一个花招罢了。”

“你这么看？”乔乔放心了，但也失望了。

“我敢肯定。”

收件人：Jojo.harvey@LIPMAN HAIGH.co

发件人：Mark.avery@LIPMAN HAIGH.co

主题：我说话算数

这绝不是骗你上床的一个花招。

马 xx

“他用的是一模一样的词？”贝姬说，“我的天呐，他可真聪明。”

“是啊。我一直在跟你说他很聪明。”

乔乔的兴奋溢于言表，贝姬惊讶地看着她。“别激动，丫头。”

接下来的九天，乔乔和马克小心翼翼地相互躲闪着，而每当他们相遇，俩人的脸都会腾地一下红起来，并且总会有什么东西掉在地上。乔乔把每一次小小的邂逅都报告给贝姬。贝姬依然很担心，但也不情愿地着迷起来。她是绝不会与一位主理合伙人上床的——她担任过的最高职位是销售总监。

第十天马克请乔乔出去吃饭，他希望“谈一谈”。

很好，乔乔心想。

“情况就是这样，”马克开门见山地说道，“我不会告诉你我太太不理解我。我不会告诉你我们从不做爱，因为我们仍然在做，只是很偶然。还有，我爱我的两个孩子，我不会做任何伤害他们的事情。”

“比如离开他们？”

“是的。所以现在由你决定了。你值得得到的比我所能提供的要多得多，但我要说的是，你给我的感觉，是我从来没在其他任何人身上得到的感觉。”

“而且这样的事情并不是你的习惯？”

他看上去有些吃惊。“绝对不是。”

乔乔一回家，就给贝姬打了电话，把她和马克的谈话一五一十地转告了她。

“他行动可真够快的，”贝姬评说道，“你并不想要他离开他的孩子们。你只想和他睡觉。”

“是这样吗？那就是吧。”

第二天一早到了公司，一封电子邮件已经在等着她了。

收件人：Jojo.harvey@LIPMAN HAIGH.co

发件人：Mark.avery@LIPMAN HAIGH.co

主题：求求你

求求你。（疑问句式）请求，恳求，祈求，乞求，哀求或跪求。

马 XX

令她惊奇的是，突然之间，她的眼里充满了泪水。需要承受的太多了，所有这些——他的妻子和孩子，他的温柔和谦卑。我们必须做些什么。

是贝姬想出了“尝试一次，从此断了念想”的主意。“也许他在床上很残暴，”她抱着希望说道，“也许他会让你反胃。”

乔乔对此深表怀疑，但还是以一种玩笑般的尴尬，把这想法告诉了马克。“也许你会有幸就此摆脱了我。”

他的表情显示了这种情况是多么不可能。“嗯，你肯定……”

她点了点头。

“那么我们在哪里呢……？我是说，我可以……”

“到我这儿来吧。我会准备晚饭的。不，”她又改变了主意。“不行。如果我给你做了饭，我就永远摆脱不掉你了。”

他和她做爱时，就像他做所有其他事情一样：果决，自信，注重细节。他脱去她的衣服时，就好像在剥开一件礼品的包装。

事毕，她问道：“你感觉怎样？”

“糟透了。”他的眼睛盯着天花板。“我根本没法摆脱你。你呢？”

“比我想象的还要糟。”

第二天，贝姬问道：“怎么样？他是很棒呢？还是废物点心一块？有时候这些老家伙也会很厉害的。”贝姬曾经和一个喝得酩酊大醉的三十七岁男人睡过，于是自认为是权威。

“不是这么回事，”乔乔不耐烦地说道，“这绝不仅仅是性的问题，马克是我非常喜欢的人。”

“抱歉。”贝姬说道。她很是吃惊。

“不，该抱歉的是我。”乔乔也很吃惊。

“那么，现在怎么办？你已经尝试过了，会就此撒手吗？”

“只有傻瓜才会和已婚男人发展关系。”

“而你，乔乔，不是傻瓜。”

“不是。”

“那么，你什么时候再见他呢？”

“今天晚上。”

那天晚上马克问乔乔她第一个男朋友的情况，她大笑着说道：“我不能告诉你，嫉妒心会害死你的。”

“我没问题。”

“好吧，他是我爸爸那个消防队的见习消防员。”

“见习消防员？”

“就是新队员。新兵蛋子。”

“你是说，他是个消防队员？噢，该死，我得有多遗憾呀。不过，接着说吧，我想知道。他叫休奇，是吗？”

“休奇，身高一米九五，胳膊像树干一样粗，擅长于干重活。他嘛，怎么说呢，他经常拿胸脯顶住我，我根本没法挣脱，除非他放开我。”

“哼哼。”

乔乔大笑起来。“是你非要问的。不过你猜怎么着？所有胸脯大的人都有可能像大猩猩一样。他为了让我感兴趣，干的事儿还不止这点呢。”

有意思的是，她爱上马克后，才发现几乎所有其他人也迷恋他——比如路易莎、帕姆等。

她很奇怪自己居然没看出来。“我觉得吉姆是个男子汉，”她曾问路易莎。“难道不是吗？”

“别误导我，吉姆很帅，但马克……马克才真正性感呢。我愿意……让我想想……嗯，对了！我豁出去了——假如能让我和马克·埃弗里上床一小时，我宁愿以后再也不买鞋。”她浑身剧烈地颤抖着。“我敢打赌，他在床上绝对棒极了！”

星期天早晨

乔乔醒来后，伸手从床边的一堆休闲读物中摸出了一本佩·格·沃特豪斯[①]的书。她喜欢他，也喜欢阿加莎·克里斯蒂[②]，他们的作品都是她在纽约上学时常读的。来到伦敦后，她经常会幻想阿加莎·克里斯蒂在英国的遗产。即使今天她明白了他们书中所述与现实社会毫无关系，仍然能从中汲取巨大的乐趣。

接着她起了床，熨起了衣服，等待着再晚些时候给她住在美国昆斯的父母打电话。她每星期天都给他们打电话，谈话内容每星期都差不多。

“嗨，爸爸！”

“你什么时候回家？”

“你刚见过我呀！还记得圣诞节吗？才刚过了一个月，不是吗？”

“不，我是问你什么时候回来后就不走了？你妈妈很为你担心。你知道，她想你想得心脏病都快发作了。”电话里传来了噪音。“等一会儿嘛，我正跟她说话呢？她也是我女儿。唉，你妈来了，她要跟你说话。”

一阵静电干扰的沙沙声传来，查理放下了电话。

“哈罗，我亲爱的女儿，你好吗？”

“很好，妈妈，我好极了。你们那儿都好吗？”

“都好。别听那老糊涂瞎说八道。就是他不放心你。不过，有没有可能——”

“我争取夏天的时候回去，好吧？”

十分钟后她挂上了电话，心中隐隐地感到一丝负疚感，但她抱着钱包解释道：“现在我住在这儿，是吧？这儿才是家。”她爱她的钱包。它是个好伙伴，而且比养条狗要省事得多。

随后她离开家，乘公共汽车去西汉普斯特德贝姬和安迪舒适的公寓。乘地铁会更快一些，但她宁愿坐汽车，因为总得看点风景啊。虽然已经住了十年，她仍然爱伦敦，尽管纽约有很多吸引人的事情可做，特别是在保养指甲这个领域。

---

①佩·格·沃特豪斯（1881 ~ 1975）：英国幽默作家。

②阿加莎·克里斯蒂（1890 ~ 1976）：英国著名推理小说女作家，塑造了大侦探波洛的形象。

"噢，太好了，"安迪开门时说道，"我们正要去塞恩斯伯里，你可以帮着拎包。"

一星期一次的例行购物完成后，她跟着他俩溜溜达达地来到花园中央。

"你难道不介意我老是当大灯泡吗？"

"不，"安迪说，"有你在气氛更活跃，你也给我和贝姬增添了些话题。"

安迪和贝姬在一起已经十八个月了，他俩总想让人们觉得他们从来没有做过爱，并且相互已经有些厌烦乏味。乔乔明白，这恰恰说明他俩在疯狂地相互迷恋着。假如不是感到关系异常稳固，没人会开那样的玩笑。因此贝姬希望所有人都能安身立命、幸福愉快，尤其是乔乔。

"怀亚特家的姑娘们要举行一个派对。"他们回到家，把购物袋拖进厨房后，贝姬说道。

怀亚特三姐妹分别叫玛格达、玛丽娜和玛齐。她们是贝姬的朋友。在贝姬搬进安迪的公寓前，她们曾一起住了六个月。怀亚特姐妹都金发碧眼、漂亮时髦、出手阔绰，但又令人惊奇地热情友好。她们进入了比贝姬更高级的社交圈子，但她们人品实在好，仍然与贝姬保持着联系，并时常邀请她和乔乔参加她们的社交聚会。

贝姬对三姐妹都很迷恋，三姐妹却都迷恋乔乔，甚至乔乔对玛格达也有那么一点点爱慕。她是大姐，有组织才能。"不过这跟同性恋一点关系也没有。"她不断地对安迪说。

"不管怎么说。我害怕她们。她们太……太不同寻常了。"安迪说。

"是玛齐的三十岁生日。她将在她父母于汉普斯特德的豪宅举行一场盛宴。不过要到六月份才举行呢，但她们想要你确保出席。"

"六月份？"乔乔惊叫道。

"这难道不荒唐吗？"安迪也很惊讶。"哪有提前好几个月就让人确定的？"

"我怎么知道？就一个问题，那是化装舞会。"

"化装舞会，"乔乔轻叹了一声。"为什么一定要办化装舞会呢？"

她讨厌化装舞会——穿正常的衣服就已经让她感到非常困难了——而每逢化装舞会，她都得打扮成红魔鬼：从脖子到脚趾，都裹在紧身黑礼服中，头发上插两只红牛角，身后还要拖一根红尾巴。

“但那将是一个盛大的聚会，没准儿你会遇到什么人，比如——”贝姬停顿了一下，有些发窘——“合适的人。”

“不是所有人都像你那么幸运。”乔乔说。

“不，只有我一个人适合她。”安迪说。

“也再没有其他人会要你。”贝姬说。

“是的。”乔乔表示同意，尽管她认为安迪作为一个老实人，已经算是够帅的了。

“明天得上班了，”贝姬从一大堆报纸上抬起头来，悲哀地说道，“昨天晚上我梦见我给英国航空公司算错了数，多给好几百人报了销，而他们还根本不是我的客户，尽管很快就会是了。”她神情忧郁，又继续说道，“事情就是这样。在这个残酷无比的世界上，每个残酷的公司都可能是我的客户。那真是一场噩梦，我醒来时浑身发抖。”

“这简直要成强迫症了，”安迪说，“你必须得跟埃莉斯理论理论了。”

“怎么理论？”

“心平气和地，把你跟我说的话说给她听。”

“如果情况变得更糟糕，怎么办？”

“更糟糕？这是业务上的事，别把它当成感情上的事。你该学学乔乔。如果有人在工作上给乔乔捣乱，她会毫不客气地指出的。”安迪停顿了一下。“提醒你一句，她在和她的老板睡觉，这本来会使情况变得糟透了的。”

“够了。”乔乔说道。

“你们的私情怎么样了？”安迪问道，“接下去会发生什么情况？”

乔乔感到局促不安起来。“问贝姬吧。她是情感问题专家。”

“呃？”

贝姬沉思了片刻。“有好几种可能的结果。我来列个清单。”她在《星期日泰晤士报》的“时尚”版上潦草地划拉了好几分钟，然后宣布：“好了，有下列几种可能性。”

1）马克离开他的妻子。

2）他妻子也有外遇，比如说他们儿子的老师，她离开马克。

3）乔乔和马克关系渐渐变冷，最终成为普通朋友。

4）马克的妻子不幸去世，因为——人们会因为什么去世呢？猩红热。乔乔作为家庭女教师进入马克的家，帮马克照顾孩子，经过相当长一段时间后，马克公开宣布爱上了她。

“这里面你最喜欢哪种？”

“哪种都不喜欢。我不希望他和他妻子分手。”

“那么你还想继续当他人生的三轮摩托车上的边斗？”安迪问道。

“不，可是……”她不想破坏任何人的婚姻。她从小受教的道德信条之一，就是家庭是至高无上的。如果他父亲的消防队中有哪个消防员昏了头，和妻子之外的女人私通，大家都会群起而攻之，敦促和劝告出轨的丈夫回到妻子身边，通常情况下那个人都会听劝的。在极少数的情况下，如果那个人不听，大家就都会站在他妻子一边，他就会感到受了排斥和冷落。

“他的孩子们会怎么样？他们会恨我的。”

“他们会和他们的母亲一起生活。”

“但他们会来看我们，毁了我们的周末。抱歉，”她的语调有些高了。“可我说的是实话。”

“但你很善于和孩子们相处，”贝姬说道，“莎娜的两个孩子都很喜欢你。”

“我想要孩子，可我希望从婴儿时期就跟他们相处。而不是等他们已经长成出现不良行为征兆的少年，还有会从小马驹上掉下来的傻丫头。那样的话，我所有的业余时间都得耗在医院的急诊室里了。”

“难道乔治·克鲁尼[①]不是个好男人吗？”这话是安迪说的。

“我更想要马克。”

“我的天呐。那么你希望怎样呢？”

①乔治·克鲁尼（1961～）：美国演员、导演、编剧和制片人，以主演电视剧《急诊室的故事》而闻名。

“我希望马克从来没结婚，也没有孩子。”

贝姬看了看她列的清单。“很遗憾，这个选项没在上面。”

“多么可惜呀。”乔乔叹道。

“到底有多糟糕？”贝姬问，“你对他的感情到底有多深？跟多米尼克比怎么样？”

“多米尼克是谁？”安迪问道。

“那还是我认识你之前的时候，”贝姬解释道，“是个大家伙。”

“你看，十年前我刚来英国的时候，还不知道我认识的有些人是白痴，”乔乔说，“我还以为英国人都这样。甚至等我明白了他们是白痴后，我仍然以为只有英国的白痴是这样，所以情况看起来还不那么糟。过了好长时间以后，我在做选择的时候，才有了辨别力。”

“她约会的白痴……”

“接着我认识了多米尼克。”

“他不是个白痴。他身高一米九二，块头很大，是个记者。他配得上乔乔。乔乔差点儿就嫁给了他。他们订了婚，交换了戒指，置备了所有东西。但他打退堂鼓了。嗯，他并不是害怕了，而是他觉得自己会害怕的……”

“就在我们将要搬到一起住的前一星期，”乔乔说，“他觉得他‘拿不准’了。我本来可以维持关系的，但我们取消了订婚。我们并没有说就不结婚了，但是没有确定任何明确的时间。接着他提出我们应该分开一段时间——”

“——可他还是不停地来找乔乔，想把他那玩意儿插进——”

“——那根意大利蒜肠——”

“抱歉。我简直都忘了他是个大家伙了。”

“他伤了我的心，”乔乔平静地说道，“但幸运的是，我是这个世界上最坚强的女人之一，我不会信他那些谎话。我不会信任何男人的谎话。”

“啊，你当时可是费了不少力呀，”贝姬说，“还记得那时候你跟我撒谎，发誓说他只是需要一张晚上睡觉的床，结果我突然袭击，把你们俩抓了个正着——”

“好了，好了，我也许会软弱一两次——”

"——或者二十次。"

"但是我了断了这件事。而且我恢复了正常。"

"我要是你，我会继续跟他交往的，期望他最终会下定决心，"贝姬说，"我会神经衰弱，体重只剩下三十五公斤左右，成天咬指甲，咬得指甲都没了，只好咬指关节。可我还是心烦意乱，又吸吮起自己的头发根来。我只有吃了百忧解和镇静药才能镇静一会儿。我会睡在地板上的电话旁。不做饭，只吃装在大瓶子里的婴儿食品——"

"这是多久之前的事情了？"安迪打断了她。

乔乔想了想。"六年？"她问贝姬，而贝姬则像是刚从一场恍惚中醒来。"还是六年半？"

"他现在在做什么？"安迪问道，"他又交什么新的女朋友了吗？"

"我一点儿都不知道。也一点儿都不想知道。"

"你还留着他送的戒指吗？"

"没有。我卖了它，然后和贝姬一起去泰国玩了两个星期。"

"你爱马克像爱多米尼克一样深吗？"贝姬问道。

乔乔沉思了良久，做出了结论："也许还要更深些。可他结婚了。"

不过，马克最近开始隐约地暗示离开凯茜的可能性了。是他主动暗示的。乔乔从来没有怂恿他。也许最终当所有的矛盾都变得无法忍受，而不仅仅是令人烦恼时，她会向他施加更大压力的。但目前，对他们的美好未来——其实不一定真的会有——的思谋，还是全部来自他。

24

星期一上午八点三十分

乔乔在走进李普曼·黑格公司时，看到有个男人在外面的街上徘徊。他借着别人的汽车后视镜梳着头发，脸色跟基莱姆馅饼一个颜色。乔乔几乎可以肯定他就是内森·弗雷。跟他约的是九点钟见面，他却神经过敏地来得这么早，可真够讨厌的。

星期一上午九点过十秒

马诺伊把内森领了进来，果然就是那个基莱姆馅饼脸色的男人。

他是个精神和肉体都受到了巨大损伤的人。为了写这本书，他共花了三年时间。他把房子做了二次抵押，离开了妻子和家庭，男扮女装地在阿富汗生活了整整半年。他的这部稿子已经被好几家代理公司拒绝——“他们太傻了。”乔乔说——现在既然他已无限接近一家真正生机勃勃的代理公司、一个有力量帮助他实现出版该书的梦想的人，他简直要崩溃了。

当乔乔对他精彩的书稿表示祝贺，并解释了她认为该书能畅销世界的原因时，他那像基莱姆馅饼一样苍白的脸色渐渐有了些血色，换成了一种健康得多的颜色，更像百利奶酪蛋糕了。

“目前还有没有其他人手里有这部稿子？任何其他代理机构？”乔乔问道。已经不止一次有作者把书稿像天女散花一般群邮发出，最后有好几位代理人都声称这作者是他们的。

“没有，我每次只投给一家代理公司。”

太好了。至少她不必同其他任何代理人较劲了。

“我接到你的电话时简直不敢相信。我简直不敢相信会有你这样的代理人……”

“那么，现在你有了。”乔乔说道，同时两片紫红色的亮斑立刻绽放在她的两颊上。

“哇，”他平静地说道，同时握紧了拳头。“耶稣基督啊。”他用手背擦了擦额头。“我简直不敢相信。”他的整张脸都变成了粉红色，绽发出一朵美丽的草莓慕司的光芒。“那么现在怎么办？”

“我给你做一笔交易。”

“真的？”他似乎吓了一跳。“就这样吗？”

“这是一本好书。会有很多出版商想买它的。”

“我不想问……我知道这听起来有些滑稽……但是……”

“是的，你应该能挣到很多钱的。我将尽我所能为你争取到数额最高的预付金。”

“我不想要得太多，”他连忙说道，“只要能出版就很好了。不过我们好长时间没有收入了，我妻子和孩子过得很苦……”

“别担心。我有预感，会有很多人想要这本书，并乐意掏钱的。给我大约十天时间，一有消息我就马上联系你。”

内森一边后退出门，一边不停地说道：“谢谢你，谢谢你，谢谢你。”

马诺伊送他出了门，当从走廊里传来的“谢谢你们”渐渐地从耳畔消失后，他评说道：“这就是蜜月期。但过多久之后他就会开始抱怨呢？他会连地铁月票找不到都要打电话给你呢？”

乔乔笑了笑。

“那么，他是我们的了？”马诺伊问道。

“他是我们的了。”

“跟我说说他吧？随便什么有趣的事情。”

“没问题。”乔乔讲述了阿富汗的故事。“他就是这一行所谓的‘值得强力推销’的作家。”她把稿件推向了他。“去复印一下。我需要六份清楚的复印件。半个小时前就需要了。”

“你想来个拍卖？”

乔乔点了点头。《爱情和面纱》实在太棒了，她相信有好几位编辑会积极行动投入竞拍的。

当马诺伊吸着复印机的气味，干着猴子经过训练也能干的活儿的时候，乔乔已经在脑子里勾勒出了一个编辑的名单。

不过，首先，她得向马克问候一下萨姆的情况。假装她关心他家人的病情是困难的。因为这对马克很重要，所以她勉力这样做——然而每次一出事，结果都是乔乔要失去马克，让他回家。而他们家真是意外事故最多发的家庭。他的妻子凯茜是名小学教师，每次吃奶酪，都会偏头痛发作，可这并没有阻止她一而再再而三地犯这种低级错误。他们十岁的女儿索菲，似乎天生就是个危险分子。在乔乔和马克幽会时，她不是从小马驹身上摔下来，就是胳膊里扎进了什么异物。

这次醉酒事件也不是萨姆第一次犯错儿——他还曾因在报摊上偷过一包薄荷糖而被抓住过，当然要被送去看学校的心理医生了。甚至埃弗里家的狗赫克托耳也在阴谋将他们分开。有一天晚上乔乔精心烹制了一顿丰盛的印度大餐，赫克托耳却被一辆小汽车给撞了，受了极大的惊吓，结果马克还没来得及碰一下印度炸圆面包，就不得不赶回家去了。紧接着，一个星期后，赫克托耳又吞下了马克的一只壁球袜，萨姆给它施行了海姆利克急救法，结果是弄断了它的一根肋骨。马克又一次不得不匆匆地赶回了家。

收件人：Jojo.harvey@LIPMAN HAIGH.co

发件人：Mark.avery@LIPMAN HAIGH.co

主题：萨姆

他现在没事了。我很抱歉。星期二晚上怎么样？

马 XX

收件人：Mark.avery@LIPMAN HAIGH.co

发件人：Jojo.harvey@LIPMAN HAIGH.co

主题：星期二

那就星期二吧。

乔乔 xx

收件人：Jojo.harvey@LIPMAN HAIGH.co

发件人：Mark.avery@LIPMAN HAIGH.co

主题：你

Veliyoou

Veliyoou？乔乔吃了一惊。这到底是什么意思呢？Veliyoou？肯定是字谜游戏。她冥思苦想了半天，恍然大悟，不禁大笑了起来。她也编了个字谜，回复了过去。

收件人：Mark.avery@LIPMAN HAIGH.co

发件人：Jojo.harvey@LIPMAN HAIGH.co

主题：Veliyoou

好吧，Oiyvoule！

乔乔 xx

接着乔乔给伦敦最好的六位编辑打了电话，说他们是她精心挑选出来的，她将叫快递给他们送去一颗宝石。拍卖日期已经确定，从现在开始一个星期后——编辑们有充分的时间从他们的上司那里获得她所期望的大价钱的授权。

现如今还能有更好的结果吗？当乔乔同达尔金·埃默里出版公司的塔妮娅·蒂尔谈起《爱情和面纱》时，塔妮娅说："你的电话来得正是时候。我今天本来也要给你打电话的，说说莉莉·赖特的事情。"

莉莉·赖特是乔乔的作者之一，是个温文尔雅、聪明伶俐、洞察力敏锐的女人，乔乔凭直觉感到她是天生的"好"人之一。乔乔第一次见到莉莉时，她是和她的伴侣安东一起来的。俩人都有些紧张不安地坐在乔乔面前，互相补充着彼此的话，总体而言显得都很可爱。莉莉写了一本名叫《米米的救赎》的魔幻小说，讲述了一个行善女巫的故事。乔乔很喜欢这本书，并且的确感到其中有独到之处。但因为里面谈及的巫术太过奥妙，她无法说服任何出版商出大价钱。

塔妮娅以区区四千美元的预付金购得了此书。当时她说："我个人很喜欢这本书，对于缓解忧虑，它比百忧解还管用。但我打内心里不得不承认，我看不出它能为主流读者所接受，但管它呢，我反正要试试看。"

然而尽管塔妮娅倾尽全力去游说她的同事们，说这本书会令所有人都震惊，却没有人肯听她的。结果，达尔金·埃默里公司只开印了很少数量，几乎没有做任何宣传——令人震惊，令人震惊——反正《米米的救赎》迄今还绝对没火起来。

"莉莉怎么样？"乔乔问。

"好消息，真的。"乔乔能够听出她的喜悦。"这星期的《闪光！》杂志上有一篇热情赞扬《米米的救赎》的书评。我们已经在重印了。销售代表们的报告评价很不错。你相信吗？我们的首印快要卖光了。"

"是吗？真让人不敢相信！你们可是几乎什么宣传都没做呀。"

"是的，既然要重印了，我已经说服了营销部门，这回要做些广告。"

"太好了！我们可以谈论多大的重印量呢？再印五千？"

"不，我们想印一万。"

一万？比首印数翻一倍？销售代表们的报告一定是很令人震惊。

"看看亚马逊网上的读者是怎样评论她的，"塔妮娅说，"这本书里似乎有着某些独特的东西。看来咱俩的看法是正确的，乔乔！"

乔乔表示同意，谢过她后，挂上了电话，情绪非常高涨。一本书在不被看好的情况下销量开始上升，哪怕只上升了一点点，总是好消息。但就这本书而言，作者是这样一个可爱的人儿，她就更是高兴异常了。她点开了亚马逊网，找到了《米米的救赎》的网页——塔妮娅说得对，有十七条读者评论，都喜欢这本书，如"迷人……令人欣慰……神奇……我已经在重读了……"

乔乔立刻给莉莉打了电话。莉莉听了既惊讶又感激。放下电话后，乔乔身子向后一靠，突然感到一阵兴奋后的失落。现在干什么？吃午饭，见鬼！她这一上午干得太多了。

她拿起电话筒，重重地敲下了一个内线分机号码。“丹？中午有空一起吃午饭吗？”

“吃午饭？”

“就是我们在一间屋子里一起吃饭。”

“噢，好的。你随时可以过来。”

“待会儿见。”

在乔乔定居英国之前，她想象的英国男人，就是丹·斯旺这个样子。他清瘦白皙，尽管将近六十岁了，看上去仍然像个小伙子。他总是穿着一件模样有些滑稽、颜色像麦片粥一样的粗呢夹克，肘部还打着补丁。这件夹克像是他们家的传家宝，如果打湿了还会散发出些怪味——像是狗的味道或是腐烂的蔬菜味。然而乔乔认为这却增添了他的魅力。

就是他说服了乔乔加入了李普曼·黑格公司。他们相识是在一个土耳其青年作家（是的，又一位）的新书发布会上。丹从大雨中猛冲了进来，穿着他那件散发着气味的夹克，面对着眼前喧闹的景象停顿了下来。“噢，主啊，”他厌倦地说道，“这有什么新鲜的？”

乔乔当时正在门口，想晾干衣服后再走进人群。她注意到了丹的补丁，丹的态度和他身上的气味。她心想，这倒不错，一个标准的英国怪人。

丹沮丧地扫视了一遍屋子。“拙劣的土耳其青年作家比苍穹中的繁星还要多。”

“是的，”乔乔大笑道，“在这地方简直像虱子一样多。”

“像虱子一样多，”丹重复了一遍。“说得太对了。”他向乔乔伸出了手。“丹·斯旺。”

“乔乔·哈维。”

“哈维小姐，你让我想起了我的第四位妻子。”

但是斯旺太太是不存在的，甚至一位都不存在。丹对女人不感兴趣。他后来向乔乔承认，这就是他不断地代理战争回忆录的原因。他无法抵御穿着军装的男人的魅力，哪怕他七老八十，老糊涂以后。

在去丹的办公室的路上，乔乔经过了吉姆·斯威特曼的办公室。

“嘿，你好。”她在他的门口停了一下，敲开了门。“你骗了我。给抽烟女人看病的不是催眠术士，而是‘精神病专家’。”

吉姆大笑起来，露出他那一口洁白的牙齿。乔乔用手遮住了眼睛。“哎呀，我眼睛花了。你非得用牙齿晃我吗？”

吉姆笑得更厉害了。“看看我的纪录。”在他办公桌后的墙上贴着一张 A4 打印纸，上面打着大大的黑字：

正在享受

第二十五个

不抽烟的日子

“管他用什么办法呢，”他说，“只要有效就行。”

“哼。”这就是和吉姆·斯威特曼在一起的麻烦。他太有魅力了，你很难对他发火。“但是我可不想去看精神病医生。”

“为什么不呢？乔乔·哈维是个光明磊落的女子。没什么事情见不得人嘛。”

他又笑了起来，那样子完全是在开一个毫无恶意的玩笑，但乔乔却不那么肯定了。他和马克关系很密切，有时候她会怀疑吉姆会不会知道些隐情呢。

她转过身去，“哇！”正撞上里奇·甘特。瘦骨嶙峋的他，涂着满头黑色的发油，活像一个想从其他小瘪三那里骗个手机的卑劣的小瘪三。她忙不迭地跑开了。真恶心，我怎么撞上他了。

绕了一圈儿，进了丹的办公室后，丹似乎还是吓了一跳，尽管他和乔乔通电话已经过去了一分半钟了。“噢，对了，”他含糊地说道，“吃饭。人是必须吃饭的。”

他从衣帽架上取下了一顶已经不成形的老古董似的帽子，简直像是用苔藓制成的。他把帽子紧紧地扣在头上。突然之间，他就像是长出了一头女人般的蜂窝状头发，只不过是绿色的。接着他把臂肘伸向了乔乔。“我们应当这样吗？”

25

星期二上午十点十五分

第一个电话来了。“我是猴仔，”马诺伊说道，“是帕特里夏·埃文斯的电话。接还是不接？”

“接，接！”第一个敲门的来了！

电话咔嗒一声，接着是：“乔乔，我读了《爱情和面纱》。”

随着肾上腺素飙升，乔乔的心怦怦跳着。这将是个好消息。

“我喜欢这本书，”帕特里夏说，“我们这儿的人都喜欢它，我想提一个优先买断的报价。”

“要想现在就把这本书的谈判权买断，出价必须非常高。”

“我想你们会高兴的。我们的出价是一百万英镑。”

乔乔的手突然热得发烫起来，肾上腺素像侵略军一样迅猛地扫荡了她的全身。她的脑子迅速地转动着转动着转动着。一百万英镑可是个疯狂的数字，特别是对一本处女作小说。但是假如佩勒姆公司肯出这么高的价，其他出版公司会不会也有愿意的呢？也许通过拍卖，她还可以把价格再抬高一些，比里奇·甘特为《飞快的小汽车》争得的一百一十万英镑的预付金还要高……

但是假如她的形势判断完全是错误的，只有佩勒姆公司热衷于《爱情和面纱》呢？假如别人都不竞拍，或者出价超级低呢？谁能知道？但是她想起了至少有两家代理公司已经拒绝了内森·弗雷——显然他们认为这本书没有任何潜力……

冷静冷静冷静地思考，冷静冷静冷静地反应，呼吸绝不能太浅。

“这是个慷慨的报价，”乔乔说道。冷静冷静冷静。“我要同内森谈谈，然后回答你。”

“这个报价的有效期只有二十四小时。”帕特里夏说。乔乔不那么冷静冷静冷静了。她的话听上去真是讨厌讨厌讨厌，但乔乔并没有立刻尖叫一声“好的！”帕特里夏继续说道：“二十四小时后，报价将撤回。”

“明白。谢谢，帕齐。我会很快给你回电话的。”

她挂上了电话。

她的肾上腺素在激荡，但她的头脑却像明镜一样清晰。二十四小时内决定是否接受佩勒姆公司的优先买断。如果拒绝，佩勒姆公司仍然可以参加竞拍，但根据以往的经验，她知道即使他们选择这样做，出于酸葡萄心理，出的价也会非常非常之低。而且更大的可能是他们根本不再参加竞拍。他们目前正处于一见钟情的狂热中，但到了下星期，他们那种下意识的非买不可的疯狂劲儿也许就烟消云散了。他们会认为这本书并不如当初想象的那么好、那么有商业价值，或者诸如此类的原因。与此同时其他出版社也都不出手，乔乔最终没能为内森·弗雷争取来任何交易。这种情况曾经发生过，虽然没有出在她身上，但的确发生过。那将是一场大灾难，她和内森将丢尽颜面，却一分钱也得不到。

不管怎么说，她可以只提建议，最终由内森拍板。她拿起了电话筒。“内森，我是乔乔。我们收到了佩勒姆出版公司的报价。非常高。”

“有多少？”

“一百万。”

电话里传来了“哐啷”一声——好像是电话筒掉在了地上——接着她又听到了干呕的声音。她耐心地等待着，直到内森重新拿起话筒，有气无力地问道：“我能过一会儿再给你回电话吗？”

半小时后内森打来了电话。“非常抱歉。我刚才有些头晕。我一直在想。”

那还用说。

“如果他们愿意出这么多，那么其他人可能也愿意。”

“这不能保证，但我们的观点是一致的。”

“你怎么想？佩勒姆公司是个什么样的出版社？”

“非常商业化，非常张扬，他们出了很多畅销书。”

“哎呀，听上去不大好呀。”

“他们很擅长于自己的路数。”也就是大量地印，便宜地卖。

“你看，我一点儿都不懂。乔乔，别难为我了，由你决定吧。”听上去他马上要落泪了。

“内森，我希望你听仔细了。这是一场赌博。如果我们拒绝了这个报价，在拍卖中也不一定能拍到这么高。”

他仍然带着哭腔，乞求道：“你知道我去年一年才挣到多少钱吗？九千英镑。才九千呐！无论你为我争取到怎样的交易，都会超过我最大的梦想。”

他会拒绝一百万英镑？这是怎样一个怪人啊。但他曾经男扮女装在阿富汗整整生活了半年。想想看吧。

“先不做决定。等到星期一吧。”

“我已经下定决心了。我哪里懂得这些事情？你是代理人，是专家。我相信你。”

“内森，图书拍卖可不是一门严密的科学。也有可能流拍，到时我什么也不能为你争取来。”

“我相信你。”他重复了一遍。

于是乔乔可以见机处置，自作主张了。

星期二上午十一点五十分

她在继续工作——刚刚过的几个小时效率非常高。她审查了凯瑟琳·佩里新小说的封面，感觉太过古怪，打了回去。她给埃蒙·法雷尔图书的编辑打了电话，告诉她如果埃蒙的新书发行不想与拉森·科扎的新书发生冲突的话，他们必须改变出版时间。她读了一篇对伊吉·吉布森的书横加指责的书评，给伊吉打了个电话表示安慰。

然而自始至终，在她的头脑深处，她一直在权衡着《爱情和面纱》两种对立的方案。接受还是拒绝？接受还是拒绝？

佩勒姆公司不是她中意的出版商，他们太俗气，太商业化，她不大相信他们适合于这本书。可是一百万英镑就是一百万英镑啊。接受还是拒绝？接受还是拒绝？

接受，她决定。就在这时，马诺伊那边的电话响了。“我是猴仔。你想吃香蕉吗？你想跳笨笨舞吗？”

“你想干什么？”

“是艾丽斯·巴格肖找你的电话。”这是又一位备选编辑。

“接还是——”

“接。”咔嗒。“你好，艾丽斯。”

“乔乔。《爱情和面纱》。”艾丽斯有些上气不接下气地说道。

“我跟你说过这本书很棒吧？”

“是的。你说得一点儿也不错。因此我们诺克斯敦出版社想提一个优先买断的报价。”

乔乔抑制不住地微笑起来。

“我们想提一个很酷的价格……”艾丽斯故意拿腔拿调的，“我们的报价是二……”

二，乔乔心想。*二百万*。谢天谢地她没有接受佩勒姆公司的优先买断——整整少一百万呢。

“……十二万英镑。”艾丽斯说完了。

一阵沉默。

“二十二万？”乔乔问道。

“正是。”艾丽斯确认道，她还以为乔乔是因为喜出望外而震惊呢。

“噢，噢，艾丽斯，我真的很抱歉，我们现在就有比这高得多的优先买断报价。”

“高多少？”

“嗯，高很多。”

“乔乔，我们这样已经到顶了，我们不可能再提价了。”

那么，诺克斯敦出版社就出局了。不过，还有五家仍可角逐。

“说句实话，乔乔，我认为这本书的价值不可能比我们的出价更高了。假如你现在真的有其他报价，你真该接受了。”

“好的，多谢了，艾丽斯。”

乔乔在椅子里晃悠起来，陷入了沉思。艾丽斯的电话严重地动摇了她的信心。

还有四家出版商没有答复，他们会做出什么选择呢？

南十字出版公司的奥莉芙·利迪，近来遭遇了一系列挫折，正迫不及待地想抓个大项目一举复兴。她也许能出大价钱——但也许已经丧失了勇气。

B&B考尔德出版公司的弗朗兹·怀尔德如今风头正劲：他获得了年度编辑奖，还进入了布克奖最终候选人名单。他正虎视眈眈地寻找着下一次爆发的机会，但巨大的成功也可能冲昏他的头脑，而且他手头肯定不缺稿子。

索尔公司的托尼·奥黑尔是位优秀的编辑，但索尔公司最近刚刚经历了一次大调整——也就是裁员——目前正处于一片混乱之中。他们恐怕急需好项目，但很难指望他们的决策层目前头脑是清醒的。他们恐怕不会批给托尼太多的钱。

那么达尔金·埃默里公司的塔妮娅·蒂尔呢？她也是个聪明人，是米兰达·英格兰的编辑。她没有理由不出高价。

可是在他们给她来电话之前，谁又能知道最终会是什么结果呢？她当然不能主动给他们打电话，那会大大地动摇他们对这本书的信心的。

我必须鼓足勇气，她想，我必须保持镇定。

她并不是第一次处于这样的境地了，但赌注从来没这么大，因此她可以说是无成功先例可循。何况以往行之有效的办法，也并不能保证这次就不会招致可怕的错误。

而一旦失败，损失将是不可估量的，不仅对一文不名的可怜的内森·弗雷如此，对她本人也是如此。她苦心孤诣的策划，换来的却是书的版权还没卖出，就一败涂地了……

好事不出门，坏事传千里，所有人对她的信任都将动摇，她多年来好不容易同编辑们建立起来的脆弱的良好关系，又需要很长很长的时间去修补了。

26

星期二晚上，乔乔的床上（云雨之后）

“那么你打算怎么办呢？”马克问道。

“如果是你，你怎么办？”

“接受一百万英镑的优先买断。”

“我明白……”

“这是个惊人的数目，尤其是对处女作。”

“我想……”

“就像那样，是吗？”

“像什么样？”

“你不打算接受，是吗？”

“是。不。我不知道。”

“你想打破里奇·甘特的《飞快的小汽车》创下的一百一十万英镑的纪录，是吧？”马克用她的头发缠绕着手指。“这可不是做决策的好方式。如果你一心想着盖过里奇，你的判断力就会受到蒙蔽。”

“我并没有征求你的意见。”她高傲地说道。

“不，你征求了，”他大笑起来，一根一根地吻着她的指关节。“小红，征求意见就是这样，有时候你是得不到你想要的回答的。”

她抬起头，头发摆脱了他的手指，然而向后靠在了自己的枕头上，叹了口气。

“你以为你还在你的辖区吗？”马克提示道。他对她的警察生涯有着小孩子般的兴趣，总想让她谈一谈。

“你知道，那并不全像《霹雳娇娃》里演得那样，”她稍稍有些不耐烦了。

“你愿不愿意去检查一具在四层楼下都能闻到臭味的陈腐尸体，还得一直看着它，直到大巴出现。”

“大巴？”

“就是救护车。我们本该守在屋里，但有时候气味实在太难闻，我们没法待在里面，只好站在走廊里，尽量抑制住不呕吐。”她扭头看了看他，突然大笑起来。“噢，马克，你真该看看你自己的脸。你想打听些令人毛骨悚然的细节，”她面无表情地说道，“有时候你是得不到你想要的回答的。”

他掐了她一下，正好掐的是敏感部位。

“别这样，除非你负责任。”

“我负责任，可是——”

“可是什么？”

“——可是量杯需要重新注满。”

“表述得可真漂亮。”

“反正我们得等，跟我说说那种尸臭味像什么样子吧。”

“最恶心的臭味，一旦你闻过，一辈子都忘不了。”

“那种气味会让你得病吗？”

“会让你得病！只要闻一下，你就会呕吐，不停地呕吐。而那臭味还不断地向你袭来，就像胶水一样粘在你的衣服上和头发上，于是你又会把所有你见到的人都传染上。他们也开始呕吐。不过，”她又说得轻快起来，“有时候你运气好，也会碰到没什么味的，也就是刚死了几个小时的人。他们也许会有所不错的房子，你在等车来时还能看上几个小时电视。甚至还可能喝上几杯啤酒。那就会是很愉快的一天。”

“喝上啤酒，你在开玩笑吧？”

“不是。”

马克沉思了片刻，又问：“你碰上过这种事吗？”

“啤酒还是死人？”

“死人。”

“当然。”

“比如什么时候？”

乔乔也沉思了片刻，回答道：“有一次有个四岁的女孩，被车撞了，就死在我怀里。那天晚上我根本吃不下晚饭。”

“那天晚上？只有那天晚上吗？”

“可能一连有好几天。嘿，别这么看着我。”

“别怎么看着你？”

“就好像我是魔鬼一样。我必须坚强，我们只能如此。你不能在离开现场时心里还滴着血，你不能让这种情绪持续太长时间。咱们说点儿别的好不好？”

“好吧。马诺伊干得怎么样？”

“干得不错。他可以一直干到路易莎回来。”

“等路易莎回来以后呢？”

“那就不用他了。”

“即使她回来了，”他取笑道，“情况也会大不一样了。她会经常迟到，经常走神儿，身上散发着病孩儿的气味。她还会常打瞌睡，早早离开以便带着孩子去看医生，而且，她还会丧失敏锐的直觉。”

乔乔掐了他一把，也正掐在敏感部位上。

“别这样，除非你负责任。”

“噢。我负责任。”

完事之后，他们都打起了盹，乔乔醒来时，一骨碌爬了起来，她看到表上已是凌晨一点一刻了。

“马克，快起来。你该回家了。”

他坐了起来，皮肤散发着令她感到很甜蜜的热气。他依然昏昏欲睡，但显然头脑已开始思考了。“我为什么不能再待在这儿了？”

“你不回家吗？”

“要回。”

“你想被抓住吗？”

“有那么严重吗？”

“有。不管发生什么情况，也不该是这个样子。”她把他的袜子丢给了他。“穿好衣服。回家吧。”

27

星期三上午十点

钟表滴答滴答地响着，离佩勒姆公司的最后期限越来越近，乔乔仍然没有拿定主意。

是应该接受这一百万，放弃收获更多预付金的机会？还是拒绝这一百万，甘冒挣得少得多的风险？

没法知道，这就是一个猜测。不过说“赌博”让人感觉还更好一些。

这和她从前与爸爸和哥哥们玩的扑克牌没什么两样。爸爸玩牌时经常会唱：

> 你得知道什么时候该坚持，
> 什么时候该收拢，
> 什么时候该走开……

“乔乔，帕特里夏·埃文斯的电话。接还是不接？”

> 什么时候该跑开……

“不接。说我十分钟后给她回电话。”

乔乔飞快地从马诺伊的桌旁闪过。“我到丹那儿去一趟。”

“他是你的军师，”马诺伊说，“狗头军师。”在她出门的一瞬间他又改口道。马诺伊害怕丹·斯旺，也害怕他那顶滑稽的绿帽子。

丹在他的办公室里，正用一块布擦拭着他一件战争纪念品。他头上还戴着那顶绿帽子——他一定是进屋后就忘了摘——而在帽子之下，他的脸显得又小又顽皮。

“你好，乔乔，你正好赶上我擦钢盔了。”

乔乔永远拿不准丹的双关语到底有多少故意的成分。她想，这回全是故意的，但现在可不是开玩笑的时候……

“你看上去有点心烦。”

“我当然心烦。我需要大喊出来了：帕特里夏·埃文斯提出一百万英镑优先买断。我是该接受她的报价，放弃争取更高报价的机会？还是拒绝她，冒一冒一无所得的风险？你是位经验丰富的代理人，你通常会怎么办？”

丹在口袋里摸了半天，摸出一枚硬币来。“正面还是反面？”

“什么意思？”

“有时候我也会去找奥尔佳·菲舍尔——”

“为什么要找奥尔佳？我也该去问她吗？”

“——我跟她玩石头、剪子、布。”

乔乔的脸上露出了不悦，丹含糊地说道：“我没法给你任何答案。这纯粹是碰大运的事儿，我觉得你该考虑考虑某些愚蠢的年轻人所说的‘最坏情况’。”

乔乔思忖起来。“最坏情况？我会损失一百万。我会毁掉一位作家的前程。”

“很可能。”

“是的，”乔乔沉思着说道，“谢谢你，丹。这的确对我很有帮助。”

“你打算接受报价了？”

乔乔看上去很惊讶。“不。”

“抱歉，我亲爱的，可你刚说过你会损失一百万，会毁了一位作家的前程呀。你的确是这样说的呀，难道不是吗？如果你没说的话，我恐怕要步乔斯林·福赛思那位疯姑姑的后尘了。”

“我说这是可能发生的最坏情况，不可能有攸关生死的问题了。比如说，无论发生了什么情况，没有人会受伤。不，我要一意孤行下去了。谢谢你。”

她的高跟鞋来了个一百八十度的大转弯，然后走了出去。丹对着空气说道："这丫头真是初生牛犊不怕虎啊。"他的眼里露出了钦佩的光芒。

稍晚些时候

这是一个不好打的电话。帕特里夏不高兴。不是一点点地不高兴。她通常对乔乔的热情，这次荡然无存了。

"你星期一仍然可以出价。"乔乔温和地说道。

"我已经出了我唯一准备出的价。"

"我很抱歉，真的非常抱歉。如果你改变了主意的话……我就在这儿，你有我的电话。"

电话挂断后，马诺伊问道："她能接受吗？"

"她恨透我了。"

"我敢肯定她不会。"

"噢，不，她会的。不过，嗨，她又不是我最好的朋友。下次我有什么好书，她还会想知道的。现在，考虑考虑今天晚上，"她彻底转变了话题，"我该去上哪个瑜伽课呢？一个比较艰苦，我得像鹭鸶一样单腿站着，像猪一样汗流浃背，而另一个，我可以躺在地上，做深呼吸。我该上哪一个呢？你说说，马诺伊。"

"躺在地上，做深呼吸。"

"回答正确，好孩子。"

"好男人，乔乔，我是个男人了。你什么时候才能认识到这点？"

再晚些时候

她决定不去上瑜伽课了。时间已经太晚了，她完全可以在家里的电视机前，躺在地板上做深呼吸。

她收拾起自己的东西，走出了办公室，看见吉姆·斯威特曼办公室的灯光仍然亮着。她一时兴起，想停下来稍微聊两句，但当她敲了敲敞开的门，再推门而入时，看到里奇·甘特和吉姆在一起。他俩都有些吃惊地看了看她，然后又把注意力转回到一个扬声器上，一个看不见人影但非常低沉的声音从里面嗡嗡地传出："嘿，总会有重播追加版税的。"

"对不起。"乔乔轻轻地说了一声，就走开了。

已经七点半了，吉姆·斯威特曼和里奇·甘特还在开电话会议。他们到底在折腾什么事呢？这么晚了，和他们通话的会是谁呢？肯定不会是格林尼治标准时区的人。这就意味着他们在同其他国家的人通话。

28

星期五上午十一点十分，代理人每周例会上

“乔乔？”马克问道，“有什么要汇报的吗？”

“当然有。我的作者米兰达·英格兰在本周的《星期日泰晤士报》畅销书排行榜上排名第七。”

桌子四周响起了一片低声的“太好了”和“真不错”。只有里奇·甘特什么也没说。乔乔知道那是因为她在狠狠地瞪着他，试图与他目光接触，满足一下内心的得意。

马克往下点名了。“里奇？”

吉姆·斯威特曼和里奇·甘特都正襟危坐。他俩交换了一下眼色，吉姆向里奇点了点头：你来告诉他们。

呀呸，乔乔心中骂了一句，两臂又抱起胸来。

“光彩夺目的斯威特曼先生，”里奇的声音就像一个下贱的二手车推销员，“和他领导的媒体部，以一百五十万美元的价格，把《飞快的小汽车》的电影拍摄权卖给了好莱坞的一家主要制片厂。我们这星期一直在同西海岸通话——”

同西海岸通话。他就爱这么说。原来星期三晚上他们是在谈这事。

“——昨天深夜，我们终于成交了。”

这时里奇的目光和她交会了。他那淋漓尽致的得意笑容越过桌子，扑向了她的脸。

星期五下午三点十五分

马诺伊给乔乔打电话。“索尔公司的托尼·奥黑尔来电话了，接还是——”

“接。”

乔乔的肾上腺素突然急速迸发。这可是好事。也许又是一个优先买断的报价。星期五下午来报价可够滑稽的，但是……

“乔乔？我是托尼。是关于《爱情和面纱》的事。”

“是吗？”乔乔屏住了呼吸。

“我非常抱歉，但我不得不放弃了。”

呸。

“就个人而言，我很喜欢这本书，但我们正在紧缩开支。今年我们流年不利，资金周转不灵，这只是暂时现象，但情况就是如此。我相信你会理解的。”

“好的。”她不得不清了清嗓子。“好的，”她又用正常的声音说了一遍。“别担心，托尼。感谢你通知我。”

“不，感谢你寄给我这本书。我真的非常抱歉，乔乔，不过这的确是一本好书，我相信你会毫不费力地卖了它的。”

乔乔已经不再那么信心十足了。

“怎么样？”马诺伊走了进来。

“他不感兴趣。”

“为什么？”

“说他们资金短缺。你能开一下窗户吗？”

“干什么？你要跳楼？”

“我想换换空气。”

“窗户刷了漆，封上了。你不信他的话吗？”

“这很难说，因为他们不喜欢某本书的时候，也从来不直说。我们得提防所有的人都觉得这本书得出大价钱，结果都躲开了。我出去抽根烟。”

乔乔站在街上，一边吞云吐雾，一边沉思着。还有三家出版商没有退出角逐。还没到山穷水尽的地步。

但是今天晚上再去上那个催眠课程已经没有什么意义了。这个周末，她需要不停地抽烟，以便不停地思考。

29

星期天下午三点零五分

乔乔突然产生了一股好奇，从星期天的报纸上抬起头来问道："凯茜从来没怀疑过你去哪儿了吗？"

马克是十点刚过时来的。他们一起上了床，一起吃了早饭，然后又回到床上，现在他们正在翻看一堆报纸和杂志。他好像不急着回家。

马克放下了乔乔的《哈泼斯》杂志。"我不是单纯消失了。我总是告诉她一些事情。"

"比如什么？"

"比如我加班了，去打高尔夫球了，或者……"

"她相信你？"

"她就是不相信，也没说出来。"

"没准儿她自己也有什么外遇呢。"

"你觉得她也会？"

"这会让你心烦吗？"

马克沉默了良久，说："这会让我宽慰。"

乔乔并不真的认为凯茜会有私情。不过，私情并不一定非得狂热，也不一定始终都有。凯茜也许就是和她喜欢的男人一起到河边散散步，一起做做拼字游戏。

她曾经见过凯茜一次，但那是在她对马克产生兴趣之前很久了，所以当时她并没有太注意她。乔乔只记得她的模样很符合她小学教师的身份，面带一种模式化的微笑，头发剪得很短，其间已夹杂着一些白发。她四十岁出头，但乔乔是在马克告诉她之后才知道的。

她和马克结婚将近十五年了。乔乔知道他们的情史。马克是她哥哥的朋友——现在仍然是——在他们同租一间公寓房时，马克认识了凯茜。

乔乔经常想，他现在还爱不爱她？她本可以问他的，但她害怕他说是，也害怕他说否。

“呀，”乔乔说，“我很抱歉我提起了凯茜，现在我觉得，嗯，真的很内疚。”

“可是——”

“跟我说说话。让我高兴高兴吧。”

马克叹了口气，重新振作起精神。“好吧，你看她。”他指着杂志上的一名网球运动员。“她一年靠赞助费就能挣一千万，还没算比赛奖金。我们入错行了，小红。”

“我们可以试着让可口可乐公司赞助我们的作者。不，你说得对，书是不够性感的。”她看着他沮丧的脸，大笑了起来。“噢，那好，你觉得植入式广告怎么样？”

“什么？”

“嗯，你知道——选一些热门的作家，给他们配上某种产品，让他们在小说里花言巧语地夸奖一番。”

“我看有些作家会喜欢这主意的。”

“起初会有人嚷嚷，但最终钱会说话的。”

“那么，给我举个这种植入式广告的例子。”

乔乔把头枕在了双手上，瞪着天花板沉思了起来。“比如……说……让我想想。对了，比如说米兰达·英格兰——她现在的简装小说一般都能卖到二十五万册以上，而她的读者几乎全都是二十到四十岁的女性。”

“你打算植入什么样的广告呢？”

“啊……”乔乔咬着嘴唇苦思起来。“好吧，化妆品是一下子就能想到的。女主人公每次出场，都用着某个品牌的化妆品。比如说，倩碧。”乔乔自己用的就是倩碧，自她十六岁第一次被领进纽约的梅西百货后，她就一直用这个牌子。“你不必对读者狂轰滥炸，但你也能达到目的。这办法比广告隐蔽，不过更有针对性。”

“上帝呀，你太棒了。”马克敬佩地摇着头。

“我只是开个玩笑。”乔乔说着，突然忧虑了起来。

“我知道，可我爱听。继续说吧。”

“好吧。”她又情绪高涨地思考起她的话题。“男人和小汽车。从随便哪本男人的小说中挑出一本，让男主人公开上法拉利。不，不要法拉利，太贵了，一般人买不起。也许选奔驰或者宝马。”

接着她的想象力彻底展开了。“不，不，我明白！应当选马自达之类的。中等价格的小汽车也许会让他的形象更性感。作家不仅要把这种车写进书里，他还得亲自开一年这种车。而书里的反派主角可以开一辆他们的竞争对手的车。这辆车会在关键时刻发生故障，诸如此类。各种可能性是无穷无尽的……还有！我们可以用产品来做书名。不仅是新书，重印书的书名也可以通过竞拍来卖掉。《马语者》可以改名为《可口可乐的马语者》。《布里奇特·琼斯单身日记》可以加个引题——‘倩碧带给你’。体育可以这样做，书为什么就不行呢？”

马克兀自微笑着，却没有看她。“我们怎样才能说服作者们同意这样做呢？你知道，他们可是个顶个地清高。”

“如果钱多的话……”乔乔顽皮地说道。

“你太棒了，”马克说道，“实在是太棒了，那么，”他挑逗道，“明天早上我要办的第一件事，就是召集汽车制造商和软饮料商来开会。”

“喂，这可是我的主意耶！”

“拉倒吧。生意场上无君子。”

乔乔突然陷入了沉思。“这难道不可怕吗？”

“事情就是这样，很讨厌。”

30

星期一上午

重要的日子。非常非常重要的日子。今天《爱情和面纱》将进行首轮报价。如果竞拍激烈的话——乔乔希望能够激烈——会持续上整个星期：报价和反报价，和编辑们来回通电话，当编辑们去找出版人申请更多的钱时，会出现令人窒息的间歇期，而当价格在较长一段时间停滞不前，似乎一切都将结束时，又会有人斜刺里杀出，提出一个最后一分钟报价，于是整个过程又要重来一遍。而价格就像坐上了螺旋梯一样越升越高，直插云霄……

十点四十五分

达尔金·埃默里公司的塔妮娅·蒂尔是第一个出牌的。乔乔屏住呼吸，静静地听着。塔妮娅一字一顿地说道："四十五万。"

乔乔长长地舒了口气。起点不错。如果三家公司的报价都能在这个水平上，它们就很有可能彼此厮杀起来，把价格抬过一百万。

"谢谢，塔妮娅。等我听完其他人的报价，我再给你回电话。"

她挂断了电话，感觉很美妙。

十一点零五分

下一个是南十字公司的奥莉芙·利迪。

"出牌吧，"乔乔说。

"五万。"

乔乔愣住了，待她反应过来，第一件事是大笑了起来，尽管毫无疑问这并不是什么可笑的事情。

“我很离谱吗？”奥莉芙小声地问道。

“差得不是一星半点。”

“我再去争取争取。”

“嗯。”乔乔觉得她不会再来电话了。她原先对奥莉芙的判断是正确的：一连串失败已经让她丧失了勇气。

十一点十五分

这回是弗朗兹·怀尔德，本年度最佳编辑。

“我出三十五。”

“三十五万英镑？”不会是三十五千吧？最好还是确认一下，什么事情都可能发生的。

“三十五万。”

感谢基督。还有两位竞争者。

“这个报价很正常，弗朗兹。不是最高的，但很接近。如果你还愿意多出些，请再给我打电话……”

“不。”

“什么？”

“这是我的最终报价了。”

“可是——”

“我当真能把这本书打造成型——”弗朗兹的声音越来越小了，他的意思已经表达清楚了。

乔乔的心在下沉，不停地下沉，穿过了她的身体，穿过了她的鞋底，一直沉到了楼下那些图像设计师们那里。那些爱穿黑色翻领衣服，总是用手端着下巴，自以为聪明绝顶的编辑们，麻烦就在这里，给他们一两个什么奖，他们就不知天高地厚了。

“问题是，弗朗兹，”她强迫自己提高声音，“内森马上就会非常火的，所有人都会想看他的书。”

“这的确是一部很不错的稿子，我也的确可以把它做得很好。”

“噢，那是肯定的，”她真诚地赞同道，“可是——”

“这是我的最终报价了，乔乔。”

“好的，可是——”哪怕她能把他的价码抬到塔妮娅那么高，她就能继续往高推。

“不了，乔乔，就这样了。”

“好吧。谢谢了，弗朗兹。”她还能说什么？“我们会考虑你的话的。假如内森愿意少挣些钱来换取你的专业操作，我们肯定会给你打电话的。”

真是见鬼，她心想。挂上电话后，她感觉生命力已从她体内流尽。可怕的现实来临了，她仿佛突然被打进了深渊。只剩下一位编辑了：塔妮娅·蒂尔。只有一位编辑，我还怎么打得起竞拍战呢？

怎么会发生这种情况呢？

她不愿向塔妮娅撒谎，打算告诉她其他人出价都没她高，不可能再把价码抬高了。不仅是因为撒谎是卑鄙可耻的，也因为这样说很可能产生反作用：塔妮娅也许已经接近底线了，她也许会因此决定不再出价了——那样乔乔就会落得个竹篮打水一场空。

那么，就这样吧？四十五万一次，四十五万两次，四十五万三次——最后以四十五万与塔妮娅·蒂尔成交？比帕特里夏·埃文斯的出价整整少五十五万，连她的一半都不到。噢，上帝呀。

乔乔没法给塔妮娅打电话。现在还不能。这才是星期一上午十一点三十分——不能就这样善罢甘休。有些事情是可以力挽狂澜的。她一定还可以做些努力。

她强忍着难受，抑制着恶心。我搞砸了，她承认。我犯了大错。我应该接受帕特里夏·埃文斯的报价的。

帕特里夏·埃文斯！她心想，就像悬在她头顶的电灯泡。我可以再给她打个电话试试。她也许不会出那么高的价了，她也许根本不会再出价了，但她也许还会再出个什么价。不管她出什么价，事情都可能起死回生。

突然之间，她感受到一阵疯狂的希望，但她的手哆哆嗦嗦地，尝试了三次才把电话簿翻开。拨号的时刻，她先做了个排练，以一种漫不经心又和善友好的语气说道：“嘿，帕齐，我只是想提醒你，今天是《爱情和面纱》竞拍的日子。”没必要提那一百万英镑的优先买断以及这个报价被拒绝后帕特里夏的愤怒。多年以来她已经明白了，如果你坚持按规矩办事，有时候人们会糊里糊涂地跟上你的步伐的。

但是帕特里夏没有接电话。她这时候有可能在很多地方——在开会，在看牙医，在洗手间，然而乔乔像是得了妄想症一样，坚信帕特里夏一定是做着鬼脸吩咐了助手：“告诉她，就说我死了。”

乔乔挂上了电话，竭力想理清思路。四十五万英镑也是笔不小的数目，能够彻底地改变内森·弗雷的人生。

但她本可以帮他挣来多得多的——而且预付金越高，出版商为确保挣回预付金，投入的营销和宣传费用也会更高。

而且这种失败的糟糕感觉还不仅仅与钱有关。事情落到这步田地，全是因为她胡来。她太相信这本书了，太相信它能破纪录了，她也许是把自己的职业生涯都押在了上面。这真是个可怕的念头——也许她真是这样。她先前没意识到，这没准儿是她一生中最大的机会，可她却给糟蹋了。一百万英镑是多大一笔钱啊，她居然拒绝了。她在想什么呢?

假如这件事毁了她晋升合伙人的机会怎么办？假如里奇·甘特击败她而成为合伙人怎么办？他是八个月前才加入李普曼·黑格公司的，而乔乔已经在这里待了两年半了——可他干得这么出色，而乔乔却……

恐慌越来越近地向她压迫而来，简直要让她窒息。她强迫自己理性地思考。又没死人，也没人受伤害。总有一天，我们都会死去，那时候一切都是过眼云烟。还有那句失败者通常都会用来安慰自己的话：有所得，必有所失。

可是有些失败很糟糕，而当人们听说了，还会更糟糕……她必须准备好承受这样的事实——假如里奇·甘特知道了这事，她就得没完没了地听他唠叨了。

马诺伊走了进来，看了一眼她的脸。“噢，不。”

“噢，没事。”

“告诉我到底发生了什么事。”

“现在不行。我要去买点儿东西。”

“买什么东西？”

“随便买点儿什么。”

31

乔乔差点儿买了一个浴室用的小箱子。那箱子是塑料做的，上面刻着个小海豚，但等她拿着箱子到收款台前排队时，她又决定不买了。

她没精打采地溜达回办公室，吃了一片火腿和一个芝士羊角面包，心如止水地看着面包屑四处飘落，粘在她的办公桌上。

当马诺伊拨来电话说有外线电话时，她的心简直要从上衣里跳出来了——难道会是帕特里夏·埃文斯？

"是奥莉芙·利迪，在一号线。"

"我只有一根线呀。"

"是吗？可这也不意味着她不在一号线上呀。"

乔乔重重地叹了口气。"把她接过来吧。"

"奥莉芙？我能为你做些什么吗？"*是想在你的出价上再加五英镑吗？*

"《爱情和面纱》，我希望还不晚。我想报个价。"

"你脑袋挨了一棒子，是吗？奥莉芙，你已经报过价了呀。我当时还大笑来着，你不记得了吗？"

"我想加价。"

"加到多少？"

"六十万。"

"什——？嘿，奥莉芙，怎么回事？"*怎么刚过了三小时，你就能又批下来五十五万？*

"我误判了这本书的价值。我错了。"

那么乔乔的判断就是正确的。奥莉芙希望没人对这本书感兴趣，她可以捡个便宜。好大的胆子！可是那又怎么样？现在又可以回到起跑线上了！感谢基督。

“我会给你回电话的。”

星期一下午三点零七分

“塔妮娅吗？有人报价比你高了。”

“高多少？”

“你知道，我真的不能说……”

“乔乔！”

“六十万。”

“好吧。七十万。”

“谢谢。我会给你回电话的。”

三点零九分

“奥莉芙吗？又有人出价了，比你的高。”

“高多少？”

“你知道，我真的不能说……”

“多少？”

“七十万。”

“那好，八十万。”

三点十一分

“塔妮娅吗？又有人出价了。”

“我需要更多时间。我没有得到再出高价的授权。”

“那你什么时候能答复我呢？”

“很快。”

星期二上午十点十一分

“乔乔，我是奥莉芙。那本书归我了吗？”

“我正等着感兴趣的另一方的回复呢。”

“我需要很快知道结果。”

“明白了。”

上午十点十五分

“塔妮娅，我不得不催你了。”

“对不起，乔乔。我们一直想联系上我们的出版人。只有他才能批准出更多的钱，可他正在加勒比海上玩帆船呢。”

“那你什么时候能答复我？”

“我争取在今天下班前吧。”

下午四点五十九分

“奥莉芙，我是乔乔，你能等我到明天上午吗？”

“嗯，我不知道……”

“求求你了，奥莉芙。咱们是老朋友嘛。”

“那好吧。”

星期三上午十点十四分

“塔妮娅吗？”

“乔乔！你看，唉，我很抱歉昨天没给你答复。我还没联系上他呢。”

“我很抱歉，塔妮娅，可是另一方真的催得我很紧呀。”

“给我宽限到午饭后吧。求求你了，乔乔，咱们是老交情了。”

下午两点四十五分

“乔乔？”

“塔妮娅？”

“九十万！”

下午两点四十七分

“奥莉芙？”

“乔乔？”

“对方出到九十万了。”

“见鬼！我还以为我赢定了呢。好吧，我得再去运动运动我们的钱袋子，争取批更多钱来。”

“你什么时候能回复我呢？”

“很快。”

下午两点五十五分

“乔乔，我是贝姬。我中午睡了一觉，梦见我的牙全掉了。这是什么意思？是意味着我害怕什么事情吗？是害怕承担义务？还是怕死？”

“害怕你的牙全掉了。我有事，必须得出去了，贝姬。”

星期四上午十点零八分

“乔乔，我是塔妮娅。”

“我还在等其他人的回复。”

“你必须答复我了，你明白。九十万是个巨大的数目了，我知道另一位编辑是奥莉芙·利迪……”

“你凭什么这么说？”

“事情已经传开了。她不可能得到更高的授权了。她们那儿没希望了。”（塔妮娅曾在一次痛苦的大裁员中被南十字公司解雇。她对此依然耿耿于怀呢。）

“求求你，塔妮娅，你能给我宽限到午饭时吗？”

“到两点半，然后我就要撤回了。”

上午十点十分

“奥莉芙，我是乔乔。”

“我知道，很抱歉，你看，我们今天下午将开一个紧急会议，销售、市场和宣传等部门的头儿都参加。会一结束我就给你电话。”

“你们不能早一点儿开会吗？我被催得……”

“真的不行。我们的市场部经理今天上午要做嵌甲切除手术，是几个月前就约好的。他得十二点半才能从手术室出来，然后他就得直接赶到公司。求求你了，乔乔，就像你昨天说的，咱们是老朋友嘛……”

“是的，我明白，可我需要你们尽快做决定。不然我只能把这本书给别人了。”

“是塔妮娅·蒂尔那个贱人，是吧？你别听她胡说，她没有胆量离开。”

“你看——”

“三点半。我那时候给你回电话。这是我能做出的最大努力了。”

下午两点二十九分

“我是马诺伊。塔妮娅·蒂尔来电话了。”

“还没到两点半呢！”

“我怎么跟她说？”

“随便说点什么吧。什么都行。帮我争取一个小时。”

“说你腿摔骨折了？”

“用不着那么严重吧。”

“那就说腿有可能摔骨折了？”

“就那么说吧。”

下午三点二十四分

“乔乔，你简直没法相信。”

“贝姬，喂，我——”

“今天上午我参加了一个会，你猜怎么着？我的一颗牙掉了。我刚要发言，一颗牙就在我嘴里咔嗒咔嗒地响了起来。就跟我做的梦一样！”

“牙怎么会这样掉下来？”

“实际上不是一颗牙，是齿冠，但这也说明我有心灵感应啊。”

“那个齿冠后来还晃悠吗？”

“不。嗯，有一点，嘿——”

“贝姬，亲爱的，我很抱歉，我又得走了。”

下午三点三十一分

“乔乔，是奥莉芙。好了。”深呼吸，深深地呼吸。“一百万。”

下午三点三十三分

“塔妮娅，她们出到一百万了。”

“一百万！他们怎么能给那个蠢货出这么多钱呢？她能编什么稿子？从纸袋子里出来是什么样，最终还是什么样——”

“你是打算跟进呢，还是打算退出呢？”

“跟进，但我得去说服他们再松松钱包带。顺便问一句，你的腿怎么样了？”

既然报价又回到了起初优先买断权所出的一百万英镑，乔乔飘飘欲仙了。

“接下去会怎样？”马诺伊问道。

“今天就这样了，但她们明天都会回来的。她们都酷爱这本书——这将是一场恶战，不过对我们来说，只会有好消息。”

“你今天晚上怎么庆祝？去做瑜伽？”

“瑜伽？才不呢。今晚跟我的男朋友疯狂做爱。”呸！真不该说这话。她被胜利冲昏了头脑。

马诺伊悲叹了一声。“他是谁？”

“你管不着。”

“是里奇·甘特，是吧？”

“不是。他是你的男朋友才对呢。”

“他起初是你的男朋友，后来把你踹了，你伤心欲绝，不停地去他家，求他重新收回你。”

乔乔用梳子梳了一下头发。“我这样子好看吗？”

“弯下腰，晃晃脑袋，让你的头发颠倒过来。”

乔乔冷冷地瞪了他一眼。“你把我当成白痴了。”

“不！这样会使头发显得蓬松些。”并不是这样我就能看到你的衬衣里。

“好吧，”他承认道，“并不是只有这样我才能看到你的衬衣里。”

星期四晚上七点十五分，乔乔住宅门外的街上

乔乔最先意识到马克又爽约了，是当她在楼门口撞见那个送花的小伙子时。

“你到哪儿去了？”他问，“我差点儿就回家了。你知道，我七点钟就该下班的。”

“这是给我的？”她看了看花。“唉，讨厌。”

“多谢！”

她把花夹在了胳膊下，和一瓶香槟酒在一起，看上去她好像是一个人喝得酩酊大醉。她打开了手机。有三条来自马克的信息。他小女儿索菲的小马踩着了她的脚，她的两根脚趾骨骨折了，他万分抱歉。（第一条短信）他不知该怎样抱歉。（第二条短信）她是不是不理他了？（第三个是未接来电）

她拨通了他的手机。

“凯茜本可以照顾她的，”他解释道，“可她吓坏了，非要我陪着她。”

他听出了他声音中的痛苦：他的小女儿正在疼痛中，她想要爸爸。她叹了口气，她怎么还能生气呢？

“星期六？还是星期天？”马克问道。

“你明天晚上不行吗？我得去做那个催眠戒烟治疗了，我也想解脱一下。”

“抱歉，乔乔，我得陪那帮意大利出版商出去。但如果你不想去催眠，就别去了。你不需要借口。”

“你说得对。好吧，星期六怎么样？跟索菲说离那匹该死的马远点儿，别再折胳膊断腿的了，你明白。”

她闲得无聊，给贝姬打了电话，但无论她的住宅电话还是手机都转到了语音信箱，于是她又给莎娜打了电话。

“咱们出去吧。”莎娜说。

“你这么短时间能找到人帮你看孩子吗？”

“看孩子？我不需要找人呀，我有布兰登嘛。喂！布兰登！我要出去和乔乔喝几杯去。”

“我到你那儿去吗？”

“不！听我说，你别琢磨到这一带的酒馆来，除非你想挨枪子儿。咱们去伊斯灵顿怎么样？到国王头酒吧，一个小时后见，好吗？”

“好的。”

她俩聊起了竞拍，聊起了乔乔对里奇·甘特的厌恶，聊起了布兰登的没本事，接着，几杯酒下肚后，乔乔犯了错误，向莎娜泄露了马克爽约的事。

“这可不好，丫头。”莎娜鄙夷地摇了摇头。

乔乔意识到莎娜在鄙夷她，大笑了起来，推了她一把。“别这样看着我。”

“我只是告诉你我的看法。你如果不喜欢这个样子，你就要改变。你知道你该怎么做吗？”莎娜以命令的口吻说道。不等乔乔回答，她又发话了：“你应该带他出来见见我们——我和布兰登，贝姬和安迪。人们都是这么做的，把彼此介绍给各自的朋友。”

“可是他已经结婚了。”

“不错，可是如果他真的像你说的那么在乎你，他可能也想认识认识我们呢。”

“你是说你想认识他。不，莎娜——”

“你终归要把这事变得正常化的。星期天一起吃顿便饭吧。我把妈妈叫来做饭，照顾小淘气。咱们一起喝酒聊天。一点半来怎么样？”

噢，基督呀。“不，莎娜。我和他在一起的时间实在太宝贵了，我不愿意和任何人分享了。”

“一点半。”莎娜坚持说道。

“不。”乔乔瞪起了眼睛。

“一点半。”

“不。”

“一点半。”

“不。”

“一点半。”

“不。”

“一点半。”

“不。”

“一点半。”

“不。”

“噢，我的上帝呀！”

“怎么了？”

“那儿是怀亚特姐妹中的一个。”

乔乔回头看了一眼从剧院里潮水般涌出，又走进酒吧的人群，结果看到一位身材高挑、金发碧眼的女人。

“是玛格达！”她最喜欢玛格达了，莎娜也是。

玛格达也看见了她们。“乔乔！大美女！”她们拥抱在一起。“莎娜也在这儿！见到你真是太高兴了。”

她对莎娜可不像对我这么好，乔乔心想。

“贝姬来了吗？”

“没有，就我们俩。”莎娜含糊地说道，仿佛有歉意。

“我们要去吃晚饭了。”玛格达向周围的一圈帅哥靓妹打了个手势，共有七八位。“跟我们一起去吧。”她用手抓住乔乔胳膊恳求道。

她的话好像是当真的，但乔乔可不想做不速之客，她找了个不大圆满的理由，说是第二天要早起。

“真的吗？可你一定要答应我给我打电话，咱们一起出去玩。答应我！”

然后玛格达走了，屋子里好像一下子黯然失色了。

“她对你更好。”莎娜淡定地说道。

“是啊。是啊，是这样的。她叫我‘大美女’。”

接着是一阵静默，然后俩人就都崩溃了，笑得前仰后合。“你知道我们是什么吗？”莎娜总结道，“我们都是可怜人！”

32

星期五上午

塔妮娅又追加了五万，比乔乔的期望要低。奥莉芙在她之上又加了两万。

“你干吗沉着脸？”马诺伊问乔乔。其实他知道原因。“你觉得超不过里奇·甘特给《飞快的小汽车》争来的一百一十万英镑了？”

“这事还没完呢。”

塔妮娅又加了一万，奥莉芙的还价也是一万。两位编辑都快要山穷水尽了，竞价停在了一百零九万英镑。

“你还需要一万英镑。”马诺伊说。

“两万英镑。我要打败他，而不是仅仅和他打平。”

塔妮娅又跟进了五千英镑，奥莉芙也加了五千——接着塔妮娅又加了三千！这已经打破了里奇·甘特的纪录。只是刚好打破，但还能怎样呢？

双方又一小点儿一小点儿地往上加，一直铢积寸累到两位编辑都达到了一百一十二万英镑。

“多了两万英镑了，”马诺伊评说道，“你该歇手了。”

乔乔的确是不得不停手了。双方都无钱可出了，但由于竞价是平手，就要举行一场选美比赛了。双方都做一些展示，内森乘车到两家各走一遭，最后由他决定更喜欢哪一家。

马诺伊打了电话。“下星期四上午，你十点钟到达尔金·埃默里公司，十一点半到南十字公司。”

星期五，午夜，乔乔的公寓

她的蜂鸣器响了。是马克。他陪那帮吵吵闹闹的意大利人到了深夜，然后不请自来，到了乔乔这里。

“我想见你。我甩掉了那帮意大利人。”他在对讲机里大声说道，显然喝得稍有些高。

她很高兴能见他，其实喜出望外，可是绝不能让他养成这样的习惯，想什么时候来就什么时候来，匆匆地打上一炮，又回家陪他老婆去了。

她站在门口，看着他走上了最后一段楼梯。

“我本可以叫我的另一个伴儿来的。看你多幸运？”

他到达了楼梯顶端，一把把她拽向了自己，像所有醉鬼一样粗鲁。“你要是什么别人都没有更好。”

“一个结了婚的男人对我说，我最好是没有别的男人。”

“你说得对。”他用力地从口袋里掏出了手机。“我想了好久了，我要告诉凯茜我爱你，我要——”

她一把夺过了手机。“给我。看在你到这儿来的分上，我不得不替你打算打算。”

二十分钟后

乔乔从他身上滚了下来。俩人都光溜溜的，喘着粗气，大汗淋漓。

“真是……真是……”他气喘吁吁。

“糟透了？”

“是的。你觉得呢？”

“再没有比这更糟的了。”

“竞拍拍得热火朝天？”

“是的，”她露齿一笑，“太刺激了。”

“你玩了场危险无比的游戏。”

“但我赢了。”

“那么告诉我，你是不是一直憋着要打败里奇·甘特？”

“那当然。”

她用舌尖舔着他的肩膀。舔到了他光滑皮肤上的咸味。然后她又把脸埋进了他的脖子，嗅着他的体味。他可真是一道美食啊。

次日凌晨五点四十五分

他俩猛然于同时醒来，看了一眼钟表，又相互对视一眼，瞪大眼睛，汗毛直竖，惊恐万分。

“糟糕！”乔乔说，“马克，快点儿，起床，回家！”

“妈的！”马克脸色煞白，显然酒劲儿还没完全过去，还没穿好衣服，脚已经跨出了门。“我回头给你打电话。”

“好的。祝你好运。”

几秒钟后乔乔就听见了前大门被重重关上的声音。他一定是像卧式冲浪一样下了五层楼。她的肚子像是一个塞满了恐惧的实心球：这是危急时刻。凯茜将知道一切，马克会告诉她，他们会向孩子坦白，这真可怕，他将搬离帕特尼，搬进这里，他们将成为一对儿，而她还不确定自己已经做好了准备。

她等待着他的电话，这一天真是漫长。她去做了瑜伽，因为心情实在太坏了，她必须把自己的注意力从等待中转移开。瑜伽的效果不错，可是只有一个小时。她回到家时，心中忽然涌起一个念头：马克也许正拎着个手提箱等在门外。但是什么也没有。没有短信。这可不好。没有消息就是坏消息。马克和凯茜也许正一把鼻涕一把眼泪地相互指责。想到这一幕，她的心收紧了。

她叫贝姬陪她逛街。俩人一下午都耗在了怀特利购物中心，乔乔每隔十五分钟都要检查一下手机，看看有没有短信。但什么也没有。她憎恨自己没有勇气主动给他打电话。

星期六晚上，当乔乔在贝姬和安迪家时，他终于来电话了。

“是他吗？”贝姬做了个鬼脸，眼睛恐惧地大张着。

乔乔生硬地点了点头。

“是他。”贝姬对安迪耳语道。他俩拉着手坐在一起，好像是在等着癌症诊断。

乔乔起身走进了门厅。“怎么样？我们完了吗？”

“没有。”

她舒了一口气。这是她今天第一次正常地呼吸。但不仅是宽慰，还夹杂着些许失望。在她心中，他已经和她住在一起了，她已经平和地接受了这种想法，实际上还有些为此高兴起来。

“告诉我怎么回事吧。”

原来凯茜当晚睡得很死，赶到凌晨五到七点间马克跌跌撞撞地进了门时，她才发现他没在家，于是他说出了路上反复排练的理由：漫长的一星期后——和粗鲁的意大利人喝到很晚——在酒吧舒适的沙发上睡着了——如果你不信，这是他们的电话号码。

凯茜信了——乔乔心说她比自己想象的还要傻——于是星期天的大部分时间，乔乔和马克都在后怕中检讨，俩人一致认为：“我们太耽于享受了。今后再不能容许这样的事情发生。”

然而四天之后，这样的事情又发生了。即使上次让他们经受了巨大的担忧和恐惧，但也没招致世界末日。他们侥幸地逃脱了一次。他们又侥幸地逃脱了第二次。

33

星期四上午，达尔金·埃默里公司

乔乔走出了电梯，回头招呼内森跟上。

“不错。”他咽了口唾沫，有些迟疑地抬脚迈出了电梯，踏上了在他心目中很是神圣的达尔金·埃默里公司的地板。他简直想趴在地上亲吻一口。

“别紧张，”乔乔轻轻地拍了拍他的背。“他们只不过是出版商——他们想给你一大笔钱，来出版你的小说。大部分作家拼了命都想变成你今天这个样子。”

她高跟鞋咔咔作响地走过走廊，满面春风地向接待员打了个招呼。“早安，雪莉。”

“早安，乔乔。”

“这位是内森·弗雷。”

雪莉彬彬有礼地向这个面色苍白，一脸茫然的男人微笑了一下——就是为了他，她一大早七点半就来上班了，在会议室的地板上撒满了沙子。“他们在会议室里。我去告诉他们你们来了——”

“我知道会议室在哪儿。”

“是的，所以我只是——”

她还是开步走了，内森像匹温顺的小马紧紧地跟在她身后。

在会议室里焦急等待的，全都是达尔金·埃默里公司的要人：销售主管、市场主管、宣传主管及其助理，还有授权编辑塔妮娅·蒂尔和她的出版人。《爱情和面纱》将是他们今年促销力度最大的一本书。

“讨厌的乔乔，她老是迟到。”塔妮娅·蒂尔说着，把头探到了门外，然后又赶紧缩回。“天呐，她来了！”

所有人都忙乱地准备起来，接着乔乔来到了桌旁，引领着努力作微笑状的内森，他的上嘴唇上还流着几滴汗珠。

销售主管迪克·巴顿-金站起了身。他穿着穆斯林妇女的那种长罩袍，只能从眼孔里向外张望。他的视野很小，这真可怜：他爱着乔乔。

在长达好几码又旧得快发霉的布料下，他摸索着长袍的边缘，以伸出手来握手。他讨厌这长袍。可这是市场部的主意——当然。可是为什么不是他们中的某个人来穿这长袍呢？为什么他们都只是在头上围了条国民托管组织[①]那种像茶具抹布一样的毛巾呢？

而且他们也没有给他一杆玩具机枪。枪是塔妮娅·蒂尔亲自跑出去买的。这真不公平。

乔乔心想：追求“大畅销书”的手段真是越来越花样百出，不过别在意这一屋子沙子和其他阿富汗的服装和物件，还是看看他们的营销预算吧。

他们落座后，一班人马轮番上阵，大谈起他们令人眩晕的营销计划：电视广告、三个星期的巡回宣传、首印十万册、确保在主流报纸上发书评……

“《观察家》会采访我？”内森的语气很欣喜。

“是的，”宣传主管朱诺说，“我相信我们能搞定。”是的，也许他们能。很可能。

护封的模型、广告海报和计划销售数字都已做好。就连看惯了出版商花招噱头的乔乔，也不得不承认这是一场令人印象深刻的展示。

至于内森，他完全被镇住了，乔乔曾经一度担心他会晕过去。

当一切都结束后，达尔金·埃默里公司的高管们目送他们离开。

“看来情况还不错。”塔妮娅·蒂尔平静地说着，拉开了靴子的拉链，从里面倒出一小堆沙子。

“是的。”她的助理弗兰·史密斯说道。她扫视着满地等着她来扫的沙子，叹了口气。

---

①国民托管组织：一个靠私人捐款来保护名胜古迹的民间组织。

乔乔扶着内森坐进了出租车里，领他到南十字公司。奥莉芙·利迪和她的团队做了一番完全不同的陈述。没有沙子，没有长袍，没有玩具机枪，只是谈起了布克奖。

尽管他们报出了与达尔金·埃默里公司同样多的预付金，宣传预算却要少得多。他们把这说得像是一件好事。“过度宣传会毁了一本书，”奥莉芙诚恳地说道，“好书用不着在购物中心和电视里做广告。它们自己会说话。”

在奥莉芙的紧逼下，内森附和她说，不，他并不愿意在飞机场、书店和畅销书排行榜上与约翰·格里沙姆[①]和汤姆·克兰西[②]为伍。在出色的书评和口碑基础上构建高质量的声誉，才符合他的作风。

会见结束后，乔乔把内森领到附近的一家酒吧，试图作出平衡的评价。“即使像你的这样精彩的书，也能得益于广告。”

“这是我的书，”内森有点儿生气地说道，他的头脑已经被获得文学奖的念头扭转了。“我要和南十字公司签约。”

噢，那种情况又出现了，乔乔心想。现在已经开始了。

①约翰·沙里格姆（1955～）：美国畅销小说作家，以法庭小说而著称。代表作有《杀戮时刻》等。

②汤姆·克兰西（1947～）：美国军事作家，惊悚小说大师。代表作有《猎杀“红十月”号》、《惊天核网》等。

34

星期五上午

“登出来了，”马诺伊说道，把一册《图书新闻》旋转着抛向了她的桌子。“在第五页。”

《图书新闻》，三月二日

破纪录的版权交易

一本以阿富汗为背景的处女作小说《爱情和面纱》，版权被售予南十字出版公司的奥莉芙·利迪，据称预付金为一百一十二万英镑，是英国迄今为处女作小说所付的最高金额。利迪女士称这本书是“十年来最好的一部小说”，其作者内森·弗雷以前是一位教师，为给本书做调研，曾男扮女装在阿富汗生活了六个月。这笔交易是由最近获得了一系列成功的李普曼·黑格公司的乔乔·哈维代理的。她也是米兰达·英格兰的代理人。米兰达以其第四部小说，在本周的大众图书排行榜上居于首位。竞拍失败者、达尔金·埃默里公司的塔妮娅·蒂尔，据说“非常沮丧”。

非常沮丧，说得并不过分，乔乔心想。在消息披露之前一天的下午，乔乔给她打电话时，她便抽泣了起来。通知失败者，是她工作中最难的事，可是有什么办法呢？胜利者只能有一位。

“马诺伊，你能出去买个蛋糕吗？”

"咱们庆祝一下？"

"不，路易莎今天下午要来，带着她的小家伙斯特拉。"

马诺伊慌张了一下。"路易莎？"但他马上硬逼着自己恢复了常态。"那么也许她可以告诉我，她把米兰达·英格兰的合同放在哪儿了。你说她效率很高？"

星期五上午九点四十五分

乔斯林·福赛思敲开了她的门。"最衷心的祝贺，我亲爱的。"

"谢谢你。"

"所有的事情都办妥了？那些附属细则之类的？"

"差不多了。我们就要挂塑料了。"

"挂塑料？"

噢，不。

"这又是你那精彩的执法格言之一？"

"不。这是消防员的术语。"

他的脸上现出了热切和询究的表情，于是她答道："火彻底扑灭后，消防员们要保护建筑物，他们就在窗户上挂上塑料。"

"挂塑料。太棒了。"

接着进来的是吉姆·斯威特曼，他那灿烂的笑容辉映了整个办公室。

"祝贺。要是能把电影改编权再卖出去就更好了。"

"这是不是说我得去趟洛杉矶？"

"那要看情况。你高尔夫球打得怎么样？"

"高尔夫球？"

"是的，你必须得会打高尔夫球，才能和电影界那帮家伙打成一片。"

星期五上午十点五十六分

"看你多走运。"

乔乔抬头一看。里奇·甘特站在她的办公室门口，于是她放下了笔。"什么？你在说我给内森·弗雷代理的那笔一百一十二万英镑的交易？”

“你多走运呀？”

“不错，”乔乔微笑道，“你知道吗？我工作越勤奋，就越走运。”

他的嘴唇动了动，似乎想说什么又说不出。显然他在克制着强烈的情绪。

“哦，”乔乔把脑袋一歪。“谁该洋洋得意呢？”

她看了一眼电话上的时间显示。“该开每周例会了。我扶着你过去吧。”她想把手扰在他的背上，他却抢先溜走了。

会上，乔乔的交易——“十年来最好的一部小说”——引起了热烈的讨论。合伙人们尤为激动，因为他们需支付的佣金将大大减少，然而就连普通代理人们也都很高兴，只除了里奇·甘特。

“这十年有多少最好的书？”他问，“恐怕至少有六本吧。”

这话引起了一阵骚动。所有的人都有些嫉妒，但大多数人也足够聪明，知道该深藏不露。

“这样说话可有欠风度。”丹·斯旺抗议道。

“你想怎么着？”乔斯林·福赛思以一种奇怪的、咄咄逼人的口气问道，“这小子真没出息。要我说，咱们该给他打打飞机，让他振作振作。”

“猛推。”屋子里陷入了一片骇人的静默，乔乔小声说道，“是猛推一把，不是打飞机。”

星期五下午

自两点半起，李普曼·黑格公司的女员工们便开始聚集到乔乔的办公室——就连洛贝莉娅·弗伦奇和奥罗拉·霍尔也把她们对乔乔的厌恶暂时搁置在一边——拿着小袜子、粉色小运动裤、棉布围嘴和装饰有漂亮的小公主图案的小T恤衫等。

“你爱她们简直像爱你自己一样。”帕姆叹道。

“我一向如此。”

正说着，路易莎出现在门口，露齿笑道：“嗨——”

“看你的头发！”乔乔叫道。路易莎的短发留长了，于是她的脸形也有所改变，看上去比以前年轻和漂亮了。

“哦！”路易莎指了指她面前系着带子的包裹。“别在意我的头发。这是什么？”

“快让我们看看嘛。”帕姆抱怨道。

“排好队，”乔乔命令道，“从我后面排起。是我买的蛋糕，我先来。”她俯身吻了一下路易莎。“你好，亲爱的。恭喜你。现在把她给我吧。”

“向乔乔阿姨问好。”路易莎把斯特拉递了过来。

“哇。”乔乔低头凝视着那小小的脸、黑黑的睫毛和东张西望的蓝眼睛。

“她漂亮吧？”路易莎问。

“漂亮极了，闻起来也香喷喷的。”其实是奶粉和牛奶味。实际上，路易莎闻起来也是奶粉和牛奶味，她以前可总是身处迪奥香水的氛围中啊。

“该让我抱抱了吧？”帕姆恳求道。

“然后该我了。”奥尔佳·菲舍尔争道。

所有人都轻声细语地哄着斯特拉。马诺伊分着蛋糕，眯着眼睛瞟了路易莎一眼。

“路易莎，”他大声说道，“既然你来了，我要问问你，我们找不到米兰达·英格兰的合同了。你知道在哪里吗？”

“呃？”路易莎含糊地微笑了一下。“米兰达什么？”

“米兰达·英格兰。记得她最新签的合同吗？你把它放在哪儿了？”

又是一个含糊的微笑。“不知道，一点儿也想不起来了。”

而且一点儿兴趣也没有，乔乔意识到。

这时马克进来了，女人们闪到两旁，给他让出路来。“恭喜恭喜，”他吻了路易莎一下，又低头往下一看。“我看她长得像妈妈。”

“你愿意抱抱她吗？”

马克小心翼翼地接过了斯特拉，把她抱在臂弯中，冲她笑了笑，温柔地说道：“你好，美人儿。”

噢，我的天呐。乔乔正要把一块蛋糕送进嘴里，顿时停住，又放回了纸盘里。

“我坠入了爱河。”马克柔声说道，用手指刮了刮斯特拉的脸蛋。路易莎大笑着说道：“我真不想把你们拆开，但我该走了。”

“为什么这么急？！”所有人都有些惊慌地叫道。

“我是坐公共汽车来的，这样我可以给她喂奶。如果我现在不走，一会儿就要堵车了，我得过好几个小时后才能带她回家了。”

“再待一会儿嘛。”奥尔佳·菲舍尔挽留道。

“真的不行了。”

“那好吧。”大家只好不情愿地依了她，各自回自己的办公室去了。

乔乔收拾起所有礼物，送路易莎到电梯口，问道：“你一切都好吗？”这样路易莎也会反问她了。

路易莎又显示了一下她那美丽的微笑，说道：“乔乔，我从来没有像现在这样快乐过。我简直幸福极了。”

“我还在和马克交往。”

“他是个可爱的人。看他对斯特拉多好。”

啊。是的。乔乔想要的那种交流不会发生了，无论如何今天是不会发生了。此时此刻的路易莎，仿佛不是真的路易莎，而是另一个人了。她的全副身心都在那个小家伙身上了。只能面对这个现实了。在办公室的全部时间里，她唯一真正进行过目光接触的，只有斯特拉一个人，尽管斯特拉实际上什么也看不见。

乔乔和路易莎吻别。“保持联系，咱们……你什么时候该回来呢？六月？”

“嗯，六月。咱们那时候见吧。”

“喂！”乔乔回到办公室后，马诺伊愤愤地对她说道，“你看出来了吗？”

“看出什么来了？”

“当马克·埃弗里抱着那孩子时，所有的女人都在喊：‘哇！’而那么长时间女人们抱着孩子时，却没有一个人喊：‘哇！’这说明什么？”

乔乔打量了他一番。“你说呢？”她热切地想知道，为什么马克对斯特拉轻声细语的那一幕会毁了她品尝美味蛋糕的胃口。

“这很显然嘛！”

“因为他看上去很有男子气，但却很温柔？”

他转了转眼珠。“因为他是老板，她们都争相巴结他。”

四个星期后

“也许你该看看这个。”帕姆递给乔乔一大捆纸。“我觉得这可能是部手稿。”

“你觉得？”

“是的。看起来像是电子邮件之类的东西。”

“不是小说？”

“不完全是。而且写稿子的和送稿子的不是一个人。作者叫杰玛·霍根，但是把稿子寄来的是她的朋友苏珊。”

“听上去很蹊跷。”

帕姆耸了耸肩。“我建议你看一看。我不敢肯定，但我觉得这也许是一部杰作。”

莉　莉

即使是我自己做出的选择，我也永远不能原谅自己。我知道，这事听起来很不可思议，但我保证这里只是在陈述事实。直到今天，有很多时候我都希望我从来不认识他。这是我做过的最糟糕的事情，尽管我们已经在一起了，并且有了埃玛，但我在日常生活中，在给埃玛洗奶瓶或者自己洗头或者做诸如此类的事情时，仍然会经常感到厄运在等着我。把自己的幸福建立在别人的痛苦之上，是没有长期稳定的基础的。安东说我有天主教徒的负罪感。但我并非生来就是天主教徒的——显然我也并不必然要做天主教徒。

35

说起记者，在我为数不多的接受采访的经历中，我遇到过两种。一种为显示他们“严肃”的身份，故意穿得像个无家可归者（自我有了孩子后，我自己也不知不觉地喜欢穿成那个样子了）。还有一种则好像一生都在忙着出席外国使馆举办的盛大典礼似的。现在迈过我门槛的这位——《回声报》的马莎·霍普·琼斯——就是热衷于使馆的那种。她穿着红色的套装，上面有镀金的纽扣和缀有饰带的肩章，高跟鞋和套装的颜色一模一样。我不知道她是怎么做到这一点的。也许她去过一家婚庆公司，能把伴娘的鞋染得和衣服一个颜色。谁知道呢？

“欢迎光临寒舍。”我说道，差点儿把舌头咬着。我这么说，是不想让她太过注意我的蜗居到底有多寒酸：只有一间卧室的前公营公寓房，现在是安东、埃玛和我三个人的栖身之所。

当达尔金·埃默里公司为我做宣传的奥塔利安排这次采访时，我一再央求她准许我在某个宾馆、酒吧、公共汽车站会见马莎——无论哪儿都行，就是别在家里。然而由于栏目就叫“在家里”，我别无选择。

“太可爱了。”马莎说着，把头探进了厨房，结果看见了两个晾衣架上挂满了顽固地不肯干的衣服。

“我本不想请你来这里的，”我脸红了。“就权当你什么都没看见吧。”

但是马莎把手伸进了（和她的鞋同样红色的）包里，掏出了一个笔记本，潦草地划拉了几笔。我由上往下偷窥了一眼，觉得有一个词好像是“猪圈”。

我把她领进了安东收拾过的起居室——赞美他。他把四五十件埃玛柔软的小玩具都收到了角落里，还喷完了一整听桃味的空气清新剂，以遮掩洗衣房的霉味。

马莎重重地坐到沙发上，当即大喊了一声“天呐”，又弹射般站了起来。我们同时看到了那一小块乐高积木，就是它硌疼了马莎的屁股。

“抱歉，这是我小女儿的……”

马莎又在笔记本上划拉了几笔。

“你需要用录音机吗？”我问。

“不需要，咱们随便聊聊。”她微笑着，挥了挥手里的钢笔。是的，那样她就可以没完没了地误引我的话了。

“你的小女儿在哪儿呢？”她四下张望了一番。

“和他爸爸在操场上呢。”他们得一直在那儿荡秋千，直到我给他们打电话说警报解除了，他们才能回来。我不能让他们掺和这事。

马莎接过了我递上的茶，拒绝了饼干，采访便开始了。

“嘿！你这些年干得很不错，亲爱的，是吧？呃？”她的眼睛有点儿像蓝色的大理石，没有神气，却透着贪婪。“你和你的《米米的救赎》。”

她这么说话，倒好像是我给幼稚无知的公众设了个骗局似的。我也不知道怎么回答。回答“是的，我干得是不错，谢谢”？那岂不太傲慢？同样，假如我耸耸肩，说“怎么能这么说呢？好像时空旅行是我发明的似的”，那她会不会合上笔记本，起身就走呢？

“我看过几段你的个人简介，但我相信你明白，马莎·霍普·琼斯的人物专访和那些循规蹈矩的报道是非常不同的。我喜欢以一段清白的历史开篇，让人们一下子就知道莉莉究竟是个什么样的人，心中有怎样的想法。”

她用手做了个挖掘的动作，我小心翼翼地点了点头。我可不想让她知道我心中有怎样的想法。

“你并不是一直在从事写作吧，莉莉？”

“不。直到两年前我还在做公关工作。”

“是吗？”尽管我知道自己看上去不像个典型的公关人员，可她这么明显的惊讶仍然让我感到很受伤。

生气勃勃、思维敏捷、注重形象、为别人辩护的人，应当看上去就生气勃勃、思维敏捷、注重形象；应当穿职业套装，留适合会议厅的发型，用专业人士的化妆品。但即使在我公关生涯最巅峰的阶段，我也时常在重要会议上，衣服褶边不知什么原因就松脱了，我那长长的金发也会松散开来浸入咖啡中。(这就是客户经理不愿在与客户初次见面时带我去的原因。他时常对客户撒谎，说我去做理疗了等等。)

"你做哪个领域的公关？"马莎来了兴趣。"是昙花一现的歌手？还是江河日下的肥皂剧明星？"

"没那么高级。"我这么说话并不是想显得幽默些。

公关人员的形象之一是努力把胸无点墨、俗不可耐的歌手／演员／模特们送上报纸版面。假如只是这样，那该多好！可是公关人员还有很多其他业务，比如向身无分文的非洲人推销奶粉，坚持对他们说这对他们的孩子比母乳要强。也是公关人员，在拿着烟草公司的报酬时，要说服满腹狐疑的政府，存在一大批烟民是好事，这样就可以使很多人在领养老金或得老年病之前死去。正是一位天才的公关人员写的新闻稿，曾使一个社区相信了假如他们的供水系统被一家化工公司污染了，也没什么大不了的事，因为这家公司还给他们带来了就业机会。

向政客们宣传和行贿，所能做到的也不过如此。当推动变成需要强行推动，不可辩护的事变得必须辩护时，就需要我伸出援手了，由我来写新闻稿。

我对那些城外建有一座巨大的垃圾场，或者有一条汽车道蜿蜿蜒蜒地穿过他们后花园的人们，怀有真挚的同情。所以我的新闻稿是令人信服的。让我羞愧的是，我干这工作实在是太拿手了，有无数次，我都盼望着能接几件落魄歌手的业务。

"所以你就一直在做公关工作。"马莎的钢笔忙个不停。"在哪里呢？"

"先在都柏林，然后在伦敦。"

"你去爱尔兰做什么？"

"我二十岁那年，妈妈去那里定居了，我就跟她去了。"

"现在你又回到了伦敦，为什么呢？"

"碰上了裁员，我被解雇了。"

那是我的过错。我在两个大型公关活动中都做得太出色了，以致两个客户公司都得到了他们想要的，结果我们却无法再得到他们有赚头的定金了。又赶上爱尔兰公关业萎缩，我也找不到另一份公关工作了。说实话，我也感到了巨大的解脱。公关工作实在让我心力交瘁。

“我妈妈又搬回伦敦了，于是我也跟着回来了。做些自由撰稿工作……”我停住了口。

“接着你就遭到了强暴。”马莎提示道。

“接着我就遭到了强暴。”

“你能承受得住向我介绍些情况吗？”马莎问着，把手抚在了我的手上，语气突然充满了肥皂剧中的那种“关切”。

我点了点头。我从来没有对此有过任何怀疑。假如我隐瞒这个事件中唯一最引人注目的部分，就不会有这次采访，当然也就不会有英国销量第四大报纸的两个彩页报道。我讲得很快，披露了我能披露的一切，匆匆地讲到了结尾，那家伙把我推倒，拿着我的包消失了。

“然后他就把你扔在那儿让你等死。”马莎疯狂地在她的纸上划拉着。

“嗯，不。我神智很清醒。我完全可以自己走回家。”

“是的，但你本来有可能被整死的，”马莎坚持道，“这点他不会知道。”

“也许吧。”我不情愿地耸了耸肩，表示同意。

“尽管你身体上的伤逐渐消退了，精神上的疤痕却依然如故？”

我咽了口唾沫。“我的确很心烦。”

“岂止是心烦！你一定是震惊至极。绝对的心理创伤，是吧？”

我顺从地点了点头——感到有些厌倦了。

“创伤后应激障碍出现，”马莎越写越快。“你无法外出工作。”

“喂，我那时候是专栏作家——”

“你无法离开家——”

“不，我能——”

“你不再洗澡？吃不下饭。”

“可我——”

“你百无聊赖。”

我沉默了一会儿，长长地呼了口气。“有时候是这样。可难道不是所有人都会——”

“在这个黑暗、孤寂的地方，突然透进了一丝光芒。若隐若现，于是你开始坐下来创作《米米的救赎》。”

我又沉默了一会儿，然后屈服了。“继续说吧。”于是她不需要问我了。

“然后一位代理人和你签了约，她帮你找到了一家出版商，然后，嘿——你一夜成名了！”

“并不是这样。我用业余时间写作了五年呢，实际上我完成了一部小说，但没人——”

“《米米的救赎》到现在卖出了多少册？”

“最新的数字是十五万册。至少是印了这么多。”

“噢，噢，”马莎惊呼道，“差不多有二十五万册了。”

“不对，是——”

“差不多就行了嘛。”马莎狡黠的微笑不容你分辩。“而且你是在一个月内一挥而就的。”

“两个月。”

“两个月吗？”她看上去很失望。

“可这已经够快的了！我的第一部小说写了整整五年，结果还出不来。”

“我听说，你已经有了相当多忠实的追随者了。你的一些粉丝为了向你表示敬意，组织了读书会，自称‘女巫大聚会’，是吗？”

哦，那是威尔特郡的一群怪人，厌倦了装扮德鲁伊教徒[1]，于是组成了这样一个聚会。大概是为了保持他们白袍的清洁。但我还是点了点头，是的，女巫大聚会，的确如此。

突然之间，红衣女士改弦更张了。“不过评论界并不总是很友好，是吧，莉莉？”

---

①德鲁伊教徒：德鲁伊教是凯尔特人的古老宗教，教徒崇拜自然，以荒原为家园。——编者注

她又在卖弄假同情。我决定强势以对。

“谁在乎评论家们说什么呢？”我壮起胆子说道。但实际上，我在乎，非常在乎。我都能背诵自打《米米的救赎》建立起口碑，开始从书店大量售出以来所受到的大段大段的恶毒评论。当这本书刚刚出版，还没有人认为它能卖出两千册时，《爱尔兰时报》上有一篇安慰性的书评对我寓贬于褒。但与商业成功接踵而来的，就是大幅报纸上喷泻的恶语。《独立报》称之为——

“为头脑准备的棉花糖。”马莎说。

“是的。”我低声下气地说道。我可以接着她往下背。这本处女作小说是当今人们过于情绪化的感知识别能力的一个可笑的副作品。是一篇“寓言”，讲述了一名白人女巫，也就是小说因之得名的米米，无缘无故地来到了一座风景如画的小村子，建立了一个小店，用魔法救治村民们各种各样的神经病。

“《观察家》说它……”

“‘甜得足以把读者的牙齿腐蚀掉’。”我替她说完了。我知道，实际上我能把所有批评文章逐字逐句地背下来。“求求你，”我说，“我写这本书只是想让自己振作起来，根本没想过会有人出版它。要不是安东，稿子绝不会寄给乔乔的。”

马莎的笔又飞舞了起来。

“你是怎么认识你丈夫安东的？”

“我们还没结婚呢。”不管以什么方式，记者们总是要闹出很多错误，但我至少要努力澄清事实。我不想读到充满了关于我的不实细节的专访，因为我怕别人认为我撒谎。（比如说我从来不喝酒，说我到越南打过仗，等等。）

“那么你是怎么认识你的未婚夫安东的呢？”

“他是我的伴侣。”我说道，以防她再让我编出个戒指来。

马莎目光锐利地看着我。“可你们会结婚的吧？”

我含含糊糊地做了肯定回答，但对我来说，结不结婚是无所谓的。和我相反的是，我的父母都非常在乎和喜欢婚姻仪式，结果他俩都不断地结婚。妈妈结了两次婚，爸爸结了三次。我有了这么多同母异父或同父异母的兄弟姐妹，这一家人要是聚起来，真难以想象会是什么样子。

“你是怎么认识安东的？”马莎又问了一遍。

我为什么要回答这样的问题？“通过一位共同的朋友。”

“那位共同的朋友愿意透露名字吗？”她眨了眨眼。

“嗯，不。谢谢你。”我不这么认为！

“哦。你这么肯定吗？”

“非常肯定。谢谢你。”

马莎警觉了起来，她知道这里面一定有什么故事，而我好像在故意隐瞒。我讨厌、讨厌、实在讨厌这样的专访。我害怕被人窥视，如果这种侵犯我私生活的事情继续加剧，我就受不了了。

但她放过了。至少是暂时放过了。

“那么安东是做什么职业的？”

这又是一个棘手的问题。“他和他的合伙人米凯伊经营着一家媒体产品公司，叫做爱康。他们为天空数码电视台制作《最后一个坚持者》节目。是一档纪实电视节目，你知道吧？”我满怀希望地问道。

但她从来没听说过这个节目。她和另外六千万人都没听说过。

“目前他们正在同BBC和第五频道谈一个九十分钟的专题节目。”（“九十分钟的专题节目”就相当于专为电视台制作的电影。只是“九十分钟的专题节目”更好听一些。）

但马莎对安东的职业沉浮没有兴趣。唉，我已经尽力了。

“好——吧，我想我了解到的已经够多的了。”她合上了笔记本，起身去了趟厕所。她走出起居室后，我对我说过的话和没说的话都懊悔起来，连厕所里有没有干净毛巾这样的问题也折磨着我的心。

我领着她到楼下的前门，路过了一楼疯子帕迪的房间。我希望他别出现，可他当然出现了，他什么都不错过，从来不缺席引人注目的机会。但至少他不具侵犯性，对此我简直要谢天谢地了。实际上他似乎还很高兴，因为他喜欢马莎的红色礼服。他说：“天呐，我好像听到了一首歌。”

“《红衣女郎》。”马莎和善地摇了摇头。“这话我听过很多次。”

然而疯子帕迪却大声唱道：“你最好当心点儿。你最好别嚷嚷。你最好别叫喊，我告诉你为什么——”

等我想起那首歌时，已经太迟了。那首歌在我头脑中高声响起。“圣诞老人来到城里。”

“别理他，”我勇敢地微笑着，握了握她的手。“谢谢你来采访我。”

“他知道你们什么时候睡觉……”

“图片编辑部会联系照片事宜。”

“……他知道你们什么时候醒来……”

“认识你真让我高兴。”她的微笑有些狰狞。

“……他知道你们是好还是不好……”

“再见。”

“那么，看在上帝的分上，保重吧。”

她刚走，我就跑上了楼，喘了几口粗气，给安东的手机打了电话。“现在安全了，回来吧。”

“正往回走呢，亲爱的。”

十分钟后，他笨手笨脚，步履蹒跚地上了楼，出现在门口。小埃玛睡着了，蜷在他的胸前。我们相互低语着，把她放到了她的小床上，关上了卧室的门。

安东在厨房里脱下了外衣。他在外衣里面穿的是一件粉红色的羊绒衫，是爸爸寄给我以备我受邀参加格雷厄姆·诺顿[①]的节目时用的。（爸爸并不真的生活在幻想世界里，但他经常拜访那儿。）这件羊绒衫对安东来说太短也太紧了，暴露出他肚子上足有六英寸的凹陷以及自肚脐蜿蜒而下的一撮黑毛。科迪曾说安东是他见过的最不会穿衣服的人，但我不这么认为。我觉得粉红色对安东正合适。

“这是你的衣服呀，”他惊讶地拽着羊绒衫说道，“对不起，亲爱的，我穿衣服时太匆忙了，我还以为这是我一件缩水的衣服呢。那么，告诉我，你跟那个女人谈得怎么样？”

①格雷厄姆·诺顿（1963～）：爱尔兰演员，英国电视节目主持人，以主持幽默访谈节目而闻名。

“我不敢肯定。也许还不错吧，直到她碰到疯子帕迪。”

“天呐！可别再出这种事了。这回怎么样？他没邀请她一块儿出去吧？”

“没有，他冲她唱《圣诞老人来到城里》。”

“可现在都四月了。”

“她穿着红衣服。”

“没贴胡子？”

“没有。”

“咱们得搬家了。剩下什么饼干了吗？”

“剩了一堆呢。”

“她为什么不吃？”

“我也不知道。”我平生接受的第一次重要采访，让我感到羞愧的是，向世人披露了我只用茶和咖啡招待了客人，而没用饼干。自那以后，为亡羊补牢，每当有记者来访，我们都买了最高级的饼干，可他们谁也没吃一块。

36

说说安东。需要记住的重要的一点是我可不是个勾引男人的狐狸精。说实话，我绝对谈不上有倾城倾国之色。假如有人竞争的话，我肯定甘拜下风。

所有这一切是怎样发生的，有一段密封的历史。我是在伦敦长大的，在经过了令人纠结的若干年后，在我十四岁那年，我父母最终离婚了。我二十岁那年，我妈妈嫁给了一位头脑迟钝但老实厚道的爱尔兰人，跟他去了都柏林。虽然我的年纪已经大到足以独立生活了，但我也去了都柏林，最终在那里交了一些朋友，其中一位最亲密的朋友叫杰玛。在花了妈妈和他的情郎彼得一年多的钱后，我自立了，得到了一份传播学学位证书，然后在爱尔兰最大的公关公司马利根·托尼公司找到了一份写新闻发布稿的工作。但在那里干了五年之后，我被解雇了，而且找不到另一份工作。大致在同时，妈妈和彼得离异了。妈妈回到了伦敦，而我——像个挥之不去的影子一样——跟着她。尽管我心不在焉，还是找到了几份比较稳定的自由写作工作，还是写新闻发布稿，不过我依然穷得叮当响，没法在周末到都柏林去会会我那些老朋友们。与此同时，在我回到伦敦后不久，杰玛认识了安东。虽然杰玛有时候会来看我，但安东很少陪她来。

所以我并不真的认识他，直到他离开都柏林，离开伤心的杰玛，来伦敦建立独立的媒体制作公司之后。(他和米凯伊都有丰富的制作工作场所安全方面的产品广告的经验，都想把他们的产品打进电视台，他们认为，这在伦敦要比在都柏林更有可能实现。)

在安东看来，他和杰玛一年的关系已经结束了。杰玛却说他们只是暂时分开，他只是没有认清这一点。她在电话里轻声地哭着对我说：“我给他两个月的时间，那时候他就会明白他依然爱着我，他就会回来的。”

然而，她担心他会被某个伦敦女孩勾引走，那么既然我在现场，我就成了她理想的“代理人”。我的任务是和安东交朋友，盯紧他，假如他和其他姑娘眉来眼去，我就“拿针扎一下他的眼睛”，或者“用硫酸泼那女孩的脸”。

我答应了她，但让我一辈子都会羞愧的是这两件事我都没做。我爱杰玛，她那么信任我，把她最珍爱的安东托付给我，可我却辜负了她的信任，背叛了她。

杰玛好像有过不祥的预感。有一次她在电话里用半道歉的语气对我说：“我知道我太神经过敏了。我是个嫉妒心强的疯女人。我想要你离他近些，但求求你也别离得太近了。你知道，你也很漂亮。”

“如果你喜欢聪明绝顶的女人。”（我的头发太细了，有时候别人能看见我粉红色的头皮。别的女人都说，假如她们中了大奖，她们会去丰胸或者提臀。我却会去做毛囊移植，即使有可能发生感染，就像是显然发生在伯特·雷诺兹身上的那样。）

“谁知道呢，他也许会喜欢秃头的。我能想象出来，你和他会经常在一起。你们一起去滑旱冰，去特拉法加广场、大本钟、白金汉宫照相……”杰玛支支吾吾地说道。

“还去卡纳比街，”我补充道，“我们坐红色双层大巴去。”

“是的，的确如此，谢谢。你们会去那里，一路欢声笑语，只做精神上的交流。然后有一天，你的一根睫毛会落进眼睛里，他会帮你拨出来，然后，唉！你们会面对面地站在一起，近得能相互接吻，于是你们会发现，像小火慢炖一样，你们已经相爱很久了。”

我向杰玛承诺说她没必要担心，可以说我也一直信守着诺言。没有小火慢炖，也没有拨出眼睫毛之类的事情。相反，我是第一次认识安东就爱上了他。但杰玛也说他是唯一打动了她的人。安东一定是习惯于女人对他一见钟情了。

但那都是我们认识之前的事情了，我根本不知道会发生这样的事情。安东到达伦敦两天后，我拿起电话，拨通了他在沃克斯霍尔区的号码。我有任务需要承担，但我怎么才能盯住他呢？我可以坐在小汽车里，停在他公寓外面盯着他。但除了我不愿意这么做外，我觉得一个起码的接风洗尘仪式，坐在一起喝上几杯，还是必要的。我可以根据见面的情况，决定把他介绍给其他人，也许有人愿意承担这种监视任务呢。

我们约定一个星期四的晚上七点，在哈弗斯托克山地铁站外见面。我在离那儿不远的福音橡租了一间小房子居住，步行就可以到达。

当我上山走向地铁站时，空气格外清新，还散发着翠绿的青草的气息。秋天的凉爽刚刚来临。八月花哨俗艳的色彩让位于清澈的灰蓝色。被晒得滚烫的垃圾箱发出的臭气也被金黄树叶的香味儿取代了。新近的一场大雨也洗却了夏天最后的尘土。我的心因秋天而感到平静。我又能大口地呼吸了。直到这时，我才意识到，因为我惯有的粗心大意，我还不知道安东长什么样儿呢。我唯一能凭借的，只有杰玛的描述，他“帅极了，是所有帅哥中最帅的”。但是一个女人眼中的“帅哥”，到了另一个女人那里可能就是“这个世界上最不想看的人”。笨蛋，我骂着自己，一边眯起眼睛瞄向远处的车站，希望那里不要有太多英俊男子。（这种想法就证明了我正在为某种形式的疯狂做好准备。）

但当我的眼睛四下搜寻时，我注意到地铁站外有人正在打量我。我立刻明白了那就是他。我知道那就是他。

我的身体并没有跌跌撞撞，但我感觉我好像已经在跌跌撞撞。我的头脑仿佛挨了重重一击，乱成了一团，一瞬间一切都变了，我处于极度震惊中。我知道这听起来很荒唐，但我发誓的确是那样。

我本应该停住脚步。早在那时我就明白我应该转身往回走，抹去一切未来的可能性。但我继续一步一步地向前挪动着，好像有一根无形的线径直把我向他拉去。我头脑很清楚，我既害怕，又有一种无法忽略的、不可避免要发生什么的感觉。

我的每一次呼吸都似乎发出了巨大而缓慢的回响声，就好像我在进行水肺潜水。随着我越走越近，我不敢再看他，于是低下头来紧盯着人行道——上面满是人们丢弃的地铁票、烟蒂，还有被踩瘪的可口可乐罐——直到我走到了他身边。

他对我说的第一句话是：“我在几英里外就看见你了。我知道那肯定是你。”

他撩起了我的一绺头发。

“我也知道那就是你。”

虽然成群的人们像电影快镜头一样飞快地从地铁站进进出出着，安东和我却像雕塑一样一动不动，他的眼睛直盯着我，他的手抓住了我的胳膊。终于，魔法阵完成了。

我们来到一家可爱的小酒馆，他把我安顿在一张长凳上后，问：“喝点什么？”他那温柔悦耳的声音让我想起了轻轻吹拂的海风和潮湿的、夹杂着欧石南香味儿的空气。他是爱尔兰西北部多尼戈尔郡人。后来我发现那里的人都像他那样说话。

“阿克利尔①。”我答道，害怕点酒精饮料，因为混合饮料就足够让我神魂颠倒的了。他在酒吧柜台前俯下身子，同服务员交谈起来。在一派昏头昏脑中，我终于辨清了眼前的一切。他又高又瘦，瘦得牛仔裤的臀部都松垂了下来。他的衬衫色彩鲜艳，虽然不是真正的以艳丽著称的夏威夷衬衫，但非常像。这个怪人。科迪有一次就是这样说他的……但他的黑头发看上去像丝绸一样光滑，他的微笑也很美，不过说真的，这里发生的一切与他的外貌无关。

他端着饮料回来了，向我俯下身子，不停地眨着的眼睛充满了喜悦。我知道他要说什么讨我喜欢的话了，于是赶紧抢先说出了不褒不贬的话。“你在沃克斯豪尔的公寓有个微波炉，是吧？”

“的确有一个，”他温和地说道，“还有一台冰箱、一个壁炉搁架、一只水壶、一个面包烤箱和一台电扇。这还只是厨房。”

我又结结巴巴地问了几个问题，一个比一个傻。比如：他喜欢不喜欢伦敦？他的公寓离地铁站近吗？他都一本正经地做了回答。

但真正的问题却是我在问着自己。我端详着安东的脸，心里在想，是什么？他身上到底是什么，让我产生了这样的感觉？

我不知道是不是因为他似乎是我见过的最生气勃勃的人。他的眼睛炯炯

---

①阿克利尔：一种由天然泉水和果汁等调制的矿泉饮料。

有神，每次微笑，或大笑，或皱眉，他头脑中丰富的内涵都展现在他那富于表情的脸上。

我注意到的每一个新的细节都会感染我——他的手指很长，大大的指关节和我的很是不同。他的腰部非常骨感，简直让我受不了。那脆弱的腰，与这个身材高挑，活力四射的男人真是不相称，我真想抱住他的腰哭泣。

但是有一个话题我们一直没有触及。我们交谈的时间越长，那个话题就越是呼之欲出。最终我点破了，就像是在谈话中扔了颗手榴弹。“杰玛怎么样了？”

我不能不问。她是我们相识的媒介。我不能装糊涂。

安东低头看了看地板，然后又抬起头来。“她很好。”他的眼睛里含着歉意。“我配不上她。我一直这么跟她说。”

我点了点头，又喝了一口饮料，紧接着我的头便晕了起来，感到一阵恶心。我两腿发软地走向女厕所，咔嗒一声把小隔间的门在背后关上，便开始不停地呕吐起来，直到只剩下酸水。

我稍稍恢复了些，仍感到头重脚轻，在拿凉水冲手腕时，我责难起自己，这到底是怎么回事？

很简单，爱上安东让我很不舒服。我心里在想着杰玛。我爱杰玛，可杰玛爱安东。

我走回他身旁，说：“我得回家了。”

“我知道。”他明白。

他把我送到我的住所门口，说了句“我明天给你打电话”，又用手指尖碰了碰我的手指尖。

“再见。”我跑上了楼，跑进了公寓里我那间避难所。但进屋之后，我并没有感觉更好一些。我四处踱着步，心里感到很难受，我的精神被彻底摧垮了。电视上的所有节目都在激怒我，我的书也变得索然无味，我需要和谁谈谈……可是和谁呢？几乎我所有的朋友也都是杰玛的朋友。我的妹妹杰茜正和她的男朋友朱利安一起周游世界。他们的最后一张明信片寄自智利。

也许我妈妈……可她仍然不接我的电话。我猜她不愿和我通话是害怕我再提出搬去和她一起住。至于爸爸，他压根儿不相信上帝会施惠于我，更别提会为杰玛的事抽出几秒钟了。而且我也别想从他那儿得到丝毫同情。绝望之下，我还当真考虑了给撒马利亚慈善咨询中心[1]打电话。

一见钟情好像从来不可能似的——只有最罗曼蒂克的人才相信其存在。当然，任何人都有可能坠入“情欲”。但当你第一眼看到某个人时，你怎么知道他会不会在酒店里跟你调情，出了门就否认。或者等你把车开过来时，他却拒绝上车。或者说好七点半来接你，却直到差二十分十点才露面，身上还散发着杰克丹尼威士忌和（别人身上的）祖马龙[2]香水的臭味儿。

然而，尽管如此，我却始终相信，即使这简直像相信政治家会诚实一样有失体面。我会倾倒于所有一见钟情的故事，就好像它们是珍贵的珠宝。当我在马利根 · 托尼公司工作时，我认识了一个男人——一个有权不容分辩地开除或雇用员工的业界大腕——他给我讲了他怎样在马上就要和一个女人订婚时认识了他一生中的真爱。“我第一眼看见她在屋子那端，我就明白了。”这就是他的原话。

（实际上，我不知道我们怎么谈起了这个话题。当时我们正在开会，讨论怎样才能最好地说服一个小社区的居民：尽管这个人的公司想要把一些致癌毒素排进他们的供水系统，但他们丝毫不用害怕。）

于是最终我意外地发现，与期望相反的是，一见钟情并不令人愉快。它不仅没有使我的生活步入正轨，没有给我带来巨大的欢乐，反而使我感觉像是被从半空中打落尘埃。

即使没有杰玛，这情形也够让人迷惑的。更何况还有杰玛……

我躺在床上，像接受治疗一样，努力想着杰玛是怎样说安东的：他床上功夫很好，那个家伙很大，但那也很寻常呀。她从来没提过他是那种会电倒所有女人的男人。他是爱尔兰的沃伦 · 比蒂[3]，能不费吹灰之力勾引一切遇见的

---

①撒马利亚慈善咨询中心：1953 年在伦敦成立的一个慈善组织，专为不幸者或想自杀的人提供电话咨询服务。

②祖马龙：英国顶级香水和家居用品品牌，以红玫瑰香水著称。

③沃伦 · 比蒂（1937 ~）：美国影星、导演、编剧、制片人。

女人。我一向讨厌这样的男人，也讨厌对他们趋之若鹜、低三下四的女人。我绝不做那样的傻丫头，绝不像没脑子的多米诺骨牌一样为安东倾倒，我才不会那样呢。(但愿如此。)

我刚刚使自己平静下来，刚能聚精会神于电视中上演的电影，电话就响了。我惊恐万状，就像是面对一枚嘀嗒作响的炸弹。会是他吗？可能。但这时电话机嗒地响了一声，杰玛开始留言了，我差点儿再度呕吐起来。杰玛说："我就想问问情况如何？"

别管它，别管它。

"你回来后一定、一定要给我打电话，别管有多晚。我这儿正魂不守舍呢。"

我拿起了电话。我怎么能不接呢？"是我。"

"天呐，你早就在家了。你见到他了吗？他说起我了吗？怎么说的？"

"他说你太优秀了，他配不上你。"

"哈！我早猜到他要这么说的。你们什么时候再见面？"

"我不知道。杰玛，你不觉得这太荒唐了吗，我来监视他……"

"不，一点儿也不。你必须去见他。我要知道他在干什么。你一定要答应我。"

我沉默了。

"你答应我吗？"

"好吧。我答应。"我竟愉快地说道。

我鄙视我自己。

安东的话是当真的，他给我打了电话，第一句话就是："我什么时候可以再见到你？"

我的手变得又湿又冷，对自己的厌恶又油然而生。"我给你打电话吧。"我声音沙哑地说了一句，便溜进了卫生间，把早餐喝的咖啡全都呕吐了出去。

吐完之后，我慢慢地直起身子，坐在马桶上，汗涔涔的脑袋抵在洗手盆冰凉的陶瓷上。我在想到底怎么办才对，可大脑运转不灵。我对杰玛的承诺只是幌子。我想见他，但又害怕单独和他在一起。最好的办法是和别人一起去见他。

有一位老同学尼基邀我和她丈夫西蒙共进晚餐。也许可以叫安东一起去。如果幸运的话，他没准儿和他们投缘呢。如果他认识的人多了，我就没必要那么频繁地和他见面了。

安东得知我们下次见面会有别人在场后，没有表现出丝毫不快来。实际上，他是位完美的晚宴客人。他赞扬了房子，赞扬了饭菜，轻松自如地谈论着没有争议的话题。而我恰恰相反，木讷呆板、笨嘴拙舌，还满心嫉妒。我看着尼基专注于安东的样子,简直吃不下饭去。“这种事情又发生了，”我心想。“他毫不费力地迷倒了她。她就像一座在劫难逃的楼房一样倒向了他。”

第二天一早，在符合礼貌的最早时间，我以感谢为借口，给尼基打了电话。

她说：“安东真够可以的！”

“他很棒。”

“是真够可以的！”

我用更多的“他很棒”做掩饰，本以为她会说她爱上了安东，打算离开西蒙了，她却说：“他有点儿冒傻气。你的杰玛到底看中他哪点了？”

“你觉得他有点傻？”

“嗯，是的……他兴奋过度了！的确是这样，”她说这话时，语气全然是不屑。“简直是神经兮兮的。听他那口音，一个劲儿地‘啊’、‘呀’，除了做作没别的。”

“你不觉得他很帅吗？”

“如果你喜欢那些身高八英尺的傻大个儿的话。”

这时候提起西蒙才五英尺七英寸，经常穿着有半高跟的牛仔鞋，是不是不公平？（而且他还老是穿着过长的牛仔裤，以便裤脚垂下来，遮住鞋跟。）

“我本以为他的肤色会好些的，”尼基说道，声音有点儿像吵架了。“他比别的爱尔兰人都黑得多。我还以为他们都是浅黄色皮肤，长满雀斑呢。”

“他妈妈是南斯拉夫人。”

“哦，怪不得有那么高的颧骨呢。”

“难道那高颧骨不好看吗？”

“你悠着点儿吧！”她有些警觉了。

“我真希望我能长那么一副高颧骨。”我的确是这么想的，但恐怕与尼基对这话的理解是不同的。她那短暂的一点点怀疑又熄灭了。她根本不相信我会偷别人的男人。情况就是这样。没有人会相信我是那样的人。连我自己也一点儿都不相信。

我努力躲避着他。天知道我真的努力过呀。但认识他已经使我失去了重心，一点儿选择的可能性都没有了。我感觉在此之前，我的生活全都在空转，而一旦认识了他，就像是突然之间加快了速度，如同火车疯狂地冲进了隧道，而我拼命地想抓住车头。

我们忍受了将近六个星期，整整四十天折磨人的日子，互相说着再见，情愿选择孤独和名誉而不是结合的负罪感。说实在的，每次分手我都是当真的，但早晚有一天，那挥之不去的渴望又会逼迫我拿起话筒，轻声地呼唤他“来吧”。

在那段痛苦的日子里，我好像从来没睡过好觉。我们经常谈到深夜，反复权衡着利弊得失。安东比我务实得多。“我不爱杰玛。”

“可我爱。”

我有过其他男朋友。从十七岁起我有过一连串恋爱史，但每次都只交一位男朋友，十三年间共交过四位半。（那半个人是艾登·“嫖客”·麦克马洪，在我们九个月的交往中他一直在骗我。）我真心地爱那几位男朋友，在每段关系结束后，我都做了人们在这种情况下通常做的所有事情——当众大哭，喝得烂醉，减肥，坚持说我再也不会爱上别人了——但安东不同。

我第一次和他睡觉的感觉真是难以言状。感情就像潮水一样从我身上涌向他，又从他身上涌向我，简直要让我们窒息，就仿佛我们在水下融为了一体。那真是一种奇妙的体验，绝不止是性。

有那么三次我们决心厚着脸皮去都柏林，把这事告诉杰玛，但两次我都临阵退缩了。

这不可能。我宁愿过没有安东的生活，也不想毁了杰玛。

“不管你怎么做，我都不会再爱杰玛了。”安东悲伤地说道。

“我才不在乎呢！走开。”

但安东走后过不了几个小时，我的决心就又土崩瓦解了。终于有一天，我们坐上了去都柏林的飞机。

随后的事情即使到了今天，也让我不堪回首。但我永远不会忘记杰玛对我说的最后一句话：“一报还一报，记住你是怎么认识他的吧，因为你也将那样失去他。”

37

一阵电话铃响把我拉回到现实。是《回声报》图片部的人，要为马莎·霍普·琼斯的采访配图。他想叫个快递来我这儿取一些我被“丢下等死”后受伤的照片。

“我没有被丢下等死呀。”

“亲爱的，不管怎么说，你受伤了。那么，给几张照片怎么样？”

“没有这样的照片。我很抱歉。”

没过多久，电话铃又响了。这回是马莎。“莉莉，我们需要那些照片。”

“可我一张也没有。”

“为什么没有？”

“我就是……没有。”

“这可让我们很麻烦。”她的声音很高，带着怨气，随即她挂上了电话。

我浑身颤抖，呆呆地瞪了会儿电话机，然后冲安东嚷嚷道：“什么样的傻瓜才会在被强暴后给自己拍照？”

虽然我住的地方空气并不清新，我却从来没想到会被强暴。作为一个富于同情心的自由主义者，我曾经同情过劫匪，认为他们是走投无路才铤而走险的。我坚信他们凭直觉就能看出我是同情他们的。

然而，假如我仔细想想，就应当明白我是劫匪们最好的猎物。要想吓住劫匪，你必须挺直腰杆，流露出自信，并透出一股儿练过跆拳道的劲儿。手包必须像僵尸一样一动不动地紧紧地夹在肘部与肋部之间，步伐必须体现出一往无前的气概。

相反，我是个喜欢溜溜达达的人。曾经有一次，我偶然听到了我在都柏林时的老板在背后说我是“一会儿跟树打打招呼，一会儿跟花打打招呼”。他本意是想羞辱我，结果达到了目的：我感到很受伤。我对问候树和花一点儿兴趣也没有，但我也不喜欢像自行车追逐赛一样生活。追逐赛的要领就是拼命向前冲，以免被人追上，淘汰出局。

那天晚上被强暴时，我正在从公共汽车站回家的路上。我刚刚和一个连锁超市的人开了会，他们正要搞一次促销菠菜的活动，我的工作是为免费赠送的宣传单撰写文字。你也许知道那种东西，就是宣扬菠菜含有多少维生素，有多少养生功能之类（比如，“你知道菠菜的含铁量比一磅生肝还要多吗？”）。再列出一串爱吃菠菜的名人（当然得有“大力水手”，还有……嗯……）。最后还得有些新奇的招数（菠菜冰淇淋，有人想尝尝吗？）。

总得有人写这样的东西，尽管这并不是令我自豪的工作，但比我在都柏林担任的那个职位，屈辱感要少一些。

天很冷很黑，我急着想回家。六个月前，在我们与杰玛那次令人不堪回首的会见之后，返回伦敦那天，安东搬进了我的蜗居。我不仅是想快些见到他，也因为我已经怀了三个月的身孕，这会儿正急着想上厕所。像安东和我之间的一切一样，这次怀孕也是没有预先计划的。我们一贫如洗，我只挣着一点点钱，而安东根本还没有挣到钱，我们都不知道该怎样养活宝宝。但这似乎并不重要，我从来没有这么快乐过。或者说也从来没有这样羞愧过。

我的内急非常严重，所以我加快了脚步，这时，令我惊讶的是，我的肩膀被人往后扳去。有人抓住了我的背包带并猛力在向后拽。我傻乎乎地转过身来，还准备了一副笑容，因为我以为一定是我认识的什么人，开玩笑开得有些过头了。

但是我并不认识身后的这个小伙子。他又矮又胖，脸色苍白，满头大汗。

这一瞬间我记住了两件事情：我被强暴了；强暴我的是个像一大团做面包用的生面团一样的男人。

一切都错了。他既不像我想象的歹徒那样精瘦精瘦，穷凶极恶（我对此抱有纯粹主义态度），手里也没有拿刀或针管。

但他带着一条狗。一条腿向外翻的斗牛犬，凶巴巴地瞪着我。拴狗的链子一端缠绕在那面团般的家伙肥嘟嘟的手上。那狗低声地吠叫着，开始向我逼近。只要那链子松上一两圈，我可就惨了。

我的眼睛紧紧盯着面团那葡萄干颜色的眼睛，一句话也没说，就把我的包递给了他。

他接了过去，塞进了他的夹克里，然后——仿佛就像音乐会的终曲一样——他把我推倒在地。

我想，那个事情就是那个样子了，可更糟的还在后面。当我躺在潮湿的人行道上时，那条狗爬到了我身上，正踩在我怀孕三个月的肚子上。它的体重集中在爪子上，深深地压进了我的肚子，而它嘴里那充满肉味、令人恶心的热气则喷在我脸上。

那情景只持续了两三秒，但直到现在，我想起来仍然厌恶得要抽搐。

那个人牵着狗大摇大摆地扬长而去了，深感眩晕和愚蠢的我，艰难地爬起身来。就在这时，我听到了伊琳娜正向我走来，她高跟鞋的金属鞋跟敲击着地面的声音响彻了夜空：在这个被施暴者最可怕的噩梦发生的夜晚。她是住我楼上的邻居。虽然我们有时候在大厅里互相点点头，却从来没有真正交谈过。我只知道她是个又高又漂亮的俄罗斯人。她化着那么浓的妆，于是我和安东时常谈论她。我们因此而度过了很多快乐时光。我觉得她是个妓女，安东却说："我敢打赌她是个易装癖者。"

她停下脚步用质询的目光打量着我，我正在人行道上踉踉跄跄。

"我刚刚被强暴了。"

"强暴？"

"被一个牵着狗的男人。"

"一个翻着土的男人？[①]"

"他往那边走了。"但面团般的男人已经无影无踪了。

"你的钱被抢了吗？"

---

①伊琳娜是俄罗斯人，她说的英语带有口音。——编者注

“不多。两三英镑。”

“才这么点儿？感谢上帝。”

她没有带给我真正的同情和安慰，但她的确把我安全地交到了安东手里。然而，无论他说什么还是做什么，都不能安慰我。我知道将会发生什么情况：我会流产的。这是神的报复。是对我从杰玛那里偷走安东这一罪恶的惩罚。

安东坚持请来了医生，他竭尽全力地安慰我，说我流产的可能性微乎其微。

“可我是个坏人。”

“流产不流产跟那没关系。”

“我该失去孩子。”

“但你不大可能。”

医生走的时候，另一个人出现在我们的门口：伊琳娜。她拿着一大把化妆品样品，说是补偿我被抢的钱。“这些都是最新的颜色。我在为倩碧工作。”

安东和我像立体声一样同时喊道：“啊，你是卖化妆品的？”

伊琳娜冷静地打量了我们一番。“你们以为我是妓女吧？”

“是的！”但紧接着我们就惊慌地嗫嚅起来，直到最终哑口无言。诚实并不总是好事，但伊琳娜并没有责怪我们。

第二天一早，安东带我到当地警察局（或者如我们此前一直称呼的——“猪圈”）报警。

我们在等候区坐下，目睹着警官们来来往往、进进出出，希望听到他们互相称“老大”。

“我们有二十四小时时间来处理这案子……”安东咕哝道。

“……我们有地方检察官办公室为我们撑腰……”

“……我们必须高速驾车，穿过满是空纸箱的街道……”

然后我们就轻轻地哼着《警界双雄》的主题曲，直到他们叫我的名字。我这桩小案子对他们来说实在无足轻重，但分配接待我的是一名年轻警官，非常热情地听我们陈述了一遍案情。我描绘了那个面团般的小子，以及我记得起来的我手包里的所有东西。除了钱包、家门钥匙和手机外，还有一些通常都会有的小零碎。如纸巾（已经用过的）、钢笔（漏水的）、腮红（已经碎了）、发胶（为了让我的头发蓬起来，以遮掩我粉红色的头皮），还有四个，也可能是五个，“星暴”。

“星暴？”那警官热切地问道，心想——我敢肯定他是那样想的——毒品！

“果味口香糖。”安东解释道。

“啊。”失望。他放下了钢笔。“为什么他们要不停地那样做？”

“做什么？”

“那种巧克力叫马拉松有什么不好？他们为什么非要给它改名叫士力架？还有，为什么 JIF 花生酱要改名叫 CIF？”

“因为全球化。”安东彬彬有礼地说道。

“全球化就意味着这个吗？”他叹了口气，又重新拿起了钢笔。“怪不得人们会疯狂呢。好吧，你必须打电话给银行，为你的信用卡挂失。”

安东和我保持了沉默（毕竟，我们有权利这样做）。那时候我们一文不名，根本没必要去挂失银行卡。发卡银行防患于未然，早就把我的信用卡取消了，连借记卡也一并取消了。

那之后不久，有一天伊琳娜放假，邀我上楼去。才几分钟，她就抽了好几根烟，喋喋不休地对我说她在莫斯科的生活有多么“不幸”。“我有过一个男人，我不爱他。我很不幸福。我认识了另一个男人，他不爱我。我很不幸福。男人们呐！”

她现在又有了一个英国男朋友，他也让她“很不幸福”。显然他“猜疑心很强”。

“如果他让你那么不快活，你还理他做什么？”

“因为他善于做爱。”她耸了耸肩，“爱情总是让人不快。”

仔细琢磨她的话，似乎她生活中真正的爱就是她卖的化妆品。她是真心爱它们，而她的脸就是它们的陈列橱。她工作得很出色（她是这么说的），赢得了比其他销售女郎更多的佣金。“我相信你，才给你看的。”

她离开了屋子，回来时拿着一个锡制格子图案的酥饼盒。她弹开了盒子盖，里面装满了现金。都是纸钞。有五十英镑的、二十英镑的，也有十英镑的——但最多的是五十英镑的。

"这就是我的佣金。我每天晚上都数一遍。不数睡不着。"

我顿时警觉起来。有这么多钱，却只用来搂着睡觉，可不大安全啊。"你应该把钱存进银行。"

"银行！"她不相信它们。"你看。"她从书架上抽出一本书来，打开后又展示了夹在书页中间的二十张纸币。"果戈理。陀思妥耶夫斯基。托尔斯泰。"她打开了更多的书，展示了更多的钞票。

"这些书你都看过？"我已经不再为那些钱感到恶心，而是被这些文学的重磅炸弹震慑了。"还是只拿它们当存钱罐？"

"我全都看过。你喜欢俄国文学吗？"她俏皮地问道。

"嗯，喜欢。"我对俄国文学知之甚少，但想表现得礼貌一些。

她微笑了一下。"你们这些英国佬啊，你们光看过《洛丽塔》[①]，就以为自己懂俄国文学了。现在你得走了。《伦敦东区》[②]该开始了。"

"你也喜欢看《伦敦东区》吗？"

"我喜欢。那里面的人们那么不幸，跟真实生活中一样。再到我这儿来吧。随便什么时候来都行。如果我不想见你，我会说的。"

要不是我已经对她了解很多了，我还会以为她是个很善良的人呢。

医生说得对，我没有流产，但在强暴发生几天之后，我开始不知不觉地陷入了一种很糟糕的情绪中。我的视野一点一点地变得黑暗，直到最后我什么也看不见了，只能看到人类的残忍和我们可悲的缺陷。我们毁灭了我们所触及的一切。

为什么我要爱上安东？为什么杰玛也要爱上他？为什么我们不能爱上各

①《洛丽塔》：俄裔美籍作家弗拉基米尔·纳博科夫于1955年发表的长篇小说，描述一位大学教授爱上一个十二岁小女孩的故事。后改编为同名电影。

②《伦敦东区》：一部英国长篇电视连续剧，讲述伦敦东区人们的家庭生活和职业生活的故事。伦敦东区指伦敦东部港口附近地区，为贫民区。

自应该爱的人？为什么我们要犯这样的错误，鲁莽地闯进明显不适合自己的境地，以致既害己又害人？为什么我们要付出我们无法控制的情感，以致最终得到与自己的心愿恰恰相反的结果？我们无论是站是走，都在冲突和内斗，假如人类是小汽车的话，真该因为他们的故障而把他们召回。

为什么我们享受欢乐的空间如此有限，而承受痛苦的空间却无边无际呢？

我想明白了，人类是宇宙开的玩笑，是一种错误的宇宙试验。

我讨厌活着。只有死才是使我这一生还能有些价值的唯一事情。可我怀着个孩子，所以我还必须活着。

安东说，是强暴带来的心灵创伤引发了我所有这些绝望的想法，我该再去看看医生。我不同意他的说法，纯粹是我自己做的孽让我陷入了这样悲惨的境地。但安东不肯听我说。他不停地重复道："你并没有做孽。我不爱杰玛，我爱你。"

但这正是让我纠结的地方。难道他不曾爱过杰玛吗？事情为什么一定要弄得这么复杂呢？

安东不能同意我的说法，他说假如真像我说的这样，他宁愿签下我们的死刑执行令。

我试图完成那个菠菜宣传册的工作，但当那个公司给我安排了更多的会议后，我没有出席。

我几乎没人可以倾诉。自安东和我迈出了那可怕的一步，到都柏林去向杰玛坦白后，我在伦敦认识的所有爱尔兰女孩——杰玛和我共同的朋友们——就都和我们一刀两断了。我唯一在认识杰玛前就认识的朋友是老校友尼基。然而尼基也有她自己的烦恼，她想怀西蒙的孩子，但西蒙不仅那话儿太短，而且还净放空炮。

安东终日和米凯伊一起在外面忙活：请电视台高管吃午饭以争取资金，请文学代理人吃午饭以争取便宜的脚本，请演艺界代理人吃午饭以争取有演员在他还没有拿到、也没钱开拍的便宜脚本中扮演角色。我一想到他陷入的怪圈——向脚本作者保证女演员已经谈妥，对女演员发誓资金已经到位，再向电视公司扯谎说脚本和女演员都已经搞定——就肚子疼，但安东说这没必要。

“没有人敢第一个和我们签约，不过只要有一个人签了，其他人也就都会签的。”

尽管安东和米凯伊像陀螺一样旋转着，但距他们的哪怕一个节目开拍，都还需要很长的时日。

“一切都会走上正轨的，”安东每天晚上回家，都会这样承诺。“我们能够得到合适的剧本、合适的演员，资金也会落入我们的囊中。到了那一天，人们就会排着队要求和爱康公司合作了。”

与此同时我整小时整小时地一个人待着，终于有一天，我实在耐不住寂寞了，上楼去找伊琳娜。她开了门。越过她的肩头，我看到了桌上的一堆钞票。她正在数钱。

“今天是发薪日，进来看看吧。”她说。

“谢谢。”我轻轻地走进了屋。

赞叹了她崭新的钞票之后，我竹筒倒豆子般把我这些天苦闷的心情倾诉出来。

伊琳娜饶有兴味地听着，当我弯弯绕绕地终于得出一个结论时，她低声咕哝道：“你实在是太不幸了。”她对我刮目相看了。

直到其他所有消遣分心的办法都证明无济于事，而我也精疲力竭后，我才坐到了电脑前，开始到我的书中寻求慰藉。近五年来，我一直在写一部小说，灵感来自我在爱尔兰的公关工作经历。书名暂定为《水晶般清澈》。故事讲的是：化学公司在污染一个小社区的空气，公关小姐（当然，是一个更漂亮、更活跃，头发也更浓密的我）挺身而出，揭穿黑幕，把实情透露给市民，还做出了我希望我在现实生活中能够做出的所有勇敢之举。

此前四年，在热心的朋友们的鼓励下，我把书稿寄给了一些文学代理人，其中有三位读了书稿并提出了修改意见。但即使在我按他们的要求改写甚至重写之后，他们仍然说书稿“现时对他们不适用”。

尽管如此，我还是保留着一丝希望：《水晶般清澈》并非纯粹是垃圾，所以我还不时地做些小修小补。但是在今天这样的日子，我当然写不出婴儿生下来便缺了指头，或者年轻、本分、顾家的男人却死于肺癌这样的故事。不过，我并没有马上关掉电脑。我彷徨着，仍然不死心地搜索枯肠，想写下些什么。我在键盘上敲下了“莉莉·赖特”，又敲下了“安东·卡罗兰”，还有“卡罗兰宝贝儿”，然后写下了神话语句：“此后他们一直过着幸福的生活。”

这段话出乎意料地让我的心情好了许多，于是我又敲了一遍。当我敲下第五遍后，我在椅子上挺直了身子，端正地坐在桌前，张开五指悬在键盘上，就好像一位钢琴大师即将弹奏《野蜂飞舞》①，并将为这次表演付出生命。

我要写一个故事，里面的所有人从此都过着幸福的生活，在那个虚构的世界里，只有好事发生，人们都很善良。这样的希望并不只是为了我，更重要的是为了我的孩子。我不能在把这个小家伙带到这个世界上来时让她背上我的忧伤。这个新生命需要希望。

于是我开始了。我咔嗒咔嗒地敲击着键盘，写下我想写的话，才不管别人会说什么甜蜜腻人或感情用事呢。我根本没想让别人来读，这就是写给我和我的宝贝儿的。在塑造我的主人公米米时，我彻底地沉浸了进去。她聪明、友善、朴实、会魔法——她是很多人综合的化身：她有我母亲的智慧，有我父亲的慷慨，有我父亲第二位妻子薇芙的热心，还有希瑟·格雷厄姆②的头发。

那天晚上，当忙活了一天却什么片子也没有拍成的安东回到家时，看到我两眼闪光、热情洋溢的样子，感到非常欣慰。他愉快地坐下来听我讲写下的故事。此后每天晚上，我都把我白天所写的读给他听。从开始到结束一共将近八个星期，到了最后一天，当米米救赎了村子里的所有不幸，最终不得不离开时，安东抹起了眼泪，随后又高兴地喊叫起来。“太妙了！我喜欢这故事。这肯定是一本畅销书。”

“你喜欢我的一切，你可算不上一个公正的人。”

“我知道。但我向上帝发誓，我认为这故事太棒了。”

我耸了耸肩。因为我写完了这故事，我已经在感受悲伤了。

---

①《野蜂飞舞》：俄罗斯作曲家里姆斯基·柯萨科夫完成于1900年的歌剧《撒旦王的故事》中的插曲，后脱离原歌剧，成为音乐会上经常演奏的通俗名曲，以演奏指法迅速多变著称。

②希瑟·格雷厄姆（1970～）：美国女影星，有一头蓬松卷曲的金发。

"让伊琳娜也看看吧。她懂书。"他说。

"她会把它贬得一钱不值。"

"那不一定。"

于是，因为我不想这么快地就让这段经历结束，我上了楼，敲开了伊琳娜的门，说："我写了一本书。我不知道你愿不愿意看看，然后告诉我你的意见。"

她没有像大多数人都会的那样跳起来或叫起来。你写了一本书。真想不到！她只是点了点头，伸手接过书稿，说："我会看的。"

"只求你一件事，请你诚实地告诉我你真实的看法，不要在乎我的感受。"

她惊讶地看着我，我转身走开了，心想不知我会受到怎样的羞辱，而我又会为此等上多久。

然而令我惊奇的是，第二天一早她就出现在我家门口，手里拿着一支烟。她把那一叠纸递给了我。"我看过了。"

"是吗？"我的心突突地跳着，嘴却变得像棉花一样软。

"我喜欢，"她一字一顿地说道，"这是一个讲述美好世界的童话，不真实，"一缕长长的烟从她嘴里若有所思地喷了出来，"但我喜欢。"

"哇，如果伊琳娜喜欢的话，"安东兴高采烈地说道，"我觉得我们真的该做些什么了。"

38

安东说，我需要一位代理人。显然，我不能把《米米的救赎》直接寄给出版社，因为他们不看自投稿。安东联系了他的一个熟人（“这件事全靠关系，宝贝儿。”）——一位代理人，他一直想以最低的价格从她那儿买拍摄脚本。他以他那典型的热情，反复地盘问了那位可怜的女士，就好像他是州检察官，而她是辩方的主要证人。她的建议是去找一位文学代理人。“但不是她，”安东说，“她只代理脚本。真可惜。她本来能发挥很好的加分作用的。”（“这种事全靠加分作用。”）

于是我给三位读过《水晶般清澈》的代理人写了信，又一次，他们觉得《米米的救赎》“现时对他们不适用”，然而像上次一样，他们敦请我写了下一本书时再联系他们。

大约在第三封退稿信到来时，我大发了一番脾气，宣布说我再也不干找代理人这种事情了，这实在太摧残人的精神了。安东的回应是给我买了一盒六包装的什锦多纳圈，还有一本《国家问讯者》杂志，等着我平静下来。然后他又自己复印了一本《作家和艺术家年鉴》，把我重新扶上了马。“不列颠岛上所有的文学代理人都在这上面了。”他兴高采烈地挥舞着这本厚厚的红皮书。“我们要挨个过一遍，直到为你敲定一位代理人。”

“不要。”

“要。”

“不要！”

“要。”他似乎对我的愤怒感到很奇怪。

“我不干了。你爱干你去干吧。”

“好的，那就我来干。”他有些生气地说道。

“我也不想知道结果。”

“好的！”

在随后的三个多月里，他努力地不让我知道稿子被拒的情况，但我知道，每次稿子被退回，都会被重重地扔在公共大厅的地板上。我就好像公主和豌豆的故事①里那样，从楼上就能听到那重重的声音。实际上，我怀疑我从一条街外就能听到。

“那是我的书的响声。”我总是说。

“哪儿有响声？”

“楼下的大厅里。”

“我什么也没听见。”

然而始终不变的是，我的话总是对的。只除了一次是送阿尔戈斯公司的新产品目录来。还有一次是送汤普森公司的白页电话簿。再有一次是给疯子帕迪送奈克斯特服装公司的新产品目录来。（帕迪在门厅里私下向安东承认，他要那目录只是为了看穿着内衣的女士。）

但是每次大厅的地毯（或其他什么有地毯的地方）发出重重的响声，都当真意味着我的书被退稿时，我都会给安东一个哀怨、痛苦的“我早就告诉过你”的眼神，我的心也会多流一些血。然而，安东总是勇敢无畏、满不在乎地把退稿信扔进垃圾筒。当然，每次他一出门，我就会立刻把退稿信从垃圾筒里拣出来，用里面每个残酷的词语再折磨自己一番，直到他注意到这情况。此后他就每次都把退稿信带走，到了公司再作处理。

他和我不一样，他从不花时间去思考《米米的救赎》的失败。他总是向前看，每次都是再和人商量联系下一位代理人，然后再度怀着对书稿得遇好运的憧憬，到邮局去把书稿寄出，为此他都和邮局员工发展成了互称昵称的关系。

与此同时我已渐渐不抱希望，甚至几乎修炼到了这样的地步：视那些大信封和邮票引发的麻烦根本与我无关，只不过是安东的又一项怪癖而已。

---

①公主和豌豆的故事：指安徒生童话《豌豆公主》，故事里的公主身体极其娇嫩，睡在十二层床垫和二十层鸭绒被上面仍然能感觉到下面的一颗豌豆。——编者注

直到有一天早晨，他踱进了厨房，手里拿着一封信说道：“你可别说我从来没为你做过什么事情。”

“怎么回事？”

“一位代理人。你有了一位代理人。”他把信递给了我。

我扫了一眼。纸上所有的字仿佛都跳了起来，我根本看不明白，直到我看到了那一行：“我很愿意为你做代理。”

“看。”我的声音颤抖了起来。“看，她说她很愿意为我做代理。她愿意！”我抽泣了起来，直到信上乔乔签名的墨水都模糊了起来。

安东和我去索霍区乔乔的办公室见她。那时距我生埃玛已经不到两个星期了，把我送到那里实在是件不容易的事情，就好比把一头生病的大象装箱运送。但我很高兴去了那里。李普曼·黑格公司是个人来人往的大公司，一切都令人兴奋，但最可爱的还是乔乔·哈维。她实在是太出色了。精力充沛，光彩照人，就像多年没见的老朋友一样接待我们。安东和我都立刻对她着了迷。

她说她非常喜欢《米米的救赎》，办公室所有的人都喜欢，这真是一本很好看的书……我激动万分——直到她停顿下来，又说：“这是我给你准备的合同。下面我得对你说些实话了。”

我的心像石头一样坠了下来。我讨厌别人对我说实话。因为这话之后紧跟着的总是坏消息。

“这书不大好卖，因为它感觉像是一本儿童读物，说的却是成人的话题。所以很难归类，出版商不喜欢这样的书。他们都有些胆小，不大敢冒险。”

她看到了我们愁苦的表情，又微笑了起来。“嘿，别那么愁眉苦脸的。这书肯定会有人出的，我来联系。”

接着就到了十月四日，一切都永远地变化了。需要优先考虑的事情立刻得重新排列，所有事情都在清单上下滑了一行，因为随着一声炮响，天字第一号的大事变成了——埃玛。

我从来没有像爱她那样爱过别人，也没有人比她更爱我，就连我自己的母亲也没有。我的声音能够阻止她的啼哭，甚至在她还不能正常观看时，她的眼睛就在寻找我的脸。

每个人都会认为自己的婴儿是最漂亮的，然而埃玛是真的美丽。像安东一样，她有着橄榄色的皮肤。她从母体里出来时，就是一头丝绸般的黑发。没有一点儿像我这样金发碧眼的痕迹。安东还郑重地问过我："你能肯定她是你生的吗？"

她长得最像的人，是安东的母亲扎佳。作为对这一点的确认，尽管我们想叫她埃玛，我们却决定用南斯拉夫的拼法来拼写。

她可喜欢笑了，有时候就连睡觉时，她都会发出格格的笑声。她是我有生以来最喜欢抱的小东西。她两腿之间那小小的私处，魅力真是令人无法抗拒。她闻上去很香，摸上去很柔软，看上去很漂亮，实在是可爱极了。

这是好的一面。

不好的一面呢……我没法从升任人母的震惊中恢复过来。我没有做好准备，我本可以不必在乎的，但对我来说非同寻常的是，我参加了产前和育儿的课程，我本想做好准备的。我本可以不费那么多工夫，这种冲击是根本无法缓冲的。

要对这个至关紧要的小生命完全地负起责任来，简直吓得我要死，为此我从来没有这般辛勤而毫不间歇地工作过。让我觉得最为困难的是从无空余时间。从来没有。安东至少在外面有份工作，每天还能离开这座公寓一段时间，而我呢，一周七天，一天二十四小时，都在又当爹又当妈。

再说哺乳。看上去既崇高又安详（除了女性不得不在大庭广众之下给孩子喂奶，又不希望有人窥视其乳房时）。从来没人告诉过我那也很痛，实际上，真是一种折磨。在我感染乳腺炎——先是一只乳头，继而另一只也患上了——之前，就已经苦不堪言了。

有时候埃玛折腾我们——我们喂她吃奶，给她换尿布，拍她的背让她打嗝，抱着她哄她睡觉，可她还是不停地哭。有时候我们自己折腾自己：我们通常用尽一切办法想让她睡着，可她如果睡的时间太长，我们又会担心她得脑膜炎，于是不得不把她叫醒。

我们的房子，即使在最理想的状态下也谈不上整洁，对于家庭主妇来说，便是最可怕的梦魇。装着帮宝适的塑料大包散布在卧室的地板上，成排的尿布在屋里见缝插针地晾着，成堆伸着手的洋娃娃潜伏在地毯中，好像随时等着绊我一跤，而我的小腿上永远会有一块青肿，因为每次我从客厅走过，都会碰上童车的闸。

在一天二十四小时的昏天黑地、无眠的夜晚、疼痛的乳头和孩子的啼哭当中，也有消息不时传来：乔乔把《米米的救赎》卖给了一家名叫达尔金·埃默里的大出版社！签的是两本书一揽子合同，他们付了每本书四千英镑的版税。我对找到了出版商欣喜若狂，至少在我一旦能振作起精神时是这样。四千英镑是一笔大数目，但还不像我们希望的那样能改变我们的生活。似乎我们注定还得穷下去，尤其是爱康公司的游戏《终极悍将》几乎没有利润，也绝对不可能招来一帮电视台高管给安东和米凯伊砸钱。

接下去我造访了达尔金·埃默里公司，认识了我的编辑塔妮娅·蒂尔。她三十出头，快人快语，但也令人愉快。她说她们将在明年一月出版《米米的救赎》。

“要到那时候才出吗？”那要等将近一年呢，但我觉得我没有条件提出异议，不仅是因为我对出版一无所知，而且我的乳头正在往外渗奶，我害怕塔妮娅会看到。来见她之前，我都没来得及冲个淋浴，只是用一大把尿布改成的抹布匆忙地擦了擦身子，我生怕会让她闻到什么难闻的、没洗掉的气味。

“一月份是推出处女作的好时机，”她说，“那时候没有太多其他书出版，所以是你这本可爱的书引起人们注意的好机会。”

“我明白了。谢谢你。”

好长好长时间，大约六个月，什么事情也没有发生，接着，突然，一个姓李的男人打来了电话，问什么时候可以给我拍张照片，作封面用。我一阵恐慌，“我给你回电话吧。”说完我就挂上了电话，心想：我是谁？我希望人们认为我是什么人？

“什么事？”安东问道。

“有个家伙要来给我拍照片，为那本书用。我的头发需要采取些措施了！

我不是开玩笑，安东，我真的需要做一下伯特·雷诺兹那样的毛囊移植了。我几个月之前就该做！还有新衣服！我需要新衣服！还有指甲，安东，你看看我的指甲成什么样子了！”

我出门用了整整半天时间，花了好多钱，剪发染发（但没有做毛囊移植，安东说服我打消了这个念头），买了三件新上衣、三条新牛仔裤、三双新靴子和一些面部化妆品。我原本希望这些化妆品能使我容光焕发，但实际运用后，虽然它们的确让我显得油光光的，却很丑。当我把它们刮掉时，又碰到了我嘴角上的口红，染了我半边脸，使我看上去像个需要社区护理的病人。

“这可真是糟糕，”我向安东抱怨道，“而且我也不应该买那些靴子，拍照时可能根本拍不上。”

“没关系，你有了靴子，就会信心更强的。先别卸妆，亲爱的，我去叫伊琳娜来。”

他出去了，没过多久，就领着伊琳娜回来了。

“你是化妆品专家，”安东对她说，“你能帮莉莉打扮好，让她漂亮起来去拍照片，是吧？”

“我创造不出奇迹来。但我会尽我的努力的。”

“谢谢你，伊琳娜。”我小声咕哝道。

拍照那天早晨，伊琳娜上班前在我们这里停了一下，像擦洗厨房地板一样刮掉了我脸上的死皮，把我的眉毛拔得一根不剩，还在我脸上拍了无数下，敷上了分量大得吓人的粉，又亮又厚，以致埃玛惊恐地瞪着我。

“没事儿的，宝贝，是我呀，我是妈妈。”我哄着她。

伊琳娜、安东和埃玛走了。安东带着埃玛去上班，因为拍摄要持续好几个小时，我们找不到别人照顾她。

随后李就来了。他很年轻，睡过不少漂亮姑娘——我一看就知道——他带着看上去足有一吨的器材，疯子帕迪帮他搬上了楼。我真不希望他来，我怕他向李要钱，不过我把他请出屋时，倒没费多大麻烦。

李把好几个黑箱子卸在了地板上，然后四下望了望。“就咱们俩？没有化妆师吗？”

“呃，没有，我的朋友帮我化了妆，我不知道……”

“没有吗？所有人都请专业发型师和化妆师。作者照片可是件超级重要的事情，对书的销售有很大帮助的。”

“可是……我的意思是，难道书卖得好不好，不是靠书本身好不好吗？”

他听了这话，放声大笑起来。“你可真够嫩的。你想想——只有漂亮的作者才能上电视。假如作者是个丑八怪，电视调研员才不会预约她出镜呢。有时候出版商也会尽量不让作者参与推广，他们会告诉媒体，作者是位隐士。”

这不可能是真的。怎么会是这样？

“告诉你，”他坚定地说道，“你，莉莉，你不难看，但你可能还需要些帮助。这就是我问化妆师的原因。不过我也可以尽我所能在后期处理中做个喷笔。我会竭尽全力地帮助你。”

“嗯，谢谢你。”

他打量了一番我特意打扫过的起居室，从牙缝间倒吸了几口凉气，然后又苦笑了几声。“这可不是摄影师梦想的地方，是吧？我在这儿可没什么能施展的。”

“哦……”

“是的，”他叹了口气，“他们是不会拨预算给你租一个摄影棚的。告诉你怎么办吧。咱们在这儿拍几张保底用的，然后到外面去，尝试点儿不同风格。这儿离汉普斯特德绿地不远，是吧？”

“是的。”话一出口我就后悔了。用非凡的朱莉娅·罗伯茨的话来说，我这是大错特错了。

他差不多用了一个小时，才把设备架设好——什么伞啊，光箱啊，三脚架啊——与此同时我蜷缩在我家沙发的边上，努力用意念阻止我脸上的化妆品蒸发。终于，我们要开始了。

“摆个性感点的表情。”他命令道。

“哦……”

“想一想性。”

性？我听到的是这个词，我几乎可以肯定是这样。

“快点儿，显出渴望性的样子。”

我鼓足勇气笑了笑，但实际上，我被他的年轻、他的鲁莽，还有最糟糕的，他对我的外貌不动声色的评价，吓得要死。

“下巴抬起点儿。”他在照相机后偷偷笑了笑。“下巴比香港的电话簿还要厚。”接着他又说，“放松点儿！你这副样子简直像是面对着行刑队。”

他不停地换镜头，检查曝光计，于是“拍几张保底用的”费了和架设器材差不多的时间，接着我又不得不步行十五分钟，去汉普斯特德绿地。一路上我举着三脚架，没话找话地和他聊着天。昨晚我睡得很少，而聊天又不是我的特长。

“你给很多作者拍过照吗？”

“噢，那可多了，车载斗量啊。克里斯托弗·布洛尼德，听说过吗？还有米兰达·英格兰？她现在可火了。摄影师做梦都想给她拍照。给她拍照，你不可能拍差了。他们曾经让我坐飞机去蒙特卡洛给她拍照。坐头等舱到尼斯，然后再坐直升机过去。”他当然要说这些话，因为当时我们正吃力地走过一座覆满了涂鸦之作的铁路桥，面对眼前的反差，他大笑了一番。“我从一个极端跌到了另一个极端，是吧，莉莉？”

到了汉普斯特德绿地，他眯起眼来四下望了望，然后眼睛一亮，“有了，咱们拍一张你爬到树上的照片吧。”

我等着他大笑。因为他这是在开玩笑，难道不是吗？

然而没有。

他伸出手来，让我踩着爬上树去，于是我不得不站在一根距地面六英尺高的树枝上，双手搂着树干，微笑。

“现在低头看我，好，让你的头发在风中飘，好，舔舔嘴唇。”

假如我长着双下巴，坐在我自家的沙发上，让别人平视着给我拍照，那该有多好？像现在这样让人从下往上拍，我看上去到底像什么样子？火鸡？癞蛤蟆？还是赫特人贾巴[1]？

---

①赫特人贾巴：美国科幻电影《星球大战》系列中面目可憎、穷凶极恶的歹徒头目。

"想想性，显得性感些。显得性感些。"

"你再大声些，"我咕哝道，"你想让哈萨克斯坦人都听到吗？"

"显得性感些，"他大声喊道，同时按下了快门。"显得性感些，莉莉。"

一群男孩子停下了脚步，模仿和嘲笑起来。

"稍微变一变，莉莉，往下一点儿，抓住那根树枝荡一荡。"

我往下滑了一点儿，看到我崭新的靴子在树干上磨出了擦痕。眼泪顿时涌出了眼眶，但我却不能由着自己，因为李又伸出了手让我踩，以便我能像猴子一样在树枝上荡来荡去。

"眼睛看着我，大笑。"李像个疯子一样咯咯叫着鼓励我。"来吧，大笑。就像这样。哈哈哈哈哈哈哈哈！"

我的胳膊肘酸痛着，我的手擦破了皮，又因为出汗而变得湿滑，我的脸也不舒服，我的靴子磨损了，然而我顺从地大笑着，大笑着，大笑着。

"哈哈哈哈哈哈哈哈！"他示范道。

"哈哈哈哈哈哈哈哈！"我尝试道。

"哈哈哈哈哈哈哈哈！"那群男孩子模仿道。

正当我想不可能再有更糟的情况发生时，天开始下小雨了。我顿时心想这是好事，因为我们肯定要回家了。然而希望马上就破灭了。"下雨了？"李扫了一眼天空。"这也许是好事。既狂野又浪漫。让我想想，咱们下一步试些什么呢？"

我看到一个小男孩在打手势，顿时感到一种不祥的预兆，他在招呼更多的男孩儿。

"咱们到小山顶上去吧，"李建议道。"看看在那儿能拍些什么。"

地很湿滑，我很气愤，背着那些器材，跟他上了山。到山顶后，我回头看了一眼，希望那些男孩子别跟来，可他们还是来了。虽然保持着一定的礼貌的距离，但他们一直跟着。而且他们的人数好像还变多了，不知是我的幻觉，还是真的。

李在一张公园长椅前停了下来。"咱们在这儿拍几张。"

气喘吁吁、汗流浃背的我，立刻瘫倒在长椅上。谢天谢地，终于可以坐着拍摄了。

“莉莉，你得站在上面。”

“站在椅子上？”

“还不止。”

“还不止？”

他停顿了一下。肯定是马上就要说出非常恶心的话来。“莉莉，我想请你站在椅子背上，就像走钢丝一样。拍出来的效果肯定奇妙无比。”

我沉默不语，心里很难受，但只是站着不动，看着他。

“你的出版商说，他们想要怪诞些的照片。”

我顺从了，精神几近崩溃。我不得不这样做。我不想被人说成是“难伺候”的作者。

“我不知道我能不能保持平衡。”

“试试吧。”

在那帮男孩子的注视下，我爬上了椅子背。我听得见他们在议论要不要“治治”我。

我把一只脚踩在了椅子背上，但这并不难，接着令我惊讶的是，我把另一只脚也踩在了椅子背上，而且突然之间，我在这薄得出奇的木条上居然保持了平衡。

“你真棒，莉莉，”李叫嚷着，拼命地按着快门。“眼睛看着我，想想性。”

男孩子们那儿一阵骚动，我想他们一定是在打赌我过多长时间会摔下来。

“莉莉，抬起一条腿！”李喊道。“用一条腿保持平衡，伸出胳膊，好像你要飞！”

有那么一秒钟，我做出了这个动作。那一瞬间我悬在半空中，好像是在漂浮，随即我就注意到山上已经有了那么多学生，就好像是在看一场摇滚音乐会。我摇晃了起来，然后重重地摔在了地上，扭伤了胳膊，更糟糕的是，使我崭新的牛仔裤上沾满了泥。

这时，雨下大了，我的鼻子距地上的烂泥只有两英寸。我心想，我是个作家啊，我为什么要四肢着地地趴在泥里呢？

李过来扶我起来。“再拍几张就行了，”他兴高采烈地说道，“我们差不多要完工了。”

“不，”我声音颤抖而微弱地说道，“我想，我们已经够了。”

在下山回家的路上，我的泪水一直在眼眶里打转，羞辱，失望，精疲力竭。一到家，我就径直瘫倒在床上。

39

接着一切又都平静了下来。过了一段时间，我收到了封面样图，继而又收到一份校样让我挑错儿。里面的错误多得惊人。这段时间我本该写我的第二本书了。我当然已经尝试了一些开头的写法，但我总感到很疲乏。安东本想鼓励我，但他每天回家时，也像我一样几乎精疲力竭了，便也没了劲头。

那一天终于来到了，印好的书送到了我手里，我激动得流下了眼泪。我还清楚地记得我曾经因为在电话簿上看到了自己的名字而激动，现在手捧着一部小说，看到我的名字印在封面上，那感觉真是令人无法抗拒。里面所有的词句都是我写的，却是别人把它们排版和印刷出来，这使我因为骄傲和新奇而感到震颤。显然再没有什么事情比埃玛的诞生更令人高兴的了，但这件事无疑排第二。

作者照片用的是李给我拍的第一张——我坐在我自己的沙发上，眼睛直视着相机。我的眼睛下有紫色的眼影。我也有了我确信在真实生活中没有的双下巴。我看上去有些忧郁。这不是一张好照片，但总比我抓着树枝荡来荡去，嘴里面“哈哈哈哈哈哈哈哈哈！”的那张要好得多。

那天晚上我上床后，发现书被塞进了羽绒被里，只有书名露了出来。是安东放进来的，我便抱着书睡着了。

新书于一月五日上市。那天早上当我醒来时（已是我上床后的第四次），我感觉就像一个小孩子过生日。也许有些期望过高了，我就好像在一根窄钢丝上摇摇晃晃，而神出鬼没的小精灵很可能在一瞬间就把我打翻在地，让我大动肝火，大失所望。

安东递给我一杯咖啡，说：“早上好，新书作者。”

我穿好了衣服，他还在不停地打趣：“请原谅，莉莉 · 赖特，您的职业是什么？”

“作家！”

“打扰一下，太太，我在做一项调查。您能告诉我您做什么工作吗？”

“我是一名作家。我出版了一本小说。”

“您就是莉莉·赖特？”

“您是说作家莉莉·赖特？正是敝人。”

接着我们就都在床上蹦蹦跳跳起来，直跳得天旋地转。

埃玛窥出了这狂热的气氛，语无伦次地发表了一篇长长的讲演，然后拍着她那胖嘟嘟的小腿，尖声大笑起来。

“让埃玛也去看看吧，”安东说，“用童车推着她，莉莉，我们一起去看你的另一个孩子。”

我打开了童车，我们就像去参加重大庆典一样，一起步行到最近的一家书店，恰好在汉普斯特德。

“咱们就要看到妈妈的书了。”安东对她说。

她兴奋异常，全是因为她爸爸在工作日居然能在家。“拉拉拉拉－庆庆－哇克！”

“说得对极了。”

我们身着盛装，精神焕发。虽然出着太阳，但这仍是一个寒冷的早晨，不过我们全都步履坚定。我就要看到我的第一部小说出售了，多么奇妙的体验啊！

我走进了书店，脖子伸得像鹅一样长，脸上挂着幸福的微笑。那么，它在哪儿呢？

门前的展示区一本也没有，我忍下了一阵剧痛。塔妮娅曾温和地向我解释过，尽管她希望情况会不同，但我的书是一本“小”书，所以不会有大规模的前厅展示。然而，我仍然抱有希望……

但是在“新书”架上也没有发现《米米的救赎》。在“最近出版物”的桌上也没有。像是被上足了发条一样，我加快了脚步，甩开了安东和童车，在书架间穿来穿去，四下寻找。我越走越快，头像潜望镜一样转来转去，但还是没看到我的书，我心中的焦虑在加剧。尽管店里有成千上万种其他书，但我知道，如果我的书在里面的话，我会一眼看出来的。

但我发现自己已经来到“心理学部”时，我突然停止了搜索，连忙去找安东。我在咨询台前看到了他。

“你找到了吗？”他急切地问道。

我摇了摇头。

“我也没找到。别担心，我问问店员。”安东像那个眼睛紧盯着电脑、表情阴郁的小伙子点了点头，可他故意装作没看见我们。过了一会儿，安东清了清嗓子，说：“很抱歉打扰你，我想找一本书。”

“那你可算来对地方了。”小伙子指了指书店地板上书的海洋，冷淡地说道。

“是的，但我找的这本叫《米米的救赎》。”

小伙子三心二意地敲了几下键盘，然后说：“没有。”

“没有，你说什么？”

“我们没有进这本书。”

“为什么？”

“书店的决定。”

“可这本书很精彩，”安东指了指我说，“是她写的。”

我满脸堆笑地点了点头，是的，的确是我写的。

但那小伙子却无动于衷，只重复了一句“我们没有进这本书”，就越过安东的肩头，把目光投向了排在我们后面的人。那意思很明白：滚吧。

我们在桌旁徘徊着，像金鱼一样张开嘴又合上，巨大的震惊使我们无法挪动脚步离开。想不到事情竟会是这样。我倒是没指望被人扛在肩上接受街上人们的欢呼，但也万万没想到，希望在书店里看到我的书在卖，居然也成了非分之想。毕竟，假如在这里看不到，我还能指望在哪里看到？难道是在软件店或干洗店吗？

“喂，打扰一下。”当另一名店员走过来时，安东说道。

刚才那小伙子发现我们还没走，显得大吃了一惊。

“我们能同经理谈谈吗？”

“我就是经理。”

“哦。是这样，我们怎样才能说服你改变主意，进一些《米米的救赎》呢？”

"不可能。"

"可这是一本很好的书啊。"

"去跟你们的出版商说吧。"

"哦。好吧。"

直到走出书店的门，我才掉下了眼泪，这多少是件令我感到骄傲的事。

"浑蛋。"安东骂道。我们怒气冲冲、步履沉重地往家走，他的脸因为羞辱而涨得通红。"不识好歹的小浑蛋。"他狠踢了一脚垃圾筒，结果碰疼了脚。我则放声大哭起来。

"浑蛋。"我也骂道。

"浑蛋。"埃玛在小车里也哭了起来。

安东和我相互对视了一眼，眼睛瞬间一亮。这是她念出的第一个真正的词！

"说得对，"我蹲下身子，对她赞扬道，"他是个浑蛋。"

"一个该死的浑蛋，"安东说道，他又生气起来。"咱们一回家就给出版商打电话。"

"浑蛋。"埃玛又说了一遍。

"说得太好了，宝贝。"

我们走了大约二十分钟才回到家，当我给塔妮娅的专线拨电话时，我仍在浑身颤抖。

"请问塔妮娅能接电话吗？"

"请问你是哪位？"

"莉莉·赖特。"

"有什么事吗？"

"哦。"我感到很奇怪。"关于我的书的事。"

"哪本书？"

"《米米的救赎》。"

"请再说一遍你的名字。莉拉·瑞安？"

"莉莉·赖特。"

"莉比·怀特。请稍等。"

两秒钟后塔妮娅接了电话。"我为我的助手道歉。她是个临时工。她还不知道你的情况。你怎么样，亲爱的？"

我不想让她觉得我是个吹毛求疵的人，便吞吞吐吐地把今天在书店里发生的事情告诉了她。

塔妮娅轻声细语地安慰着我。"我很抱歉，莉莉，我真的很抱歉。我喜欢《米米的救赎》。可每年有十万种书出版。并不是每一种都能成为畅销书的。"

"我并没有指望它成为畅销书。"可是，很显然我是这样希望的……

"根据各方面情况，你的起印数定为五千册。像约翰·格里沙姆那样的人，起印数才会达到五十万册。请相信我，莉莉，你这本可爱的书已经上市了，但恐怕不是每个书店都有。"

我把她的话复述给安东。"这还不够好。举行些宣传活动怎么样？比如作者访谈和签名售书之类的。"

"什么都没有，"我平淡地说道，"忘掉这事吧，安东，不会有这些活动的。爱怎么地就怎么地吧。"

但我低估了安东的能量。

大约过了一个星期后，有一天安东下班回家时满面春风。"我给你争取到了一次签售机会。"

"什么？"

"你知道米兰达·英格兰吧？她是达尔金·埃默里公司的主要作者之一。她的新书快出来了。下星期四晚上七点，她要在伦敦西区举行签售活动。我说服了塔妮娅，把这个签售活动一分为二——让你和米兰达同时签！米兰达是大作家，会有很多人冲着她来，但等他们得到她签名的书后，我们也可以截留一部分读者。他们不可能对你视而不见的。"

"噢，我的上帝，"我紧盯着他。"你真神奇。"但我还是想知道其他作家在这种情况下会怎么办，尤其是那些没有安东的作家。"因为这个，年轻人，今天晚上你可以从事你选择的性行动。"

噢，你可以想象我们怎样地大笑了一番。

40

签售的那天晚上，安东和我早早地来到书店，早得令人尴尬。书店橱窗里有一幅米兰达的巨幅照片，简直跟天安门城楼上的毛主席像一样大。此外，她的书也在展示，足有好几千册。店里也有一张我的招贴广告。是小幅的，非常小，好像用做护照照片都没什么不合适的。

店里又有好几张米兰达签售的海报。尽管离签售开始还有二十分钟，已经排起了一个队。其中大多是女人，全都激动万分、兴奋不已的样子。

差一分钟七点时，一辆银色的梅赛德斯－奔驰停在了门前，米兰达来了，小有气派。她刚刚上过 BBC 的晚间新闻，由她丈夫杰里米、负责宣传的女孩奥塔利，还有我们共同的编辑塔妮娅陪同着。塔妮娅吻了我一下，又按了按我的手，表示安慰和鼓励。米兰达透过敞开的门看到了里面越聚越多的人群。有些人群很大，显然是包车旅行团——其中最大的一群差不多有七十人呢。

“见鬼，”她说，“我们得在这儿待上一整夜了。”她又转身看了看奥塔利。“好警察，坏警察，是吧？”

她们在说什么呢？

我们刚一进门，就有一个年轻人以吓人的速度冲过厅堂，最后滑行了几步，才在米兰达面前煞住了脚。他自我介绍叫欧内斯特，是负责签售事宜的经理。

“能认识你实在是太荣幸了。”他深鞠一躬，额头触到了米兰达的手背。“他们全都在等你。”他指了指那些粉丝们。“我们还可以为你做些什么吗？我们听说你爱吃蒂姆塔姆巧克力饼干，专门从澳大利亚空运来了一些。”

奥塔利把我向前一推。“这位是今晚的另一位作家莉莉·赖特，她将签售她的新书，《米米的救赎》。”

“哦，是的，我们准备好了。”他的语调仿佛是在说：“我们是从核废料堆下，地下五十英尺深处封闭的地窖里，把它们刨出来的。”

当米兰达被前呼后拥着穿过人群走向签售台时，嘈杂声立刻升高了好几级，还有小小的尖叫声响起。安东和我被排除在这魔法阵之外，我们相互对视一眼，耸了耸肩。

“我看见你的桌子了，”他说，“过去坐下吧。”

他领着我到了一张不起眼的小桌前，桌上有一个小小的标志牌写着我的名字和《米米的救赎》。终于，我看到了一小叠书。

我一边等着有人——无论任何人——走到我桌前，一边看着米兰达那边，努力克制着自己不要将嫉妒显示在脸上。在她周围，足有一支书店店员组成的大军正搬来一堆又一堆她的书，按预先设计好的布局把它们码放成堆，就好像艺术家在仿制金字塔建筑。

奥塔利在人群中穿来穿去维持秩序，督促人们排好队，并散发着便笺纸。“把书打开，翻到签名页。在便笺纸上写上你的名字，要拼写正确。”她大声喊着。“别拿旧书，”她威胁道，“米兰达不签旧书，只签新书。你，太太，”她指着一位拿着个鼓鼓囊囊的塑料袋的女士，“如果包里面有旧书，请不要拿出来。米兰达没时间签旧书。”

“可这些都是我女儿最喜欢的书，她曾经精神崩溃，是在养病恢复时读了这些书的……”

“她同样会喜欢一本签了名的新书的。”奥塔利拾起了一本新书，放到了那位女士手臂搂着的包上。我心想奥塔利真是干练，虽然那位女士看上去吓了一跳，但她还是照奥塔利说的做了，站在队列里慢慢向前走。

“不能写献给谁，”奥塔利一边沿队列走着，一边喊着，“不能写生日祝福，不能提特殊要求。除了写上你的名字，不要再对米兰达提任何要求。”

尽管她咄咄逼人，米兰达四周却洋溢着一种社交聚会的气氛，时不时也有一些粉丝对米兰达的评论飘进我的耳朵。“……我真不敢相信我亲眼见到了你……”

“……我觉得你是我最好的朋友……”

“……你知道，在《小黑裙》里，她发现她男朋友穿着她的内裤，这事我也碰到过，那些都是我最好的内裤……”

“我为给我做宣传的那姑娘感到抱歉，”我听见米兰达一遍又一遍地说道，“我恨不得整个晚上都跟你们聊天，她太不像话了。”

哦，好警察，坏警察，现在我明白是什么意思了。

有些人在离开米兰达时抹着眼泪，而排在后面的人纷纷在问：“她长什么样啊？”

回答总是：“她很可爱，像她的书一样可爱。”

仍然没人光顾我这里。我对安东嘘了一声：“往后站点儿。你挡住我了，他们看不见我。”

安东迅速地从桌前闪开，站到了一旁。

接着……一个男人向我走来！他径直走向我，目标坚定。我满脸堆笑，太、太、太高兴了——我的第一个粉丝！“你好！”

“哎，”他皱起了眉头。“我在找关于现实生活中的犯罪的书。”

我顿时愣住了，伸向《米米的救赎》的手停在了半空中。我想他是把我当成这儿的店员了。

“现实生活中的犯罪，”他不耐烦地重复了一句。“在哪里？”

“在门外。”我听见安东咕哝了一句。

“嗯，”我扭着脖子扫视了一圈店里。“我也不知道。也许你可以问问咨询台。”

他跺了一脚，走开了，嘴里咕哝着“什么都不知道，是干什么吃的”之类的话。

在米兰达那边的长队里，社交聚会的气氛又升高了几度。有人打开了一瓶香槟酒，不知从哪里又拿来了几个杯子，叮当的碰杯声响彻了书店。然而，就像现实生活的分画面一样，在荒原一般的我这边，寒风在呼啸着，一团野草被吹散，接着又响起了丧钟声。唉，这就是我当时的真实感受。

闪光灯使米兰达的周围银光闪闪。一个包车旅行团正在合影。一群吃吃笑着的傻丫头排成两排，第一排蹲在前面。

接着就有人注意到了我！旅行团中的三个人聚在一起，站在我的桌前打量着我，就好像我是动物园里的一头动物。“她是谁？”

其中一人读着我的标志牌：“莉莉什么的。我想她也写了本书。”

我笑了笑，想作为邀请的表示，但她们刚一发现我有了动静，便退缩了。

安东乘势而上。“这位是新作家莉莉·赖特。这本是她精彩的新书。”

他给她们每个人都递上一本《米米的救赎》，请她们看。

“安—东。”我感到很失面子。

“你觉得怎么样？”女孩儿们相互问道，就好像我是聋子。

“没意思。”她们认定了。“不怎么样。”接着她们就大呼小叫着走向了门口。“我真不敢相信我刚才见到了米兰达·英格兰！”

安东和我相互对视一眼，凄惨地笑了笑。而米兰达那边，人们似乎又跳起了康茄舞[①]。

接着一个老太太走向了我。经历了前面的挫折后，我毫不迟疑地把一本《米米的救赎》按进了她的手里。我正要……

“亲爱的，你能告诉我艺术和手工艺品区在哪儿吗？”她的牙齿很有意思，好像在她嘴里上下跳着。是假牙。也许是别人的假牙。

“抱歉，我不是这儿的店员。”我说。

“那你坐在这儿干吗？为了让人犯迷糊吗？”很难完全听清她在说些什么，因为她的牙好像另有自己的生命。我就仿佛在看一部配音很糟糕的电影。

我解释了原委。

“这么说你是一位作家喽？真了不起。”她能把“一瓶啤酒”说成“一冰碧酒”。

“是吗？”我开始心生疑窦。

“是的，亲爱的，我孙女也是个了不起的小作家，她也想出版她的作品。把你的地址给我，我要把汉娜的故事寄给你，你把它们整理整理，交给你的出

①康茄舞：一种古巴舞蹈，形式活泼而随意，是众多舞蹈者列队进行的群舞。

版商出版。”

“好的，可是他们也许不会……”

我戛然而止。就像电视里的慢镜头一样，她拾起了一本《米米的救赎》，从封底撕下了一大片纸。我扭头看了一眼安东，他像我一样目瞪口呆。接着“一冰碧酒”把纸递给了我，还递上一枝钢笔。“如果你不介意的话，把邮政编码也写上。”

安东插话了。“也许你想买一本莉莉的书。”

“碧酒”对他的鲁莽勃然作色。“小伙子，我是个靠养老金过活的人哪。现在，给我写下你的地址，再告诉我关于织锦的书在哪儿卖。”

安东恨恨地瞪着她的背影。“疯老婆子。来，把撕破的这本书藏在最底下吧，不然他们要让咱们付钱了。然后咱们就回家吧。”

“不。”我宁愿永远在这里坐下去，哪怕这房子里充满了杀人蜂，而且我还浑身覆满了蜂蜜。安东为我准备了这一切，我不能不领情。

“宝贝，你想让我感觉好些，也用不着非得坐在这里，”他说，“我去跟奥塔利说一声，咱们走了。”

连安东都不乐观了，那事情一定是非常糟糕了。

奥塔利走了过来。“把这几本《米米的救赎》签完，你们就可以走了。这些书只要一签，书店就不能退给我们了。”

我开始签那矮矮的一小堆书，然而仿佛一直趴在地上给米兰达舔鞋的欧内斯特，这时看见了我。他一跃而起，跑了过来。“够了！别再签了！这些书根本卖不出去！”

我们离开了。米兰达饮着香槟酒，签了一堆又一堆的书，就好像垒起了《圣经》中的巴别塔，一直伸向空中。

41

一月底时，一切都结束了，一场空欢喜。基本上什么也没发生，在经历了我一生中最紧张的几个月后，我明白了也不会有什么事情发生了。我是一个出了书的作家，但除了《爱尔兰时报》上发了一篇小小的、你眨眨眼就会错过的书评外，没有任何有意义的事件发生。我的生活和从前没什么两样，而我必须适应这种情况。

为了让自己振作起来，我努力想象这样的事情：我在一场奇怪的切肉机事故中丧失了全部四肢，我的妹妹和她的男朋友在车臣被恐怖分子绑架（尽管他们实际上在阿根廷），我孩子的头大得出奇、令人尴尬。

每当我极其不快时，我就采用这办法，我会暂时假设可怕的灾难已经发生了，于是我会说："在这么可怕的事情发生前，我是多么幸运，而我却没有意识到这一点。我情愿放弃我所拥有的一切，来换取时光倒转。"昔日令人厌倦的生活常态，这时便都升华为光彩夺目的乌托邦。然后我就会提醒自己，那可怕的灾难并没有当真发生，我根本就没到过切肉机旁，我就生活在光辉灿烂、无灾无难的乌托邦里。这往往会使我对已有的一切心生感激。

我仍然处于从峰顶跌入谷底的沮丧中，很多天后当我爸爸打来电话时，我也没觉得有什么可高兴的。然而他的电话不仅传递了很重要的信息，而且能使哪怕十个我鼓舞起来。

"莉莉，亲爱的！"他大喊道，"我有好消息告诉你。我的一个朋友雪莉·德布斯——你认识她，就是那个又高又瘦的阿姨——读了你的《米米的救赎》，说你真是个天才。她到我家来，说起这事的时候，"他压低了声音以示强调。

“她都不知道你是我女儿，她根本就没往那儿想。她的读书俱乐部的人都要读这本书了，当她知道我是你爸爸后，她激动得简直像是发了疯。你知道我要跟你说什么事吗？她要你给书签名。”

“哦，是吗，太好了，爸爸。谢谢你。”尽管这只是个别事件，我仍然感到了些许的振奋。

我用不着问他为什么德布斯太太不直接找我，而需要他做中间人：以往要想让德布斯太太善待我，比杀了她都难——我们叫她“恶婆德布斯”，可不是无缘无故的。

“我这儿有六本书要你签名。我什么时候可以去你那里呢？”

“你愿意什么时候来都可以，爸爸。我哪儿也不去。”

他从我的语调中听出了我情绪低落。“振奋起来吧，丫头，”他欢快地说道，“这还只是开始。”

我曾经读过一篇报纸文章，把演员鲍勃·霍斯金斯描绘为“长在腿上的睾丸”，令我产生了共鸣。爸爸也有些像他。他个子不高，有桶状胸，还有些好吹牛。他作为劳动阶级出身的穷小子发了财，后来败落了，再后来，他最终又过上了好日子。

我的妈妈是“美女”下嫁。这是她的原话（如果不是开玩笑的话）。她和我爸爸牵手是因为他曾经对她说：“跟我走吧，宝贝儿。咱们会过上好日子的。”这是他的原话，他也兑现了诺言。他们先是住在豪恩斯洛西区简陋的房子，继而迁入了吉尔福德的豪宅，然后又搬进了肯蒂什镇一家烤肉店上面有两间卧室的公寓。

（所有这一切留给我的是对搬家的深深厌恶。如果我头上的屋顶漏了，我宁肯用黑色袋子和胶条去修补，都不愿意搬家。）

有个富于创业精神的爸爸，听上去是件天大的好事。他们能很快就赚很多很多钱，让他们的妻子和两个女儿住进萨里区有铅格窗户、五间卧室的房子。但是你不常听说的是，那些冒险家经常会冒进过头，把所有东西，包括家庭住房，都孤注一掷，寄希望于再大赚一笔，迅猛地扩张他们已很庞大的财富。

财经类报纸对这些“赚一百万，赔一百万，再赚一百万”的男人（好像总是男人）展现了极大的钦佩。可假如这样的男人恰好是你爸爸，会怎么样呢?

有一阵子我坐宾利车去上学，有一阵子坐白色小货车去，还有一阵子我就根本不能去上学了。我曾经去马术俱乐部骑小马，后来就没有小马可骑了，再后来当他们又让我去骑小马时，我再也不去了，因为我不相信小马再不会被随时牵走了。

但我崇拜我爸爸。他永远乐观，什么事情也不能让他沮丧太久。

我们被迫搬离吉尔福德的房子的那一天，他哭得像个孩子，他又短又粗的手指捂着涕泗纵横的脸。“我的五间卧室、三座浴室的漂亮房子呀。”

我妹妹杰茜和我不得不安慰他。“这房子并不那么漂亮。”我说。

“而且邻居还讨厌我们。”杰茜也说道。

“是的，”爸爸吸了吸鼻子，接过了杰茜递过来的一张纸巾。“那帮土鳖的股票经纪人。”

五分钟后，他钻进小货车时，已经说服了自己：离开这里对他是件好事。

我想是经常性的经济不稳定促使妈妈最终和他离了婚，但我知道他们曾经非常相爱。他们曾满怀深情地用第三人称来称呼他们自己：“戴维和卡罗尔”。她叫他“我的粗宝石”，他叫她“我的美丽鸟”。

我从来没有完全接受我父母的离婚。我一直对他们还保留着一些小小的抵触情绪，我仍然希望他们能够复合。妈妈在最终分手之前，曾经两次把爸爸赶走，然后又接他回来。尽管他们已经离婚十八年了，我仍然感觉这只是暂时的。

然而当爸爸认识了薇芙后，我父母复合的希望就变得十分渺茫了。

薇芙一点儿也不像妈妈。妈妈的风度并不很优雅，她是个医生的女儿，但跟薇芙比，她就是个土包子了。

爸爸是在一个赛狗会上认识薇芙的。在他暗恋了她几个月，最终决定要娶她时，他叫我和杰茜坐下来，宣布了这个消息。

“她有一副好心肠。”他说。

“你这话是什么意思？”

“她喜欢我。”

“你是说，就是平常说的那种喜欢？”杰茜问。

“是的。”

“噢，好极了。”

杰茜和我可能会憎恨薇芙，这让爸爸很害怕，谁能责怪他呢？不仅薇芙会被当成邪恶的后妈，而且那年我十六岁，杰茜十四岁——破裂家庭十来岁的孩子可不是省油的灯。我们甚至连以往爱我们的人都厌恶，作为闯入者的薇芙，能有什么好果子吃呢？

然而薇芙真是个可爱的人：热心，温柔，友善。

爸爸第一次带杰茜和我到她那座香烟缭绕的小房子里去时，一台小汽车发动机正在厨房的桌上渗着油，她的两个十几岁的儿子——巴兹和耶兹——中的一个，正用一把长长的锯齿厨刀在刮那些油。

“噢，吓死我了。”杰茜轻蔑地讽刺道。

巴兹——或者是耶兹——给她扮了个可怕的鬼脸，杰茜假装脚下一趔趄，碰了一下他的胳膊，刀子划破了他的手指。

“哎哟！”巴兹或耶兹叫喊道，疼得手直摇晃。“基督啊！你这蠢牛。”

杰茜心中大喜，透过她那留得过长的刘海偷看了几眼，终于忍不住得意，大笑了起来。有那么一瞬间，气氛有些紧张，我心想他没准儿会杀了她，然而他也随即大笑了起来。笑过之后，我们就成了好伙伴。我们是他们金发碧眼的漂亮继姐妹，他们围着我们转，骄傲地保护着我们。而我们却希望巴兹和耶兹是罪犯，不过，令我们深深失望的是，他们只是看上去有些像。“这么说你们从来没进过监狱？”杰茜沮丧地问道。巴兹摇了摇头。

“连管教少年犯的地方都没去过吗？”

耶兹看上去就要说“是”了，但还是改变了主意，说了实话。不，连管教少年犯的地方都没去过。

“噢，天呐！”

“可我们打过很多架，”耶兹急切地说道，“我们有伤疤。”他捋起了袖子。

“我们还有文身。”巴兹说。

但是杰茜和我摇起了我们有着漂亮的金发碧眼的脑袋。这不算什么。

杰茜和我同妈妈一起住在肯蒂什镇，但大部分周末都是在薇芙那里度过的。父母离婚后的生活是不完美的，但的确也没有我想象的那么糟。回顾起来，要归功于薇芙的热心和我的继兄弟们的友好。

杰茜对父母离婚适应得比我还要好。她曾兴高采烈地指出生活在一个“破碎家庭”的诸多好处。

“我们想多淘气，就能有多淘气。所有人都必须对我们友好。再想想那些礼物吧！说实在的，这种离婚游戏真的是……是什么来着？”

“有利可图。”

“这个词的意思，是不是说我们可以得到成堆的玩具？”

“对。”

“那就是有利可图了。”

妈妈试图以成熟和公正的心态对待爸爸的新妻子，然而大部分星期天的晚上，当我们回到家时，她还是忍不住要问：“珠母纽国王和王后[①]怎么样？”

“嗯，他们向你问好。”

“你们吃过晚饭了吗？”

“吃过了。”

“吃什么了？胶冻鳗鱼和土豆泥吗？”

“炸鱼条和炸薯条。”

爸爸和薇芙结婚三年后，生了一个儿子：珠母纽王子博比。他是以西汉姆联队的球星博比·穆尔命名的。

嫉妒在撕扯着我的心：爸爸有了个儿子，他再也没时间给我了。

我决心不去看婴儿博比，并一直坚持了十六天，直到妈妈责怪了我，我才屈服。

“别那么孩子气，亲爱的。所有人都爱你，可你不去看你的小弟弟，他们都很不高兴。不管喜欢不喜欢，他都是你的家人。见鬼，连我都能去看他，我相信你也一定能去的。”

---

①珠母纽国王和王后：指身穿缀满珠母纽扣节日盛装的伦敦小贩和小贩之妻。

我极不情愿地买了个玩具河马，在杰茜的陪同下，乘火车来到了达格纳姆。一路上为了鼓励我，杰茜讲了无数个关于博比很可爱的小故事，但我一个也不相信，直到我亲眼看见他。我犹犹豫豫地伸出手，把他那小小的身躯揽进我的臂弯，于是他冲我微笑了一下——也许只是风把他的脸吹歪了，但这无所谓——他又伸出他那小小的手指抓住了我的头发。谁还能嫉妒这么可爱的小宝贝呢？

在珠母纽王子出生后不久，妈妈认识了彼得，于是生活又发生了新的变化：妈妈要移居爱尔兰了。这使我陷入了另一种恐慌。我的家庭要四分五裂、天各一方了，我得紧紧地把他们拢住。

爸爸那里没有地方给我住了。原先杰茜和我去他那儿时住的房子变成了博比的。我央求妈妈带上杰茜和我一起去爱尔兰，虽然妈妈同意了，杰茜却不愿意。她喜欢伦敦，打算留在那里。当她突然把这个决定通知我时，我又起了我惯常的反应：把晚饭全部呕吐了出来。

听上去真是荒唐：杰茜十八岁了，而我都二十岁了，可我却感觉仿佛我们被送往了不同的孤儿院。动身去爱尔兰那天，我痛哭不已，流下的眼泪能用桶装。

我不仅是为离别杰茜而伤心，而且还因为彼得有个比我大六个月的女儿苏珊。我猜想她会很厌恶我的到来，会像条不折不扣的母狗一样待我——然而情况恰恰相反。她至多只是为我们的关系究竟应称为“同父异母姐妹”还是“继姐妹”而烦恼过。令她高兴的是，妈妈和彼得一结婚，她就明白了我们是继姐妹。她说：“我知道伦敦的情况不同，但在这儿，有个继姐妹是很迷人的事情。”

苏珊最好的朋友叫杰玛·霍根，出人意料的是我们仨人变成了一个非常紧密的小团体。有很多年我的家庭情况都挺不错。就好像一部法国电影里演得那样，我们每个人都和其他每个人一起睡过觉，可我们全都和睦相处。

然而好事大多不能持久。

爸爸和薇芙结婚九年后，又认识了德布斯。出于一些说不清楚的原因，爸爸爱上了她，也许是丘比特在开愚人节的玩笑。

德布斯被她丈夫抛弃了，带着两个幼小的孩子离开了他，爸爸想要救她。于是他离开了可爱的薇芙，一头扎进了讨厌的德布斯的怀抱。

所有人都认为他是一时糊涂，但他刚和薇芙办完了离婚手续，就和德布斯结了婚。于是我又有了一个继弟乔舒亚和一个继妹哈蒂。接着德布斯怀孕了，又生下了一个女孩儿波比，我的又一个同父异母的妹妹。

当我认识安东后，我不得不画了一张表，才把这一切给他解释清楚。

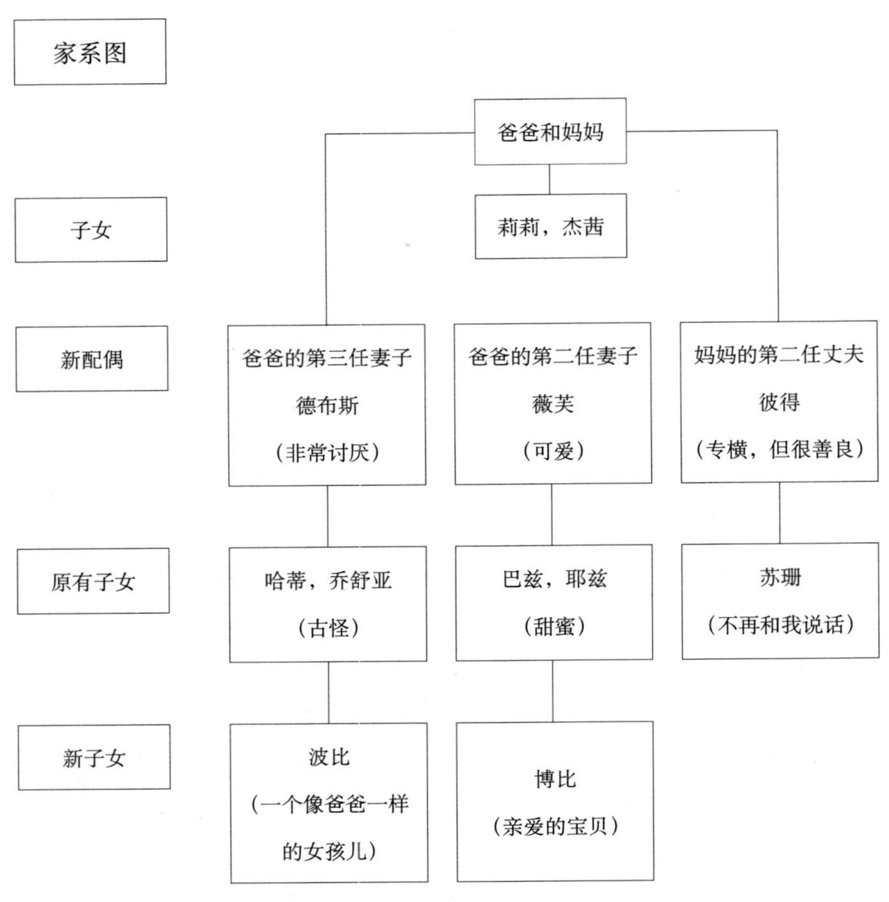

42

不久，二月初一个星期一的一大早，奥塔利打来了电话。“这星期的《光彩》上，有一篇很不错的关于《米米的救赎》的书评。”

“《光彩》是什么？”安东问道。他还没出门去上班呢。

“一本名人杂志。”

“我去买一本。”他说这话时，已经下到楼梯中间了。

令人惊叹的米米

《米米的救赎》，作者：莉莉·赖特，达尔金·埃默里公司出版，298 页，定价：6.99 英镑

毒瘾发作了？屁股太大？文身感染了？没关系，闪光大夫来了！建议你赶紧蹬上你的周仰杰[①]高跟鞋，到离你最近的一家书店，买一本《米米的救赎》，让自己享受享受。我们知道你们这些女孩子忙得没有时间淘书，也没有时间读书，但这本书却很值得一读，千真万确。诙谐、活泼，像凯莉·米洛[②]一样甜美，它会让你笑得肚子疼。

最精彩的地方：已婚夫妇们激烈吵嘴——实在是太有趣了。《米米的救赎》重新发现了家庭纠纷中的趣味！

最糟糕的地方：看完之后！读这本书，就像吃一整桶吉百利巧克力

①周仰杰：英国著名高级手工女鞋品牌，以其创建者、马来西亚籍华裔鞋类设计师周仰杰的英文名字命名。

②凯莉·米洛（1968 ～）：澳大利亚著名女歌手、演员。

一样让你津津有味——而你还不用有任何负罪感。去吧，姑娘！快去吧！我敢打赌：你看书时要是不大声笑出来，我就把我的菲利普·特蕾西帽子输给你。

“他们给你评了四枚半短剑，”安东惊讶地说道，“最高是五枚短剑。这篇书评实在是太棒了。”

的确如此。尽管我从来没想去重新发现家庭纠纷中的趣味，但这无所谓。

随后乔乔打来了电话。“好消息！”她说，“达尔金·埃默里公司要重印《米米的救赎》了。”

“这意味着什么？”

“首印的书全都卖完了，他们想再多卖些。”

“这是好事，是吧？”我结结巴巴地说道。

“是的，好极了。”

我给安东打了电话，把这消息转告了他。他在电话里一阵沉默。

“你怎么不说话？”我忧心地问道。

“是我脑袋出了问题？”他嗓音嘶哑地说道，“还是当真有奇迹发生了？”

又过了一星期左右，乔乔又打来了电话。

“你简直不敢相信！”

“什么？”

“书要加印了。”

“我知道啊，你告诉过我了。”

“不是！我说的是，他们又要加印了。这回印两万册。你的书第一印是五千册，第二印是一万册。书的口碑已经传开了。”

“可是乔乔，为什么呢？这到底是怎么回事？”

“这本书拨动了人们的心弦。你应该看看亚马逊网站上你自己的网页，你很诚恳，不说俏皮话，完全打动了人们。这星期的《图书新闻》上有一篇小文章专门讲了这个问题，还配了一张你的大幅半身照片。你在一棵树上荡秋千，笑得很灿烂。我叫马诺伊马上给你传真过去。”

“太好了！只不过……你看……我们没有传真机。”

“没关系。我叫快递送过去。”

“嗯，你能不能就用平邮寄过来？”快递和复印照片都要花钱，而安东和我已经身无分文了……

“不，我发快递。费用你不用考虑，我们来付。”

天呐！

“看看亚马逊上给你的评论吧。”乔乔说完，挂断了电话。

我请安东帮忙，在亚马逊网站上找到《米米的救赎》。共有十七条评论，都给我打了四星或五星，我心想五星一定是最高分了，心里很是高兴。我滚动着屏幕，读着下面这些评语：“让我想起了温馨的童年……太神奇了……太迷人了……我仿佛进入了另一番天地……我又找回了失落已久的纯真……没有愤世嫉俗，也没有玩世不恭……让人感受到希望和向上的力量……让我捧腹大笑……”

我非常震惊，以致我觉得我该骄傲而幸福地大哭一场。这些可爱的人们都是谁啊！我要不要去认识他们？突然之间，我觉得我有好多好多朋友。

接着我突然产生了一个龌龊的念头。“安东，这不会是个骗局吧，是吗？”我小心翼翼地问道，“不会是什么人在跟我开个大玩笑吧？”

“不，这是真的。而且这不是普遍情况，莉莉，”安东说道，“亚马逊上这么多评论，影响可是不得了，”他给我看了几位其他作家的网页，有读者在骂他们，看得我一阵战栗。“怎么会有人这样歹毒？”

“反正他们没骂你，管他呢。”安东说。

又过了一星期，第三次加印的消息传来，这回是令人惊愕的五万册。接着塔妮娅·蒂尔就打来了电话。她问：“你现在是坐着呢，还是站着？”

“站着。”

“那好。请听一下这个消息。你，莉莉·赖特，《米米的救赎》的作者，在本星期的《星期日泰晤士报》的畅销书排行榜上排名第四。”

“怎么会？”

“因为你的《米米的救赎》，上星期售出了一万八千一百一十二册。”

“是吗？”

“是的。祝贺你，莉莉，你现在是大明星了！我们都为你感到骄傲。”

那天晚些时候，达尔金·埃默里公司送来了鲜花。《每日邮报》上的一小篇文章把我称为“奇才”，随后的几天，所有打来电话的人都要求和“奇才”说话。汉普斯特德的书店也不再是不进我的书了，而是在前门给我专设了一个书架，在橱窗里还有展示。他们请我前去签售，安东敦促我叫他们马上滚蛋。实际上他还要求亲自打电话过去。但我宽厚地决定原谅他们。我不是个刻薄的人。我的欢乐和幸福已经够多的了。

再后来，《观察家报》又发表了一篇关于我的书的书评……

43

《观察家报》，3 月 5 日，星期天

甜与酸

《米米的救赎》，作者：莉莉·赖特，达尔金·埃默里公司出版，298 页，定价：6.99 英镑

《米米的救赎》甜得足以让艾利森·扬森反胃

我以评书为生，这让我的朋友们很是嫉妒，但下次如果他们再抱怨我活得有多么轻松舒适的话，我就要给他们一本《米米的救赎》，并坚持要他们从头读到尾，那他们怕是就全服了。

如果我说《米米的救赎》是我读过的最糟糕的书，那我也许夸张了，但是你们也知道有多糟了。随书附送的出版商的宣传材料称之为“寓言”——也就是说不要指望里面有现实主义、有三维人物和可信的对话。

天知道他们说得并不错。这本书似乎是对魔幻现实主义的一次拙劣的尝试，但既不魔幻，也不现实。坦率地说，前面的部分实在是枯燥乏味，幼稚可笑。我在读前一百页时，心里一直在纳闷，那些妙语警句什么时候才会出现呢？

当你们听到情节的铺陈后，也会产生这样的想法。一位神秘、美丽的“女士”，突然来到一个似乎呈现了教科书中讲述的人类各种机能障碍

的小村庄。一对隔膜的父子，一位不忠的丈夫，一位失意的年轻妻子——简直像极了《浓情巧克力》[1]。不过米米没有开糖果店，而是念起了咒语，甚至还和我们一起分享了她的秘方——许多都包括像下面这些催吐剂一样的指令："加一滴同情、一勺爱，用友善来搅拌。"

如果这就是救赎办法的话，那我也能解决问题。

这本小说幸亏不长，但我还没读到一半，就感到像是被掺了甘草根的鞭子抽得要死，或者是被强喂了棉花糖[2]。

那个叫做莉莉·赖特的作者，是位前公关小姐，所以熟谙玩世不恭地耍弄人的招数。这一点表现在书中每一个令人反胃的单词中。"情节"被撒上了忸怩作态的奇迹的胡椒面，而唯一真正的奇迹是，这样糖渣一样的书居然能够出版。它甜得能够蚀掉读者的牙，却又让你像吸了柠檬汁一样胃里泛酸。

《米米的救赎》是一本无聊、做作，基本上不值一读的书。所以，当你下次抱怨你的工作时，请想一想可怜的书评人吧……

这是我遇到的最痛苦的事情之一。感觉有点像那次被强暴。看完这篇文章后，我的耳旁嗡嗡直响，仿佛就要昏过去一样。我随即全速冲进了厕所，把吃过的早饭全都呕吐了出来。（也许现在很清楚了，我就是那种软弱的人，当遇到最烦恼的事情时，会感到恶心难受。）

作为一名富于同情心的自由主义者，我一直是《观察家报》的读者。受到自己尊重的报纸的攻击，尤其令人痛苦。假如是《每日电讯报》登这篇文章，我也许会大笑一番，然后说你还能指望他们做什么好事。实际上，也许我根本笑不起来，因为当着整个世界被狠批，永远不会是一件有趣的事。但我总可以骂他们是法西斯，然后努力去蔑视他们的意见。

我经常会读到关于其他人的书、电影和戏剧的恶评，我总是以为那些批

---

①《浓情巧克力》：2000年上映的美国爱情故事片，由莱斯·豪斯特洛姆导演，朱丽叶·比诺什和约翰尼·德普主演。

②棉花糖：在英语中，棉花糖（candy floss）也有空洞浮夸、华而不实的东西的意思。

评是中肯的。而对我的这种评论是不公平的，这个所谓的艾利森 · 扬森完全是误解了我。

乔乔打来电话安慰我。“这就是胜利的代价。她只不过是出于嫉妒。我敢打赌她一定是写了什么差劲的小说，根本无人问津，所以她向你泼脏水，因为你的书出版了。”

“他们会这样做吗？”我一直以为评论家们都是些高尚纯粹、超凡脱俗的人，以为他们公正无私，摆脱了低级趣味。

“当然。他们一向如此。”

接着负责宣传的奥塔利也打来了电话。“那些报纸明天就会变成人们包炸鱼和炸薯条的纸。”

“谢谢。”我放下了电话，开始剧烈地颤抖起来。我好像得了感冒。但我当然没有。我是个身心失调的女子，我就是感到我感冒了。

接着爸爸打来了电话：他也看了那篇书评。天知道他是怎么看到的。他是《快报》的读者，从来不会花时间去看像《观察家报》这种他称之为“左棍的废话”的报纸。

他大发雷霆。“这个提线木偶。她不能这样说我的女儿。你理所应当是最好的，是闪闪发光的。这事我得跟托马斯 · 迈尔斯说道说道。”

托马斯 · 迈尔斯曾经是一家报纸的编辑，但就连我都知道，他从来没在《观察家报》干过。可爸爸就是这样。

我觉得好像整个世界都在嘲笑我。我不敢出门，感觉那就仿佛是光着身子到处走。

我花了不知多少时间，思忖这个艾利森 · 扬森究竟是谁，我到底做了什么，使她这样歹毒。我甚至考虑过到《观察家报》社外去逡巡，以便截住她，让她当面做个解释。后来我又想给《观察家报》写信，陈述我自己的看法。

安东说他认识北爱尔兰德里区的一帮“小子”，可以用铁棒来收拾她。我惊讶地发现，我并不想让德里的小子们来做这件事，我想亲自来办。

然而随后，在自我憎恨了好久好久以后，我认定艾利森 · 扬森说得对，我的确是个毫无灵感的蠢材。我再也不写一个词了。

接下来的一个星期天，《独立报》又发了一篇给我的书评，像《观察家报》一样残酷。奥塔利也又一次打来电话："这张报纸明天正好垫狗窝。"

这话一点儿也没让我感到安慰。这样说的话，连狗都知道我的书有多糟糕了。

随后我又接受了《每日导报》的采访。他们的报道很正面，但他们把安东说成了厨师，还说我没拿饼干招待他们。饼干这事让我深感羞耻，但还不及爸爸羞耻，他一向为自己的慷慨而骄傲。

最终结果是我都不敢打开报纸了。

我刚一听说《图书新闻》要来采访我，就把安东打发到塞恩斯伯里去买钱能买得到的最好的饼干。但来的记者既没有吃饼干，也没在文章中提到它。他们把安东称为"汤姆"，拍了一张安东和我的合影。我们俩的头相向倾斜着，但图片说明却是"莉莉和她的兄弟汤姆"。

接着就传来了马莎·霍普·琼斯要进行"家访"的消息。这完全出乎我的意料，但奥塔利本人就很兴奋。"她要登门拜访你，莉莉！"

"我能不能找一个咖啡馆见她？"

想把我们那间狭小昏暗的公寓房美化起来是不可能的，怎样让记者进门时不受疯子帕迪打扰，也很让我费脑筋。

"莉莉，这是一次'家访'！"

安东又被打发到商店里去买地球上最好吃的饼干。文章总得写，因而我们也得提心吊胆地等着看马莎会不会提饼干的事。

尽管有这些恶劣的书评，但出乎我意料的是，书仍然很畅销。威尔特希尔的一群读者在看了书后，自发地组织了"女巫大聚会"，我本以为这只是件很偶然的事情，但纽卡斯尔的一群读者联系了达尔金·埃默里公司，说他们也做了类似的事情。"批评家们也许不喜欢你，"奥塔利说，"但读者们喜欢。"

我偶尔也能得到赞扬的书评。例如，《满载报》说这本书是"穿着衣服时能享受到的最大的乐趣"。很多报刊都对我感兴趣，但奇怪的事情是，赞扬的书评对我没有多大影响。我能把不友好的书评逐字逐句地背下来，却不相信说好话的评论。

44

我睁开了眼睛，不祥之感简直要把我压垮。

躺在我身旁的安东说：“今天有什么糟糕的事情要发生，是吗？”

我叹了口气。“今天我们要去滴露堂，和爸爸还有德布斯一起共进周日午餐[①]。”

“噢唷！我还以为我要被枪毙什么的呢，如果只是……”

“我是说，你爸爸一切都好，可是……”我一阵难过，说不下去了。安东拿起了电话，开始说了起来。“德布斯吗，我很想去拜访你，”他说，“可是我的腿骨折了。出了点很奇怪的事故。我正从洗衣机里往外拿衣服，突然就听见咔嚓一声！我的下身感到一阵剧痛。我的大腿骨就不行了。实在是不中用。你说什么？你要我单腿跳着去滴露堂？好吧，我也愿意，可是，德布斯，你难道没听说吗？他们刚刚在福音橡爆炸了一个核弹头。不，德布斯，我想你至少没法用滴露[②]和湿布把核尘埃都清理掉的。”

他咔嗒一声放下了电话，神色阴郁地平躺下来。“见鬼，”他说，“到那儿去得花整整一天时间。”

爸爸没再搬回萨里区住，尽管他也许负担得起。在被赶走了一次后，我想他担心那儿会有什么庞然大物拒绝他重新进入。

取而代之的是，他现在住在穆斯韦尔山一幢古色古香的爱德华时代的宅子里，然而房间里却满是现代的摆设。德布斯定期要进行大扫除。她酷爱空气

①周日午餐：在英国传统里，一个人度过的星期天是孤独的，与家人一起才温馨而完整，因此周日是个家庭团圆的日子，一家人聚在一起共进午餐，称为“周日午餐”。

②滴露：英国老牌消毒产品、清洁剂品牌。

清新剂，各种抗菌洗液就像她的密友一样。

穆斯韦尔山距福音橡，直线距离并不是很远，但如果说坐火车去，那就另当别论了。

电话铃响起时，安东正在淋浴，我正在给埃玛换尿布。于是我没接电话，直到语音留言响起。但是过了几秒钟后，好奇心还是征服了我，于是我跑进起居室，播放了录音留言。

电话是奥塔利打来的。马莎·霍普·琼斯的文章登出来了。她没想到会在星期天见报。她也没说这是篇“很不错的文章”。这都不是好兆头。

“安东，”我大喊道，“我得出去一趟，买份报纸。”

安东从浴室里探出了身子。“怎么回事？”

“马莎·霍普·琼斯的文章登出来了。”

“我去买。”安东把衣服套在了没来得及擦干的身体上，就砰的一声关上门出去了。

安东出去后，我以本能的动作给埃玛穿着衣服，心里祈祷着：求你了，千万是好评；噢，求你了，千万是好评。

接着安东就回来了，胳膊下夹着一卷报纸。

“好还是不好？”我急切地问道。

“我还没看呢。”

我们把报纸铺在地上，我用颤抖的手指翻起页来。

找到了。文章横跨两页，标题是《赖特和错误》[①]。这个标题是在模仿以往报纸的标题，如《莉莉·赖特的成功之路》[②]或《赖特，加油》[③]。他们还能想出什么恶心的标题来？

至少我的照片照得不错。终于有一回，我看上去显得还聪明，而不是傻乎乎的了。但是在马莎的大头照下，从她的肩饰到她耳朵的地方，有一张布满青肿的肩膀的可怕照片。图片说明写着：“莉莉的瘀伤就像这样。”噢，天呐！

---

①《赖特与错误》：原文为 Wright and Wrong，与“正确和错误”为谐音。

②莉莉·赖特的成功之路：原文为 Lily Wrights her way to Success，与“莉莉写出成功之路”为谐音。

③赖特，加油：原文为 Wright on，与“好极了”是谐音。

我连忙飞快地扫视起来：

莉莉·赖特的“小说”《米米的救赎》正高居畅销书排行榜上。但是可别以为这本书是处心积虑、字斟句酌出来的。“我只用了八个星期就脱稿了，”莉莉得意地说道，“大多数人写书都要写到五年以上，而书往往还出版不了。”

就像是一瓢冰水泼在了脸上。

“我并没有得意呀，”我自言自语道，“而她为什么又要给小说加上引号呢？”这就是小说，而不是“小说”。

曾有人形容莉莉的书“甜得发腻”，但它的作者可不这样认为。莉莉显得很傲慢，对其他人的意见不屑一顾。她说：“我才不在乎批评家们怎么说呢。”

我的眼光又一次被吸引到我的照片上。我看上去不再显得聪明，而是工于心计。

她继续引用我的话：“欢迎光临寒舍。”

是的，我们俩人中必得有一人说出这是“寒舍”。

她提到了厨房里等待晾干的衣服……

赖特一点儿也不在意房间的美化和卫生。

还有那块乐高积木……

当你获邀坐下时，你期望女主人已将座位上的一切尖利物移开，这不算鲁莽吧？

还有我的未婚状态……

尽管赖特有了个小女儿，她却对她的合法身份毫无兴趣。而且在零度以下的气温下把她打发到室外去玩，这是什么样的母亲啊！

太不像话了！

“她把我写得像科特妮·洛芙[①]一样。”我说道，感到惊恐万分。

她引用了《观察家报》和《独立报》中最歹毒的段落，好像生怕有人此前没有看过似的。接着她讲了我被强暴的故事，特别强调了我事后没有努力去清洗这段记忆。最后一段写道：

> 遇袭造成的心灵创伤在她内心依然徘徊不去。尽管赖特可以一路大笑着去银行了，她却选择继续住在一座只有一间屋子的窄小公寓房内，坦率地说，比个兔子窝强不了多少。难道她觉得自己就值得过这样的生活？如果是这样的话，那么也许她是正确的……

“我可以一路大笑着去哪个银行？”我问，“除了预付金外，我还一个子儿没看见呢。我能去哪个银行？我傲慢？我不够自尊？再说这也不是只有一间屋子的公寓房呀。这是只有一间卧室的公寓房。”

就这一次，安东也没表现出乐观来。对这篇文章还有什么好话可说？还有什么话可说？

“我们该不该起诉？”我问他。

“我也不知道，”他沉思着说道，“你说的话和她说的不一样，但她说的很多都只是她的个人观点，而你是没法因为一个人的观点而起诉她的。不过，咱

①科特妮·洛芙（1964～）：美国影星、摇滚歌星，也是美国摇滚传奇人物柯特·科本的遗孀，私人生活多有争议。

们还是跟乔乔谈谈这事吧。”

“好吧。”我又感到一阵寒战。这回比《观察家报》那篇文章还要恶劣一百万倍。那次还只是抨击我的书，这篇文章却是对我本人的侮辱。

“只有悲惨的人才会这样残酷，”我努力说服自己。“她也许非常不幸福。”

“如果我看上去也像她那样，那我肯定是很不幸。她肩膀上带个衣服刷子干什么？你要吐吗？”

我摇了摇头。

“天呐，你心里一定非常不好受。”

第二遍再读，我们又发现了大量第一遍读时因震惊和愤怒而忽略的差错。

“安东，你好像是个砖匠。”

“你说我是块砖？”

“她说你是做砖的。”

“她们从哪儿得来的这种信息？可这婊子对饼干倒一句也不提——这些可都是最高级的饼干呀。”

“我给乔乔打电话。”可她没接，她的录音留言响了起来。

安东和我面面相觑——我们真不知道在这种情绪下怎么给她留言。就连埃玛都异乎寻常地安静。

我们又沉默了很久，最后安东说道：“有了，我有个主意。”

他把那两页讨厌的报纸铺在了起居室地板的中央，然后向我伸出了手。“起来。”

“你要干什么？”

他在他的 CD 盘中翻找着。“咱们看看。性手枪[①]？噢，不。这张吧。”

他播放起一首弗拉门戈舞曲。

我大惑不解地看着他昂首挺胸，跺着脚，双臂在头顶弯成弓形，跳着舞步踩上了那篇文章。说实在的，他跳得真棒，简直像约阿基姆·科尔特斯[②]一样。埃玛发现那可怕的气氛已经消散了，顿时放下心来，尖叫着围着他又跑又跳。

---

①性手枪：成立于 1975 年的英国著名朋克摇滚乐队。

②约阿基姆·科尔特斯（1969 ～）：生于 1969 年，西班牙芭蕾舞和弗拉门戈舞艺术家。

音乐的速度越来越快，安东跳得也越来越快，派头十足地跺着脚拍着手，直到乐声戛然而止，他夸张地把手一挥，把头向后一甩。“噢嘞！”

“嘞！”埃玛大叫道，也把头向后一甩，差点儿翻了个跟头。

第二支舞曲又响了起来。“来吧。”安东说。

我试着跺了一脚，感觉不错，于是又跺了一脚，然后就正经八百地跳了起来。我的脚集中地跺在了马莎脸上，直到安东用脚尖捅了我一下。“让我也踩一踩。好的，埃玛，该你了。”

埃玛蹦蹦跳跳地踩到了马莎的照片上。“好闺女，”安东鼓励道，“使劲跺她几脚。”

接着安东后退了几步，助跑起跳，十一码的大脚重重地落在了马莎的脸上。

我们三人又跺又踩，直到那些恶毒的语句和马莎那张丑陋的脸上盖满了一塌糊涂的脚印。最后一幕是安东把那张报纸像斗牛士毯一样举起，我大吼了一声“呀——呔”，一脚把它踹穿。

“感觉好些了吗？”

“好了一点。”

算不上痛快淋漓，但也值得一试。

几秒钟后疯子帕迪跑上来抱怨了。“这乒乒乓乓的声音是怎么回事？刚才屋顶的一块灰泥都掉进了我的茶里！”

“茶！”安东嗤笑了一声，冲他关上了门。“恐怕是长岛冰茶吧。”

“就算是，又怎么样？”疯子帕迪在门外瓮声瓮气但又愤愤不平地说道。

“他也许是罪有应得，”安东评说道，“他要是不唱‘圣诞老人来到城里’，没准儿那个女人还不至于这么歹毒呢。”

“我不知道……”

“也许我们应当搬家。”

“我是认真的，”他见我没搭腔，又说道，“咱们真的应当考虑买座房子了。”

“拿什么买？珠子和镜子吗？咱们可刚刚能满足温饱啊。”

“看你事业的走势，咱们不会永远拮据的。”

“我事业的走势，我会在街上被人扔石子的。”我把手伸向了电话机。“我要取消滴露堂的午餐。”

“为什么？”

“我没脸再出门了。”

“见鬼！你什么事也没做错。你凭什么感到没脸？”

“我还以为你会千方百计地躲避德布斯呢。”

“我是想躲。但现在让你昂起头来更重要。如果你现在精神崩溃了，马莎·霍普·琼斯就得逞了。”

“好吧，”我不耐烦地说道，“去国王十字车站，现在就走。”

星期天，开往伦敦北部的列车车次实在是少得可怜……然而即便如此，他们仍然取消了十一点四十八分和十二点零七分的车次。

安东、埃玛和我坐在通风良好的车站里，一面等着有望不被取消的下一班列车，一面心想着假如我们不去看德布斯，还能做哪些更应该做的事情。

“给我的眼睛扎扎针灸。”

“去听一场安德鲁·劳埃德·韦伯的音乐会。”

“去骂骂玛格丽特·撒切尔。”

“德布斯并不是个坏人。”我说。

“对，”安东表示同意。“她根本就不是人。你今天仔细观察观察，她从来都不眨眼。我告诉你，她是个外星人。”

“别看！”他抬手遮住了我的眼睛，不让我看坐在旁边长椅上的一位女士正在匆匆翻阅《星期日回声报》。我的肚子顿时翻江倒海起来。她看到那篇写我的文章了吗？全英国有多少人正在读这篇毒草？

四十五分钟后，我们站在了滴露堂的门阶上。德布斯用她那圆圆的蓝眼睛打量了我们一番。恰在这时，埃玛哭了起来。

“我们是请你们来吃午饭的，而不是晚饭。”德布斯责怪道，可真“幽默”。

像平常一样，她穿着印有稚嫩的彩色蜡笔画的婴儿装。她那小小的帆布橡胶鞋白得刺痛了我的眼睛。你如果想直视这双鞋，怕是得用一个中间挖着小洞的硬纸板，就像观察日食时用的那种。

“抱歉我们来晚了。”我费力地折起了童车，安东则哄着埃玛。“好几趟火车都被取消了。”

“你和你的火车，你们中的一个的确应当正常地工作了！”她嗲声嗲气地说道。她对待安东和我的态度，就仿佛我们是任性的小资，而不是赤贫的人。

我给安东使了个警告的眼色：别惹恼女主人。

“进来吧。”德布斯领着我们进了屋。每走一步，她都要先指点一下，然后她那只小脚才会小心翼翼地落在地板上。

在厨房里，爸爸伸出双臂紧紧地抱住我，就仿佛有什么人去世了一样。“我的小丫头啊。”他嗓音嘶哑地说道。当他最终放开我时，他的眼眶里噙满了泪水。

“我猜你看过《回声报》了。”我说。

“她是个巫婆，那个女人，一个歹毒的巫婆。”

“这话说说他自己的老婆倒也不错。”安东悄悄地在我耳边说道。

“我能为你做些什么吗？”爸爸问我。

“不了，谢谢，我宁愿就此忘掉这件事。埃玛，亲爱的，向姥爷问好！”

“瞧她这张小脸，简直像画里画的一样。”爸爸咕咕叫着逗着她。

德布斯一边准备着饮料，一边欢快地对安东说：“喂！我看你们那帮家伙又不消停了。”

“你说什么，妈？”

德布斯听见“妈”，微微地皱了下眉，继续说道：“爱尔兰共和军。他们拒绝放下武器。”

每当爱尔兰共和军闹出点儿新闻，我们都得像这样猜一次谜。安东早就没有耐心再向德布斯解释他的确不是爱尔兰共和军成员了。安东是爱尔兰人，对于德布斯来说，这就是充分的理由。德布斯的问题在于，她根本不赞成有外国。除了普罗旺斯和阿尔加夫[①]之外，她不明白为什么整个世界就不能全是

①普罗旺斯和阿尔加夫：都是度假旅游胜地，前者在法国南部，后者在葡萄牙南部。

英格兰。

随后安东向德布斯和第一任丈夫生下的八岁的儿子乔舒亚和十岁的女儿哈蒂打了招呼。“啊哈，玉米孩子。”他爽朗地叫道。

德布斯以为他这样称呼他们是因为他俩都是金黄色的头发，但实际上《玉米孩子》是斯蒂芬·金的一部小说，与他俩的头发颜色没多大关系，与他俩的怪僻倒是很有关系：他俩都异乎寻常地单纯和顺从。

“嗨，乔舒亚；嗨，哈蒂。”我蹲下身子和他俩打招呼，但他们都躲避着我的眼光。不过，与寻常不懂礼貌的孩子不同的是，他们并没有推开我跑掉，而是顺从地站在我面前，眼睛死死地盯着我脑后某个无形的东西。

安东说他坚信他们长大后一定是能用斧头杀人的人，会在德布斯睡觉时砍死她。

接着，像一阵小旋风一样，波比进来了。她看上去简直是个微缩的爸爸，只是仿佛披了一头狂野的螺旋卷儿假发，她和爸爸像得实在令人惊奇。“莉莉，”她大喊道，“安东，还有埃玛！”她把我们都亲吻了一遍，然后抓住埃玛的手，拉着她跑出了屋子。她完完全全是个可爱的小家伙，我们全都非常非常地爱她，尤其是埃玛。

当我们终于围着餐桌坐好后，午餐实在是糟糕。德布斯首先就烤牛肉的状况道了歉。“可是，非常不幸，这牛肉本该一小时前吃的。”

“抱歉。”我咕哝了一句。

但这只是前奏，随后真正的节目才开始上演——德布斯对马莎·霍普·琼斯的文章很是得意。

“你一定是困窘得不行，莉莉。如果是我，我肯定会的。我情愿去死。我会觉得没脸见人。想想那么多人都读过了这篇文章，会那样看你，你心里一定非常非常地烦。”

“是的。”我盯着我的盘子。“所以如果我们不再讨论这个问题，我会非常感激的。”

“当然。你肯定想忘掉这件事，权当它根本没发生过。有人写了这么可怕的文章，还在一份发行量好几百万的全国性报纸上发表了……如果是我的话，我想我会杀了我自己。”

“我会省了你那道麻烦，为你代劳的，”安东满脸笑容地说道，“如果你不立刻闭上嘴的话。”

德布斯顿时变了脸色。“我请你原谅。我是出于同情嘛。经过这么一件可怕、羞辱、尴尬——”

“够了。”爸爸说道。他的声音那样坚定，有那么一瞬间，德布斯似乎不知所措了，但他紧跟着就犯了个错误，用嘴舔了舔他的黄油刀，于是她转守为攻，严厉地斥责起他。

德布斯一直对她认为的爸爸的不良习惯深恶痛绝，例如：直接从纸盒里喝牛奶，把很多牛奶漏到下巴上，然后又用袖子去擦。多年以来，对于这些恶习，她一直做着《窈窕淑女》[①]中的事情。她甚至还专门准备了低脂食谱，给他减肥，可是看到她把他减成了那副样子，我的心却被刺痛了。

这真是极其难过的一天，但到下午四点半时，我们却意外地要被提前释放了：德布斯要去参加一场网球比赛。她把爸爸扔在了充满泡沫的浴缸里，就跑去换衣服了。五分钟后，她穿着白色的蓬蓬裙，头上扎着发带，连蹦带跳地跑下了楼梯。

“哇，”安东钦佩地说道，“你看上去更像个女学生，而不是一个四十六岁的外星人。”

德布斯把球拍扛在肩上，格格笑着，摆了个洋洋得意的照相姿势，但随即皱起了眉。“一个四十六岁的什么？”

“外星人。”安东笑盈盈地说道。

我真想跑开。

“他说的是爱尔兰语，意思是‘女神’。”

“真的？”德布斯有些不相信。“我明白了。好吧，我该走了。时间不等人。”

---

①《窈窕淑女》：根据萧伯纳原著改编的美国电影，由奥黛莉·赫本主演，讲述一名语言教授将一名卖花女培养成窈窕淑女的故事。

“也不等外星人！”安东眨了眨眼睛。

“嗯，是的。”

“再见，祝你好运。”

“可别跟疯丫头们一起出去，事后又想收拾干净，”安东责备道，“我知道你，你个淘气的丫头。”

她又格格笑了一下，然后就冷下了脸，一言不发，把乔舒亚从她腿边扒拉开，搡进了客厅的一个角落里，踉踉跄跄地出门走向了她的柠檬色雅士力车，开车走了。

“不能啊。”当我们颠簸在回家的火车上时，安东做结论般说道。

“什么不能？”

“我就是不相信她曾经有过性生活。可小波比又是怎么生出来的？咱们必须面对现实，只有威猛先生才有可能让德布斯感兴趣。”

“也许她是带着一瓶滴露上床的。”

“噢，快别说了。我开始产生可怕的联想了。上帝呀，她可真够邪恶的。”

“我知道，”我说，“可是爸爸发疯一样地迷恋她，所以我觉得我应该想想为什么。在很多方面，她对爸爸倒的确不错。”

“有什么不错的？”

“她制止了他在经济上的冒险无度。”

“你是说她狡猾到连滴露堂都用她自己的名字命名？”

“至少他们的头顶上始终都有屋顶。”

“这倒是。”

45

“你愿意为我做些事情吗？”安东问。

“做什么都可以。”我说。可真够傻的。

“格兰瑟姆路有一幢房子在出售。你和埃玛愿意陪我去看看吗？”

我沉默了一会儿，问：“报价是多少？”

“四十七万五千。”

“你为什么要去看一幢我们买不起的房子？还不是一百万年买不起，是永远也买不起。”

“每天我去地铁的路上都会看到它，我很好奇。那房子简直像童话仙境一样，一点儿也不像伦敦的房子。”

“他们为什么要卖？”

“房主是位老人，已经去世了。他的家人不想要这房子了。”

我心里突然有些不快，安东都没跟我说一声，就把这些都调查清楚了。

“去看看也无妨嘛。”他说。

我很不情愿。但安东很少向我提要求，我怎能拒绝他呢？

“就是这个。”安东说道。我们站在了一幢有着哥特式尖顶的独立、结实的红砖房前。这房子就像一座微型的城堡，看上去既不大也不小，正合适。

笨蛋。

“维多利亚式的。”安东说道，推开了高只到我们腰部的门，伸手做了个请的姿势。埃玛和我跟着他走上了一条短短的小路，通向了有着人字形屋顶、花砖装饰的门廊。立刻有一个穿着制服和靴子的年轻人打开了厚重的蓝色前门。他叫格里格，是房地产经纪人。

我跨过门槛走进大厅，门在我背后关上了，我的心顿时平静了下来。这里的光线与别处大为不同。前门上方的彩绘玻璃扇形窗将彩色图案投射在木地板上，金光闪闪，一派宁静。

“家具大部分都被搬走了，”格里格说，“是老人的家人搬走的。咱们从这儿开始看，好吗？”

我们的足音在木地板上发出回声，跟着他走进了一间长度与整个建筑一般长的房间。前面是一扇漂亮的凸窗，后面是通向一座花园的法式玻璃落地门。花园里密密麻麻地塞满了老式的蜀葵植物。一座装饰着威廉 · 莫里斯式瓷砖的壁炉，高踞于右边的墙上。

“原装的。”格里格用指关节敲了敲壁炉，说道。

屋里隐隐约约散发着非常淡的烟斗丝的味道。我想象着孩子们穿着带有纽扣的靴子，一边吃着涂了太妃糖的苹果，一边骑着摇摆木马。

厅的另一侧，有一间小小的正方形屋子，也有凸窗和壁炉，令人很是惬意。

“这间可以做你的写作室，”安东说，“莉莉是位作家。”他又对格里格说。

“哦？”他彬彬有礼地说道，“我不知道是否听说过你。”

“我叫莉莉 · 赖特。”我腼腆地说道。

“哦，”他重复了一遍，我的名字显然对他毫无意义。“嗯，不错。”

窗户前的木地板发出了咯吱咯吱的响声。我忽然想起读过一个美国女人的文章，她想重建一座维多利亚式的房子，为了使木地板发出咯吱咯吱的响声，足足花了一大笔钱。然而那样的木地板这里就有，已经装好了。

“我可以把桌子放在这里。”我说着，敲了敲墙，结果一块灰泥落在我手上，碎了。

“显然这房子需要重新装修一下，”格里格说，“不过装修这样的房子，应当是一件非常有趣的事。”

“是的。”我的赞同是诚恳的。

餐厅简直是个黑暗的小隐蔽所。“我们可以把它打通。”我低声说道，并没有真的意识到这意味着什么，只是脱口而出。

打通的餐厅已经浮现在我眼前。我们的新餐厅面积将是原先的四倍，地上铺着暖色的瓷砖。无论什么时候，都会有一个重重的瓷烤盘坐在淡蓝色的燃气火苗上，这样如果有客人突然来访，我就可以光着脚四处走，热烈地欢迎他们，用美食款待他们，再为他们斟上我自己制作的接骨木果酒。我会像妮琪拉·劳森[①]一样。

当人们陷入什么危机时，他们可以踏上我那用漂亮的瓷砖装饰的门阶，他们知道可以把我这儿当成避难所。我会为他们披上马海毛毯，把他们安置在凸窗前的长沙发上，让他们观赏微风吹拂枝叶，再为他们端上香肠，用不成套但却很可爱的杯子斟上菊花茶，直到他们的危机过去。

格里格领我们走向楼梯。当我弯腰去抱埃玛时，我注意到木地板上有一些针眼般的小孔。是木蛀虫。好可爱呀。好……好……好真实啊。住在这样的房子里，你永远不会感到不快乐。

三间卧室一间比一间讨人喜欢。铁床架、绣花被、安乐椅，随着柔和的轻风起舞的薄纱窗帘，我看得入迷了。

我瞥了一眼狭小且古旧得像是大洪水时代之前的卫生间，又咕哝了一句要打通。

接着格里格领我们下楼，走向这幢房子的亮点：长得过于茂盛但非常迷人的花园。沿着花园的边缘，有一圈围成马蹄形的大树和向内倾斜的乱蓬蓬的灌木，遮掩了房子的大部。大树高耸于外面的街道之上。

“黑醋栗，悬钩子，”格里格指点着。“这棵是苹果树。到了夏天你们就可以享用果实了。”

我不得不紧紧地抓住了安东。

在后篱笆墙附近有一间低矮的老式温室，里面种着西红柿。温室旁边有一把朝南的花园椅，就像老公园里的长椅，有漆成白色的木条椅背和锻铁椅腿。

“住在这里，你简直感觉不到自己是在伦敦。”格里格说。

“嗯——”我表示同意，为这座花园遮蔽了一条街外尖利的汽车喇叭声而

①妮琪拉·劳森（1960～）：英国名厨，美食作家、记者。

感到非常高兴。

我想象着自己坐在花园里，身旁放着一篮刚采的悬钩子，拿着一个漂亮的笔记本在写作。在和煦的阳光中，我的头发金光闪闪、波浪起伏，就好像是坐在聚光灯下，身上还裹着飘浮不定的白色的什么衣服，牌子是魅影或玛尼[①]。

这幅画面中最清晰的是埃玛在和其他孩子一起玩——也许是她的弟弟或妹妹。不知为什么，他们全都长着长卷发，正兴高采烈地往温室扔石头。

我要做些干花。我的法式玻璃落地门将装上浅色的平纹棉布门帘，在微风中轻轻摇曳。我将拿着剪枝夹，挎着篮子，赤足漫步在花园和房子之间。

这像是一个若隐若现的梦，熟悉得仿佛我从前来过这里一样，尽管我知道我并没有来过。

我从来不是个物质至上的人。从我记事起，我就认为钱有一宗罪恶：它许诺给你一种美好生活——甚至有时也会短暂地给你带来一部分美好生活——然后又把它夺走。

然而突然之间，我感到这种观念是多么糊涂。我应该从一开始就把脚踏上财富的阶梯。我应该拼命赚钱才是。

那一刻我实在太想要那幢房子了，简直到了鬼迷心窍的地步。假如我奶奶还活着，而且有人愿意买她的话，我会连她都卖了的。

我从来没有这样强烈地渴望过什么东西。没有这幢房子我会死的。不过没必要这样感情夸张，因为这幢房子已经是我的了。我只需要从什么地方找到五十万英镑就可以了。

我都不记得是怎样走回的家，但是当我在自己狭小的公寓房里清醒过来后，我冲安东大发雷霆。我感觉好像已经死过了一回，升到天上见到了超凡美丽的天仙女神，结果又被打回了自己的凡胎，因为教士的一个笔误，现在还没到我的时辰。然而我的一切都已经被毁灭了。

---

①魅影或玛尼：前者是英国高端时装品牌，后者是意大利高端时装品牌。

“你为什么要带我看这房子？我们根本买不起它。”

“听我说一分钟，”安东在一个纸袋子上潦草地计算着。“你的书已经卖出了将近二十万册，所以你应该能得到大致十万英镑版税。”

“我不停地告诉你，我的第一笔版税要到九月底才能支付的，离现在差不多还有五个月呢。到那会儿，这房子早卖出去了。”

他一个劲儿地摇头。“我们可以先借钱，再用未来的收入还上。”

“我们行吗？可是，安东，这房子要五十万呢，而且我们还需要装修的钱。”

“想想未来吧，”他两眼放光，力劝道，“总有一天，爱康公司会赢利的。”

我保持了沉默，因为我不想让他觉得我不支持他。然而迄今为止，爱康公司所能做到的，只是当我看到他们的资产负债表上有多少钱花在了在索霍区请午餐巴结人而又所获甚微时，让我反胃。

“而且更重要的是，”安东说，“你签的是出两本书的合同。”

“是的，但我的第二本书才写了两章。”而且达尔金·埃默里公司没人在意，直到最近，当《米米的救赎》出乎他们意料地卖了这么多后，他们才想起我还签了出第二本书的合同。

“《水晶般清澈》怎么样？”显然安东早就打过这个主意了。“这本已经完成了，是本很好的书。把这本给他们吧。”

非常奇怪的是，就在第二天，塔妮娅来电话了。她想看看我的新书。“可以出一个精装本，赶上圣诞节市场。”

我不得不尴尬地承认道：“塔妮娅，我没有新书。”

“抱歉，请再说一遍。”

“孩子怎么办，还有那么多累人的事情，我根本应付不过来。我才写了两章。”

“我……明白了。”她沉默了一会儿，又说道，“我们只是以为……因为是一个两本书的合同……正常情况下第一本完成后就会开始写第二本的。不过，是的，孩子，累人的事情，你非常忙……”

但显然她不高兴。我非常沮丧，便给安东打了电话。

“把《水晶般清澈》给他们。”他重复道。

“可是这本书不够好。我连个代理人都找不着。”

“这本书足够好了。那些代理人都瞎了眼。这是一本非常棒的书。”

“你这么认为吗？”

“我这么认为。”

于是我给塔妮娅打了电话，吞吞吐吐地解释道：“我不知道你们会不会喜欢它，我把它寄给过很多代理人——”

塔妮娅打断了我的话。“你是说你还有一本书？”

“是的。”

“哈里路亚。她还有一本书。”她大叫道。另外一个人也大叫道：“我去叫快递。”

那天夜里较晚的时候，塔妮娅打来了电话。“我喜欢这本书。喜欢，喜欢，喜欢它！”

“你看完了？这么快。”

“我一拿起来就放不下了。这本书和《米米的救赎》不同，非常不同，但也具备莉莉·赖特的魔力。它将登上我们的圣诞节畅销书排行榜。”

此后不久，乔乔就同我谈了给我的第三本和第四本书签新合同的问题。“很显然，是为了得到比前面的书更多的预付金。”

“你看。”安东高兴地说道。

乔乔说我们可以现在就签，趁我的书销售势头正旺时；也可以等到秋天晚些时候再签，如果那时我的精装书又在畅销书榜上掀起了风暴，我的谈判地位将更强。

“可是如果我的精装书没有在畅销书榜上掀起风暴呢？”

“永远有这种可能性，这要由你自己决定。”

“可是你怎么想呢？”

“我想你现在已经处于超强谈判地位了，不过到了十一月时可能还会更强。可是莉莉，你应该明白：风险总是存在的，这场博弈中没有绝对胜算。我很抱歉，亲爱的，我知道你不愿意这样，可只有你自己能够做出决定。”

安东对乔乔的不做承诺进行了贬抑。“她不是想吓唬你，但她必须保护自己。不过最终还是得由你来做决定，因为书是你写的。你知道，无论你做出什么决定，我都会支持你，但是最终的决定还必须由你来做。”

我一点也不知道哪项选择更好。我讨厌做这个决定，因为我做出的决定也许会是错的。我相信别人的意见甚于相信自己。

“安东，你怎么想？”

“我不知道为什么，但我觉得我们应当等。”

“真的吗？你为什么不想立刻就拿到钱？”

他大笑了起来。“你真是太了解我了。不过我想改变一下我一生的习惯。我想考虑得长远些，你知道。很久以来我都在想，如果你愿意等，你就有可能得到更多的钱。”

我听见自己说：“好吧，那我们就等。”

决定等到十一月比决定现在就签新合同要省事得多。无疑这个决定不会带来多少立刻就会发生的后果。但我仍然感到痛苦。

“噢，可怜的莉莉。”安东一把把我拽过去，把我的脸贴在他的胸膛上，摩挲着我的头发。

“小心点儿，”我咕哝道，“别把头发蹭掉，本来就够稀的了。”

“抱歉。不过，宝贝，这事无论如何应该给你的小脸上带来微笑啊。你知道，我跟你说过我们房子的价格是四十七万五千。现在他们的报价降了！降了五万呢！”

“为什么？”

“房子上市已经将近四个月了，他们肯定是越来越绝望了。”

“为什么先前没卖出去呢？”

“因为报价太高了。不过现在报价不算高了。所以我们必须出手了。所有其他人都会出手的。”

但是我不能借这么巨大一笔钱。“变数太多了，”我说，“假如《水晶般清澈》搞砸了怎么办？假如我写不出下一本书，不得不退回预付金，怎么办？”

“《水晶般清澈》不会搞砸的。我们可以请一位保姆，这样你就可以专心致志地写作了。在新房子里，我们甚至可以单给保姆一间屋。”

我不置可否地哼哼了几声。

“不然你的预付金来了我们还能干什么呢？”他问，“在某个不知名的背街小巷买个一居室，互相挤着住个一年半载，就像我们现在这样，全都睡在一间屋里？然后等更多的钱来了，再把房子卖了，到别处再买一座，最终我们缴上两次印花税。那可是购房价格的百分之三，加起来好大一笔钱呢，单是这座房子的印花税就有一万五呢，这笔钱我们永远也拿不回来了。”

“你还当真考虑了不少。”

“此时此刻，别的事我都没心思。”他俯身向我，眼睛里充满自信。“我想这房子正是我们需要的。那些可爱的屋子正适合于你写作。我们还有空间可以请一位保姆。我们再也不用搬家了。好吧，我同意你的说法，我们还没有钱，但我们的钱正在来临。但如果我们等到所有的钱都进了银行账户，这房子早就卖出去了。”他停下来喘了口气。“莉莉，你和我都不在乎钱，我说得对不对？”

我同意。我们真是无可救药。

“但就这一次，让我们把钱花到正确的地方。让我们看得长远一些，莉莉，要有眼光。我就问你一件事：你喜欢这房子吗？”

我点了点头。我一走进那房子，就爱得神魂颠倒，知道那就是我想要的房子。

“我也喜欢。这是座完美的房子——价格也很合理。房价今年下降了，但很快就会再涨起来。我们可能再也没有这样的机会了。要么咱们再去看看那房子，怎么样？”

我一听就跳了起来，我太想再看看那房子了。

这房子给人带来的宁静感，使人产生了这儿究竟属于哪里的疑问，当我第一次造访这房子时，这疑问充满了我头脑，第二次去，这种感觉更加强烈。安东说这里不像是伦敦，说得很对。这是你会在老式童话中的森林里的一块空地上发现的那种房子。一旦我走进这房子的围墙里，我就会心生一种安宁感，并且想入非非，飘飘欲仙。

真是无巧不成书。就在我们参观那房子的同一天，我们收到了房东马纳特先生的通知，由于“前所未料的花费”，他要提高我们的房租。当我看到新的数字时，差点儿晕了过去——翻了一倍还不止。“太气人了！我要去跟伊琳娜说说这事，还有，噢，上帝呀——”我用一只手捂住了眼睛——“还有疯子帕迪。如果我们能形成统一战线。我们的赢面就更大。”

然而无论伊琳娜还是疯子帕迪的房租都没有涨。我们明白了。

“马纳特肯定是看了关于你的报道，”安东说，“这个投机分子。他这是在敲诈。”

“安东，我们负不起新的房租，这毫无疑问。”

我们目光相遇，彼此心知肚明。“咱们得搬家了。”

我到处在寻找“神迹”，现在我很不情愿地承认，这就是一个。

安东抓住了机会。“他们想要四十二万五千。我说，咱们出四十万，看看怎么样。”

“咱们没有四十万，咱们恐怕连四百英镑都没有。”

“咱们就先给房子还个价吧，做个准备。你永远也不知道会发生什么情况，因为这并不是普通的链条式情况，卖主——”

卖主！——他简直是在说着不同的语言，一种我陌生的语言。

“——卖主并没有卡在链条里，他们并不需要以他们的报价去买一幢新房子，他们只是想借遗产发一笔意外的横财。他们非常可能接受较低的还价，他们肯定不愿意等，不愿意被束缚在爸爸的旧房子上无法脱手。”

“安东！我们不能在钱还没有着落的情况下出价去买房子。”

“我们当然能。”

“你简直没法相信！”安东大叫道，“他们接受了咱们四十万英镑的出价。”

我感到自己脸上顿时黯然失色。“你出价买一座房子，可我们却没钱！你说你得有多傻！”

他抑制不住大笑，一把搂住我的脖子，兴高采烈，容光焕发。“我们会有钱的。”

“钱从哪里来？”

“银行。”

“你打算去抢银行吗？”

“我同意你的说法，咱们不是标准的抵押贷款申请人。咱们需要的只是一家有眼光的银行。”

“我不想这么干。我要你打电话给可怜的格里格，告诉他你在浪费他的时间。”

这话使他又大笑起来。“‘可怜的格里格’——莉莉，他是个房地产经纪人耶。”

“如果你不给他打电话，我来打！”

“别呀，莉莉，求求你别给他打电话，就给我一点点时间吧。相信我。”

“不。”

“求求你，莉莉，求求你宝贝，相信我。”他把我揽进他的怀里，他对我的爱清晰地刻在他的脸上。“我永远不会做任何伤害你的事情。我会尽我一生，努力让你和埃玛过上尽善尽美的生活。请相信我。”

我耸了耸肩。这并非表示赞同，但也不是反对。从来不是。

他开始频繁地打电话，但都是背着我。每当我进屋，他就会挂断。我问：“你在给谁打电话？”他就会敲着鼻子的一侧眨眼睛。邮差也开始送来厚厚的信，他会躲在一边私自拆开，而当我问信的内容时，他又会敲着鼻子，报以神秘的笑容。当然，我完全可以探个究竟，但显然我并不想知道详情。

我做了个噩梦：我在一间巨大的仓库里，要把山一样高的我的所有物，装进海一样广的十英尺高的纸盒子堆里。有一整个纸盒子里装的全是鞋，还有一个纸盒子里装的全是破损的电视机，然后我要把威廉·莫里斯式壁炉压缩后装进一个饼干盒大小的纸盒子里。一个空灵的声音响起：“所有壁炉都必须牢固地装好。”接着梦境的画面一跳，埃玛和我坐在汽车道中间的绿化带上，身旁摆着所有那些盒子，我心里一片茫然，我们无家可归了。

然而当我醒来时，我又经常会像做梦和害相思病一样想着那房子。在我的脑海中，我早已粉刷、装饰过所有房间并配齐了所有家具。我还经常重新摆放家具，就仿佛那是一间玩具房子。我有一个奶油色、弧线形、古色古香的法式床，配一个爪式腿的大衣柜，还有一个床头板很高的铜床，上面有漂亮的咯吱咯吱响的床垫，有雕刻着图案的床身，玫瑰花形的床边饰，大肚子的床边柜，圆鼓鼓的长枕，绸缎面的鸭绒被，还有无数的小地毯散落在我亮闪闪的木地板上……

当我想象着住在那里时，我的生活就揭开了另一幕。我还想要孩子，至少再要两个，但这是我一直坚定地压抑的愿望，因为依照我们目前的居住条件，是根本养不活更多孩子的。但如果住进新房子，这就变得可能了。

这时安东走到我面前说道："莉莉，我生活中的光明，我心中的爱，你明天下午有空吗？"

"什么事？"我顿时警觉起来，因为"我生活中的光明"这种话，通常是在央求我拿回干洗机里的正餐礼服，供他会见媒体之前说的。

"我帮咱们约了一个和银行的会谈。"

我感到受了一击。"你不能。"

"噢，可是我已经约了，我的小心肝，我的小宝贝。"

第二天下午，我们把埃玛托付给了伊琳娜，并叮嘱她再不要当着埃玛的面敷绿色面膜。我们仍然会时常麻烦她。然后我们换上了自己最正式的服装，来到银行。三名身着深色职业套装、面目千篇一律的男人接待了我们。我很尴尬，仿佛我们是乔装改扮来到他们办公室似的，但安东的表现绝对光彩闪耀。说得连我都信服了。他讲述了我是怎样一个明星，这是一个多么辉煌的事业的开端，如果他们现在参与进来将会怎样获益，未来等我们成了百万富翁并在纽约、蒙特卡洛和莱特肯尼（卡罗兰家族祖居地）都有了房子后我们将怎样仍然忠于他们。接着，为了支持他的大吹大擂，他拿出了乔乔和达尔金·埃默里公司会计的信，上面写有我的书迄今的销售数字和相关收益，还有达尔金·埃默里公司销售主管关于《水晶般清澈》的销售计划以及大致计算的我从中可以得到的预期收入。（碰巧又是个大数字。他们的雄心令我惊叹。）

为了安抚他们对我们既无定金也无稳定收入的担心，安东给他们看了一份建议的还款时间表，其中一大笔还款将在九月份我收到第一笔版税后支付，另一大笔将在十一月份我签订了新合同后支付。“先生们，不要担心你们的钱收不回来。”

作为最后的高潮，他拿出了三本有我签名的《米米的救赎》，作为给三位穿深色职业套装的男人的太太们的礼物。

“贷款已是我们囊中之物了。”在我们坐地铁回家时，他说道。

印有银行抬头的信两天后寄到了。安东和我都想抢先撕开看，而我的胃里因为恶心而搅动着。我的眼睛飞快地扫视着那些字句，想总结出它们的大意，但安东还是比我快。

“呸！”

“怎么了？”

“他们祝咱们好运，但他们不打算给咱们贷款。”

“那只好如此了，”我说道。我感到很失望，但很奇怪地，也感到似乎解脱了一半。“这帮浑蛋。”

但是，事情当然没有“只好如此”。安东永远是个乐观主义者，他当即又约了一家银行。“敲响足够多的门，总会有人让你进去的。”

尽管安东又慷慨陈词了一回，第二家银行也拒绝了我们。他甚至都没停下来舔舔伤口，就又约了一家。这一回我知道了他们多么有可能拒绝我们，在安东称赞我时，我感到这真是纯粹的欺诈。于是当他们的致歉信寄来时，我求安东就此罢手。

“就再试一家，”他坚持道，“你放弃得太轻易了。”

我正在喂埃玛吃早餐，这是一个漫长而杂乱的过程，通常地板上、墙上和我的头发里都会溅上维他麦的湿块，这时安东像掷飞盘一样把一封信扔在了桌上。“看看吧。”他像个傻子一样张嘴笑着。

“你说吧。”我简直不敢相信，可还能是什么事情呢……

“银行答应了，他们将贷给我们钱。那房子是咱们的了。”

这本是个信号，要我扑进他的怀里，我们拥抱着在餐厅里旋转个不停，俩人都大笑到灵魂出窍。但这次我却异常冷静，只是瞪着他，几乎是恐惧地。

他真是个神通广大的魔术师，一定是的。他简直像撒豆成兵一样让我的美梦一个个成了真。他帮我找到了一位代理人，这位代理人又帮我找到了出版商；在我一筹莫展的时候，他帮我“发现”了第二本书；现在他又在我们连预付金都没钱交的情况下，让我得到了梦寐以求的房子。

“你怎么做到的？”我声音微弱地问道，“难道你和魔鬼达成了交易？”

他擦了擦胸前假想的一枚勋章，然后又大笑起来。“莉莉，鞠躬答礼，接受掌声吧。这是因为你将在九月份收入一大笔钱，在签了新合同后又将收入更多的钱。如果没有这些钱，单靠我去耍嘴皮子，一点儿用也没有。他们早就叫保安把我轰出来了。”

“哎哟！”我一把从埃玛手中抢回了信，她正用她的勺子背小心翼翼地往信上涂着维他麦糊。她吓了一跳，大声抱怨起来，但她被限制在高高的儿童椅内，没法再有更多的表示。我读着打印的信，喜悦开始一点点地滴下。如果银行答应了我们的请求，说明一切都很美好。显然他们认为我能挣足够多的钱，把贷款全部还上。这不仅仅是一笔贷款，而且是对我事业的肯定。

接着我就读到一句，使我那已成涓涓细流的喜悦戛然而止。我倒吸了一口凉气。

埃玛也是。她的眼睛瞪得大大的，充满惊恐，正像我一样。

“安东，这上面写着贷款还‘需要调查’，这是什么意思？”

“安东！这是什么意思？”

“他们想确认这房子值他们贷给我们的钱，以便我们违约时，他们可以收回房子。”

我畏缩了。说起收回房子，我的五脏六腑都凝固了。我想起了我们离开吉尔福德的大房子的那一天。

“所以他们要做个结构调查，以确认房子是完好的。”

“如果不完好会怎么样？”

“你看那房子完好吗？”

“完好，但是——”

“那不就得了。”

安东撕开了信。他默默地读着，但某种阴郁的气氛弥漫在房子中。

“信上说什么？”

“好的，”他清了清嗓子。“这是银行的调查结果。”

“什么结果？”

“他们在前屋里发现有木材干腐的地方。他们说，非常糟糕。”

我失望至极，泪如泉涌。我们那美丽无比的房子啊！那悬钩子灌木丛，那凸窗前的长沙发，穿着飘浮的衣裳、挎着篮子的我，怎么办啊？尼基和西蒙、米凯伊和恰拉、薇芙、巴兹和耶兹以及所有其他曾在家里款待安东和我，而我却因为这里太小从来没邀请他们到这里的人们，我答谢他们的那充满艺术情调的宴会，怎么办？

我听见自己说：“好吧，那只好如此了。”

“不，莉莉，别阻拦我，干腐的地方可以修好！小菜一碟！他们还是会给咱们抵押贷款，只是少了一些。是三百八十万英镑。”

“那我们到哪里去找另外那二十万英镑呢？”

“别灰心，莉莉，我们不用找那二十万。我们去找卖主，把报价再降二十万。”

“可我们还是需要修理干腐的地方呀！我再重复一遍。我们到哪里去找那二十万英镑呢？”

“修理干腐的地方根本用不了二十万。顶多只需要几万。”

“可是银行说——”

“银行只是为自己争好处。你怎么想？”

“好吧，”我说，“你该怎么办就怎么办吧。”

令我大为吃惊的是，卖主居然接受了降低的报价。我还需要多少神迹来证明这房子就该是我的？然而我在最后时刻又动摇了一次，当安东问我“咱们买这房子吗？”时，我听见自己哭了：“不，我太害怕了。”

“那好吧。”

“好吧？”我看着他，感到很意外。

“好吧，你太害怕了，那咱们就忘了这件事吧。”

“这不是你的本意，你这是在拿反话激我。”

他摇了摇头。“我不是。我只是想让你高兴。”

我将信将疑地看着他。我想我应当相信他。“那好吧。试试说服我吧。”

他犹豫了一下。“你肯定想要我这么做吗？”

“快点儿，安东，在我改变主意之前，说服我吧。”

“嗯，好的！”他列出了我们注定要买这座房子的所有理由：我们有版税收入；我的事业正蒸蒸日上，我肯定将在十一月份获得一大笔预付金；一向以谨小慎微而闻名的银行也给了贷款；买这座房子比现在先买一幢小房子一年后再折腾一次要好；我们不仅是想要一幢房子，我们都喜欢这幢房子，它太适合我们了。最后，“即便事事不顺，我们还可以卖了这房子，收回比我们付出的更多的钱。”

“如果这房子的价值降了而不是升了，我们最终欠下一屁股债，怎么办？”

“一座那样的房子，在那样的地方？——它肯定会升值的，这是想都不用想的事情。咱们绝不会亏损的。万无一失。”

下一页爱情（下）

［爱尔兰］玛丽安·凯斯——著
李阳—— 译

新星出版社 NEW STAR PRESS

图书在版编目（CIP）数据

下一页爱情（全二册）／（爱尔兰）凯斯著；李阳译．—北京：新星出版社，2012.8

ISBN 978-7-5133-0772-7

Ⅰ．①下… Ⅱ．①凯… ②李… Ⅲ．①长篇小说－爱尔兰－现代 Ⅳ．①I562.45

中国版本图书馆CIP数据核字（2012）第145136号

下一页爱情（上、下）

（爱尔兰）玛丽安·凯斯 著；李阳 译

统筹编辑：高　磊
责任编辑：高微茗
责任印制：韦　舰
封面设计：天行健设计

出版发行：新星出版社
出 版 人：谢　刚
社　　址：北京市西城区车公庄大街丙3号楼　100044
网　　址：www.newstarpress.com
电　　话：010-88310888
传　　真：010-65270449
法律顾问：北京市大成律师事务所

读者服务：010-88310800　service@newstarpress.com
邮购地址：北京市西城区车公庄大街丙3号楼　100044

印　　刷：北京佳顺印务有限公司
开　　本：660mm×970mm　1/16
印　　张：39
字　　数：342千字
版　　次：2012年8月第一版　2012年8月第一次印刷
书　　号：ISBN 978-7-5133-0772-7
定　　价：48.00元（全二册）

第二部

杰 玛

1

爸爸离开已经有八十天了。不过我宁愿用一种不那么难听的说法，还不到三个月。这期间没发生什么事，但紧接着就有四件大事突然接踵而至。

第一件事——三月底时，钟表被拨快了，夏令时开始了。我知道，这没什么大不了的，但是别着急，这的确不是什么大事，但却是引爆器。不管怎么说，钟表被拨快了，但尽管星期天的大部分时间，我都花在了给妈妈的电炊具、微波炉、录像机、电话机、七座闹钟，甚至她的手表修改时间，我仍然没意识到这有什么关系，直到星期一下午在公司，安德烈娅穿上外衣说了声：“好了，我先走了。”天还亮着，于是我说：“下午才过了一半呀。”但她回答道：“现在已经是差二十分钟七点了。”

突然之间，我反应了过来，几乎因为恐惧而窒息。夜晚正在延迟，夏天正在来临，他离开时，还是严冬。时间怎么过得这么快？

我要见见他。这跟妈妈没什么关系，这是我自己的事。尽管我几乎从来没在七点前离开过公司，这时我的心里却充满着一种不顾一切的冲动，就算弗朗西丝和弗朗西斯加起来，也没法阻拦我。

我连推带撞地冲出办公室，钻进汽车，径直开向了他的公司——就算给我一百万英镑，我也不去他们住的公寓了。他的汽车还停在停车场，说明他还没走。我从方向盘上方，焦虑地注视着他们公司的员工三三两两地出来。他们居然不全是腰粗如桶的胖子，这倒真有意思，我默默地想道。实际上他们没几个是胖子，可你想想他们周围到处都是巧克力啊……噢，基督，他出来了。和科莉特在一起。呸。我本希望看到他一个人的。

他穿着职业套装，看上去和寻常没什么两样，我熟悉他就像熟悉自己一样，真奇怪我居然有这么长时间没见到他了。

科莉特的头发仍然染成浅色，看来她并没有因为已经猎获了她想要的男人而开始放纵。不过好的一面是她看上去还没有怀孕。

他们离我越来越近，令我沮丧的是，交谈非常亲密。我下了车，走到他们面前。这事注定会有些戏剧性，但他们走得很快，居然差点儿从我身旁掠过。

“爸爸。”我喊道。

他们转过身来，脸上都现出了惊慌。

“爸爸？”

“杰玛。啊，你好。”

“爸爸，我很长时间都没和你说过话了。”

“啊，是的，你知道。”他很是不安，扭头对科莉特说：“你愿意在车里等一会儿吗，亲爱的？”

那“亲爱的”恶狠狠地白了我一眼，就大摇大摆地走向了尼桑车。

“她非得像个泼妇一样吗？”我问道。我没法克制住自己。“她有什么理由非得这样讨厌？”

“她只是有些不安。”

“她不安。那我呢？我已经有将近三个月没见到你了。”

“有那么长吗？”他的语气变得有些含糊，像个老年人一样了。

“有啊，爸爸。”我不顾一切地想表现得幽默些。“你难道不想要对我的抚养权吗？你有周末探视权呀，你可以带我去麦当劳呀。”

但他只是说：“你长大了，你已经独立自主了。”

“那你都不想见见我吗？”

人们都说你永远不该问你不知道该如何作答的问题。他当然想见我。

但他说：“也许现在我们还是不见面为好。”

“可是爸爸……”悲伤像潮水一般涌起，我开始痛哭起来。过往的人们都看着我们，但我不在乎。潮水汇聚成海啸。我已经三个月没见过我爸爸了，我放声痛哭，嗓子眼里又像堵着颗花生米一样哽咽着说不出话来——而他甚至连碰都没碰我一下。我扑向了他，他却像个厚木板一样立着，笨拙地拍了拍我。

“啊，杰玛，啊，别……”

“你再也不爱我了。”

“我爱你，我当然爱你。”

我以一种非凡的努力，克制住了哽咽，然后清了清嗓子，终于完整地说出了一个短句：“爸爸，求求你回家吧，求求你。”

“诺埃尔，咱们还得接孩子呢。”科莉特说道。

我猛然转身面对着她。“我想他告诉过你，叫你在车里等着。”

“诺埃尔，孩子，”她没理我。“他们会奇怪我们跑到哪儿去了。”

“你知道吗？”我看着她，指着爸爸。“我才是他的孩子，我也一直在奇怪这件事呢。”

接着我又加了一句：“所以，见鬼去吧你。”

她打量了我一番，要多冷酷有多冷酷。“不，你见鬼去吧。”

“两分钟，”她对爸爸说，“我数着数儿。”然后她就跺着脚走回了车里。

“你行。”

“你妈妈怎么样？”爸爸问道。

“你的妻子，”我的喊声响彻了停车场。那极少数不再看我们的人又看了过来。“你妻子很好。她有了个男朋友。一个叫赫尔穆特的瑞士小伙子。他开着一辆有鸥翼门的红色阿斯顿·马丁车。”

“她？是逢场作戏吧？听着，杰玛，我现在必须走了。如果我们去晚了，格里会发疯的。”

我所剩下的，只有轻蔑了。我看着我父亲。“你是个懦夫。”

当我回到我的小车这个避难所后，眼泪又开始涌了出来。所有男人都是懦夫。

但是我不可能很快接受这样的事实，要让我承认这是现实比杀了我都难，可是爸爸和科莉特开始看起来要永远在一起了。那么这将让我漂向何方？我的人生怎么办？

妈妈正在好转，她的确是竭尽全力地想变得勇敢些。她形成了一套固定的生活作息习惯，每天白天用一系列肥皂剧来打发时光，就像在万丈深渊上架起了一根绳桥。她又开始做弥撒了，每星期还有那么一两天早晨和凯利太太一起喝喝咖啡，不过她回来时总是浑身发抖。每天晚上我仍然必须陪她。

因此，当她突然发生了变化，居然对我说“杰玛，你周末为什么不出去玩玩？去喝喝啤酒，找几个男人，让他们开车带你出去玩，到下星期过一半时再回来嘛。我会很好的”这样的话时，你想我会有多么奇怪。不，无论如何我也闹不明白。

没有人能为我做这件事。我想到过欧文，就是科迪生日那天晚上我偶遇的那个小伙子（尽管我已记不得怎样认识的他）。他打过两次电话邀请我出去玩，第二次我答应了，但我确定不了哪天，因为我不知道妈妈会不会放行。

我答应过给他回电话，但至今还没打。

2

第二件事——也许是四件事中最不重要的一件——我又得到了一项新业务。电话是第二天打来的——一点过十分，就在我正要出去吃午饭时。这也是一个预示着事情将会怎样发展的信号，有些人即使在他们不打算苛求时也是超级苛求的。这回不折不扣的女主角是莱斯莉·拉铁摩尔，一个爱尔兰物质女孩，换言之她会出席很多社交聚会，花很多钱，但这些钱都不是她挣的。她爸爸拉里·“大款”·拉铁摩尔靠房地产投机和欺诈爱尔兰纳税人而发了大财，但没人在乎他钱的来路，尤其是莱斯莉。

“我想找个人来操办我的三十岁生日派对，我听说达维妮娅·韦斯特波德的婚礼是你给办的。”

我没问她是否参加了达维妮娅的婚礼，我知道她没参加。她是个没判刑的罪犯的女儿，达维妮娅才看不起她呢。但是“大款”显然是想出钱给他的独生女儿也来一个达维妮娅似的大手笔。

“你想办个什么样的活动？”

“有二百多人参加。公主主题。想一想哥特式的芭比娃娃。”她说道，于是我照她说的想了想，突然之间我觉得我需要这笔业务。“你什么时候能过来和我面谈？”

“今天。现在。”

我抓起一把文档，里面有我操办过的一些最富想象力的社交聚会的照片，就赶往了莱斯莉位于市中心、有两层楼的河畔公寓。她有着过度修饰的头发，在海滩上晒得黝黑的皮肤，崭新的衣服很是鲜亮，像所有有钱人一样浑身涂满亮闪闪的油膏，就好像他们在漆里浸过一样。当然，莱斯莉还有个小小的手包——又证实了我的理论：人越富，手包就越小。比如说，她们的手包里要装什么呢？金卡、奥迪TT车的钥匙、小小的手机，还有兰蔻香水。而我呢，我的手包快赶上空中小姐的拉杆箱一样大了，里面装满了工作文档、化妆品、签字笔、干洗票、吃了一半的饼干、止痛药、健怡可乐、希特香水①，当然，还有我那砖头一样大的手机。

莱斯莉待人的态度也是随心所欲——不过只在简单生硬和粗鲁狂暴两点之间来回变，省略了一切中间环节——这一点和她满身的油膏一道，使她那原本就在平均水平之下的美貌更不会引人注意了。

你得跟她待上一会儿，才会注意到她的鼻子和下巴都不是一般的尖。其实，她如果不想要公主主题，而是来个巫婆主题，倒是很合适。有趣的是“大款”居然没给她的下巴整整容。然而，虽然这下巴戳在我的肩上②，我却不得不承认，我和她有着共同的愿景。

“我为什么应该雇你？”她问道，我开始罗列我组织的一大堆比较著名的项目——什么婚礼、会议、颁奖典礼了——接着，我停顿了一下，故作犹豫迟疑状，然后才打出了我的王牌。“我有一根魔杖，”我说，“上面有一颗银星，背后有淡紫色的绒毛。”

“我也有！”她大叫道，“我雇定你了！”

她跑出去拿来了魔杖，庄重地在她头顶上舞了一圈，说道：“我把操办莱斯莉的生日派对的荣耀授予你。”

然后她把魔杖递给我：“说：‘我授予你一座带有炮塔的城堡。’”

我不情愿地接过了魔杖。

“说呀！”她说，“我授予你一座带有炮塔的城堡。”

“我授予你一座带有炮塔的城堡。”我说。

“我授予你一座中世纪的大厅。”

“我授予你一座中世纪的大厅。”我重复道。我看得出这事正变得非常折磨人。

“我授予你一队长矛骑士。”

“我授予你一队长矛骑士。”

---

①希特香水：即Heat香水，美国著名黑人女歌手碧昂斯的香水品牌。

②此处为双关语。“下巴戳在肩上”在英语中有“向……挑战”、“咄咄逼人”的意思。

每说一次“授予”，我都得把魔杖在她头顶上舞一圈，然后在她双肩上各点一下。这羞辱感极其巨大，接着她就对魔杖失去了兴趣，我简直要高兴地哭了。特别是当我需要写下她的所有要求时。

可这是怎样一份清单呀！她要一件有长及地板的尖袖子、有高腰线的银色“长袍”（她的原话），一件白鼬皮做的斗篷，一个尖顶的公主帽和一双银色的鞋子（当然，也是尖头的）。她要粉红色的饮料。她要有弯曲的腿的银色椅子。她要粉红色的食品。

我一边把她说的一切都记下来，一边点着头说“啊，啊，好主意”。我没有提任何棘手的问题，比如男宾们会愿意喝粉红色饮料吗，或者由一群琵琶手组成的乐队伴奏让大家怎么跳舞等等。现在还不是我戳破她的不切实际的想法的时候，我们还处在蜜月期的热乎劲儿中，在接下来的几个星期里，会有很多比赛嗓门大的时候——她会向我咆哮，而我温柔地微笑以对——噢，会有很多这样的时候呢。

“你想什么时候举办呢？”

“五月三十一日。”还有两个月。要把这事办妥帖，我宁肯要两年时间，可这个世界上的莱斯莉们，是永远不会这样体贴人的。

但我离开时，仍然已经满脑子转着各种主意了，一切都似乎突然变得容易了起来。拿下新的业务总是一件好事——如果长时间不让我干活儿，我就好像被剥夺了氧气——然而现在，我在自由地呼吸着清新的空气了。很显然即将来临的星期五晚上，将是我和欧文短兵相接的最佳时机了。我可以跟妈妈假装有很多工作要做，第二天却痛快地来个一醉方休。妈妈不喜欢我撒谎，可我不在乎了。看过爸爸和科莉特的亲密劲儿后，我必须得改变改变自己了。

等我回到我的办公桌前时，莱斯莉已经留下了四条电话留言——她又有了一些“很妙的”主意：请柬应当由一位英俊的王子亲自去送；每位客人到达时都应收到一个礼包——但她并不打算为此付钱。“给倩碧打电话，”她说，“还有悦木之源和雅诗兰黛。告诉他们我们需要免费样品。”

过了一会儿又来了一条留言：“还有思妍丽和祖马龙。”

然后又是一条：“要让露露·吉尼斯①来设计包。”

---

①露露·吉尼斯：露露·吉尼斯是英国著名女士手包设计师，风格梦幻而少女化。

3

第三件大事：我和欧文的约会。

我给他打电话说：“我是煤斗杰玛。星期五晚上怎么样？”

我已经想好了，如果他说不行，就让他从此见鬼去。然而他说：“几点？九点怎么样？”

我犹豫了一下，他又说：“要么十点？”

“不。我在考虑要不要八点。因为一些我现在不能说的原因，我最近不能经常出来，所以我需要在这天晚上享受到尽可能多的乐趣。”

“如果是这样的话，咱们可以定在七点嘛。”

“七点不行，我还没下班呢。那咱们在哪儿见面呢？可别说基欧。你是个熟悉这城市的年轻人，知道新的好玩地方在哪里，就去那里吧。”

“哪儿都行吗？”

“我刚才说过我不常出来。”

电话静默了一会儿，他在沉思。“咱们这儿是都柏林，不是曼哈顿，这儿可没有那么多新的好玩地方。”

“我知道，抱歉。”我努力解释。“我想去一个我完全不知道在哪儿的酒吧，特别是当我上厕所时。我就想有活力一点儿，你明白吗？”

“那去‘碰撞’酒吧怎么样？那儿有很多镜子和台阶。去那儿的人老是被台阶绊倒，或者撞上镜子里的自己。”

好极了！不管怎么说，为了莱斯莉这件差事，我也得考察考察那里。

“那就星期五晚上八点在‘碰撞’酒吧见。可别晚了哦。”我警告道。

当我跌跌撞撞地走下“碰撞”酒吧布满镜子的门阶时，我看见了欧文，他不像我印象中那个可怕的早晨躺在我卧室地板上时那样好看——我那时一定是酒还没全醒。不过，他也不难看，也不像我印象中男生组合乐队那种奶油小生那么讨厌。

可是……“我喜欢你的衬衫，”我说。他的衬衫上是一幅卡迪拉克轿车正从沙漠公路上开过来的图画。非常酷。“我也喜欢你的头发。”他的头发闪着亮光并且打着发胶——显然他花了好大工夫打理头发。

“谢谢，”他说，停顿了一下后，他又补充道，“我用了特别的发胶，以便给你留下好印象。我说得太多了吗？”

“没有。”

“我能为你拿点喝的来吗？”

“现在我想喝一杯白葡萄酒。”我坐到了沙发上。“不过每喝一杯酒我就要再喝一杯矿泉水。我出来前喝了一杯牛奶垫垫胃，所以今天晚上我不会像上次那样出洋相了。我说得太多了吗？”

“嗯，没有。”他走向了吧台。他衬衫的背后还是同一条沙漠公路，不过这回凯迪拉克是开走的。

接着凯迪拉克又急速地向我开了过来。“你的饮料。”

他举起了杯子。“干杯。为杰玛好不容易晚上出来一趟。”

我们碰了一下杯，把杯子放回了桌上，接着就出现了一阵令人尴尬的冷场。“那么，嗯，你的煤斗怎么样了？”欧文问道。

但是他问得太晚了。我已经开腔了：“欧文，刚才是一段令人尴尬的冷场，原因我现在不能说。我没有时间浪费在尴尬的冷场上。咱们这事必须走上快车道。咱们没有时间自然而然地相互了解，咱们必须把感觉诱导出来。我知道这话听上去像是疯话，但咱们能不能把最初三个月左右的忸怩跳过去，直接进入舒舒服服地坐着一起看录像的阶段？”

他有些警惕地看着我，但是令我满意的是，他说：“我看见过你没化妆的样子吗？”

“是的，就是这个意思。而且我们也别再每天晚上都做爱了。”随即我就羞愧得脸红起来，就像失控的森林大火一样红，因为我意识到我们根本没做过爱。还从来没有。

“噢，上帝。”我用手捂住了我那火烧火燎的两颊。“我很抱歉。”

我想回家。我现在根本不适于出来活动，我被自己的粗俗吓坏了。我不是这个样子呀，这到底是怎么回事?

“我很抱歉，”我又说了一遍。“我的神经有些不正常，就是有一点……压力太大。”

有那么片刻，这个晚上眼看着就要戛然而止了，然而欧文听了我的道歉后，又松弛了下来，甚至大笑了起来。“咱们上次认识后，我就知道你是什么样子了——你很野。”

我淡淡地一笑，倒不是因为被当成了坏女孩而高兴，而是相反，既然他已经把我当成了滥交的人，我也不用太费劲装正经了。

“现在开始吧，”他说，“跟我说说你的一切，杰玛。”

虽然这本是我的主意，但我感到有些发窘。“我三十二岁，是独生女，职业是活动策划人，工作很紧张，但我并不讨厌这工作，我住在克隆斯基亚格[①]……我还忘了说什么吗？”

“你开什么车？”

“丰田 MR_2。对，我想你喜欢那种车。现在该你说了。”

“我开本田思域 VTi，装饰齐全，开了两年了，但车况很好。”

“那很不错。其他信息呢？”

“皮椅子，胡桃木的仪表盘……”

“你可真是个男孩子。”我被逗乐了。“我是问你你生活中的其他情况。”

“我二十八岁，是家里排行居中的孩子，星期一到星期五，我把灵魂出卖给大驰电子公司。”

“你做什么？”

“市场营销。”他有些厌倦地说，“就是拼命说服别人买我们的东西。”

---

①克隆斯基亚格：都柏林市区南部一地名。——编者注

“你有很多讨厌的室友吗？”

“没有。我——”他好像说漏了嘴一样，有些吞吞吐吐——“我一个人住。”

“好吧，我要去一下洗手间。”

“祝你好运。”

等我回来时，我被震住了。“洗手间藏在洗手盆和镜子后面，设计得真巧妙，我费了好半天才找到。你选的这地方真不错。现在咱们谈谈各自的情史吧。两年半前，我最好的朋友偷走了我生命中的挚爱，他们现在还在一起，还生了个孩子，我永远不会原谅他们中任何一个，我也再没见过他们，你也许认为我像个爱记仇的人，那是因为我就是个爱记仇的人。你呢？”

“耶稣基督！”他看上去对我的咄咄逼人很是惊慌。上帝呀，我又变成了那副样子——但他回答道：“嗯，我和别人约会过。是个女孩。”

我点了点头，表示鼓励。

“但我们分手了。”

“什么时候？你们约会了多长时间？”

“嗯……”

我又点了点头。

“我们在一起将近两年。就是在——”他好像又是无意说漏了嘴，吞吞吐吐起来。——“圣诞节之前分手的。”

“分手还不到四个月？而之前你们交往了两年？”

“我并不为这事难过。”

“别犯傻了。当然，你不傻。”

虽然他坚持说他不难过，但我觉得他难过。不过这太妙了！他肯定没想从我这儿得到什么。

接下来的三个小时，我们又去了两个让我晕头转向的酒吧。我不停地盘问着欧文，又榨出了下面这些信息：

1）他练中国太极。

2）他有些“惧怕”对虾——倒不是对对虾过敏，就是不喜欢它们。

3）他的一只脚比另一只大半码。

4）他认为理想的度假目的地是牙买加。

5）他认为罗洛巧克力原来的广告“有什么人让你爱到愿意把自己的最后一块巧克力给他们吗？”远比现在的广告——男孩试图从女朋友嘴里夺回罗洛巧克力，送给一个刚刚出现的漂亮女孩——要迷人和有人情味得多。

他和我比赛着也提出了一个又一个问题。“你最怕什么？”他问。

“变老和孤独地死掉，”我说着，几滴眼泪涌了出来。“不，不。”对于他的关切我摆了摆手。“这是葡萄酒闹的。你最怕什么？”

他想了想。“和尤里·盖勒[①]一起被锁在日产米克拉汽车的后备箱里。”

“回答得真妙！咱们去跳舞吧。”

几小时后，我们回到了他那对于男孩来说已算是很干净的公寓。我们脱光了衣服，在他的床上闹着玩般搏斗了一阵子。当然，我想起了安东，这个我最后一个一起睡过的男人；自他以后我想我绝不会再跟任何男人睡了。这两种感觉简直是天壤之别。不仅是感情的炽烈程度，就连身体也是——安东又高又瘦，而欧文则要壮实得多。但我仍然不想抱怨。在事情进一步发展之前，我抓住了正贪婪地轻轻咬我脖子的欧文的手腕，让他看着我，急切地说道：“欧文，我可不会第一天晚上就和什么人正儿八经地跳上床的。”

“我知道。”他的头发非常散乱，他的呼吸十分急促。“那只是因为你最近不大方便出来，而我们认识已经三个月了。别担心。尽情享受吧。”

他把我拽向他，把他那硬邦邦的家伙顶住了我，我也就顺水推舟了。

他醒来时，我正在穿裤子。

“你去哪儿？”

①尤里·盖勒（1946～）：生于以色列，后定居英国，自称“通灵人”，但被很多人指责为靠魔术手法玩心灵感应把戏。

“我得回家了。”

他俯身看了看闹钟。“这才三点半，你为什么要这会儿走？耶稣啊，你没结婚吧？”

“没有。”

“你没孩子吧？”

“没有。”

“那是因为那个煤斗？”

“不是。”我突然咯咯咯地大笑起来。

“别走。等到明天早上吧。”

“我必须得走了。你能帮我叫辆出租车吗？”

“你就是辆出租车。”

“好吧。我到街上去拦一辆。”

“你爱去就去吧。”

“我会给你打电话的。”

“不必麻烦了。”

我又大笑了一阵。“欧文，这是咱们第一次吵架！现在，咱们真是已经太熟悉了。”

4

第四件事。

李·黑文学代理公司
沃德街 4—8 号
伦敦 W1P 3AG
3 月 31 日

尊敬的霍根女士：

（或者，我可以叫你杰玛吗？——我觉得早就认识你了！）非常感谢你通过你的朋友苏珊·洛比转给我们的书稿。我的阅读员和我都很喜欢这稿子。

显然，这个稿子要成为一本书，还有很大距离。首先需要确定体裁——这是一本回忆录、非虚构作品，还是小说。不过我很有兴趣和你谈谈。请联系我，以便进一步探讨。

谨致问候！

乔乔·哈维

你能想象吗？这是星期六晚上。我过了很愉快的一天，打瞌睡，喝苏打水，想欧文，直到我感到精神好到足以起床，就到我的公寓去了一趟——顺便说一句，我已经开始感到这是件滑稽的事了——去收收信，给猫喂喂水，渴望地端详端详我的床，于是我就收到了这封信。我还没打开信时，嘴就干得像在戈壁沙漠里一样了。所有盖着伦敦邮戳的信对我都有这个效果，因为——看我有多傻——我希望那是安东告诉我一切都是个可怕的错误，莉莉是个披着嬉皮士外衣的秃头母狼，他希望我回到他身边。这个信封有比以往还严重的效果，因为邮戳盖的是伦敦 W1，我恰好知道（是我求科迪告诉我的）安东的办公室就在那一带。

于是我打开了信。信是写在一张质地很不错的米色纸上的，但只有寥寥数语，不大可能是安东服软的内容。但我的眼睛还是一跃到了信的底端，署名的果然不是安东，而是一个名叫乔乔 · 哈维的什么人。她到底是谁呢？我连咽了几口口水，使嘴巴又湿润起来，然后读了信。但看完了不是更明白了，而是更糊涂了。这信一定是寄错了，我想。可是……她的确提到了苏珊，而且是她的姓。

我决定给苏珊打个电话。这时西雅图正是上午过了一半的时候，苏珊还没睡醒，是我的电话把她吵醒了，但她坚持说她不介意。我们好久没有听见彼此的声音了，所以非常激动，过了好半天才切入正题。

“苏珊，听着，我收到了一封信。我打开它是因为信封上写着我的地址，但里面的内容和你有关。”

“接着说。”她好像非常好奇。“信是谁写的？”

“一个叫做乔乔 · 哈维的人，是伦敦一家文学代理公司的。”

接下去是一阵世界上最长的静默。时间实在太长了，于是我先发了话。“苏珊？你还在听电话吗？”

“啊……在。”

“我还以为电话断了呢。说话呀。”

“好的，你看。她该给我写信的，而不是你。”

“那我马上把信转给你。”我感到奇怪的是，她好像欲言又止。

又沉默了一阵子之后，她飞快地说道：“杰玛，我有话要跟你说，你也许不喜欢这样，至少是不会马上喜欢，我很抱歉让你这样知道了这件事。”

“我有话要跟你说”——这几个字组合起来，就是世界上最可怕的一句话，因为后面永远不会跟着什么好事，比如，“你能得到一颗宝石，你好像没注意到，但总得有人告诉你呀”，或者“一个脾气有些古怪的百万富翁遗赠给你一笔足以改变你命运的巨款，他想悄悄地打进你的银行账户，不让你知道，可是，作为朋友，我觉得我有责任告诉你”，等等。后面跟的总是坏消息。

我的胃一下子沉到了地心里。“什么事？苏珊，什么事？”

“你知道，自我到西雅图后，你一直在给我发电子邮件。”

“是呀。”

“你知道，你爸爸离开你妈妈了，而你一直在编关于他们的小故事。”

“是的。”

“嗯，你看，我只是觉得它们的确很有意思，我一向认为你是个大作家，我知道你自己从来不做这样的事情，我真的也没想到会发生什么事，可是，”突然之间，她不再像被猎人逮住的野兽那样恐慌，而是变得声若洪钟起来，“我知道你自己从来不做这样的事情。”

“我不会做什么？”但我知道她在说什么。“你把我的小故事寄给那位女代理人了？”

但这是好事呀，难道不是吗？她为什么这样恐慌呢？她接着说道：“不仅仅是那些故事。”

“还有什么？”

“还有你发给我的电子邮件。”

我的回忆飞快地掠过了我发给苏珊的一切——爸爸离开妈妈，莉莉的书出版，我和欧文的胡闹——我的呼吸离开了我的身体。“不……所有的电子邮件吗？”

“不是所有的，绝对不是所有的，”她连忙说道，“我省略了一些。”

“一些？”仅仅是一些可不够呀。

“我省略了所有不好的事情。比如你有多恨莉莉，还有……”

“还有什么？”我迫不及待地问道。

“还有你有多恨莉莉的书。”

“还有……？”

“还有你对莉莉的感觉。”

“这你说过了。其他的一切，你都寄去了吗？”

“是的。”她的声音非常小，就像是一片寂静中的些许爆裂声。

“噢，苏珊。”

“我很抱歉，杰玛，对天发誓，我以为这是一件好事……”

我开始哭了起来。我本该暴怒的，但我没有力气了。

我驱车回到妈妈家里。“来吧，”她说着，递给我一杯饮料。“咱们玩一会儿米德萨默杀手游戏吧。”

“不。我现在不能玩。”

我打开了我那砖头一样的手机，发疯般地想读一读我发给苏珊，而现在在伦敦一个陌生人桌上的那些东西。

我飞快地浏览着发件箱。噢，天呐；噢，天呐；噢，天呐。比我记得的还要糟糕。所有那些对于爸爸和妈妈的隐痛。更糟糕的是那些只愿意让朋友知道的坏心眼，但现在居然有别人知道了，我的心被羞耻折磨着。

5

星期六晚上和星期天一天，我的手机不断地响起，窘迫的苏珊想要道歉，但我没接她的任何电话，我需要一个恢复期。

“我只是想帮你个忙，”她发来了好几个短信。“你是个大作家，但我知道你永远不会自己在这方面做任何事情。”

这就是苏珊的讨厌之处。就因为她去了西雅图，追寻她那该死的梦想，她就想让别人也那样做。在过去的好日子里（去年），她经常叹息说：“咱们哪儿也去不了，杰玛。”而我总是说：“我知道。这不是很好吗？”当她当真改变了自己的生活时，我的确感到了巨大的震惊，但她试图也这样改变我的生活，就太不像话了。

星期一还要工作，我怕自己会变得呆头呆脑。每当我想到那个女代理人读过，比如说，我和欧文的第一个晚上或者妈妈的假心脏病，我的脸都会火辣辣地疼。

而且我意识到我周末应当工作，而不是喝得酩酊大醉的——我的语音信箱里有好几条信息，其中莱斯莉·拉铁摩尔的一条说：

1）我给她推荐的三名服装设计师，她一个也不喜欢。

2）我现在已经搞定哪个免费化妆品了？

3）她的带炮塔的城堡在哪里？

当然，我没搞定任何化妆品——想说服那些公司为一个没有任何社交网页会提及的派对提供大量的免费样品，比登天还难——我也还没有找到一个适合于这个派对的带炮塔的城堡。

三位服装设计师也留了信息。第一位称莱斯莉为“一个讨厌的人”。第二位说莱斯莉说要她免费制作服装以换取宣传效果。第三位称莱斯莉为“白废料”[①]。耶稣啊！

我忙不迭地给所有人打电话——设计师、记者、美容店，还有带炮塔的城堡。就在我放下一个电话正要拨另一个电话这短暂得连剃须刀片都插不进来的间隙，科迪打来了电话。“科迪·‘科菲·安南’[②]·库珀来电话求情。苏珊说你不肯和她说话了。”

“是的，我不理她了。这是别人迄今对我做的最糟糕的事情。”

“并非如此，你这个戏剧女皇。耶稣基督啊，你该高兴才是。杰玛，我只说一句话，希望你仔细听好：你甚至连一本书都还没写，就有一位文学代理人有兴趣为你做代理了。你知道你有多幸运吗？成千上万的人放弃了所有业余时间写书，一次次地投递，一次次伤心，却始终找不到一位代理人。而现在却有一位代理人主动来敲你的门了。”

我耸了耸肩。

“你是不是耸了耸肩？”

“有时候你真能吓着我。”

“丫头，彼此彼此。”

“你这话什么意思？”

“我说你呢。你那种万念俱灰，百无聊赖的心态。”

“哦，我又不是戏剧女皇了？你知道我在多么努力地工作。我的工作要求有多高，即便我自己也这么说，可我干得还是得心应手。”

“那倒不错，你很善于替那对双子恶魔扒拉钱，让他们这星期到诺曼底买农家院，或者其他什么的。可你从中得到什么了？”

“我的收入很不错，还有，科迪，别叫他们双子恶魔，他们有时候会监听我的电话的。”

---

①白废料：十九世纪中期以来黑人对美国南方诸州贫困白种人的蔑称。

②科菲·安南（1938～）：加纳人，联合国第七任秘书长。——编者注

"你还是自己创业吧。"

所有职场上的人，都梦想着自己创业。但你需要钱和潜在的客户，弗朗西丝和弗朗西斯为了拴住我，在合同中规定我不能带走任何现有的公司客户。其实，我还怕他们把我的饭碗端了呢。

"也许有朝一日……"

"与此同时给那位女代理人打个电话。如果你脑袋还没全糊涂的话。"

"如果我的书出版了，全世界的人都能看到我爸爸抛弃了我妈妈，那该怎么办？"

"把细节改一改。"

"可他们仍然会知道我写的是他们。"

"你看，我没法回答你。你自己想办法吧。"

我沉默不语，科迪又说道："还有一件事。这位代理人也是莉莉的代理人。"

"莉莉·赖特？"

"我们还认识几个莉莉？"

"苏珊为什么要找她？"

"因为她不知道怎样找一位代理人。这位女士是她唯一知道的人，所以她要她爸爸问了莉莉的妈妈莉莉的代理人是谁。"

"万能的上帝啊……"

"所以，就给她打电话吧。"

"如果她很想要我的书，她会给我打的。"

"她不会的。她很忙，而且很多人都在求她。"

"爱怎样就怎样吧。"反正我不给乔乔·哈维打电话，一切顺其自然。

6

好吧，我来给她打电话。我一直等到下一个星期一——整个一星期都被莱斯莉·拉铁摩尔给占满了——等着顺其自然应该发生的事，但没有发生，我只好拿起电话，打给了这个乔乔·哈维。

那是星期一的早晨，整个周末我都在爱尔兰东奔西跑，寻找那讨厌的炮塔和讨厌的城堡，我需要有点什么事情。

乔乔过了半天才想起我是谁，不过她一想起来，就说："到我这儿来，咱们当面谈谈吧。"

"我住在爱尔兰，去你那儿并不容易。"

她没说她要到都柏林来，也没说她要出机票钱让我到伦敦去。她并不是非要见我不可——我怀疑她接电话没准儿是因为把我当成了其他人——这触发了我未曾预料的忧心。

然而，我并没有下定决心真的要去。我又一次采取了顺其自然的态度。但为了帮命运一个忙，我试图让弗朗西丝和弗朗西斯派我去趟伦敦。我大声在他们的办公室门外说道："上帝呀，我讨厌伦敦。我非常高兴我永远不用去伦敦工作。如果你想去伦敦，机会多得是，有那么多英国明星想到爱尔兰来举行婚礼，可是一想到要被派到伦敦去和那些管理处磨嘴皮，我的心就往下沉。"

然而——可是为什么我要感到意外呢？——他们两次都欺骗了我。星期三上午传来了消息，他们将派安德烈娅去伦敦。见鬼！很显然他们是那里不知什么地方的贵宾，没准儿还因为频繁往来伦敦而有航空积分卡。他们还叫人给我传来了口信：这并非有意为之。

白忙活了。

于是我给科迪打了电话，他问："与世隔绝的生活怎么样？"

"不坏。我们有很好的粥喝。"

他打了个响指，我知道他正抬眼望着天空。

"最近你有事去伦敦吗？"我问。

"没有，但我听说你要去。"

我屈服了。"我想是的。你愿意和我一起去吗？"

"如果这意味着你要去见那位女代理人，那我愿意。什么时候去？"

"下星期的哪一天吧。星期三怎么样？"

"好的，那天我会犯偏头疼。现在给苏珊打个电话。"

收件人：Susan_inseattle@yahoo.com

发件人：Gemma343@hotmail.com

主题：谢谢你，对不起

星期三我要去见乔乔·哈维了，谢谢你，谢谢你，谢谢你让这一切发生。你是对的，如果是我，永远也不会做这件事的。我非常抱歉没有接你的电话，我并不是故意要小心眼，我只是有些烦躁不安。科迪将陪我一起去。那天他将因偏头疼而请假，而我将因痛经。等西雅图不是午夜的时候，我会给你打电话的。

好多好多好多好多的爱献给你！

你的心怀感激的朋友

杰玛

自我从欧文身边溜走的那天晚上，他就没再给我打过电话，我觉得这实在，实在是滑稽。也许有人会说我"已经给了他他想要的"，他为什么还要再次纠缠我呢。我也不得不同意我第一次和一个男人睡觉是耍了心眼的——我做好了约会双方力量发生改变的准备，做好了他离我渐行渐远的准备，也做好了我感觉若有所失的准备。但是就欧文而言——我也不知道为什么——我并不是要寻找一夜情，于是我又愉快地给他打了电话。

“欧文，我是杰玛。星期五晚上再出来吧。”就好像我们上次是在无比缠绵的情况下分的手似的。

“你可有点神经兮兮的啊。”

“我并不总是这样，”我承认道，“这是你对我产生的效果。那么，你愿意出来吗？”

“你还会大半夜的悄悄溜回家吗？”

“还会，但我有原因。见面时再告诉你吧。”

他当然没法抵御这诱惑，于是星期五晚上八点，我又一次跌跌撞撞地走下了“碰撞”酒吧布满镜子的门阶。

“恍如梦境啊，”我满脸堆笑地说道，“我喜欢你的衬衫。”他穿着与上次不同的衬衫，但同样地酷。

他没有笑，但我始终咧着嘴对他笑着，直到他屈服，松开了他那紧绷着的脸。接着，就像他对他自己的所为感到惊讶了似的，他站了起来，抱住我，吻我。这是个甜蜜的吻，持续的时间比我们俩预期的都要长，直到有人喊了声“去开间房吧！”才终止。

“那么，你为什么要大半夜的从我身边跑开呢？”

“这是个好问题。给我来点儿喝的，我来告诉你。”

我一五一十地讲给他听，特别是不能让妈妈独处一整夜，否则她就会假心脏病发作。“公平地说，她已经在努力不黏我了，但我们还没有走出阴影。不过现在你应该明白了，我并不是因为你而跑的，对吧？”

“我不想让你走。”他竭力使声音听上去又愠怒又性感。

在这种情况下，我想最好是回答：“我也不想走。”

那是一个轻浮、情绪化的夜晚，我们不停地相互抚摸着，时常含情脉脉地对视着，俩人都有些心猿意马。我们在“碰撞”酒吧一直待到打烊，当我们走到街上时，我们贴得非常近。他问：“现在怎么办？去别的地方吗？”

“就回你住的地方吧。”我说着，在他衬衫前胸的纽扣上点了一下，就像个妖艳的荡妇一样。

“你还会在半夜溜走吗？”

“会的。”

“那你不能跟我一起回去。”

我吓了一跳，连忙看了看他的脸，他是认真的！“可是欧文，那样真的很蠢。”我一直就只是想做一次爱。我尝到了这种一夜风流的甜头。

“如果都不能劳驾你待一整夜，那我干脆不要你去了。”

“可是我告诉过你那是怎么回事了！我必须回家去陪我妈妈。”

“你都三十二岁了，”他大吼道，“要让我吃这种苦头，我本可以找十六岁女孩的。”

“那就找你的十六岁女孩去吧。”

“好的。”

他转身走开了，怒气冲冲又有些摇摇晃晃。我抬手打了辆出租车。

我气得浑身发抖，钻进了车里。“到基尔马库德。”

就在车启动的一刹那，车门被扭开了，欧文滚了进来，压在了我身上。“我和你一起走。”

“不行，你不能去。”

“行，我要去。”

“我妈妈看见你会吓坏的。不行。”

“停车！”尽管车几乎没有开动，但还是发出了尖利的一声，停在了街边，但欧文并没有下车。“我们干吗非得去你妈妈家？我们不能去你的公寓吗？”

“可我仍然得在半夜溜回家。”

“好的，我可以将就。到她的公寓，在克隆斯基亚格。”他对司机说道。

“对不起。谁说你可以去了？”

他想吻我，我用肘推开了他。但他又吻了过来，他可很善于接吻，于是我让他吻了。

接着他又把手伸进了我的上衣，用两根手指捏住了我的一只乳头，顿时一股闪电般的震颤迅速地传遍了我的全身，突然之间，我欲火中烧。

第二天我面色苍白，情绪低落。我喝醉酒后在街上吵了架。我在出租车里发生了性行为——至少是我想做但司机叫我不要做。我还跟一个把他的下部称作“迪克大叔和他的双胞胎”的男人睡了觉。他的原话是：“长官，迪克大叔和他的双胞胎前来报到。”

可你猜怎么样，做爱却是非常完美。又快，又美妙，又甜蜜，又性感——一言难尽。

在一次高潮之后，他吻着我的头发说：“对不起，我不该说十六岁女孩那种话。”

我当时非常生气，但要想压住火，你就必须安慰他。我克制住了自己。

“你是个傻瓜、蠢蛋，但我原谅你。”我宽宏大度地说道。

“我今天看见洛娜了。”

谁？哦，他的前女友。

“你难过吗？”

“不。”

不，只是心乱。我明白了为什么会发生街上那一幕——他不是在和我争辩，他是在和不在场的什么人吵架。所以我说的那些理由还有什么用呢？

我同情地抚摸着他的手，直到我觉得他的那话儿又展开并且直了起来，于是我转向了他。

“说吧。”我请求道。

“船长，请让我上船。”

星期天下午他给我打了电话。

“我有两张星期二晚上的爵士乐票。你愿意一起去吗？”

“我需要站起来吗？”

“是的。”

“那我就算了。别生气，只是不该我去。你带别人去吧。”

“好吧。”他停顿了一会儿。“你现在在干什么？”

我在工作，在为参加莱斯莉宴会的名单打字。“没干什么。”我说。肚子深处却有什么东西在涌起。

“你想做点什么吗？”

我咽了咽唾沫。“比如什么？”

“你想做什么？”

我知道我想做什么，而且非常想。

“就一个小时，”我说，“我只能抽出一个小时。二十分钟后在我的公寓见。妈妈！”我大叫道，一边把东西扒拉进包里。“我得出去一趟。工作上的事。顶多一两个小时回来。”

7

星期三早上，只是和一个头发乱蓬蓬的前台男孩打哑谜般低声交谈了几句，穿着套装和靴子的科迪就让我们俩坐进了头等舱乘客的贵宾候机室。

“你怎么连这些男孩都认识？”我问。

科迪不屑地把《今日高尔夫》和《财经进行时》杂志扔到了一边。“耶稣啊，让他们买一份《热》杂志很难吗？哦，附近就有啊。”

我们坐上飞机后，一名男乘务员注意到科迪，脸上立刻一片绯红。“科迪？”

“这是我的名字。至少今天是。可谁知道我的多重性格中哪一种会在明天占上风呢？”科迪又扭头看着我说，“系好安全带，我亲爱的。喂，你看见了吗？我好像扣不上我自己的安全带了。”

“这太容易了，你个笨蛋，就是——”

“对不起，先生，”科迪推开了我帮忙的手，叫来了那个脸红的男孩。“你能帮帮我吗？”他指了指两腿分叉处。

“出什么问题了吗？”可怜的红脸男孩的羞辱感，清晰地显现在他那胀得越发通红的脸上。

“我需要系上安全带，如果你不介意的话……轻点儿，黄油手[①]……就是这样，很好很舒服，很——好——很——舒服。”

“附近就有，”我低声说道，“可你兜这么大个弯子。”

“总比住在深闺里守活寡要强。”

“我现在不住在深闺里了。”我突然觉得这话题挺有趣。“你这头臭猪。”

①黄油手：通常是对犯下无谓失误的足球守门员的戏称，讽刺他们像手上抹了黄油一样拿不稳球。——编者注

“你不住在深闺里了，什么意思？”他满脸猜疑地打量着我，突然眼里一亮。“是药房那小子？”

“不是。”我故意拖延了一会儿才回答，就是为了让他难受难受。“是欧文。”

“机灵鬼欧文？”

科迪生日那天晚上，欧文曾凑近他问：“对不起，请问你带来的这位女性朋友有主儿了吗？”所以科迪认为欧文很可爱。

“是机灵鬼欧文。”我证实道。

“你跟他睡觉了吗？”

我很惊奇。“当然。”

“你从来没跟我说过。”

“我没机会说。我实际上都没见到你，是吧？”

“万能的上帝啊。再多告诉我些情况。”

“他让我又焕发了青春。”没等科迪咕咕叫，我便加快了语速，盖过了他。“我们并不总是很好。自打我看见他，我就……一——”我伸出手指头算着数——“看看我指甲的颜色漂不漂亮？不管怎么说，第一，我喝醉酒后跟他在大街上吵过架。第二，我在出租车里摸过他的那玩意儿。第三，星期天下午我从我妈那儿溜了出来，就为了和他做爱。”

“就为了和他做爱？”科迪重复了一句。

“昨天晚上我们又来了一次，”我说，“在从公司回家的路上。”

欧文六点半的时候给我的办公室打了电话：“你今晚有什么事吗？”

“我要回家，你要去爵士音乐会。”

“一个半小时以后才去呢。过来吧。”

我立刻合上了所有文件，离开了公司。我刚一按响欧文的门铃，门就开了，他一把把我拽了进去。几秒钟之后我们就开始了，我靠在门上，衣服只脱了一半，两腿绕着他的腰。

“他的眼睛是什么颜色的？”科迪很感兴趣地问道。

“我不知道——眼睛的颜色。不像是——我净顾着销魂了，不过，不管怎么说，欧文还眷恋着他的前女友呢。”

“不过这是安东之后你睡过的第一个男人。他合不合格？”

“这不公平，”我说，“我爱安东，这就好比拿快餐跟常春藤餐厅的正餐相比。”我又想了想。“请你注意……我必须承认，有时候巨无霸正是你想要的——”

这时机长打断了我们的谈话。“我们将在四十五分钟后降落在希思罗机场。”

我们立刻把欧文抛诸脑后，想起了我此行伦敦的目的：那件事的可能性。我考虑着最好的结果时，我的嘴干了：假如我的书出版了，并且大获成功，我变成了一个闪光球一样的人……可是到底有多大可能呢？

我顿时忧郁了起来。“也许我会在那个代理人那里一无所获。”

“这才是正确的态度。”

“不，我是严肃的。也许我们跑这一趟一无所获。”

“我同意。”

“噢，抱歉，我忘了这是你了。”

我们沉默了片刻。

“要是这一切都没有发生，该多好呀。”我说，“你这个丧气的家伙。”

他叹了口气，捋了捋他那免费的《爱尔兰时报》。“这就是赌嘛。”

九十分钟后我们落在了希思罗机场——那个机长是个可恶的骗子——自此在我眼里，所有金发碧眼的女人都成了莉莉，所有身高五英尺四英寸以上的男人都成了安东。

“这是个有八百万人口的城市，”当我的指甲深深地嵌入了科迪的胳膊后，他鄙夷地嘘了一声。“我们永远永远也碰不上他们的。”

“抱歉。”我低声说道。自从安东和莉莉走到一起后，我只到过伦敦两次——这回是第三次——到了他们的地盘上总是让我很矛盾。一方面我害怕撞见他们，一方面我又有一种可怕的窥阴癖般的欲望，想看到他们。

当我们从莱切斯特广场出了地铁后，我就颤抖了起来。科迪领着我走向索霍区——安东就在这一带工作，但科迪不愿意告诉我是哪条街。“别那么蹑手蹑脚的，”他责备道，“别忘了你为什么来这儿。”

你一定想见乔乔·哈维。她大约有十英尺高，有着张扬的黑睫毛和赤褐色波浪翻滚的披肩发。假如她在电影中，那么无论她什么时候出现，都会有萨克斯管吹奏出忧郁、性感的曲调。她实在太漂亮了。但她可并不骨感，你明白吗？要说起她来，话可就长了。

科迪说他在前台等着，于是乔乔领着我穿过了走廊，走进了她的办公室。她的书架上有很多书，当我看见《米米的瘟疫救赎》时，我仿佛挨了重重一击，那股冲击力中既包含着希冀，也包含着憎恨，还有其他不下六十种情感。我希望自己也能那样。

乔乔挥舞着一捆不大整齐的纸，说道："这是你的稿子。我向上帝发誓，我们笑得肚子都疼了。"

"嗯，好的。"

"所有关于药房的描述，还有爸爸的鬓角，都太精彩了！"

"谢谢。"

"那么你对体裁有什么意见呢？是纪实还是小说。"

"当然不是纪实。"我吓了一跳。

"那就是小说。"

"可是我不能，"我说，"那里面写的全是我妈妈和爸爸。"

"就连关于赫尔穆特的那些描写？还有那个女孩——科莉特？——穿着内裤围着熨斗跳舞的情节？嘿，我喜欢。"

"嗯，不，那些都是编的。但基本的故事，我爸爸离开了我妈妈，那是真的。"

"你明白，别说我没有同情心——"她把双脚架在桌子上晃悠了起来——我注意到，她的靴子很不错——"可是男人离开妻子去找了个小蜜，这是书里最老套的故事了。"她灿烂地微笑着，"有谁会为这个起诉你剽窃他们的主要情节呢？"

她说得真轻巧。

"你可以把细节改一改。"

"怎么改？"

"爸爸可以在其他行业工作——尽管我喜欢所有关于巧克力的描写——妈妈也可以不同。"

“怎么不同？”

“有很多种方法。想想所有你认识的妈妈，看看她们有多么不同。”

“可所有人都还会知道我写的是我自己的父母。”

“人们还说所有人的第一本小说都是自传。”

我希望她继续说下去，继续劝说我，让我信服，我希望自己能不断想出反对意见，再让她帮我一一粉碎。被人需要的感觉真好。我会很愉快地在这里坐上几个小时。

然而，接下去发生的情况却是，她把她那双长腿从桌上挪了下来，站起身来伸出了手。“杰玛，我并不想劝说你做你不想做的事情。”

“噢！是的……”

“抱歉，我们俩人都在浪费自己的时间。”

这让我感到一阵刺痛。但我猜想她是个重要人物，非常忙。我仍然因为受到款待和劝说而感到愉快。不过我现在不那么喜欢她了。

在她送我去找科迪时，我看到一个非常性感的人从走廊里迎面向我们走来，长长的四肢在漂亮的套装里优雅地移动着。头发像乌鸦的羽翼一样黑而闪亮，眼睛则像救护车的顶灯一样蓝。（他好像在微笑，但我不敢确定。）

他点头向我打了个招呼，然后说：“乔乔，你要出去很久吗？”

“不，我马上就回来。”

“这位是吉姆·斯威特曼，”她说，“我们媒体部的主管。”

在返回希思罗机场的地铁上，科迪对我爱搭不理，我也感到异常沮丧。一位代理人，一位文学代理人，对我写的东西感兴趣——大家都说这是件稀有的事情，比日食还罕见。现在全砸了。我叹了口气。而且我敢打赌乔乔一定和那位性感的吉姆·斯威特曼有着什么风流韵事。

我对我来说就像肉里扎了根刺一样。我浪费了一天宝贵的病假——但还有更坏的事情在等着。在希思罗机场，我走向报摊，想买一本杂志，以便在回家的路上让思绪转移，然而在六英尺外我就看到了它。我的毛囊感到了刺痛，我知道有非常糟糕的事情发生了。甚至在我的脑子把报纸上的词句转化成有意义的东西之前，恐惧就抢先来到了。那是莉莉的照片——在《标准晚报》的头版上。是黑色的大特写照——这是最最糟糕的部分，图片说明是：**在文学界掀起了风暴的不为人知的伦敦人。**

完整的故事在第九版，我一把抓起了报纸，噼噼啪啪地翻着页，直到我看见一张占了四分之一版面的莉莉的照片。她坐在她那华丽的家中（公平地说，你只能看到她的沙发的一角），和她那华丽的男人一起，谈论着她那本华丽的（蹩脚）畅销书。我这样说心里很痛，但她看上去漂亮极了，纤弱，优雅，头也不秃了。我怀疑，一定是喷笔修了版。

安东看上去也很惊人，远比他实际上要帅得多，尤其是他的头发是他自己的，不像伯特·雷诺兹那样是毛囊移植来的。我为他与过去的相同性——他看上去正像我的安东——而感到震惊，也为不同性而感到生气。他的头发长了一些，衬衫上到处是明显的褶子和光滑的棉布——与他过去判若两人，以往他的衣服看去都像是刚从轧布机上下来的一样。（这并没有增添他的魅力，我的眼光可没那么差。）

我凝视着那照片，让他那大笑时的双眼直直地盯着我。他在冲着我笑呢。打住！你这个傻瓜！再这样下去我就会以为他在用密码和我交流了。

科迪站在我身后，替我挡住了其他旅客的推搡和碰撞，我飞快地扫视了一遍莉莉·赖特跃升为畅销书排行榜霸主的故事，我简直担心我要在大庭广众之下晕倒。

我冲科迪发起了火：“我记得你说过她并没有大红大紫呀。”

“她没有。”科迪也没好气，他正因为哄人的话被揭穿而懊恼。“别拿我撒气。你应该责怪的是你自己。”科迪从来不道歉，他只是推卸责任。“你看看你今天丢掉的这机会。”

他对着报纸上微笑的莉莉点了点头。“看见了吗？那本该是你的。”

我没有买那份报纸——我不能——但我回家时一路上都在想安东。这是两年多以来我第一次看到他，但他的照片对我的影响就仿佛我们只是上星期才分手似的。而我今天离他那么近。我也许就路过了他的办公室，可能离他只有几英尺之遥。这一定意味着什么。

8

我们悄无声息地进入了没有爸爸的第五个月。有那么几天，我没再想这件事，因为我沮丧之极，没心思想其他事，大多是因为我那夭折了的写作生涯。

乔乔说得对——丈夫离开妻子去找了个年轻女人，实在是老得不能再老的故事了。即使我的小说十有八九写不成，情节也开始在我的头脑中展开了，特别是自打我重新开始在早上五点就醒来后。

在书中，我可以从事另一种职业——其实我完全可以不从事任何职业：我可以是一名家庭主妇（噢，那多幸福啊！），有两三个自己的孩子。

我可以给自己假设两个姐妹，或者一个兄弟一个姐妹。我设想了好几种不同方案，最终设定了一个叫做莫妮卡的姐姐。她是个善良、能干的人，在我们的少女时代，她曾把她的衣服借给我穿，但她现在过着一种时常必须随叫随到的生活，住在一幢正方形的大房子里，照顾四个身高体壮的孩子。她离我实在太远了（住在贝尔法斯特，还是伯明翰？我还没有决定），帮不上我任何实际的忙。

我还给自己假设了一个小弟弟，一个叫做本的可爱孩子，有一大群女孩在追他。每当电话响起，他都会慌里慌张地给妈妈发指示："如果是米娅的话，告诉她我出去了；如果又是卡拉，告诉她我很抱歉，但她会原谅我的——最终会的。"然后他忍不住大笑一番。"如果是杰姬的话，告诉她我在路上，十分钟前出发的。"

这种情况下我会赶紧躲开。虚构的妈妈对此也不喜欢，这点与其他的妈妈不同，通常妈妈们都会被自己自私、"可爱"的儿子弄得神魂颠倒，在他们戏耍女朋友时，虽然假装会发出啧啧的责怪声，心里却会偷着乐。她们都深信那些女孩子配不上他。

本对我的情节线也不会有实质的影响——他太不负责任，太自私，对“我们”新近被抛弃的妈妈没有任何帮助。我仍然要独力支撑，从各方面来看，我仍然是唯一的孩子。

“我”的名字叫伊兹。我长着齐下巴、像螺旋一样卷曲的一头秀发。尽管我很想做一名家庭主妇，但我却无法想象家庭主妇的生活感受，所以我对伊兹的工作苦思了良久。我的第一选择是购物顾问，但为了人物的现实性和受欢迎度——她有这么惬意的一份工作，所有人都会嫉妒的——我否决了这个选择。取而代之的是——这恐怕丝毫也不奇怪——她在公关公司工作，是的，负责组织大型活动。

伊兹也和我有着类似的罗曼史：

1）十来岁时有无数没有结果的热恋。
2）十九到二十一岁间经常感情用事，在喝得酩酊大醉之后做荒唐事，这一点我觉得我至今也没有克服。
3）二十五到二十八岁间和一个所有人都认为该嫁给他的男人交往过——但我总觉得自己“没准备好”（实际上可怜的布赖恩每次提出这个问题，我都感到仿佛嗓子被哽住了，说不出话来）。

但是我没有给伊兹安排一个安东，一个在她鼻子底下被她最好的朋友残忍地夺走的她一生的至爱。假如……我是说……假如安东读了这本书，那可怎么办？

取而代之的是，伊兹和她的一位客户有着一段爱恨交加又轻浮随性的风流韵事。他叫埃米特，一个极其性感的名字，但他可不是什么电影导演兼农夫，因为故事的发生地设在了都柏林。他经营着自己的企业（还没想好这企业是什么，因为没想好其精确实质），伊兹在为他组织一场销售会。他脾气不大好——但那只是因为他迷恋她——当她因为做冰激凌推销员的父亲离开了母亲而心烦意乱，结果给所有与会者订错了宾馆时，埃米特并没有像实际生活中会发生的那样解雇她。有一阵子，我在埃米特的右颊上安排了一块疤，当我对这个人物的理解加深后，最终决定就这么安排。又有一阵子，我把伊兹变成了一个没有意识到自己美貌的美女，但当她开始具备我的神韵后，我又把她变回成一个普通人。

其他修改还有：爸爸不是和他的秘书有了私情，那太老套了。取而代之的是他的高尔夫球球友的长女。书中的妈妈也不像我妈妈那样软弱无能——我怀疑人们会不会相信我妈妈居然是那样。

有些事情保留了原样，比如，我的汽车。我还保留了药房里的那位好人，不过把他的名字改成了威尔。

这真是一件有趣的事情——就像是做一个不同的我，或者说也许更像是体验一下做别人的滋味。不管怎样，每天早晨东方微亮，我刚睡醒，在深深的绝望中百无聊赖时，是编撰故事转移了我的思绪。

9

收件人：Susan_inseattle@yahoo.com

发件人：Gemma343@hotmail.com

主题：我开始写作了

这故事我想了那么多，再不写出来我就要爆炸了。我每天清晨和夜晚写作。妈妈九点半上床，吃过安眠药后睡得很沉，于是我就能在电脑上纵横驰骋了。但我甚至在看肥皂剧时也在想着故事，心中盼着妈妈快些去睡，以便我开始写作。

人们所说的痛苦不堪的作家生活，就是这个样子吗？请用明信片回答。

爱你的

杰玛

回到现实生活，我终于找到了一座带炮塔的城堡，在奥法利[①]——如果你想当天去当天回，你可得很辛苦地开上一段车。我也上天入地地刨出了一位倒霉的服装设计师，她愿意接受莱斯莉和她那无理的要求。

我雇了二十八辆路易十四时代的马车，并安排人给它们贴上银箔，重新装饰。我还给一家模特代理公司打了电话："我要找一位英俊的王子。"电话那端的男士回答道："亲，难道我们不都是吗？"于是我随身带上了一本《睡美

---

①奥法利：爱尔兰中部一郡名，距都柏林约一百三十公里。——编者注

人》，作为我的源文件。

但是礼品包仍然没着落，上帝知道我真的尝试过了。

“你又提醒我了，我花钱雇你干什么？”莱斯莉问道。（而这是另一回事，我还一分钱没收到呢，尽管我问过好多次，现在我都不好意思再提了。）“都柏林有好多活动策划人呢。我是不是该去找找他们？”

上帝呀，我恨死她了。“我在努力干呀。”而我的确如此。我差不多要搞定一个时尚杂志的报道了，已经到了最后阶段。而如果能保证宣传，那些化妆品销售商就很有可能资助我们了。

即使让我自己来说，我的工作也够伟大的！把这么一个屎片一样的派对攒起来，办成现在这样近乎于井井有条，容易吗？

莱斯莉退让了，伸出了橄榄枝，请我再去跟她商量。我觉得我没法说不，但也许我可以，因为我睡着了。

收件人：Susan_inseattle@yahoo.com

发件人：Gemma343@hotmail.com

主题：我给乔乔打电话了

我告诉她我打算写那本书，她说：“好的，祝贺你，你已经有了一位代理人了！”接着她问我跟我妈妈说好了吗，我只能迟疑着回答：“嗯……”

等我走到桥边时，我一定会跳过去的。

爱你的

杰玛

我没告诉苏珊接下去发生的情况。

我清了清嗓子，因为我有重要的话要说。我只犹豫了片刻，但却像是过了一辈子，接着我说：“乔乔，我认识你的一名客户。”

“是吗？”她好像并不感兴趣。

"是莉莉。莉莉·赖特。"

"哦，莉莉可是很了不起！真的，恐怕得说，超级棒！"

"是的，嗯，告诉她杰玛·霍根向她问好。"

"一定。嘿，你知道吗？我这话现在说有些早，但如果我们把你的书卖出去了，而我确信我们能卖出去，等到宣传推广的时候，我们可以，比如说，出个星期日增刊，写点'我们的友谊'之类的东西。为你赚点儿人气。"

时间迟缓了下来，我的声音在我的头脑中回荡。"你可以向她提建议。但她恐怕不会愿意的。"

"她肯定愿意！莉莉是个很可爱的人。"

你看，我不敢肯定苏珊会同意我这样做。她是我的朋友，但她认为所有代理人都很武断，而我必须承认，我这样做是出于一种小心眼。我想传递这样一个信息，让莉莉感到不安：我进入了与你同样的行业，我跟在你的尾巴后。

好吧，来吧，她偷走了我一生的至爱，她是个百万富婆了，她上了好多报纸。你会怎么办？

星期五晚上和欧文一起过，已经成了惯例，而且我们通常还会商定在周二或周三开车出游一次。欧文非常有趣，和他在一起，不会有当你迷恋上某人时那种胃翻滚、腿发抖、口嗫嚅的讨厌感觉。他并非聪明绝顶，但他能使交谈维持下去，当我不和他在一起时我也不想他，但每次接到他的电话，我也总是很愉快。他对我也有着同样的感觉。

非常有意思的是，我们几乎总要因为什么事而吵一架——或者是他想跟我吵，或者是我想跟他吵——我并不是说这样很好，但这的确是经常发生的事情。

"你猜怎么着？"下一次我们见面时，我说。

"安东要你回去啦？"

"没有。我在写一本书。"

"是吗？书里写我了吗？"

"没有。"我大笑起来。

“为什么没有？”

“为什么要写你呢？”

“因为我是你的男朋友啊。”

我又大笑了起来。“是吗？”

一阵停顿，他脸上还带着微笑，但不那么灿烂了。“你把这叫什么？六个星期了，喝酒、打电话、定期接触迪克大叔和他的双胞胎？”

“你不是我的男朋友，你是我的……你是我的业余爱好。”

“哦。”他脸上的笑容完全消失了。

“别这样，”我连忙说道，“你也没把我当女朋友。”

“这可听着真新鲜。”

“不，不！”我坚持说道，“你只想在我这里体验体验年龄较大的女人。你，嗯，如果你愿意的话，只能拿我当情人。你把我当成了在即将进入成年时期时的庆典。这没关系，”我再次向他保证道，“我不介意。”

“那么对你来说，我整个儿就是一个性交工具。”

“别这么说，”我抗议道，“你不只是个性交工具——瞧你说的——不，我也喜欢迪克大叔和他的两个双胞胎。”

他起身离开了。我不怪他，但也没有起身去追他。我已经熟知这路数了——他总是一跺脚离去，但就仿佛上了一条传送带，五分钟后又会跺着脚回来。

我呷着葡萄酒，心里想着好事情，直到——耶——他来了，他重新出现在门口，然后走到了桌前。

“你个大傻瓜，”我说，“坐下喝完你的酒吧。要不要来点儿炸薯条？”

“谢谢。”他生硬地说道。

“你这是怎么了？”我温和地问道。

“你太不把我当回事了。”

我迷惑地盯着他。“我当然没有。可你也没把我当回事呀。”

“我可以开始当回事。”

“别啊，”我说，“那太可怕了。”

“为什么？”

“第一，”我掰着手指说道，“我觉得所有的男人都是狗娘养的。第二，每当我掰着手指头打算计数时，我都会被我的指甲颜色所吸引，从而分心。第三，我的思路全乱了——你看！第三，我觉得所有的男人都是狗娘养的。咱们没有希望。不管怎么说，你对我来说都太年轻了。这不行。我爸爸就比我妈妈年轻，你看看发生了什么情况。”

“他们结婚了三十五年呢。”他大喊道。

“听我说，”我说，“我根本不可能和你发展关系。你也不可能。看看咱们俩总是怎样打架，那是因为我们都在胡闹。我们的关系只是暂时的，但仍然是胡闹。而你正在恢复中。”

“你想让我去找一个跟我一般年龄的人吗？”

“那倒不是。嗯，是的，很显然。不过不是现在。”

收件人：Susan_inseattle@yahoo.com

发件人：Gemma343@hotmail.com

主题：话已出口

弗朗西丝不时地在我身边走来走去：“我听说你在写一本书。”

基督啊，谁告的密？

“我们要告你，你知道，”她说，“你因此挣到的每一分钱，我们都要让你赔出来。”

但是在书中，他们当然不叫弗朗西丝和弗朗西斯。所有真实人物在书中都做了全面伪装。我虚构的老板夫妇叫加布丽埃勒和加布里埃尔，被人们戏谑地称为坏警察和更坏的警察。

我会不断给你发邮件的。

爱你的

杰玛

10

星期天，我在进行每周一次的例行购物，在早餐谷物货架前，面对着一面墙的各种盒子犹豫了起来。我本来是计划劝妈妈放弃她偏爱的粥，改吃一些固体食物的，然而相反的是我自己却也爱上了粥：这真是一种可爱而舒适的食品，用微波炉加热即可，味道却很不错。我最终屈服了，挑了几罐香蕉口味的粥，这时我注意到旁边有个男人正盯着我，并且热情地微笑着。

但他可不是个光头的好色之徒，他在考虑范围之内——你明白，就是说他年龄合适，长相也不坏。这种近乎于小说的新奇感让我差点儿大笑出来。居然有人对我一见钟情了。而且是在一个爱尔兰的超市里！这是怎么回事，难道这里也像旧金山一样吗？我自豪地想着。我们居然在杂货铺里也能找到爱情。

可那人看上去有些面熟啊。咦……

“杰玛？”天呐，他认识我！可我却想不起他来。

“杰玛？”这回他皱起了眉，但仍然微笑着，如果这样的事情可能的话，我开始惊慌起来。这就是都柏林的麻烦，它实在太小了，任何在浓黑的夜里尝试的无名激情，当你在早餐粥货架前残忍的日光灯下面对不知名的情人时，都会荡然无存。(说实话，我只有过几次一夜情，如果我撞见他们时他们完全不认识我，那对我才好呢。)

哦，谢天谢地，那只是药师约翰尼！

“噢，约翰尼，我真的非常非常抱歉。”解脱让我变得飘飘然起来，我丢下了购物车和那些粥，紧紧地抓住了他的胳膊。“我还以为我跟你睡过觉呢。”

“没有，我敢肯定没有，如果有过的话，我会记住的。”

“你不穿白大褂我都认不出你了。”

“我经常碰见这样的事儿。”

一位刚刚拿起一包五公斤装的瑞士营养麦片的女士停下了手上的动作，看了我们一眼。

伊兹在进行每周一次的例行购物，在早餐谷物货架前，面对着一面墙的各种盒子犹豫了起来。她本来是计划劝妈妈放弃她偏爱的粥，改吃一些固体食物的，然而相反的是她自己却也爱上了粥：这真是一种可爱而舒适的食品，用微波炉加热即可，味道却很不错。她最终屈服了，挑了几罐香蕉口味的粥，这时她注意到旁边有个男人正盯着她，并且热情地微笑着。

但他可不是个光头的好色之徒，他在考虑范围之内——你明白，就是说他年龄合适，长相也不坏。这种近乎于小说的新奇感让她差点儿大笑出来。居然有人对她一见钟情了。而且是在一个爱尔兰的超市里！这是怎么回事，难道这里也像旧金山一样吗？她自豪地想着。我们居然在杂货铺里也能找到爱情。

可那人看上去有些面熟啊。咦……

“伊兹？”天呐，他认识她！可她却想不起他来。

“伊兹？”这回他皱起了眉，但仍然微笑着，如果这样的事情可能的话，伊兹开始惊慌起来。这就是都柏林的麻烦，它实在太小了，任何在浓黑的夜里发生的无名之情的尝试，当你在早餐粥货架前残忍的日光灯下面对不知名的情人时，都会荡然无存。（说实话，她只有过几次一夜情，如果她撞见他们时他们完全不认识她，那对她才好呢。）

哦，谢天谢地，那只是药师威尔！

“噢，威尔，我真的非常非常抱歉。”解脱让她变得飘飘然起来，她丢下了购物车和那些粥，紧紧地抓住了他的胳膊。“我还以为我跟你睡过觉呢。”

“没有，”他紧紧地盯着她说道，“我敢肯定没有，如果有过的话，我会记住的。”

突然之间，她感觉到了自己手下他胳膊的体温，她变得结结巴巴起来。

“你不穿白大褂我都认不出你了。”

“我经常碰见这样的事儿。”

我停止了打字，身子向后一靠，凝视着这段文字。噢，我的上帝呀，我心想，我觉得伊兹迷恋上威尔了。

11

自打在停车场见过爸爸那天后，我就没再给他打过电话。我一直习惯于每星期至少给他打一个电话，但我太伤心了，没再自寻烦恼。

然而，他的不在仍然频繁地提醒着我，刺痛着我。就像那天晚上，当我用遥控器迅速地换台时，汤米·库珀[①]出现在屏幕上。“快看！”我的手指向了屏幕，我本能的反应是叫爸爸赶紧过来看电视，但紧接着我就闭上了嘴，激动烟消云散，化作了愚蠢，继而又变成悲痛。他是否在和科莉特一起看这个节目？在他们的起居室里，不管那起居室是什么样子。

这事情哪怕是想象一下都令人痛苦，我立刻将思绪转移到我的书上。感谢基督，还有这本书。我只需沉浸在书中，几个小时就会飞驰而过，哪怕伊兹和她妈妈在靠肥皂剧打发时光，我知道好日子一定会来临的。这真是最令人愉快的逃脱。赫尔穆特和妈妈的关系越来越密切，他们还联手做起了生意，把蓓莉产品引进爱尔兰，甚至还想开一家蓓莉 SPA 店。与此同时伊兹和埃米特的关系也很好——他疯狂地迷恋着她，其表现是对她总是讽刺挖苦，而对其他所有人，尤其是其他女人，都非常好。

虽然在现实生活中，我怀疑爸爸和科莉特会相处得很好，但在我的书中，我仍然这样安慰着自己：他们的生活一塌糊涂，交织着内裤展示舞和吃不着猪肉馅饼的遗憾。

随后有一天，我正在上班时，电话响了，是爸爸打来的。我差点儿惊讶得说不出话来。

---

①汤米·库珀（1921 ~ 1984）：英国喜剧明星、魔术师。

“怎么回事？”我问。“她怀孕了吗？”

“什么？谁？科莉特吗？没有。”

“那你干吗要打电话？”

“我好长时间没听到你的声音了。有什么法律禁止我给自己的女儿打电话吗？”

“爸爸，这是自你离开我们后，将近五个月来，你第一次给我打电话。”

“好了，杰玛，别那么夸张。”

“我不夸张。这是事实。你一次也没给我打过电话。”

“啊，我肯定打过。”

“你没打过。”

“好吧，我现在打了。你还好吗？”

“还好。”

“你妈妈呢？”

“也好。我现在有事要出去，我很忙。”

“是吗？”他很奇怪我居然对他不够热情，但他太伤我的心了，我没有心情说什么让他心安下来的幽默话。无论如何我也的确很忙，我要去见欧文了。

“你觉得会发生什么事情？”

欧文和我完事后，躺在他的床上，心潮澎湃，想入非非，彼此憧憬着美好的未来。

“你的书会获得出版，”欧文说，“你会出名，莉莉·‘人人为我’·赖特的出版商会拼命追逐你，但你却不搭理他们，除非他们甩了莉莉。”

“而且安东会离开莉莉，回到我身边，但我要报复！别生气，我不是故意的。”我一拳砸在了他的肩膀上，赶紧揉了揉。“因为你会和洛娜结婚。我们全都是朋友。我们将在多尔多涅租一个乡间别墅，夏天一起去度假。”

“而我会一直喜欢你的。”

“是的。我也会一直喜欢你。也许你可以做我和安东的第一个孩子的教父。不，说实话，删掉这段，扯得太远了。”

“我怎么才能把洛娜争取回来？”

“你觉得呢？”

“她将看到你和我在一起，于是意识到她丢了什么。”

“太对了！你学得真快，我的小家伙。”

“谢谢你，大蚂蚱。”

我看了看他的闹钟。“现在是十一点过十分。离我回家还有几个小时，咱们去喝点什么吧。”

“我也这么想。”他说。

我躲开了他摸向我额头的一只手，“哦，别这样。”

“为什么不让我见见你妈妈呢？也许星期天我可以请你们俩一起共进午餐，或者做点儿别的什么讨好的事呢。如果我跟她合得来，没准她会允许你跟我待更长的时间呢。”

“不行。每次我说我要加班，她都知道我在跟你鬼混。”

我等着他发作，但他没穿衣服，所以没法气哼哼地跑开。不管怎么说，在别的地方他可以跺着脚走开，在他自己的公寓里却不能。不过别急，他迟早会气跑的……

稍后在雷纳兹酒吧，几杯急酒下肚后，欧文问道：“你会让我参加那个哥特式芭比娃娃生日宴会吗？”

“不会。”

“为什么？为我而感到羞耻？”

“是的。”我说，尽管我并非如此。我不知道跟他在一起时，为什么我有时候会变得像是魔鬼附体。他不能参加生日宴会，因为那是我的工作。我本人也不是莱斯莉生日宴会的客人，我是一名奴隶。

我把自己的椅子往后一推，为他猛冲出去留出了空间。“你走吧。”

他走了。我一边呷着葡萄酒，一边想着好事。这时我发现在人群的另一端，一个男人正直盯着我，并且热情地微笑着。

可他并不是一个光头的好色之徒，他在考虑范围之内——你明白，就是说他年龄合适，长相也不坏。这种近乎于小说的新奇感让我差点儿大笑出来。

居然有人对我一见钟情了。在一个爱尔兰的夜总会里！

而且他走了过来。她发射了，她命中了！

不过，我认识他。我只是一下子想不起他是谁。这真让人沮丧，他太面熟了，他到底是谁呢……噢，当然，他是药师约翰尼。我坦诚而自豪。我感到胃里有一种奇妙的温暖的感觉，但这也许只是葡萄酒的作用。

“谁在帮你照看药店？”我问。

“谁在帮你照看妈妈？”

我们相互同情地欢笑着，打趣着。

他冲着我的葡萄酒杯点了点头，情绪高昂地说道：“喏，杰玛，我倒是很愿意请你喝杯酒，可是你该不该一边吃药，一边喝酒呢？”

“那些药不是给……给我吃的，你个笨蛋，是给我……我妈妈吃的。”我的语气有些粗鲁，但我并没有意识到。

“我知道。”他眨了眨眼。

“我知道你知道。”我也眨了眨眼。

“我道歉。”欧文跌跌撞撞地回来了，他的小脸上怒气冲冲，他碰了约翰尼的胳膊一下，使他的啤酒溅了出来。

“我不打扰了。”约翰尼向我使了个眼色：你的年轻朋友有点醉了。然后他就溜回他的朋友们身旁了。“很高兴见到你，杰玛。”

“他他妈的是谁？”欧文沉着脸问道。

“就是我喜欢的人。”嗨，这会儿说这话干吗？就算是真的，也没必要说啊。

而且这有可能是真的。

欧文恶狠狠地瞪了我一眼。“杰玛，我喜欢你，可你也太难侍候了。”

“我难侍候？”我突然悲从中来，“哈！你一会儿走，一会儿回来，次数简直比弗兰克·西纳特拉[①]都多。

“你喝醉酒，”我掰着手指头数落他。“不成熟。不理性。”我迟疑了一下。“我这是在说自己呢。我平时不是这个样子啊。”

---

①弗兰克·西纳特拉（1915 ~ 1998）：美国著名男歌手和演员，意大利裔，共有四段婚姻。

我停顿住了，我的眼睛里突然充满了泪水。“我不知道，欧文。我是不是疯了？和你在一起时，我就变成了这个样子，我不喜欢这样。”

“我也不喜欢。”

“见鬼去吧。”

“你见鬼去吧。”他说着，突然以一种奇特的温柔，用手捧住了我的脸。他大口地吻着我——他的吻真可爱——然后他吻去了我的泪水。

12

莱斯莉·拉铁摩尔的生日宴会举办的那个星期，简直是七天炼狱。我敢发誓，上帝在创造这个世界的那七天，工作得肯定不像我那个星期那样勤奋。

第一天……

在午夜时分开车到奥法利。有成吨的事情要做，首先开始的是巨大的外景照明工程，要把整个城堡变成一件在外太空都能看见的光彩闪烁的珠宝。

一切进展顺利，直到莱斯莉突发奇想，要把城堡的外墙染成粉色。于是我去同城堡的主人埃文斯－布莱克先生商量，他对我说见鬼去吧。一点儿也不夸张。他说他不是那种人，他是个非常正统的盎格鲁—爱尔兰人。“滚吧，滚吧，”他尖叫道，“见鬼去吧，你们这些脏货，你们这些爱尔兰俗人，别动我可爱的城堡。”他把脸埋进了手掌中，喃喃地说道，“我现在想收手，是不是已经太晚了？”

我回去告诉莱斯莉这不行。“那就染成银色吧，”她说，“如果他不愿意染成粉色，去，问问他银色成不成。”

你猜怎么着？我不得不去。即使这话有可能气死他，我也得去说，因为这就是我的工作。

当我带着银色也同样不成的消息回来时，莱斯莉轻描淡写地说道：“好吧，那我们就另找一座城堡。”

我用了好长时间，施展了我的全部外交才能，才使她相信这是不可能的，我们不能另找城堡了。不仅时间来不及，而且话都已经传了出去……

第二天……

又是在午夜时分开车到奥法利。如果我能住在那里，事情要容易得多，可我没那么好的命啊。无论如何妈妈是不会同意的。

有太多太多的事情要做——衣服，花儿，音乐——整个这笔交易就像是一场婚礼，简直要让人歇斯底里了。我们原封不动地照莱斯莉的意见准备好了她的尖袖衣服、尖头鞋和尖顶帽子。但是当她在镜子前转了一圈后，她把一根手指头按在了嘴上，若有所思地说道："缺了点儿什么。"

"你看上去**棒极了**，"我大喊道，感觉下颚像地狱的门一样张开了。"什么也不缺了。"

"可是还不完美。"她说道，完全像个小姑娘一样前后摇摆着。真可怕，尤其是她还打量着镜子里的自己，显然很受用。"我知道了！我想要一顶假发，从我的头顶一直垂到背上，像个瀑布一样，上面满是小卷儿。"

有那么片刻，设计师和我都绝望了，接着设计师清了清嗓子，斗胆说出尖帽子如果戴在满是小卷儿的"瀑布"顶上，那尺寸得像一个桶那么大。莱斯莉对她的意见的考虑结果是，转身冲我尖叫道："你来解决这个问题！不然我雇你来做什么？"

我不由自主地说道："全都包在我身上吧。我要挑战挑战物理学规律。也许，我还得跟那位好心的牛顿先生谈谈。"

她温柔地笑了笑，说："你恨我，杰玛，是不是？你认为我是个被宠坏的小崽子，没错，承认吧，我知道你讨厌我。"

但我只是大大地张开眼睛说："莱斯莉，别胡说，别发疯。这是我的工作。如果我把这些事都当成自己的私事，那我就该进别的行业了。"

当然，我真正想说的是："是的，我恨你，我恨你，**我他妈的恨死你了**！我真后悔我怎么干了这么件倒霉的工作，给我再多钱也不值，你没准儿已经知道了，不管你的帽子、你的袖子还是你的鞋有多尖，都没你的**鼻子**尖。你知道我们怎么叫你吗？斧头脸，没错。有时候当你向我扑过来时，我就觉得像是有人在冲我扔斧头。哦，是的！即使我有时候嫉妒你爸爸待你那么好，但我仍然宁愿做自己而不是做你。"

但这话我从来没说出口。我太伟大了。假如有什么人重重地摔折了胳膊或腿，需要用钢板固定，他们只需从我脖子后面取下一片骨头就行。我太伟大了。

令我越发感到紧张的是，我太忙了，没时间写任何东西。我好像正处于戒毒期的断瘾症状中，就像是刚刚戒了烟一样。我一直在构思着小说，但我好像对什么都没好气。

受煎熬的艺术家难道就是这个意思吗？

第三天……

午夜时分开车到奥法利。给莱斯莉做“瀑布”的发型师来了。我正在监督从天花板一直垂到地板的由粉红色丝绸制作的巨大“水滴”的安装，这时我听见有人瓮声瓮气地说道：“那么，这位就是正花我钱的女士喽？”

我转头一看。天呐，是大款！还有大款夫人，她像吃多了安眠药一样无精打采。

大款很胖，面带微笑——你能从他那和蔼可亲又像是一见如故的态度中分辨出他的骄傲来。他其实很可怕：我能感觉出他的和蔼可以在一瞬间消失，然后吩咐他的“伙计们”把某人拖到某个不为人知的地牢里，绑在椅子上“给他点儿教训”。

“拉铁摩尔先生。很高兴认识你。”我又撒谎了。

“现在，告诉我，办这种游戏式的晚会是不是要花很多钱？”他问。我敢打赌，假如他见到英国女王，也一定会问当上君主是不是要花很多钱。

我吃吃笑着，但很害怕。“你真不该问我这个问题。”

“那我该问谁？”

噢，上帝呀。

“是那对夫妇吗？弗朗西丝和弗朗西斯？”他问，“那对邪恶双子？是他们坐收全部利润吗？”

我能说什么？

“是的，拉铁摩尔先生。”

"别一口一个先生了，现在没必要像在典礼上一样对待我嘛。"

"如果你肯定的话，嗯，大款。"

大款夫人那无精打采的眼睛突然短暂地闪了一下亮，好像是吓了一跳，接着是一阵有趣的沉默，大款最终开了口，语气带着令我感到不祥的平静："我的名字叫拉里。"

噢，耶稣基督，我的膝盖骨要没了。

第四天……

午夜时分开车到奥法利。将织物吹动起来的风机已经运到了，家具正在路上，一顶新的水桶大小的尖顶帽正在制作中，安德烈娅和摩西都来给我帮忙了，看起来一切顺利，不大可能再有局势失控的危险了，这时莱斯莉又突然横插了一杠子："这些卧室都太简陋了，得把它们装饰一下。"

我两眼紧盯着她，使她站定，然后我咬着牙一字一板地说道："没、有、时、间、了。"

她也慢慢地瞪起眼，逼视着我。"挤出时间来。我想要那些东西在床顶上，像蚊帐一样，但要比蚊帐好看。要银色的。"

"去打电话！"我冲安德烈娅尖叫道，差点儿就要发作了。"只是我差不多把爱尔兰的银箔片都买光了。"

我必须给我知道的所有制衣商打电话，无论是大公司还是小公司，甚至个体户。这简直像是敦刻尔克大撤退。

第五天……

午夜时分开车到奥法利。玻璃运到了，但有一半都没能挺过旅程。我恐吓着各运输站，试图多得到一些赔偿。我说这些并不是什么玻璃，而是粉色的意大利水晶。但最让我伤心的还是银箔片蚊帐。只有少数个体银匠肯在这么短的时间内接这件活儿，我不得不亲自把这些该死的劳什子缝起来。我通宵干活儿，没法回家——我提出叫一辆车把妈妈接到城堡来，但最终，在我一再保证这种事情绝不会再发生之后，她说她自己克服一晚上。

第六天……

生日宴会就在这天。我将无法睡觉，我的手指上布满了针眼，但我在勉力支撑。**我在勉、力、支、撑啊！**我竖着耳朵，瞪着眼睛，巡视着任何不完美之处，包括两个像是简直要从紧绷的制服里爆出来的子弹头体型的家伙。这一定是保安人员。可是天呐，他们的形象也太难看了吧。

我揪住了摩西。“瞧瞧那两个家伙。难道咱们就找不着不那么像精神病人的保安吗？”

“他俩？他们是莱斯莉的兄弟。”摩西说完就一头跑开了，去迎接诗琴乐手们，给他们送上了紧身衣和弯头鞋。

白天余下的时间和晚上，就是不停地有人跑过来对我说：“杰玛，大厅里有人晕倒了。”

“杰玛，有安全套吗？”

“杰玛，大款想喝杯茶，可是埃文斯－布莱克却躲在屋里不出来，也不肯把茶壶交出来。”

“杰玛，有人在嘘诗琴乐手们，实在是太不像话了。”

“杰玛，这儿没有任何药品。”

“杰玛，莱斯莉的兄弟们打起来了，打得可凶了。”

“杰玛，大款先生在和什么人性交，不是大款夫人。”

“杰玛，女厕所堵了，可是埃文斯－布莱克不肯交出搋子来。”

“杰玛，有人在对埃文斯－布莱克骂脏话。”

第七天……

她对妈妈谎称她还得回去打扫卫生，但实际上安德烈娅和摩西在负责善后。相反，她却去了欧文那里，对他说：“我想和你做爱，但我没劲儿了。你愿不愿意就让我躺着，你来完成一切？”

“这有什么新鲜的？”

事实并非如此。在和欧文前戏时，她花样迭出，生龙活虎。但他也按她的要求做了。事后，他给她的吐司面包涂着乳酪，她则躺在沙发上看《舞出我天地》。

13

伊兹一边呷着葡萄酒，一边想着好事。这时她发现在人群的另一端，一个男人正直盯着她，并且热情地微笑着。

可他并不是一个光头的好色之徒，他在考虑范围之内——你明白，就是说他年龄合适，长相也不坏。这种近乎于小说的新奇感让她差点儿大笑出来。居然有人对她一见钟情了。在一个爱尔兰的夜总会里！

而且他走了过来。她发射了，她命中了！

不过，她认识他。她只是一下子想不起他是谁。这真让人沮丧，他太面熟了，他到底是谁呢……噢，当然，他是药师威尔。她坦诚而自豪。她感到胃里有一种奇妙的温暖的感觉，但这也许只是葡萄酒的作用。

“谁在帮你照看药店？”她问。

“谁在帮你照看妈妈？”

他们相互同情地欢笑着，打趣着。

他冲着她的葡萄酒杯点了点头，情绪高昂地说道：“喏，伊兹，我倒是很愿意请你喝杯酒，可是你该不该一边吃药，一边喝酒呢？”

“那些药不是给我吃的，你个笨蛋，是给我妈妈吃的。”她的语气有些粗鲁，但她并没有意识到。

“我知道。”他眨了眨眼。

“我知道你知道。”她也眨了眨眼。

伊兹无疑迷恋着他。神奇的事情在发生：故事情节已经从开始的地方发展得越来越远。人物都发生了变化。母亲、父亲和“我”都已经变成了凭他们自身个性存在的不同人物。这就是写作的魔力对他们产生的作用。有时候这真是非常恼人。我本来为伊兹安排了一位并非经营泡沫般的互联网公司的非常可爱的企业家，可她却始终无法抵御药房里那个人的魅力，而这是我根本没想到的。她可真是厚脸皮啊。噢，上帝，我这样说到底对不对呀？（我对弗兰肯斯坦医生[①]的印象就是这样啊。）

我必须承认，每当我写下关于“威尔”的什么好事时，我都感到对欧文不忠。当他知道我书中浪漫的主人公灵感来自药房的那个人，而不是来自他时，他会怎么想？不过这有什么关系吗？等到书写完时，欧文和我肯定也拜拜了。实际上我每次见他，都以为这是最后一次了。

与此同时，我在书中越多地写到“威尔”，现实中的药师约翰尼的形象就越清晰，就好像宝丽来相机的成像一样。在他的白大褂后隐藏着很棒的身材。我星期五晚上就注意到了，因为他穿着衣服。是的，衣服，非常不错的衣服——而不是让他形象大打折扣的白大褂。

他有女朋友吗？我不知道。我知道他没结婚，因为他什么时候曾经提到过，当时我们都在抱怨自己的悲惨境遇。但没有任何情况说明他没有女朋友——但是他去看过她吗？也许没有，除非她是那种忠诚得能气死人的人，能一直“支持他”，直到他兄弟痊愈，最困难的时期过去。

莱斯莉的生日宴会之后的那个星期，我不得不去开了张药方（是消炎药，妈妈手上的肌肉拉伤了，天知道她是怎么弄的——难道是按遥控器按的？），我也第一次对去见约翰尼感到害羞。当我从小汽车中出来后，我觉得他正从药店的前门看着我。自然，我步履蹒跚起来。

“你好，杰玛。”他微笑起来，我也微笑起来。他身上就是有些什么非常吸引人的地方。他的举止风度是多么可爱啊。提醒你一句，他这会儿看上去并不像在雷纳兹酒吧时那样，那天他生气勃勃、充满活力，甚至有些大胆唐突。出于灰姑娘综合征[②]：突然之间我明白他是精疲力竭了。自从我认识他起，他

①弗兰肯斯坦医生：英国女作家玛丽·雪莱于1818年所著的小说中的主人公，是一个年轻的医学研究者，创造了一个毁灭了他自己的怪物。

②灰姑娘综合征：指女性对男性潜在的依赖心理。

就一直是一星期工作六天，每天工作十二小时。就算他对顾客们很友好，我看到的他仍然不是最佳状态。假如他不必工作得那样辛苦……

我递上了我的药方，并且问道："你弟弟怎么样了？"

"他还需要很久才能重新站起来。呃，听我说，我希望那天晚上在雷纳兹酒吧，我没有惹恼你的男朋友。"

我深吸了一口气。"他不是我的男朋友。"

"哦……是吗？"

我一时不知从何说起，来解释我和欧文之间的这桩荒唐事，只好打趣地说道："是的，我有和不是男朋友的男人接吻的习惯。"

"太好了。那我也有机会喽。"这像一个有女朋友的男人说的话吗？

"哦，那你不想做我的男朋友喽？"这本是一句俏皮话，你知道，是个大玩笑，然而一片红潮先是泛起在他脸上，继而在我脸上。我们都窘迫而沉默，相互放射着热量，我的腋窝都感到痒痒起来。

"基督啊，"我试图用我的机智和幽默来挽救局面，"我们俩身上都能烧烤棉花软糖了。"

他红着脸大笑起来："我们这年纪，都不该脸红了。"

14

莱斯莉·拉铁摩尔那要命的生日宴会一结束，我就能全神贯注于我的书了。小说的进展很顺利，我想我已经完成了四分之三了，故事情节推进得很漂亮。我又揽到了一件业务，但一点儿也不像莱斯莉那件那样恼人。现在唯一碍事的，也是非常碍事的，就是我妈妈。我猜她根本不想让我的小说出版，尽管我不停地对自己说，这是一个再古老不过的故事，书中的人物已经跟我们一点儿关系也没有了。

我一直在考虑各种各样可怕的事情，比如我将不得不用笔名，并且要花钱雇女演员来假装我。但那样的话我就没法对着莉莉洋洋得意了，也就没法向安东展示我获得了多么巨大的成功了。我想要荣誉和荣光。我想要《是！》杂志派人到我豪华的家中给我拍照片。我希望人们见着我都问："你是杰玛·霍根吗？"

我想听听苏珊的意见。"你就对你妈妈实话实说吧，"她说，"求求她总没坏处。"

这回她错了。

我在一次广告的间隙提出了。"妈妈？"

"呃？"

"我想写一本书。"

"什么样的书？"

"一本小说。"

"关于什么？克伦威尔？"

"不是……"

"1938 年一个犹太女孩在德国？"

"听我说……嗯。把电视关掉一分钟吧，我告诉你。"

收件人：Susan_inseattle@yahoo.com

发件人：Gemma343@hotmail.com

主题：我对妈妈说了实话

亲爱的苏珊：

我听了你的意见，告诉了她。她骂我是母狗。我简直没法相信这是她说的话，也没法相信她能说出这话来。就连科莉特都没被人骂过“母狗”。

但是当妈妈听了我的故事梗概后，她的嘴越张越大，越张越大，她的眼睛也越瞪越大，越瞪越大。她脸上的表情，就像是有很多话想说，但震惊之下却发不出声音，最终，在极端之下，声音从她灵魂中某个从未触及的地方迸发了出来。

“好啊……你个小——”接着是一阵漫长而令人不安的停顿。她的声音沿着一条窄窄的通道被引导着，仿佛是从一个摇滚音乐会的后台，被向上引导着，向上，向上（“走，走，走！”）——“母狗！”

我感觉她好像扇了我一巴掌——随即我就意识到，她的确是扇了我一巴掌。她的手掌在我脸上留下了一道红印。她的钻戒正打在我的耳朵上，很疼。

“你想让全世界都知道我受到了怎样的羞辱吗？”

我试图解释这本书不是写她和爸爸的，至少写到这时已经不是了，书中所讲的是最古老不过的故事。但她一把抓过了我给她打印的那一叠纸。“就是这个？”她咆哮道。（是的，咆哮。我的妈妈在咆哮。）她想把那叠纸一撕两半，但纸太厚了，于是她把它们分成小份，当真撕了起来，就好像是在拿它们撒气。我向上帝发誓，她在吼叫，我真怕她会咬那些纸，甚至会把它们吞下去。

“现在！”当每张纸都被撕碎，纸屑像雪暴一样满屋飘浮时，她宣布，“别再写任何书了！”

我也没有勇气告诉她这些全都在电脑上有备份。

我的耳朵仍然疼得要死。我当真是一名备受煎熬的艺术家。

爱你的

杰玛

这事严重影响了我和妈妈之间的关系，使我产生了负罪感和羞辱感——但我愤愤不平，这使我越发觉得羞辱。我不会停止写作。如果我真爱她，难道我就要就此罢手吗？可是——你可以说我自私——我觉得这样我放弃的就太多了，我的心底有一个声音在高叫：那我怎么办呢？

与此同时，本已经好转了不少的妈妈，又重新对我疑神疑鬼起来，又开始监视起我的一举一动。必须敲打敲打她了——而这种情况还真的发生了。

那是一个普通的工作日，我一早起来就忙得团团转，待我穿好衣服后，她拦住了我。“你今天晚上几点回家？”

“很晚。十一点吧。我要在码头新开的一家宾馆吃饭。就是我想举行会议的那家宾馆。”

“为什么？”

“因——为，”我叹了口气，拽了拽我的紧身衣，“我必须去尝尝这家宾馆的食品，看看这次会适不适合在那里开。你要是不相信我，可以跟我一起去。”

“我没说我不相信你，我就是不想让你去。”

“那就难办了，因为我别无选择。我必须干我的工作。”

“为什么？”

“我有抵押贷款得还。”

“你就不能把那间老公寓房卖了，就住在这里？”

唉唉唉唉唉唉呀呀呀呀呀！我最深的恐惧啊，有八百万英里深啊。

也罢。

“我告诉你为什么吧，”我说，声音一点儿也不大。“如果爸爸和科莉特结了婚，我们不得不从这儿搬出去，怎么办？那时候我们就会高兴幸亏有我的公寓房可住了。”

我刚说完就后悔了。她连嘴唇都白了，我想她又要犯一次假心脏病了。她的呼吸开始越来越急促，在喘息之间，她说道：“这不可能。”

她的胸部剧烈地起伏着，又喘息了一阵，接着，出乎我意料的是，她说：“这有可能。六个月了，他一个电话也没打来。他对我一点儿兴趣也没有了。”

你猜怎么着？时间选得真是诡异，就在第二天，爸爸的律师函来了，要求安排一次会谈，商讨永久性的财务解决方案。

我读过后，把信交给了妈妈，她瞪大眼睛看了好久好久，才说："这意思是不是说他要卖了我住的房子？"

"我不知道。"我非常担心，但我不想撒谎。"也许是吧。但也可能他会让你留着房子，如果你放弃其他任何要求的话。"

"什么要求？"

"比如，对他的收入、他的养老金的要求。"

"那我靠什么活着？新鲜空气吗？"

"我会照顾你的。"

"你不必。"她凝望着窗外，看上去并不那么糊涂或者崩溃。"我为他管了一辈子家，"她沉思着。"我给他做饭，给他打扫卫生，跟他做爱，给他生孩子养孩子。难道我就没有一点权利吗？"

"我不知道。我们恐怕也得聘一位律师。"这事我早就该做了，但我一直希望事情不要闹到这步田地。

又是一阵沉默。"在你那本书里，你怎么写你爸爸的？"

"很坏。"我如实回答道。

"我很抱歉我撕了它。"

"你真的很后悔吗？"我在告诉她真实情况前，还得小心从事。

"你还能重写出来吗？"

收件人：Susan_inseattle@yahoo.com

发件人：Gemma343@hotmail.com

主题：她同意了！

她说她想让爸爸曝光并羞辱他，不管用什么方式，让所有人都知道她的遭遇，她甚至想上特丽莎主持的节目，去点名羞辱爸爸。你猜怎么着？我的书写完了！我原本以为我还要写上好久，但最终我一气呵成了。我一晚上没睡，一直写到凌晨六点才写完。好吧，结尾有点儿像童话。如果我在别人的书里读到这样的结尾，我肯定会大笑的，但是，像生活中的一切事情一样，轮到你自己时，情况就不同了。

爱你的

杰玛

我给爸爸打了电话，询问他的永久性财务解决方案都包括什么。正如我所担心的：他想卖了房子，这样他就有钱买一幢新房子给科莉特和她的小崽子们住了。妈妈和我请了一位家庭律师布雷达·斯威尼，我们去见了她。

“爸爸想卖了房子。他可以这样做吗？”

“如果没有你们的同意，他不能。”

“我们不会同意的。”妈妈说。

我表达了意外的喜悦之情，因为我一向怀疑法律在这类事情上都是对妇女不公的。这一条看起来却的确对我们有保护作用……

可是别高兴得太早，布雷达还没说完呢。“不过等你们分居满一年后，他可以到法庭起诉。”

“起诉什么？”

“起诉说他现在有两个家庭需要供养，而根据衡平法[①]原则，他有很大一部分权益都系于以往的住房。通常这种情况下，法官会判决将房子出售，由你们分享所得款项。”

恐惧攫住了我，而妈妈用低得像耳语一样的声音问道：“这是否意味着我将失去我的房子？”

“你将有钱买一幢新房子。售房款并不一定是五五分成，比例由法官决定，但你肯定有份。”

“可那是我的家呀。我在那里面住了三十五年呐。我的花园怎么办呢？”

①衡平法：源自英格兰的两种法律体系之一，适用于民事案件。——编者注

她眼看着就要歇斯底里发作了。并非只有她会这样。爱尔兰的房价那么高，我知道就算妈妈能得到一半的售房款，她也根本不可能买得起房子住了。

情况看来越来越糟糕。妈妈六十二岁了，已是一位到了暮年的女人。她将被赶出住了半辈子的房子，被迫住进从都柏林到科克郡半路上那些简易房。

“可是爸爸必须继续供养她吧？”我问。

“不一定。根据法律，他必须给莫琳尽可能多的钱以维持她的生活水平，但又不能使他本人陷入困境。”布雷达做了个阳痿的手势。“能分配的就是这么多钱。”

“我的镇静药快吃完了，”等我们回家后，妈妈说，“我不想等全吃完了再买。不想在这时候，听到这样的消息后没了镇静药。你能去趟药房吗？”

“哦，好吧。”我突然发现我对去那里的感觉有些怪。我已经有两三个星期没见约翰尼了，自我们那次调情，我旁敲侧击，我们进行了那番充满暗示的谈话之后，就没见过他。

我为什么不愿意见他呢？我问自己。毕竟，他很可爱。那是因为我知道我在做着错事。无论好歹，欧文是我的男朋友，和约翰尼调情对他是不公平的。除非我打算采取些行动：比如说和欧文一刀两断，大胆地走进药房追求药方之外的东西。我打算这么做吗？

花大量时间和欧文在一起，幻想着安东是一回事，可约翰尼是另一回事。他实在。他亲近。

他很有趣。

我知道我和他有机会，不过虽然这事让我胃里翻江倒海（是一种好的感觉），我却有些害怕。我不知道为什么，我所知道的只是，和欧文在一起时，我一点儿也不害怕。

乔　乔

15

《图书新闻》，六月十日

电影拍摄权售出

内森·弗雷的处女作小说《爱情和面纱》的电影拍摄权，已被售予米拉麦克斯影视公司，交易额为七位数，据传为一百五十万美元。艺术开创者协会的布伦特·莫迪利亚尼和李普曼·黑格公司的吉姆·斯威特曼作为双方的经纪人谈成了这笔交易。这本书由李普曼·黑格公司的乔乔·哈维代理，将于明年春天由南十字公司出版。

哈维女士还代理有靠《米米的救赎》而出人意料地一炮走红的莉莉·赖特，以及获今年的惠特布雷特奖呼声很高的埃蒙·法雷尔。

报上没有提及自一月份以来一直雄踞排行榜前十名的米兰达·英格兰，不过，嗨，乔乔可不是个吹毛求疵的人。再没有什么比好消息更能唤起人的购物欲望了。现在是午餐时间。差不多了。

“马诺伊，我出去一趟。可能要很长时间才回来。”

“去找指甲油？”

修护指甲这件事还在纽约生活时就被乔乔视为重中之重，这习惯一直保持到现在。

“指甲油、手包，谁知道呢？我是充分开放的。”

但是充分开放不了太久。刚一走上阳光明媚的大街，她的眼光就被“口哨”服装店橱窗里的一件淡蓝色皮夹克勾住了。这样一个梦寐以求的物件，她的嘴都干了。

她走进店里，找到了适合她自己的型号，又把它像动物一样拍打了几下。那皮革像人的皮肤一样又薄又柔顺，而且衣服很漂亮，这使她心里起了纠结。这衣服也很贵，不实用，而且顶多只能穿一季，如果她明年再穿出来，所有的人都会笑话她——不过，谁会在乎她呢？

就站在店里的地板上，她缩着身子穿上了它，又找到了一面镜子——突然之间，一切杂音都消失了。这衣服使她的胸部像是被自行车打气筒充了气一样膨胀了起来。这想法真淫荡。当然，马克会喜欢的，可是她在哪里穿给他看呢？她的起居室？她的卧室？还是她的厨房？

在她头脑里，她已经买了这件夹克，装在一个大包里带回了家，并且已经穿过两次——一次是在怀亚特姐妹们面前显摆。然而现在她重新考虑了。对于一件永远不会在她的公寓之外穿的衣服，这价格实在是太贵了。她还没有下定决心不买，但她要再想想。这样做成熟吗，她怀疑。如果是这样的话，她并不为它疯狂。

回到办公室后，马诺伊说：“笑面虎斯威特曼在找你。”

她正盼着她叫的三明治外卖送来，但到吉姆那里去一趟用不了一分钟，于是她跑进了他的办公室。“什么事？”

“我这儿有好消息，进来坐下吧。”

“我的午饭就要送来了。我可以站着听好消息。”

“好吧，你个蛮牛。艺术开创者协会的布伦特·莫迪利亚尼想和我们建立‘长期关系’。和李普曼·黑格公司。”

布伦特是谈成与米拉麦克斯公司的交易的美方代理人。

“如果有人在洛杉矶为我们奋战，那就意味着把我们所有的书送上好莱坞制片人的办公桌将要容易得多。你功不可没。正是《爱情和面纱》引起了他的兴趣，使他睁开眼睛关注起我们代理的所有作品。”

“你说动我了，我要坐下听。”

“他将和一名同事下星期过来。我们得找个时髦的地方和他们共进午餐。”

“谁？”

“你，我和他们。”

他没有提到里奇·甘特。哦耶！“你知道吗？米兰达的小说太适合于好莱坞了。怪人的喜剧永远不会过时。而《米米的救赎》简直就是为了搬上银幕而写的。”

吉姆对她的热情大笑起来。“将来你会成为我们的霍华德·休斯[①]的，但今晚还是请你和我们一起出去喝点什么庆祝庆祝吧。”

乔乔想了想，没有什么要紧的事，马克要去观看索菲的校园剧。“好吧。”

“你不去看那位催眠戒烟师了？”

“不去了。嗯，是的，我喜欢抽烟。我就是个烟民。哪怕我们是濒临灭亡的小群体。”

“濒临灭亡，是的。”

“再没有人比改变信仰的人更热情了。”

她回到自己的办公桌前，吃了三明治，检查了电子邮件。只有一封，是马克发来的。

收件人：Jojo.harvey@LIPMAN HAIGH.co

发件人：Mark.avery@LIPMAN HAIGH.co

主题：星期一晚上？

我可以在日历上做记号了吗？我很抱歉这个周末不行了，有我父母讨厌的金婚庆典。今晚也不行，有我女儿讨厌的校园剧。祝你在没有我的情况下过一个愉快的周末——但也别太愉快了。

马 XX

①霍华德·休斯（1905～1976）：美国电影界和航空界传奇人物，既是商业巨头、投资人，也是工程师、飞行员、电影导演和制片人。

她和马克仍然是偷偷摸摸的，但是最近几个月他们待在一起的时间越来越多。大多数星期天他们都是一起度过的。莎娜曾请他们去品尝过她那珍贵的早午餐。他们甚至偶尔还招摇过市：复活节期间他们去巴思度了两天短假，在那里浆得很专业的床单上享受了更多性爱，沿着蜿蜒曲折的街道手拉手地散过步。当然，离伦敦那么远，没有人会认出他们。在两天即将结束时，马克匆匆地赶回了家，带上他的家人前往澳大利亚，去度过一个星期的滑雪假期。这使乔乔感觉也很不错。她让马克开足马力运转了四十八小时，又放他回去尽家庭的义务，这样她甚至都不必有负疚感。

“你敢肯定滑雪是个好主意吗？”她问，“你的小家伙可比较容易受伤啊。他们在澳大利亚会吃上很多奶酪吧？”

“那是瑞士。你们美国佬，一点也不了解欧洲。”

“那你就大错特错了。”她开玩笑地将靴子尖戳在他的两胯间。“我知道丹麦的糕饼。我知道瑞士的按摩。我知道西班牙的绿芫菁。”她的靴子又增加了些压力，并开始轻柔地来回移动起来。“我还知道，”她用挑逗的语气说道，“法式接吻的一切。”

“是吗？”

“可以说是，知道一切。”

沉默当中，他们都注意到她的靴子在上升，被它下面的东西顶了起来。“给我表演表演吧。”他要求道。

“不，除非你道歉。”

他道了歉。

自从接待意大利人的那个晚上马克睡过了头一直待到天明后，他就大约每星期都要在乔乔那里过一次夜了。凯茜并没有因为他不回家而抱怨，乔乔为她的无动于衷很是困惑。“你怎么跟她说的？”

“比如说我要跟美国西海岸的人通电话，或者我要招待出版商，因为她第二天也要工作，我不想在凌晨三点时跌跌撞撞地回家打扰到她。”

“她信？”

“好像是。她只是要求我在午夜之前通知她，她好锁门。”

“她认为你在哪儿睡觉呢？”

“在旅馆。”

“我可不信。根本不信。如果我丈夫没换工作，却突然开始在外面过夜，我会用铁箍不停地揍他，直到他招出来。”

“并不是所有的人都像你呀，乔乔。”

“是啊。”她明白人太敏感了是件痛苦的事情，会伤害自己。她不希望凯茜——也不希望任何人——痛苦。

可她能怎么样呢？就此离开马克吗？不可能。

收件人：Mark.avery@LIPMAN HAIGH.co

发件人：Jojo.harvey@LIPMAN HAIGH.co

主题：周末过得可好？

星期一晚上可以。虽然还有好几天，但可以。不过你在说些什么话呀？祝我周末愉快？我怎么可能愉快得起来？我永远不会**原谅**你在我生日那天对待我的方式。（笑）

乔乔 xx

四个星期前的周末，五月十二日，是乔乔的三十三岁生日。这之前，马克曾对她说：“我要带你出去，给你过生日。”

“真的？”她心里顿时变得热乎乎的，觉得他可真是体贴。“去哪儿？”

他停顿了一下。“伦敦。”

“伦敦？就是这个伦敦？”

还没等她说出“去你的吧”，他便递给了她一张纸。“这是时间表。”

乔乔生日周末计划

星期五下午三点三十分： 提前下班。分别前往布鲁克街，登记入住克拉里奇斯饭店。

“克拉里奇斯！太好了，我一直想住克拉里奇斯！”这在她的幻想中占很大比重，那就是阿加莎·克里斯蒂式的英国：下午茶、傲慢的男仆，来自乡下的“女孩”和她们脾气古怪的叔祖母们——那种戴着珠宝打理家里的花园的女人们——一起喝茶。

“我知道。”他说。

她激动万分，一度想哭，但紧接着就想，还是别惹出麻烦为好。

星期五下午四点： 检验套房里的设施。

“套房！我爱你。”

特别要注意床。然后去附近的邦德街，为乔乔寻找生日礼物。

她又看了一遍。“邦德街可是很贵啊。”

“我知道。”

她敬佩地看了他一眼。“真了不起。”

星期五晚七点： 小酌。然后到餐馆就餐——我曾经为在圣诞节前夕在这家餐馆订上座位，答应为厨师出了一本书。

* * *

星期六早晨： 在套房用早餐，然后到饭店泳池游

	泳，然后回到邦德街，继续为乔乔寻找生日礼物。
下午空闲时：	也许检验一下床的弹性。
星期六晚七点：	饮鸡尾酒。然后在另一家平时很难进入的餐馆就餐。

* * *

星期天早晨：	在套房用早餐，再次游泳，最后一次检查床的弹性。
中午十二点：	结账回家。

那是一个完美的周末。当他们到达时，房间里已经摆上了鲜花和香槟酒。他们大概做爱不下六十次，甚至在游泳池里还来了一回，当那里再无别人时——她本不打算那样做，她觉得那实在是不雅，然而他却把她刺激得火烧火燎，使她无所顾忌了。

他耐心地陪着她逛了一家又一家商店，欣赏了一个又一个皮包，尽管她知道这些包在他眼里都是一样的，但当她向他指出一边的针脚是白的而另一边是黑的以及这有什么不同时，他仍然耐心听着。他唯一稍稍显出不耐烦迹象的一次是，当她决断不了有肩带的普拉达包和有手提带的普拉达包究竟哪个更好时，他说两个都给她买。

“噢，我明白了，”她大笑起来。“你是担心套房里的家具质量啊。咱们回去再检查检查吧。”

星期六下午，他们在花园房里喝了下午茶，就着中午送到房里的午餐饮了香槟酒。两天中唯一的小龃龉发生在蒂芙尼首饰店里，当他指给她看戒指时。

“也许你也该挑一个。”他说。

“说什么蠢话。”她勃然大怒。在这段宝贵的时间里，她最不愿意的就是被提醒他是个有妇之夫。

那天晚上在餐馆里，他们看菜单时，他握住了她的手，她挣脱了出来，他又握住了。

“马克，”她皱起了眉头。“会有人看见我们的。”

“那又怎样？”

“既然我们是在伦敦，就必须小心点儿。”

“小心点儿是你这样的女人所能做的最危险的事情。”

她大笑起来。“《月色撩人》里的台词？尼古拉·凯奇对雪儿说的？是吗？”

马克叹息道：“我还以为你会认为是我编的呢。你是我见过的最聪明的女人。你什么都知道。”

收件人：Jojo.harvey@LIPMAN HAIGH.co

发件人：Mark.avery@LIPMAN HAIGH.co

主题：生日周末

你过得高兴吗？

收件人：Mark.avery@LIPMAN HAIGH.co

发件人：Jojo.harvey@LIPMAN HAIGH.co

主题：高兴吗？

是的。太高兴了。再没有什么会比这更好了。

16

星期五晚上六点三十分，“马车和马”酒店

出席庆祝酒会的人很多，毕竟，是公司在买单。里奇·甘特四处转悠着，想引起些注意，然而乔乔和吉姆才是人们关注的焦点，他俩坐在一起喝着伏特加，就像是国王和王后。

“你看，和我们大家一起喝喝酒并不是那么糟糕嘛，”吉姆说，“我还记得有一阵子每星期五晚上我们都能指望得上你。”

“你说得对，”乔乔满面红光，心情愉快。“我正享受着最美好的时光。也许和喝了这么多酒有关，可这种时候谁会抱怨呢？那么，吉姆，你的事情怎么样了？阿曼达怎么样了？”

“乔乔，你也太不合群了。阿曼达几个星期前就把我蹬了。”

“是吗？我很抱歉。你现在有新的女朋友了吗？”

“正在物色中，但还没有。”

一阵奇怪的小小停顿，接着在某种第六感觉的提醒下，乔乔说：“你也不问问我有没有男朋友。”

又是一阵奇怪的小小停顿，然后吉姆说：“那是因为我知道你有。”

时间停滞了。

“我了解马克。”

她的五脏六腑都感到猛然一撞，就仿佛正坐在电梯里，电梯却戛然停止。“他告诉你了？”

“我猜的。”

“然后他告诉你了？什么时候？”

“今天。”

她的酒一下子全醒了，对马克非常生气。这是背信的行为，假如他们的关系公开了，并不是只有他一个人损失巨大。这对乔乔成为合伙人有非常不利的影响。她想到吉姆和里奇·甘特有多亲近，突然感到一阵恶心。

马克本该告诉她的！有人知道了她的秘密，她却不知道他们知道——这让她多么被动。

“别太抱怨马克。他总得有人谈谈。”

她甚至都不能打电话给马克咆哮一番。这叫什么事啊。

“别担心，”吉姆说，“我肯定会为你保守秘密的。”

乔乔不知道该不该相信他的话。她不知道该不该信任他。她觉得自己突然之间像是患上了严重的妄想症。

“我该走了。”她收拾起自己的东西，打电话叫了一辆出租车，到贝姬和安迪那里去。

在出租车里，她对马克的怨恨突然爆发，她想，我绝不能忍气吞声到下次再见他时。于是她给他发了短信：“给我打电话。”

他几乎是立刻就打了过来。

“你跟吉姆·斯威特曼做了什么交易？”她问。

“他已经知道了。”

“他本来不知道。你大错特错了，马克。吉姆可能以为他知道，但在你告诉他之前，他并不确定，你明白吗？”

“乔乔，上星期六上午九点半，他在你的公寓外看见我了。”

“是吗？他怎么看见的？”

“他正开车从那儿路过。”

“他为什么要从那儿路过？”

“他住在西汉普斯特德。离你那儿不远。我被抓了个现行。请相信我，乔乔，请尽量考虑一下我的处境，这回我是有口难辩啊。如果我能辩解清楚，我一定会的。”

她一直保守着秘密。但他们冒了这么多险，早晚有一天会被抓住的，可为什么偏偏是被他们的同事抓住呢?

“吉姆是可以相信的。”马克说。

“但愿如此。”可她仍然有些耿耿于怀。“那你为什么不告诉我他已经知道了呢? ”

“我告诉你了啊。”他好像很是困惑。“他刚一离开我的办公室，我就给你发了电子邮件。”

“什么时候? ”

“四点，还是四点半? ”

她没有检查邮箱。在一种庆祝和周末即将来临的轻快情绪中，她决定省却那道麻烦，径直来到了酒店。这不是她的一贯作风，这是个错误。

“好吧。”马克洗清了自身。他没有任何错误。“你没事了。”

“好的! 我还以为你想告诉我一下米兰达获得的权益，并想在周末和我通一次话呢。”

“权益? 通话? ”她强制自己大笑了一下。“你够幸运的了。”

“我很抱歉这个周末不能见你。”

“没关系。可爱的怀亚特姐妹中的玛齐，明天晚上将举行三十岁生日晚会。是化装舞会，我会玩得很高兴的。”

“再提醒我一遍，她们中的哪一个让你迷恋来着? ”

“玛格达。不过——”

“——这跟同性恋一点儿关系也没有。”俩人一起说道。

“谢谢你告诉我这件事情。”马克的语气突然变得非常严肃起来。

呃?

“她是一位优秀的作者，我们将会很遗憾失去她。”

一定是凯茜进了屋。

“周一见吧。”

她把发生的事情全都告诉了贝姬和安迪。

“一旦公司里有人察觉了，很快所有的同事都会知道的。”她说。

“你们本来就在冒险嘛，”安迪说，“是你们想被别人抓住的。为什么不大方一点儿，在别人告诉他太太之前，你们直接告诉她？”

乔乔深吸了一口气。“我来告诉你为什么吧。拆散一门婚姻是这个世界上最混账的事情。不仅是他妻子，还有他的孩子，都将陷入痛苦。他们怎么受得了？”

“我不知道，”安迪说，“可这种事情总是在发生。是的，大量地发生。”

“我可不行。这就像发动一场战争，嗯，我连想都不能想。别人怎么能那样泰然处之呢？他们厌恶妻子，说她发胖，说她从来不和他口交，都是她的错。而我不是那样，我会为自己感到羞耻的，我该怎么办？”

“那就踹了他。”安迪有些不耐烦了。他受不了了，他是个男人。

“我并不那么感到羞耻，这却使我越发感到羞耻。”

“在我看来，这只是有点儿后现代而已。”

“假如——当——假如马克和我这件事公开了，那还不是玫瑰褪色。无论那情况是怎样发生的，都将是一幅非常丑陋的画面。这是事实。”

“但那情况会发生吗？会还是不会？”不等她回答，安迪又继续往下说了，“我对你很失望，乔乔。大多数女人都是只会说不会做。她们说呀、说呀、说呀，但什么也不做。你看看可怜的贝姬和她的工作。对不起，亲爱的，”他扭头对贝姬说了一句。“我知道你忍不住，可我是为了你好啊，乔乔。告诉我我没说错。告诉我你不会再光说不练了。我需要你做点儿让我相信的事情。”

“伦敦城刚刚把他们的管理者炒了。”贝姬解释道。

“好吧，”乔乔咽了口唾沫。“这事早晚要发生的，只是什么时候发生的问题。但是当我想起自己在萨姆那年龄时……”她停顿了一下，又接着说了下去，她的声音在打战，“当我想起索菲和萨姆将不能和爸爸在一起时……”

她的眼泪夺眶而出，她轻声地抽泣了起来，胸脯一起一伏。贝姬和安迪面面相觑，他们可没想到乔乔会哭。

那天晚上在床上，她思索着这件事。她一直在等待一个时刻，当离开马克的痛苦超过拆散他的婚姻，让他的孩子失去父亲的痛苦。然而这个时刻还没有来临。

她爱马克，但她有所克制。她从来——不是开玩笑——没有对他说过她爱他，而他不止一次地对她说："你在瞒着我，乔乔。"

实际情况是，她不想让感情压垮自己，不想做与自己的道德准则严重冲突的事情。

但是安迪说得对。她和马克在冒越来越多的危险。可以说，他们在找人逮他们，因为他们必须做出决断，难道不是吗？

那么他们在一起的生活会是什么样子呢？他们将住在哪里呢？她是否必须卖掉自己的公寓？是的，这没问题。不过，她将不得不参加一个健身班。以往她把爬楼梯也当成一种锻炼，对她维护健康也还是有几分作用的。他们也许要到郊区去买一幢房子。

但她对此已不再害怕。她意识到自己已经做好了准备。几乎已经做好了准备。她和马克可以一起开车上班，每天晚上一起睡觉，每天早晨一起醒来，无论做什么都再也不用偷偷摸摸的了。

而且不，她不认为马克的激情会消失。人们经常说私情不过是狂热的性生活，一旦从见缝插针的密会转为平凡沉闷的家庭生活，就无法存活了，可是当她和马克独处时，再寻常的事情也像是做爱一样。除了依然激情洋溢的性生活外，他们还平静地做着一些小事情。她给他做饭，他们一起读杂志，做神秘的猜字游戏，讨论工作。他们所需要的就是两双绒拖鞋。"马克，看看咱们，"上一个星期天，乔乔曾大声叫道，"咱们简直像一对老夫老妻。"

"咱们可以成为老夫老妻的。"

"不行！"

她在黑暗中叹了口气。她将给别人造成痛苦，给自己招致羞辱，她必须忍受磨难。幸运的是她善于做自己不愿做的事情，但她只是擅长做，这并不意味着她不得不喜欢这样做。

17

星期六晚上，怀亚特姐妹家

玛格达打开了厚厚的木质前门，用她最大的声音喊道：“**乔乔·哈维，大美女，大才女**！玛齐！玛丽娜！乔乔来了！”

一群金发碧眼的美女聚集在乔乔周围。乔乔穿着古老的黑皮裹腿，戴着有磨损的红色的角和尼龙搭扣的红色尾巴，浑身洋溢着爱意。就连怀亚特夫人也加入了进来，如果不仔细看，会以为她是怀亚特姐妹中的又一个呢，“我叫玛格诺莉娅，请进。你的腿真性感！”

“打扮成一个魔鬼来，这主意真妙。”玛格达说。

乔乔心想，这只不过证明了某些人命该富贵和美丽。怀亚特家的服装是租来的——或者更糟，也许是专门为这个晚会制作的——但她们仍然要大赞她那值不了几个钱的角和尾巴，就仿佛这些是她们从来没见过的最稀罕的玩意儿。

玛齐穿着玛丽琳·梦露式的白色露背式连衣裙，玛丽娜的冰蓝色香奈儿套装上系着几个填充的知更鸟饰品，是电影《鸟》中蒂皮·赫德伦[①]的装束，玛格达身材高大，光彩照人，像是《指环王》里的精灵王后。“乔乔，这实在是太有趣了，我从来没喜欢过我的耳朵。它们又扁又尖，我都想做个整容手术。可是现在，我很高兴我没做。”

玛格诺莉娅表示赞同。“我一向说，如果你信守什么东西，只要坚持足够长的时间，它就会重新成为时尚的。”

---

①蒂皮·赫德伦（1930～）：美国女演员、时装模特。

玛格达的哥哥米哈伊尔的孩子们，几位彬彬有礼的小姑娘，来回跑动着。其中一位帮乔乔脱掉了大衣，另一位接过了礼物，郑重地告诉乔乔将放进“礼品室”，还有一位给乔乔奉上了香槟鸡尾酒。

晚会进行得非常流畅，就好像是专业人士举办的，但实际上所有事情都是玛格达本人做的，所有点子也都是她想出来的：烛光昏暗的闲聊空间；摆有自助餐桌和柔软沙发的就餐区；还有一间配有音响设备和吧台的大屋子，叫做“胡来屋”。你刚把手中的饮料喝下一半，还不到一微秒就会有托盘托着的饮料出现在你鼻子下。你刚想坐下，就会发现自己已经在椅子上了。你刚蜷起身子，还算清醒地意识到自己是唯一穿着自制服装的人，就有帅哥投来钦佩的目光。所有人都租来了特别的行头。在头五分钟乔乔就看到了大猩猩、甘道夫、粉红豹、一位披着盔甲的骑士、一名受困的少女、又一个甘道夫、一位修女、蝙蝠侠、又一个甘道夫，还有两个命殒断头台的法国王后玛丽·安托瓦内特，都是男人扮的。就连安迪都穿了一身超人的衣服，贝姬穿着黑色的紧身衣，戴着眼罩，扮成了猫女。

接着乔乔看见了莎娜和布兰登，欣慰地舒了一口气。皮包骨头的莎娜穿着一件棕色的假鳄鱼皮紧身衣，布兰登身上则贴满了巨大而丑陋的泡沫塑料块，他想扮成一个爆米花。

“我们这儿有些非常非常可爱的男士要介绍给你，乔乔，”玛格达说，“首先是这位阿里巴巴。他是个钱罐子，也是个的确很不错的小伙儿。你不能指望再有更好的了。只是有一样儿，你必须答应我不能拂袖而去。”她握住了乔乔的手。“看在我的面子上，乔乔。答应我吧？”

乔乔嫣然一笑，答应了。她爱玛格达。

“没有人告诉他怎样运用人工皮肤帮他装扮成阿里巴巴。但他是最最可爱的男人，而且就像我说过的，他很有钱。跟我来，让我介绍你们认识一下。”

她拽着乔乔穿过屋子，来到一个穿着粉色哈伦裤，系着红色宽腰带的男人面前。“乔乔，这位是亨利。我知道你们马上就会彼此相爱的。”

乔乔只看了一眼，便不得不动用浑身所有神经的力量才克制住没大笑起来。在橘黄色的帽子之下，亨利的脸色看上去就像是扎染出来的一样。虽然他也使用了眼影粉，但用得很糟糕，丝毫没有为他增色。

玛格达旋转着离开了，亨利清了清他那被龙舌兰烧酒呛着的喉咙，说："我抱歉脸上出了这么多道道。我不知道怎样正确使用一种非常有名的仿晒黑肤色产品，结果就弄成了这样。"

"嗨，你怎么会知道呢，你是男人呀。"

"人们都说这些颜色得过一星期才能褪掉呢。"

乔乔同情地点了点头。

"这会让我上班时非常尴尬。"

"你做什么工作？"

"我读新闻。"

又一阵大笑冲撞着她的喉咙，险些哽住了她。她紧紧地握起拳头。

"是股市报道，不是全新闻。但也不好对付。"

乔乔思忖着怎样逃脱，但她用不着太费心。玛格达·怀亚特抢在她前面，带了个打扮成粉兔子的姑娘过来。"亨利，这位是雅典娜，赫米昂家最小的妹妹。我知道我可以指望你来照顾她，乔乔，我很抱歉打断你和亨利非常非常有趣的谈话，但我需要把你拽开一会儿。"

刚刚到达亨利听不见的地方，她就嘀咕道："他那褐色皮肤是不是假的？"

"不是——"

"没关系，我们这儿还有好多可爱的男士呢。那么，咱们下一个和谁打招呼呢？……"

玛格达是有些特质的，她能吸引人把秘密讲出来。"你看，玛格达，我已经有男朋友了。不过他结婚了。"

"天呐，太让人激动了。"但紧接着她看了一眼乔乔的脸。"不激动吗？来，咱们坐下说说。"

她俩恰好在一对窗边的座椅旁，椅子的大小也正合适，就像是专为乔乔和玛格达定做的。这时玛格达的一个外甥女不知从哪儿蹿了出来，玛格达叫她去拿了一瓶香槟来，俩人一边喝着，乔乔把马克的事情一五一十地告诉了玛格达。

“他就是你的真命天子吗？”乔乔讲完后，玛格达问道。

“我不知道。我想是的，可谁又敢肯定呢？”

“你知道我怎么判断一个男人是不是我的吗？他们都穿着可怕的鞋。当他们穿着那样的鞋时，我和他们一起出现在大庭广众之下，我就会感到很窘迫。哪怕他们其他各方面都好，他们的鞋也总是糟透了。我就是这样判断的。”

“但愿事情有那么简单。”乔乔意识到，整个事情的势头就像是野马脱缰，似乎她和马克都控制不住了。马克向吉姆·斯威特曼坦白了，看看这里又在发生着什么情况——尽量她迷恋玛格达，可她并不真正了解她，但她仍然向她倾诉了一切。

第二天，在贝姬和安迪那里

安迪开了门，瞪大眼睛看了乔乔半天。“乔乔，你起来了。你的酒量肯定顶得上一头大象。我们都倒了。”

“我趁我还能走时离开了。”乔乔跟着他进了屋。“贝姬呢？”

“我想是正在呕吐呢。”

“太不像话了！好啊，你。”她指着安迪说，“你可是个男人啊。”

“今天不是。也许曾经是，但今天我垮了。那些生猛的怀亚特们呐。”

“下星期是马克的生日。我该送他什么礼物呢？男人们都喜欢什么？”

“和危险的女人过不寻常的性生活。”

“那他总能得到。还有什么，请问。”

“袖扣？”

“不行。”

“手铐？”

“不行。”

“钱包？”

“不行。”

“衣服？”

“不行。这些东西凯茜都能看到的，她可没那么傻。”

“我不知道，”安迪说，“难道她不吃乳酪三明治吗？可她明明知道那会让她偏头疼的呀。一副双陆棋怎么样？”

“不行。”

“一本书？”

安迪本是开玩笑，但却让乔乔正中下怀。“还真让你说着了！一本首版的什么书。他喜欢看斯坦贝克的书。来一本首版的《愤怒的葡萄》怎么样？”

贝姬不声不响地进了屋，脸色灰白，情绪低沉。她轻手轻脚地爬上沙发，平躺在上面。“我刚吐过。”

“你喝那么多干吗？”乔乔问，“想得勋章吗？”

“我只是和大家分享。不过你要是送他一本首版的什么书，你可没法在上面写任何甜言蜜语，因为他老婆会看见的。”

“你都听见了！”安迪说。

“我能一边吐一边听。”

“她问我的意见。关于男人们都喜欢什么。她可以在书上写点什么，只要他能保证始终把书放在办公室。”

“小朋友们，别吵了。我不会在首版书上题任何字的。句号。”

贝姬用脚捅了捅安迪。“给我拿点儿止痛药来吧。”

“行。”

“谢谢。你看我，”她对乔乔说，“下午三点还穿着睡衣，头上像是有重锤在敲，胃里翻江倒海，内心充满莫名的恐惧。怀亚特家那帮丫头可真能折腾！”

“晚会办得很好呀。难道玛丽娜不像她那小西装上的纽扣那么可爱吗？”

“难道玛齐穿着那身白色连衣裙不漂亮吗？”

“还有玛格诺莉娅那身普西·格罗[①]的打扮？”

“但是玛格达……”她俩都“唔”地长叫一声，表示对玛格达的钦慕。安迪在厨房里挑逗性地发出了些噪音，乔乔挖苦般地回答道：“这跟同性恋一点儿关系也没有。”

---

①普西·格罗：007系列电影的第三部《金手指》中的邦女郎之一，由英国女演员霍纳·布莱克曼饰演。——编者注

安迪攥着一把止痛药片回来了。“很显然，有五个客人都打扮成了甘道夫。”

“我想其中至少一个是邓布利多，”贝姬说，“有那么多男士在那里忙活。这真是一个很好的撮合会，如果你还单身的话，那真是如鱼得水。”她问乔乔。“怎么样？我知道你不是单身了，但昨晚那些男士们可不知道。那么，有什么艳遇吗？”

“不坏。我和一位甘道夫跳了一曲慢舞，和一位修道院长跳了个《周末夜狂热》[①]里的舞，受到一位空气清新剂外出吃饭的邀请。”

“空气清新剂？是哪种？”

“就是挂在汽车后视镜上的那些松树中的一种。”

“是他呀？我还以为他扮的是棵圣诞树呢。他长得帅吗？”

“我还真没看出来。他脸上戴了个鸟嘴一样的东西。”

“我看见你还跟克努特王[②]跳了一曲。”安迪说。

乔乔摇了摇头。

“你跳了。我亲眼看见的。尽管我抱怨过，但我记得我当时想，你们俩居然还喜欢那种舞呢。”

“不是，我缠进他的网里了。我们不是在跳舞，俩人都在奋力挣脱。”

---

①《周末夜狂热》：1977 年的美国电影，有大量迪斯科舞蹈情节。——编者注

②克努特王（995 ~ 1035）：丹麦人，中世纪英格兰、丹麦和挪威国王，他在位时是北欧海盗时代的鼎盛期。——编者注

18

星期一早上，乔乔打开了邮箱

有一封信标明是私人邮件，乔乔觉得自己认识那笔迹。她撕开了信封，把信倒了出来。“哦，不！”

亲爱的乔乔：

对你说这番话真不容易，但我决定不再重返工作了。我知道我答应过你会回来。我在作出承诺时是打算说话算数的，但我没想到我会这样爱斯泰拉，我无法想象每天都让她和一个陌生的保姆在一起。等你有了孩子，你就知道我为什么这样说了。

我知道马诺伊已成为你的得力助手，我希望咱们仍是朋友。

爱你无比的

路易莎和斯泰拉

她爱路易莎。路易莎是她的密友，也是她的智囊。至少在生孩子这事偷走了她的智慧之前，她一直是。这不是好消息。她立刻去了马克那里。

“路易莎不回来了。”

“啊，啊。”

“你知道了？”

“我猜她不会回来的。果然如此。”

“她曾发誓说就算黑的变成了白的，她都会回来。”

“我相信她说这话时是真心实意的。”

“我也相信。”乔乔承认道。

“我们是打广告招个新人来呢，还是你把马诺伊留下？”

“马诺伊不错。好吧，他很棒，”她不情愿地承认道，“只不过路易莎是我的朋友。她了解你的情况。现在我连个说话的人都没了。我想我倒随时可以试试吉姆·斯威特曼。”

马克一言不发。他让沉默持续着，最后还是乔乔憋不住了。

“嗨，星期五是你的生日。”她又换了一种轻浮的语气。“晚上八点，到我床上来，有件特殊的礼品。”

他沉吟了半晌才开腔。“我不行。”他的语气听上去很痛苦。“凯茜已经安排了活动。”

“哦，什么活动？”

“到乡下的家庭旅馆住一夜。是韦茅斯庄园还是什么的。我非常抱歉。”

乔乔振作起精神。“没关系，马克，她是你妻子呀。”

“星期天怎么样？”

“没问题。”

然后她回到办公室，把这个消息告诉了马诺伊，说他将转为长期员工。他激动得差点儿哭了。“你不会后悔的。”他声音颤抖地说道。

“我也这么认为。咱们齐心协力吧。有谁来过电话吗？”

“杰玛·霍根来过电话。她问你是否已经把她的书稿卖了出去。”

乔乔转了转眼珠。杰玛·霍根是个爱尔兰女子。她给朋友发了一大堆电邮，详细讲述了她上了年纪的父亲离开她母亲的故事。当那一沓纸送到乔乔桌上时，还不是书的形式，但既有趣又奇妙，足以引起她的兴趣了。

于是她们见面了——然而这却是乔乔经历过的最怪异的一次会谈：所有来见她的作者都迫切希望书能出版，然而这个杰玛却不同，当乔乔意识到她在向一个既没有写书也不希望书出版的女子提出代理条件时，她当即中断了谈话。她以为再也听不到杰玛的音讯了，却不料几星期后杰玛打来了电话，说她正在写这本书——不到一个月后，成稿就寄来了。

这本书属于乔乔称之为“那又怎样？”那一类的稿子——不够奇特，不足以通过引人注目的标题拍卖售出。于是乔乔决定同每家出版社单独谈，如果一家拒绝了，就找下一家。

女主人公伊兹起初陷入了一个稍有些扭曲的俗套的爱情故事中。从书的第一页起，人们都以为她最终会和沉默寡言、W 形下巴的埃米特走到一起，然而相反的是，她最终爱上了给妈妈买药时认识的宁静而性感的药师。她妈妈的经历最让人难以接受。六十二岁的年龄，很傻，完全依赖别人，竟然连开车都从来没学过，然而到书的第七十九页后，她却做起了自己的生意（和她的瑞士小情人一起从瑞士倒卖化妆品到爱尔兰）。

这可真够荒唐的。在现实生活中，每产生一个赢得年度女企业家称号的弃妇，都会产生成千上万个再也没能恢复感情平衡的女人，而她们的反应是可以理解的。凯茜会是哪一种呢？乔乔不知道。如果，假如，马克和她……乔乔诚挚地希望她能变成年度女企业家那种。不过尽管有瑕疵，这本书却很有趣，也许能卖出去。当然，批评家们或许根本不屑一顾。这样的小说——他们称之为“女人的痴想”——很难引起人们的关注。然而，偶尔为了杀鸡儆猴，他们也会挑出一本来“评论”一下——不过那书评是在他们根本就没当真读那本书的情况下就写好的——他们会以三 K 党嘲笑被捆绑着的黑人孩子时那种令人作呕的优越感来极尽揶揄挖苦之能事。

当然，如果这样的书是男人写的，那就不同了……评论会立刻变成“勇敢的温柔”和“对感情无畏的探索和暴露”。而通常会取笑“女性文学”的女人们，也会在大庭广众之下自豪地读这本书。

还有一个办法……有没有可能说服杰玛 · 霍根假装成一个男人呢？并不是说打扮成男人，而是用杰里 · 霍根之类的名字出版。然而不大可能。像许多作者一样，杰玛也许正盼望着在《哈罗！》杂志上看到自己的照片，在报纸上看到自己的名字。

当乔乔打电话告诉杰玛她将代理她和她的书时，杰玛只是轻声笑了笑。“在我内心里，我大声欢呼着，都快把我的脑袋晃悠掉了，可我正在公司上班，”她抱歉地说道，“这么说，你当真喜欢这本书了？”

“我爱它。”是的，她在享受它。“哦，对了，书有名字了吗？”

“当然有。难道我没写上去吗？书名叫《爸爸的罪孽》。”

“哦，不，不要叫这个名字。”

“抱歉，你说什么？”

“我比你还要抱歉。换个名字吧，比如，昨天。”

“可这名字最能代表这个故事啊。”

“这是一部轻松、浪漫的小说！需要一个轻松、浪漫的书名。‘爸爸的罪孽’听上去像是个凝滞、沉重的悲惨故事，比如青春期的少女被想要强奸她的同父异母的兄弟鞭打。太变态了。”

“谁变态？是少女还是兄弟？”

“我的意思是说兄弟。不过也可以是少女，实际上两者都可能变态。你觉得书名叫‘天昏地暗’怎么样？”

“可这个名字没有任何意义。”

“杰玛，请好好听我说。用，这，样，一，个，书，名，我，没，法，把，书，卖，出，去。请，再，想，个，新，名，字。”

杰玛停顿了良久，才非常不快地说道：“叫‘逃跑的爸爸’。”

“不行。”

“我想不出别的了。”

“那好吧，我们就暂时用这个名字吧。我们需要一个新书名，不过现在我就要开始把这部书稿寄给编辑们了。”

“没必要寄给很多人。我希望能在给莉莉·赖特出书的那家出版社出。是叫达尔金·埃默里公司吗？”

“哇。”作为第一次出书的人，杰玛居然对出版社这么了解，真是出人意料。乔乔随即想了想——这倒是个不坏的主意。达尔金·埃默里公司长于女性文学：除了莉莉·赖特之外，他们还使米兰达·英格兰获得了巨大成功。

“我们可以试试达尔金·埃默里公司，但我将把你的书寄给另一位编辑。朋友之间共用一位编辑可不好。你现在也许不相信，但这会引发巨大的敌对……”即使这种敌对目前尚不存在，她也开始怀疑的确有了，“……而且会毁了你们的友谊。”

“我们并不是真正的朋友。我们只是……相互知道。”

乔乔仍然决定不听杰玛的——客户并不总是正确——她把稿子寄给了奥伊芙·贝尔纳。

但是奥伊芙给她打来电话说：“乔乔，这本《逃跑的爸爸》太像塔妮娅·蒂尔的书了。我把稿子转给她了。”

神奇的是，乔乔刚一挂上电话，杰玛就打电话来问进展了。当她听说莉莉的编辑在考虑这本书，她说：“我就知道会是这样。我注定要跟这位编辑合作的。”

虽然乔乔从来不相信任何“注定”要怎样怎样的鬼话，这话还是给她留下了些许印象。

过了大约五分钟。塔妮娅打来了电话。她说这是一本很有趣的书，实际上让她想起了米兰达·英格兰的早期作品，但它还不够特别。

见鬼，乔乔心想。这些“那又怎样”的书的确可以给她增添光彩，但为了这点儿小小的收获要忙活的事情也太多了。

下一个找谁呢？佩勒姆公司的帕特里夏·埃文斯。但是帕特里夏因为她没有接受《爱情和面纱》的优先买断权，始终没有真正原谅她。果然不出所料，在《逃跑的爸爸》快递出两天后，一封标准的退稿信送到了乔乔的桌上。她敢打赌帕特里夏连看都没看稿子。现在该试试南十字公司的克莱尔·科尔顿了。因为，尽管她没有好消息，她还是给杰玛打了电话。她有个原则，无论情况多么不利，也要给所有作者回电话，并直截了当地把实情告诉他们。

“还没有卖出去，杰玛。我们又寄给了几位编辑。不过，别担心，出版社还多得是。”

“难道我们不能再试试莉莉·赖特的那位编辑吗？”

“不能，绝对不行了。”

“好吧。我又想了个新书名。”

“快告诉我。”

“《背叛》。”

“太像丹妮尔·斯蒂尔[1]了。实际上……你知道，也许这话不该由我来说，但你需要，比如说，超脱一些。你所挑选的书名，全都有点儿……嗯……怨愤。”

“那是因为我就是很怨愤。”她的声音听上去很自豪。

“好吧。不管怎样，如果你想出更好的名字了，一定告诉我。”

①丹妮尔·斯蒂尔（1947 ~）：美国畅销书作家、编剧。

19

星期四上午

艺术开创者协会的布伦特和泰勒来了，顿时使前台接待处蓬荜生辉。布伦特是黄头发，泰勒则是黑头发，两人身体都很健壮，黝黑的皮肤，似乎每个毛孔都散发着美国西海岸那种自然而从容的魅力。他们穿着崭新的斜纹布裤和马球衫。尽管还没倒过时差，眼睛却都炯炯有神。他们的皮肤漂亮得简直令人怀疑是否是真的。

吉姆·斯威特曼介绍乔乔时，说她就是“发现”了《爱情和面纱》的那位女士。

“我们实在是太应该感谢你了。”布伦特热情洋溢但又温声细语地说道。

“是的，如果没有你的话，我们就来不了这儿了。”

“我们迫不及待地想读你其他作者的作品。我们听说了他们很多非常非常神奇的事情。”

“非常非常神奇。”

“的确是非常非常神奇。”

乔乔不禁大笑起来。“快别吹了，伙计们。”

在回办公室的路上，乔乔一头撞上了马克。“我刚从艺术开创者协会的肯娃娃[①]们那儿来。”

她低声咕哝道，“他们让我们剩下的人看上去简直像是《恶夜僵尸》[②]。”

---

①肯娃娃：芭比娃娃的男朋友，是英俊的成年男性形象的玩偶。——编者注

②《恶夜僵尸》：美国恐怖电影大师乔治·罗梅罗导演的一部经典僵尸影片，最早摄于1968年，后多次被翻拍。

马克把目光径直投向了他们。“天呐！他们是这个黑白世界里仅有的色彩。”

“就像《绿野仙踪》开头的那条黄砖路。”

“或者说像是《辛德勒的名单》里那个穿着红衣服的小孩儿。好吧，我去和他们聊聊。”

“小心点儿。他们会像便宜西装一样裹住你。”

“比起便宜西装，更像是皮疹。”十分钟后，当他们在会议室里相遇，准备参加正式的欢迎会时，马克轻声说道。

乔乔目视着所有代理人鱼贯而入。丹·斯旺进来了，头上戴着他那顶似乎永远摘不掉的发霉的绿帽子——乔乔心想，看来他已经升级为彻头彻尾的怪人了。他坐在了乔乔旁边，好奇地打量着那两个皮肤被太阳晒成古铜色的家伙。“他们算得上男人，”他低声喃喃地说道，“是仅有的闪光体。”

接下去进来的是乔斯林·福赛思，穿着他那身细直纹的西服，一副英国绅士的派头，称呼布伦特为“我亲爱的同事”，称呼泰勒为“亲爱的小伙子”。

再接下去进来的是洛贝莉娅·弗伦奇和奥罗拉·霍尔，像往常一样对她视而不见。继而是塔尔坎·温特沃思，带着毫不掩饰的敌意瞟了她一眼。这令她不快，但是，唉！有什么办法呢，谁叫她工作比她们努力，挣来的钱比她们多呢？

但是还有一个人让她们的厌恶更甚于她，现在他来了——里奇·甘特今天看上去越发令人讨厌。那一瞬间，她们四个人在对他的轻蔑方面取得了一致。

奥尔佳·菲舍尔坐在她的另一侧，看着布伦特和泰勒说：“皮肤真好，是吧？”

“我不知道他们用什么护肤品？”

“海蓝之谜[①]。我问过他们了。我还有一个疣猪的录像给你看。这种动物算不上最可爱，但很有趣。待会儿我放在那个小伙子那儿。”

---

①海蓝之谜：雅诗兰黛集团旗下的高端奢侈护肤品品牌，以昂贵和解决皮肤问题的神奇功效著称。

“他叫马诺伊。他现在是正式员工了。路易莎不回来了。”

“我要是那个小天使的妈妈，我想我也不会回来工作了。”

“是吗？”可大家都说她是头母老虎啊。

“我不会回来的。作者们像小孩子一样难缠，可远没那么可爱。你会回来工作吗？”

“当然会！”

“你现在这么说。”

“我肯定会的——”

这时马克宣布开会了，乔乔不得不闭上了嘴。

会议到中午才结束。这才到了关键时刻：乔乔将和吉姆一起在卡普里切酒店与艺术开创者协会的客人共进午餐，她非常担心吉姆会在最后时刻拉上里奇 · 甘特。然而他没有，正如乔乔在返回公司的出租车上对吉姆所说的：“这是我最快乐的时刻！”布伦特和泰勒太热情了，让人觉得简直像是她所有书的电影拍摄权都已经卖了出去，现在都可以挑选演员了。他们鼓励她放开思路，大胆遐想，然后告诉他们她认为适合扮演她的作者们笔下任何人物的演员，甚至她青睐的导演。“我知道他们有些言过其实了，”她愉快地叹了口气。“但是我的确感到我的书终于熬出了头。”她刚刚喝过三杯香槟酒，这时感到有一首歌正在从心底飘起。“跃上峰巅！”

“嗯哼？”马诺伊问道，“差十分四点了你才回来，我想一定是有好消息？”

“太好了。太好太好了。他们太爱我了，简直像性交一样爽。嘿，比性交还爽。”

“你肯定想去花花钱喽？”

“那还用说。深夜疯狂购物。多幸运的事情啊？”

星期五上午，第一件事

南十字公司的克莱尔 · 科尔顿发来了邮件，表达谢意，但不要杰玛 · 霍根的书。她说了塔妮娅 · 蒂尔说过而乔乔想过的话——这本书有点儿意思，但不够特别。

好吧，乔乔忍下痛苦，陷入了沉思。下一个找哪家呢？该B&B考尔德公司了。不过，问题是她手头的出版商快要用尽了。它们相互兼并，以致伦敦只剩下六家大出版公司。尽管每家大出版公司旗下还有一些小公司，但你不能把被一位编辑拒绝了的稿子转投该公司其他部门的编辑；就每家出版公司而言，你只有一次机会，因此你必须非常慎重地选择编辑。那么她该联系B&B考尔德公司的谁呢？当然不能是“年度编辑”弗朗茨·怀尔德！她仿佛已经听到了他在读了几页《逃跑的爸爸》后发出的恶毒的嘲笑。

适合这本书的应当是一位正在蒸蒸日上的新人。于是她想到了一个女孩：哈丽雅特·J．埃文斯，年轻而热情，刚刚因为几笔出色的版权交易而崭露头角。她怎么没早点儿想到她呢？她拿起了电话。

“用电子邮件发给我吧。”哈丽雅特说道。

随后她来到马诺伊的桌前，给他看了她前一天晚上买到的非常可爱的小笔记本。她正向他展示可以藏香烟的密层时，里奇·甘特恰好从旁边路过。她还没看见他，就察觉了他——仿佛有一种隐约的恶感正在她背部的皮肤上爬。他果然来了，头发上打了太多的发胶，穿着太廉价的西服，脖子上有太多的污渍。

他停顿了一下，轻蔑地白了她一眼，然后，令她深感意外的是，他竟冲着她大笑起来。

“你在为只有你自己能听见的笑话发笑吗？”接着她又放软语气加了一句，“你个可怜的杂种。”

然而他又大笑了起来，她感到呼吸在胸部被卡住了。她目视着他慢悠悠地踱过走廊，兀自咯咯笑个不停。“一定发生了什么事，”她对满脸警觉的马诺伊说道，“去查查。”

在复印机旁逡巡了十五分钟左右后，马诺伊回来报告了：“他们昨晚都出去了。”

“谁？”

“布伦特、泰勒、吉姆和里奇。”

“他们为什么不叫上我？”

“他们去了大腿舞夜总会。”

“那又为什么不叫上我呢？”

“会感到尴尬的。”

“我不会尴尬的。”

“可他们也许会。咄。”

大腿舞夜总会！里奇·甘特个小杂种。他又来了：在卡普里切共进午餐与夜晚狂饮还抱着裸体女人根本没法相比。她怒火中烧，尤其深感侮辱的是布伦特和泰勒在和她共进午餐的同时，心里却在盘算着随后的——而且是真正的——快乐时光。原来他们一直是在拿她寻开心。

她不天真，知道这样的事情在发生着，但她原本以为出版界的品位会高些。她想起自己在出租车里曾是怎样地兴奋和谄媚。吉姆·斯威特曼本该告诉她他们随后将和里奇·甘特一起出去的，但吉姆是个胆小鬼，认为通风报信者会挨枪子的。他只传递好消息。

她轻蔑地心想，男人不过是一种长着一个脑袋和一个鸡巴的无用杂种，没有足够的血液同时支持这两个器官运转。

继而她又迁怒于那些脱掉衣服供男人们玩弄从而抢走了其他女人生意的女人们。当男人们能够花钱让女人们脱掉衣服时，他们怎么还会尊重劳动妇女呢？他们怎么能不把所有女人都当成玩偶呢？

此前她一直以为自己作为一名职业女性，除了不滥交外拥有了一切。看来她错了。她是位出色的代理人，但她却永远不能靠请鸡巴脑袋们跳舞来营造关系。然而男人却有这个便利。这种不公平感就像是在她脸上抽耳光一样打击着她。是男人和他们的鸡巴在主宰着这个世界——有那么一瞬间她感到天旋地转。她怒不可遏，但通常她最终也只能是沮丧。

总之，她很沮丧：那天是马克的生日，她想和他一起度过。然而，下午的某个时候，凯茜会来把他接走，到一个古色古香的旅馆去过夜，那里有四根帷柱的大床，有七道菜的大餐，还有罗马式的泳池（她曾在网上查过的）。

20

星期五下午

这一天一点儿也没有起色。午饭时间刚过，哈丽雅特·J.埃文斯打来了电话。

“怎么样？”

“抱歉。我要说不了。”

“可你还根本没时间读这本书呢！”

“我读得够多的了。实际上我很喜欢这本书，我被逗得大笑不止，可是这样的书实在太多了。抱歉，乔乔。”

找下一个吧！

该索尔公司的保罗·怀廷顿了。他是个男人，但他喜欢商业小说——和很多男编辑不同的是，他并不认为具有幽默感是件可耻的事。

乔乔给他打了电话，把《逃跑的爸爸》夸耀成有可能成为年度最畅销的书，保罗答应用周末时间读一读。

“马诺伊！叫快递！”

埃蒙·法雷尔，一位令人头疼的作者，约好三点三十分来见她，但他差五分四点时才露面，身上散发着香烟、快餐和帕科香水的气味，还夹杂着一丝让人怀疑是尿的怪味。这全都因为他是天才。作为乔乔手中仅次于内森·弗雷的明星作者，她不得不吻了他一下。这种事情不经常发生，但有时候真让我厌恶自己的工作，乔乔悲哀地想道。

他坐在她对面，身上衣服的样子，就像他被绑在车背后，拖着在城里转了好几个小时似的——这又是他天才的标志——他足足抱怨了四十五分钟，把地球上所有其他男作家都数落了一遍。然后他突然起身说道："好了，我说得都烦了。"

"我送你到电梯口。"

路上他们遇到了吉姆。"乔乔，你要出去很久吗？"

你昨晚花钱让女人们脱掉衣服，玩得很开心吗？她强压下怒火。

"不，我马上回来。"

"到我这儿来一趟。"

"他是谁？"埃蒙问道，"吉姆·斯威特曼，就是卖电影拍摄权的那小子吗？就是他把内森·弗雷的那堆狗屎卖给好莱坞的吗？他在为我做什么呢？"

"你的那堆狗屎？我们在努力。"

"什么？"

"电梯在这儿。"她把他和他那身怪味儿猛推了进去。"保重，埃蒙。有空常来。"

电梯门滑上了，带着讶异的埃蒙·法雷尔离开了。总算解脱了！她那通常像医生照顾病人一样对待作者的作风，今天背离了她。心情稍感轻松的她转身往回走——结果在走廊的远端看到了马克和一个金发碧眼的女人在一起。她是一位作者？还是一位编辑？当她意识到那就是凯茜时，她的每一根神经末梢都感到了刺痛。

她不完全是她记得的样子了。高了一些，苗条了一些。她穿着牛仔裤、白衬衫，还有——什么？噢，我的上帝呀！不可能。但她又看了一眼——的确是！——她的头脑被这种不可能性挤压着。她穿着我的夹克。她都四十多岁了，她买了一件"口哨"服装店的皮夹克，到底要做什么？这可是件顶多时髦三个月就会玩儿完的样子货啊。连我都在犹豫了半天后最终没买，而我才三十三岁。

马克看到她后，脸上立刻浮现出警觉的神色，两人隔着长长的走廊交换了一个眼色。乔乔真想旋转脚跟冲进电梯，但那样太明显了，她不得不迎着他们走去。走廊就像一条跑道，没有出口或旁门可逃，二十五英尺的距离要走很长时间。凯茜走得比马克快，她的声音很大，好像在责怪马克什么事。“你个蠢货。”她说着说着，大笑了起来。

乔乔走到他们身旁时，点了下头，含糊地打了个招呼“嗨”，就想从他们身旁溜过，但就在这时，她听见凯茜说道：“你好。”

见鬼。“嗨。”

马克和乔乔都想继续往前走，凯茜却站定了，马克只好怀着男人们在走向行刑电椅时的心情，给她俩相互做了介绍：“这位是乔乔·哈维。我们的一位代理人。”

“乔乔·哈维。”凯茜握住了乔乔的双手，端详着她的脸说道，“我的上帝，你可真是天生丽质呀。”她的眼睛是蓝色的，是北欧人特有的那种蓝色，尽管眼角已经有了皱纹，她却仍然很有魅力。“我是凯茜，马克饱受苦难的妻子。”

混账。但是凯茜眨了眨眼，乔乔明白她是在开玩笑。

“我本打算给你写信的，乔乔。”

见鬼。“是吗？”

“你有这么多优秀的作者。难道还不能证明你是个很聪明的人吗？”

她怎么知道我的作者的？

“我喜欢《米米的救赎》，”凯茜大声说道，“这本书太棒了，简直是块小宝石。”乔乔也是这样想的。见鬼。“我希望你不要介意，我求马克从你的办公室里偷了本米兰达·英格兰最新的小说。她太神奇了，是吧？纯粹的幻想。”乔乔也是这样想的。见鬼。

“你读的书可真多。”她的语气听起来像个机器人，但是，喂，她正处于极度的震惊中啊。她本以为看到的会是一个身穿宽松的及臀条纹衬衫、松紧带裤子，脚蹬宽大的平底拖鞋，只对下午茶和园艺感兴趣的非常无趣的女人。

“我爱书，”凯茜的眼睛里闪烁着光芒，“而唯一比书还好的东西就是免费的书。”乔乔也是这样想的。见鬼。

她用她那机器人般单调的语调说道：“你，手，边，就，有，个，懂，出，版，的，人，啊。”

凯茜满怀深情地冲着马克微笑了一下：“他有他的用处。”接着她就咯咯笑了起来。咯咯笑！好像她在想马克的其他用处。她拽着他的领带说道："走吧，寿星佬。"

马克在被拽走时，向乔乔使了个哀求的眼色。他的脸色就像是新近灌注了水泥。

"很高兴认识你，乔乔。"凯茜大声说道。她挥了挥那本免费的米兰达·英格兰的小说，"还有，谢谢你这本书。"

乔乔目送着他们进了电梯，突然感到一阵疯狂，差点儿喊出来："马克，求求你别和她睡觉。"

实际上，马克上次和凯茜睡觉，是在什么时候呢？她从来没有关心过。对马克妻子的嫉妒此前从来没有这么清晰过。她憎恨他的家人把他拽走的时候，但这还是第一次她把凯茜视为对手。直到现在，她实际上仍然对她怀有歉意，是歉意加负罪感。

他和她交谈。他把工作中的事情告诉她。她读书，她很聪明。她在穿衣方面很有品位，她穿了那件夹克。她对男人也很有品位。见鬼。我要到外面去，我需要吸根烟。

她掏出了烟和打火机，走向电梯，但当她经过吉姆·斯威特曼的办公室时，他在里面喊道："乔乔·哈维，进来！"

她用脚踢开了他的门，门重重地撞在了橱柜上，又重重地弹回了门框里。

"那个埃蒙·法雷尔身上的味儿真像垃圾车！"吉姆说完才注意到她情绪有些怪。"哎哟。你碰到凯茜了？"

"她穿着我的夹克。我要下楼去抽根烟。我一会儿再回来见你。"

电梯里都是埃蒙的气味。她走到街上，猛吸了一口渴望的尼古丁，靠在了墙上。这时，她突然一激灵，看到马克和凯茜在马路对面的小汽车里。他们还没走。她本能地退回了门里，以免他们看见她。马克坐在副驾驶座上，凯茜在开车。她嘴里叼了根烟，正在一个非常小的空间内倒车。她的眼睛因为烟雾而眯了起来。*她也抽烟！是像我一样的女人！*

她以很小的角度冲到了路上，险些撞到另一辆车。开车的是位老人，愤怒地摁了下喇叭。凯茜拿掉嘴里的香烟，给了他一个飞吻。乔乔能听见她的大笑声。然后他们就开车走了。

真他妈的。

她把烟头扔到脚下踩灭，又抽了一根，然后又是一根，然后上楼去找吉姆。

“不管你想跟我说什么，咱们能不能边喝边谈？”

“什么时候？现在吗？”

“已经过了五点了。走吧。”

“去哪儿？‘马车和马’吗？”

“只要有烈酒，哪儿都行。”

21

吉姆概述的并不是一个非常复杂的计划，但当喝到第三杯伏特加丁尼时，乔乔已经不大跟得上他的语速了。

“……迫切需要包装，不能走寻常的制片路子，布伦特认为如果我们能首先争取到知名导演或女演员加盟，交易就好谈了——”

“哪本？《米米的救赎》吗？”

“不是。是米兰达的第一本书。”

“是啊，那当然。”她轻柔地咯咯笑着。

“乔乔，亲爱的，我想你并没有注意听我说。”

“没有，抱歉，”她叹了口气，把杯中将尽的酒一饮而尽。“该下一杯了。”

“我去。”

他回来时，她快活地说道：“嗨，吉姆，你认识凯茜吗？跟我说说她吧。别骗我。”

“我会骗你吗？”

“也许会。你想要所有人都爱你，所以你只会告诉别人他们爱听的事情。”

吉姆眼中的笑意突然消失了，他的嘴唇也似乎凝固住了。

“哎哟，”乔乔含糊不清地大笑起来。“他不爱听这话哟。”

他不想看她。他蜷起了身子，用手指头敲着桌子。“但愿你还在抽烟。”她胡乱地抓起了她的香烟塞向了他。“我能诱惑你吗？”

他猛然扭过头来，直盯着她的脸：“不，乔乔，你诱惑不了我。”

她死死地盯着他。这他妈到底意味着什么？“喂。”她猛然恢复了令人不快的清醒状态。“怎么回事？”

他没有回答，垂下了眼睛。她一直等到自己平静下来才开口。

“吉姆，我很抱歉。我有点喝多了，心里也不大好受。”

现在该他道歉了。可他没有。

“我给你留了台阶了。”她说。

“什么台阶？”

“道歉。”

“为什么道歉？”

“你跟我说什么来着？你暗示我试图通过睡觉来获取合伙人地位，你要为此道歉。”

“哦，你在那样做吗？可笑，我想你够擅长于工作了，没必要那样做。”

太好了！她只不过是把事情搞得更糟。

“还要为那天在布伦特和泰勒面前戏弄我道歉。”

“什么？”

“跟我只吃了顿乏味的午餐，却和里奇·甘特去了大腿舞夜总会？嘿，好啊，谢谢了。”

“午餐并不乏味，午餐很好。他们喜欢你，他们喜欢你的书。”

“混账的大腿舞夜总会。”

“各人情况不同。我要尽心尽力地为每一位代理人服务，”他加重了语气，“因为那是我的工作。”

吉姆通常不会这样愠怒，人们都称他为“阳光先生”、“微笑的斯威特曼”，八面玲珑，人人满意。俩人沉默着，很快地喝着酒。吉姆又用手指敲起了桌子。乔乔每吸一口烟，就要大口地再吸一口空气。

时间一分钟一分钟地过去了。酒吧里来了新客人，也有更多的客人离开了。乔乔又点着一支烟，抽着它，往烟灰缸里弹着烟灰。又过了一段时间后，她碰了碰吉姆的袖子：“好吧，咱们重新开始吧。”

他挪开了胳膊，然而说道：“好吧，有两件事，咱们还是挑明吧。我并不认为你试图通过睡觉获取合伙人地位。你是名非常优秀的代理人。对于布伦特和泰勒来说，即使你不比里奇·甘特重要，也是同样重要。”

吉姆又微笑了起来，乔乔却并不相信。他在做那种她以前也做过的事——假装做那些事是在走一条特殊的道路，大多数人是因为太傻才不去做。

“那么你想了解了解凯茜喽？好吧，我跟你直说吧。”他又微笑了一下。“她是个没头脑的漂亮女人，一个真正的甜妞儿。”

“但我今天见到她时，她好像很聪明呀。”

“非常聪明。马克喜欢强壮而聪明的女人。”

她不喜欢他说话的方式，听上去像是说马克交着一大串女朋友，她们全都强壮又聪明。

“还有，你说她穿着你的夹克？你的夹克怎么会落到她手里？你是把它落在了马克的车里，还是其他什么要命的地方？”

“那并不真的是我的夹克。我在街上看见了一件我喜欢的夹克，凯茜却穿上了它。是的，我知道，我们在很多方面都很像。”接着，在事先没有打算的情况下，她脱口问道，“凯茜知道我吗？”

吉姆看着她，他的眼光一片茫然，让人捉摸不透。“我不知道。”

他们喝完了杯中酒，知道两人都不想再喝了。

“我帮你叫辆出租车，好吗？”吉姆非常客气地问道。

“稍等，我很快打个电话。”她掏出了手机。“贝姬，你在家吗？我能过去吗？”

然后她对吉姆说：“我要打出租车去西汉普斯特德。你住在那儿吧？我可以捎你一段儿。”

但他不愿意和她一起走。他面带微笑，彬彬有礼，却丝毫不想改变主意。带着最漫长的一段时间以来最恶劣的情绪，她来到了贝姬和安迪家。他们给她倒上了葡萄酒，让她发泄。

“我度过了最倒霉的一天。我刚刚和吉姆·斯威特曼干了一架，我想我已经毁掉了我们的关系，这是件很糟糕的事情，如果乔斯林·福赛思退休了，我想当合伙人，也许需要他投我一票呢。不过里奇·甘特恐怕早把他买通了，这也没什么太大不了的。但是比这更糟糕，还要糟糕许多的是，我碰见了凯茜·埃弗里，她简直像个天真的小姑娘。”

贝姬用鼻子轻轻地哼了一声。

“她跟我想象的不一样。她热情，风趣，她的头发很漂亮。她给我的感觉就像玛格达·怀亚特一样。要不是现在这情况下，我也许会迷恋上她的。”她扭头向安迪咆哮道，**“这跟同性恋一点儿关系也没有。”**

她平静下来后，又转向了贝姬。“她说我天生丽质，这也有点儿像玛格达。还有最最混账的事情，她穿着一件我差点儿买了的蓝色皮夹克。”

贝姬已经无法掩饰她的惊讶了。

“我猜她知道你的一切，”安迪说，“她在模仿你，在通过这件夹克向你发出一个信号。好在你没有惊慌。”

“你看的劣质惊险小说太多了，”贝姬说，“所以你老是说错。不过乔乔，我想她一定已经怀疑你了。这事听上去好像她在装给你看。我是说那件夹克。还有，你说她的头发不错。好像她是刚刚做过的？”

“是的。”

“你看。”

“好像不是这样。我向上帝坦白，我认为那件夹克只是个巧合。我是说，我遇到她都纯粹是个偶然事件。我真的认为她并不知道我。”

“我觉得她就是个傻女人，明明知道乳酪三明治会让她偏头疼，可还是要吃。”安迪说。

“我也是这么认为。才一个星期，情况就发生了多大的变化啊。上星期五我还很有负罪感，不想让马克离开她，这星期我就想让他离开她了，真糟糕，但是我想他不会愿意的。”

“他会的。他不是在玩游戏，”安迪说，“那天我在莎娜家见到他了。他看你的样子简直像要把你吃了。”

“吃了我，是的。但离开他的妻子和我一起生活，我觉得不会。你知道吗？他现在能和我一起过夜，而他妻子不闻不问。我想那是因为她根本不留心。于是我怀疑，比如说，她留心了，但她根本不在乎！他们过着各自的生活，只是为了孩子的缘故还在一起，也许她自己也有个情人呢。你知道他们像什么样子吗？”

“他们就像是一对幸福的恩爱夫妻。”

“呀。”

直到此前她还不肯考虑她生活的方方面面，不肯深入思考这件私情。但现在她不得不考虑了。她和所有那些卷入与有妇之夫的恋情的女人们都一样吗？她是个傻瓜吗？马克永远不会离开他的妻子吗？

“自从多米尼克下定决心不和我结婚后，我的感觉还没有这么糟糕过，我要和马克一刀两断，不再重复这种错误了。”

“可你爱他呀。”贝姬表示反对。

“正是因为我爱他，我才不想要他必须在我们俩人中做出选择。”

“不是这样的，”安迪说，“你只是想惩罚他。你受了伤，因为他有个漂亮妻子，你想把他吓个屁滚尿流。可你的工作怎么办？如果你现在踹了他，会对你的晋升机会产生什么影响？恐怕你得离开李普曼·黑格公司，一切从头开始了。”

乔乔因为恐惧而感到似乎一阵热一阵冷起来。直到此前，她一直认为自己牢牢地掌握着自己的命运，但和凯茜这次短短的邂逅却像是把她抛进了海中，她感到自己就像个随波逐流的软木塞一样软弱无力。

多年前安迪就曾说起过和自己的老板卷入私情的危险性。他是正确的。

“我觉得有点恶心。如果他选中我放纵激情，只是因为他认为我永远不会要求他离开妻子，那该怎么办？还有，他为什么要让我把他妻子想象成一个邋遢女人呢？”

“他是这样的吗？”

乔乔思忖着。也许不是。难道他在第一天晚上吃饭时没有告诉过自己她妻子理解他吗？他甚至说过有时候他们还一起做爱呢。可是她感到心乱如麻，非常不确定……

她把发生的其余情况也告诉了他们，贝姬总结道：“至少凯茜没有把烟塞进马克的嘴里，不然他们开车离开时就真可谓亲密无间了，就像是《末路狂花》①里的塞尔玛和路易丝了。”

“而且你有点发憷了，”安迪说，“如果你发憷了，事情往往会更糟糕。”

“如果你发憷了，他们会看上去更好，你个傻瓜。”

“噢，你们说得对。抱歉。”

---

①《末路狂花》：1991年的美国电影，讲述塞尔玛和路易丝这对好友在一次周末旅行中为反抗强奸而杀人后驾车逃亡的历程。

22

星期六上午

鲜花送来了。又送来了，现在她已经厌恶这些鲜花了。

没过多久她的电话响了。她看了看来电显示，是马克的手机。她拿起了听筒，用玩笑的口吻问道："凯茜呢？"

"噢。在做SPA。"

"你们那七道菜的大餐怎么样？"

"什么——？"

"还有那四根帷柱的大床？"

"这——？"

"还有罗马式泳池。喂，别再给我送花了。"

"可送花是让你知道，当我不能和你在一起的时候，我仍然爱你。"他听上去有些受伤。

"我知道，是的，我知道，可摆放这些花，从地板上收拾烂叶子，把枯死的花束塞进垃圾筒，还要避免被根茎的污泥沾了手——你知道吗？我再也不想做这种事了，我受够了。"

"你是冲着凯茜来的。"

"我想是这样。"

接下来是一阵极其漫长的沉默，然后马克用一种沉重和听天由命的语气说道："我们得谈谈了。"

她感到一股令她非常难过的震颤冲击而来。

他又说道："事情不能永远这样下去。"她惊骇地抬起了头。

她还没有准备好就这样结束。“现在就跟我说吧，马克。”

“不行。凯茜马上就要回来了。我明天去见你。”

她挂上了电话。妈的。还得等二十四小时。

她当即又给她妈妈打了电话。不是要和她商量什么事，只是想提醒一下自己她是谁。“所有人都好吗？”

“都好。小卢卡这些日子更漂亮了。”

卢卡是她哥哥凯文和嫂子纳塔莉尚在学步的儿子。

“我有他的照片。他真可爱。”

“他们已经在一家模特经纪公司给他登了记。”

“好主意。”

“不，不好。一个男人长得好看，已经够糟的了，再有人告诉他他长得好看，那就更糟了——噢，亲爱的！幸亏你爸爸从来没有过这麻烦。”

“我听见了。”听筒里隐约传来了查理的喊叫声。

“一个男人如果能形成自己的个性，那要好得多，”她妈妈说道，“提醒你一句，你爸爸在这方面也没有做好。”

“我也听见了。”查理又喊道。

她挂上听筒后，又给贝姬打了电话，一小时后，她和安迪赶了过来。

“你一定很痛苦。”贝姬说。

乔乔耸了耸肩。

“你从来没有这样勇敢过。”

“我就是这样，贝姬。我很坚毅，比一般的女人强壮。”

“是的。”贝姬和安迪交换了个眼神，感谢起乔乔正在啜饮的那瓶红酒、烟灰缸里正在阴燃的烟头、她指间夹着的另一支香烟，还有电视里正在放映的纪录片录像《狐獴家庭》。

“有一件好事，”乔乔沉思着说道，“至少我没有花上整整一个月工资去买首版的《愤怒的葡萄》。我只是给他买了本首版的《珍珠》。《愤怒的葡萄》太贵了。”

“别给他了，在网上重新卖掉吧。”贝姬说。

“还是给他吧，”安迪说，“要和他继续维护好关系。不管怎么样，他毕竟是你的老板啊。”

“我相信事业是乔乔最不用担心的事情。”贝姬责怪道。

“这是乔乔，”安迪也用责怪的语气说道，“不是你。”

第二天，马克于一点十五分来到了乔乔的住处。他想拥抱她，她却后退了一点。他跟着她进了前屋，俩人忧郁地沉默着，坐了下来。

“我爱我的孩子。”他说。

“我知道。”

“我从来没想过离开他们。我从一开始就告诉过你。”

“你也一直这样说。”

“我一直在寻找离开他们的适当时机。我曾考虑过学年终，但我不想毁了他们的暑假。接着我又想让他们过上最后一个幸福的家庭假日，于是我想等我们八月份从意大利回来后再说，但那时他们又要开始新学年了，所以那也是个糟糕的时间。”他的肩膀猛地耸起，又落下了。“乔乔，我意识到没有合适的时间。根本没有合适的时间。永远没有。”

她的心跳似乎都停止了。

“所以还是现在就了断吧，”他说，“今天就去说。”

“抱歉，你说什么？”

“今天。我今天就去跟凯茜说。我今天就要离开她。”

“今天？请等一等，你比我想的太超前了。我还以为你要和我一刀两断呢。”

“和你一刀两断？”他满脸困惑。“你怎么会这么想呢？我爱你，乔乔。”

“因为你说过我们得谈谈了。而且因为你从来没跟我说过凯茜这么，嗯，有魅力。”

“可你以前见过她呀。你知道她长什么样子。”

“我不记得她长什么样了。”

“因为那时候她长什么样对你来说无所谓。”

她承认了。“但你们相处得很好呀。”

“我和吉姆·斯威特曼也相处得很好，但这不意味着我要和他结婚。”

她点着了一支香烟。这个转折实在是太快了。她本以为她将失去马克，她已经差不多要接受这个事实了，事情却突然向反方向来了个加速发展。他要和她一起生活了，从今天就要开始。

在以为将要失去他后，她现在想要他想得要死。但首先还是有一个问题她想得到回答。“马克，这个周末你和她睡觉了吗？”

他大笑起来。“没有。”

“为什么没有？你们有四根帷柱的大床啊，有七道菜的大餐……”

“这些都无所谓。我不爱她，至少是不以这种方式爱她，我爱你。”

“你上次和她睡觉，是在什么时候？”

他垂下了眼睛，额头上堆起了皱纹，然后他又重新抬起了头。“坦白地说，我记不住了。”

“你用不着对我撒谎。你从一开始就跟我说过了，你有时候还和她做爱。”

“是的，但自从我和你在一起后，我就没法再和别人做爱了。”

她不得不相信他。

他站起了身。“我现在要回家去告诉她了。我不知道什么时候能回来——”

“等等，等等。今天太仓促了。”

马克奇怪地看着她。“那什么时候呢？”

她想了想。什么时候才是让萨姆和索菲离开他们的爸爸的最好时间呢？下星期？四个星期后？什么时间最好呢？不可能永远拖延下去了，他们需要一个明确的日期。“好吧，”她最终下定了决心。“等你们八月份度过家庭假日后吧。”

“你肯定吗？”

“我肯定。”

“好吧。八月底。现在我们能上床了吗？”

23

星期一上午

“一号分机是米兰达·英格兰的丈夫杰里米打来的，接还是不接？”

“接。”咔嗒一声。“你好，杰里米。我能为你——”

“米兰达怀孕了。”

“祝——”

“她最近八个月已经流产三次了，医生说她必须彻底休息，一点儿工作也不能做。这意味着她的下一本书不能按期交稿了。请转告达尔金·埃默里公司。”

“好的——”

“再见。”

“请等一等！”

可他已挂断了电话。乔乔径直拨了回去，结果却是录音电话响了起来。“杰里米，我是乔乔。我们需要谈一谈——”

电话突然被抓了起来。“没什么可谈的了。我们有了孩子。她需要休息，她没法再写那本书了，除非她身体好转并做好准备。”

“杰里米，听你的语气，你好像有点儿烦躁——”

“他们简直要把她累死。每年一本书，还有那么多推销活动。那帮可恶的记者连她穿什么颜色的内裤都想知道。难怪她会不停地流产了。”

“我理解，我完全理解。米兰达工作得太，太辛苦了。”

“我知道她有合同在身，不过他们可以把钱收回去。有些事情更重要。”

乔乔闭上了眼睛。在她两年前为米兰达争取来六位数的预付金之前，他可不是这么说话的。一个代理人所能犯的最大错误就是：为作者争取来太多的钱，使她没必要再劳作了。

“请问预产期是什么时候？”

“明年一月。你不要指望她一生下孩子就恢复工作，所以请告诉达尔金·埃默里公司，他们可以取消那本书了。也不必费心给我们打电话劝我们改变主意。我们不会改变主意的，不能给米兰达施加任何压力。”

他又挂断了电话，这次乔乔没有再拨回去。她得到的信息已经够清晰明确的了。现在怎么办？她最好是给塔妮娅·蒂尔打个电话，告诉她她的摇钱树作者要罢工了。这可真不是什么好事。

塔妮娅不在，她给塔妮娅的助手留下了非常详细的信息。

十分钟后，塔妮娅回了电话。“我听说米兰达的好消息了。我想给她打电话，可是一接通全是语音留言。”

再打下去还会是这样，如果是杰里米在从中作梗的话。

“乔乔，米兰达怀孕是好消息，可我们的销售主管也在逼我呀。米兰达有没有可能按时写完这本书呢？”

乔乔斟酌着用词。“米兰达和杰里米永远有可能改变主意，但是——你想听真话吗？我要说的是，忘了这本书吧。他们当真想要这孩子，我感觉他们会不折不扣地照医生吩咐他们的办。如果想明年五月出这本书的话，她现在实在应该交稿了，可她才写了一半。”

“可是她能不能一生下孩子就恢复写作？如果她能在明年三月交稿的话，我们将加急处理。我们可以最多在五个星期内完成审稿、排版和校对，再给印刷留三个星期，那我们还来得及。”

乔乔记下了这个时间周期，下次再有作者晚交稿，出版商责怪她时，她就有说词了。

“当房间里有个新生儿时，任何人都没法写作，”乔乔说，“塔妮娅，这不可能的。”

塔妮娅沉默了，过了一会儿，几乎是试探性地说道：“她签了合同的呀。”

“她不在乎。杰里米说你们可以把钱拿回去。”

塔妮娅又沉默了，乔乔知道她在想什么：如果米兰达缺钱的话，她就必须写书；也许她们根本不该给她那么大一笔预付金。可是她不好意思说出来。相反，她叹了口气，说道：“可怜的米兰达，她不必有这种担心。请向她转达我最诚挚的祝福，乔乔。当然，我们送的花已经在路上了。”

收件人：Jojo.harvey@LIPMAN HAIGH.co

发件人：Mark.avery@LIPMAN HAIGH.co

主题：和我共进午餐

我有话要对你说。

收件人：Mark.avery@LIPMAN HAIGH.co

发件人：Jojo.harvey@LIPMAN HAIGH.co

主题：回复：和我共进午餐

现在就跟我说吧。特别是，如果是坏消息的话。

收件人：Jojo.harvey@LIPMAN HAIGH.co

发件人：Mark.avery@LIPMAN HAIGH.co

主题：回复：和我共进午餐

不是坏消息，但很机密。十二点半在老康普顿街的安东尼奥餐厅见。

收件人：Mark.avery@LIPMAN HAIGH.co

发件人：Jojo.harvey@LIPMAN HAIGH.co

主题：回复：和我共进午餐

安东尼奥餐厅？！我以前在那儿打过工，被解雇了。我当时是酒吧女招待，贝姬在那儿喝醉了。但愿这次能让我交好运。

她到达时，马克已经在那里等了，他面前摆着一只大大的白杯子，里面盛着卡布其诺。

“真是个好地方，”乔乔大笑着，大摇大摆地穿过密密地摆着福米卡牌桌子的走廊，屁股差点儿拱翻了午饭。“不。”

“可在这地方，没人能看见咱们。”

“在丽兹饭店的房间里，你也可以这么说。”她费劲地挤进了太过狭小的桌椅间。“出什么事了？”

“乔斯林·福塞思要退休了。”

她屏住了呼吸。“好耶！什么时候？”

“十一月份。等他和他的客户们打过招呼后才宣布。不过我想你肯定想尽快知道。”

“谢谢你。”她突然激动起来，两眼放光。“跟主理合伙人一起睡觉，有时候真是便利得很。那么李普曼·黑格公司将有一位新的合伙人了，是吧？”

“是的。”

“会是谁呢？”

他抱歉地笑了笑。“我没有那么大的权力，乔乔。那要由全体合伙人决定。”

“所以我最好是巴结巴结所有合伙人。”

“从我开始。”他把大腿伸进了她的两腿之间。“咱们点餐吗？”

“我不知道。在这儿吃饭可真像是一种极限运动。”

他把腿又向前伸了一点儿。“再进来些。”她平静地说道。

“什么——？哦，好的。”他的瞳孔当即要变得全黑了。浪漫小说家们常会遭到大量批评，乔乔却因为他们描写了瞳孔扩张而钦佩他们。

马克的腿又往前蹭了几英寸，乔乔则稍稍往下出溜了一些，两腿张开，直到马克的膝盖顶到了她。

“真好，”她平静地说道，“我简直要喜欢这里了。”

“乔乔。耶稣基督啊。”他急不可耐地说着，抓起了她的双手，紧盯着她的嘴，然后又盯着她紧绷在紧身夹克、衬衫和胸罩之中的乳头。

他开始挪动顶着她的腿，她则抓起他的手送进自己嘴里，就在这时，突然之间，她坐直身子，甩掉了他的手，仿佛烧着了一般。有她认识的人正在进门。实际上在她的头脑尚未产生联系之前，她就已经感觉到了——那是里奇·甘特。而和他在一起的——竟然是——奥尔佳·菲舍尔！

四双眼睛瞬间接触，就像一套复杂的掷刀子把戏，所有人都凝固了，陷入了彼此之间的窘迫尴尬之中。

见鬼，乔乔心想，感觉到一种奇怪的错位，我还以为奥尔佳是我的人呢。

“这儿的意大利面做得出奇的好，”奥尔佳流畅地说道，“不过也许咱们还是去吃中餐为好。”

他们转身出了门，乔乔和马克对视了一眼。

“到底有多少人知道乔斯林退休的消息？”乔乔无精打采地问了一句。

“本来只该我知道，但是很显然，这个糊涂的老家伙跟所有人都说了。”

“我还以为，”她说话时要费上一番力气才能使喉咙合拢，“我还以为奥尔佳会站在我一边呢。她和这个讨厌鬼在一起干什么？”

“也许他俩有私情呢。”

她大笑了起来，尽管这一点儿也不好笑。但紧接着她又琢磨出些许好笑的滋味来。文质彬彬的奥尔佳会和可以去为治痤疮药做广告的那个家伙做爱，多么奇妙的想法啊。

“很好，”她咧嘴笑道，“你、丹·斯旺和乔斯林都是我的死党。”

“还有吉姆。”

“我不这么认为。”

“我这么认为。真的，”他坚持道，“他很看重你。还有爱丁堡的那帮家伙们。”

“是吗？你知道，也许我该去一趟爱丁堡。去看看尼古拉和卡姆他们干得怎么样。”

“好主意。我也好久没去了，也许我应该和你一起去。”

她的精神完全振作了起来，说：“好吧，咱们刚才说到哪儿了？”

她回到办公室时，塔妮娅·蒂尔已经在她的语音信箱里留了言。“我们刚刚就米兰达的情况开了个销售会议。我们在想，有没有什么妥善的解决办法。”她试图使语气听上去轻松愉快，但她的声音却处处透着焦虑。

乔乔给她拨回了电话，塔妮娅谈起了他们想出的办法。“我们可以派一位秘书到米兰达家，听她口授。米兰达甚至都不需要下床。她可以一直躺着——”

“可是那仍然对她有压力啊。”

“可是——”

“关键的不是她能不能坐起身来，而是还有没有创作力。”

“可是——”

“你们可以明年晚些时候再出这本书嘛。”

“可是那样就会错过夏天的销售旺季。我们一直希望发行量能有巨大的提升——”

“塔妮娅。”乔乔用警告的语气说道。

“对不起，”她连忙说，“对不起，对不起。”

收件人：Jojo.harvey@LIPMAN HAIGH.co

发件人：Mark.avery@LIPMAN HAIGH.co

主题：我一直在想……

也许我们应该等到十一月份合伙人任命之后再公开我们的关系。我不想让“咱们”毁了你的职业发展道路。

马 xxx

乔乔沮丧地盯着电脑屏幕。马克是不是想背弃她？十一月份可是个非常非常遥远的时间，遥远得也许永远不会来临。他是不是畏缩了？

这种可能性让她非常害怕，实际上让她感到震惊。

她径直走进了他的办公室。“怎么回事？”

“什么怎么回事？”

“咱们说好了八月的，你现在又想改到十一月。如果你想甩了我，没关系。我只不过会当着你的面大笑几声而已。”

马克扬起了眉毛，脸上现出了质疑的神情，但仍然保持着礼貌。“有些合伙人——比如乔斯林·福塞思、苏格兰的尼古拉——都是家庭观念很强的人。”他的声音很平静，甚至可以说是冷静，但乔乔太了解他了，知道他生气了。当他被激怒时，他就会显得身子太大而身上的衣服太小。“他们不会对我们的家庭变故产生好印象的。实际上，我认为所有合伙人都不会对这件事持赞赏态度的。我不想冒让你失去任何选票的危险。”

她不得不承认这是在为她着想。

“所以我决定——我建议——以你的事业为重。这是我唯一的想法。”

她点了点头，有些被他那短促而清晰的语调震慑住了。“可是吉姆已经知道了，”她说，“奥尔佳也许也猜到了。而且我敢打赌，里奇·甘特会跟他们所有人说他看见我们在一起了。”

“也许，但是私情与我离开妻子和你重打锣鼓另开张并不一样。”

她想了想：他说得对。等一等要更好。而且从八月到十一月只是很短一小段时间。只是……

“通常都是我在延误咱们俩的好日子。”她承认道。

“我注意到了。”他平淡地说道。

“你一向很有耐心。”

“我会永远等你，”随即他又补充了一句，“尽管很显然我宁愿不用等。”

“那就十一月吧。十一月的哪一天？决定任命的那天吗？”

“为什么不等到《图书新闻》正式发消息呢？那样就万无一失了。”

“你又来了。”

“什么？”

“吓唬我。”

“你没有任何可害怕的。”

“只除了害怕本身。”

“还有衣柜里的怪物。”

“还有天上掉下块大石头，正砸在你的脑门上。”

“对极了。”

星期二上午

她打开邮箱，点开的第一封邮件是保罗·怀廷顿来的，拒绝了杰玛的书。现在只剩下诺克斯敦出版社了，这之后就只能去尝试独立出版人了。在这一角逐的最后阶段，她承认她很有可能卖不出这本书了，即使能卖出去，也只能收很小一笔预付金——也许只有一千英镑。

“哈维女士，挑选下一位编辑时一定要小心，”马诺伊说，“这也许是你最后一次机会了。”

她选定了娜丁·斯泰德尔，并强迫自己装出了一副热情洋溢的姿态。“我有块小宝石要给你。”她用了凯茜的说法，她喜欢这词儿。

然而凯茜的词儿并不足以打动娜丁，星期四上午，她把稿子退给乔乔，表示了婉拒。

星期四下午

“一号分机是塔妮娅·蒂尔找你。接还是不接？”

“我宁愿用生锈的圆规戳瞎自己的眼睛。”

“我没问你这个。接还是不接？”

“好吧。接。”

咔嗒一声，塔妮娅的焦虑便沿着电话线奔涌而来。“乔乔，因为米兰达，我们明年夏天的流程表变得一团糟。”

又是为了这位怀孕的作家！

“我们需要一本流行的女性小说来填补米兰达五月份留下的空缺，可我们一无所有。”

“你们有那么多作者呢。”

“我看了看我们现有的计划，明年所有的书都或者有特定时间的推销活动，或者在五月份出不来。”

那你想要我做什么呢，乔乔不明白，亲自来写那倒霉的东西吗？

“我在考虑你寄给过我的那本爱尔兰的书，”塔妮娅说，“那本书行。你把它卖出去了吗？”

她说的是杰玛·霍根那本书：那本乔乔简直连送都送不出去的书。

但她不能跟塔妮娅说实话！“你真有福，”她说，“这本书刚刚回到我这儿。有两家出版社很感兴趣——”

“他们报价多少？”塔妮娅打断了她的话。“一万吗？”

“呃——”

“两万？那我出三万。”

乔乔一言不发。她为什么要说话呢？是塔妮娅自己在竞拍。

“三万五？”

乔乔出击了。“十万买两本。”

塔妮娅压低了声音：“天呐。”然后又用正常的声音问道：“有第二本书吗？”

“当然有。”其实她也不确知，然而可能有。

“六万买一本。”塔妮娅说，“就这样吧，乔乔。我不想再要一名作者了，我的作者已经太多了。我只需要一本书来救救急。”

这不是最理想的结果。一次签两本书的合同总是要更好，因为这意味着出版社对作家的长久未来负有责任。

但是成交总比不成交好。六万英镑总比一千英镑好。万一这本书卖得很好，乔乔还可以为杰玛的第二本书争取更多的钱。

“好吧。《逃跑的爸爸》归你了。”

她能感觉到塔妮娅的脸抽搐了一下。“这个书名得改。”

随后她给杰玛打了电话。杰玛对于书被卖给了莉莉·赖特的编辑，感到激动万分。

“谢谢你为我又试了一次。我知道你能说服她的。”

乔乔心想，作家基本上都是无知者。接着她告诉了杰玛钱数。

“六万。六万呐。噢，我仁慈的基督啊。太好了。太让人难以置信了。太不可思议了！”

的确不可思议。但没必要告诉杰玛她这回就好比文学上的邦迪创可贴，因为没准儿这本书会一炮走红呢。

莉　莉

24

《图书新闻》，八月五日

新近签约的图书

达尔金·埃默里公司的塔妮娅·蒂尔买下了爱尔兰作家杰玛·霍根的处女作小说《追逐彩虹》。该书由李普曼·黑格公司的乔乔·哈维代理，据称预付金为六万英镑。该书将于明年五月作为平装原创作品出版，据介绍兼具米兰达·英格兰和布赖迪·奥康纳的风格。

我正浏览着《图书新闻》，想寻找不写作的理由，“杰玛”和“霍根”两个词好像从报纸上跳了出来。待我定睛看清，我的内脏仿佛受到了撞击。我两手死死地抓住报纸，仔细地又读了一遍，然后，随着一股小小的冲击波在我头脑中炸开，我又读了一遍。杰玛。书。我的代理人。我的编辑。这么多钱。

我心中怀着恐惧，两眼死死地盯着报纸上的黑字，直到视野模糊起来。爱尔兰可能有很多叫杰玛·霍根的人，这并不是个不寻常的名字，但我已经知道了：这就是我的杰玛。她经常说要写一本书，而她拥有了我的代理人和我的编辑，这不可能是巧合。可她到底是怎么做到的呢？想出一本书都不容易，更不用说把我的代理人和出版人一网打尽了。她一定是成了黑色艺术的施行者。我把脸埋进了双手中。这是一个信号，就像《教父》开头床上的那颗马头[①]。

①指著名小说《教父》中的一个情节：教父的朋友想出演一部电影主角，但导演看不上他，教父遣律师劝说导演不成后，便派人杀死了导演最喜爱的马，将马头放在了导演的床上，导演只得屈服。

我的直觉很好，甚至对预兆也很敏锐，我知道一场角斗正在来临。尽管我害怕会遭到某种形式的报应，但这么长时间过去了，我已经开始寄希望于杰玛的生活会恢复正常，甚至有可能平静地原谅我。但是我错了：这么长时间了，她一直在策划着报复。此时此刻，我不知道她究竟想怎样毁了我的生活，我想象不出精确的细节，但我知道，这是对决的开端。

有那么一瞬间，我仿佛看到我的整个生命都背离了我。杰玛恨我。她将告诉全世界我对她做了什么，她将使所有人都变得恨我。

还有那笔钱！六万英镑呐！而我一开始只能得到区区四千英镑的预付金。她的书一定是好极了。我的写作生涯算是完了，她将以她那六万英镑的杰作打得我落花流水。

我拿起话筒，嘴唇颤抖着吹掉了上面的灰尘，然后给安东打了电话。

"杰玛写了一本书。"

"杰玛·霍根吗？"

"还有更糟的呢。你知道她的代理人是谁吗？是乔乔。你知道她的编辑是谁吗？是塔妮娅。"

"不，这不可能。"

"这是真的，我保证。是《图书新闻》上登的。"

一阵沉默。然后是："天呐，她这是向我们射出了警告的一箭。就像是《教父》里的马头。"

"我也是这么想的。"

"给乔乔打电话，问问是怎么回事。不过，这就跟咱们扯上干系了，是吧？"

"是的，还有最糟糕的，"我妒火中烧，简直没法咬准音。"她得到了一大笔预付金。"

"多少？"

"你简直没法相信——"

"多少？"

"六万。"

安东静默了很久很久，随后我听见了低低的抽泣声。

“你怎么了？”我几乎是喊出了声。

“我交错了女朋友！”

“噢，哈哈，好啊，哈哈。”我愤怒地说道。

我给乔乔打了电话。尽管我心里急切地想了解情况，但还是克制住自己，彬彬有礼地先和她相互寒暄了一番，然后，尽管我被心里的问题快憋死了，还是努力装作随意地问道：“呃，我从《图书新闻》上看到你有了一位叫做杰玛·霍根的新作者。我想问问——”

“是的，就是你认识的那位。”乔乔说。

笨蛋。笨蛋，笨蛋，笨蛋，大笨蛋。“是吗？她住在都柏林，在一家公关公司工作，留着丽莎·米尼丽式的发型？”

“就是她。”

我不知道我会不会哭。

“对了，”乔乔说，“她说向你问好。好长时间了。我很抱歉我忘了。”

“她……她有口信给我？”

“她只是让我替她问候你。”

恐惧淹没了我。希望这只是一个奇怪的巧合的所有可能性都破灭了。一切都是杰玛策划的。她是蓄意而有针对性的。

“乔乔，我能问一问吗……不知道你介意不介意，这算不算泄露客户机密……她的书写的是什么内容？”

“她爸爸离开了她妈妈。”

“还有一位最好的朋友偷走了别人的男朋友？”

“没有，只是爸爸离开了妈妈。她写得很有意思！等校样一排出来，我就给你送一份。”

乔乔在骗我。杰玛一定是已经搞定了她，把她引向了黑暗面。

埃玛和一个由注册会计师们组成的抢劫团伙私奔了，我想。安东的左腿上出现了干腐，而我在一场扑克牌戏中失去了母亲。

我强迫自己集中精力于这些可怕的故事情节。我皱着眉头，当真入了神。有那么一瞬间，我头脑中甚至出现了一闪念：和一个有干腐病的男人同室而居该有多么恶心。随即我在头脑里给了自己一个肘击，对自己说道：“蠢货！所有这些都不是真的！”

这样的想入非非，经常会使我对自己的命运心生感激。

然而，今天却不行。

25

安东打电话回来问道："他们来了吗？"

不用问"他们"是谁，他们是装修工人。他们是我们盼望的对象，是我们关注的焦点，是我们生活的中心。

尽管英国的大多数银行都抱歉地对我们说他们"尽了最大努力"，我们还是买下了那幢我们梦寐以求的漂亮红砖房子，并于六月底搬了进去。我们全都喜气冲天。我以为自己会高兴死，也许整整一星期什么也不做，就在互联网上寻找铸铁床。

在我们搬进来前，就有一家建筑公司的人列队在我们屋前，要求帮我们修理干腐的地方，作为"谈定事情"的前奏。甚至还没等我们把行李都打开，就有一小群不可思议地全都长着疯子帕迪那副模样的爱尔兰劳工，冲向了我们。

这群疯子帕迪挥舞着手中的羊角锤，满腔热忱地开始了工作，然而他们干的活儿却好像是拆房子——他们剥去了墙上的灰泥，继而抽去了砖，继而差不多移去了整座房子的前立面，似乎唯一支撑着房子使之没有倾覆到前花园的就是那一堆脚手架。

他们大拆大卸了将近一个星期，就在他们打算把我们这快要散架的房子重新组装起来时，他们发现干腐现象要比原先想象的严重得多。那些修过很多房子的行家们对我说，这样的事情通常都会发生。然而，由于安东、埃玛和我是一个贫穷的垃圾家庭，我们从来没像正常家庭那样生活过，我们几乎从不下馆子去吃饭，所以我忍了。

那么工程的费用呢？鉴于新的发现，报价一夜之间翻了一倍。这又是通常都会发生的情况，于是我又忍了。

他们又唠叨起需要新的窗过梁——不管它们究竟是什么——总之，如果那些东西不来，他们什么活儿也干不了，于是——如他们对我所说的，又一次根据历史悠久的传统——伙计们突然消失了。而我也又一次忍了。

整整两个星期，我们连他们的影儿都没见到。他们走了，可我们并没有忘掉他们。于是安东、埃玛、苏莱玛——我后面将介绍苏莱玛——和我，都住在了一派肮脏混乱的环境中。沾了水泥的靴子印拖过了漂亮的古旧木地板，我不停地被藏在最奇怪的地方（比如埃玛的枕头下，谁干的？）的无聊小报和脚底下的糖果磕磕绊绊。人们常抱怨装修工人喝了太多的茶——然而让我烦恼的却不是茶，而是工人们带来的那些劣质糖果。

每天晚上，我都担心会有人爬上脚手架，钻过墙上众多的洞溜进屋子抢劫我们。不过他们会大失所望的，因为我们这里唯一值得偷的就是埃玛。

装修工的工具在屋子里扔得到处都是，其中的一件——一只一英尺长的扳手，不可思议地成了埃玛的玩物。她深深地为扳手所吸引，就连睡觉都要把它放在身旁。别人的孩子都喜欢绒毛兔或小方毯之类的，我的孩子却爱上了装修工的扳手，尽管她的小胳膊还软乎乎、肉嘟嘟的。（她依照我妹妹的名字，给扳手也起名为杰茜。杰茜现在和男朋友朱利安一起定居阿根廷了。她六月份时曾回国短暂探亲，埃玛对她非常着迷。）

但是所有倒霉事情中最糟糕的，还是无所不在的灰尘……在我们的指甲缝里，在我们的床单上下，在我们的眼睑旁边——我们简直像是住在了沙尘暴中。每次我敷上面霜，都会像鳞片一样脱落，而且我不得不放弃打扫房间，因为毫无意义。

悲惨境地无法言说，尤其是对我来说，因为我是在“家”里“工作”，然而当我央求安东采取些措施时，他坚持说等到过梁从该来的地方送来了，那些工人就会回来。

我依然不知道那过梁是什么。那无所谓。但它们却仍然不停地伤着我的心。

一个尘土飞扬的早晨，安东在上班前喝着一碗什锦粥。他突然扔下勺子，大声叫道：“我觉得粥里有尘土。”

他用手指在碗里探寻了一番，捡出了一小片什么东西。“看看！”他把那东西伸向了我。“一块土疙瘩。”

“这是麦片。”

“是他妈的土疙瘩。”

我假装更加仔细地看了看。“你说得对，这是一块土疙瘩。”也许他现在该给他们打电话了。

他给工头马茨科打了电话，得到的回答令人不寒而栗：过梁的确是从该来的地方送来了，但疯子帕迪们已经开始干另一件活儿了。等他们腾出手来，就会来把我们的活儿干完。

我们用能想得出来的最严厉的话语咆哮着、抱怨着、跺着脚。他们必须来。看看这地方弄成什么样子了。我们没法这样住。

那是一个多星期前的事了，自那以后安东和我就不得不轮流扮坏人，给他们打电话，用最强烈的语气要求他们本星期内必须回来干完我们的活儿，但他们只是冲我们笑。我不是妄想狂，我知道他们在笑话我们，因为我听见他们笑了。

最终安东迫使他们做出了保证。“他们下星期一过来。他们用他们母亲的性命担保，他们下星期一将带着过梁过来。”

然而现在是星期四。过了三天了。

“没有，安东，他们还一点儿影子都没有呢。”

“现在该轮到你给他们打电话了。”

“对不起，我觉得现在不该是我打了。我今天早上头一件事就是给他们打了电话。”我们每天要给他们打四五次电话。

“你没打，是苏莱玛打的。”

“是我贿赂了她，她才打的。”

“这次拿什么贿赂的？”

我迟疑了一下。“我的爽肤水。”

“我给你买的爽肤水？祖马龙牌的？”

“是的，”我说。“我很抱歉，别生气。我喜欢那爽肤水，真的喜欢。但我讨厌给他们打那么多电话，而苏莱玛挺擅长的。他们不笑话她。”

“这太过分了，”安东说，他的语气里突然透出一股冷冷的决心。“我要去征询一些法律建议。”

“不行！”我大喊道。“那他们就再也不会回来了！”有一句话我一遍又一遍地听说过，哪怕你只是提一提诉诸法律，这件事也就彻底黄了。“求求你，安东。等实在没办法时再那么干吧。现在咱们还是再和他们说说好话吧。”

“好吧，我给他们打电话。”他说。

这时我才想起，因为他前一天补了牙，我们同意他可以免打一次电话。

在过去一星期，就给装修工打电话这件事，安东和我制定了一套复杂而周详的办法，规定了责任、免责和奖励等条款。由于我的工作收入比安东多，他打两次电话才轮到我打一次。但是这件讨厌的差事可以出售、交换或转交给其他人来做，只要你能说动他们。自星期一以来，我已经用化妆品贿赂了苏莱玛两次。安东则试图动员埃玛替他打。不过，患病意味着免责。补牙可以让安东免打一次。同样，我也在积极地为自己寻找这样的机会。

我听见了前门上的钥匙声。苏莱玛和埃玛散步回来了。

“我忘了你可以因为补牙而免一次了，”我对安东说，“别担心，我来打电话吧。”

做了这个宽宏大度的承诺后，我挂上了电话。

我还得求苏莱玛打这个电话。

好吧，现在该说说苏莱玛了。她是我们找来的互助女郎[①]，是我们的勇敢的新天地的一部分——说是新天地，不仅是因为我们有了新房子，还因为我在写我的新书，等等。她是个身材高大、模样俊俏、意志坚强的拉美姑娘，三个星期前从委内瑞拉来到英国。

我有些怕她，安东也有点儿，甚至埃玛那永恒的咧嘴大笑，在她面前也

①互助女郎：在英国和许多西方国家都有的，以授课、协助家务等换取膳宿不收报酬的外国或外地女子。

会收敛一些。

按照我们原定的计划，她到来时我们的房子已经装修结束了。我们希望能在一座没有干腐现象的漂亮宅子里欢迎她，但在她到来的那天，房子显然还只能是一堆废墟，于是我打电话请她推迟行程。但她就像一枚已经由电脑编程、预设了命令的导弹一样无可阻拦。“偶（我）要雷（来）。”

“好的，苏莱玛，可这房子实际上就像一片施工工地——”

“偶要雷。”

安东和我像没头苍蝇一般上下打理了一番，才在房子后部给她准备了一间卧室——这是唯一四壁都还完整的卧室。我们把我们的铸铁床和羽绒被都给了她，使屋子实际上看上去还非常不错，比我们的卧室或埃玛的卧室要好得多。但苏莱玛只看了一眼被脚手架笼罩的房子和无所不在的灰尘，就宣布道：“你们居（住）得简直像牲口。我不居在介（这）里。”

她以惊人的速度找到了一位男朋友——他叫“博客”（为什么叫这个名字？我可不知道）。他在克里克伍德[①]有一幢不错的公寓——于是她就搬去和他一起住了。“她该不会让咱们也一起搬过去吧？”安东问道。

苏莱玛非常有用。实在是太有用了。她一整天都在照看埃玛，这样我就能完全自由地写作了，但我想埃玛，讨厌使用互助女郎。我们付给她的剥削性的那一小笔钱使我心里充满了羞耻——尽管我们给的比行情要高许多。我是在和尼基聊天，想检讨一下自己的罪过时，了解到这个情况的。在我生下埃玛三个月后，尼基和西蒙也有了他们盼望已久的宝贝儿。尼基说：“西蒙和我给互助女郎的，才是你们的一半，可她高兴极了。你想想吧，这个苏莱玛在学英语，她在伦敦——合法——打工，是你们在施惠于她！”

由于苏莱玛住在别处，我们算不上有居家保姆，不过这没关系。不用和她共享房子使我长长地舒了一口气。我还能比这更宽慰吗？和陌生人同住一幢房子总是令人别扭的，哪怕这个人很可爱。而苏莱玛并不可爱。她很勤劳，这点毫无疑问。她认真负责，这我也承认。她很诚实，只除了有时会用我的悦木

①克里克伍德：伦敦巴尼特区一地名。——编者注

之源沐浴露。(那是我也要用的。只有它才能让我甘愿在这样脏兮兮的旧浴室里洗漱。)但她不是很有趣，甚至可以说毫无趣味。每当我看到她那蹙着眉头、冷若冰霜的美貌，我的心都会下沉。

“苏莱玛。”我喊道。

她推开了我书房的门，看上去很不高兴。“我在喂埃玛。”

“好吧，嗯，谢谢你。”埃玛从苏莱玛的两腿之间露出脸来，冲我眨了眨眼，这是要诈吗？可她才二十二个月大……她还太小，还不会要诈地眨眼吧？——接着她就大嚷大叫着跑开了。“苏莱玛，你能不能再给马茨科打个电话，这回求他来？”

“介（这）回你给偶什么呢？”

“呃，给你钱怎么样？二十英镑？”我不该提出给她钱的，我们自己也很缺钱啊……

“我想要PX[①]的修护精华。”

我用乞求的眼光看了看她。我至爱的晚霜啊。是刚刚新买的啊。可是我能有什么选择呢？

“好吧。”事到如今，我哪里还顾得上护理皮肤？

没过几秒钟她就回来了。

“他梭（说）他马上揍（就）来。”

“你觉得他说话算数吗？”

她瞪着我，耸了耸肩。她在乎什么呢？“偶把修复精华拿走了哦。”

“你拿吧。”

苏莱玛噔噔噔地跑上了楼，从我的梳妆台上抄走了我的晚霜。也许他们这回真的要来了。有那么片刻工夫，我燃起了希望，情绪也高涨起一点儿。然而就在这时，我又瞟见了《图书新闻》，想起了杰玛那笔巨额的图书交易——我差点儿都忘了——我的情绪又重新跌到了谷底。天呐，这叫什么事儿呀。

我闷闷不乐地打开了我剩下的来信，期望里面不要有什么太神经病的内

---

① PX：全名是Prescriptives，是雅诗兰黛集团旗下的彩妆和护肤品品牌。——编者注

容。现在我是“成功作家”了，平均每天都会收到一个疯子的来信。

我收到的信中，有人想要钱；有人说我写巫术是作孽，必遭报应（这类信还往往是用绿墨水写的[1]）；有人说自己过着“非常有趣”的生活，想把细节卖给我（通常条件是出了书后版税五五分成）；还有人邀我和他们共度周末（信中说“我并不富有，但我很愿意打地铺睡，让你睡在我的床上。本地风景有钟塔，简直跟大本钟一模一样，只是小了些。就在半年前，这儿还开了家马莎百货[2]——棒极了！”）；还有人把他们的文稿寄来，央求我帮他们出版。

每天的花样都不同。昨天有封信来自一个名叫希拉里的姑娘，我在肯蒂什镇时和她同过学。她是祸害了我的生活的那三头母老虎之一。那时候我们刚搬离吉尔福德，妈妈就要离开爸爸了，我的生活中充满了不幸和恐惧。希拉里和她的两个胖朋友认为我是头“高傲的母牛”，让所有人都叫我“女王陛下”。每当我在班上一开口，希拉里就领着大家一齐起哄：“啊噢，夫——人。”

然而，她在信中丝毫没提这些。她就《米米的救赎》的成功，向我表示祝贺。她还说“非常想和我重聚”。

“是的，你现在是名人了嘛，”安东轻蔑地说道，因为他补了牙，话是从他嘴的一侧挤出来的。“告诉她滚她妈的。或者，如果你愿意，我来替你说。”

“不理她就是了。”我说着，把信扔进了垃圾筒，心想：真是什么样的人都有啊。希拉里是不是真的认为我们会见面？她难道不羞愧吗？

我想给尼基打电话说说这事，尼基也曾受过希拉里的欺负。但我随即又决定不打。她和西蒙不断地请安东和我去吃饭，而我们现在虽然有了房子，却仍然不能回报他们的热情，这实在让我不好意思。

我又重新看起了信件。

今天有一个名叫贝丝的女人来了信，一个月前她曾把她的文稿寄给我，求我转交给我的编辑，我遵嘱照做了。然而，塔妮娅一定是不喜欢这稿子，没

---

①在英国，认为自己是某种不公正待遇的受害者的极端分子往往用绿墨水写长信向他们心目中的加害人或组织抱怨。——编者注

②马莎百货：英国最大的跨国商业零售集团，在世界各地开有许多商场。——编者注

有出版它，因为来的这封信里充满了愤怒的语句，说是要让我知道我是个多么自私的人。贝丝说，多谢！说我太好了，竟然毁灭了她出书的机会，尤其是在我已经拥有了一切的情况下。她说她原本以为我是个好人，可现在，好啊，她知道她错了。今后只要她还活着，她就再也不会买我的书了，还要告诉她认识的所有人我是个什么东西。

我知道贝丝的写作生涯受挫不是我的过错，然而，她的这番攻击还是让我心中不快，让我微微颤抖。享受读信的乐趣该结束了，现在该——唉——写点东西了。

我的新书是关于一个男人和一个女人的故事的。他们孩提时代是密友，成年后又通过社交网站“老友重逢”而重逢了。大约三十年前，当他们都五岁左右时，俩人曾一起目击过一桩谋杀事件。当时他们都不懂看见的是什么，重逢开启了他们久蛰的记忆，俩人共同分析起当时究竟发生了什么情况。俩人已各自结婚，但随着他们开始调查那起案件，他们彼此越来越亲密。于是他们的婚姻出现了危机。这并不是我想写的，这故事情节令我非常不快，但我的手指却不由自主地往下敲击着。

我面对电脑皱着眉，以示我是严肃认真、客观公正的。我在尽力而为。我在敲着字，是的，我敲下的无疑是字词——可它们当真好吗？

我打了个哈欠。我感到困倦在铺天盖地地向我袭来，我无法集中精力。昨天晚上我多次中断睡眠。前天晚上也是。大前天晚上也是……

大多数晚上埃玛都会醒上两三次。尽管理论上安东和我轮流起床去处理，但实际上大部分时间都是我去。部分是我的问题——我必须亲自确认她一切安好才肯放心；部分是她的问题——半夜里她宁愿看到我而不是安东。

等苏莱玛下午外出后，我要给自己煮一杯咖啡。我就是不能忍受在等待咖啡煮沸时必须在“厨房”里和她“交谈”。在听到她准备离开的声音后，我就开始等待。我真想趴在桌子上小睡一会儿，但苏莱玛肯定会看见的，她会认为我真的可怜。

接着我听见她把埃玛背在背上，出去了。我连忙蹿进了厨房，煮了咖啡，然后恢复了“工作”。

当计词器告诉我已经写下了五百个词时，我停了下来。但我心里知道，这五百个词里约有四百七十个都是废话。假如这本书就这样写下去，结果肯定会令人悲哀。

为了寻求些建议——至少是为了分分心——我给米兰达打了电话。是的，米兰达·英格兰，就是那位米兰达。当我们在我那灾难性的第一次签售活动上相识时，我觉得她距我像星星一般遥远。但当我们在随后的几次出版活动——比如达尔金·埃默里公司的销售会议和作者联谊会——上不期而遇后，她显得热情多了。安东说那只是因为我也成了成功作家，她才友好起来。也许他说得不无道理，但她的确和我最初想象的不一样，尤其是当我听说她为怀不上孩子而深深痛苦之后，我对她寄予了深深的同情。

她终于怀孕成功了，而且为防止流产暂停了写作，但当我在写作中遇见苦恼时，她仍然愿意倾听。

“我碰上了麻烦。”我说道，然后向她解释了我的困境。

“当你拿不准怎么写时，就来一段性描写。”她建议道。但我不能进行性描写，因为爸爸也许会读到的。

突然，我隐约听到了外面有卡车的轧轧声。就在这时，门铃响了，前门台阶上也传来了声音。是男人的声音。在大喊大叫，稍停了片刻，又传来了切切实实的男人的声音。我觉得我好像听到了一声“妈的”。难道是……

我从我的小窗子往外瞟了一眼。他们来了！马茨科和他的工人们终于来装我的房子了！

“米兰达，我必须离开一会儿！谢谢你。”

我失去的那些爽肤水和晚霜，全都值了。如果我不想变成一根盐柱的话，我真该亲吻亲吻苏莱玛。

我打开前门，让那些疯子帕迪们跺着脚进了门。因为他们全都长得一副模样，我从来没弄清他们到底有多少人，但今天来了四个人。门外停车位上轧轧响的小卡车里有几根又粗又大的木头——这就是那根神秘莫测的过梁！疯子帕迪们大声吆喝着，互相命令着，把木头抬上了楼，然后从墙上卸掉了大木头块，从穹隆上拆下了大木头片。（这都是原装的，不可替代的呀，但当时我太高兴了，竟然没注意到。）

我给安东打了电话。“他们来了！带着过梁来了！咱们说话这会儿，他们正把旧木头拆掉！墙上出现了大洞！”

沉默。更多的沉默。

“安东？你在听我说话吗？”

“噢，我听得很清楚。我就是太高兴了。我差点儿要吐了。”

那天剩下的时间，我坐在书房里，努力想再写一点儿。与此同时一帮装修工人在我家里跑来跑去，大声咆哮着，大力敲击着，互相骂着“妈的”。我叹着气，心里却很愉快。一切都太美好了。

安东下班回家后，鬼鬼祟祟地四处踅摸着，还不时努起嘴扮着鬼脸。“她还在吗？”他指的是苏莱玛。

“她已经下班走了，但那帮伙计们还在。”

“耶稣啊。”他竟然感动了。他们好不容易来了，但大约下午四点时他们就想溜掉。

“我有个建议，”我说，“但你可能不愿意。”

他小心翼翼地看着我。

“既然他们现在人在这里，咱们还是跟他们说说吧，”我说，“这比打电话要管用多了。咱们先得表扬他们，夸他们干得好。”我是从一篇关于如何管理员工的文章里学到这招儿的。“然后，你知道，咱们必须吓唬吓唬他们，要他们把活儿干完。就好比一个人扮演好警察，一个人扮演坏警察。怎么样？”

“那我要扮演好警察。”

“不行。”

“呸。”

“来吧。”我领着他进了前屋，那帮家伙们坐在新过梁上喝着茶，屋里满地都是糖果。

“马茨科，邦佐，托莫，斯帕佐。”我彬彬有礼地向每个人点着头。（我非常肯定这些就是他们的名字。）“谢谢你们回来，搬走了旧的过梁。那些过梁是真真切切地，嗯……搬走了。如果你们能像拆旧过梁一样麻利地换上新过梁，我们将非常高兴。”

然后我戳了一下安东的后背，示意他向前。“你们知道，伙计们，你们这活儿本该三个星期前就干完的。”他严厉地说道，但紧接着他似乎就丧失了勇气。他用手抱住头说，“求求你们了，伙计们，我们都快要疯了。这儿有个小孩子呢。嗯，谢谢你们了。”

我们离开了。然而我们刚一关上门，屋里就爆发出一阵哄笑。我又推开了门，马茨科正擦着眼睛说：“穷鬼，臭娘儿们。”

我们又一次退出了。安东和我小心翼翼地对望了一眼。最终是我先开了口：“嗯，我觉得，咱们干得还不错。”

安东和我躺在了床上。虽然才只八点钟，但我们已经在房子后部的卧室里了，这是这幢房子中唯一墙壁完整的屋子。三个星期前我们把电视机搬了进来，自那以后大多数时间我们就都在卧室里了。因为屋里没有可坐的东西，我们就上了床。

我飞快地浏览着祖马龙的广告页，恨不能穿过那些闪着光泽的纸页，住进广告中去，那真是一个清静无尘、芬芳瑰丽的世界。安东在看着情景喜剧，因为他正在和炙手可热的年轻女演员克洛伊·德鲁谈一笔交易。埃玛正穿着她那背心和短裤的两件套，还有她那喜欢得连睡觉时也要穿的粉色雨靴，到处走动着。她那圆滚滚、肉乎乎的腿，简直像是乳脂做的。

“埃玛，你这样子就像是马戏团里的大力士，”安东把眼睛从电视上挪开了。“就差一撮八字胡了。”

埃玛有一系列她喜欢的东西——杰茜、她心爱的扳手；薇芙、巴兹和耶兹送她的一只卷毛小狗，也叫“杰茜”；还有安东的一双旧鹿皮鞋，还是叫“杰茜”——她把这些东西从屋子的一角挪到另一角，按照她自己的想法排列着。“真好看。”她说。

她的头发长得很怪。脸两旁的头发长得很长，头顶和脑后却很短，看上去仿佛某种摩登的发型——有时候简直像是保罗·威尔[①]——不过她是最可爱的小东西。我宁愿永远永远地这么看着她。

直到安东的节目演完，我才把《图书新闻》上关于杰玛的文章给他看。在他看时，我一直端详着他，研究着他的面部表情，揣测着他的反应。

“你觉得怎么样？”我问，“请不要满不在乎地说没什么。”

“好吧，”他说，“这事真有点儿诡异。她怎么把你的代理人和编辑都搞定了呢？”

连安东这样永远的乐天派都觉得这事有点儿诡异，那简直是灾难了。

“乔乔说，这本书不是写咱们的。”

“是吗，那就好。总比眼看着肉里有根刺要好。”

“但是杰玛让乔乔向我问好。整个这件事……我知道这没什么逻辑性，但我总觉得很可怕……让人揪心。好像有什么非常糟糕的事情要发生似的。”

“什么样的糟糕事情？”

“我不知道。只是有一种感觉，她要毁了我们，毁掉你和我的一切。”

“你和我？她伤害不了我们。”

“告诉我，你永远爱我，永远不会离开我。”

他极其严肃地看着我。“可是你知道呀。”

“那就说出来吧。”

“莉莉，我会永远爱你，永远不离开你。”

我点了点头。好的。他应该说的是真话。

“如果我们结婚，会不会让你感觉心里更踏实一些？”安东问。

我脸颊抽搐了一下。结婚会加速所有潜伏的灾难的来临。

“那我就理解为不了。那样的话，最好是把那枚两万美元的戒指还给蒂芙尼店吧。”

埃玛把她的扳手伸向了我，直到我的嘴边。“莉莉，亲一口。”

我大声地亲了一口。

---

①保罗·威尔（1958～）：英国歌手、曲作者。

不知从什么时候起，埃玛开始直呼安东和我的名字了。这让我们极大地警觉起来。我们可不想让别人把我们当成大大咧咧的伊斯灵顿①人。为了以身作则，我们相互称呼起妈妈和爸爸来。

“现在让爸爸也亲一口你的扳手。”

“是安东。”她皱起眉纠正了我一句。

“是爸爸。”

“是安东。”

安东亲了一口扳手后，说：“我有个礼物给你。”

“我希望，不是蒂芙尼店的两万英镑的戒指。”

他把手伸到他那侧的床下，像变戏法一样拿出了一个祖马龙包。这是我给苏莱玛的爽肤水的替代品。

“安东！我们可穷着呢！”

“不会永远穷下去的。等我和米凯伊拿下了那笔交易，咱们就钱包鼓鼓的了。而且，九月底还有你的版税进账呢。”

“好吧，”我的情绪已缓和了下来。“我非常感谢你。可你为什么要给我礼物呢？”

“我们得振作一点。我想要你和我做爱。”

“你不用送我礼物，也可以让我和你做爱呀。”我笑了笑。

他也笑了笑。

“只要替我打下三次给装修工的电话，”我说，“我就愿意做你想要的任何事情。”

“成交。”

---

①伊斯灵顿：伊斯灵顿伦敦自治市，属于大伦敦地区，是新兴的时髦住宅区。——编者注

26

又一个星期过去了。接着是又一个。马茨科和他的伙计们仍然是断断续续地不期而至——足以维持我们那在熄灭边缘飘摇不定的希望——但是没有任何实质性的进展。他们移走了旧过梁，但新过梁的安装却只进行了一点点。

卧室的墙上有洞在七八月份还没关系——你甚至会为此欣欣然——但到了将近九月，天气正趋向秋天时，就不是这样了。

每天早晨，我都感觉自己像是屏着呼吸，直到他们有人到来，而安东一天能给我打二十次电话，问他们有没有人来。

我把我打电话的义务交易出去了一大部分——我和安东做了很多爱，苏莱玛则差不多把其余部分接了过去——于是我不必听那些装修工们的大部分创造性的借口了，不过按照安东的说法，他们的理由很充分。斯帕佐的手腕骨折了，马茨科的叔叔死了，邦佐的叔叔也死了，托莫的小货车被人偷了，随后他的叔叔也死了。

“怎么搞的？”安东发怒了。“一个星期内这么多叔叔都死了？”

接着，在我们终于遇到几天谁的叔叔都没死后，天又下雨了。新过梁是不能在下雨天安装的。然后又有四个星期天气空前晴朗，可我们刚把过梁晾干，又下雨了。

我被一点一点地从海底拽起，费了一番力后终于突破了睡眠海洋的表面。这已是我今晚第四次被埃玛的哭叫惊醒了。即使依埃玛的标准看，这也是一个极其糟糕的晚上了。

“我去看看。”安东说。

“谢谢。”我翻了个身，又睡着了。接着就感到有什么人在摇晃我的肩膀。我睡得死一般沉，努力想起身醒来。是安东在摇我。“她病了。她在呕吐。”

“给她换衣服，换床单。”

感觉就像是仅仅两秒钟后我又被从海底拽了上来。“对不起，宝贝，可她要你。”

我必须醒来，我必须醒来，我必须醒来。

我强迫自己起了床，这是我做过的最难的一件事，然后我走向了埃玛的屋子。她的脸通红，她的屋子里弥漫着难闻的气味，而她仍然咧着嘴在傻笑着。

“莉莉！”她看到我很激动，尽管距她上一次看到我仅仅过了五十分钟。

我抱起了她。她身上真热。她很少得病。她是个皮实的小家伙。如果她摔了跤，腿上磕起一个包来，其他孩子会哭得把屋顶掀掉，她却只揉揉伤腿就会站起来。她实在是太皮实了，有时候她还会嘲弄受伤后哭叫的孩子：她会冲着他们大笑，用手指擦着眼睛，嘴里“呜呜呜”着，模仿他们的哭泣。（我曾经试图阻止过她，因为这样会让别的妈妈格外生气。）

“来，咱们量量体温吧。”

她的腋下温度是华氏98.1度，耳朵是98.3度，嘴里是98.5度，直肠——“对不起，亲爱的”——是98.6度①。不管你怎么看，她都很正常。

我又在她身上找了找皮疹，没有发现。又抬了抬她的脖子看硬不硬。她“哎哟”了一声。这令我担心起来，又抬了几下，直到她笑出了声。

“你没事儿，”我对她说，“继续睡觉吧。我明天还得写书呢。”

她把小手搭在眼睛上，说：“我要看着你。”

“亲爱的，现在才是早上四点一刻，光线不大好。”

我坐在转椅上，想重新哄她入睡。就在这里，令我无比震惊的是，卧室的窗户上出现了一张人脸。是一个四十岁出头的男人。过了片刻，我才意识到他是一个贼。我还一向以为贼都是年轻人呢。显然，他爬上了脚手架。我们透过窗户相互对视着，全都因为惊讶而目瞪口呆。

---

①以上温度依次为36.7摄氏度，36.8摄氏度，36.9摄氏度和37摄氏度。——编者注

“不用麻烦了，”我说，“我们什么也没有。”

他没有走。

“我们的委内瑞拉籍互助女郎都不肯住在这里，”我说着，紧紧地抱住了埃玛。“她宁愿和一个她刚刚认识的男人住在克里克伍德。那个男人叫‘博客’。我曾经有过一些贵重的护肤品，但都被她拿走了。现在都在克里克伍德呢。”

说完这番话，我再抬眼一望，那个贼已经悄悄地走了，正如他悄悄地来。我回到了自己的卧室，叫醒了安东，告诉了他刚刚发生的事情。

“这真他妈的荒唐，”他说，“我早上要跟马茨科好好谈谈。”

他说话算话，早晨起床后第一件事情就是拿起了电话。他的语气彬彬有礼，但怒火中烧。

“早晨好，马茨科。今天有没有可能见到你和你的同事们？不行？为什么呢？家里又死人了？先别忙告诉我是谁，让我猜猜吧。你的狗？或者这回是晚辈，你十四岁的侄儿？哦，你父亲？那一定是喽，噢，这是你们家一个月内过世的第三位老人了。又一拨人去世了，嗯？他真该吃些鱼肝油。”

安东突然沉默了，听着，听着，然后咕哝了一句，挂上了电话。“妈的！”

“怎么了？”

“马茨科的父亲真的死了。他在哭呢。他们现在肯定来不了了。”

我绝望了。我不应该把这事归咎于杰玛，但我想无论如何我要怪罪她。

那天上午晚些时候，我又有理由再次想起杰玛。塔妮娅·蒂尔快递来一本《水晶般清澈》的样书。非常漂亮，封面设计很像《米米的救赎》，看上去会是一部令人印象深刻的有分量的精装书。《米米的救赎》的封面，用的是稍显朦胧的油画，描绘了一位在鸭蛋青色背景映衬下的美丽女巫。这本则是用稍显朦胧的油画，描绘了一位淡紫色背景映衬下的美丽女巫。乍一看，两本书用的就像是同一幅稍显朦胧的油画，直到我拿出《米米的救赎》仔细对比后，才发现两者有众多不同。《米米的救赎》上的女巫，眼睛是蓝色的。《水晶般清澈》的女主人公，眼睛则是绿色的。《米米的救赎》上的女人穿着有纽扣的靴子。《水晶般清澈》上的女人则穿着细跟高跟鞋。真是千差万别啊。

书将在两个月后，于十月二十五日正式上市，但明天起就将在机场预售。“祝你好运，可爱的小书。”我说着，吻了它一口。不管杰玛那个妖人搅和出什么风浪，我都想保护它不受伤害。

如果我今晚没有因为精疲力竭而死的话，明天我会把它拿给伊琳娜看。

伊琳娜的境况也大变了。她认识了一位叫做瓦西里的乌克兰“商人”。瓦西里把她拽出了福音橡那幢阴森森的老房子，安置在圣约翰伍德街的一座有人服务的公寓内。他和她做爱。她仍然做兼职工作，但那只是出于对倩碧的爱，而不是因为她需要钱。“我考虑过没有免费样品的生活，但我想那样我会死的。”（她夸张地拍打着自己的胸部，又弹开粉盒，检查起自己的唇线来。）

我去她的新家看过她。那是一套巨大的、有三间卧室的公寓房，在一幢为特殊目的建造的有着引人注目的大门的大楼内。二楼的窗户上绿叶簇簇。尽管这是一个被乌克兰流氓包养的俄罗斯姘妇的家，但仍然令人羡慕。要让我说的话，过于金碧辉煌了一些，但总体而言非常不错，尤其让我羡慕的是纤尘不染。

27

我们给马茨科父亲的葬礼送了花，他一定是原谅了我们，因为紧接着的一个星期一，就来了四名装修工。他们显示出不同以往的决心，看来过梁也许终于能安装完毕了。然而这时，邦佐转身太快了，很不小心地碰倒了脚手架的一根管子，使之穿透了前门上方的彩绘玻璃扇形窗，将玻璃打得粉碎。

这些尼安德特人议论我的互助女郎的乳头，在我的浴室里晒了太长时间的太阳，教埃玛如何用爱尔兰语发誓，我全都忍了，一句怨言也没有。可这扇形窗是古老、美丽和无可替代的。这令我忍无可忍了。所有的等待、失望、对房子永远无法完工的担忧，所有这一切，终于压垮了我。当着邦佐、马茨科和托莫的面，我撕心裂肺地哭叫起来。

几个星期来的精疲力竭，对钱的担忧，努力要写一本不想写的书，还有对杰玛伤害我家庭的恐惧，全都化做泪水涌出了我的眼眶。

他们中心肠最软的托莫，尴尬地说了声："嗯，别哭了。"

但是作为对我的批评——哪怕是拐弯抹角的批评——的惩罚，邦佐大步流星地走了出去，然后又高视阔步地走了回来，愤怒地招呼了他的伙伴，他们像绵羊一样跟着他出去了。过了两天了，他们都再也没来。我的情绪落到了最低点。每当有什么事出了岔子，我都会想到杰玛。我担心她有魔力。邪恶的魔力。如果我是天行者卢克，她就是达斯·维德；如果我是哈利·波特，她就是伏地魔；而且——没有逻辑地——我觉得我生命中一切美好事物的消亡，都是她一手导演的。我想和安东谈谈这事，但他——非常敏感地——说这些都与杰玛无关。

"就连我都想杀人，"他说，"就算哪个他妈的圣徒到了这屋子里，也别想保持平静。”

我们讨论了另请一支包工队来完成装修的可能性，但我们没钱，而且要到九月底我收到版税支票后才会有钱，那还有一个月呢。

安东太沮丧了，没法做爱，我也把我的所有化妆品都给了苏莱玛，只剩下那个祖马龙飞行便携包了，所以我别无选择，只好亲自打电话给马洑科，求邦佐回来了。

“你们伤害了他。”马洑科说道。他的语气分明在告诉我们：你们也伤害了我，你的同居情人拿我亲生父亲的死开了玩笑。

“我很抱歉，”我说，“我不是有意伤害他的。”

“他很受伤。”

“我真的非常非常抱歉。”

“我和他谈谈吧，看看行不行。”

电话响了起来。是塔妮娅·蒂尔。她的声音有气无力的，而且她说得很快。

“喂，莉莉，我有事情找你，真的是好消息。《水晶般清澈》的封面决定重做了。旧的封面很漂亮，但和《米米的救赎》太相似了。所以做了个新封面，正用快递发给你，请你认可。”

“哦，我明白。”

“这样真的很好。不想让它和《米米的救赎》相混淆。”

“塔妮娅，你还好吗？”

“还好，”她说，“真的，很好，很好。但是需要你尽快认可。今天必须付印了。不能错过我们的发布日期。正用快递送到你那里。如果半个小时后还没到，给我打个电话，我再发一次。”

不到半个小时，新封面送来了。是棕色的，也很朦胧，看上去非常郑重。与现在的封面相比，恰是另一极端，不过真的更加适合这本书。我很喜欢。于是我给正在电话里滔滔不绝的塔妮娅打了电话。

“你喜欢？好的，太好了。很显然，在机场预售的那版还得用淡紫色的封面，但是当这本书正式出版时，将采用这个新封面。”

“你真的很好吗？”

“是的，很好，很好。”

一定有什么事情正在发生。

今天真是属于达尔金·埃默里公司的一天，因为负责给我做宣传的奥塔利，也打来了电话。

“好消息！《十一点钟》要你上节目！”

《十一点钟》是一个时髦的日间电视节目。尽管名叫十一点钟，它却是从上午十点半开始，一直持续到正午，由两位表面上相互憎恨、令人揪心，实则亲密无间、配合默契的女士主持。收视率很高。

“我知道《水晶般清澈》还没出来，但这是个全国性电视台，是个不可错过的好机会！”

“他们什么时候要我去？”

“星期五。”

就是后天。我因为恐惧而浑身颤抖。我现在是一团糟。我又想到了杰玛。如果她也上《十一点钟》节目，她将看上去光彩闪耀。杰玛有时髦的衣裳、光滑（浓密）的头发和高跟鞋。她一向注重打扮。即使在我最好的状态下，和她比起来我仍然显得一团糟，而现在还不是我的最好状态。

“太好了！”我说着，挂上了电话，又给安东拨了电话。

“星期五我得上《十一点钟》节目！”我几乎是尖叫着在说，“他妈的国家电视台！我恨我自己。我没有衣服。我也没给我那伯特·雷诺兹式的秃顶做植发，我恨我自己。”

“你早就这么说过了。咱们去商店吧。”

“安东！我要你实际些。我需要你**帮助我**！”

“一小时后在塞尔福里奇百货大楼的钟下等我——”

“我们不能去塞尔福里奇。**我们没钱。**”

“我们有信用卡。”

“埃玛怎么办？”

“我给苏莱玛打手机，请她多待一会儿。”

“她会把你的血吸干的！”

“随她的便吧。”

他这么冷静，我开始受到感染。

“塞尔福里奇，”他重复了一遍。“一小时后见。咱们把你打扮起来。”

“安东，”我深深地吸了一口气，想让自己冷静下来。“慎重点儿，咱们没钱。”

“我很慎重。咱们有两张信用卡呢，都还没有超过额度。我真不明白你，反正我的信用卡如果没有达到限额，我就很不舒服。我会有一种烦人的感觉，就好像是任由天然气白白地跑掉……”

我到达时，他已经在那里等了。我脸上阴云密布，走到他身边后并没有停下脚步。“走吧，我需要黑色的裤子，还需要某种上衣。越便宜越好。”

“不，”他停了下来，并拽住了我。“不，咱们要快乐购物。你理当如此。”

“咱们先到一层吧，那里的衣服价格还算合理。”

“不，咱们到价格不合理的二层去。好东西都在那里呢。”

我吸了一口气，又吸了一口，然后屈服了。我尽量让自己心态平和下来，就仿佛不舒服的感觉只是因为身体的敏感。反正他在当家，我没必要有负罪感。渐渐地，责任心离我而去，我也变得昏头昏脑起来，甚至像是飘到了空中。

“记住，莉莉，我们并不要在这里待很长时间，但我们要享受快乐时光。”

“好吧。你在前面领路。”

我们到了二楼，安东开始从衣架上拽下衣服，搭在他的胳膊上。他挑选了一些我根本没有注意的衣服，尽管有些根本没法穿，有些却令我惊讶地合我心意。这正像对我和安东在一起的生活的隐喻：他扩大了我的眼界，使我以一种新的方式看待生活、衣服——还有我自己。

没过多久安东就招呼了一名服务生。那服务生立刻精神抖擞起来。于是他们俩一唱一和，让我被漂亮衣服淹没了。

他怂恿我试过成吨的衣服，比如短皮衬衫，“因为你的腿很纤细，莉莉。”

比如饰有很多杂色布块的性感的黑色莱卡料子连衣裙，“因为你的皮肤很白，莉莉。”

我试着衣服，尝试了不同的身份造型，比如冷淡固执的阔太太、仪表端庄的法国影星、全身包裹着普拉达产品的图书馆员。我的黑色恐惧烟消云散了，我大笑着，享受着欢乐时光。这就是安东作为男人的最大好处：有雅量，有气度，有眼光。

从我们刚刚相恋时起，他就定期给我买礼物，都是些我自己不会买，因为觉得太娇纵自己的东西。比如我的祖马龙飞行便携包，我在一本杂志上看到了它，就像一个六岁女孩儿憧憬粉色自行车一样憧憬着它，但我并不经常坐飞机，不需要这么漂亮的一个小包来装糖果零食什么的，可是安东以他对细节的令人难以置信的洞察力，注意到了我想要这个包。尽管我责备了他花我们还没挣到手的钱，但我却着实喜欢这个包，就连睡觉时都放不下它。这是我唯一没给——也不会给——苏莱玛的东西。

他彻底地发挥了这种“你也许不需要，但你想不想要”的敏感力，不停地拿着衣服往来于衣架和试衣室之间。他不让我知道任何衣服的价格。他说：“只要你答应不看衣服的标签，这个试衣室今晚就整个儿归你了。”

试了一个多小时漂亮衣服后，我定下了决心：买一条裁剪得激动人心的黑色裤子，一件有着奇特开口、能突出我的双肩的上衣。安东还说服我买了一件短皮衬衫和一件紧身的开司米羊绒衫。

“我能现在就穿上这些衣服吗？”我问道。

和这些漂亮的行头相比，我进门时穿的那身衣服简直是又老旧又破烂。在忍受了好几个月的灰尘和肮脏后，我发现自己一直在盼望着闪闪发光的新事物。

“你喜欢做什么就做什么。”

安东到款台去结账，从收银员若有所思的表情看，他们一定是把安东当成了一个骗子，把我当成了被宠坏的淫妇。但愿他们别看出安东和我这会儿都在祈祷信用卡别被拒。

不过信用卡并没有被拒，于是羊毛衫、皮衬衫和我那破烂的旧衣服一起被打了包。我们离开收银台后，安东说："现在该去买鞋了。"

"买什么鞋？安东，你在挥霍你的运气。"

"根本谈不上挥霍，运气始终与我们同在。"

安东就是这样。如果你和他一起度过快乐时光，快乐会成倍增加。我心甘情愿地顺从了他，高高兴兴地跟他走了。安东又挑选了半天，才选中了一双看上去非常完美的鞋子——实际上是靴子。我穿上试了试，它们就像是在轻轻地抚摩着我的脚，悄悄地说着要我放心的话。

安东打量着我，表情坚定了起来。"这双鞋是你的了。"

"可这是周仰杰牌的呀！我连它们多少钱都还不想知道呢！"

"你是畅销书作家，配得上穿周仰杰的靴子。"

"好吧，"我忍不住一阵——差不多要算是疯狂的——咯咯大笑。"为什么不呢？"

"你想不想现在就穿上它们？"

"想。还有，我的头发怎么办呢？"

"布兰妮德在索霍区一个非常棒的地方帮你预约了明天早上做头发。"布兰妮德是他和米凯伊的助手。"她说所有的模特都去那里。她没有帮你预约做毛囊移植，"他快速地说道，"我想他们不会做。不过他们能把你的头发吹成你喜欢的样子。"

"要蓬松一些。"我急切地说道。

"对，要蓬松一些。我就是这么跟她说的。"

"还有我的指甲怎么办？我自己不会涂，可我得修饰所有指甲。"

"我可以叫布兰妮德帮你预约修指甲。或者，我自己也可以帮你涂。"

"你？安东·卡罗兰？"

"是的。我小时候经常给士兵玩偶涂色，涂得很不错呢。那会儿人们都说我是玩杂耍的，可我知道总有一天这手艺会派上用场的。我还曾在我的小货车上画过弗里·弗里克兄弟[①]。那阵子我把腿摔折了，没法骑着自行车四处打工，

---

①弗里·弗里克兄弟：美国画家吉尔伯特·希尔顿创作的卡通系列喜剧中的主人公。

就干起了涂色的活儿。我来给你涂指甲吧。”

“太好了！”

买靴子的过程没有发生任何波折——有时候人就是这么顺——然后我们离开了。在商场一层，当我们经过化妆品柜台时，一个伶牙俐齿的小姑娘缠上了我们，问我要不要做个美容。我加快了脚步。我还没完全糊涂。尽管这些女人通常都不搭理我，但我讨厌她们。

“莉莉，”安东喊道，“你想不想做个美容？”

我使劲地摇了摇头，大声说道：“不！”

“回来吧，”他引诱道，“听听她——”他低头看了看她的名牌——“听听鲁比怎么说吧。”

尽管我不情愿，但还是坐在了一把低背高凳上。一个带着纽扣的包在我脸上方晃悠着，过往的行人冲我窃笑着。

“你的皮肤真好。”鲁比说。

“她的皮肤的确好，难道不是吗？”安东眉开眼笑起来。“这是最吸引我的地方。是我在给她买护肤品。”

“你平时都用什么牌子的护肤品？”鲁比问我。

“祖马龙的，”安东答道，“PX 或者倩碧。虽然我不给她买倩碧的东西，但她能从她的女伴伊琳娜那里免费得到。”

“我要用浅色粉底给你画个底妆。”鲁比说。

“好的。”我说。不管浅色深色，只要化了底妆就好。素面朝天地坐在塞尔福里奇百货公司的中央，实在是说不过去。依照福无双至祸不单行的说法，我还会遇到什么我认识的人。杰玛闪现在我的头脑中，尽管杰玛住在都柏林。

鲁比摆弄着她的化妆品，安东不停地问着问题。“那个粉色的东西是什么？”“你怎么把眼线弄得这么细的？”当她完工后，我从镜子里打量了一番自己，只能说是好得多得多。

“你真漂亮，宝贝儿，”安东对我说道，然后又对鲁比说，“她星期五上午要上《十一点钟》节目，也许要穿这件上衣，你有没有什么办法把她的双肩突出出来？”

鲁比拿出一个五彩斑斓的粉底盒，用一把又大又密的化妆刷，把我的肩膀刷成了淡黄色。

“我们得买这些，”安东说，“还有那套粉色的小玩意儿和细细的眼线膏，这样莉莉就可以在家里化妆了。”然后他又对我说，“这是一项投资。”

我白了他一眼，这不是一项投资，但在高涨的情绪控制下，我没在乎。

“还有别的你喜欢的东西吗？”他问。

“可能还有粉底，”我弱弱地说道，“我也喜欢那唇膏。”

“那就这两样都要，”安东对鲁比说，“而且放心，既然你要化妆，就别吝惜睫毛膏。毕竟你付出了这么多辛苦后，”当鲁比弯下腰在柜台里翻找那些东西时，安东悄声对我说道，“不买点儿什么简直是犯罪。”

鲁比在把包封起来之前，又塞进了几件免费样品。

“太好了，”安东说，“太谢谢你了。”

“哦，”鲁比似乎被他的感激程度吓了一跳。“那就再来些吧。”她又抓起了一把塞进了包里。我独自在一旁微笑着。

安东从来不会使用阴谋诡计，所以人们都喜欢他，我也因此而喜欢他。他会不停地奉承讨好女孩子，但从来不用低俗的方式。

接着鲁比把闪闪发光的包递给了我们，我们就离开了商场。

我心醉神迷：因为逛商场而陶醉，因为看上去很漂亮而陶醉，因为我光彩照人、纤尘不染的新衣服而陶醉。

“我不想回家。”

“你不想回家，那太好了。苏莱玛在看孩子呢。咱们在外面转转，就你和我。”

他领我到了索霍区一家私人会员俱乐部。他似乎认识那里的所有人，但我们坐在了一个隐蔽的角落，一个有着皮沙发的小隔间里，所有人都被隔在了外面。安东没有问我喝什么，因为从来没有疑问，我们喝香槟酒。我坐在那里，新衣服光彩闪耀，新面容光彩闪耀，使我暂时忘却了我们被毁坏的房子、糖衣般的地板，和不时闪现的杰玛带来的恐惧。

我感到自己魅力四射，美丽无比，因而也感到了疯狂般的爱。

索霍区那个非常棒的美发师把我的头发吹得很漂亮，安东把我的指甲涂得也很不错，我的新衣服和靴子也都完美无缺。

只是到了最后一分钟我才发现，我被邀请上《十一点钟》节目，是因为他们在做一个关于被强暴的专题。他们对我和我的书毫无兴趣，他们只想知道曾经被强暴对我造成了多么严重的伤害。

“你去医院就医了吗？”其中一位“充满同情”的采访者以一种过分夸张的“关切”的语气问道。

“没有。”

“没有？噢，天呐！”她大失所望，于是我告诉了她我曾经多么担心自己会流产，她这才振作起来。

后来我收到了薇芙、巴兹和耶兹的电话留言，说他们如何为我而感到骄傲，而来自德布斯的留言则说：“我知道你缺钱，但你无论如何也不该穿着破布头做的衣服上电视啊。”她指的是我那件时尚的新上衣。“哈哈哈。”她还清脆地笑道。

28

九月份我们的命运既有前进也有倒退。

夏天的大部分时间，安东和米凯伊都在努力促成一件巨大而辉煌的交易——有热门而时髦的脚本，有来自三个方面的稳定的资金来源，有炙手可热的年轻女演员克洛伊·德鲁和崭露头角的导演苏雷塔·帕维尔承诺加盟。这是一件能使爱康公司一举成名的交易。眼看着万事俱备，就要签合同的时候，脚本突然引起了好莱坞的兴趣。还不等你喊一声“看刀”，脚本就撤出了，整个交易就像一座纸牌垒起的房子一样垮塌。安东的情绪一落千丈，掉进沮丧的深渊。

看着他绝望的样子真是件可怕的事情，因为他的“默认状态”就是压抑不住的乐观主义。但是太多的交易失败使他这次再也无法重新崛起了。他谈论着自己是怎样一个失败的人，他怎样拖累了我和埃玛，他甚至开始制造寻找一份新职业这样的噪音。“也许去开个酒吧，”他趴在床上说道，“或者养蜜蜂。”

好的一面是，他那黑暗而阴郁的绝望情绪影响了装修工们。没用我们再费心思，他们不声不响地装好了四根过梁中的三根，甚至开始重新粉刷起主卧室。

整整一个星期，安东都没有去上班。“我没有情绪再干了，”他说，“想得到好材料实在是太难了，这本是我们最好的机会，我想我们永远不可能成功了。”

他花了大量时间陪埃玛玩。他想了办法叫苏莱玛一个星期都没有来。我怀疑——但没问他——他是花了钱叫她不要来的。

安东站在我书房的门口，千头万绪都涌现在他脸上。“你干得真辛苦，”他说，然后又喊道，“埃玛，你在哪儿？”

埃玛走了进来。她穿着红蓝相间的横纹连衣裤。安东温柔地端详着她。

“你简直像个匈牙利举重运动员，”他说，然后又仔细地打量了她一番，“大约一九五三年的。”

我于是意识到他的情绪在好转。

然而他再也没能恢复到他的老样子。他无数次地说我工作得多么辛苦，说我们的钱全是我挣来的，如果没有我，我们将一无所有。

这吓坏了我，因为即使就在这个时候，在我们的所有收入恰恰都由我一人挣来时，我也没有考虑过使之成为永久状态。实际上，我经常在想象点子多多、精力旺盛的安东，有朝一日能够突然开始挣钱，让我们生活安稳。我可不喜欢这种感觉：我们所有的一切——从我们的房子到我们的食物——全都要指望我。

九月的最后一天，《米米的救赎》的第一笔版税的支票来了。是如此令人不可思议的巨大数目——十五万英镑——我都怀疑这是有人恶作剧寄来的。我骄傲地抹着眼泪，从覆满尘土的书架上取下一本《米米的救赎》，端详着那些小小的字符，惊异着它们当真能挣来这么多钱，足以保住我们的房子了……所有这一切都是个奇迹，从这本书令人不快的起源，到它令人难以置信的成功。

安东拍了一张我举着支票的照片，就像一个赌马获胜者——然后我吻别了支票，因为上面几乎所有钱都是属于别人的了，需要支付给银行、装修工、信用卡商户……

“只有你我能干出这样的事情，刚得到一张十五万英镑的支票，才过了两天就几乎一无所有了！”我对安东说。

“但我们用这笔钱买了好东西，”他说，“看看我们——我们是负责任的人。我们向银行支付了这座房子分期付款的第一笔，现在他们不能收回房子了。”

我皱了皱眉。收回房子这种玩笑可让我笑不起来。

“对不起。”他注意到了。“这是幼稚的狂热情绪。”

“我们下一笔分期付款将在——”

“十一月十三日支付，那时你已经和达尔金·埃默里公司签订了新合同。”他停顿了一下，我能感觉到他的又一阵沮丧涌上了心头。今天可不行。今天我们本来是有理由感到高兴的啊！“我不喜欢把所有负担都压在你身上。”他痛苦地说道。

“别这样，”我央求道，“至少今天别这样。今天就放一天假吧。”

“我怕是得了抑郁症了！”

米兰达·英格兰打来了电话。

“都是荷尔蒙闹的，”我说，“你怀孕时就会这样。”

“不是荷尔蒙，是他妈的亚马逊。我刚刚上了网——我都不知道我为什么要上网——可我最新一本书平均只得了三颗半星。前一本书有五颗星呢。而且读者的评论非常他妈的糟糕！”

“噢，亲爱的，他们的确很可怕。”我说道，但知道这话无济于事。

“你没什么可担心的，”她情绪低沉地说道，“我查过《米米的救赎》的评论。他们喜欢你。几乎所有评论者都给它打五星。如果他们能打六星的话，他们也会打的。”

我真不该这么做。

米兰达挂了电话后，我也上了亚马逊网站，查了查《米米的救赎》的评论，花了很快乐的几分钟，浏览了一页又一页读者们给《米米的救赎》打的闪闪发光的五星。

然而还没等自豪感升起，我就跌了个大跟头，因为这时——这就是我不该的地方——我突然心想，有没有人给《水晶般清澈》写点什么呢？尽管这本书要到十月底才正式推出，但在机场已经有少量预售了。

我敲下了“水晶般清澈”几个字，激动地发现已经有评论了！只有三条，但毕竟开张了。

紧接着我看了第一条评论的标题，顿时感到一阵不舒服。那上面居然写着“糟透了”。“达林顿的一位读者认为糟透了。”

至于评级，她才给了我一颗星。毕竟还有一颗星嘛，我心想，拼命地安慰着自己。然后我开始读了起来。

我给这本书一颗星的唯一原因，是不可能连一颗星都不给。

噢。

读《米米的救赎》时，我不时发出会心的大笑，然而读这包垃圾时，我却一次也没能笑起来。我是在机场买下这本书的，当时正要启程去享受一个星期灿烂的阳光，现在我真后悔没省下这笔钱来，给自己再买一杯“激情海滩”鸡尾酒。

噢，天呐。噢，上帝呀。我的心怦怦跳着，连忙读起下一条评论，希望能好一些。这位读者给我打的是两颗星。

诺福克的一位读者又重新用起了抗抑郁药。

我一直患有抑郁症，曾经有将近六个月没有离开过家，这时我读了《米米的救赎》。这本书使我极大地振作起来，我居然重新回到了减肥者的行列。所以当我听说莉莉·赖特又有新书出来时，你可以想象我的兴奋之情。我的邻居去泽西看望她妈妈时，我央求她在机场给我买了一本。我本以为读完后我会感觉更好，甚至能去找个兼职工作干干。然而你读过这本书了吗？真让人大失所望。我的病情又严重倒退了。我给这本书打了两颗星，是因为尽管我一点儿也不喜欢它，我仍然认为自己是个厚道的好人。

下一条评论又是两颗星。

西北部一位热切的读者感到极度失望。

我非常喜欢《米米的救赎》，尽管这并不是我通常要读的书。（我是乔安妮·哈里斯、塞巴斯蒂安·福克斯和路易斯·德·贝尼耶的大“粉丝”。）我必须承认我一直在盼望着读莉莉·赖特的新书，因为我感到她在《米米的救赎》中向我们展示了极大的希望。当我在机场看到这本书时（当时我正要去佛罗伦萨，享受一个周末的艺术大餐），我买了它。然而，我的希望还没升起就夭折了。《水晶般清澈》不是一本好书，我怅然若失，不知该把它比做什么。可以说几乎（尽管还不是极其！）像鸡仔文学一样糟。它其实只配打一颗星，但我给它打了两颗星，只是因为它还不是鸡仔文学！

“安——东，”我大叫道，“安东——！”

他像是在糖上滑行——或者说是冲浪——一样，飞快地跑了过来。我给他看了评论。

“要是所有人都不喜欢《水晶般清澈》怎么办？”我说，“要是没人买这本书怎么办？达尔金·埃默里公司就不会和我签新合同了，那我们就全完了。好像我的新书也并不比这本好！”

“放心，先别急，”他说，“《米米的救赎》也得到过差评。”

“可那些差评只不过是来自于一些又老又臭的书评家，并不是来自于真正的人群，不是来自于读者！”

现在我明白为什么塔妮娅在说起换封面时语气那么紧张和怪异了。他们在担心读者们期待又一本《米米的救赎》——这里的三位读者显然就是如此。恐惧像洪水一样向我压来，我感到嘴里充满了苦涩。

这团倒霉的麻烦不是杰玛惹的——除非那三条评论都是她写的——但无论如何我仍然要责怪她。

“《水晶般清澈》必须得卖得非常好才行，”我紧紧地抓住安东，“因为如果卖不好，达尔金·埃默里公司就不会和我签新合同。而没有新合同，我们就没钱去付下一期的分期房款。”

我们会失去这房子！我的头皮顿时一阵发麻。我无法想象还能有比这更糟糕的事情。

安东平静地、一字一板地说道："《水晶般清澈》是本非常好的书。达尔金·埃默里公司即将发起强大的推销攻势。这本书将会大获成功。达尔金·埃默里公司说过它将成为圣诞节的头号畅销书。再过一个月左右乔乔就会去和他们谈，他们将会提供给你一份新合同，有一大笔预付金。一切都会很好的。现在也都很好。"

第三部

乔 乔

自打那天奥尔佳和里奇·甘特撞见乔乔和马克在安东尼奥餐厅共进午餐后，乔乔就担心公司里的所有人都知道了。然而，除了“讨厌小子”甘特时常叫她“霍乔”，然后又否认外，其他人待她都没有什么不同。

实际上，甚至都没等乔乔问，丹·斯旺和乔斯林·福赛思就向她保证，待到十一月份确定合伙人时，他们会把票投给她。鉴于马克的一票已在囊中，她只需再有一票就可以了。她不知道该去游说谁。吉姆·斯威特曼吗？还有必要费心去尝试吗？自凯茜·埃弗里来公司那天后，几个月来俩人的关系就一直有些疙疙瘩瘩的。而且他早就和里奇·甘特同穿一条裤子了。不过乔乔是个聪明姑娘，并不怀恨在心，她知道对吉姆保持友好没有任何坏处。但也不能太友好了，如果显露出她有求于吉姆，那岂不是太俗气了？

奥尔佳·菲舍尔呢？尽管撞见了她和里奇·甘特共进午餐，乔乔认为继续争取她也不会有任何损失。于是她给奥尔佳买了一张关于企鹅王的交配习惯的光盘，没有写任何女人要团结之类的话。奥尔佳可不是那样的女人。

还有爱丁堡的尼古拉和卡姆呢？显然，尽管她见过他们不少次，但他们之间的关系从来谈不上亲密。他俩并不经常来伦敦，而每次来的时间，也仅够让所有人都知道他们讨厌这地方。他们总是抱怨：“为什么这倒霉的会不能移到爱丁堡去举行？”

他们是一对机敏狡黠的夫妇。尼古拉四十来岁，脾气暴躁，咄咄逼人。卡姆则是个皮肤超级白的凯尔特人，长着淡蓝色的眼睛和中褐色的头发，有人认为她很性感，有人则颇不以为然。

有一个星期五，开完会后乔乔曾想截住他俩。“嘿，尼古拉，我——”

“我讨厌伦敦这地方，”尼古拉抱怨道，“到处都在堵车——”

“——而且到处是英格兰人。”他和卡姆像合唱一样同时说道。

“快走吧，卡姆，咱们赶紧离开这儿。”

“好的，可是——”乔乔说。她急切地想和他们谈一谈。

尼古拉扭头用严厉的目光瞪了她一眼，卡姆那淡蓝色的眼睛也盯着她。“我们得赶飞机。”

“嗯，抱歉，我……是的，祝你们一路平安。”

在他们下一次来伦敦总部之前，乔乔给他们发了一封电邮，邀请他们共进午餐——然而不成。尼古拉说除非有特别重要的理由，否则他们要赶下午三点半的飞机飞回爱丁堡。显然，乔乔算不上特别重要的理由。

见鬼，她心想。这对夫妇简直像水银一样难以搞定。看来她只有一种选择了。也许有一点极端，但似乎唯一能和他们好好谈一谈的办法，只有去拜访他们了。

嗨，这不是什么大问题。她早就听说过爱丁堡是个漂亮的地方，也许马克也能找个理由一起去呢……

可事情真办起来也不那么容易。九月份卡姆整整休了三个星期的假，接着乔乔又得去参加法兰克福书展，继而尼古拉又有两个星期不知踪影。他们最终同意在十月底见面，离乔斯林离开已经不到四个星期了。乔乔本不愿意这么晚才会面，但又一想，晚也有晚的好处，到投票时，她会深深地留在他们的脑海中。

一个星期五的早晨，她和马克非常暧昧地早早上了飞机，飞往爱丁堡。她将于上午会见那两个家伙，马克则在下午见他们，然后……在一家很好的宾馆里度过一个销魂的周末。耶！

在飞机上，她问马克：“你对我有什么忠告吗？”

“无论如何，别对他们摆出俯视的姿态。他们有点儿……怎么说呢……对他们的卫星地位有些敏感。尤其是在他们业绩还相当不错的情况下。苏格兰的畅销作家数量多得似乎有些不合比例。所以要时刻记住尊——重。”

“明白了。”

马克去宾馆登记，乔乔打了辆出租车到李普曼·黑格公司的爱丁堡分部。分部在一幢四层的灰色石楼里，楼呈新月状，看上去很古老。乔乔非常喜欢。尼古拉和卡姆彬彬有礼地接待了她，不过算不上热情洋溢。但乔乔很兴奋，这里的一切都是那么古色古香，她的确是非常高兴来到这里。

尼古拉和卡姆把她介绍给分部的其他七位员工，带着她到办公室各处、小会议室，甚至小厨房里四处转了转。卡姆说："这就是尼古拉和我中午用微波炉煮面条的地方。"

"唉，"尼古拉瓮声瓮气地抱怨道，"还不如说是凑凑合合地打发我们一顿的地方。"

乔乔不知道她该不该大笑，心想，还是不笑稳妥一些。

回到尼古拉的办公室后，他说："不过你这么大老远跑来，不会是专程来欣赏我们的房子的。我们能为你做些什么呢，乔乔？"

假意说这只是一次社交拜访，就太虚伪了。尼古拉这样开门见山，乔乔也很高兴。

"不瞒二位，我的确有求于你们。"

"哦，我可是个幸福的已婚男人。"尼古拉说。

"我可是个恋床的人。"卡姆说。

"见鬼！"乔乔用手指敲了敲桌子。"你们此话怎讲？"

"好吧，"尼古拉慢吞吞地说道，"有只小鸟告诉我们，你在和我们的主理合伙人上床。"

乔乔的脸红了。她没有想到这情况。这是否意味着所有合伙人都知道了？"哪只小鸟？让我猜猜。"

"就是那个满脸青春痘的年轻人，里奇·甘特。"

她耸了耸肩，努力地隐藏着自己的愤怒。"我还能说什么呢？"

"也正是这位马克·埃弗里稍晚些时候将来见我们，"尼古拉扭头看着卡姆，装出一副惊讶的样子。"他们俩同一天来到了爱丁堡。这岂不是太巧了，卡梅伦？"

"啊，尼古拉，是太巧了。"

“不过，当然，他们是乘不同的飞机来的。”

“当然，”卡姆说着转向了乔乔，“是吧？”

乔乔强做大笑状。“好吧，你们问倒我了。”耶稣基督啊，他们可真是难对付的一对儿。

“别紧张，丫头，”尼古拉咕哝道，“去度你们那肮脏的周末吧。你们住在哪里？一定是个很豪华的酒店吧？是巴尔莫勒尔吗？”

乔乔点了点头。见鬼。她真后悔没有预订一个只有单人床和公共浴室的简朴小旅馆。现在看上去她好像是专门来度一个放浪的周末，顺便来看望他们一下似的。这俩家伙可真够敏感的。

“我们不喜欢里奇·甘特，”尼古拉说道，显得有些无精打采。“是吧，卡姆？”

“是的，”卡姆附和道，简直像是在说梦话。“他太讨厌了。”

“也许我该说是恶心。”

“是凶恶。”

“像魔鬼一样。”

“他也来见过你们，是吗？”

“噢，是的，好几个月前了，就在老乔克刚刚宣布他要退休时。”

还真不能不佩服这个小王八蛋，乔乔心想，他不放过任何一个机会。

要始终保持微笑，她对自己说。她没有别的事情可做了。无论如何，一定不能显出俯视的姿态，要想着尊——重。

“那么你们知道我为什么来这里了？”她拿出了自己的介绍材料，上面有她的作者名单，以及用饼状图、曲线图和维恩图①说明的美好的远景展望。

“现在先别说了，”尼古拉摆了摆手。“把资料留给我们吧。等到电视上没好节目时，我们会看的。”

乔乔夸张地叹了口气。“你们要我证明我是个真正红头发的人。可我们见面的次数……”

①维恩图：英国逻辑学家约翰·维恩发明的用圆表示集与集之间关系的图表。

他俩大笑了起来。这是个好兆头。

“跟我们说说你当警察的事吧。你有没有穿着警服做过爱？比如和一位男同事？”

“喂，卡——姆，”尼古拉申斥道，“你不能问这姑娘这样的问题。”

“她当然可以！”

“这么说你做过？”

“我没有。抱歉，卡姆。但我的确和一位消防员做过爱——他是我第一位真正的男朋友——有时候他穿着制服。那制服的面料很好，他老是穿着。有时候我戴着他的头盔。”

“再告诉我一些！”

“可我想知道些追捕坏人的故事。”尼古拉说。

“我可以同时讲好几个故事。”

她没有想到来这里会谈这样的事情，但如果这能使她成为合伙人的话，她愿意谈。于是她给他们讲了一个男人如何因为邻居家电视声音开得太大而拔枪相向的故事，如何在壁橱里发现了上吊自杀者的故事，以及她父亲腐败时期的一些故事：他时常带回家一些家居用品，却坚称自己是付过钱的。她努力把故事讲得绘声绘色且恐怖惊骇，当尼古拉和卡姆要离开赴他们的午宴时，尼古拉说：“乔乔，你可真是一帖兴奋剂！”

“我知道我们拿你开玩笑有些过分了，但我们真的很感激你来看我们，”卡姆说，“你是个宽宏大量的人，不像那个会哭的孩子奥罗拉·霍尔。”

“她也来过？”

“她和另一个英格兰贵妇，洛贝莉娅·弗伦奇，还有那位没有下巴的奇人，她们都来过。我们都奇怪你怎么这么晚才来。我们还以为我们得罪了你呢。”他俩相互倚靠了一下，像分享一个心照不宣的玩笑一样咯咯地笑了。

乔乔站起身来，伸出了手，说：“谢谢你们抽时间见我。”然后转身要走。

尼古拉和卡姆相互对视一眼——都吃了一惊。“没有礼物吗？”

糟糕，乔乔心想。里奇·甘特也许带来了很多瓶烈酒，很多条香烟……甚至还有舞女。英格兰贵妇们也许从父亲的酒窖里拿来了陈年的葡萄酒。她应该想到这点的啊。

“没有礼物，”她懊恼地说道，“我没想到这点。”

“我们喜欢礼物。”

“我很抱歉。”

“但我们因为你空着手来而尊敬你。”

“真的吗？这么说我做对了？”她粲然笑道。

“我们要看所有候选人的记录——倒霉，这是件多么乏味的事啊——但是我们喜欢你。是这样的吧？”他扭头看了看卡姆。

“噢，是的，我们非常喜欢你。”

“我不讨厌？”

“不讨厌。也不恶心，也不凶恶，也不像魔鬼一样。实际上，你很有魅力。”

“而且美丽如画。”

“一点不错，是一种出众的自然之美。祝你和可爱的、性感的马克·埃弗里度过一个可爱的、性感的周末。”

星期天晚上，当乔乔乘坐的飞机降落在希思罗机场后，她心满意足。毕竟，在开局不利的情况下，她和爱丁堡合伙人的会面能有这样的结果，已经很不错了。

十一月初，一个星期一的上午

收件人：Jojo.harvey@LIPMAN HAIGH.co

发件人：Mark.avery@LIPMAN HAIGH.co

主题：新闻。也许是坏消息

乔斯林把他离开的日期推迟到了一月份。三十七年前，他就是在一月份加入李普曼·黑格公司的，作为一名一贯的传统主义者，他希望能有个圆满的结局。

马 xx

收件人：Mark.avery@LIPMAN HAIGH.co

发件人：Jojo.harvey@LIPMAN HAIGH.co

主题：三十七年并不算圆满

!

乔 xx

这些英国佬啊，乔乔心头狂怒不已。

收件人：Jojo.harvey@LIPMAN HAIGH.co

发件人：Mark.avery@LIPMAN HAIGH.co

主题：新闻。也许是坏消息

这意味着新的合伙人人选也要到一月份才能确定了。

马 xx

乔乔紧盯着电脑屏幕。“呸。”她一直全力以赴地为十一月底做着准备。尽管不能说她的生命完全寄托在这一点上，但这的确是她生活中极大极大的聚焦点。

星期一晚上，乔乔的公寓

“现在咱们怎么办？”马克问。

“什么怎么办？”

“咱们的事。”

乔乔陷入了沉思。“我们说过我们要等到合伙人人选决定之后。现在一切都没有变化。我们只是推迟了几个月。”

“再等下去还有什么意义？拜里奇的大嘴巴所赐，公司里所有人都已经知道了。”

“我觉得情况并没有什么不同啊。”

“我等得不耐烦了，既然所有人都知道了。”

“可是正像你夏天的时候说的，所有人知道咱们有私情，并不像你离开妻子和我建立家庭一样震动大。好了，”她柔声细语地哄着马克。“并不要再等多长时间嘛。”

但他没有被说服，他甚至有些生她的气了，而且他根本不想掩饰。

“是你想等到合伙人确定后的呀！”她说。

“但是既然所有人都知道了，这就没有实际意义了。我要回家了。”

她听见门在他背后关上了。噢咿，她心想，这感觉可不那么好啊。她又有了别的心思……

星期三早晨

乔乔打开了电脑。她很揪心。每个星期三早晨九点，是新的畅销书排行榜发布的时间，她有些担心莉莉·赖特新的精装书的表现。自从《米米的救赎》大获成功后，所有人都有些轻率地期望这本书也能高飞。在达尔金·埃默里公司一些激情澎湃的营销会议上，甚至有人提出了圣诞节市场第一。然而，至少是一开始，乔乔就有些小小的、吹毛求疵的疑虑：《水晶般清澈》是和《米米的救赎》非常不同的书。（的确，《水晶般清澈》很优秀，是一本蕴涵着智慧和同情心的评论社会的书，但是太现实主义了，与逃避现实的《米米的救赎》恰恰相反。）

塔妮娅在乔乔不知情的情况下，就要莉莉把《水晶般清澈》寄给了她，待她们通知乔乔时，这本书的出版已是生米煮成了熟饭——在这件事情上，塔妮娅有些不守规矩。如果乔乔先看过稿子，她会建议暂不出版，让莉莉再用一年时间先另写一本书。然而她没有得到这样的机会。

还有一点不能不提，塔妮娅狂热地喜欢《水晶般清澈》——而塔妮娅是个识货的人。更重要的是，她搞定了庞大的广告和市场营销预算。很显然整个达尔金·埃默里公司都将支持这本书。五月份，就在塔妮娅接到书稿后，乔乔出席了一次市场营销预备会，他们全都雄心勃勃、情绪高昂，就连她也深深地信服了。他们投入巨大，所有人——书商、读者——都喜欢莉莉，认为《水晶般清澈》是一本了不起的书，一定能获得成功。

然而后来也出现了些许波折。八月份时，有两个超市连锁店在采购员读过校样，发现《水晶般清澈》与《米米的救赎》非常不同后，将订购数量削减了一半。继而达尔金·埃默里公司也对封面丧失了信心——原封面与《米米的救赎》非常相似——他们紧急撤下了原封面，换上了一张更为严肃的封面。

正式出版日期为十月二十五日。从一些书店传来的早期但不算科学的报告表明，销售很慢，然而今天的排行榜才是真正的考验。

乔乔浏览了前十名：没有。向下滚屏，前二十名，还是没有。榜上有埃蒙·法雷尔，排在第四十四位，还有她的另一位惊险小说作家玛乔丽·弗兰克，稳居第六十一位。可是莉莉呢？她向下滚着屏，向下，向下，向下。我一定是看漏了，她心想——但紧接着她就发现了，竟深深地被埋在了第一百六十八位。在销售的第一个星期竟只卖出可怜的三百四十七册。呸。《水晶般清澈》按预期一亮相就该进入前十名，但现在看来，它牢牢地粘在了书架上。

“《米米的救赎》一开始卖得也很慢。”马诺伊提醒她。

“《米米的救赎》可没有花二十万英镑来造势。”

她立刻给达尔金·埃默里公司的市场营销主管帕特里克·皮尔金顿–斯迈思打了电话，敦促更大的投入。“在圣诞节来临之前，我们需要更多的广告，特别是在星期天的报纸上。而且还必须降价。”

“冷静些。先不要做出鲁莽之举，”帕特里克慢吞吞地说道，“目前为时尚早。有很多大书都要在这段时间推出。”好吧，也许他说得有道理。每年自九月起，都有大量的精装书争相出笼，为的是能入布克奖的法眼。更不用说每年上了福布斯排行榜的名流们也都要在这阵子推出传记，希望人们买做圣诞礼品。“到临近圣诞节时，自然会加力的。”

乔乔的原计划是在《水晶般清澈》出版一星期后——比如今天——与达尔金·埃默里公司谈判莉莉的新合同。如果一切顺利的话，这正是莉莉的星光最璀璨的时候。乔乔本希望自己能躺着就完成谈判，唯一需要与达尔金·埃默里公司磋商的就是，他们是愿意给莉莉一大笔钱，还是愿意提高书的印数。现在，她不那么有把握了。

较好的一面是莉莉即将开始为期三个星期的巡回促销。也许这将促进销售。

她给塔妮娅·蒂尔打了电话，想探探她是否依然情绪高昂、信心十足。她说："咱们该谈谈正经事了。关于莉莉·赖特的新交易。我们已经做好了详细准备。"

"什么详细准备？"

呸。但乔乔仍然保持着冷静。"关于她的新合同呀。"

"好——的。我明白了。你说她在写什么新书？也许最好是等我看看再说吧。比如说，等我看过了，再商定数字。"

这不是乔乔所希望的热情回答。这还是五月份时一天到晚缠着她要签新合同的那个女人吗？

但她仍保持着昂扬的语调，说："莉莉·赖特精彩的新书，其中的七章马上快递给你。准备好你的支票簿吧！"

星期三晚上

她吃了一个快餐比萨饼后，去见了贝姬。

俩人坐定后，乔乔说："你猜怎么着？我的例假来晚了。"

贝姬非常平静。"晚了多少？"

"三天。我知道这不算什么，但我的例假一向都非常准时。而且这回我有些怪怪的感觉。"

"什么怪怪的感觉？"

"比如说……头晕。而且我不想抽烟了。"

"基督呀。上帝呀。"贝姬咬着手指。"你做过测试了吗？"

"就是今天做的。阴性。不过现在还早，是不是，还太早了？"

"有可能发生吗？"

"嗯，我们用安全套，但是……总有可能出现意外。而且我们这回恰好是月中时做的。当你和一个已婚男人同房时，时间是很容易记起来的。"

“不算少了，”贝姬说，“安迪和我上个月根本没有做爱。”

“你们俩还好吗？”

“从来没这么好过。你就等着吧，等你和马克不再做爱了，那你们才算真正融合在一起了。你觉得马克会怎么对待这件事呢？”贝姬小心翼翼地斟酌着用词。“他有没有可能听了后不高兴？”

乔乔想了想。“他肯定不高兴。”她笑了笑。“但他也许有心理准备了。可是我怎么办？我高兴吗？”

“你高兴吗？”

“现在不是生孩子的好时候。”

“但是生孩子永远没有好时候——不仅是对你，对任何人来说都是这样。等到好时候来了，通常也就太晚了。”

“你说得对。生个孩子并不是世界末日。只是……我觉得实在太对不起凯茜和她的孩子们了。我再生个孩子，会使事情变得糟糕得多。”

“也许这不是意外事故呢，”贝姬猜测道，“也许是他给你设下了圈套。或者也许是你自己在引诱自己。”她叹了口气。“祝你好运吧，我倒是愿意替你收拾这烂摊子，可是我们现在也养不起孩子呀。”

“如果我当上了合伙人，实际上我未来三年的收入还要下降呢。”

“怎么回事？”

“合伙人必须投资。既然乔斯林要走了——他不可能永远不走——他会带走他的股份。新的合伙人必须出资顶替他。”

“出多少钱？”

“五万英镑。”

“五万英镑？你到哪儿去弄这么一大笔钱呀？”

“我弄不到。所以他们会从我未来的收入里扣除这笔钱，这就意味着未来三年我的所得不会高于五万英镑。”

星期四晚上，在贝姬和安迪家

安迪开的门。“怎么样？”

“测试还是阴性。可是……”

安迪充满怜悯地摇了摇头。“想听听我的意见吗？别告诉他。离开他，悄悄地结束这段感情吧。”

“不行，”乔乔鄙夷地说道，“这也是他的问题。”

“哦——噢！”安迪拍了一下手。“这时候你就会看出男人和男孩的区别了。”

“别那么自以为是。”但是乔乔也忍不住怀疑马克会不会真的迈出那一大步。他会逼她流产，然后又马上返回他那婚姻的安乐窝吗？“我要告诉他。你知道吗？如果他想要我，我会当着他的面嘲笑他。”

星期五晚上，乔乔的公寓

“你猜怎么着？”乔乔说。

马克看着她，迅速地把她上下打量了一遍，他的眼神变了，好像他退缩了。“你怀孕了。”

她停顿了一下，吓了一跳。“见鬼，你真厉害。是的，我的例假晚了五天，但测试结果是阴性。”

“这不能说明问题。凯茜也是这样。测试结果始终是阴性，但她却真的怀孕了。”

俩人相互对视着，都接受了这种说法，然后俩人又都放松下来，爆发出一阵恐怖的大笑。

“妈的！”乔乔喘着粗气说道，“好吧，我们俩都知道接下来会发生什么情况。到了这一步，我就要鸡飞蛋打了。你甩了我，你们又和好了，而我就像是被洗劫一空。”

“这时你会发现凯茜也怀孕了，比你稍早一点儿，我们重温了结婚誓言，重归于好了。”

“我只是因为收到了你错发的短信，才发现了这个事实。”

这是他们都再熟悉不过的小说素材，两人都大笑不已。

“你还应该知道一个情节：我爸爸会怒气冲冲地赶来，想杀了你。某天晚上他会突然造访你家，带着我的三个哥哥和一把手枪。”

“如果那样的话，我最好还是让你做一个诚实的女人。”

这时他似乎才对这消息当起真来。他突然陷入了沉默，用手一遍又一遍地摩挲着嘴。“嗯，这事还真是麻烦啊。”

“你会抛弃我吗？”

他的手停住了，抬头看了她一眼，一脸恐惧。“不会。”

“答得好。”

“可这是件大事，乔乔。没有预期的大事。”

“咄！我早就注意到了。”

“我想我也一直在假设这种情况总有一天会发生。我们，孩子。”他停顿了一下，又忧郁地说道，“但没想到这么快。”

“你感觉有多糟糕？”

“非常诚实地说，乔乔，”他直视着她的眼睛。她看得出他在犹豫，是对她置之不理，还是从他深深埋藏的内心深处掏出某种极其诚实的想法，“非常诚实地说，我宁愿在孩子降临之前，有一段我们自己的时间。我们在一起的生活刚刚开始，就要与别人分享，我想我……”他在寻找着恰当的字眼，“……我不愿意这样。”他重重地叹了口气。“你知道我多爱我的孩子。我也会爱我们的孩子。但是在我们经过了这么多个月偷偷摸摸的生活后，我想要我们在一起度过一段——”他冲自己笑了一下——“不那么复杂的时间。”他皱起了眉。“怎么会发生这样的事呢？”

乔乔紧盯着他。“男代理人和女代理人上了床，把他的——”

“不，我是说，我们一向很小心呀，难道不是吗？”

“发生了意外。”

他承认是这样。“是的，我想也是这样。但这真不是时候，从经济上讲，我得照顾凯茜和孩子们。可你和我也得有个地方住。我们不能永远住在你的公寓里，特别是还得再养个婴儿。那么如果你放弃了工作，我们又会损失你那份收入。”

“可是为什么我要放弃工作呢？就算我真的怀孕了，那也只是怀孕，又不是病了。你担心我也会变成路易莎？”

“不仅仅是路易莎。我见过的多了：女人一有孩子，生活重心就会发生变化。这不是靠判断得来的，而是靠观察得来的。这是女人的天赋特性。”

“我不一样。”

他耸了耸肩，不以为然。

“马克！我的确不一样。”

他对她的愤怒报以大笑，接着她也大笑起来，两人同时说道：“女人都这样说。”

“我必须现在就对凯茜说了。这事不能再拖延了。”

乔乔的内心因羞耻而翻江倒海。“我怀孕了，这将使她的感觉更糟。”

“我知道。但是不告诉她对她也不公平。”

“你说得对，但我们可不可以等到我的测试变成阳性，我们确知之后呢？”

马克看上去有些生气，继而又变得悲哀起来，他抓住了她的手。“乔乔，听我说，我有非常重要的话对你说。我们总有一天要对凯茜说。告诉她事实。”

“我知道。”但她说得很含糊。

“你见过凯茜了。你知道她是个聪明的女人，非常自尊。她不是那种愿意被瞒到最后的人。平心而论，我想她宁愿被告知，而不愿被瞒哄。”

“你真是这么想的？”

“但我现在要告诉你的是，事情不会是愉快的，而将是非常不愉快的，但只有经过不愉快，才能了结。我一直在努力促使自己心平气和，而她是我的妻子。你是个勇敢的人，乔乔，你必须勇敢地对待这件事。事情不会神奇般地自己摆平的。”

“假如她也遇见了别的什么人，她要主动离开你呢？我宁愿是这样。”

他叹了口气。“好吧，咱们祈祷凯茜遇见别的什么人吧。”随后他的口气变了。“不过你也别老是吊我的胃口。”

她心里一沉。“我没有吊你胃口啊。”

“是吗，乔乔？可是我开始有这样的感觉了。听我说，确定合伙人的事情要到八个星期以后呢。那时候我将离开我的妻子，和你一起生活。如果这不是你想要的，你最好告诉我。”

她感到一阵恐慌。“这的确是我想要的。但这对我很困难。我憎恨侮辱凯茜、偷走她的丈夫这种想法。这不符合我从小被培养的价值观。”

“这也不符合我从小被培养的价值观。也不只是你一个人感到困难，但我要做这件事情，因为我爱你。可我开始感到我们的想法并不同步。”

某种直觉告诉她她突然陷入了非常危险的境地。她距离失去他只有发丝般的间隔了。

“马克，是你说我们应该等到合伙人确定之后的。我可从来没有太激动过。”

“你不是毫不犹豫的。一旦你怀疑我在拖延，并且在克服了这种怀疑后，你就会变得很积极。而且在我看来，有些太积极了。”

这就是和马克打交道的难处，他太聪明了。

她必须做出抉择，是从桥上跳下去，还是离开桥头。好吧，她决定跳下去。

“等到我确定了测试是阳性，然后我们就告诉她，可不可以？”

他用他那黑眼睛紧盯着她，慢慢地说道：“我已经关照过你了，但是可以。”

“你‘关照’过我了？别这么跟我说话。我可不是他妈的拖着不付版税的出版商。”

但他没有道歉。他什么也没说就离开了。

晚上她躺在床上想，马克真是聪明，他质疑她在拖拉是对的。她实在是太胡闹了，她从来没想向马克发出离开凯茜的信号。她总是希望有外界的事情发生来解决问题——她最喜欢的脚本是凯茜也遇到其他什么人。但马克误解了她，以为她在放他的鸽子，而她的核心承诺是坚如磐石的。有时候她也在想他到底是个什么样的人。是的，他有三大优点——聪明、有趣、性感——但她爱他，是因为一种更大且更稍纵即逝的感觉。你可以思索爱一个人的理由，你甚至可以把它们开列出来——他的自信，他的聪慧，他强健的体格，他从不厌倦她——但总是会觉得有遗漏，这就是 X 要素，或者说是神奇的要素。马克就有这种神奇的要素，无论是什么，但他肯定有。

他是她喜欢的人，而她所做的一切，她感觉——至少在下意识里——除非她告诉了他，否则就毫无意义。只要几天不见他，她就开始想他，甚至身体上也会感到不适。他了解她。他们俩之间的联系是完全坦诚的，不可能再有比他们更相配的两个人了。

她能够想象得到他们在一起未来几年的状况，高级先生和高级夫人，神秘的字谜游戏，仍然狂热地相爱着，仍然是最好的伙伴。

今天马克清楚地点明了她的抗拒心理以及他自己的愤怒，这迫使她跨越了某种障碍。他将离开凯茜，这很好。她想起了一种说法：最好的出路就是穿越。她唯一的其他选择是冒着失去马克的危险，坦白地说，这根本不成其为选择。

她做好了准备。或者说像以往一样做好了准备。但她还是觉得对不起凯茜……

她思索着贝姬曾说过的话：也许这次怀孕并非意外。也许是她让它发生以促使自己做决断的。不过，有趣的是她还不完全相信自己怀孕了，其他所有人却都比她更相信。但她现在也开始有几分相信了，甚至有些喜欢这念头了。她和马克还有一个婴儿，这真有意思。生活将会不同，但只是有一点不同，并且是好的不同。她不得不承认她从来没想过生孩子的问题。她的确不像别人那样渴望要一个孩子，无论是男孩还是女孩。但因为这是新生活的一部分，因为这是马克的孩子，那就不同了。

她把手放在了自己的肚子上，因为这就是你所做的，是吗？你看，她多么自然而然地就产生了妈妈的情怀。他们的婴儿会是什么样子呢？是黑头发，亚麻色头发，还是红头发？但无论这孩子外表更像他俩中的哪一个，都肯定是个意志坚强的人，她认为。实际上，就在现在，他俩的DNA也许正在搏斗，看谁能占上风。

莉　莉

凯特里奥娜心怀恐惧已经太长时间了，现在她的恐惧使得腹中的第四个婴儿都受到了影响。她不需要更多的证据了。她知道。她知道很长时间了。癌症的程度已经非同寻常地高，而且某些情况正在导致……

她们没在听。我在设菲尔德的一家书店里，正在进行为期三周让我像是挨刀的《水晶般清澈》的促销巡游。八十多个女人挤在一间屋子里，有的在观察自己的指甲，有的在数着小方块地毯，有的在考虑明天的晚餐——总之，为了度过这段烦人的时间，干什么的都有，直到我结束朗读。

我迅速地瞟了一眼听众。有一小群女人穿着白色的长袍；有三位被要求坐到了后排，因为她们高高的尖帽阻挡了其他人的视线；坐在前排的一帮朋友都拿着自家制作的魔杖，闪光耀眼。当然，屋里也有很多穿着平常的女人，然而，还是穿着奇异的人最为惹眼。

整个星期都是这样：在每次阅读会上，都有很多人煞费苦心地打扮成《米米的救赎》中的形象。然而冒着招惹众怒的危险，我提出希望他们不要这样。这引起了我的思考，我到底创作了什么呢？（而且这转移了人们对《水晶般清澈》的注意力，后者才是我万分希望他们购买的书啊。）

又一阵骚乱声惊扰了我。我坐在高高的凳子上，决定不再读最后一页，每隔一个晚上我都会这样。听众们不加掩饰的厌烦吓坏了我，我只好缩短让他们痛苦的时间。

“凯特里奥娜拿起了话筒。这是她早就该打的电话……”

我停顿了一会儿，让她们反应过来我读完了。然后我说了声："谢谢你们。"静静地把书放在讲台上。随之响起了一阵礼貌的掌声。掌声停息后我问道："有谁有什么问题吗？"

一位女士一跃而起。别问那个问题，我乞求道。求求你，千万别问那个问题。然而她当然问了。在这次巡游的每天晚上的每次阅读会，那都是第一个问题。

"你还会再写一本《米米的救赎》吗？"

满屋人的赞同几乎是可以触知的。所有人都在点头。我也正想问这个问题呢，这样的声音像耳语一样飘浮在空中。好问题。是的，非常好的问题。

"不会了。"我说。

"噢。"全屋的人像一个人一样，发出了同一个声音。他们的语调不仅仅是失望，也有受伤，甚至还有愤怒。前排那些自家做的魔杖焦躁地挥舞着，后排的三位"女巫"则脱下了尖帽举在胸前，好像在向死者致哀。

我拼命地想解释，《米米的救赎》是不能重复的作品，是作为对我被强暴的反应所写的。

"可是难道你就不能再试着被强暴一次吗？"又一位女士问道。我想，这当然是玩笑。

"哈哈哈，"我的微笑在脸上凝固了。"还有问题吗？"我碰了碰身边的那本《水晶般清澈》，想提醒他们我们为什么来到这里，但没有任何作用。随后的问题，无一例外，全是关于《米米的救赎》的。

"米米是以你为原型写的吗？"

"米米所在的城市是真实的地方吗？"

"你在写那本书前，接受过什么白女巫的训练吗？"

我尽量用亲切的语气回答，但我开始厌恶米米了，这种情绪透过我的回答流露了出来。继而该签售了。令人满意的是，队伍像一字长蛇一样弯弯曲曲地排向了书店的后部。但是没有人去拿可爱的精装书《水晶般清澈》，每个人都从手提包里取出几本《米米的救赎》来。这些书非常破旧，看上去就好像被成群的小猎犬争抢过一样。我感到有些不舒服。

然而，走到桌前的每个人的热情，都令我无法不感动，只得毕恭毕敬。

"谢谢你写了《米米的救赎》……"

“我喜欢这本书……”

“这本书救了我的命……”

“我至少读过十遍……”

“我给我所有的朋友都送了一本……”

“这本书比抗抑郁剂都管用……”

“比巧克力要好……”

“我迫不及待地想见到你……”

他们送给我魔杖、家制的软糖、写在小片纸上的咒语，还有一份参加德鲁伊教徒婚礼的请柬。大多数人都要求和我合影，就好像很久以前我在米兰达·英格兰的签售会上所看到的。

如果我的职业生涯不依赖于《水晶般清澈》的畅销，我本可以享受他们的友善，沾沾自喜于我创作了一部感动了这么多人的作品。但我的职业生涯的确依赖于《水晶般清澈》的畅销，而来参加阅读会的八十多人中，只有两个人买了这本书。前一天晚上在纽卡斯尔，只卖出了三本；再前一天晚上在利兹，只卖出了一本；在曼彻斯特也只卖出一本；而本周开始时在伯明翰，一本也没卖出去。这可不好。而从畅销书排行榜上传来的消息也不好。

在走回宾馆的路上，我打开了手机，全身的所有细胞都一齐祈祷着能收到乔乔的短信，说达尔金·埃默里公司打算出五十万英镑买我的新书。我心里想着，沉浸在一阵突然袭来的迷幻中。没有五十万，多少有些也好啊。一个星期前，她已经把我新书的七章寄给了塔妮娅，现在她肯定已得到什么消息了。但手机里传来的冷冰冰的电子声音却是：“您没有新短信。”于是我给在家里陪埃玛的安东打了电话：“听到什么消息了吗？”

“乔乔打来电话了——她不想在你朗读时给你打电话——但她没有什么事情报告。塔妮娅今天下午没有答复她，她觉得最好还是不要去打扰她。”

我使劲地咽了口唾沫。今天是星期五，那就要等到星期一了。已经整整忍了一个星期了，真不知道我们的前景会如何。

安东和我误算的程度真令人震惊。很显然我们本该在五月份当达尔金·埃默里公司提出请求时就签合同的。但是在那个一切高歌猛进的时候，谁能想到仅仅几个月后，我的新书就会卖得这么差，足以预示我的写作生涯末日呢？

现在回想起来，可以看出早在八月份时，达尔金·埃默里公司就从我这里开始退缩了。塔妮娅引人注目地突然要换封面，就是扣动了扳机。我随后又发现，一些主要销售商发生了动摇，因为他们发现《水晶般清澈》与《米米的救赎》的不同，就如同胡萝卜与阿道夫·希特勒的胡子的差别。

没有任何人对我说过任何话。也从没有人正式告诉过我订单减少了，达尔金·埃默里公司对我丧失了信心，但我从他们迎接我时的强作欢颜和他们谨慎的眼神，凭直觉已经感到了。然而，这现实如此残酷，我仍然不断地把自己的希望向前推。如果我不承认形势有多么可怕，也许就的确没有那么可怕。

大致的情况是：如果达尔金·埃默里公司决定不再和我签新合同，则不仅我的出版生涯要终结，而且安东、埃玛和我恐怕会丧失我们的房子；银行贷款给我们买房子的条件是，在我和达尔金·埃默里公司达成新交易后，一次性付给银行十万英镑整笔款项。我们没有其他收入来源。我们所能有的就是我的下一张版税支票，那要到明年三月才来，差不多要五个月以后呢。所以结论是：没有新合同等于没钱付整笔款项等于没房子。

我回到我那孤零零的宾馆房间，就着小冰箱里的一包腰果，喝了一大杯加水杜松子酒。我已经精疲力竭——这实在是艰苦的一星期，每天早早地就要外出，拜访无数的书店，接受众多当地电台和报纸千篇一律的采访——但是恐惧折磨着我，又使我无法入睡。

为了让自己振作起来，我在心里想象着，安东离开了我，去高级饭店做了领班；我的脚生了坏疽，所有人都在抱怨那气味；西藏的高僧认定埃玛是某个活佛的转世灵童，她将被从我身边带走，前往喜马拉雅高山之巅，穿着橙色僧衣盘腿坐着，口中念叨着高深莫测的智慧言语。

我躺在床上，喝着杜松子酒，品味着自己的不幸。

多么可怕呀……尤其是那生了坏疽的臭脚。还有那些高深莫测的智慧言语。

我等待着，直到真正感觉到恐怖，然后在头脑中完成了从小橱中跳出，大喊一声：“明白了！”这道程序。

是的，我心想，忧郁的情绪有了稍许但却明显的提振，这种反向心理思维的确有用。这时我发现我已经喝下了三杯杜松子酒，情绪的改善也许要归功于它们。

乔　乔

星期三上午

乔乔的例假来临时，晚了十天，她实际上有些尴尬，她可并不想成为让别人都大惊小怪的人物。由于测试依然是阴性的，她始终没完全相信过自己怀孕，所以她也没有失去了一个孩子的感觉。但她模模糊糊地对是什么造成了这种延迟有些兴趣：是对马克离开凯茜的焦虑？是对新合伙人的投票等得太长了？是工作压力？还有，是的，有太多的事情让她感到有压力了。

莉莉·赖特的书销售的第二个星期，情况有所改善，但仍无济于事。她在排行榜上从第一百六十八位“飙升”至第九十四位，卖出了毫无意义的一千七百四十三册。考虑到地面上没有一座火车站没贴上《水晶般清澈》的广告，这实在算不上好。

达尔金·埃默里公司非常慌乱。他们共印了十万册精装书——这是首印数，所以说他们当初的预期还要远远超过这个数字的——但现在他们已在计算他们会损失多少了。

第三个星期，莉莉在排行榜上升到了第四十二位，但要庆祝还为时尚早，因为第四个星期，她又跌回到第五十九位。

乔乔仍在敦促达尔金·埃默里公司投放更多的广告并进一步打折。帕特里克·皮尔金顿–斯迈思尽可能地帮了忙，这很可怕。一般的规则是代理人推动而市场营销人员拒绝。但到了这个地步，就意味着情况很糟糕了。

这时《图书新闻》又很不厚道地登出一小条消息披露了形势，虽然达尔金·埃默里公司坚称目前还言之尚早，临近圣诞节时销售量会有抬升，但乔乔知道私下里他们并不乐观。

真正让她头疼的是达尔金·埃默里公司在莉莉的新合同问题上躲闪她。他们没说他们将不再和她签合同，但塔妮娅不断地拖延，说需要达尔金·埃默里公司的高层看过莉莉的新书后才能做决定。乔乔本以为给塔妮娅看新书只是例行公事，现在她明白了达尔金·埃默里公司的把戏：他们在隐藏赌注，观察《水晶般清澈》的市场表现究竟如何，然后再确定莉莉·赖特是否依然是可靠的投资对象。

可怜的莉莉正满怀着遗憾和痛苦在全国各地巡回签售，进行着一场又一场艰苦的朗读会。每天无论是她还是安东打来电话，他们的声音都是小而怯生生的。他们会问："有什么消息吗？关于新合同，他们说什么了吗？"

达尔金·埃默里公司这么长时间没有答复，这令他们非常害怕，但形势实在太微妙，乔乔也不便逼迫太甚。

有几次她向他们保证："塔妮娅答应我本周末就做决定。"然而到了周末却不见塔妮娅来电话，一连四个星期过去了，她仍然没有报价。

乔乔感到非常非常对不起莉莉。没有人愿意看到一本原本被寄予很高期望的书哑火，但这次的情况的确会对莉莉的写作生涯造成严重的后果。建议莉莉缓一缓再签新合同本身就是一场赌博。现在看来，她显然是误算了。在《水晶般清澈》造成了如此重大的灾难后，很可能达尔金·埃默里公司不会再同莉莉签任何新书合同了。其他出版商也不可能了。

十一月末，星期二下午

"一号线是塔妮娅·蒂尔打来的。"

"接！"

她知道，这就是那个电话，那个将判决莉莉死活的电话。

"塔妮娅，你好。"

"对不起，乔乔，莉莉·赖特不行了。"

"请稍缓一分钟——"

"我们将不和她签新合同了。"

"塔妮娅，你们肯定不够慎重。你们读过她的新作品吗？你们知道它有多棒吗——"

"乔乔，我来告诉你所有人的想法吧。《米米的救赎》是个只此一次的奇迹。读者的忠诚度不是针对莉莉·赖特这位作家，而是针对《米米的救赎》这本书的。《水晶般清澈》是我们遭遇过的最大的灾难。"

"是的，精装书销售很慢，但你知道这意味着什么吗？"乔乔强迫自己的语气显得轻松愉快。"简装本肯定会大获成功！就像《米米的救赎》一样！我想给莉莉出精装书太早了些。作家必须建立起雄厚的读者群才适宜出精装书。等她出过两三本书后，她的精装书就会真正腾飞了。"

塔妮娅什么也没说。她不是傻瓜。而且肯定有很多人向她抱怨过了。她不会动摇了。

"我觉得莉莉正在写的书非常好。"乔乔坚持道。

"如果莉莉·赖特想再写一本《米米的救赎》，那我愿意出版，"塔妮娅说，"否则，就不行了。我很抱歉，乔乔，我的确很抱歉。"

乔乔尽管很沮丧，但却能理解。塔妮娅也许受到了达尔金·埃默里公司所有人的严厉指责。她接受了一本书，并向全公司把它夸大为年度畅销书，然而这个牛皮却当着她的面吹破了。她的职业轨道也被这个灾难逼上了偏僻小路。难怪她要格外谨慎了。

"莉莉·赖特是最炙手可热的作家之一，"乔乔说，"如果你不愿意出她的书了，会有很多其他人愿意的。"

"我明白，祝她好运吧。"

"这是你们的损失。"乔乔说着，咔嗒一声挂上了电话，坐在椅子上忧郁地沉思起来。莉莉·赖特是她最热门的作者之一，的确是这样。但是如果情况继续这样发展下去，莉莉的坏口碑就要传开了。

她把脸埋在了手中。真是倒霉。现在她必须把这个消息告诉莉莉·赖特了，而她宁愿照自己脑袋开上一枪。她长叹一口气后，又拿起了话筒。最好还是一了百了吧。

"莉莉，我听到了达尔金·埃默里公司关于新合同的决定，"她说得非常快，在莉莉还来不及产生虚幻希望时，她便又说道，“我非常抱歉，但是是坏消息。”

“有多糟糕？”

“他们不想买这本新书。”

“我可以再写一本。”

“除非是另一本《米米的救赎》，否则他们不想再签新合同了。我非常非常抱歉。”乔乔说道，语气很肯定。

一阵沉默之后，莉莉平静地说道：“好吧，没关系，乔乔，真的没关系。”

这就是莉莉：她心地太善良了，没有丝毫的咆哮和抱怨。

“我非常痛苦，没有在五月份时就让你和他们签约。”那时候他们还求着你签呢。

“别难过，没有人逼我等待的，”莉莉说，“这是我的决定。是我和安东的决定。我能不能再问一句？到了这个地步，《水晶般清澈》还有没有可能起死回生？”

“还有一些广告要打。”

“假如《水晶般清澈》在最后一分钟咸鱼翻身，也许他们会改变主意。或者就会有别人想出我的新书。”

“那样就太好了。别灰心。”

然后乔乔挂断了电话，擦了擦眼泪。干这行，传递坏消息和传递好消息的机会是等同的，但她已经有好长好长时间没有这么难过了。可怜的莉莉。

而且，就私心而言，乔乔在这种时候出岔子，可也真不是好时候。她不经常犯错误，每次犯了错误也很痛心。可是在新的合伙人就要确定时，这种高调失败的恶劣影响如果蔓延开来，可不是好事情。她今年创造的利润仍然有望比其他代理人都高，但她皇冠上的光彩已经消散了一些。

第二天上午

乔乔打开了畅销书排行榜，把手指交叉呈十字状，心中祈祷着出现最后一分钟的复苏。奇迹的确会发生——不过只有傻瓜才会期望这时发生奇迹了。

她将屏幕向下滚动着，滚动着，滚动着……然后停住了。

“怎么样？”马诺伊问道，他的手指也交叉着。

乔乔长叹一声：“就像是一块滚到了悬崖边的石头。”

这时她的电话响了，她知道这是谁：帕特里克·皮尔金顿-斯迈思。“我们将暂停莉莉·赖特的广告。我们已经浪费了太多的钱了。”

“你们要放弃？那太糟糕了。圣诞节前最后的购物狂潮会彻底扭转局面的。”

他发出了一阵不相信的大笑。“永不言败，你是这样的人吧，乔乔？”

“我这么说是基于我的判断的。”

帕特里克什么也没说。他在这一行比乔乔的时间长多了。假想情况会好转并不意味着情况就一定会好转。他那市场预算账簿上火山口一样大的漏洞便是明证。

乔乔深为沮丧地挂上了电话。她其实也不相信形势还会有好转。

杰　玛

你知道，写一本书可不像看上去那样容易。首先，我的编辑（我喜欢这样说："我的编辑"）让我重写了很多部分，使伊兹"更热情一些"，使埃米特"更人性化一些，别太像政治讽刺画上画的那样"——她可真不是省油的灯。对不起，我是说，"我的编辑"可不是省油的灯。然而，当我重写了这些部分，满足了"我的编辑"之后——这可没少花时间，整个八月份和大部分九月份都搭了进去——又有一些审稿编辑（不是"我的编辑"）通读了稿子，提出了得有八百万个问题："yoke"是什么意思？马莫塞特是否是一家真实的餐厅？我从《爸爸是块滚石》中引用了那么多，是否得到了许可？可否把那本书名改为《爸爸是个背信的家伙》？

然后我得看校样，检查每个单词以确保其拼写正确，直到小小的黑字母们拉起胳臂，在我一派模糊的眼前跳起舞来。

不过，他们给我的预付金使我不能抱怨。当乔乔告诉我有六万英镑时，我简直要崩溃死掉了。*六万英镑呐！*我本来是只要出四便士就肯把书卖掉的，因为书只要能出版就是对我的奖励。可现在他们不仅愿意出我的书，还要给我相当于我的年薪一倍半的钱。喜上加喜的还有，这笔钱是免税的。（在爱尔兰，因"艺术创作"而获得的收入是不扣税的。）

这笔飞来横财使我头脑发烧，想象力也越飞越高，我想过放弃工作去周游世界一年。我要换掉那辆让我伤透了心的小汽车。我还要去米兰，把普拉达店买空。

等我的思想重新返回地面后，我才意识到这笔横财是我母亲遭遇不幸的结果。在这新的一年里，她不得不很早就搬家，而这笔预付金可以让她脱离贫民窟，住上一间简朴的小屋。

我也欠苏珊很大的人情。当我问她喜欢什么时，她承认在给她西雅图的公寓买家具和家居用品时，她的脑袋有些发热，所以如果我能帮她清偿一个店铺的账单，她将非常感激。（苏珊的爸爸是个非常抠门的守财奴，可她一向是花钱如流水。）“挑一张账单吧，”她说，“哪张都行。”

于是我挑选了珍妮弗组合家具店的账单，答应替她抹去这相当于两千英镑的债务。

但是答应了却没有做，因为那个时候，到十一月底时，我还连那笔预付金的毛都没见到呢。预付金被分成三笔支付：三分之一在合同签字时付——但他们不停地对合同修修补补，直到一个月前，我才签成了字——三分之一在“正式交稿”时付，三分之一在出书后付。我还以为在六月底他们决定买这本书时我就算“正式交稿”了，但他们却不这么认为。他们认为我把稿子改到让他们满意了，才算“正式交稿”，而这直到两个星期前才完成。

我们最终也就书名达成了一致。没有人喜欢我提议的《糖爸爸》或者《火星来袭》。《肖克奥拉特巧克力》曾经做过一段时间的备选名，后来达尔金·埃默里公司的某个人提出了《追逐彩虹》，突然之间所有人都满意了，只除了我，我觉得这名字听上去太好了些。

不过，封面寄来后，感觉却非常棒。是一幅用蓝色和黄色绘就的软焦点水彩画，画面上有一个朦朦胧胧的少女形象，好像她丢了钱包一样。但是封面上印着我的名字。我的名字啊！

“妈妈，快来看！”

就连她也激动了起来。她再也不是爸爸刚离开一个月时那副茫然无措、可怜巴巴的样子了。爸爸希望永久性地解决财务问题改变了她——使她变得愤怒，这未尝不是好事。

爸爸那个关于科莉特怀孕的可怕电话还没有打来。但在夏天的时候，他给我们发了封信，证实从新旧年交替的那一分钟起，他就将向法院申请卖掉这座房子。从那时起，我们在这里居住，就是苟延残喘的时间了。事情还有一个变化——自他离开那天，妈妈和我都认为他的离开只是暂时的，只不过是我们的生活碰了一下暂停键。但收到这封信后，我就不得不考虑某些变化了：我们再不能像以前那样生活了。

这并不容易——妈妈流了成河的泪水，患了众多的病，既有假的也有真的——但后来她似乎还是接受了我需要有自己的空间。到夏末时，我已经能每星期在我自己的公寓里睡三四个晚上了。我去看她，比大多数三十来岁的女人看望她们的母亲的次数要多得多，但我仍然能感觉到获得了光荣的自由。

她仔细端详了一番封面上朦胧的女孩。“这画的是你吗？”

“不，只是个象征。”

“只有我会说她的头发颜色错了。而且她看上去有些茫然不知所措。”

“好像她的父亲刚刚离开她的母亲。”

“好像她在想她忘了关煤气阀了，或者她一下子想不起某个词了。比如说，木乃伊。她在想，那个词就是埃及国王死后，在被送进金字塔前，他们把他做成什么。起首的字母是 M，这个词就在我嘴边上，唉，是什么呢？”

我又看了一遍。妈妈说得对。她看上去就是那个样子。

“你会把这本书给欧文看，是吧？”她狡黠地说道。

她知道欧文，实际上她见过他。有鉴于她对一切会干扰我和她在一起的时间的事物都持猜疑态度——就连我的工作她都不满——极其不可思议的是，她居然认同欧文。我对她说不必费心，因为我和欧文不可能长久的。我们的一连串邂逅——我不愿说我和欧文只是肉体关系，那样说也不合事实——仍然会给人一种脆弱和病态的感觉，就好像我们随时都可能告吹，此后永不相见似的。然而，尽管我们经常吵得天昏地暗，我们还是一起度过了夏天，进入了秋天。现在，到了十一月了，我们仍然是伴侣——一对假如销售的话，会被放进受损货物区的伴侣，但是无所谓。

“欧文。”我鄙夷地耸了耸肩。

“别骗我了，”她说，“他是个年轻人，他会让你心碎，但你将嫁给他。”

“嫁给他。你疯了吗？”

我们俩的目光小心翼翼地接触了一下，然后妈妈说：“请不要这样问问题——老话是怎么说的来着？——打人不打脸嘛。”

我冲她笑了笑。有时候我抱有希望，的确是这样。

“我不停地告诉你，”我说，“欧文只是权宜之计，是填补空白的男朋友，只是在真正合适的人出现之前发挥些作用。”

但妈妈坚持认为他就是我的如意郎君。“当你和他在一起时，你才是你自己。”

是的，但我和他在一起的时候，是错误的自己，不是一个好杰玛。

但我仍然在想，他：

1）床上功夫很好。

2）嗯……呃，是个好的舞伴。

3）啊……

“我活这么大岁数，可不是连一两件浪漫的事情都没听说过。”妈妈继续说道。

“你们姑娘家总说要找到自己的真命天子，但真命天子出现时，可能是各种模样各种身材的。你们经常意识不到你认识的某个人其实就是你的真命天子。我知道有个女人是在船上认识她的真命天子的。当时她是去澳大利亚追寻另一个男人的。在旅途中，有个可爱的小伙子老是围着她转，可她一心想着在澳大利亚的那个男人，根本没意识到船上认识的这个小伙子才是她的真命天子。她一直想跟第一个男人结婚，后来她终于醒悟了过来。幸亏第二个小伙子还对她感兴趣。我还认识一个姑娘……”

我打断了她的话。嫁给欧文？我可不这么想。当我还想回到安东身边时，我怎么可能嫁给欧文呢？这情况欧文也了解并且认同。（他将回到洛娜身边，我将回到安东身边，我们将一起去法国的多尔多涅玩。我们经常谈论这样的话题。）

妈妈走开了，她几乎有些兴奋了起来，这样很好，因为这意味着我不必陪她说话，可以自己想一会儿心事了。我稍微有些心神不宁，因为除了欧文外，我还想把书的封面给药师约翰尼看。这样很公平，因为他很了解这本书。我曾经是他那儿的常客，他一直在鼓励我写这本书。

我最近见他的次数不多了，不只是因为妈妈不再需要那么多药了。不，当我和约翰尼的调情就要开花并结出某种有意义的果实时，我经历了一番思考。我有些头脑发昏了，但还算好，我及时地唤回了理智，意识到欧文才是我的男朋友。尽管我们的关系起起伏伏，尽管我从来没指望我们天长地久，但只要关系还在维系，我就要对他好——怎么说呢，我是个成年人了，也不是一个自私的人。

约翰尼一定也经历了一番类似的思考，因为在我思考之后再一次去药房时，他问我："你那位非男友怎么样了？"

我脸红了。"还好。"

"你还和他约会呢？"

"是的。"

"啊。"这一声，正像人们常说的，意味深长。

他没有说他不想夺人之爱，但很显然他就是这个意思。他是个非常自尊的人。于是我们心照不宣地各自后退了一步。此外，将我们联系在一起的因素——或者说是我们与外部世界的隔绝——也不复存在了。我将去开发自己的新天地，不过尽管我知道这么想有些发疯，但我还是觉得仿佛是我抛弃了他。

有时候我跟欧文闹别扭了，我也会去见他，但他只是微笑着，并不和我亲近。有一次，我觉得我看见了他和一个女孩在一起。是的，他和许多人在一起，但他离那个女孩比任何人都近。她很好看，留着波浪起伏、很酷的发型。我承认我有些嫉妒了，但那也许就是因为她太漂亮了，没有更多的意思。不过，下次我再见到他时，他就没有和她在一起了，所以也许我只是因为心境而产生了幻想。

大部分时间，我感觉很好：我尊重我们的决定。有一次妈妈开出的药比较多，一星期需要跑好几次药房，我甚至去了另一家药房。

但有时候我仍然会找理由去见他——哎哟，我又不是甘地嘛。他就好比一桶哈根达斯草莓奶酪蛋糕——虽然不该吃，但这并不意味着我就不会有被感情方面的饥饿压倒的时候，比如在我例假来临之前。和那种会促使我扭开冰箱门，吃掉整桶蛋糕的力量同样的一种不可遏制的力量，也会迫使我制造出去见约翰尼的借口。比如说，我会开车去他的药房，买上一罐锌片。但每当我离开时，总是不太满足。他总是彬彬有礼，有时甚至会饶舌，但已经不再有任何激动和震颤的感觉——那是因为他是个正经的人，有着得体的自尊。但我想没有任何人是完美无缺的。

“妈妈。”我打断了她正在看的电视剧，那故事又是在讲一个女人眼看着就要错过她的真命天子了，而他就在她的鼻子底下，围着她转来转去。“你需要到药店添点儿什么药吗？”

她想了想。“不需要。”

“你的抗抑郁药的剂量，难道不需要再增加点儿？”

“实际上，我还想着该少吃几片了。”

“噢，好吧。”

他妈的，不管怎么着，我一定要去。

我决定去买些紫锥菊[①]。买这种药是合情合理的，特别是在一年的这个时候。到了药房，约翰尼以一个微笑来迎接我。不过，他对所有人都这样，哪怕是对满身牛皮癣的老人。

“需要什么药？”他问。

“紫锥菊。”

“你感冒了？”

“哦，没有。只是为了预防。”

“明智的想法。不过，我们这儿有好多种紫锥菊药呢。”

讨厌。

接着他详细地介绍起药的剂量、液体的还是胶囊的、配没配维生素 C 等等，直说得我后悔一开始没说得再明白点儿。

“这阵子很忙吗？”我问，试图转换个话题，让他和我聊聊天。

---

①紫锥菊：西方家庭常备药，有提高机体免疫力，预防感冒，消除疲劳等功效。——编者注

“哦，是的。圣诞节前的六个星期是最忙的。”

“我也是。你弟弟怎么样了？”

“恢复得不错。或者我也许该说，恢复得不大愉快。他那条断腿需要做很多次理疗。他不喜欢理疗。”

我回答了一堆“啊，哦”，然后又来了一声：“噢！”好像是突然想起来似的，拉开了我的包。“我想你也许愿意看看这个。”

“这是什么？是你的书的封面！”他的眼睛亮了起来。看来他是当真为我高兴。“祝贺你！”

他仔细端详了那封面半天，而我则端详着他。你知道，他真的非常帅气，他那充满睿智的眼睛，他那闪闪发光的可爱头发。你想啊，他店里有那么多护发用品，他的头发要是不闪闪发光，那才说不过去呢……

“真的很不错，”他最终说道，“虽然只是一些模模糊糊的线条，但却使她看上去若隐若现。效果很好。我盼着读这本书了。”

我突然感到一阵特别的刺痛感，当时我还不明白这是为什么。

“但是书名呢？”他问道，“我记得咱们都同意叫它《肖克奥拉特巧克力》来着？”

《肖克奥拉特巧克力》是他的提议。

“我喜欢《肖克奥拉特巧克力》这个名字，”我说，“但是管市场营销的人不同意。”

“是啊，我们想要的东西并不总能得到。”

是我胡思乱想呢，还是他刚才说的话真有更深的意味？还有他在说话时看我的眼神是否也意味深长？我刚才是否又体验了一下过去的那种震颤？

我想我是的，然而这时罪恶感又袭上心头，一阵慌张之下，我离开了。

“你的紫锥菊。”他在我身后叫道。

八月份时，达尔金·埃默里公司的宣传部给我寄了一份《图书新闻》，上面提到了我的书的签约情况（不知道莉莉看见了吗）。此后我便订了一份这个周刊，为了不漏过任何关于我的报道。尽管每一期我都仔仔细细地从头读到尾，但却什么也没发现。不过到十一月时，我看到了一篇提及莉莉的文章，是关于圣诞节图书销售情况不佳的报道。

> 零售商们表示，莉莉·赖特的《水晶般清澈》销售“极其低迷”。赖特是曾经轰动一时的《米米的救赎》的作者。人们大多以为她将雄霸这个圣诞节的精装书排行榜，不料她甚至连前十名都未能挤进。该书原价18.99英镑，目前已经大打折扣了，在水石书店的零售价为11.99英镑，在一些小书店甚至会低至8.99英镑。达尔金·埃默里公司的销售主管迪克·巴顿—金说：“我们一向认为《水晶般清澈》是一本很好的礼品书，而不是买给自己看的书。因此我们希望在圣诞节来临前两个星期其销售会强势冲高。”

大约在同一时间，我还在报纸上看到了一篇关于《水晶般清澈》的书评——现在我也对书评起了兴趣。这篇书评说《米米的救赎》令人读来津津有味，《水晶般清澈》却是本虚张声势，实则魅力全无的书，不仅会令她现有的书迷失望，也不会再为她赢得新合同了。这对她来说多么可怕。

很好，我承认，我很高兴。

十二月的一天，我下班回家时，看到厨房的桌子上放着一个小盒子。“我摇了摇，”妈妈满怀激动地说道，“我觉得是书。打开吧。给你。”她递给我一把剪刀。

我剪开了封口，看到里面有六本《追逐彩虹》的校样，看上去就像真书一样。我的腿顿时软了，不得不坐下读随校样一起寄来的便条。“这些只是校样，意味着里面充满了拼写错误，封面也未加修饰。仅供校阅。”

“但是这是书啊，”妈妈轻声说道，“是你写的。上面有你的名字。”

“是的。”看着我的书成了书的样子，使我产生了一种奇特的感觉——不过并不好。我飞快地翻着书页，感到内心在颤抖，突然之间，我明白了为什么我在药店里会感到刺痛。这书里整页整页写的都是“威尔”，也就是约翰尼的可爱之处呀，我为我的愚蠢程度感到惊讶。在我写这本书时，我一直非常担心妈妈那里通不过，根本没想到别人也有可能因这本书而心烦。尤其是欧文。我从来没正经地想过当这本书写完时他还在我身边——毕竟他不断地拂袖而去，我们也老是吵架。但是现在书写完了，欧文还在，而我这本浪漫小说的主人公却是以另一个人为原型的。欧文对鸡毛蒜皮的小事都超级敏感。他知道我在药房里耗费了很多时间——或者说至少是过去曾耗费了很多时间。

尽管我做了大量修改，但我原本只是把写书当成了学术活动，根本没想过书最终会进入公共领域，人人可取而读之。我怎么会这么傻呢？

还有约翰尼会怎样呢？他肯定能从书中认出他自己。他将知道我暗恋他，或者曾经暗恋他。他也许以前就有所察觉，但这仍然让我感到害羞……

这些都是真实的人，他们将受到伤害。也许我本该把这种情况掐死在萌芽状态的。怎么办呢？我一点儿也不知道该怎么对付欧文。对约翰尼，也许我现在就可以给他一本书，并拿里面的内容开开玩笑。但我怀疑那样也许会使情况更糟。最好还是顺其自然吧。

在恐惧的压迫下，我不知道现在还有没有办法阻止所有这一切发生。就在这时，我打开了另一个信封——里面是一张支票。一张数额巨大的支票，是我从达尔金·埃默里公司收到的第一笔钱。

我死死地盯着支票：三万六千英镑啊。该死。他们把要签字的合同和钱一起寄来了，并且减去了乔乔应得的百分之十。

看来没有回头路可走了。

我决定，对付欧文的最好办法是尽可能不让他读这本书。他从来不读任何书的。这使我平静了下来，感到局面好控制多了。然而这时我犯了一个错误：上厕所时没有把手机带在身上。

我听见手机响时，也没有急着去接，等着它自动转为短信服务。但接下来我就听见铃声停了，而妈妈的声音响了起来："我该按哪个键？喂，欧文，亲爱的，你好吗？今天有个好消息。她的书的一校样来了。你当然可以拿一本，他们寄给她六本呢。她还得到一大笔钱，不过我想这是个秘密。"

我急忙冲了出来，却只看到她挂断了电话。

"欧文打电话来了，"她快活地说道，根本没有注意到我的惊慌。"他马上就过来看这本书。"

我绝望地瞪着她。她从来不接我的手机，为什么偏偏今天要接？

也许欧文不会来，他是个很不靠谱的人。

然而就这一次，欧文以超级快的速度来了，风风火火地闯进了屋，满脸激动。"太酷了。"他用手指点着我的名字。"这封面不错。"

"封面上的女孩像不像是忘记了什么东西的名称？"妈妈提示道。

欧文研究了一番。"我看更像是她被刺伤了，又没有男人。好像她正想向过往的车辆挥手求救呢。"

为什么跟他在一起，什么事情都要跟汽车关联起来呢？

他把手里的书递给我。"你能给我签个名吗？"

"这些只是校样。里面充满了错误。"

"那就更显得特别了。"

好吧。我看来是躲不过去了。但愿千万别发生那样的事情。

我潦草地写道"致欧文，爱你的杰玛"，然后把书递回给他，怯生生地说道："别忘了这只是小说。全是编的，不是真的。"

"欧文，来瓶黑啤酒？"妈妈引诱道。她拿出了几瓶墨菲斯啤酒。

"是的，坐下来喝一杯吧，欧文。"

"不了，谢谢，霍根太太，我要回家去读这本书了。"

他走了，我不知道还能不能再听见他的声音了。

奇怪的是，超级敏感、甚至在我丝毫没想冒犯他时也会恼怒的欧文，读完《追逐彩虹》后，居然没有生气。

第二天他打来了电话。"星期五晚上我请你吃晚饭，庆祝一下。到四季餐厅吧。"

我喜爱四季餐厅，甚于生活本身。（但他却很讨厌这个餐厅，说那里豪华的装饰让他感到透不过气来。）这是个好迹象。

"这本书你全看完了？喜欢吗？"

"咱们吃饭的时候再聊吧。"但很显然他喜欢。

"怎么样？"

"我觉得棒极了。我的意思是，书里写到亲吻太多了，超过了我喜欢的程度，但却没写到多少尸体，不过仍然让人捧腹大笑。我敢打赌，里面那个英俊的埃米特是根据我写的。你应该向我致谢一下——'灵感来自欧文·迪根。'"

我弱弱地笑了一声，简直不敢相信我就这么逃脱了。

"药房里那家伙是我吗？他是不是也是根据我写的？"

"你看。"我递给他一个用礼品带系着的包。"我给你买了辆法拉利。是玩具的。"我补充了一句，以免他太激动。

他解开了礼品带，表现出很喜欢的样子："红的！"他让小车飞快地跑来跑去，四处乱开，喊着"呜呜呜呜呜呜！"直到小车撞上一个美国商人那手工制做的鞋子，管家叫他停车，然后他回到桌边说："我一直在想……"

那些讨厌的话。"我早跟你说过要怎么花这笔钱了。"我不耐烦地说道。

"为了庆祝你获得预付金，咱们应该去度个假，你和我。我看到了一个广告，安提瓜有个度假地，有好多好多水上运动，最可爱的一点是——全都是免费的。而且那里的饮料，可不是什么廉价的当地货色，而是一种高级的名牌酒，能让你精神分裂。咱们应该去，杰玛，这对咱们很好，对咱们的，怎么说呢，关系，有好处。"

"你是说你想学风筝冲浪，还想畅饮免费的凤梨园朗姆酒？"但我不可能花钱供我和欧文去任何地方。我的每一分钱都要用来帮妈妈搬家。我不能为自己花钱。我知道我喜欢花钱，但只要这口子一开，我就会煞不住的。

"我的女朋友出了本书，但她给我的，就是一辆破玩具汽车。"欧文说道。然后我们俩就都陷入了闷闷不乐的沉默中。至少他显得生气了，我坐在那里，虽然一言不发，但就像寻常一样。

"出书是件了不起的成就，"他最终开腔了，"你应该纪念一下，你现在也有钱纪念了。你有必要做些对自己好的事情。我知道你在为你妈妈担心，但生活还得继续呀。"

我永远也分不清，他究竟是个自私自利的臭小子，还是真的想给我实实在在的爱。

“好吧，把那个广告拿来吧，但我们只去一个星期。”

欧文激动了起来。“祝贺你，”他说，“你终于开始举止像个正常人了。”

这是个里程碑。我要去度假了。我要离开我妈妈，要她整整一个星期自己照顾自己了。我在好转。我的生活在好转。

“如果咱们能设法活过这一星期，而没有相互杀了对方，我想咱们就可以结婚了。”欧文说。

“好极了。”我知道这根本不可能。

“我刚才向你求婚了。”

“谢谢。”

“我还从来没向任何人求过婚。说实话，我以为能得到比‘好极了’和‘谢谢’更热情的回答呢。”

“现实生活并不像电影里演的那样。”

“哦。那么，说实话，药房里那家伙是根据我写的吗？”

“不是。”我不能撒谎。

“那他是谁？”

“欧文，”我居高临下地说道，“我比你大得多，我有过好几个男朋友，某种程度上，他们都激发了我写威尔这个人物的灵感。”

“别糊弄我。你没比我大多少。我敢打赌，我有过的情人不比你少。”

争吵继续往下，就变成了比谁睡过的人更多，反而全然忘却了对药师约翰尼的关注。最终我们吵得一塌糊涂，争论结果是我睡过的人还是比他多，但那又有什么用呢……

莉　莉

第一国家银行

爱德华广场 23A 号，伦敦 SW1 1RR

十二月五日

尊敬的卡罗兰先生和赖特女士：

复：格兰瑟姆路 37 号，伦敦 NW3

我要向二位提及今年六月十八日第一国家银行和卡罗兰先生及赖特女士签订的协议中第七条第二款的规定。该条款声明卡罗兰先生和赖特女士能够在不晚于十一月十三日向银行支付£100，000（十万英镑）。然而到十二月五日，银行仍然没有收到这笔款项（而且同卡罗兰先生的电话交谈证实，银行在可预见的未来也将无法收到这笔款项）。因此我别无选择，只能向二位再提及协议第十八条的规定："如在任何规定还款的月份未能还款，则该房产立即予以没收。"

因此自今日起两个星期内，至十二月十九日前，格兰瑟姆路 37 号房产必须予以腾空，该房产所有钥匙必须用一等快件寄至上述地址。

你们诚恳的

特别贷款经理

布林·米切尔

仿佛世界末日到了。

一切都发生得太快了。当乔乔给我打电话，告诉了我达尔金·埃默里公司不再和我签新合同这个可怕至极的消息后，我做了我在压力之下通常会做的事情：把午饭呕吐了出来。然后，安东和我商讨了一下正常规程之外我们有限的选择。笼罩在我们头上最大的忧虑是我们没法向银行支付第二笔大额还款。但我们决定面对现实，与其藏在沙发后面自说自话，不如像成人一样负起责任，诚实地面对银行。于是安东给“贷款的操办人”布林打了电话，解释说虽然我们目前没钱，但《米米的救赎》的一份版税将于三月底汇来。他们是否可以允许我们等到那时候？

布林感谢我们打电话，并说最好是安排一次面谈——然而还没等我们商定时间，我们就收到了这封信，说我们违反了贷款合同条款，有鉴于我们的经济状况，已没有希望正常收到我们的还款了，因此他们决定收回我们的抵押品。我们必须在十二月十九日前把房子腾空，把钥匙寄给他们。

就在圣诞节前不久，我们最担心的事情发生了。

安东的回答是“他们不能那样做”，他诅咒发誓地对我说：“我们不会失去房子的，宝贝。”但我知道他错了。一座被银行收回的房子？我以前可见识过，知道这种事情会发生——而且非常可能再次发生。

当然，我们给银行打了电话，竭尽全力地向他们做保证，希望他们宽限到三月份，到那时一切就都会好转了。我乞求着，安东恳求着，我们甚至（一闪念）地考虑过让埃玛在电话里唱一曲《一闪一闪亮晶晶》。

然而布林和他的同事们无动于衷，我们再没有办法了，我们没有任何东西可以做保证了。最终，我们只好面对：这事情就要发生了。于是，我们弱弱地提出了最后一个请求：希望宽限到圣诞节后——但他们拒绝了。在整个这场可怕的噩梦中，我们第一次发怒了，但他们仍然寸步不让。他们提醒我们，按照合同条款，他们没有义务给我们任何宽限，但出于好意，他们再给我们两个星期。就在我们焦头烂额之际，苏莱玛向我们发出了一个立刻生效的通知。

她在海格特[1]的一处人家找到了另一份工作，那家人给她提供了一处设施齐全的公寓房和一辆小汽车。她此时离去真不是时候，但我承认我们已经供不起她了。

至此，我们获得的两星期宽限期，已经在和银行的扯皮中浪费了一星期。这时距圣诞节只有十二天了，我们只剩下一个星期的时间去另找住处了。我们本可以搬进滴露堂，但安东说——而我也同意——我们肯定受不了和德布斯一起住。“那样的话，我们还不如去住救世军开的小客栈呢。”

于是安东买了《旗帜报》，安排去看几处公寓。但我还没看第一处，就厌恶起它们全部了。

我知道房屋中介人员觉得安东和我有些奇怪。安东平素的魅力和亲和度都不见了。从这个人的眼神看来，他已经不是我认识的那个安东了。他的皮肤简直像死尸一样，而且我惊讶地发现，他那闪闪发光的黑头发中，已经出现了灰白的几绺。突然之间，他老了许多。

而我呢，我发现我很难和别人保持正常的目光接触，因为我的眼神总是飘来荡去，就像处于极端压力之下的人们那样游移不定。但房屋中介人员不会知道这些，他们肯定认为我是个狡猾的家伙。

时间的紧迫压得我喘不过气来，我仿佛总能听到钟表的嘀嗒声，在飞快地推着我们驶向腾空房子那个可怕的时刻。结果，我根本没心思看每处公寓。我只想从一间屋子跑进另一间屋子，以便尽快看完，这样我们就可以去看下一处房子了。

我们原计划是打出租车从一处公寓到另一处公寓，但如果三秒钟内没有看到出租车的黄灯闪烁，我就会逼迫安东步行前往——走快些，再快些。心中的焦虑快把我烧煳了，我因为紧张而浑身充满了能量，一刻也不能停歇。

我们看了一处又一处公寓，只要我们迈进一间新房子，我就会把前面看过的忘个干净。我脑袋里的线路运转得如此飞快，它们根本留不住信息。

看了三天房子后，我们必须做出决定了，我选择了最后一处，因为这是我唯一能记住的一处。房子在卡姆登，离我们现在的房子不远，是一座毫无特

①海格特：伦敦卡姆登区一地名。——编者注

色的新楼,里面是四四方方的白房子。我们签了租三个月的合同,不得不付现金,因为我们要求入住的时间太紧迫了,也因为我们的银行信誉已经不合要求了。

接下来我们跪在肮脏的地面上,通宵收拾行李,打了无数个包。就仿佛经历了去年五月我们买房子时曾经折磨过我的那场噩梦一样。随后就到了最后一天早晨,搬家的车到了,一群穿着红裤衩的新西兰年轻人把车装满了。我倚在墙上,心想:这一切当真发生了吗?有什么是真的吗?尤其是那些红裤衩。

随即房子就完全腾空了,再没有理由停留了。

“走吧,莉莉。”安东轻声说道。

“好吧。”

然而,离开我梦想的房子时,我彻底崩溃了。当我又多停留了一秒,最后一次把前门在我身后关上时,我真切地感觉到有什么东西在我内心无可挽回地改变了。我不仅是在向四壁(实际上是三面半,不管怎么说,装修工还没有把最小的卧室完工,但现在已经不重要了)道别,而且是在向一种安东和我永远不会再过的生活道别。

假如只有我一个人,我不知道到了新住处,我还能不能把行李打开。我会只找出鸭绒被和一个枕头,然后就舒舒服服地睡在一大堆硬纸盒当中。然而,因为有埃玛,必须把有些东西安顿好。比如,她的简易床得组装起来,厨具必须取出来。当然,电视也是她坚持要拿出来的,还有沙发,以便她舒舒服服地坐着看。

晚上八点钟时,大部分生活必需品都安置就位了,安东甚至还做好了晚饭。我心里仍然一下子转不过弯来。现在这就是我们的家了。这个简陋的小地方充满了我们的家什,而我们就在这里演绎着家庭生活的画面。这可怎么活啊?我困惑地望着安东,问道:“我们怎么会落到这步田地?”

我死死地盯着平整的白墙,觉得我们仿佛就在一座白房子中。我讨厌这样。

安东抓住了我的手腕,想引起我的注意。“至少我们还相互拥有。”

我还在打量着那苍白的墙壁。“你说什么?”

他绝望地看着我。“我说,至少我们还相互拥有。”

杰 玛

圣诞节那天，只有我和妈妈在一起，非常凄凉。我是喝下了一升半贝利酒才活了下来。不管怎么说，那本来就该是悲惨的一天，但几天前，当我告诉妈妈欧文和我一月底将外出度假时，她的脸色立刻因震惊而变得煞白。她竭力想掩饰自己的悲伤，甚至说："天知道，亲爱的，你也该休息休息了。"但她努力想装出勇敢的样子，却使我越发难过。

整个圣诞节期间，妈妈就像一张旧唱片一样，不停地重复着："这是我们最后一次在这座房子里过圣诞了。"

最后一次圣诞节？这恐怕还是我们在这座房子里的最后一个月呢。一月就要来临，爸爸就要向法院申请执行了。这件事多快会发生呢？这座房子多快就要被出售呢？我们的律师布雷达说，可能要花上好几个月，但我知道我一向运气有多糟，也许就在我度假期间，我们就必须搬走了。

无论如何，你也猜不到接下去会发生什么事……

不对，继续猜。再试试。好吧，做好准备，别吃惊。

一月八日，只差一天就到他离开整整一周年时，爸爸回家了。就是这样。我想他恐怕根本没意识到他离开就要一年了。这是整个这场怪诞的闹剧的又一个怪诞的转折点。他的归来正像他离去时一样低调：他带着三个装满了他的东西的购物袋，出现在前门口，问妈妈——至少他还有礼貌问一问——他可不可以回来。

妈妈的回答是用尽全身力气把他推开，说："你那臭婊子把你甩了，是吗？

你最好是跟她去解决问题吧，这儿不欢迎你。”

噢，不，这只是个玩笑。当时我不在家，所以不确知妈妈到底有多快就把他拽进了家，还张罗着给他做饭，但我敢打赌，一定是非常非常快。

他回来了，还没等我眨一下眼，一切就又恢复原状了。那天晚上当我下班回家时，他坐在他的椅子上，玩着字谜游戏，妈妈在厨房里忙得不亦乐乎，我过了半晌，才真切地怀疑起过去的整整一年是不是在做梦。

爸爸怯生生地冲我微笑了一下，我没理他，径直走进厨房，把妈妈逼到案板边。“你怎么就这么轻易地让他回来了？你至少应该让他也吃点儿苦头呀。”

“他是我丈夫，”她说话时，是那样地怪异、虔诚和遥不可及。“我在上帝和这个男人面前发过婚誓。”

唉，婚誓。她们这些人呐。这种婚誓牺牲和糊弄了多少代女人啊。可你有什么办法呢？对这样愚蠢疯狂的行为还有什么道理可讲？

我想请她重新考虑一下——对他说滚蛋、见鬼去吧，永远都不晚。她可以保持自尊。但那有什么意义呢？她太老了，太坚定地不想发生任何变化了。如果说过去一年中的任何时候，她都没有骂出这样的话，现在就更不可能了。我希望她能为天下的女人出口气，但人有时候实在是太讨厌了，不肯做正确的事情——只肯做想做的事情。

但从自私的角度出发，他的归来就是我的出狱令。生活可以恢复正常了。

“他为什么要回家？”

我想象着圣诞节时，科莉特的两个小妖精给他设了个圈套。（我没有证据证明那两个孩子是妖精，也许是我对他们存在严重的偏见。）

“因为他爱我而不再爱她。”

“对于他为什么要和一个三十六岁的女人过上一年，他有什么解释吗？”

“和他面临六十岁这个转折，以及他兄弟的死，都有关系。”

没错，晚发性中年危机——果然不出我们所料。

“你原谅他了？”

“他是我丈夫。我在教堂里发过婚誓的。”她以这样一种不容辩驳的语气说道，我真恨不得手里能有个锤子敲打敲打她，让她清醒清醒。

感谢上帝我是无神论者，我只好这样说。

假如这样的事情发生在我身上，我可不认为这关系还能恢复，我也很怀疑我会原谅。实际上，我想我会永远鄙视爸爸。我猜想是妈妈的一贯克制导致了她可以原谅。她认为自己是个负有责任的妻子，而不是一个有情感和权利的女人，这意味着爸爸可以原封不动地回到旧生活中，而她依然待他以温暖。而这样却气得我要发疯。

“你怎么知道一个月后他就不会改变主意，再这么来一次？”

“他不会了。他已经知道了那是什么滋味，已经把这种念头从头脑中剔除了。”

“但是他每天上班都还会见到那个科莉特呢。”

“不，他不会了。”她说这话的语气倒引起了我的兴趣——她像是个胜利者一样。“他将提前退休。你觉得我会让他每天都去她在的地方吗？不，不行，不管那意味着什么。我告诉他，要么炒了她，要么他自己离开。我宁愿让她丢掉工作，但最后是他离开了。”

我突然想出个好主意。“走，”我怂恿道，“咱们开车去他们公司，笑话笑话她去。”

妈妈的眼睛里短暂地闪过一道光，但随即她说：“你去吧。我得给你爸爸煮茶呢。”然后她又漫不经心地说道，“我们得宽恕她。”

呸！多少事都坏在了宽恕这个词上。我绝不宽恕科莉特，这点我毫无疑问。心怀一点仇恨绝对没有坏处。你看我对莉莉怀恨这么多年，从来没有对我产生丝毫伤害。

说到仇恨，有些话我不得不对爸爸说了。

“我有一本书快要出版了。”

他表现出巨大的喜悦——也许有一半是因为我终于同他说话了——当我把校样拿给他看时，他说：“这封面太棒了。她被锁在了家门外，是吗？”他用手指摩挲着我的名字。“你看看：杰玛·霍根，我的小丫头。《追逐彩虹》，好棒的书名。书里面写的是什么？”

“你离开了妈妈，和一个只比我大四岁的女人姘居。”

他大吃一惊，张大着嘴巴瞪着妈妈，看我是不是在骗他。

“这不是玩笑。”我说。

“不是玩笑。”妈妈看上去非常不安。

“耶稣啊，玛利亚和耶稣啊，”他看上去非常惊慌。“我最好还是读读这劳什子吧。”他满脸铁青，一口气读了六页，“我们必须立刻制止这事情。立刻。这本书不能出。”

“太晚了，爸爸。我已经签了合同了。”

“我们要请一位律师。”

“我已经把预付金花了一大半了。”

“我给你钱。”

“我不想要你的钱，我想要我的书出版。”

“但是你看。”他用手背劈了一把那些校样。“这里面写的全是私事。我可以不在乎，但好多地方写的根本都不是真的！如果就这样子出来，会让我非常没脸的！”

“好，”我把脸贴近了他。“你这样的反应，恰好说明它写得生动。”

“杰玛！”妈妈把我叫进了厨房。“他已经说对不起了，”她说，“他说话是算数的。他度过了一场危机。在那场危机中他是身不由己的。你对他太苛刻了。实际上，你对任何人都可能太苛刻。你知道吗？我觉得你有愤怒症。”

“你怎么知道我有愤怒症？”

“我在看《菲尔博士》①。”

“哦，很好。但不管怎么说，我没有愤怒症。我只不过是想让做错事的人受到惩罚。”

“那就叫报复症吧。”

“好的！”我表示同意。“我的确有报复症。我是情感自卫者。杰玛的名字前可以冠以什么称呼呢……我是……毁灭者？不对，那样我更冤枉了。惩罚

①《菲尔博士》：由美国心理学家菲尔·麦格劳主持的一档提供人生战略建议的电视系列节目。

者？不，我没那么大能力。复仇者？对，我是复仇者杰玛。”

我飞快地在厨房里踱来踱去，把手指竖起来，好像是举着一把手枪，嘴里还哼着电影《复仇者》的主题曲。

“别把这说得跟件好事似的，”妈妈说，“这并不是什么好事。”

“而且你哼的也不是《复仇者》的音乐，”爸爸在另一间屋子里喊道，“你哼的是《职业杀手》。”

我站在门前，举着一个假想的手提包，轻蔑地哼道：“哦哦哦哦哦！抓住他。”

就在那天晚上，我从父母家里搬走了我的所有东西，正式搬回了我自己的公寓。我曾经怀疑我会不会已经习惯了在妈妈家的生活，新的自由会不会让我产生考试完毕后，为长久没有好好学习而内疚，即使你再也不需要学习了的那种感觉。但是，没有，我对于恢复我的旧生活一点儿也不害怕。

我给欧文打了电话，报告这一好消息。“现在咱们如果想见面，随时都可以见面了。现在就过来，尝试一下咱们的新生活吧。”

《加冕街》演了一半时，他来了。

“我需要和你谈谈。”他说。

“为什么？”

“你猜怎么着？”他微笑着，但样子有些奇怪。

“怎么着？”

“洛娜给我打电话了。”洛娜是他二十四岁的前女友。我头皮上的刺痛感告诉我接下去会发生什么事。“她想和我重新和好。”

“是吗？”

“事情的发生跟你说的一模一样：星期六，她看见我们一起在城里买东西，突然意识到她失去了什么。你真神了！”

“我就是这样。”我的声音变得颤抖了起来，真讨厌。

“基督啊，你不介意，是吧？”

“我当然不介意，”但我的喉咙哽住了，荒唐可笑的眼泪也抑制不住地奔涌而出。“我真的为你高兴。我们始终知道，咱们俩的关系发展不到哪儿去。”发展不到哪儿去，却也发展了将近九个月了。

他默不作声。当我从哭泣的间隙抬起头来时，我明白了为什么：他也在哭。“我永远不会忘记你的。”他说着，从脸上擦去了大把的泪水。

“好了，别这么夸张。”

“好吧。”像是变魔术一样，他的眼泪立刻消失了，真的，他无法掩饰他有多高兴，以及他多么想快些离开。

“咱们的假期怎么办？”

他一脸茫然。

“去安提瓜。风筝冲浪，畅饮凤梨园鸡尾酒？咱们本打算三个星期内就出发的。”

“是的，对不起，我没想这个问题。你去吧，带上你妈妈。这样我就能在风筝冲浪者当中看到她了。她一定会很棒的。”

就在他即将钻进他的小汽车前，他的情绪又毫无意义地高涨起来，他大声叫道：“我们很快就会一起外出的，我和洛娜，你和安东，我们要计划计划到多尔多涅度假的路线了！”

“别忘了给你们的第一个孩子起我的名字。”我居然还能说出这样的话来。

“你就权当这事已经办了吧，哪怕他是个男孩儿。”

然后他就开着车一溜烟儿地跑了，一边鸣笛一边挥手，就好像他在婚礼车队中一样。

乔　乔

一月

乔乔回到了伦敦，对新的一年充满希望。她在纽约和家人一起度过了一个愉快的假日，但她知道下一年的圣诞节将会不同了。不会在纽约，更可能是要和不断挑衅的索菲以及喝得酩酊大醉的萨姆一起，在马克和她的新家里度过，不管那新家是什么样子。

她回来的第一天，马诺伊手里拿着个盒子走进她的办公室，把盒子里的东西倒在了她的办公桌上。“这是杰玛·霍根的《追逐彩虹》的校样。”

达尔金·埃默里公司讲究垃圾回收利用，这本书的封面用的是凯瑟琳·佩里的一本书的旧封面，大约一年前被乔乔拒绝了，因为乔乔觉得它样子太傻，想不到今年秋天它又改头换面卷土重来——做了《追逐彩虹》的封面了。画面用柔和的水彩画了一个女人，尽管只是一些朦胧模糊的线条，但乔乔每次看到它，都觉得像是一位女士异常内急，而最近的厕所却在好几英里之外。

不过，校样打成了一个灵巧的小包。乔乔翻了十来页，就拿着校样来到了吉姆·斯威特曼的办公室，让他发给他在电影界的朋友。“显示显示你的魔力吧。”

合伙人投票定在一月二十三日星期一举行——还有三个星期。第一个星期平安无事地过去了。然后是第二个星期。已经开始为第三个星期做倒计时了——星期一，星期二，星期三，也过去了——到了星期四上午，来了封电邮。

收件人：Jojo.harvey@LIPMAN HAIGH.co

发件人：Mark.avery@LIPMAN HAIGH.co

主题：新闻。也许是坏消息

我需要和你谈谈。能否来我办公室一趟？越快越好。

马 XX

现在还会有什么事？

马克坐在办公桌后，神情异常严峻。“我想提前告诉你件事情，在明天的会议上，里奇·甘特会拿出些东西来。”

“什么东西？”乔乔立刻紧张了起来。那个讨厌小子浑身都是鬼点子，但没一项是好的。

“他和劳森环球公司的市场人员交上了朋友。”

“谁？”

“劳森环球是一家跨国公司。他们旗下有软饮料、化妆品、运动服……好像他们有兴趣付费让李普曼·黑格公司的作者在作品里提到他们。”

她张大了嘴巴，差点儿说不出话来。“你是说，企业赞助？”

“并不是赞助整本书，不会闹成像《可口可乐的马语者》那样，只要在文中提到某种品牌，就可以付费。”

“这还是企业赞助，”乔乔重复道，“正像你我曾经讨论过的，好像是，大约一年前。我们当时都认为这主意很可笑。我至今仍然认为很可笑。”

“说话正经点儿，这并不一定是个讨厌的话题。”

她迷惑地盯了他很久。“不会吧，马克，这和你的立场差得很远啊。你跟我说过这是个馊主意的。”

“乔乔，我们在谈生意，这也许是个非常诱人的主意。”

他没把话说完，但意思很清楚。离开凯茜，和乔乔建立一个新家，花费会很大的。

但不管怎样，她还是很生气，她说：“我想出这主意的时候，你怎么不告诉我深挖下去呢？”

“因为我们只是在开玩笑，而且很明显你鄙视这主意。如果你当真认为这是个好主意，你是不需要鼓励的，你会勇往直前地行动的。”

也许这是真的，但是现在这样的话只能煽起她更大的怒火。“结果怎么样？当甘特带着这想法来找你时，你对他说，好主意，年轻人，去干吧？”

“不。我也是今天早晨才第一次听他说。他已经联系了一些人，并且将提出一些具体建议。”

“我敢打赌，这些建议都不适合于我的作者，”她苦涩地说道，“可是里奇·甘特怎么会想出和我一样的主意呢？”

“也许你们英雄所见略同？”

乔乔浑身颤抖。“我跟那头……猪……一点儿也不一样。你知道吗，马克？我对你很失望。”

他很冷静，令人恐惧地冷静。“我经营着一个企业。我的工作就是开发能赚来更多钱的主意。我有原则，但在商业领域太清高了不行。是的，我的确曾认为这是个馊主意，但我有权利改变观点。特别是在木已成舟时。”

“明白了，”乔乔说，“你说得既洪亮又清楚。”

她气哼哼地摔门而出，他没有追她，于是她站在大街上，怒不可遏地抽起了烟，以致一个路过的人问道：“这些可怜的烟卷怎么得罪你了？”

里奇·甘特是怎么和那些人联系的，乔乔沉思着。假如她在那家跨国公司工作，当这个一副奴颜媚骨的小流氓来求见时，她会叫保安把他扔出去。等他躺在了大街上，她会踢他的肚子。那肯定很疼。当然，她也会踢他的蛋。还有他的头——但那样的话，她的靴子就会粘上他抹在头发里的那些黏糊糊的东西了……唉。

她生里奇的气，但更生自己的气。她不应该听马克的，而应该兑现自己的想法。但现在这件事不只是丢面子的问题了，很可能会产生深远的实际影响：下星期一就要决定合伙人了，距现在连一个星期都不到了。你怕是要把机会拱手让给那小子了，她想着，狠狠地吸了一口烟——他真是挑了个再好不过的良机，在这种时候提出这样的建议，合伙人们一想到那数以百万计的赞助款，肯定会乐开花的。

但是还有一丝安慰，她仍然认为那只是一种大致的想法。在她的内心深处，她希望合伙人们不要被贪心蒙住双眼，依然支持她。

星期五上午的会议

所有人都已经知道了里奇新的企业赞助计划，因此至少乔乔不用忍受所有人一起赞许地发出“噢”声，就好像他刚从一个肮脏的旧帽子里拽出一条肮脏的旧手帕了。

但事情还没完。一向善于表演的里奇，按照可能是事先设计的脚本开演了。他伸出一只手臂说道：“奥尔佳！”

“叫你呢，女士。”乔乔说道，她可不想默不作声。

他转向她。“乔乔，别担心。我会尽我的努力为你的作者服务的。看看我们能不能为他们多挣一些赞助钱。”

“不必了，”乔乔干脆地说道，“我的作者们靠写书挣得够多了。”

“那随他们的便吧，”里奇耸了耸肩，“如果他们想拒绝天上掉下来的钱的话，就权当我给他们讲个笑话吧。很高兴你不是我的代理人！”

“我比你更高兴，狗屎。”不过她只是在心里骂了“狗屎”两字。毕竟她是个职场人士。

里奇又把注意力转回到奥尔佳身上。“譬如说安纳莉丝·帕尔默。”她是奥尔佳最大的摇钱树之一，是一个善写性爱狂的作家。“她和劳森环球的一款昂贵的葡萄酒很是匹配。假如安纳莉丝愿意的话——而我了解那只老鸟，我敢打赌她肯定愿意，”他咯咯地笑了起来。他对听众们有这么强的信心，乔乔不得不坐在了自己手上，以免自己还没有下决心，拳头就已经打了出去。“那将让她净赚一百万英镑。而你将得到你那百分之十，并且如果我们要求得巧妙的话，他们还会专门奉送你几箱香槟酒的。”

乔乔险些忍不住发作了。还是算了吧——一百万英镑给一个能让记录南极帝企鹅交配习惯的录像黯然失色的作家。

“他们当真提出这样的建议了吗？”马克提出了质疑。“他们真的说过有这样一笔钱可以给单个作家吗？”

“说过？你是说承诺。当然是真的，”里奇郑重地点了点头。“相信我，这事情能成的。”

整个屋子都陷入了震惊中。即使空气中最活跃的分子似乎也暂停了流动。一百万英镑，只为了在小说里提一句某种香槟酒！

乔乔观察着每个人的表情变化——他们看着里奇·甘特，就好像他是个炼金术士一样。而他们在心里已经盘算起怎么花这些钱了。买一辆新的梅赛德斯车。全家去意大利的翁布里亚度个假。也有足够的钱和老婆离婚，和女朋友建立一个舒适、无忧无虑的新家了。就连一向讨厌里奇·甘特，从不在乎他承诺的钱的奥罗拉·霍尔和洛贝莉娅·弗伦奇，也动心了。鞋和手包让奥罗拉的眼睛光芒闪烁；到拉斯韦加斯玩上一星期，和有钱人同桌比邻，则让洛贝莉娅的眼睛熠熠生辉。乔乔不得不做些什么了。

“那么奥尔佳现在就可以给他们打电话，”她说，“告诉他们安纳莉丝已经准备好了，就请他们用自行车给我们驮一百万英镑过来，全都用好使的五英镑钞票。”她把手包放到桌上，摸出了自己的手机，递给奥尔佳。“打个电话吧。”

整个屋子又像凝固了一样。只有眼肌在动，所有人的目光都像打网球一样，在里奇和乔乔之间移动。钟表上秒针的滴答声太长了，乔乔拿着手机的手居然因为出汗而变得滑溜起来。最后还是里奇投降了。“显然这只是举个例子。可以说是，很显然。”

“噢，”乔乔装出非常惊讶的样子，“原来只是举个例子呀。那别打了。”她收起了湿腻腻的手机，冲奥尔佳眨了眨眼睛。“不然会很尴尬的。”

众人眼看着刚才的美梦瞬息烟消云散了，顿时瞪着里奇，就好像他是个江湖骗子。

然而，出乎乔乔意外又令她非常不快的是，最后宣布第二天里奇、吉姆·斯威特曼和马克将陪三个劳森环球公司的家伙，一起去一家豪华的乡下宾馆打高尔夫球，联络感情。乔乔努力掩饰自己的疑惑。马克没有告诉她这事，而且满脑子是屎的甘特什么时候学会打高尔夫球了？

“为什么不邀请我？”

“为什么要邀请你？”

“去年我赚来的钱比任何其他代理人都多，今年也差不多又是这样了。”

“你会打高尔夫球吗？”里奇问道。

“我当然会。”这有什么难的？尤其是假如她把所有高尔夫球都看作他的脑袋。

“那太遗憾了，”里奇斜眼看着她。“已经预订了，没有更多的地方了。”

“这么说没有女士去喽？这难道不是性别歧视吗？可有专门的法律反对这种事情的。”

“哪条法律说一帮老爷们儿就不能一块儿出去打高尔夫球？而且，谁说就肯定没有女士？”

他话音刚落，乔乔就说：“噢，我忘了你喜好大腿舞女郎了。”

“我没有，”他咧嘴笑道，而她怒火中烧。“吉姆也喜欢她们，而马克肯定喜欢——”

“对不起。”马克打断了他的话。

丹·斯旺从他惯常的沉思中醒了过来，开始小声地嘟囔：“打，打，打呀！”

马克出来掌控局势了。“好了，够了。里奇，别胡说了，哪里有什么大腿舞女郎？至少是最好别叫。”

乔乔心想，这实际上把事情搞得更糟了。所有人都在想，马克·埃弗里的女朋友不想让他接近大腿舞女郎。这些都是她的同事，可他们看着她的眼光，就好像她是个苛刻的妻子。这界限太模糊了。

散会后她来到马克的办公室，把门在背后关上，说：“你从来没对我说过你要和这帮家伙去打高尔夫球。”

“你说得对，我没有。”

“为什么不告诉我？”

“你又不是我的老板。”

这就像一颗订书钉钉在了她的心上。“马克！到底发生了什么事？你为什么要这么讨厌？”

“你为什么要这么讨厌？”他太冷静了，每当这种时候她都会想起，真真切切地想起她最初爱上他的理由：他内在的力量，他洞察全局的眼界……

“我并不讨厌，马克。”

他耸了耸肩。“我只是在做我的工作。”他仍然没有太当真。

“甚至在这和我冲突时？”

“我不这么看。你也许不相信我，但我所做的一切，都是为了我们。”

因为甘特这个浑球，和马克的事情开始变得乱糟糟的了。她不能容许这样。她进行了一番强大的，几乎是超人般的努力，克制住了自己。

“我相信你。”

星期六早晨，乔乔的公寓

在马克离开去打高尔夫球之前，乔乔说：“你不会跟劳森公司那帮家伙说我在床上是什么样子吧？”

“我为什么要说这个呢？”

“我知道男人们在一起是什么样子，说黄段子，谈女人。”

“你怎么知道的？”

“因为我曾经是其中的一员。”

他把手放在她的腰上，然后向上滑动了一下。“噢，我可不这么看。”

他把手拿开了，她又把他的手抓了回来。

“乔乔，我们没有时间干这个了。”

“不，我们有时间。”

“我要迟到了。”

“没关系。”

二十分钟后

“我真的得走了，乔乔。”

“去吧。”她躺在床上，笑了笑。“我对你没有更多的需求了。再见，亲爱的。祝你玩得糟透了。”

"我会的。"

当天下午

乔乔正和贝姬一起逛拉塞尔和布罗姆利店，她的手机响了。来电显示是马克。"马克！"她大叫道，"我正想和你说话呢。你知道奖金和阴茎的区别吗？我来告诉你吧——你老婆会把你的奖金花光的！乒——乓！"

"乔乔——"

"假如你的洗碗机出了故障，你会怎么办？揍她！乒——乓！"

"乔乔——"

"你要把职位给哪个人？奶头大的那个！乒——乓！"

星期天下午，乔乔的公寓

马克直接从旅馆回了乔乔的公寓。

"嗨，宝贝。"她紧紧地搂住他，就像他是从战场上回来似的。"没事了，你现在没事了。"

她跟着他走进了起居室，问道："情况有多糟？"

他笑了。"很糟。我非得抽一支雪茄不可，你知道怎么从雪茄尾端切掉一点儿吗？"乔乔不知道。

"总之有个劳森公司的家伙一直在拿这个讲包皮环割术的笑话。"

"哎——哟。那是这个周末最糟糕的一刻吗？"

马克想了想。"最恶心的是劳森公司的一个家伙形容另一个时说：'这家伙如果掉进一池子乳房里，出来时会吮他的大拇指。'"

"哎哟哟哟。"乔乔重复道。

接着马克承认："我给他们讲了你那个洗碗机的笑话。我觉得他们挺喜欢。"

"很高兴帮了你的忙。甘特怎么样？"

马克只是耸了耸肩。

"你在帮我吗？"乔乔突然发作了。"告诉我怎么会有人喜欢他？还有，我到底有什么缺陷？"

马克想了想。“他善于和人相处，他能凭直觉知道别人喜欢什么，然后投其所好。”

“他并没有这样待我。”

“他不需要你喜欢他。”

“等我当上他妈的合伙人，而他没当上时，他就得喜欢我了。”

她的话语在空气中飘浮着。乔乔一开腔，那折磨了她一周末，还害得她买了一个不大实用、又出奇昂贵的小提包的焦虑，全都冲口而出了。“咱们能不能谈谈明天？你认为我拿得下来吗？”

“你当之无愧。”

“但你认为我拿得下来吗？”

“塔尔坎·温特沃思、洛贝莉娅·弗伦奇和奥罗拉·霍尔来这儿的时间都比你长。如果比资历的话，应该是塔尔坎了。”

她揍了他一下。“好了，别当‘让我们正视现实先生’了。咱们都知道竞争者只有我和里奇·甘特。”

“是的，竞争者只有你和他。”

“是的，让我们正视现实吧。我是个优秀的代理人，我挣来的钱比包括甘特在内的任何其他人都多，我尽一切可能搞坏了甘特的名声。我还能比这做得更多吗？我觉得不可能了。”

她信奉凡事往好处想这种人生态度。但她半夜醒来时，感觉却不大妙。马克回家了，这让她感到欣慰，她可不想让他看见她这副模样。她想象着，假如她明天不能成为合伙人，将会是什么样子。除了震惊和羞辱外，里奇·甘特将成为她的新老板，嗯，之一。而他可不会是一个宽厚的胜利者。她将不得不离开李普曼·黑格公司，在其他什么地方从头干起。证明自己，建立关系，产生效益。至少要让她倒退两年。这种恐慌开始在她心中涌起，并旋转上升，直到堵住她的喉咙。

她思前想后。里奇·甘特很出色——也很卑鄙。但他那个企业赞助计划还全都是空谈。还没有任何人能马上从中赚到任何钱。她是个更好的代理人。这是事实。她挣来的钱更多。她的作者都是长期的优秀作者。她怎么可能输呢？

莉　莉

安东下班回家了。他冲进屋里喊道："看看今天他们给我寄来了什么。"有段时间我没看见他这么高兴了。

他手里挥着一本书。当我看清那是杰玛的《追逐彩虹》后，我深吸了一口气，一把抓了过来，不顾一切地读了起来。我胃里又泛起一股熟悉的恶心。

"你怎么会有这个？"

"这是校样。李普曼·黑格公司负责媒体的那小子，吉姆·斯威特曼，寄给我的。还有，"安东满面红光地说道，"好消息是这本书不是写咱们的。"

"那坏消息呢？"

"没有坏消息。"

可是，如果没有坏消息，谁还会说"好消息是……"呢？

"你觉得这本书怎么样？"我问，"写得好吗？"

"不好。"但激动之情已从他脸上冒出，像一道色彩一样弯弯曲曲地伸向空中。

我非常意外，指责他："你喜欢这本书。"

"我没有。"

"你喜欢。"

"我没有。"

我屏住了呼吸，因为我知道他马上要说出一个"但是"了。

"但是，"他说，"我想买它的拍摄权。"

我大为震惊，沉默了。

我所能想到的就是，他没有要我的书的拍摄权。一本也没要。

自我们搬出我们的大房子，已经五个星期了，但感觉还要更久远。我们在四四方方的公寓里过了一个凄凉的圣诞节——杰茜和朱利安本来要从阿根廷回来，但最后一分钟却取消了行程，更增添了这种凄凉感。

尽管我们收到了好几份共度新年除夕的邀请——从米凯伊和恰拉，到薇芙、巴兹和耶兹，再到尼基和西蒙，都发出了邀请——但我们独自度过了那天晚上，用很久以前，当《米米的救赎》正席卷畅销书排行榜，而达尔金·埃默里公司还喜欢我时送我的香槟酒，相互敬了酒。我们祝愿“明年”，希望能比刚刚过去的一年好。紧接着一月份的破晓就来临了，可是——我能说什么呢？——那就是一月份。你所能做的最好的事情，就是吸气、呼气，等着它过去。

《水晶般清澈》没有像我祈祷的那样在最后一分钟起死回生。我的自信心和创造力都被打得粉碎。自十月份后我就什么也没写。没人出版，还写什么劲儿？天太冷了，没法外出。我整天就和埃玛一起，在家里看《爱探险的多拉》和《杰里·斯普林格》。

失去我们的房子是一场灾难，但我也想象不出我们还有什么可再失去的。安东和我已经开始反思了。我跳到了一定距离外看这件事，就好像它发生在其他夫妇身上。

我们彼此之间已无话可说。我们的失望极其巨大。我万分怨恨安东花钱时的鲁莽。我不断地回想我们失去的房子，觉得这都是他的过错。是他说服我买这房子的——我始终没忘我提出过很多各种各样的反对意见——假如我们根本没买这房子，我们也就不会失去它了。失去房子让我痛不欲生，我感到无法原谅他。不知为什么，我不断地想起他带我到塞尔福里奇百货购物的那天。我们一文不名，但我们做了些什么啊？进一步深陷债务中。当时，我还以为这是及时行乐，感觉妙极了，现在意识到，这只是愚蠢的不负责任的标志。正是这种不负责任，促使我们买了一座我们最终只能失去的房子。

而且，虽然安东没有明说，但我知道他也在责怪我没能再写出一本叫得响的书来。总而言之，我们曾经风光无限，现在所有的激情和希望都一下子灰飞烟灭了，一时真是难以适应。

我们很少说话，一开口就是拿照顾孩子的事互相指责。

好像我正常地呼吸，都已经是很久很久以前的事情了。每次想通过深呼吸缓解一下情绪，却都会带来一阵小小的恐慌。没有一天晚上，我的睡眠能超过四小时。安东不断地向我承诺生活会改善，而他似乎认为已经开始改善了。

“克洛伊·德鲁做主演最合适了！”他眉飞色舞地说道。

“可是爱康公司没钱买这本书的版权。”

“BBC 有兴趣合作拍摄。如果克洛伊出演的话，他们会去筹钱的。”

我揶揄般地凑近了他。他已经同 BBC 谈了吗？他已经着手促成交易了吗？“你当真和克洛伊说过这事吗？”

“说过了。她愿意。”

噢，我的天呐。

“杰玛绝对不会把拍摄权卖给你的。我们对她做了那样的事后，你没有希望了。”

但是他仍然抱有希望。我能看出那希望在他眼里闪烁着光芒。他已经在说服她了，并且使用了一切必要的手段。我了解安东，尽管他潦倒、懒散，但却野心勃勃。然而这股野心这回带来的冲击，就像是当胸打了我一拳。

由于我们的生活在圣诞节前遭受了如此沉重的打击，他需要这样的孤注一掷。他已经好久没有成功地促成一笔交易了。他不得不重新去拍一些商业广告片以挣些钱，但这种电影才是他真心所系。

“莉莉，这部电影能救我们的命！”他就像是个热气球。“它有不可估量的商业潜力。所有人都能从中赚一大笔。我们的生活又将重新回到正轨上了。”

安东需要这样的想法来撑起自己的自尊心。也需要让他感到我们就要时来运转了。但为了获得杰玛小说的拍摄权，他究竟能和杰玛走出多远呢？由于他绝地反击的决心非常大，我有一种强烈的预感，他们将一起走出非常远。杰玛对我说的最后一句话突然闪进了我的脑海：“记住你是怎么认识他的吧，因为你也将那样失去他。”

“别卷进这件事吧，”我央求道，声音虽低但不顾一切。“求求你，安东，这事不会有什么好结果的。”

“可是莉莉！”他坚持道，“这是多好的机会呀！这正是我们需要的机会。”

“这是杰玛的书！”

“这是生意。”

“求求你，安东。”但他眼里希望的火将不会熄灭，我只有哭泣了。

这世界是怎样天翻地覆的啊。

在过去三年半，杰玛时常是我忧虑的源泉。但自从我读了她的书后，我那时隐时现的恐惧才固化成型了。几个月来我都在准备着应付某种重大事件。但我没法料到事情最终是以这种形式发生的。她攥住了安东挽救他的事业、他的自尊心和他的希望的钥匙。

而且她重返安东的生活，再也没有比这更好的时机了：他和我的关系正处于风雨飘摇中……

到底有多不稳定？随着恐惧蒙蔽了我的视野，我不得不问自己。到底有多不稳定？如果杰玛向他发动攻势……会发生什么情况呢？

就是在那时候，我发现我对安东和我自己不再抱有信心了。我曾经认为，我们作为一对儿，是坚不可摧的。但现在我们似乎力量又小又脆弱，正栖伏在某个灾难的边缘。我不知道这灾难究竟是什么，或者它将怎样发生，但我知道它一定很可怕，也一定会发生，而我的心却平静了下来，我看到我的未来已经不可避免了：安东和我将分手。

乔　乔

星期一上午九点

这也许是乔乔整个职业生涯中最重要的一个上午。她在走向自己的办公室时，路过了会议室——在紧闭的门背后，他们全都在里面，就连尼古拉和卡姆也来了。投票给我吧。她真想念叨像西非伏都教那样的咒语。随即她对自己大笑起来：她并不需要伏都教的咒语。她是个足够优秀的代理人。

但她仍然忐忑不安。她责怪马诺伊把她的咖啡杯放在桌上时声音太响。当她的电话响起时，她的心脏几乎要从胸腔里冲将出来了。

“到午饭前我们就知道结果了。”马诺伊安慰她道。

“是的。”

然而刚刚过十点，就有人出现在她的门口。是马克！但是这也太快了。难道他们中间要休息……

“嗨……”

马克沉默着，把门在背后关上，靠在门上，盯着她的眼睛。她立刻明白了。但是无法相信。她听见自己在说：“他们给了里奇·甘特？”

马克点了点头。

她仍然不相信。有那么一刻她感觉自己要爆炸了。这不是真的。这只不过是又一次对于最坏情况的想象。但马克仍然站在那里，关切地看着她。尽管她感觉像是在做梦，但她知道这是真的。

马克走了过来，想抱住她，但她挣脱了他的臂膀。“别招我。”

她站在窗前，两眼一片茫然。事情结束了。已经投过票了，她没能成功。

但这一切发生得太快了。他们在会议室里只待了一小时。她等了那么长时间，还没有做好准备应付这样的局面。又一阵恐慌像泡沫一样涌上心头。这不是真的。

她试图理性地思考一下，但心里不断遭受着沉重的打击。“你觉得，是不是因为你和我的事？”

“我不知道。”

马克看上去脸色苍白，精疲力竭，乔乔心想，这情况也一定让他感到非常痛苦。“还有谁投票给我了？和你一起？”

“乔斯林和丹。”

“我是以三比四输掉的？功亏一篑，是吧？”她强迫自己挤出了一丝微笑。“我真不敢相信尼古拉和卡姆没有投我的票。我真的以为他们会呢。”

马克又无力地耸了耸肩。

“于是我输了。我有前途无量的优秀作者。无论从短期还是长期看，把宝押在我身上都会更好。依你看到底发生了什么情况？看上去我挣来的钱比甘特要多啊。”

“差不多。”

“你说什么？”

“你的判断是错误的。我的意思是，他们认为今年的收入中，你和里奇是半斤八两。”

“不，不是这样的。我要领先很多。我们怎么可能是半斤八两？”

马克的样子看上去连死的心思都有，她很歉疚自己在拿他出气。他没法控制其他合伙人，他们做出了自己的决定。但她需要了解情况。“告诉我。”

“我为你感到非常难过。”他的眼睛里闪烁着没有流出来的眼泪。“你应该成为合伙人的，这对你也很重要。但他们的想法是，假如里奇促成了哪怕一件企业赞助，他就会一跃而大大领先的。”

“可他的话还等于零。他只说不干，他们却相信了。那主意还很粗糙，跟废话一样，我敢打赌没人会理睬它。作家们还是有点儿自尊心的。”

马克耸了耸肩。他们分立两旁，沉默不语，凄凄惨惨。

随后乔乔突然明白了过来，她深感震惊，不禁冲口而出："因为我是个女人！"她听人们说过这样的话，但从来没想到这情况会发生在自己身上。"这才是我晋升的障碍！"

就在这一刻之前，她甚至都不相信存在这种障碍。如果说她考虑过这个问题的话，她怀疑这些都是无能的女员工在能干的男同事得到晋升后用来安慰自己的话。她从不认为女人间应该存在什么姐妹情谊，从不认为自己应该加入什么妇女团体，她认为每个女人都应该自己为自己奋斗。她一向认为自己像男人一样优秀，她可以因为自己的优点而得到公平对待。可你猜怎么着？她错了。

"这跟你是女人没有任何关系。"

"可结果是他们让他当了合伙人，"她一字一板地说道，"因为他也许能跟他的高尔夫球友们达成一笔交易。"

"不，他们让他当合伙人，是因为他们认为，从长远看，他能挣来更多的钱。"

"可他通过什么做到呢？靠和其他男人打高尔夫球。别再冲着我耳朵撒尿还告诉我下雨了。这就是女人无形的发展障碍。"

"这不是。"

"这就是。"

"不是。"

"不管你怎么说，这就是。"

"不是。"

"知道了。喂，咱们以后再谈这个问题吧。"她想让他离开她的办公室。她需要好好想一想。

"你打算怎么办？"

"你说呢？揍甘特一顿？"她指了指桌子。"我还有工作要做呢。"

他看上去松了口气。"我待会儿再找你吧。"他想抱她一下，但她躲开了。"乔乔，别惩罚我呀。"

"我没有。"但她不想让任何人碰她。她什么也不想做。她就想自己待一会儿，直到她想出该做什么。

十分钟后

里奇·甘特站在了她的门口，一直等到她注意到他，然后窃笑道："他们纵欲过度，他们付出的代价太大了，他们完了。"

他走开了，乔乔因为愤怒而心跳加速。

这时马诺伊进来了。"怎么样？"

"里奇·甘特成了新的合伙人，不是我。"

"可是——"

"就是这样。"

"这不公平！你比他强多了。"

"正是这样。可是，嗨，谁也没死，是吧？"

"乔——乔。"他的声音听上去很震惊，简直是大失所望。"你不是在骗我吧？"

"马诺伊，我要告诉你点儿我很少跟人说的秘密。"

"因为你喜欢我？"

"因为你是我办公室里唯一的人。愿不愿意听听我离开警察局来伦敦的原因？"

马诺伊表示鼓励地点了点头。

"是因为我哥哥杀了人。他是个警察——现在还是。他需要挣点儿加班费，所以出去巡逻、逮人。十月份时他们尤其喜欢这样做，因为要为圣诞节多挣点儿加班费。总之，他发现了一个毒品贩子，正要逮捕他，那家伙突然掏出一把枪来对着他。我哥哥火了，掏出自己的枪打死了他。是的，也许他必须这样做，正像人们都说的，先发制人，但你知道吗？我立马不想干这工作了，因为我也有可能杀人了。第二天我就辞了职，三个星期后来到伦敦。我在酒吧里干过，当过阅读员。等我成为代理人时，我非常高兴，因为不管发生什么情况，我都不用杀人了。任何事情——无论是谈判，还是什么——对我都没有这么重要，因为毕竟都不是生死问题了。"

马诺伊点了点头。

"于是在我本该成为合伙人时，却是里奇·甘特上去了，这绝对是错误的，但没有人受伤，没有人死，是吧？”

“是的。”

她沉默着，但脑子里翻江倒海。“可感觉还是他妈都一样！”

“是一样的。”

“我该得到晋升的。我是个比他更好的代理人，我应该得到的。”

“说得太对了。你不能就这样善罢甘休。”

乔乔想了想。“是的。我要去见马克。”

马诺伊的脑袋立刻胡思乱想起来，眼前浮现出乔乔跪在马克面前，在上班时间就和他口交起来的画面。乔乔把脸凑近他，嘘了一声：“我不会做那种事的。”

马诺伊咽了口唾沫，目送着她离开。她怎么知道我在想什么呢？

马克的办公室

她本来没想让他的门撞在墙上。她也没想表现得过于夸张。可是，嗨，这些情况都发生了。他吓了一跳，抬起头来。

“马克，我要起诉。”

他看上去更加吃惊了。“起诉谁？”

“李普曼·黑格公司。”

“起诉什么？”

“起诉什么？脚踝骨折？还是挡泥板凹陷？”她瞪大了眼睛。“当然是性别歧视，还能有什么？”

马克面如土色。突然之间，他看上去像是老了十岁。“别，乔乔。里奇得到晋升，是光明正大地获得的。你要起诉的话，别人都会认为你是酸葡萄心理。”

乔乔稍微有些迷惑，她紧盯着他。“这是我的事业。我不在乎别人怎么说。”

“乔乔——”

但是她走了。

回到办公室后，她给贝姬打了电话，但贝姬只认识一位律师，就是帮她和安迪买他们的公寓的那位，由于最后一分钟发现了他有欺诈行为，他们非常厌恶他。“给莎娜打电话吧。布兰登会认识律师的。或者打给玛格达，好像整个世界的人她都认识。”

没必要给玛格达打电话，因为布兰登就能搞定。“艾琳·普伦德加斯特最合适了。她像你一样：人不错，也很擅长于工作。你想什么时候见她？”

“现在。”乔乔对他的话感到意外。“还能有什么时候呢？”

“你倒真是说风就是雨。要见艾琳得提前几个星期预约呢。不过，我看看能不能帮帮你吧。”

几分钟后，他打回了电话：“你可欠我大人情了。艾琳取消了午餐时的一个约会。现在就过来吧。”

“二十分钟后见。”她抓过手提包，对马诺伊说，“如果马克找我，告诉他我去见一位雇佣关系律师，但跟别人就别说了。”

星期一午餐时间

乔乔走进了伦敦城的玻璃塔，不禁驻足片刻。她的遭遇真真切切地从她脑海里飞快掠过，令她头晕目眩。事情怎么到了这步田地？而且这么快？昨天的这会儿，她还忐忑不安但又信心十足地憧憬着怎样庆祝她晋升合伙人。现在形势竟来了个一百八十度的大转弯，她要起诉了。

布兰登在前台等着她，然后带她去见艾琳。艾琳高大、美丽，带着不只一点儿的丽芙·泰勒[①]的气质。

布兰登作过介绍后就走了。乔乔坐下来，开始细细地说起了里奇·甘特。“我给公司带来的钱比他多。可他们却选了他做合伙人，因为他可以和大公司的家伙们一起打高尔夫球，一起厮混，劝说他们给点儿赞助。而我是女人，做不了这种事。”

艾琳听着，在一个本子上做着笔记，偶尔打断一下乔乔问个问题。

“你们并没有固定的晋升合伙人的模式，没法证明你是被他或者其他男人

①丽芙·泰勒（1977～）：美国女演员、模特。

超越了？”

乔乔摇了摇头。

“这么说这就是个一次性事件，这就更难证明存在性别歧视了。”

“我不会再留在那儿，等待下一次晋升合伙人的机会了！”

艾琳微笑了一下。“说得对。现在，我得告诉你些你应该了解的话，即使你官司赢了，法庭也没有权力命令他们任命你。换句话说，无论法庭做出什么样的判决，你都当不上合伙人了。”

“那我还打官司做什么？”

“如果你赢了，你可以得到相应的赔偿，也能恢复名誉。”

乔乔皱起了眉头。“我想，那也比干咽下这口气要好。”

“还有些事情。这是仲裁法庭，不是刑事法庭。这意味着这个法庭是可直通的，换句话说，就是没必要委托法律代理，但实际上，大多数人都委托律师。然而也正因为如此，他们得不偿失。所以乔乔，即使你赢了，你能指望得到的赔偿也就是一两万英镑，或者再多些。但无论你得到多少赔偿，都会被律师费抵掉。而且这还是在你赢的情况下。”

“我赢的可能性有多大呢？”

艾琳想了想。“百分之五十。即使你赢了，你也很难继续在那里工作了。而如果你输了，你就更不可能待在那里了。而且很可能你也很难在其他代理公司再找到工作了——你也许会获得个难缠的名声。”

“凭什么？就因为我做了正确的事情？”

“我知道，但不幸的是，有些女人利用这种官司来无理取闹。比如，假如她们和一位男同事有私情，最后乱糟糟地分手了，她们有时就会哭喊着‘性别歧视’来找麻烦……怎么说呢？这叫什么？”

“是的，你看。”乔乔深吸了一口气。“我也一直，现在也仍然，正像你所说的，和一位男同事有私情。是我们的主理合伙人。但我们还没断，我们在一起还很好。这是问题吗？”

艾琳思忖了片刻。“你能向我保证这段私情仍在维系？他不是刚刚踹了你，而你打官司要报复吗？”

"我保证。"

"你也打算把这段私情曝光吗？"

"我不明白。"

"这类听证会都是公开进行的，通常都会有很多寻找花边新闻的媒体记者蜂拥而至。我感觉你这件官司是会吸引他们的。"

"报纸记者吗？"

"是的。"

"但我必须向仲裁法庭谈到马克吗？"

"你不可能保守住秘密的。"艾琳严肃地说道，"所有相关的细节都肯定会被泄露。如果你不主动谈，传言会对你非常不利的。"

乔乔想了想。这事还真棘手，但不管怎么说，这段私情很快就要大白于天下了。"好吧，我能不能坦率地总结一下？我有百分之五十的获胜机会。我的法律代理人——也就是你，是吧？——需要我花上好几千英镑来请，但如果我赢了，赔偿金就够付律师费的了。而如果我输了，我就得自吞苦果——可是，嘿，我不会输的，因为正义在我这边。"

艾琳忍俊不禁，但不得不再补充说："仲裁法庭不一定和你看法一致。他们也许会认为里奇·甘特就是更好的代理人，他应当获得这一任命——"

"他们不会的。他们选他，全是因为这混账小子会打高尔夫球。这是唯一的理由。咱们干吧。现在该做什么呢？"

"首先我们得向你的雇主发一份律师函，让他们知道他们被起诉了。"

"我们什么时候可以发这份律师函啊？"

"越快越好。"

"好的！"

但是在返回公司的出租车上，乔乔高涨的情绪开始低落。她刚刚开启了一场漫长而可怕的考验。艾琳说她的赢的可能性有百分之五十，乔乔原本以为胜算还要高，但艾琳是专家啊……

可她要是输了，怎么办呢？她顿时心生恐惧，不寒而栗，她是有可能输的。仅仅因为她知道里奇不配晋升，并不意味着仲裁法庭也能弄清。正义并不总能落实。她当过警察，如果说有谁对此深有体会的话，那就是她了。

她突然心生一股强烈的愿望，要终止诉讼。在律师函送达李普曼·黑格公司之前，现在就罢手还容易些。起诉他们有什么意义呢？即使她赢了，里奇·甘特也不会被撤换，她也不可能取代他。最坏的情况已经发生了，她没法改变合伙人们的决定。没有什么可以挽回局面了。难道她还想再冒被羞辱一次的危险吗？而且这次还将是公开羞辱。

但她不能放弃。她绝不能让甘特就这么轻易得手。尽管这绝不意味着她好斗。接下去的三个月甚至更长的时间将是非常非常艰苦的，但幸运的是，她足够坚韧。

回到公司

“马克一直在找你。”马诺伊说。

“我知道。”他往她的手机上发了两条短信，说他需要和她谈谈。当她检查她的电子邮箱时，又看到一封马克的邮件，要她一回来就去见他。于是她去了。

“我无法相信，”他说，“你去见雇佣关系律师了？”

“是的。”

“你要怎么样？”

她咽了口唾沫，不想告诉他。“我要起诉李普曼·黑格公司性别歧视。通知将在本周末之前送达。”

他的样子看上去就像是她在扇他耳光。“我真不敢相信。”

“但是马克……那个合伙人的位置应该是我的。给他是错误的。”

他看着她，脸上写满了失望。

“别这么看着我，”她央求道，“我不是你的敌人。”

“现实点儿，乔乔。你要起诉我的公司。”

“这不是你的公司——”

“我是主理合伙人。这一切将对你我产生什么样的影响？乔乔，我求求你，为了我们，别这么干。”

"马克，别这样。这对你没问题，你是合伙人，你是主理合伙人。求求你，马克，我需要你的支持。"

"这会毁了咱们，可你不在乎。"

"我在乎！这什么也毁不了！我还想要你今晚就告诉凯茜。告诉她，然后到我这儿来。"

他刮了刮眼睛。"好吧。"

"一切都会好的，我发誓。"

但随后她接到了他的一条短信，甚至不是语音留言。"今晚不行。马 xxx。"

好吧，只好如此了。

十分钟后

电话响了，她抓起话筒。可那只是安东·卡罗兰，莉莉·赖特的伴侣。

"杰玛·霍根的书？《追逐彩虹》？我需要和什么人谈谈，可我找不到吉姆·斯威特曼。我看过校样了，我们爱康公司认为这可以拍一部很好的电视剧。克洛伊·德鲁已经口头答应我们出演伊兹一角了。"

"是吗？"这有什么可激动的？克洛伊·德鲁炙手可热，但爱康可是一文不名。

"我也和 BBC 戏剧部的主管杰维斯·琼斯谈过了，他也很热心。"

可是如果 BBC 对合拍感兴趣的话……她努力在声音里注入了一些热情，说："好的，我马上告诉杰玛。"

那天晚上她回家时，情绪低落极了。她谁也不想见。对她的事业来说，这是多么倒霉的一天，现在看上去马克也不支持她了。这令她越发感到晦气。

假如她和马克因为这个问题分手了，怎么办？假如在旷日持久的诉讼期间李普曼·黑格公司让她停职，怎么办？现在回头已经太晚了。假如她取消了诉讼，她会责怪马克拖了她的后腿。而且，嘿，假如她真的退缩了，马克肯定会对她失望的。他深爱的那个活泼勇敢的姑娘，怎么能只为息事宁人就忍气吞声呢？他希望她起诉，他只是没意识到这点！是的，就连她自己也不完全肯定呢。

她承认——她生他的气。如果他足够爱她，他就应该支持她起诉。但这是他的公司，她能理解为什么他会觉得她在攻击他。这真是一团乱麻！假如他们选她当了合伙人，那么这会儿他们就可能在快乐地庆祝他们第一个正式的晚上呢。嗯，也许不快乐，他们会感到歉疚的……

跟同事产生恋情，就会发生这种情况。然而，假如他们不是同事的话，他们也断不会产生恋情。

但是接下去会发生什么情况呢？她还能继续在李普曼·黑格公司干下去吗？还有别的地方可去吗？她的身价在降低。如果她没有优秀到能在李普曼·黑格公司当上合伙人，其他公司也不会那么热情地要雇用她。那么唯一的选择就是自己单干了。那样的话开销将很大，而且还不知能否存活。

整个晚上她都在翻来覆去地想，最终，因为精疲力竭，再加上大半瓶墨尔乐葡萄酒的助力，她在沙发上睡着了。十点十五分时，电话响了，她被惊醒了。

“喂？”她在困倦中说道。

话筒里传来了马克的声音：“你好，合伙人。”

“你说什么？”

“你好，合伙人。”

她糊涂了。马克在开玩笑吗？

“我刚刚从李普曼·黑格公司一个合伙人的紧急会议上出来，”马克大声喊道，“他们想晋升你为合伙人。”他的声音听上去既轻佻又兴奋。

她慌慌张张地爬起来坐好。“他们改变主意了？我？代替甘特？”

“不，两个人都上。”

“那怎么行？我想，只能有七位合伙人呀。”

“如果所有合伙人都同意，合伙人的规章可以修改——他们都愿意作这样的修改，因为他们想要你加入！这可是一个很大很大的让步，乔乔，他们并不想和更多的人分享利润，除非不得不这样做，但是他们愿意这样做，因为他们爱你。”

而且他们也不想看到诉讼带来的负面影响，但没必要为此深究他们了。

“我可以过去吗？”

“当然。快点儿来。”

第二天早晨

一份群发的电子邮件出现在李普曼·黑格公司所有人的邮箱里，通报了这一消息。正式的确认将出现在星期五的《图书新闻》上。。

“现在高兴了？”马克问道。

“嗯。”

“那么今晚我就和凯茜说了。”

“等到星期五吧，”乔乔说，“等一切都板上钉钉了吧。”

“这可不是说着玩儿的。”

“好的。”

她正在办公室里和马诺伊一起整理文件，一个阴影覆盖在他们身上。她能从那头油味儿闻出来，是里奇·甘特。他邪恶地冲她咧嘴笑着。“你看，你的男朋友也给你搞来了一个合伙人身份。”

“从我的办公室里滚出去。”乔乔平静地说道。

“那么他为什么不一开始就投票给你呢？”

“滚出去。”

“他没有投你的票，他投了我的票。”

她感觉到自己的脸一定是因为震惊而变得煞白了，但她努力保持着镇定。她看着他那瘦骨嶙峋的身材说：“我至少比你重十公斤。我要想拧断你的胳膊，就跟拧根嫩树枝一样。别惹我动手。现在，给我滚出去。”

他依然咧嘴笑着，向后退去，当他的身影消失后，她开始发起抖来。有一件事她是相信的：这讨厌小子没有撒谎。如果他说马克没有投她的票，那马克就是没有投她。但她怎样证实呢？她能去问谁呢？事到如今，她谁也不相信了。

“你真能像拧一根嫩枝一样拧断他的胳膊吗？”马诺伊问。

“我不知道。”她很恼火自己的嘴唇突然变得不利落了。“但如果有机会验证，我不会放过的。”

“别理他，他在生气呢，因为他不是唯一晋升的合伙人了。他就是想在你和马克之间制造点麻烦。”

可能，非常可能，但她想知道的只有一件事。

“我要去见见马克。”就这一次，马诺伊没有想象乔乔跪在地上，和马克口交的情景。这次不可能。今天也不可能了。

马克的办公室

她进来时，他抬起了头。

“马克，跟我说实话，因为我无论如何也会查明真相的。你投我的票了吗？”

一段很长时间的沉默。然后是：“没有。”

她一动不动地站了很长时间，又一次感到恍如梦中。她已经有些厌倦这种灵魂出窍的感觉了。

她拉过一把椅子坐在他的桌前。“为什么不呢？最好给我一个理由。”

“实际上是这样。”马克的语气听上去那样自信，乔乔很意外——但也极大地松了口气。这样很好。这个样子才是真正的马克。

“无论如何，乔乔，”马克说，“我离开凯茜，你我新建一个家庭，都会花很多钱。里奇说如果他当不上合伙人，他就会离开，并带走他那个赚钱的主意。另外，如果你当上了合伙人，你——我们——的收入在未来三年将会下降。还有你上次怀孕那场虚惊，让我意识到你很有可能会放弃工作。我的话虽然听起来像是电视里的话，但我的确是为了我们啊。此外还有，所有人都知道咱们在一起了，他们都在瞪大眼睛寻找我偏向你的迹象。如果我想维持其他合伙人对我的尊重，我就不能投你的票——尤其是投里奇的票在财务上显得更合理的时候。”

她沉默着，瞪着他，感到很泄气。他的话听上去全都很合理——至少在名义上。最终，她能挤出的一句话是：“你为什么不早对我说这些。”

“因为我了解你，乔乔。我知道你会选择工作，而不是我，不是我们。”

她无法克制怒火喷涌而出。“为了我们有钱在一起，你毁了我晋升合伙人的机会。”

他的目光锐利地射向她。“你可以换一种说法。为了你当合伙人，你冒着毁掉我们在一起的机会的危险。”

她过了好长时间才回答。“我没有意识到，这其实是一种抉择。”

她离开了，深深地陷入了精神危机中。马克说的对吗？她是不是太野心勃勃了？可这种描述从来不适用于男人——正像女人再瘦也没有人会责怪一样，男人再野心勃勃也没有人会责怪。男人永远不用在他的野心和情感生活之间做抉择。

她的头脑中再次出现了那个她不愿意想的想法——马克没有权利替她做出决定。

但是她爱马克。不管怎么说，她爱马克。有一句她爸爸常说的话在她耳畔响起：你到底想要什么——要正确还是要快乐？正像马克所说的，她现在是合伙人了。她已经得到了她想要的。一切良好，她所需要做的，就是等着她的感觉追上现实。

她需要找个人谈谈，她相信丹·斯旺，他太痴迷于自己的爱好了，不会偷奸耍滑。

“很高兴你成为合伙人了。”他对她说。

“谢谢，并且感谢你和乔斯林支持我。”

“还有吉姆。”

“吉姆？斯威特曼？吉姆·斯威特曼投我的票了？”那种恍如梦中的感觉又出现了，她简直要对这种感觉习以为常了。

“嗯，是的。”

“为什么？”

丹看上去吓了一跳。他怎么知道为什么呢？“因为他认为你很优秀吗？”

“好的，丹，谢谢。我得走了。”

她径直去了吉姆的办公室。

“吉姆，你为什么要投我的票？”

“并向你问好。”

“对不起。你好。”她坐下了。“那么你为什么要投票给我呢？”

“因为我认为你是这个职位最合适的人选。”

“不是讨厌小子吗？”

“我很尊重里奇，他是个很好的代理人，只不过没你优秀。他那个企业赞助计划让别人都动了心，但我认为——至今仍认为——书并不是合适的媒介，因为书不够性感。我也许错了，但我认为，他承诺的那几百万赞助永远也不可能化为现实。”

“我明白了。好的，谢谢。”她起身要走，但又坐了下来。“吉姆，我们曾经是好朋友，但那天晚上在‘马车和马’酒店，你说过我不能诱惑你后，情况就变得有些古怪了。以后会怎么样？”

一种似曾相识的感觉——她以前曾经进行过这样的谈话。是什么时候呢？紧接着她想了起来：那是和马克谈的——就是那次谈话促使马克说出了他爱她。噢，基督啊……

吉姆看上去很尴尬。他在椅子里挪动了一下位置，然后很不自然地大笑起来。“好吧，我最好还是告诉你。我对你心里有点儿芥蒂。你要明白，乔乔·哈维，你不是一般的出色。”

呸，她心里在说。呸，呸。

“但我现在已经克服了。过去三个月，我一直在和一个很不错的姑娘约会。”

呸，她心想。呸，呸。唉，在他眼里，她只是人类的一员。

“她非常好。我非常——”他在寻找着合适的词汇——“喜欢她。”

“太好了，祝你幸福。”

回到乔乔的办公室

她脑子中不知哪里咔嗒了一声，突然之间，她明白了自己别无选择了。

不过，值得试一把……

她对马诺伊说：“这个星期剩下的时间，我需要你每天晚上都加加班。”

“做什么？”

“这是个秘密。”她凑近了他。“如果你敢说出去，我就宰了你。”

“好吧。”他克制着自己，而她感觉有些不忍，她不该动不动就吓唬他，可他太容易被吓住了。

“我需要我所有作者的电话号码。”

“为什么？”

“我刚才跟你说什么来着？”

杰　玛

自欧文甩了我后，让我极其意外的是，我的精神垮了。尽管我认为这样很傻，但第二天我开车上班时，一路都在哭，到了公司我仍然在哭，晚上回到家里我还在哭。第二天，我又把这套程式一毫不差地重演了一遍。就仿佛我又完全回到了十五岁。

当安东甩了我时，情况大不相同——那次我感到痛苦和扭曲，像是变了个人。但这次，我没有骂欧文浑蛋，也不会幻想着要他回来。我连试一试的念头都没有。他的离去没有激起我的愤怒，而是打开了一个悲伤的盒子。

我给科迪打了电话，他带我出去喝了次酒，悉心地安慰了我。

"我从来没把他当回事，但假如欧文真是我的真命天子怎么办？"

科迪轻蔑地哼了一声。

"真命天子可能以各种模样各种身材出现！通常你意识不到他就是你认识的某个人。有个女人就是在去澳大利亚的船上认识她的真命天子的，但她那时是去澳大利亚找另一个男人的，她到那里时，发现那个男人只顾着自己，这时她意识到，船上的那个男人才是她的真命天子……"

"什么女人？你说的是谁？"

"妈妈知道的某个女人。"

"亲爱的上帝呀，她在听莫琳·霍根浪漫的建议。这就好比跟奥萨马·本·拉登学开飞机。"

"现在没有任何人和我一起分享对安东的幻想了。"

"你说什么？"

“我们一起编故事，洛娜会回到欧文身边，而安东会回到我身边。现在洛娜和欧文复合了，可我……我……”一段长长的停顿，我拼命克制着一波泪水。“没有人。”

“你和你的男朋友花时间在一起……你再说大声点儿，我没听错吧？……你们在一起幻想你回到你以前的男朋友身边。天——呐！”

“并不像你说的那样，我们在互相安慰。”我擦的眼泪实在太多，竟然发出了讨厌的声音，我并不想这样。“我太喜欢欧文了，现在我非常非常想他……”又一股泪水涌出了我的眼眶，顺着我的脸颊流下。真不应该啊……

科迪饶有兴趣地看着我。“仁慈的上帝呀。可你所做的一切就是战斗。”

“我知道。我知道这没有任何意义。”

“你上次像这样哭，是在什么时候？”

我努力回想着。是在爸爸离开时？那会儿我几乎一滴眼泪也没掉。是在安东离开时？不，也不是，那会儿哭得和现在不一样。那时我闭合了心扉，憎恨起所有人来。我因为忧郁和焦虑而变得严厉刻薄，根本没法大哭出来，直到今天，这种刻薄也没有真正离我而去。

“我不知道。也许从来没有像这样哭过。噢，上帝呀，科迪，我是不是有些神经质了？”

任何其他人都会说：“嘘，嘘，嘘，别犯傻了，你只不过是有点儿心烦。”但科迪不是这样。他一本正经地说道：“有什么事情要发生，这是肯定的。什么迟来的事情。转移转移注意力吧，只好如此了。”

“我想，还不如痛快地发泄一下呢。”我忍住了呜咽，说道。

“也许，”他半信半疑地说道，“不过，最好别当众发泄。”

“谢谢，科迪。”又一阵带着讨厌的噪声的痛哭攫住了我。当我终于又能说话时，我说：“你很有帮助，对你自己来说。”

当我想取消到安提瓜度假的计划时，我又哭了，当他们不肯退还我的钱时，我哭得更厉害了。“你的保险单中并没有你的男朋友回到他昔日的女朋友身边这样的条款。”旅行社的女士对我说。

“到处都有带血的枪眼。”我说着，放声大哭了起来。

“你为什么不去散散心呢？”

“我不能。我没有心思坐飞机。”

由于这位女士同情我，她破了规矩，说我不一定非得损失这笔钱，等我“感觉好些”之后，可以预订钱数相同的其他旅行。“我知道你一定认为你永远恢复不过来了。”她抢在我前面说道，“但是你会感到意外的。”

我成了一个烦人的人。我遇到什么事都哭。我故意哭。我租伤感的影视光盘来看，那些影视剧，除非你是铁石心肠你才会不哭。晚上外出泡吧时，我会逮住别人强迫他们听我的悲惨故事。在我们公司的圣诞联欢会上（我们公司的圣诞联欢会不得不在一月开，因为十二月时，我们作为聚会策划人，都在忙着组织其他公司的联欢会），我喝醉了，哭得一塌糊涂，不得不被提前送回家。我想一定是发生了这样的事。

就连我正在做的工作也让我伤心。我在办一件不寻常的事情——马克斯·奥尼尔，一个才二十八岁的年轻人，得了绝症，已到了最后阶段，他雇我策划他的纪念仪式。起初我很感动，很高兴他选择了我。（不过弗朗西丝和弗朗西斯可并不高兴。弗朗西丝曾嘟囔道：“他是不大可能成为我们的回头客了。”）每次我见到他，给他拍那些他叮嘱朋友们不要为他难过的录像，或者一起计划“晚会”需要准备的饮品，我都会大哭着离开。

在所有这些像是泪囊切开术的事情进行当中，我去见了一次约翰尼。在和马克斯进行了一次特别令人难过的会面之后，我开车路过药店，突然心血来潮，就停车走了进去，想寻找情感安慰的冰淇淋。在互致新年问候之后，他问：“我能为你做些什么？”

我根本没想这个问题。“哦，啊……一根葡萄糖棒。还有——这是什么？外科纱布？好的，也来一包。”

“你确定要买这个吗，杰玛？”

“不，不，不了。就买葡萄糖棒吧。”

甚至在我试图付款后（他当然没让我付，“看在上帝的分上，这只是一根糖棒啊。”）我仍然没走。

“最近怎样？”他问。

“很好，”我却用痛苦的语调说着，“爸爸回来了。你兄弟怎么样了？”

“很好，他很快就要回来工作了，我的生活也将重新属于我自己了。你的书快出来了，是吧？”

“五月份出来。不过机场免税店要先上市一些。大概是在三月的什么时候。”

“你一定很激动。”

“嗯。”

“我等着看它呢。”

“我争取给你弄一本免费的。”我担心他在书中读到他自己的那份忧虑已被我的悲伤冲刷掉了。

最终他问了——好像我并没有引诱他——“还有，嗯，你的非男朋友怎么样了？”

“哦，已经全部结束了。他回到了过去的女朋友身边。我们非常友好的分手了。”

我的眼里充满了泪水，虽然还没丢人到放声大哭，但也足以让约翰尼递给我一张纸巾了。唉，他有一屋子纸巾呢。

后来，当我回到家，舒舒服服地躺在床上回想时，才意识到他递上纸巾那个友好表示促成了我随后的荒唐之举。我擦着眼睛，听见自己说道：“你知道，也许咱们什么时候应该一起出去喝一杯，就你和我。”

我仰起头来听他回话。*我当真说了那样的话吗？*

随即我看到了他的脸。你也一定想看看吧。他看上去当真受了侮辱。

“噢，上帝呀，对不起，”我说着，快步走了出去。“我非常抱歉。”

我钻进了汽车，捏碎了那根免费的葡萄糖棒。爸爸回来了，我却比以前还要疯癫了。

我没想到，生活就要发生一个大变化了。

事情始于乔乔的一个电话。

“喂，有一个全新的消息，”她说，“我接到了一个叫做爱康的制片公司的电话。他们有兴趣购买《追逐彩虹》的电视剧拍摄权。他们非常喜欢这本书，但他们没钱。不过他们和BBC谈了合作拍摄。安东说——”

“安东？”

“是的，安东·卡罗兰。嘿，他是爱尔兰人，你也许认识他。”

“我认识他。”

电话里一阵停顿。“我只是在开玩笑。但你认识莉莉，所以你当然认识他了。”

“我在认识莉莉之前就认识他了。”但我并不真的想告诉乔乔这些事情。我只是太吃惊了：安东想要我的东西。我这里居然有安东想要的东西。即使在我最精心编织的梦幻里，我也从来没想到这样的情境。我回想起三年半前，我因为失去了安东几乎想自杀。那时候我那么痴迷地想念他，全然软弱无力。生活是多么疯狂啊。我屏气凝神，追问道：“乔乔，再多告诉我些情况。”

“我已经把我知道的都告诉你了。他们没钱，但BBC有钱。所以，从理论上讲，你应该感兴趣。”

“我当然感兴趣。”

“我会告诉他们的。这种事需要花时间，你别太着急。一有情况我就会通知你的。”

“可是——”

她挂了电话，我呆呆地瞪着话筒，震惊得不知道接下去该做什么事了。安东！完全出乎意料！想要我的书！

乔乔说他的公司叫爱康，我立刻到网上搜索起来，简直不敢相信居然搜到了：他们的财务状况一塌糊涂。一份商业杂志上新近有篇文章说，爱康这一年多都没拍出好片子，也没挣到钱，如果他们不尽快改变这种状态，他们就得关门了。看来《追逐彩虹》是他们救命的稻草了，或者起死回生，或者呜呼哀哉，就在此一举了。也许我猜错了，但我要是没猜错，该怎么办呢？安东到底有多想要我的书呢？很久以来第一次，我对他和莉莉产生了怀疑。莉莉的新书折了戟，我想她最近一定不大高兴。也许安东受够她了，也许他想跳船了。

我该怎么办呢？我不知道。我是该让拍摄权的事情通过正式渠道进行呢，还是我直接和他联系？毕竟，我们是老朋友啊……

接下去的两天，我脑子里什么事也没想，就在琢磨这件事，实际上，我太全神贯注了，居然都忘记了哭。

这时乔乔又打来了电话。“杰玛。你现在说话方便吗？我有建议给你。”

“别的建议吗？请讲。”

“我已经决定了，”她的声音听上去很激动，“我要自己单干了，我希望你跟着我。”

这个幸运的家伙，我也想这么干呢，建立自己的代理机构。但是我喜欢我在她们目前这种组织结构中的状况。

“你怎么样？愿不愿意跟着我？”

我完全没有考虑过这情况。可这是帮我搞来了六万英镑的人啊。我为什么不跟着她呢？“算我一个吧。还有别的什么作家跟着你？”

“米兰达·英格兰、内森·弗雷、埃蒙·法雷尔……”

“还有莉莉·赖特？”

“我还没来得及跟她说，不过，是的，我希望是这样。”

“即使她最新这本书市场表现不大好？”实际上是灾难性的。最新一期《图书新闻》上又有一篇文章谈到这本书的失败，达尔金·埃默里公司因此蒙受了巨大的损失。该公司不再和她签约了，那篇文章还暗示，她如果再能得到合同，那简直是奇迹。

“这本书得到的评论很不错。”乔乔说。

是吗？我可是一条也没看到啊。

乔　乔

星期五早晨

乔乔看了一眼《图书新闻》，她成为合伙人的消息登出来了，于是她走进马克的办公室，递给他一封信。他看着信问："这是什么？"

"我的辞职信。我要走了。"

马克看上去很不耐烦。"乔乔，看在上帝的分上……你现在是合伙人了，这难道不是你想要的吗？"

"那只是因为我的男朋友走了后门。"

"如果你的男朋友一开始就做了正确的事，把票投给你，他就不用走后门了。我非常抱歉。"

"你做了你认为正确的事。"

"别这样，"他乞求道。她吓了一跳，意识到他也许会哭。"你需要有个工作。"

"我有工作。"

"为谁工作？"

"为我自己。我要自己创业了。"

马克厌倦地哼了一声，介于大笑和叹息之间。

"我必须这样，马克。我不能留在这里了。在我没有通过正常渠道成为合伙人后，我怎么还能和甘特一起工作？这绝不可能。而我也不可能到其他代理公司工作，等着这同样的侮辱再次发生了。"

他疲倦地笑了笑，然后问："乔乔，咱们怎么办？你和我？你要独立创业，是靠个人能力和专业身份吗？”

真滑稽，直到这时，她还没有真正想好怎么办。她看着他，看着他那可爱的面庞，对她来说如此熟悉、如此英俊的面庞，她想着他们彼此之间的浓情和爱意、他们的友谊、他们对未来的憧憬、他们可以共同拥有的孩子、他们的同事之谊、他们总是在一起分享并想在老了以后继续分享的智力刺激。

“是的，”她说，“结束了，马克。”

他点了点头，好像他已料到会听见这样的话。

随后，第一次，也是最后一次，她做了她在工作时间从来没有做过的事情：她拥抱了他。她把自己紧紧地贴在他颀长的躯体上，希望能够记住对他的感觉、他的味道，还有他的体温。她狂热地拥抱他，想把他刻进自己的记忆中。然后，她走了。

乔乔在清理办公桌时，心想电影里的人在离职时，手边马上都会有很多纸板箱，能装上东西很快离开，那些纸板箱是变出来的吗？她没有多少纸板箱，她可是个从来不养盆栽植物的人，可现在多需要纸板箱啊……

李普曼·黑格公司的走廊里，人们都在悄悄议论：乔乔把办公桌腾空了，她要干什么？

她的电话响了，她心不在焉地拿起了话筒。是米兰达·英格兰。

“乔乔，我一直在想……”

乔乔顿时从头凉到了脚。

“你的新公司没有对外版权部，是吧？”

“还没有，但是会有的。”

“你也还没有媒体部，是吧？”

“但也会有的。”

“乔乔，既然我一年都写不了书了，我需要海外销售的收入。德国付我的版税差不多和英国一样多。而且电影拍摄权也能带来很多钱。”

“米兰达，是谁和你联系了？是里奇·甘特吗？”

“谁也没有！”

“他给了你什么条件？”

“什么也没有！”

“更低的代理费率？是吗？百分之九？百分之八？还是百分之七？”

米兰达停顿了一会儿，不情愿地承认了：“百分之八。而且他关于媒体部和对外版权部的说法也是对的。”

马诺伊风风火火地冲到她面前，手里举着一张纸，上面写着：“杰玛·霍根来电话了。紧急！”

“米兰达，我给你百分之七，而且我将在三个月内建立媒体部和对外版权部。”

“我再考虑考虑吧。”

杰　玛

我刚开完一个会，正开车往回走时，我的手机响了。我按了接听键，一个男人的声音传来："请问是杰玛·霍根吗？"

"是我。"

"我是李普曼·黑格文学代理公司的里奇·甘特。"

乔乔公司的人。"你好。"

"杰玛，我喜欢你的书。"

"谢谢。"为什么是他给我打电话呢？

"你可能还没听说，你的代理人乔乔·哈维已经决定离开李普曼·黑格公司自己单干了。"

"是吗？"

"她一个人，将没有对外版权部，也没有媒体部。我想《追逐彩虹》可以拍一部很好的小电影，但乔乔在她的新机构里，是没法帮你做这件事的。"

"是的，但是……"

"听我说，为什么不继续跟李普曼·黑格公司合作呢？我们还有几位非常优秀的代理人，我本人就愿意为你做代理。而且我是合伙人之一。"

我告诉他我要考虑考虑，然后马上给乔乔打了电话。她正在接电话，于是我告诉她的助理这事很急。她立刻打了回来。

"乔乔，有个叫里奇·甘特的人刚刚给我打了电话，说你没法办理对外版权，他想为我做代理。你说怎么办？"

"他也给你打电话了？我刚刚递交了辞呈，他就已经试图偷走我的所有客户了。”她的声音有些愤慨。“简直像是他妈的《甜心先生》[①]在这儿上演了。”

在她上一次电话中，她让我感觉成立一个新的代理机构是件很了不起的事，但这次我听出了她内心的恐慌。出于某种原因，她不得不辞职，她正拼命想抓住客户，以帮助她打开局面。

一阵震惊之后，我突然意识到，有个难以置信的机会落在了我膝头。乔乔需要客户——如果我提出只有她不带上莉莉，我才跟着她，她会怎样呢？对乔乔来说，我比莉莉有价值得多：莉莉的写作生涯正日薄西山，而我却方兴未艾。

没有代理人，莉莉的写作生涯就完蛋了，我可以促成这件事情。而安东需要我的书的拍摄权——为了挽救他的事业，他准备付出多大牺牲呢。安东是个极富野心的人，至少三年半前是。

在我报复莉莉的最狂野的幻想中，我都没想到能做成这样——这是更大、更好，而且最重要的，真实而非幻想的报复。

一股全新的浪潮席卷了我。我怎么一下子变得左右逢源起来？突然之间，我惊讶地发现我生活翻身的机会来了，我将一洗多年来的羞辱，成为最终的胜利者。我看到了自己拥有的力量，我因此而头晕目眩。我不知道莉莉是否也看明白了这形势。

我得去趟伦敦。现在是该见见安东的时候了。

---

①《甜心先生》：1997 年上映的一部美国电影，由汤姆·克鲁斯主演，讲述一个事业有成的体育经纪人由于一次良心发现，写了揭露本行业内幕的文章而被老板炒了鱿鱼，不甘心失败的他踏上了艰难的创业之道，历经千难万险最终成功的故事。

莉 莉

杰玛对我出手了。直到此前我仍然承认，我对于她有妄想狂倾向，这是我的负罪感造成的。但是这次我不是妄想。

安东仍在推进他那把她的书拍成电视剧的宏伟计划。他们还没有亲自联系，但那只是时间问题了，而到了那时，一切也就都结束了。然而，她并不满足于此，这是星期五下午米兰达·英格兰给我打了电话后，我才发现的。

“莉莉，”她说，“我一直在想乔乔的处境。她没有对外版权部和媒体部，你是不是也担心？那个叫甘特的讨厌的家伙刚才打电话——”

“乔乔的什么处境？”

米兰达大声吼道：“可别告诉我你还没听说？乔乔辞职了！自己单干了！”

我还没听说过这事。

“她和她的所有作者都联系过了，想带走他们。”

这是否意味着她不想带上我？恐慌像钳子一样夹紧了我的胸膛。

“她还想带上谁？”我问。

“埃蒙·法雷尔、玛乔丽·弗兰克、那个怪人内森·弗雷……”这么多作者她都联系了，却没有我。我不是傻子。我知道这意味着什么。接着米兰达就说出了我一直在等的话。“……还有那位新作者，杰玛·霍根。”

汗水从我的额头上奔涌而出。现在我确知为什么乔乔没有给我打电话了。很明显，杰玛说如果乔乔把我留在客户名单上，她就不跟着走了。如果我没有代理人，我的写作生涯所剩的那点儿余烬也将完全熄灭。不会有其他代理人接手我了。没有乔乔，我就完了。

杰　玛

我赶上了早晨六点三十五分从都柏林出发的飞机，从伦敦希思罗机场直接去了李普曼·黑格公司。我穿着崭新的黑色套装。是唐娜·凯伦的。不，是普拉达的。不管怎样，这身衣服使我看上去细腰玲珑，别致时尚。我是在一次大促销时买的，那次打折可的确实惠。

"乔乔——你和你的新公司怎么样了？我来投奔了。"

"太好了，你不会后悔的！"

但在我握住她伸出的手表示成交之前，我说："只是有一个条件。"

"什么条件？"

"关于莉莉·赖特。"

"莉莉·赖特？"

"我不想让你带上她。"

乔乔露出了关切的神情。"莉莉·赖特一时吸引不了读者了。如果我把她留给李普曼·黑格公司，恐怕没有人愿意给她做代理了。那就意味着她出版生涯的结束。"

我耸了耸肩。"这就是我的条件。"

乔乔看着我思考了一会儿。我从她眼睛里看出了尊重我的意思。她慢慢地点了点头。"好吧。不带莉莉。"

"太好了。"我摇动着她的手。"很高兴和你合作。"

在电梯里，我紧握着拳头。成功已经牢牢地掌握在我手中了。很快我就能复仇了。胜利是我的，我告诉你！是我的！是我的！

爱康公司的办公室就在三条街外，但路上我经过了一家鞋店，又买了两双打折促销的靴子，于是当我到达时，比和安东约定的时间晚了二十分钟。管他呢！我大摇大摆地走了进去，肆无忌惮地展示着我的购物包。

三年半后再见安东，有一种怪异的感觉。他还是那副模样：还是那双顾盼生情的眼睛，还是那般潇洒英俊，还是那样风度翩翩。有些东西永远是不会改变的。

“怎么样，你这疯丫头？”他笑逐颜开。“进来，坐下。喝点儿什么？坐下，你打扮得真漂亮。”

上次我见到他时，我正爱他爱得发疯。我乞求他的情景突然浮现在我脑海中，但我像挥动魔杖一样将其一挥而去。那时候安东完全主宰着我，但现在不一样了。造化捉弄人，命运本无常，这一回，非常公正地，他的未来掌握在我的手里了。

他冲我微笑着，那是一种宽宏的胜利者的微笑。“把你的书卖给我们吧，杰玛。快点儿卖给我们。书写得很不错，我们将根据它拍一部出色的电视剧。我保证，我们不会让你后悔的。”

“是这样吗？”我冷静地问道，“安东，我做了点儿调查。爱康的日子可是很紧啊。你的确需要这本书。”

这话使他显出些许羞怯来。“可能是这样。”

“不只是可能。安东，好消息是，你可以得到这本书。一个子儿也不用花。”

“是吗？”

“但也有条件。”

“什么条件？”

我停顿了片刻，以营造些紧张气氛。“莉莉怎么样了？”我问道，“你们俩相处得怎么样？”

出乎我意料的是，他垂下了头——我没想到他承认得这么快，那事情一定是很糟糕了。

“不大好。”

“不大好？那就好，这将使离开她对你变得容易些。”

我原本以为他会惊慌激动，说些诸如“你在说什么呀”、“别发疯”之类的话。但他只是点了点头，平静地说道：“好吧。”

“是吗？”我追问道，“是吗？那么简单？你要是打算把事业放在她前面，你就不可能很爱她。”

“我不爱她。我根本不爱她。我从来没爱过她。这一切全是错误。我刚到伦敦时，感到很孤独，错把友谊当成了爱情。接着她就怀孕了，我哪里还能离开？但是我后来读了你的书，真是你的风格，使我想起了你是个多么好的姑娘，还有我们过去一起分享的大笑。今天见到你，穿着这么可爱的普拉达套装，我毫不怀疑你才是我一直所爱的。”他站在窗前，凝望着颜色像稀粥一样的伦敦天空。“我早就知道和莉莉在一起是个错误。自打她用伯特·雷诺兹式的毛囊移植弥补了她头上的秃斑后，我就知道了。”他重重地叹了口气。“我那时就该离开，但她的毛囊感染了，她不得不看病、吃抗生素，这又弄坏了她的肚子。那时候我要是离开，又会有负罪感……”

我停顿了。不，这样不好。幻想不再起作用了。我不能为了毁掉莉莉而去伦敦向乔乔和安东提条件。我简直要对自己——自封的复仇者——失望了。在爸爸离开科莉特后，想去他们公司的停车场取笑科莉特是一回事。但是这种复仇式的幻想——现实中真的有人会去做吗？

也许你真的非常特别，你才会去做。不管复仇与否，我不是那样的人。我曾经是那样的人吗？还是我原谅莉莉了？

即使我能够强迫自己去和乔乔、安东谈判，他们也可能或者大笑，或者叫我滚蛋。

如果一个女人要靠帮助某个家伙启动事业来俘获他的心，那她得有多么可怜啊？这就好比是收买人心。

乔乔还在我的手机那端，等着我的回答。

我说：“乔乔，别担心，我会跟着你的。只是有一件事，既然你提到了《甜心先生》……”

我打开了小汽车的收音机，寻找着黑人打击乐。埃米纳姆，这个可以。我把音乐声开到了震耳欲聋的地步，吼叫道：“乔乔，为了开开心，你能不能大喊一声：‘让我赚大钱。’”

她犹豫了一下，显然没有这个心情。“噢，这到底是为什么？**让我赚大钱。**”

“祝贺你，”我说着，刮了刮耳朵。“你仍然是我的代理人。”

乔　乔

吉姆·斯威特曼的办公室

“吉姆，”乔乔问道，“你的新女朋友，你对她是认真的吗？”

他看上去很意外，甚至是怀疑。“是的，是的，我想是的。”

“没有可能为我而改变主意吗？”

他小心翼翼地答道：“我并不想冒犯你……”

“我可以把这理解为‘不’了？”

“嗯，是的。”

“太好了！”

“什么？”

“我想给你提供一份工作。”

“什么？”

“是的，做我的媒体主管，我不想要你的任何讨厌的情感纠纷来坏事。现在，你认为争取奥尔佳来打理我们的对外版权部，可能性有多大？”

“乔乔，我——你看！不——”

“你考虑考虑吧，”她说，“股份均摊。咱们必将大赚。”

她起身要走，他在她身后大喊道：“乔乔，我还有别的事想跟你谈谈。”

“什么事？”

“我不知道你是否仍然感兴趣，但杰玛·霍根的书，叫《追逐彩虹》吧？爱康公司正在和BBC还有克洛伊·德鲁谈交易。”

“我当然感兴趣。杰玛仍然是我的作者。”

“午饭时我刚听说，克洛伊发生了严重的可口可乐和酒精中毒，已经被送去治疗了。我打了好多电话才证实。”

“不会吧？”

“很遗憾，乔乔。”

“这交易吹了？”

“当然吹了。克洛伊是关键人物，没有她，BBC 根本不愿意谈。可没人愿意跟一个酒鬼合作，哪怕是个前酒鬼。保险公司也不愿意搭理她了。”

莉 莉

有趣的是，米兰达·英格兰打来电话后还不到一个小时，乔乔也打来了电话，解释说她将自己创业，请求我继续做她的客户。我又恢复了勇气，问她为什么此前没给我打电话，她说她的其他作者都在合同期当中。“我需要弄清他们愿不愿意跟我走，看看有什么事情需要处理。”

而我恰恰相反，一清二白，没有合同需要乔乔操心。“但是如果你决定再写一本书，”她说，“就交给我，看看咱们能做些什么。”

当天晚些时候，安东听说克洛伊·德鲁身体出了大问题——传言说是跟酒精有关。她是《追逐彩虹》的关键人物，没了她，BBC 就没兴趣了，这笔交易顿时胎死腹中。

我应该高兴才是。安东和我的关系安全了，不是吗？

非常不幸，不是：安东和杰玛——至少是她的书——擦肩而过，却将安东和我关系上出现的干腐现象展现得一览无余。

而且，安东在生意上的冒险又一次以惨败告终，这一事实使我确信，和他一起生活，我们在财务上就永远得坐翻滚过山车。我不能再这样活着了。我有责任让埃玛过上安稳的日子。

那天晚上，我去伊琳娜漂亮的新公寓看望了她。我们先是谈化妆品和皮肤保养，但谈话的间隙，我抛出了试验气球：“安东和我将要分手了。”

大多数人都会大叫：“什么？你和安东？你们俩疯了？你们刚刚走出了一段倒霉日子！”

然而伊琳娜只是若有所思地吐出了一大口烟，耸了耸肩说：“这就是爱情的本质。”

她那异常的悲观情绪是被我的遭遇激起的，但反过来又激发了我的悲观情绪，使我对自己生活的方方面面都感到非常不满。她住所的环境，恰好使我看清了我究竟有多倒霉。在这里，你绝无可能轻快地生出任何虚幻的乐观情绪，不可能藏起丝毫的无望之感——在伊琳娜的房子里，这不可能，她不会支持的。我听见自己说：“我得给埃玛和我找个住的地方。”

“我有两间空卧室。你可以到我这儿来住。瓦西里不常到伦敦来。感谢上帝。他想要的就是性交。”她似乎意识到自己说了些什么，于是稍微改变了些语气。“不过，等你见到他，你会喜欢他的。”

这是一套漂亮的公寓房，我很受诱惑。但我的脑海中突然浮现出这样一幅场景，埃玛和我卷进了俄罗斯黑帮的争斗，我们俩都被胶带绑在厨房的椅子上，几个长着大胡子、穿着磨砂皮夹克、名叫列昂尼德或鲍里斯的男人用刀威胁着我们，逼我们说出人在哪里、钱在哪里、公文包在哪里。

伊琳娜看穿了我的心思。“瓦西里做的是合法生意。”

“是吗？”我记得她曾经暗示过瓦西里涉及非法活动。

“他是个罪犯。”她的声音听上去有些不耐烦了。“他当然是个罪犯。但不是黑手党。”

哦，那就没问题了！

而且我还有其他选择吗？去滴露堂？对埃玛的负面影响恐怕比用胶带绑在厨房椅子上还要糟得多。就算住一家小客栈也比去滴露堂强。

于是，从伊琳娜发出邀请的那一刻起，就像是骰子已经掷下了。

乔　乔

星期五晚上，马诺伊帮乔乔把她的纸板箱搬上了出租车。

“我真不敢相信你要走了。”他的声音发着颤。

“别像个女孩子似的，”她说，“等我正常运转起来，我就请你过去。”

戏剧般的辞职给她带来的快感已经渐渐消散。一切都发生得太快了——星期二她才刚刚开始给作者们打电话，试探单飞是否可行。现在才只是星期五啊。

整个星期她都在反复考虑挑战体制这种想法。她将成为超越男性至上的社会等级的人。正是这种社会等级观念激怒了她，使她相信自己做的是正确的事情。但当她看见马诺伊颤抖的下巴时，她也一下子回到了这一星期都处于的梦幻状态，心想：我都做了些什么呀？

她走出了李普曼·黑格公司，再也不回去了。意识到这一点，就像是有一个十磅重的沙包正从高处向她砸来。

不回去了。不回到她那报酬优厚的合伙人位置上了。也不回到马克身边了。

而使这一切发生的正是她自己。

乘车回家的路上，她像是做了场噩梦。她在做些什么呀——她已经做了些什么呀——对她自己？

她的手机响了。她看了眼显示屏——是马克——就让它自动滚到了短信服务。到了公寓后，她把纸板箱扔在了地上，看到座机电话的灯在闪。已经有留言了？

第一条是吉姆·斯威特曼的。“乔乔，我很感谢你向我发出邀请，但我将留在李普曼·黑格公司。”可恶，她想。那么，怎么办呢？她得另外找个人打理媒体了，好在还有奥尔佳。不错，在乔乔向她发出邀请时，奥尔佳的确没有答应。她只是坐在那里，一副惊呆了的表情。但她也没说“不”，到了现在，乔乔便认为，那就意味着“是”。

第二条留言是马克的。“你是好样的，我要这样评价你，你几乎让我信服了你做得对。但是你这样做没有任何必要，乔乔。我已经撕毁了你的辞职信，星期一还是来吧，就像平常一样，一切都会恢复正常的。你现在是合伙人了，乔乔。至于你和我，你是我生命中最重要的人，你是我认识的最重要的人，咱们得一起解决问题，乔乔，咱们必须这样，因为其他选择是不可想象的——”

就在这时，留言的时间用完了，但下一条留言也是马克的，他继续着刚才的话，就好像从未被打断过似的。“一切都好说。你和我，乔乔，我们可以克服一切障碍的。我们可以克服任何障碍。你可以恢复你过去的工作，可以做合伙人，可以得到任何你想要的东西。只要你说想要，你就可以得到——”

总共有六条他的留言。

周末她是和贝姬及安迪一起度过的。

“因为你想和爱你的人在一起。”安迪开门时，同情地说道。

“不，因为我敢打赌，马克会在半夜造访我的公寓，不停地按蜂鸣器，直到我让他进来。”

“喝杯葡萄酒，把你的脚架起来，暂时忘了这一切吧。”贝姬抚慰地说道。

“不了，”就在这时，她的手机响了。她看了看显示屏，不是马克，这回不是。她按了“接听”键。

“你好，内森·弗雷！是的，我先前打过电话。我，嗯，想知道有没有一个叫里奇·甘特的给你打过电话，提出，嗯，一些更优惠的条件？”

乔乔拿着手机去了前厅，她在那里一边踱来踱去，一边滔滔不绝。她回来后，一屁股坐在沙发上，像崩溃了一样。“是内森·弗雷。好像甘特给我所有的作者都打了电话。至少是所有大牌作者。看来这个周末我得尽量挽救损失，争取劝他们回头了。”

她的手机又尖利地响了起来，她俯身看了看显示屏，随即兴高采烈地说道：“哇，埃蒙·法雷尔先生，好久没联系了，你好吗？”

她又去了厅里，她那焦躁的脚步与不断上升的声调很不合拍。然后她回来了。“耶稣基督啊！这真是场噩梦！甘特提出了超级低的代理费率，那样他根本挣不着钱。他完全是出于恶意，就为了毁掉我。”

她的电话又响了。

“别接了。”贝姬恳求道。

“不行。”但是她看了显示屏后，立刻把手机扔回了桌上，就好像它着了火一样。“又是马克。”

手机不停地响着，声音越来越大，越来越执著。三人面面相觑，都感到这声音很恐怖。终于，响声停了，空气中回荡着仿佛在对他们表示怜悯的寂静。

“把手机关了吧。”贝姬乞求说。

“亲爱的，我很抱歉，但我不能。我还有……”她用手指数着数儿。“……八位作者的电话要听。当我发现甘特的意图后，我给我的主要作者都打了电话。他骗他们说，我如果单飞的话，将会多么不堪。我必须得随时能接电话，才能让他们放心。”

手机又刺耳地响了起来，这回只有两声。

“是马克的短信。”乔乔说。

“你要接电话吗？”

“不要。他就是想说他爱我，我们可以一起解决问题。”

“而你不打算这么做？”贝姬问，“我是说，解决问题？”

乔乔粗率地摇了摇头，但是当她的手机又响起时，她跳了起来。

她审视了一会儿来电号码，把手机递给了安迪。“你愿意接一下吗？”

“又是马克？”

“不是他的电话号码，但我感觉是……”

安迪声音洪亮地说道：“喂，马克吗？”

“他肯定是用公用电话打来的，真是鬼鬼祟祟的。”乔乔对贝姬说。

安迪的电话只接了很短的时间就挂断了。

他说：“马克站在你的公寓外。刚才的一个半小时他一直在按蜂鸣器。他说他将一直待在那里，直到你让他进去。如果必须的话，他整个晚上都待在那里。”

“那他可得等很长时间了。”她声音很大，心情却很糟。她并不想要他这个样子的。

整个周末和接下来的一星期，她的电话都不消停，但都是些她不愿意接的电话。她的辞职在出版界引发了轩然大波——可想而知。她是在宣布她成为合伙人的那天辞职的——为什么？传说很多。比如：她发现里奇·甘特是她十二岁时生下来但放弃抚养的私生子（这是一位专门出传奇故事的编辑的说法）。她和奥尔佳·菲舍尔是同性恋人，但奥尔佳移情别恋里奇·甘特了（这是“悍女出版社”的什么人的说法）。她和马克·埃弗里有私情，但马克没有投她的票，后来又蹬了她（这是伦敦出版界绝大多数人的说法）。

但是比赤裸裸地想满足好奇心的人更糟糕的，是她的作者们的电话。星期二下午，米兰达·英格兰打来了电话。她正式宣布，她将投奔里奇·甘特。乔乔感觉就像是挨了棒球棒重重的一击。

星期三，玛乔丽·弗兰克同里奇签了约。星期四，凯瑟琳·佩里、伊吉·吉布森、诺拉·罗塞蒂和保拉·惠勒都跳了船。星期五，一个惊险小说作家三人组也走了，他们都是常销书作家。

每当一名作家离开，她作为独立代理人的成功机会都会减少许多。

贝姬一遍又一遍地说：“你为什么不回去？你完全可以回去做你的合伙人。合伙人啊，乔乔。”

“我绝不和那个父系体制同流合污。”乔乔从莎娜那里学到了“父系”这个词。她喜欢这种说法。每当有人想说服她回去工作时，她都会使用这个词。“我已经了解了这些情况，太伤害心灵了。”

但是回去工作实在是太诱人了。

而且这段时间她不停地遭受着马克的信息轰炸。夜以继日，他写电子邮件、发短信、写信、送花，还送了一盒祖马龙的糖果。他给她的座机打电话，也给她的手机打电话，还在她的公寓外徘徊。有两个晚上，他喝得酩酊大醉，不停地按她门上的蜂鸣器，每次都超过了三个小时。他站在街上冲着她的窗户大喊大叫。她的邻居纷纷抱怨他，并威胁他再这么干就要报警了。其实她自己也可以叫警察来，但一想到这主意，她就觉得像是把柠檬汁浇在了牡蛎上。她不能这样对待他，那就他妈的太悲哀了。

但是比马克胡来的时候更糟糕许多的，是他清醒的时候。他发来的信息都在重申李普曼·黑格公司一个合伙人的位置仍在等着她；只要她愿意，任何时候都可以和他重新一起生活。耶稣基督啊，这太有诱惑力了。

他说得最多的话是："想要什么就说吧，乔乔，你都可以得到。"

但是她想要的东西并不能得到，那就是重写历史：她想要马克投她的票，而不是投里奇·甘特的票。

这真是奇怪——她知道自己生他的气，即使没有生气的感觉；虽然她像失去了手足一样想念他，但她绝不能回去。不管发生了什么事——而她也还没想明白到底发生了什么事——他们的关系都已经被玷污，无法修复了。这件事只好这么完了。

令人惊奇的是，尽管他千方百计地悄悄接近她，却从来没能和她搭上话，也没能见到她。是的，这使她坚定自己的信念变得容易了些。她怀疑假如他们见了面，她会崩溃的。目前看来，回到她旧生活的安乐窝，实在是太可怕太糟糕了，她在那里有爱有安全感，那样的诱惑很难抵御。

星期一上午

这是她作为独立代理人的第二个星期一。她充满信心，充满希望，仿佛自己就要苦尽甘来了。

电话响了。是内森·弗雷的妻子打来的，说内森的新代理人是里奇·甘特。

他—妈—的。

她只剩下一名大牌作者了：埃蒙·法雷尔。

她决定给奥尔佳·菲舍尔打电话。一个星期过去了，她还没听到奥尔佳说什么时候过来为她工作。

"你好，奥尔佳。你给我发过通知吗？你什么时候过来为我工作？"

"别这么没耐心。我当然没给你发过通知。"

"喂，你也许跟我说过，"乔乔热切地说道，"我还以为你会过来为我工作呢。”

“但是，但是我亲爱的丫头啊，这主意不明摆着太荒唐了吗……我到底为什么要……唉！”奥尔佳气哼哼地挂了电话。

星期二，只有两个名气较小的作者离开了。

然而星期三却是令人崩溃的一天。

当她打开电脑时，埃蒙·法雷尔的一封邮件已经在等着了。他说他找到了新的代理人。乔乔把前额抵在了电脑屏幕上。就是这样了，她最后一位大牌作者也走了。

接着电话响了：是马克。每天上午大约这个时候，他都要给她留下一条狂热乞求的语音留言。但是今天他的语气不同了。像是很正常。

“乔乔，”他说，“从现在起我不再打扰你了。我很遗憾咱们没能一起把问题谈开。对我来说，再没有什么事情比这更遗憾了。我们距离圆满就差一英寸了。我们几乎就要达到圆满了，但我知道我栽在了哪里。祝你一切顺利。我说话算数。”

他咔嗒一声挂断了电话。乔乔几乎感觉到构成自己电话的每个分子都松了一口气，这段时间它实在是太辛苦了。

这可不是马克为了诱她回去而施的又一条诡计。她知道他的处事方式。他认为自己话已说尽，却没有达到理想的效果。于是他要退出了。游戏结束了。

这正是她想要的结果。她从来没打算过再回到他身边。

但是，这时她仿佛跳到了自己身体之外，她看到在这个二月份星期三阴冷的早晨，她独自一人坐在公寓里，好朋友们都走了，而事业一片荒芜。

想到这里，乔乔放声痛哭，哭得那么狠，那么长，最后她在镜子里简直认不出自己了。当她把脸沉进一盆冷水中想缓解一下红肿时，她突然想，不如就这样一直埋在水里，溺死算了。在她有生三十三年来第一次，她想到了死。

然而这念头只持续了半秒钟。

这时她想明白了。同事？谁需要他们？作者？嘿，有的是。另一个马克？也有的是，只要她愿意的话。

莉　莉

一个多星期以来，我一直确信安东和我已经结束了。我把这念头藏在心底，这是一种可怕的想法，就好像明知自己枕头下有一件杀人武器——经常为此而不安，但却迈不出第一步。

我对我们不合拍的确信，又因我自己的经历而加重。我曾经体验过这样的境遇，倒不是在我自己的人生中，而是在和妈妈爸爸一起时。我知道最悲惨的事情的确在发生，而且每天都在发生。安东和我曾以为我们是特殊的人，某种程度上可以不在乎爱的艰辛，但实际上，我们与普通人没什么两样，只不过是又一对大限来时各自飞的鸟儿。

然而，当我说出我要离开时，安东的反应却让我深深地吃惊。我本以为他和我有同样的想法：我们都知道缘分已尽，只是各自在做各自的事情，等待着合适的时机。自我们搬家以来的几个星期，我们彼此很少说话，我真心地以为我们的关系已经名存实亡了。我坚信他会默默地让我离开，只是悲伤地承认，我们没能一起解决问题很令人遗憾，但是在这样的境况下我们还能在一起这么久，已经是个奇迹了。

但他像发疯了一样。

那天晚上当埃玛上床后，我拿起遥控器，一句话没说就关掉了电视。

他惊讶地看着我。“你干什么？”

“伊琳娜说埃玛和我可以到她那儿住一阵子。我想我们早晚得走。明天怎么样？”

我本来还打算说几句他可以在方便的时候随时来看埃玛之类的话，但我根本没能说出口，因为他发怒了。

“你在说什么？”他紧紧抓住了我的手腕，抓得我生疼。“莉莉？”他质问道，“莉莉？你说什么？”

“我要走了，”我弱弱地说道，“我以为你知道呢。”

“不。”他的样子看上去可怕极了。

他恳求我，乞求我。他从我的包里拿走了钥匙，还用后背顶着门，尽管我其实并没打算当时就走。

“莉莉，求求你了，”他哽咽着说，“我请求……我乞求你三思而行。”

“可是安东，这段时间我什么也没做，就在想这件事情。”

“至少睡觉时不去想吧？”

“睡觉？好几个月了，我连一天晚上都没睡过好觉。”

他用手刮着嘴，嘟囔着什么咒语；我听见有“祈求”和“上帝”等词。

“你认为我们再这样下去结果会如何？”我问。

“我想情况会好转。我觉得情况正在好转。”

“可是我们之间已经没话可说了。”

“因为我们失去了房子，发生了这么可怕的事情。但我想我们正在绝地反击。”

“我们不是在绝地反击。我们永远不可能反击成功。我们不应该再在一起了。这事从一开头就是错误，注定不会有什么好结果。我们早就知道是这样。”

“我不这么看。”

“你总是看光明的一面，但现实却是，我们在一起全是灾难。”我提醒他。“你看看，我们把我们的生活弄得何其糟糕。我们曾经挣来了很多钱，但我们全挥霍了。”我说的是“我们”，但我真实的意思却是：“我挣来了很多钱，你却全给挥霍了。”我不用说得那么明白，他不是傻子，他应该听懂了。

“我们很不走运。”他坚持说。

“我们妄自尊大，奢侈铺张，愚蠢荒唐。”（说的是你。）

“就因为我们用了所有人都认为会来的钱买了套房子？这能算奢侈铺张吗？这只不过是常识碰上了坏运气。”

“在我看来，这是鲁莽加冒险。”

他紧紧地倚在门上。“这是因为你的经历，你爸爸失去过家里的房子，给你留下了恐怖的阴影。”

我什么也没说。也许他说得对。

“你生我的气。”他说。

“绝对没有，”我说，“我希望我们最终能做朋友。但是安东，我们在一起真的不好。”

他看着我，满脸悲伤，我垂下了眼睛。“埃玛怎么办？”他问，“咱俩分手对她可不好。”

“我这样做就是为了埃玛。”我突然发怒了。“埃玛是我最最重要的宝贝。我不想让她像我那样长大。我想让她安安稳稳的。”

“你生我的气，”安东重复道，“非常生气。”

“我不生气！但是你如果非要坚持说我生气的话，我也许会生气的。”

“我不是责怪你生气。把事情搞得这么糟，我恨不得一枪崩了自己。”

我决心不听他的话。他说什么并不重要，他改变不了我的主意。安东和我的缘分已经彻底到了头，我的确感到我们有必要分开了。我们在一起，都走狗屎运，除非我们纠正一开始就犯的错误：我从杰玛那里偷走了他。

当我把这话说给他听后，他又爆发了：“你这是迷信。事情根本不是这样的。”

“我们再也不能在一起了，我一直认为这样的结果是灾难性的。”

“莉莉，可是莉莉……”

“无论你说什么，做什么，都无所谓了，”我说，“我要走。我必须要走。”

他像泄了气的皮球，沉默了良久，然后又说：“如果你真的要这么做，我能提一个要求吗？”

“什么要求？”我小心翼翼地问道。我确信他还没有大胆到提出什么形式的性要求作为永别礼物。

“埃玛怎么办？我不想让她看到这情景。在你……”他停顿了一下，然后哽咽得几乎说不出话了。“打包……的时候，能不能……让别人照看她一下。”

他开始不出声地哭泣起来，泪流满面。我惊讶地看着他。这件事怎么会让他这么震惊呢？

“当然。我会请伊琳娜来带她走的。”

然后我上了床。这次谈话比我预期的要艰难得多，但晚谈不如早谈。我听见他也上了床，在黑暗中把他的头枕到了我的背上，小声地说：“求求你，莉莉。”但我躺在那里一动不动，身体僵硬得像只螃蟹，直到他把头移开。

早晨，我给伊琳娜打了电话，她来了，以一种类似同情的表情向安东点了点头，带着埃玛走了。然后我试图说服安东出门。我不喜欢他在这里，四处游荡，哭丧着脸，跟着我从一间屋子转到另一间屋子。他目光紧随我的动作，就好像在看色情片。我一点儿也不喜欢他这样，而他那显而易见的悲哀表情更让我感觉不快。他看着我打了三个包，拒绝递给我任何东西，还说：“这件事，我不能搭一把手。”但是当我奋力想把一个旅行箱从大衣柜顶上搬下来时，他咕哝道：“看在上帝分上，别伤着自己。”然后帮我把它摇晃了下来。

“等我真的要走时，你不在这儿，也许要好些。”我建议道。

但是不行。他一直不停地劝我留下，直到最后一分钟。甚至我都坐进了出租车，他还说：“莉莉，这只是暂时的。”

“这不是暂时的。”我正视着他的眼睛。我必须让他明白这一点。“请适应这种生活吧，安东，因为这是永久的。”

然后车就开走了，带我奔向了新生活。我知道这听上去很是残酷，但自我认识他以来，我第一次感到了干净。

好久好久，我一直对杰玛怀有一种令我非常苦恼的负疚感。现在从这种负疚感中解脱出来，我感到了一种甜美的宽慰，而且几乎是在我离开安东的第二天，生活便开始改善了：我立刻找到了工作——通过一家代理机构，我可以作为自由写手，在家里给公司写文案——这正是我所需要的好兆头。

伊琳娜的公寓又大又安静。上午埃玛在操场上玩和晚上她入睡以后，是我的工作时间。如果我需要在下午工作，我也不缺保姆：爸爸和波比是常客，埃玛和伊琳娜相处得也很亲密。我想埃玛的四分之一斯拉夫血统与伊琳娜有呼应，而伊琳娜则认为埃玛圆圆的小脸是展示倩碧最新产品的最好地方。我试图制止伊琳娜，但我没法带着激情来乞求她，或者带着激情来做任何事情。

我喜欢我的新生活。宁静，无事，没有大起大落。在静静的楼梯平台上，我从来没见过任何邻居。似乎整座楼里都没有住人。

甚至难以形容的天气都在加剧我的麻木。没有颜色的天空，柔和、静止的空气，都使我对外界缺少反应。我们有时步行去附近的摄政公园，但我什么感觉也没有。

我也没有希望再进行任何创作了。在经历了一连串的退稿后，我没有什么可写的了，而且我很满足于写新闻发布材料和宣传传单等。我没有宏伟的计划，没有远大的目光，我所想要的就是平平稳稳地过日子。我很享受生活的平庸。直到前不久我的生活中还充满了热闹喧嚣——写小说、推销书、买房子——我很高兴现在就只剩下些鸡毛蒜皮的小事了。

安东有一件事说对了：我生他的气，因为他太不珍惜钱了。但是既然我离开了他，这就好像我的气是对别人生的了；我知道我有气，我也知道这对我有影响，但我却感觉不到了。我所能感到的，就是掌握自己命运的快乐。

也不是每天都轻松愉快。也有些令人不快的时候，比如伊琳娜的俄国朋友卡佳来访时。她带着一个漂亮的棕眼睛男婴，才六个月大。他叫沃伊切克，看上去甚至有点儿像埃玛。这让我意识到安东和我永远不会再有其他孩子了。埃玛的弟弟妹妹已经在另一个平行的宇宙中了，但我们永远不会相见了。这使我内心开始有些难过了，但还不等悲伤把我完全淹没，卡佳就会说到埃玛：“这孩子皮肤真好。”于是我的注意力就会被转移。伊琳娜是不是又给埃玛抹什么东西了？比如柔肤紧致润肤露之类的？她太喜欢那种润肤露了，对于所有人，她都以传道般的热情，非要给抹上不可。是的，伊琳娜曾经粗鲁地承认，她给埃玛抹了“几乎可以说没有”的一层柔肤紧致润肤露。在我继续追问下，她又承认她还用了些蜜粉。我一愤怒，反倒忘了悲伤。

日子一天天过去了，所有的日子似乎都可以互换，因为都平淡无奇。我一次也没有深思过未来，除非是为了埃玛。我经常观察她，留心她有没有什么机能障碍的迹象。尽管她还没有充分经受撤尿训练，但她晚上已经不尿床了。

有时候她听见伊琳娜用钥匙开门的声音，会睁大眼睛，喘着气说：“是安东？”但除此之外，一切都很正常。

她一向是个勇敢坚强的小家伙，也许她强健的体格也预示着她情感上的坚韧。我不得不承认父母分离的生活显然没有让她感到震惊。但我担心她太“内向”了。到了十三岁的时候，也许一切问题就都要暴露出来了，她或许会到商店里偷东西、吸毒、脾气暴躁。

让我欣慰的是我做出了我认为对她最好的选择。我知道做一位母亲，意味着经常要体验负罪感。

尽管她没有和安东住在一起，她却经常能见到他。大多数日子，他下班后都会带她去公园。星期六她则和他一起过夜。他头几次来时，因为伤心而目光凄凉，我不忍看他，就央求伊琳娜来接待他把埃玛领走再送回来。让我感激不尽的是，伊琳娜答应了。这样的安排很奏效，直到我离开他大约三个星期后，有一天晚上，伊琳娜恰好不合时宜地上了厕所，我只好自己开门去接埃玛。

“莉莉。”安东见到我，似乎很吃惊，正如我见到他也很吃惊一样。他一向很瘦，但在我没看见他的这几个星期里，他又变得憔悴了。这倒不是因为我自己容光焕发得该拍写真照了。（假如不是伊琳娜对她的那些柔肤紧致润肤露大手大脚，我都想换张脸了。）

埃玛从我身边跑过，进了屋里，几秒钟后，我就听见了《森林王子》开头的曲调。

“我没想到能见到你……”安东说，“你看……”他在皮夹克里摸索着，掏出了一封信。信皱皱巴巴的，还有磨损，看来在他口袋里待了好几个星期了。他定期会把我的邮件带过来，但我知道这封信不一样。“这是我写的。我想亲手交给你，以确保你收到。你现在不想看，但也许有朝一日你会想看的。”

“好吧。”我生硬地说道，不知道该怎么办。我想看这封信，但直觉警告我不要看。我因为看见他而剧烈地颤抖了起来，连忙说了声再见，就把门关上了。然后我走进我的卧室，把信放进了抽屉里，等着忘掉它。

我站在二楼我的窗前，当我看到安东走出楼门后，我身体的每一部分都仍然能感觉到我的心跳。在伊琳娜接待安东时，我从不允许自己哪怕偷偷地瞄上他一眼，然而今天规矩坏了，我一直在看着他。他走上了人行道，离前门几码远了，这时他停住了，他的肩膀开始剧烈地上下晃动起来，好像他在大笑。我盯着他，像是被戳到了伤口的痛处，心想，他到底笑什么呢？和他面对面，让我极度地心烦意乱起来，难道他觉得这很好笑吗？这时，随着一阵可怕的顿悟，我明白了他不是在笑，而是在哭。整个身体都在颤动着哭。我惊骇地后退了几步，一瞬间我觉得悲伤简直要杀死我了。

我用尽了那天晚上剩下的时间，还借助四分之一瓶伏特加，才恢复了平静。但是随后我又感觉良好了。我明白这样的事不可避免是痛苦的。安东和我曾经相爱，我们一起生了个孩子，自我们相识的那一刻起我们就是彼此最好的朋友。结束这样珍贵的关系必然是残忍的。但在将来的某个时候，痛苦会消失，安东和我将成为朋友。我只需耐心即可。

我知道有朝一日我的生活将彻底改变：充满感情，充满朋友，充满欢笑，充满色彩，是一种与今天几乎完全不同的崭新模式。我完全确信有一天我会有另一个男人，生更多的孩子，做不同的工作，有一个正常的家庭。我不知道怎样从今天所过的一穷二白的生活，过渡到我想象的丰富多彩的生活。我所知道的就是，那种生活肯定会来。不过现在还在很远很远之外，发生在另一位莉莉身上，我不着急。

我是如此被动，对于伊琳娜在让出房子和照顾埃玛方面这般令人惊讶地慷慨大方，我甚至都没有歉疚感。在正常情况下，我会非常局促不安的。我会千方百计地尽快搬走，每当我打开房间里的灯时，我都会感觉自己是个可怜的揩油者。我写文案的稿费时有延误，有时我会向她借钱，我对此甚至丝毫没有不好意思过。她总是二话不说就把钱给我，只有一次，在我轻松悠闲地从公园散步回来后，我说："伊琳娜，我从自动取款机里提不出钱了。你能先借我一点儿吗？等我下次收到稿费后就还你。"

她答道："你怎么会没钱呢？你上星期不是刚收到一张大额支票吗？"

"我得还你的钱，然后又给埃玛买了辆三轮车，所有其他小女孩都有三轮车；我还得给她理一个小探险家朵拉式的短发，所有其他小女孩也都理着小探险家朵拉式的短发……”

“结果你现在没有钱给她吃饭了。”伊琳娜说。然后她又狡黠地补充了一句：“你恨安东花钱大手大脚，你自己也够大手大脚的了。”

“我从来没说我不是啊。我忍不住要花钱，我从小就是这么长大的。但这只是说明安东和我多么不相配。”

她叹了口气，指了指一个饼干筒。“你自己拿吧。”然后她又递给我一张明信片。“你的信。”

我奇怪地看了看明信片，画面上是三只灰熊站在河里，背景是松树和大自然。看上去好像是加拿大的景色。最大的一只熊嘴里叼着条巨大的鲑鱼，其次大的熊正从河里捞鱼，最小的熊用爪子抓住了一条还在蹦跳的鱼。我把它翻过来，说明文字写的是“灰熊在河堰上”。但有人——是安东的笔迹——划掉了这正式的说明文字，用笔写道：“安东、莉莉和埃玛在享用鲑鱼大餐。”令我无比意外的是，我听见自己大笑起来。

他还潦草地写道：“想念你们俩。献上我全部的爱，安”。

这张明信片充分洋溢着安东的精神。幽默、机智和疯狂，我愉快地想着，这是幸福回忆的开端。我终于可以回想和他在一起的日子，而不致感到难过了。

整整一天我都很高兴。

没过几天，又一张明信片寄来了，这回是伯特·雷诺兹，蓄着大胡子，一副令女人倾倒的神情。安东写道：“我看见了这个，就想起了你。”我又一次大笑起来，并且憧憬起未来。

我开始盼望起明信片来。很快又寄来了一张，是一个绘有中国式线条画人物和茶具的花瓶。说明文字写着：“描绘明代茶道的花瓶”。但是安东划掉了说明文字，写道：“约1544年，在经历了一天艰辛的购物后，安东、莉莉和埃玛在品茶。”当我再看画面时，甚至感到画中人物旁边有购物袋。

我扭头对伊琳娜说：“我一直在想，安东今天来看埃玛时，我觉得我能亲自应付了。”

“太好了。”

那天晚上当我给安东开门时，他甚至都没显出吃惊来。他只是大叫了一声："莉莉！"好像他看见我很激动。

他比我上次见到他时好了许多，不再是憔悴枯槁。他那容光焕发、生气勃勃的气质又恢复了。显然他在好转，我们都在好转。

"伊琳娜去哪儿了？她没出事吧？"他问。

"没有。只是……你知道……我正好方便，现在该是……安东，谢谢你寄来那些明信片，它们太有意思了，逗得我大笑起来。"

"太好了。我很高兴能见到你，因为我想给你这个。"

他递给我一个信封，这使我想起了被我放进内衣抽屉的那封没读的信，不禁有些歉疚起来。"这是什么？"

"钱，"他说，"很多钱。我现在又重新拍广告片了，钱又滚滚而来了。"

"真的？"这正是我想看到的我们一分手经济状况就好转的最终迹象。

"给你和埃玛买点儿好东西吧。我在报上看到悦木之源又出了新香水——别忘了给你自己也买点儿东西！"

他的眼里又重新闪烁出光芒，我感到自己体内有一股巨大的爱的洪流涌向了他，我差点儿就拥抱了他。这次我克制住了自己，但我知道用不了多久，我们就可以像朋友一样拥抱了。

杰　玛

我本以为我永远克服不了失去欧文的痛苦。我没有兴趣多想这件事。我甚至对自己处于一派悲惨的状态感到颇有些高兴。于是有一天早晨，当我突然发现自己感觉当真很好时，我仿佛幡然醒悟了。实际上，我过了好一阵子才确认了这种情绪，因为它太陌生了。

突然之间，我从不同角度看待起欧文这件事：该是他回到自己的星球——年轻人的星球——的时候了，洛娜在那儿等着欢迎他回家呢。

我也打算承认这件事发生的时机是多么有意思：就在爸爸回家的当天，他和我分手了。这就好像他恰好是在我需要他的时候，被派到我这里来了。我通常不相信有一位仁慈的上帝（实际上我通常都不费心去想到底有没有上帝），但这件事使我怀疑起也许真有上帝。我不再专注于我有多么想他，而是对我曾经拥有他而心生感激。

是的，我仍然有时候会掉眼泪，仍然有时候会无端发火，但让我不敢相信的是，我的确在发生变化——这就像患了一次二十四小时感冒。当你在剧痛中时，你觉得这病肯定会折腾很久，但第二天你一觉醒来时，简直不敢相信一切都恢复了正常。

为了探讨一下我的这个令人困惑的状态，我请科迪一起去喝了几杯。值得赞扬的是，他也认为我变了。

“我发誓再也不哭了。”但是上次我也这么说过。

“为保险起见，咱们还是到郊区找个地方吧。”他说。一个小时后，在布莱克罗克一个没名气的小酒吧，我坦白了我新近发现内心已经平静了。

“那你还有什么问题？”

“我担心自己太浅薄了，”我说，“这么快就把他给忘了。上星期，甚至两天前，我还难过得一塌糊涂呢，现在我却感觉良好了。我想他，但我不觉得伤心了。”

“你把一年的眼泪都哭干了。不管怎么说，让你伤心的不止他一个人。我跟尤金谈过你的问题。”

“哪个尤金？”

“尤金·弗朗。”他是爱尔兰最著名的精神病专家之一，经常上电视。“他说你的反应的确不正常，因为你也在为你爸爸难过。”

“可我爸爸回来了呀。”

“是的，正因为如此，你难过起来更安全了。”

“真是胡说八道。”

科迪耸了耸肩。“我同意。我也觉得他说的全是废话。我宁肯相信你的确是太浅薄了。”

我根本没能和安东一起把《追逐彩虹》拍成电视剧。女演员出了点儿问题，交易告吹了。我很失望——只是因为我认为这本来可以促进书的销售，并且很有趣，特别是我可以亲自去片场，穿着暴露的衣服和女主角一起晒黑皮肤——倒不是因为我不能接近安东了。不过，我不再喝得酩酊大醉了，我发现自己的确是奇妙地解脱了。

莉　莉

我醒来时，窗外还是一片漆黑。我伸手去摸安东，却发现他不在那里，过了好半天，我才想起来发生的一切。我很奇怪。

第二天晚上我又醒了，这次发现他不在，使我流下了眼泪。自我离开他后，我一直睡得很好，比我和他在一起时好多了。我不明白为什么到了这时候，当我们如此接近于结束，几乎要准备做朋友了，却发生了这样的情况。甚至在我离开他之前，我就已经能够平心静气地对待我们的关系了。我从来没有为此伤心过，也从来没有质疑过我为什么能如此平和地处理这件事。我只是高兴我解脱了。

那么到底为什么，在我离开他两个月后，我感觉比以往要伤心呢？

第二天早晨当邮件来临时，伊琳娜只递给我一个公函信封。我问："没有别的给我的邮件吗？"

"没有。"

"什么都没有？"

"没有。"

"比如一张明信片什么的？"

"我说过没有了。"

我脑袋里突然跳出一个念头：我该离开一阵子了。

我早就该去一趟沃里克郡，看看妈妈了——自我说要去和她一起住，吓了她一跳后，已经过去太长太长的时间了。

我很担心如果我不工作就会丧失收入，但当我打开那个公函信封时，发现里面装的是一张《米米的救赎》的巨额版税支票。假如我在去年十二月份收到它，这笔钱是能够挽救我的房子的。

泪水顿时涌出了我的双眼。那样的话，我们的生活将会多么不同啊？但我擦干了泪水，承认并不会有多少不同。我了解我们。从一月份起，我们就得开始按月还款了，但挣定期收入，却从来不是我们的强项。

收到这样的支票，已经让我产生了异常陌生的感觉，这是属于我生活中非常不同的一部分的，仿佛是从消亡已久的星系传来的信息。然而，这仍然是我需要的“兆头”，这意味着我可以暂时远离工作，休息一阵子了。于是我给妈妈打了电话，告诉了她这个好消息。

“你们打算住多久？”她问。她是担心吗？

“几年，”我说，“几个月。先别倒吸凉气，大约一星期。怎么样？”

“好的。”

我开始打包。在我内衣抽屉中几层衣物之下，我又看见了安东那封皱巴巴的信。它躺在一个胸罩里，我看着它，几乎期望它移动起来。我心里很痒痒，想打开看看。但我没有，而是捏起了它的一个角，把它扔进了废纸篓。几个星期前我就该这么干了。

然后我开始把行李装进汽车（伊琳娜把她的新奥迪车——也是瓦西里送她的礼物——借给了我）。行李大多是埃玛喜欢搂抱的玩具。

那是一个晴朗的春天的早晨，沿着高速公路开车感觉真爽，就好像我把危险都甩在了背后的伦敦。我们出发还不到两个小时，就拐出了高速公路。“咱们快到了！”但紧接着，“哇！”我轻松快活地左右打着轮，却正赶上一辆装满水泥柱的大卡车，以每小时十五英里的速度，在我们前面轰隆隆地开着。道路太窄，又弯弯曲曲，很难超车。“反正咱们已经到乡下了，埃玛。没必要太快了。”埃玛表示同意，于是我们一起唱起了《巴士上的轮子》。

我们高唱着“嗖，嗖，嗖！”跟在那辆卡车后慢慢地爬行着。突然——就像看电影一样——卡车在路面的一个凸起处跳了一下，水泥柱从锁链中脱落了出来，像众多保龄球瓶一样四下飞落。有的像下雨一般向我们砸来，有的从地上弹起来也飞向了我。你甚至都没时间惊讶一下。有一根柱子从我们的挡风玻璃前飞过，就像是变魔术一样，窗玻璃立刻变成了不透明的盾，向内跌落下来。有些碎片弹到车顶上后，也砸向了我们。我眼前什么也看不见。我的脚踩在煞车上，但车仍在移动。不知什么时候，我们停止了歌唱，我心里像水晶般清楚，我们要死了。我将和我的孩子一起，毁灭在沃里克郡的一级公路上。我们毫无心理准备……

我的眼睛在后视镜里看到了埃玛，她看上去很迷惑，但并没有惊慌。她是我的孩子，可我却没能保护她……

车还在滑行。似乎很多年过去了：埃玛上了学，经过了青春期，有了第一次对怀孕的担心，这时我意识到车速减慢了下来。这就像是在做梦，你想跑，可是腿不听使唤。车闸已经踩到了底儿，但车却没有反应。

终于，车停了下来。我坐了一会儿，简直不相信四周居然静止了下来。然后我回头看了看埃玛。她伸出了手。她的手上扎着什么东西。“玻璃。”她说。

我钻出了车子，我的腿很轻，似乎飘浮着一样。我把埃玛从儿童椅中抱了出来。她似乎也很轻。她那小探险者朵拉式的头发里散布着好几百粒碎玻璃碴——她的头在车后窗上钻出了一个洞来，但奇怪的是，她好像并没有受伤。我好像也没有受伤。我哪儿也不感觉疼，而且我们两人都没有流血的迹象。

卡车司机吓得语无伦次。“噢，天呐。”他不停地说着，“噢，天呐。我还以为我杀死了你们，我还以为我杀死了你们。”

他掏出手机打了个电话——我愣愣地想，是求救电话——我站在那里，抱着埃玛，看着被砸毁的小汽车和横七竖八地散落在路旁的水泥柱。我感到很急迫地需要坐下，于是把身子降低，落在我站在草地边缘却毫无知觉的腿上，然后把埃玛拽向我。当我们并排坐在路边后，我突然明白了，我一点儿伤也没有并不是因为我运气好得离奇，而是因为我实际上死了。我拧了拧自己的胳膊。我觉得有些感觉，但不敢肯定。于是我又拧了埃玛一下，她奇怪地看着我。

“对不起。”

“噢，莉莉，”她说，“你玩得好开心。”

那天真的很冷——我能看见自己呼出的白气——但我感觉很舒服：头晕

目眩，好像空气很稀薄，但又非常宁静。我把埃玛揽入怀中，脸颊贴着脸颊，一动不动，好像我们在摆姿势照相。我听见远方传来了警报器的声音，接着一辆救护车飞奔过来，车上跳下来几个人，向我们跑来。

就是这样，我心想。他们就是这样把我已无生命的躯体抬上了担架，系上了皮带，而我是飘浮在十五英尺高的半空看到的这景象。我不能确定的是埃玛是不是也死了。

一道细长的手电光射进了我的眼睛里，一只血压计系在了我的胳膊上，人们问着我愚蠢的问题。今天是几号？首相叫什么？谁赢得了超级偶像大赛？救护车上的医生，一个爱安慰人的中年人，看着我被砸得皱皱巴巴的小汽车，面部抽搐着说："你实在是太幸运了。"

"真的？"该我说话了，"你是说我们还没死吗？"

"你们没死，"他肯定地说道，"但你被吓蒙了。别做任何鲁莽的事情。"

"比如什么事？"

"我也不知道。比如任何鲁莽的事情。"

"好吧。"

我们被送进了医院，经检查，健康状况令人惊讶地完美。然后妈妈来了，把我们接到了她家：在一片农业社会边缘的一座风景如画的小村里一幢田园风光的小村舍。妈妈的花园周边的草地上有三只对我们爱答不理的绵羊，还有一只小羊羔，像个快乐的傻子一样蹦来蹦去。

作为城市姑娘的埃玛，头一回看到真正的羊，眼睛里直放光芒。

"坏狗，"她冲它们喊道，"坏狗！"

然后她学起了狗叫——学得很像——绵羊们聚在了门口，毛茸茸的脑袋挤在一起，表情很温顺。

"进来吧，"妈妈对我说，"你被吓得很厉害，你需要躺下休息。"

我不愿意离开埃玛，甚至都不愿意把目光从她身上挪开，因为我差这么一点儿就失去了她。

但是妈妈说："她在这儿很安全。"不知怎么的，我相信了她。片刻之后，妈妈就把我安置在一间有木头柱子，饰有玫瑰图案的房间里了。我瘫倒在一张铺着平整的棉布床单的沙发床上。这里的一切都显得干净、芬芳和安全。

“我得去收拾收拾伊琳娜的小汽车，”我说，“我得和安东联系。我还得再带埃玛去医院，检查一下她是不是真的没大事。但是首先，我得睡上一觉。”

我一觉睡到了第二天早晨。当我睁开眼时，看见妈妈和埃玛在屋里，埃玛咧着嘴，现出了她那标准的甜瓜式的笑容。

我说的第一句话是：“我们昨天没死。”

妈妈瞪了我一眼，那表情是“别当着埃玛说这话”，然后她问：“你睡得怎么样？”

“很好。半夜里我上了趟厕所，但我并没有撞上大门柱，损伤视神经，以致在我的余生中眼里都是重影。”

“你爸爸正从伦敦赶来。他要亲眼看到你摆脱了死神的魔爪。但我们不会复合的，”她很快地补充了一句。每当她见到爸爸，她都要对我这么说。“我也给安东打了电话。”

“别让他来。”

“为什么？”

“因为我不希望发生任何鲁莽的事。”

她脸上现出了悲哀的神色。“你和安东实在是太可惜了。”

“是的，”我承认道，“但至少我从来没看见他穿着红色束胸衣和黑袜子，对着我的梳妆镜手淫。”

她皱起了眉。“你到底在说些什么呀？”

我也皱起了眉。“没什么。我只是说这样的事情从来没发生过，这有多好。否则我们相处还会困难得多，因为我每次见到他，没准儿都会大笑。”

“你刚才说没有撞上大门柱，又是怎么回事？”

“我就是高兴这种事没发生。”

一片阴云爬上了她的脸。她把埃玛拉到她怀里，说：“咱们一起烙薄饼，好不好？”

她俩去了厨房。我慢慢地穿上了衣服，坐在阳光灿烂的窗边椅子上，哼唱起歌来，直到我听见那辆已开了二十年的捷豹车轧轧地在沙砾路上行驶着，知道爸爸和波比从伦敦赶来了。

妈妈看着爸爸从车里出来，转了转眼珠。“正像我所预料的，他满脸泪花。他老是这么感情夸张，实在是讨厌。一点儿意思也没有。”

她打开了前门。埃玛看见波比，激动得哽咽起来。俩人手拉着手跑开了，不一会儿又会打破很多东西。爸爸伸出双臂把我揽入怀中，抱得那么紧，我也开始哽咽了。

“我的小丫头啊，”他说，他的声音都像是饱含着泪水。“我一听说这事，就什么也干不了了。你实在太幸运了。”

“我知道，”我使劲从他怀里挣脱了出来，喘了口气。“仔细想一想，我一生都很幸运。”

他看上去有些迷惑，但因为我刚与死神擦肩而过，他有责任逗我笑。

“你想想啊，”我说，“我长这么大，夏天喝听装的可口可乐，还没有一次遇见有大黄蜂钻进去蜇我。我也还没有一次遇见过敏式休克，舌头胀得像橄榄球一样。这难道不幸运吗？”

妈妈看了一眼爸爸。“她不停地说这样的话。为什么，莉莉？”

“就是为了找话说。”

接着我们陷入了令人尴尬的沉默中，反倒更加清楚地听见埃玛和波比折磨绵羊时欢快的叫喊声。（“坏狗。脏狗。”）妈妈看了看喧闹声传来的方向，然后把头缩回来，突然问道：“你现在在想什么？”

“没什么！就是我多么高兴我的脚趾甲全都长对了方向。如果有向内长的脚趾甲，一定很痛苦。而移除它们的手术听说很可怕。”

妈妈和爸爸相互对视一眼。（“脏狗。长毛狗。”）

“你应该去看看医生。”妈妈说。

我不应该。我只是被大难不死后袭来的一阵感恩之情攫住了。我努力解释道：“昨天，我和埃玛有那么多种方式可能死去。我们可能被水泥柱击中，我可能把车开到沟里去，因为我什么也看不见，也可能撞上前面的大卡车。结果这么多可能性我们都避开了，使我想到所有可能发生的可怕事情实际上都没有发生。此时此刻即使对我来说不是一切顺利，我也感到很幸运了。”

他们的脸一片茫然，我继续说道：“昨天晚上我梦见我背着埃玛穿越一片荒地，巨大的石块突然从天而降，正砸在我们背后，而在我们刚刚迈过的地方，地上也裂开了缝。但埃玛和我都毫发无损。恰好在我需要的时候，一条通向安全地带的道路自动地在我脚下生成。”

我说完了。他们的脸上仍是一片茫然。

最终爸爸开口了：“也许你脑震荡了，亲爱的。”他转向妈妈说，“看看我们对她做了些什么呀。这是我们的错。”

他滔滔不绝地讲起了他的宏伟计划，他要带我去哈雷街[①]，因为那里的医疗条件最好，但是妈妈给他浇了瓢凉水。“请别再说这种废话了。”

“谢谢你，妈妈。”他们中至少还有一个人理解我。

但是妈妈又补了一句：“本地的医生就很好了。”

我想隐瞒这种想法，然而却不能。这次就像我被强暴那次一样，只是结果恰恰相反，如果你明白我的意思的话。那时候我看到的，全是可能发生在人类身上的可怕的事情。而这回我看到的，全是没有发生的坏事。

我想，这个世界是个安全的地方。生活是低风险的活动。

第二天，爸爸很不情愿地回伦敦去了——德布斯迫切需要他回去，大概是去开一罐果酱什么的——这里只剩下了埃玛、妈妈和我。天气很好，我的情绪也很好。我想我也许会因为没有耳鸣或者没患麻风病而突然大喜起来。

我两眼放光地对妈妈说：“没得痛风，是不是件很幸福的事？”

她厉声说道：“是的，正是！”然后拿起电话叫了医生。

洛特医生是个头发卷曲的青年男子。不到一小时后，他出现在我装饰着玫瑰花纹的卧室。“你们觉得有什么问题？”

妈妈替我做了回答。“她和情人散了，她的事业毁了，可她还感觉非常

①哈雷街：伦敦的一条街，众多名医在那里居住、出诊。

快乐。是不是？”

我表示同意。是的，她说得都对。

洛特医生皱起了眉。“这就让人担心了。”

“很可担心，”他继续说道，“但并不一定是病的迹象。”

“我差点儿死了。”我说。

他看了看妈妈，质疑地扬了扬眉毛。

“不，跟她无关。”我介绍了车祸的情况。

“啊，”他说，“这很正常。你的身体经历了这样的意外，却仍然活着，你的肾上腺素一定急剧地飙升了。这就是你兴奋的原因。别担心，这状况会很快过去的。”

“很快我就会重新感觉抑郁了？”

“是的，是的，”他肯定道，“还可能会比以往更抑郁。你可能会经历所谓的‘肾上腺素崩溃’。”

“哦，这我就放心了，”妈妈说，“谢谢你，大夫，我送你出去。”

她把他送进了他的萨博牌轿车，他们的说话声从窗户里飘了进来。

“你确定不需要给她开些药吗？”我听见妈妈问道。

“开什么药？”

妈妈的声音听上去有些迷惑。“比如和抗抑郁剂效果正好相反的药。”

“她什么病也没有。”

“可她实在是让人无法忍受。我还担心她这么兴奋，会对她的小女孩产生什么影响。”

“就是那个冲绵羊嚷嚷的小女孩吗？她心理上好像也没受到什么伤害。而且，坦率地说，在受了这样的惊吓后，她妈妈还能这样乐观、豁达，对她是再好不过了。”

我感觉自己握紧了拳头，以示胜利。对埃玛的担心一直像是我鞋里硌脚的小石子。现在——纯粹是出于偶然发现——我在做着最有益于她的事，真让我大喜过望。

“别担心，”洛特医生向妈妈保证道，“莉莉的兴奋很快就会过去的。”

“那我们只能等吗？”

“她是位作家，是吧？你为什么不劝劝她把所有这些都写下来呢？至少她如果写的话，就不会老说了。”

他的话还没说完，我就伸手抓过了一支笔和一个笔记本，写道：“格蕾丝醒来时，发现又一个晚上，没有一架飞机撞上她的房子。”我觉得，这样开头很不错。

接下去的一段也是如此。格蕾丝冲了个澡，没有被烫伤；吃了碗牛奶什锦粥，没有被坚果噎死；用电热壶烧了壶水，没有被电死；把手伸进抽屉里，没有被刀子划断血管；离家出门时，没有踩在一颗苹果核上，滑倒在飞驰的小汽车前；在上班路上，她坐的公共汽车没有撞车；在工作场所，她没有因为打手机而患上耳癌，也没有什么重物从天而降砸到她——写下所有这些，还不到早晨九点！而我已经想好了书名，就叫《美丽人生》。

写完这本书，用了不到五个星期。这段时间埃玛和我就住在了妈妈家，我一天十五小时坐在妈妈家的电脑前敲击着键盘，我的手指都跟不上从我脑子里流出来的词句。

妈妈看到我显然是沉浸在什么大事中，就承担起了照顾埃玛的责任。

她去上班时（在当地一家开放参观的豪宅中，兼职销售国民托管组织的围裙），就带上埃玛一起去。不去上班时，她就和埃玛四处游逛，捡拾春天的野花，做（用她自己的话来说）“和羊一起跑的女人”。把我解脱出来，让我把故事从人脑里输入电脑中。

我笔下的女主人公叫格蕾丝——我知道，名字起得不够精致，但总比叫她拉基[①]强——她是一个复杂的六角恋爱故事中的明星。故事的背景是所有在我们的现实生活中没有发生的可怕的事情。

第一天晚上，我把我写下的读给妈妈和埃玛听。

“亲爱的，这故事真可爱。”妈妈说。

---

①拉基：英语中“幸运”的谐音。

“脏，太脏了。”埃玛说。

“这绝对是个精彩的故事。太令人愉快了。”

“但你是我妈妈，”我说，“我需要有人不偏不倚地说话。”

“我不会对你撒谎的，亲爱的，我不是那种女人。”她又随口补充了一句，“当我坚持要你看医生时，我希望你不要认为我刻薄无情，我只是担心你。”

“我明白。”

“顺便再告诉你一声，安东又打电话来了，他迫切想见埃玛。”

“不行。不能让他来。我不能见他。我必须遵循医嘱。我也许会做出什么鲁莽的事情来。”

“你不能剥夺他看孩子的权利，特别是在她差点儿死了的时候。莉莉，请一定不要那么自私。”

我不在乎安东，却要替埃玛着想。尽管她以她特有的镇定在处理着最新的心灵创伤，但定期让她见到她父亲，对她的健康成长的确是至关重要的。

“好……吧。”我含糊地咕哝了一声，肯定像是个十几岁的小姑娘。

妈妈走出了屋子，过了一会儿后回来说：“他明天上午来。他让我替他谢谢你。”

“妈妈，今天安东来的时候，你得去接待他，把埃玛交给他，因为我不能。”

“你到底为什么不能？”

“因为，”我重复道，“我必须遵循医嘱。我也许会做出什么鲁莽的事情来。”

“什么样的鲁莽事情？”

“就是……鲁莽。我需要这种……肾上腺素飙升的状态；不管是什么，它过去后，我才能再见他。”

她很不高兴。我拉上了书房的窗帘，以免看见安东后会引发什么鲁莽冲动之举，她却更不高兴了。我让自己沉浸在格蕾丝复杂的爱情生活中，陪着她躲过一次次灾难，等待着这段时间过去。

几个小时后，妈妈走了进来。我拔出了耳塞（插上耳塞是为防备安东的声音引发鲁莽的冲动），问道：“他走了？”

“走了。”

“他怎么样？”

“他很好。见到埃玛很激动。埃玛也很激动，真是个黏爸爸的小女孩。”

“他问起我了吗？”

“当然。”

“他说什么？”

“他问：‘莉莉怎么样？’”

“就这些？”

“我想是的。”

“然后你们还谈了些什么？”

“什么也没谈，真的。我们和埃玛一起玩。我们戏弄绵羊。”

“他走的时候，说起我了吗？”

妈妈想了想。“没有，”她最终说道，“他什么也没说。”

“太好了。”我面对着电视屏幕喃喃说道。

“你还关心这个干什么？你都已经离开他了。”

“我不关心。我只是不相信他这么粗鲁无礼。”

“粗鲁无礼？”妈妈问道，“从一个坐在书房里，拉上窗帘，戴上耳塞的女人嘴里，居然能说出这种话。是谁粗鲁无礼呀，亲爱的？”

他第二次来时，我就没有这么心烦意乱了：他是来看他女儿的，他完全有权利这么做。正像妈妈所说的，我的孩子有这样一位挚爱她的父亲，我应该感到高兴才是。自那以后，他每隔五六天就会从伦敦过来一次。每次他来，我都依然回避。不过有一次，尽管戴着耳塞，我仍然听见了他的大笑声。就像我曾经骨折的胳膊挨了一击，我很奇怪居然还会这么疼。

有一天我抱埃玛上床，她搂着我的脖子悄悄说了句话，声音小得我差点儿没听见：“安东的味道真香。”埃玛的话没什么意思，她还没有大到能说连贯的句子的地步，她只能说些非常容易的句子，比如“安东舔树”或“安东喝汽油”等，但这样的话却引发了我一种强烈而久违的渴望，我真想号啕大哭。

我不得不重新搬出曾经帮助我度过了分手的最初时日的一段箴言：安东和我曾经是相爱的，我们一起生了个孩子，我们从相识起就是精神上的伴侣。结束这样珍贵的关系当然是痛苦的，也许还将持续痛苦。

我思索着离开伦敦之前的那段宁静的日子，当时我想安东和我只是一次邂逅，我们还没有达到仅仅做朋友的地步。我后来一直很惊讶很困惑：我们还一直没有接近于仅仅做朋友的地步。

白天，我继续写作，词句从我脑袋中奔涌而出。每天晚上，在安置埃玛上床前，我都要读一遍白天写下的文字。妈妈热烈地赞扬，埃玛也发出评论。（“好。”“脏。”“屁。”）我并没有经历洛特医生所预料的“肾上腺素崩溃”，但在这五个星期中，我写得越多，那种救赎感就越低。到五月初，这本书完成时，我几乎已经恢复正常了。（不过也许比车祸发生前还要更活泼一些。）

我知道《美丽人生》肯定会大获成功。人们一定会喜欢。这么说不是自大，我也知道书评肯定会大加挞伐。但也许我现在对出版已经有些了解了。我见识过人们对《米米的救赎》的反应，直觉上感到这本书也会遇到同样的遭遇。《美丽人生》的故事情节和场景一点儿也不像《米米的救赎》，但给人的感觉相同。首先，故事非常地非现实。如果要我夸它几句的话（为什么不呢？），我可以说那感觉简直是有魔力。

该是返回伦敦的时候了，妈妈很伤心，但努力在掩饰。“我倒没什么，”她说，“就是绵羊们肯定受不了。它们好像已经把埃玛当成女神了。”

“我们还会来看你的。”

“一定要来，拜托了。替我向安东问好。你在伦敦会见到他吗？那种怕做鲁莽事情的担心过去了吗？”

我不知道。也许过去了。

“愿不愿意听我几句建议，亲爱的？”

“不，妈妈，别说了。”

但她还是说了。“我知道安东花钱没节制，但跟一个不在乎钱的人在一起，总比跟一个吝啬鬼在一起要强啊。”

“你怎么知道的？谁是吝啬鬼？”

“彼得。”她的第二个丈夫，苏珊的爸爸。“让他出点儿钱简直像拔他的牙。”

我没听说过这情况。但我可能想过？也许我曾怀疑过是这样，但毕竟跟着爸爸没有安全感，我还以为妈妈喜欢这样呢。

“至少和你爸爸在一起还开心些。”她阴郁地说道。

“那么开心，你还和他离婚了。”

“噢，亲爱的，我很抱歉。但他那些可恶的赚钱计划老是让我哭，我烦透了。不过，在跟一个连厕纸能用多久都要计算的男人生活后，我已经得出了结论：宁肯一天花钱如流水，也比一千年抠抠搜搜要好。”随之她脸上又现出了担忧的表情。“但是这绝不意味着你爸爸和我就能复合。请不要产生这种错误的想法。”

埃玛和我回到了伦敦。

我对于毁了伊琳娜心爱的小汽车感到非常过意不去，就给她买了辆新的——是的，那笔刚刚汇来的可爱的《米米的救赎》的版税，还躺在我的银行账户上。然而，伊琳娜对我这样的炫富之举颇不以为然。“你根本没必要买。保险公司的人会给我买辆新车的。”

我耸了肩。“等你什么时候拿到了保险理赔支票，你再把钱还给我好了。”

“你真是乱花钱，”她冷冷地说道，“你这样做让我很生气。”

然而，尽管我买了这辆新车，她最终还是原谅了我，允许我和埃玛继续住在她那里，直到我们有新家可搬。

我一走进我的卧室，就注意到我不在期间，废纸篓一直没有被倒掉——伊琳娜显然很尊重我的隐私。见鬼。安东的信还在那里，有一个角露了出来。我看了看它，不知道该怎么办，然后又迅速地拾起了它，重新扔进了我的内衣抽屉，并为它仍然黏着我而感到不安。

在我把《美丽人生》交给乔乔之前，我决定再让什么不会拿我寻开心的人读读，显而易见的选择是伊琳娜。她用一个下午读了这本书。当她把纸稿还给我时，她的表情很冷漠。“我不喜欢。”她说。

“好的，好的。”我鼓励她继续说。

“里面有太多希望了。但是其他人，会非常喜欢的。”

“是的，”我高兴地说道，“我也是这么想的。”

杰　玛

突然之间，就到了春天，生活也是一片春光。爸爸和妈妈一起在家，我的书很快就要出来了——已经有一部分在机场卖了，现在还不知道卖得怎么样——既然我不用再对妈妈实施经济援助了，我就有足够的钱可以给信用卡还账了。我把旧车卖了，买了辆新车。这辆车男人们没欲望袭击了。

也许，最终有一天，我会像乔乔那样自己创业。但由于我的写作事业，我决定暂时什么也不做。

我生活中唯一美中不足的，是我仍然对上次在药师约翰尼那里的胡来感到窘迫，我开车时仍然要避开他的药店。但是你能告诉我这个世界上真有人能毫无畏惧吗？我看只有死人。

四月份，就在我的书正式出版之前几个星期，我最终去安提瓜度假了。安德烈娅取代了欧文。随后科迪说他也愿意去，接着是特雷弗和珍妮弗，还有西尔维和尼尔，后来苏珊说她从西雅图直接过去，突然之间我们就变成了八个人。这么一看，一星期的时间显然不够了，于是我们将行程改为两星期。

甚至在我们离开都柏林之前，就有大惊喜。在机场书店，我们七个人聚在展示《追逐彩虹》的小柜前，大声说着："我听说这是本很不错的书。""如果我是去度假的话，一定会买一本的。"这时，有一位女士买了一本，科迪抓住了她，告诉她我是这本书的作者，尽管她显然不信，但在大家的起哄下，她还是让我签了名，并且没有拒绝科迪拍下我流着眼泪签名的录像。

但我们到达度假村时，又看到一位女士躺在游泳池旁——不是都柏林机场的那位女士——正在读《追逐彩虹》。另外有六百四十七个人在读《米米的救赎》，不过没关系。我承认每次我看到有人读《米米的救赎》，都会感到一阵刺痛，但我毫无办法。

我们见到了苏珊，她从西雅图早飞来一天。接下去的两个星期，是不折不扣的狂欢。阳光非常灿烂，我们全都相处得很好，总有人陪你一起玩，但如果我们需要（那个可怕的字眼）“空间”的话，这地方也足够大。这里有一个SPA馆，三家餐厅，超棒的水上运动，还有种种名酒供我们痛饮。我做了好多次美容，戴呼吸管潜了水，读了六本书，学了风帆冲浪。我喝免费的凤梨园朗姆酒怎么喝都不醉，他们还非要把我叫回去继续喝。我们认识了好几百万其他人。苏珊、特雷弗和珍妮弗都骑了马。大多数晚上，我们都跳着蹩脚的迪斯科直到太阳出来，但是——这是最好的部分——我们第二天没有任何事情可担心。(只除了那些名牌酒。)

这个假期对我来说是个转折点。我想我已经忘记了怎样快活，但在这里找寻了回来。在我们离开前一天，坐在海滨的酒吧，听着汹涌的波涛，吹着宜人的凉风，我明白我已经从长久以来对莉莉和安东的怨恨中解脱了出来。我也不再想开车去嘲讽科莉特了。实际上我都有些同情她了，一个人带着两个孩子，生活肯定不容易，她一定是想疯了男人——这比我倒霉多了——如果她连我爸爸都想勾引的话。(恕我直言，可爱的男人，哼哼，但我说的是实话。）我甚至原谅了我爸爸。我吸进了幸福，呼出了冷静，感觉到仁慈和友善。

我看了看坐在我周围的人们——安德烈娅、科迪、苏珊、西尔维、珍妮弗、特雷弗、尼尔，还有一个来自伯明翰的家伙，名字我想不起来了，但他肯定来了，因为他和珍妮弗一起骑了马。我想，这就是我想要的：好朋友，爱和被爱。我拥有健康，有一份收入不菲的工作，有书马上要出版，有充满希望的未来，还有爱我的人们。我知足了。

我想告诉科迪我感到多么轻松和自在。

“你当然了，”他说，“你喝免费的凤梨园朗姆酒千杯不醉嘛。”(这已经成了这次假日大家的口头禅。)“不过你好像对男人绝望了，”他说，“你可不能这样啊。”

我试图解释我没有绝望，我只是要重新安排事情的轻重缓急，但我越解释越不清楚，也许是因为我喝了太多的免费凤梨园朗姆酒的缘故。但是这无所谓。幸福意味着并不一定非要被理解。

乔乔

乔乔醒了——又在思考着她每天早晨都要思考的两种想法——她知道今天必须得做些改变了。

在她离开李普曼·黑格公司后的头两个星期，生活非常繁忙。她的电话一直响个不停——作者们告诉她他们跳船去了里奇·甘特那里，马克求她回去，出版公司的人则千方百计地想打听到底发生了什么事——继而，像是轻按了一下开关一样，突然，一切都沉静了下来。这简直像个阴谋。安静充斥着周遭，倒像是把人震聋了，而时间则非常缓慢地开始过去。

乔乔发现，坐在她的起居室里，经营一个几乎没有作者的文学代理公司，简直要让人发疯。最后的震荡后，她原有的二十九名作者，有二十一名投奔了里奇·甘特，只有一些名气较小——不大赚钱的——作者留了下来。

没有钱进账——一分也没有——这使她毫不掩饰地烦躁了起来。

自从十五岁起，她还从来没体验过没工作的滋味。她感到没了收入，就好像是在没有安全网的情况下高空荡秋千。

一连十三个星期，每天早晨，这都是她睡醒后第二件要考虑的事情。二月过去了，三月过去了，四月也过去了。现在到五月初了，一切都还没有改变。

她需要新作者，但没人知道她，而且可笑的是，李普曼·黑格公司没有把任何寄给她个人的手稿转过来。

玛格达·怀亚特在《泰晤士报》上给她发了条特写，又有小股的书稿流向了她，大多数都写得很糟，但这意味着她还能在这一行运作。只不过迄今为止，还没有一部书稿能卖出去。

整天待在公寓里干等着，什么事也没发生，这种日子看来实在是太长了。出版商们不再请她去豪华餐厅共进午餐了。她也尽量回避着行业内部的大型庆祝活动，因为太有可能碰见马克了。然而，又不能完全回避，因为她必须让出版商们知道她还活着。

不过她竭尽全力地躲避着马克，因为马克仍然是每天早晨她想到的第一件事。即使现在，在她离开他三个多月后，她仍然有时候会感到痛苦得喘不过气来。

但是今天，必须做出些改变了。

她已经没钱了。她不得不卖掉手头为数不多的股票，从一份养老金计划中支取了现金，以尽力偿还信用卡透支的钱。她尽可能地做到物尽其用、勤俭节约，她有抵押贷款要还，无论发生什么事情，她都不愿意失去她的公寓。

她有两条路可以选择，但对她来说都是不情愿的——或者把公寓重复抵押，或者重新去一家大代理公司工作。在没有稳定工作的情况下，重复抵押公寓是很困难的（甚至可以说是不可能的）。所以实际上她只有一条路，但说有两条路心理上好受一些。

她头脑中的一个声音告诉她，返回曾经欺侮过她的体制就是跪倒投降；但另一个声音又说最重要的事情是活下去。她已经奋力尝试过了，聪明的姑娘知道该何时罢手。

她得吃饭，还得买手提包。

自她离开李普曼·黑格公司的消息传开后，伦敦几乎所有其他文学代理公司都曾向她发出工作邀请，她全都婉言谢绝了。实际上，她还对这些公司的人们说过，也许在不久的将来，她会为他们提供工作的。

好吧，也许她有些过度自信了。但假如她的作者们都还和她在一起，她的所有想法都是可以实现的。不管怎么说，怨恨是没有用的。她头脑中对于哪家公司最不宜效力有个名单，她将按照从高到低的顺序尝试。

她感觉有些怪异又有些伤感地拿起了电话，给她心目中排名第一的代理机构柯蒂斯·布朗公司打了电话。她想交谈的人不在，她于是留了言，然后打电话给贝姬，告诉了她自己在做什么。

“噢，乔乔！回到那个父系体制太伤害心灵了。”贝姬模仿着她的腔调说道。

“我身无分文了，还要灵魂做什么？我从来不使用灵魂。如果我不得不在灵魂和手提包之间做选择的话。我要选择手提包。”

“你是否肯定……”

电话铃响了，她以为是柯蒂斯·布朗公司的人回电话了，但拿起听筒一听，却不是。

“乔乔，我是莉莉，莉莉·赖特。我这儿有个稿子给你。我想，我是说，谁能老那么肯定呢？但我觉得你会喜欢它的，无论如何会喜欢它的。”

“你这么认为吗？好的，拿给我看看吧！”乔乔对这部稿子并不抱希望。莉莉是个很好的人，但在文学上却令人捉摸不定。自打《水晶般清澈》翻车后，她恐怕再也不可能有书出版了。

“我住得离你很近，”莉莉说，“就在圣约翰伍德街。我可以去你那儿一趟。埃玛和我很愿意散散步。”

“太好了！为什么不呢？”好吧，于是她迁就了她，但这总比告诉她不必麻烦了要好，是吧？

莉莉和埃玛来了，莉莉喝了杯茶。埃玛打破了一个茶杯，把杯子把儿挂在耳朵上，像是戴着个耳环。她们坐了没多久就走了。

下午的时候，柯蒂斯·布朗公司的那位女士回了电话，和乔乔约好本周晚些时候见面。然后，这一天就慢慢地过去了。她和贝姬通了几个电话，尽管她有白天不看电视的规矩，但仍然看了一下午电视，然后出门做了瑜伽，回家后，做了晚饭，又看了更多的电视，大约十一点半时，她决定上床睡觉。在寻找睡前读物时，她瞥见了莉莉·赖特的那叠稿子。就看看它吧。

二十分钟后

乔乔在床上坐直了身子，她的手紧紧地攥着稿子，都把它们攥出了褶皱。她只看了一小部分，但她懂行。它终于来了！这正是她一直期待的稿子，是重振她的事业的书。这是又一本《米米的救赎》，只能说是更好。她要拿它卖个好价钱。

她瞟了一眼闹钟。正是半夜。现在给莉莉打电话是不是太晚了？恐怕是。讨厌！

莉莉什么时候会起床呢？很早，是的，她有个小女孩，这就好办了。

第二天早晨六点半

是不是还太早？很可能。她强迫自己又等了一小时，然后拿起了话筒。

莉　莉

我不是傻瓜。即使在埃玛打破了乔乔的杯子把儿，像戴耳环一样戴着它之前，我就看出了乔乔并不十分高兴见到我。我不怪她。《水晶般清澈》的惨败让我们所有人都灰头土脸。

但她收下了我的新稿子，并且承诺将会“很快”读。然后我就回到了伊琳娜家，等着乔乔的电话。第二天早晨七点三十五分，她打来了。

“耶稣基督啊！”她尖叫道，声音大得隔壁屋里的伊琳娜都听见了。“咱们终于要起死回生了。你先出个价吧！咱们没必要让达尔金·埃默里公司先看。去年圣诞节是他们半途而废的。咱们可以去找索尔公司。他们肯定会要这本书。他们目前业绩也不错。或者……”

我心中已经有谱。我不知道我还能不能再写书了。似乎只有发生了可怕的事情，我才能写出有价值的东西来，但是坦率地说，我宁愿快活地活着。不过这次又是我挣到买房子首付款的机会了。

“把书卖给出价最高的公司。”我命令乔乔。

“你说得对！我马上就去附近的复印店，然后打电话，叫快递，然后就坐等着他们把钱扔向咱们。”

杰 玛

我畅饮凤梨园朗姆酒归来后，又过了一个星期才见到我父母——就像回到了过去的好时光一样。当我最终抽出时间去见他们时，妈妈说："这是给你的。"

她递给我一个信封，上面写了好几个地址，又被划掉了，重新写了新的地址。这封信最早被寄到达尔金·埃默里公司，又被转到李普曼·黑格公司，然后又被寄到我父母家。信封上盖着爱尔兰的邮戳。

"可能是粉丝的来信。"爸爸说。

我没有搭理他。我在安提瓜的顿悟，在我回到现实生活中后，大部分都留存了下来，但是我对爸爸的感想没有。

我打开了来信。

亲爱的杰玛：

我只想让你知道我多么喜欢《追逐彩虹》。（我是在去菲尔塔文图拉时，在机场买的这本书。）

祝贺你写出了这么伟大的作品。我很高兴在经历了所有的磨难和考验后，威尔和伊兹终成眷属。我本来以为结局不会是这样的，特别是有另一个男人在打扰。我担心伊兹会反复的，但现在我信服了——他们的确是可爱的一对。

爱你的

约翰尼

又：来看看我吧。我这儿有些新的外科纱布，你也许会感兴趣的。

约翰尼。药师约翰尼。我不认识其他叫约翰尼的人了。他签名时还写上了“爱你的”。

就好像有人刺穿了我的身体，给我所有的部位都充满了抚慰。他读了这本书。他不恨我。他原谅了我把他当成填补空缺的人。

我没有意识到我给他带来的屈辱感有多重。

他想见我……

我对此有什么感觉呢？我想一会儿回家时就去，这就是我的感觉！有一件事情我明白了：我终于做好了准备。过去一年——实际上是一年多——我都太疯狂了，没法和约翰尼一起追求任何事情。我想我是在等待，等我恢复了自我后，再和约翰尼开始。我猜测这就是我和欧文在一起的原因——和他在一起使我挡开了和约翰尼的任何可能。欧文实际上扮演了我的感情保镖。

我这样利用了欧文，感觉却并不太坏，因为对他来说，我也扮演了类似的角色。

这时我注意到了约翰尼写信的日期，我大吃一惊，居然是三月九日——六个星期前了。它从出版商那里到了代理商那里又到了我父母家，用了这么长时间。突然，我感到必须马上走了。

“是谁的信？是粉丝的信吗？”爸爸问。

“你看，我得走了。”

“可是你刚到啊。”

“我会回来的。”

我把车开得飞快，就像很久以前我第一次去那里时那么快，当时我急着要赶在药店关门前买到药，以阻止我妈妈精神彻底失常。我把车停在店外，推开了门，他在店里，穿着白大褂，正弯着腰，仔细地端详着一个老太太的手，为上面的癣还是什么东西惊叹。我心里立刻充满了温暖。

这时他抬起了头，我吓了一跳：这不是他。是个非常像他的人，但不是他。一阵慌乱中，我还以为我撞见了盗尸贼，但紧接着，我意识到这一定是霍帕隆，我久闻大名的他的弟弟。

我伸长了脖子，看了看隔板后，想看到约翰尼在那里，正往药罐里装药片或什么的，但霍帕隆拦住了我。“我能帮你做什么吗？”

“我找约翰尼。”

“他不在这里。”

他说这话的神态和语气都给了我一种不祥之感。“他不会，有没有可能，移民澳大利亚了？”这就是我的命运。他也许会在船上遇到他的唯一……

“嗯，那倒没有。就算有的话，他昨天晚上在这儿时可没说。”

“好的。”

“需要我给他带什么口信吗？”

“不，谢谢了。我会再来的。”

第二天，我又去了，但是，令我大失所望的是，仍然只有霍帕隆坐在桌子后。恐怕明天也还会是这样。

“你确定他没去澳大利亚吗？”

“没去，可是如果你想见他，为什么不白天来呢？”

“因为我白天得上班。他以前晚上都在呀。”

“现在不是了。他每星期只有一天晚上在。”

我耐心地等着。但霍帕隆继续整理着药袋子。

“是哪天晚上？”

“什么？”

“是哪天晚上？”

“噢！对不起。是星期四。”

“星期四？明天就是星期四吧？你肯定他会在？”

“是的。嗯，基本肯定。”

我钻进了我的小汽车，他在后面喊道：“别忘了，我们八点关门。”

“八点？不是十点了？为什么？”

“我们就是这么规定的。”

莉　莉

乔乔把《美丽人生》的竞拍时间定在此后的一星期，但是，正如她所预料的，有很多出版商提出了优先买断。佩勒姆出版公司提出一百万买三本书。“不行，”我说，“没有第二本、第三本了，这次只拍卖这一本。”

诺克斯敦出版社提出八十万买两本。我重申这本书只单独卖。周末使竞拍中断，到了星期一早晨，南十字公司提出五十万买这一本。

“接受吧。”我对乔乔说。

“不，”她说，“我还能帮你要到更多。”

三天后，星期四下午，她以六十五万英镑卖给了B&B考尔德出版公司。她一个劲儿地傻笑着，说她感到头晕目眩，提议：“咱们得庆祝庆祝。来吧，一起喝一杯。别担心，我不会把你拖得太久的，我晚上还有事。”

我们约好六点钟在梅达谷的一家葡萄酒吧见。我到达时，乔乔已经在那儿了，桌上摆着瓶香槟酒。

几杯酒下肚后，她问我——我就知道她会问——“你为什么这样坚持只签这一本书？我本来可以帮你拉来好几百万呢。”

我摇了摇头。“我不想再写书了。我打算重新做全职写文案的工作。这样有稳定的收入，我很喜欢，而且也没有人在星期天的报纸上羞辱我的创作了。”

“你知道人们怎么说吗？”

“说我是个顽固不化的死脑筋？”

“人们都说，如果你想让上帝发笑的话，就把你的打算告诉他。”

“好吧，”我退让了一步。“我们谁也不知道未来会发生什么事。不过但凡我有事情可做的话，我都不会再写书了。”

“你打算用预付金做什么？”乔乔问，“做投资吗？”

这让我大笑了起来。“我不管投资什么，都会立刻碰壁。我宁肯把钱放在床下的饼干筒里，那样才感觉最安全，不过等我厌烦了现在住的地方后，我会另买一处房子住的。”

而且这回，我一定要慎重一些。

又过了一会儿，乔乔看了看表。“七点半了，我该走了。我要去见我的表姐贝姬。她陪我去参加达尔金·埃默里公司今晚的作者联谊会。”

“达尔金·埃默里公司的作者联谊会？”我把头一偏。“难道我不是他们的作者之一吗？这么说，我没有被邀请出席这个联谊会。”

“你猜怎么着？”她把头倾向我，大笑了起来。“我也没收到邀请，直到五分钟前，他们才快递给我一份昨天就在发的请柬。谢谢你和你精彩的新书，让我又卷土重来了。”

“他们怎么能这么反复无常？这么无礼？你打算去吗？要是我，就叫他们滚蛋！”

“我不得不去。”她说着，脸上浮现出一层出乎我意料的阴郁神色。

我什么也没说，但是，像所有人一样，我也听到了传言。说是她和她的老板有私情，她不得不离开是因为他蹬了她，好像还有其他什么事似的。

这时她的表姐来了，她们一起走了。

杰　玛

星期四一天，我上班时都心不在焉——我很激动，你明白吧？晚上终于要见到约翰尼了，你明白吧？但是所有的事情好像都在和我作对。首先，我六点半才下班，然后我得去日间医院接爸爸。他做了个小手术（他的前列腺出了点问题，所以我也不好详细问），因为打了麻药，所以他不能自己开车回家。但他在医院磨蹭了半天，跟护士们告别，就好像他在那儿待了六个月，而不是六小时似的。到我们离开医院时，已经七点四十五了。约翰尼的药店八点钟关门，于是我当机立断。

“爸爸，在我把你送到家前，我得去趟药店。”

“你要买什么？”

“石膏。”

“可你没骨折呀。”

“那就买纸巾。”

“你感冒了？”

“没有。那就买扑热息痛片。”我没好气地说道。

“你头疼？”

“我现在头疼了。”

我把车停在了药房外，他解开了他的安全带。我焦虑地喊道：“爸爸，你坐在车里吧。你现在还没恢复健康呢。”

这话没用。他好像觉察出了什么事。“我自己也得买点儿东西。”

“什么东西？”

“呃……”他扫视着窗户上的广告：“……月见草油。”

于是他捂着他的阴部，跟着我进了药店。

莉　莉

乔乔和她表姐离开葡萄酒吧后，我也步行回家，把埃玛哄上床，然后屏气凝神。现在该是读安东的信的时候了。

我别无选择。我知道早晚有这一天。

我靠在沙发上，从信封里抽出了三页皱皱巴巴的纸，上面的字是手写的。

我最亲爱的莉莉：

你什么时候读这封信？我们分手半年后吗？还是一年？不管有多长时间，都感谢你读它。在这封信里，我只想说一件事，就是想让你知道，我对给你带来的所有不快，有多么抱歉。作为我，也许要写好几页纸才能写明白。

此时此刻，你很厌恶想起我们在一起的日子，竭力想与之保持距离，并且坚信我们在一起，自始至终是个巨大的错误。

当我们刚刚相识时，你不得不——在杰玛和我之间——做出的抉择，是非常痛苦的决定。我努力想理解，我以为我理解了，但当时我只是个被幸福冲昏了头脑的大傻瓜。我坚信我们关系的正当性，所以并没有真正理解你。现在回想起来，我觉得我从来没有充分理解你的负罪感和对遭报应的恐惧是那样深。作为对自己的辩护，我努力想弄明白，但我们在一起的幸福感不断地涌来，把这些思考排斥了。

我不知道能否最终让你相信我们在一起是正当的。但你愿意试着听我说说吗？别总是拖着羞愧的大包袱，毁了你的余生。你这个样子，对照看埃玛有益吗？她是多么可爱的一个小精灵啊，她使这个世界更加美好，是我们，你和我，生下了她。我们必须得对她好。

我也愿意为让你和埃玛失去了房子而道歉。言语实在是不足以传达我的羞愧有多深。

回想起当初买房子时我的热情，现在在我看来好像是我欺负了你，我对此悔恨交加。但是可不可以让我解释一下我当时是怎么想的？买那幢房子是个冒险之举，但尽管冒险，却也似乎万无一失。所有迹象都表明我们还得起钱——乔乔认为是这样，达尔金·埃默里公司认为是这样，甚至银行都认为是这样。

我担心如果不给咱们三人买一套房子，我们就会把你辛辛苦苦挣来的版税一点点地浪费掉，最终买上一大堆废物（比如小汽车、音响、芭比娃娃之类的），却没有安全感（你知道当时咱们是什么样子）。这不是负责任的成年人的行为。买超过我们负担能力的房子看似一个更聪明的选择——相对于买一处较小的房子住上一年，然后再搬家，缴上两份印花税，跳过这中间一步似乎更明智。就像今天看上去我很傻一样，当时我觉得我很有眼光。不过，现在这些都不重要了。我没有听取你的担心，结果一夕梦碎，我悔不该听从了我想证明自己的野心。

我以为我是个乐观主义者，你说我是个傻瓜，你说得对，假如我能把一切重来一遍，那么所有的事情我都绝对会做得不一样。

想想你童年时代的生活，让你过上安稳的日子是至关重要的，然而我给你的却全都是伤害。

我悔恨我犯下的错误，深深地后悔我给你造成的不幸，但我永远不会后悔我们在一起的日子。等我八十岁时，回顾我的一生，我知道至少其中有一件纯粹的幸事。从我们在那个地铁站外第一次见面起，我就感觉我是世界上最幸运的人，这种感觉从未消失。我们在一起的每一天，我都无法相信自己的幸运——大多数人一生都享受不到，而我们共同拥有了三年半，为此我将永远感激。你也许会再遇见其他人，使我仅仅成为你生命故事中的一章，而对我来说，你过去是，现在是，将来也将永远是，我的整个生命故事。

永远爱你的

安东

我放下了信，凝视着天花板。就一直这样凝视着。

我知道这事会发生。几个星期前，在我去妈妈那里之前，我就知道会发生。这正是我去妈妈那里的原因。

当我离开安东时，我以为我已经心平气和了。后来，当明信片开始寄来时，我发现我根本没有心平气和。我起初麻木得就像一只胳膊失去了知觉一个星期，然后又渐渐有了感觉。于是我逃到了妈妈那里，企图逃脱这不可避免之事，但是无济于事。

甚至在那时我就知道我必须作出选择。我对安东的爱已经悄悄地潜了回来。这些爱一度被我失去房子的伤心排斥在外，现在强力回归，正高呼着要求我做出回答。

我该怎么办?

我不知道。

至少是现在，我理清了我内心到底发生了什么活动：我对安东非常生气——失去房子对我来说是不可接受之事。但是，我不知道为什么我现在已经不怪他了。是时间造成的? 还是距离? 我本以为我永远不会原谅他，但我原谅了他。

甚至在读他的信之前，我已经理解了他买那幢房子的行为：他在冒险，但就冒险而言，那实在算不上大风险。他只是不走运而已。

而我又该承担什么责任呢? 我也参与了，我本该更积极主动些的。但我只是消极地参与，一直让自己站在想抱怨就可以抱怨的位置上。

不可否认，安东花钱太没有顾忌了。但是我也没有好多少。是我这个从不负债的人，写下了第一张支票。

但是理解能保证我们不再犯错吗? 能保证我们不再大起大落吗? 假如只有安东和我，我们能够承受冒险，再试一次，因为我们知道，就算我们再失败一次，我们也能活下去。但是我们有一个孩子，在她短短的生命中，她已经遭受了太多的磨难。为了埃玛，我们的下一次搬家必须慎之又慎。一个念头突然闪进了我的脑中：如果她的父母能在一起，对她肯定要更好吧? 但是也许我闪现这个念头，只是为了劝说自己，因为我爱他。

还有，杰玛怎么办呢? 我能否克服对她做的事所带来的歉疚? 如果我有机会回到过去，我绝不会再给她带来哪怕一秒钟的痛苦。虽然我没有听她说过她的痛苦，但我已经亲身体会到了。我对她所做的事，已经发生了，便犹如覆水难收，即使我和安东永远分开，也无法弥补了。

我长长地叹了口气，感到精疲力竭，我继续凝视着天花板，希望从那里看到答案。

幸福是稀有之物，当你发现幸福时，一定要珍惜机会。我想做正确的事情——但我怎么知道什么才是正确的呢？谁也不能保证自己所做的选择都是正确的。

我可以合理化地思考，但恐怕就是把脸想绿了，我也不知道什么是正确的，什么是错误的。

我决定列一张表，好像一个人一生中最重大的决定，是可以通过在电视指南的空白处列出项目符号来作出的。唉，除此之外还能有什么好办法呢……

- 父母在一起，对埃玛会更好一些。
- 我感觉能克服我对杰玛的负疚感。
- 我已经就房子的事原谅了安东，今后我们将对财务状况更加敏感。
- 他是这个世界上我最喜欢的人。我爱他之深，超过任何其他人一百万英里！（只除了埃玛。）

嗯……

是的，我想，和安东谈谈不会有什么坏处。于是，我借助了宇宙的力量，作出了一个决定。我要给他打个电话——现在就打，仅此一次——如果电话打不通，我将视之为我们缘分已尽的信号。我小心翼翼地拿起了话筒，希望它能明白它的下一个任务将有多么重要。我不知道安东现时在哪里，我们能有什么计划。但我按下了电话号码，把听筒放到了耳旁，听到铃声响起，心里默默祈祷。

乔 乔

在达尔金·埃默里公司的作者联谊会上，乔斯林·福塞思在大门口游荡，感到无聊至极。他感受到了退休生活的寂寞——而他仍然向往着参加各种活动的热闹。但是，索要这场联谊会的请柬也许是个错误。这里充斥着土耳其青年作家，却没有活泼的小姑娘可以聊天。然而就在这时，他看见有人刚刚走进了门，他的心里立刻充满了喜悦。"乔乔·哈维！好久好久没见了。"

她看上去格外漂亮，还有一位同样可爱的姑娘陪着，她介绍说那是她的表姐贝姬。

"你干得不错。我看见你和莉莉·'拉撒路'[①]·赖特的精彩消息了。她的写作生涯已经在报上被宣布过多少次死刑了？自己创业总是一场赌博。"他把头倾得离乔乔更近了。"和甘特那小子一起干活可真烦人。幸亏你完全解脱了。当然，如果说有谁能做成这样，也就是你了。"

乔乔把头发往后一甩，粲然一笑。"谢谢，乔斯林。"说完就走开了。她没有时间闲聊，她是带着任务来的。各种各样的任务。

贝姬陪在她身旁。她穿行于人群的缝隙间，接受着喝彩和赞扬。她保持着最高度的警戒，神经像羊肠线一样抻开。她不停地甩着头发，露出生机勃勃的笑容。甚至在和贝姬说话时，她也这样表演着，直到贝姬嘘道："别这样了，你看上去简直像吸了大麻一样。"

乔乔悄声答道："可他要是在这儿怎么办？我必须表现得非常快乐才行！"

---

①拉撒路：圣经人物，《约翰福音》中被耶稣从坟墓中唤醒复活的人。此处比喻莉莉的写作事业起死回生了。

“乔乔，你也许还没做好准备见他。”

“我早晚得见着他。我不能因为害怕碰见他而躲躲闪闪。现在是时候了。”

但是表演了二十多分钟后，她不得不向贝姬承认：“我看他没来。咱们吃点儿烤鸡肉就走吧。”

杰　玛

爸爸一瘸一拐的，像是刚被阉了一样，我在他尾随下，快步地走进了药店。我快要因为焦虑而生病了。柜台后有一个人，穿着常规款式的白大褂，是约翰尼的身材，但我看不见他的脸。

我想，假如他转过身来时，我看到的是霍帕隆，那我就要放弃了，说明我和药师约翰尼就是无缘啊。

这时，他转身了，慢得真是折磨人——噢，谢谢你，上帝——是约翰尼！

“杰玛！”他的眼睛一亮，然后目光又越过我的肩膀，诧异地向后望去。

“噢，这是我爸爸，”我说，“别管他。”

“好的。”

我走近了他。“我收到你的信了，”我羞怯地说道，“谢谢你。你真的喜欢这本书吗？”

“是的。特别是伊兹和威尔的爱情故事。”

“真的？”我的脸红得像个消防车了。

“他们最终结合了，真不错。他好像是个挺不错的家伙啊。”他那略有些疑惑的目光又跳向我身后，落到了爸爸身上。自私的老家伙？他为什么非要进来不可？

“噢，威尔是个很不错的家伙。”我努力专注于当前的话题，这话题能留住约翰尼的心，或至少是兴趣。“他很棒。”

“伊兹也是。”

我听见爸爸在我背后高叫道：“仁慈的基督啊，原来你就是威尔！从书里走出来了！”他蹒跚着又向前走来。“我是德克兰·诺兰，的确逃跑过的爸爸——”

我拦住了他，走得这么近，也太亲密了。“我是伊兹。”

“好姑娘。”

“就像威尔和伊兹的故事里一样。”

他终于明白了过来。“我，嗯，让你们自己谈谈吧。”他向门口走去。我转过身来看着约翰尼，突然意识到这是一幅可怕的景象，好像我们之间永远都是这个样子：一条三聚氰胺板做成的柜台把我们隔开，我傻乎乎地要一些药，他眼里含着善意，把药卖给我。现在是真心相见的时刻了，必须得说出超出以往的话。

“杰玛。”他说。

“嗯？”我屏住了呼吸。

“我在想。”

“嗯？”

“你好久以前说过的话。”

“嗯？”

“一起出去喝一杯。”

“嗯？”

“嗯，现在是时候了吗……？”

当然是！！！！！

又过了一会儿，我回到车中，爸爸说：“我可不相信，你开车跑这么大老远来见一个人，就是为了给他留一张名片。到底是怎么回事？”

“好了，爸爸，没什么大不了的。我可不会要求他离开他结婚三十五年的妻子，是吧？”我当真说了这话了？我们相互对视一眼，都小心翼翼的。

最终爸爸说道：“我想我们也许该去看看家庭问题咨询师什么的。你觉得呢？”

“爸爸，别胡说了，我们是爱尔兰人。”

“可是这种糟糕的感觉不能再持续了。”

我想了想。“会过去的。只是需要给我些时间。”

“时间能够治愈一切，是吧？”

我想了想。“不是一切。”然后我让步了，“但是是大部分事情。”

乔 乔

这时，就在乔乔把肩膀上的头发甩到一半，正要和凯瑟琳·佩里干上一杯时，她看见了他——他在远端的墙边，穿着一身黑西装。他在看着她。他们的目光接触了，她像是肚子上挨了重重一击。就像是（又是那些善于描写瞳孔扩张的小说家们所写的）整个屋子里只有他们两人。

她的心重重地跳着，握着杯子的手顿时出了汗。她感到周围的一切都变得超现实起来。他嘴唇动了动，像是在对她说："等一等。"然后是："求求你。"继而他转动肩膀，开始挤着穿过人群，向她走来。

"他过来了，"贝姬小声说道，"快跑！"

"不。"这事是必须做的。他们早晚要再见面，就在现在见第一面也不错。

他从她的视野里消失了，然后又出现了，他正披荆斩棘般从附近成群的土耳其青年作家中穿过。贝姬则融入了背景中。

他过来了，就在她的面前。

"乔乔？"他的语气像是探询，好像在检查她是不是真的乔乔。

"马克。"甚至叫出他的名字都让她感到欣慰。

"你看上去——"他在寻找着妥帖的字眼——"太棒了。"

"我是这样。"她用嘲讽的语气说道。他点燃了欢快的气氛，一瞬间他们仿佛回到了过去。直到乔乔问道："凯茜和孩子们怎么样？"

他谨慎地答道："还好。"

"你和凯茜还在一起？"

他迟疑了一下。"她察觉了，你知道，我们。"

“唉。怎么样了？”

“你走之后，情况显然不对头了。”他苦笑着。“我崩溃了。”

她并没有因此而高兴得飘飘然。“她知道吗？”

“她猜出我有了别人，但她不知道是你。”

“我很抱歉。我很抱歉伤害了她。”

“她说——我的意思是，谁知道呢？——但她说终于发现了，对她是一种解脱。她说假装没注意到我做这样的事，是自欺欺人。过去几个月我们一直在努力修补关系。”

“没有举办一个大派对来重温你们的结婚誓言？”

他挤出了一丝微笑。“没有。但我们去看了家庭问题咨询师。我们在竭尽全力，”他停住了。“但我一直非常想你。”

她好像被他缠绕住，离他越来越近。她赶紧直起了肩膀，向后挪了挪——她害怕闻到他的哪怕一丝味道，那样她就受不了了。

“咱们什么时候还能再见面吗？”他问，“就一起喝一杯。”

“你知道，咱们不能。”

他突然冲口而出：“即使现在，每天我仍在想，我简直不相信我会犯那样的错误。我太自私了，只想着我们而不是你。假如我能再回到那天的会上——”

“别说了。我也一直在思考这件事。并不仅仅是合伙人的问题。对凯茜和你的孩子的负疚感——归根到底是这个问题，我想我不能做这样的事。我们几乎就要在一起了，但是还差一点点。你知道吗？心理疗法对我不起作用，我猜对你也不起作用。这就是你还要和我修补关系的原因。”

“不，”他抗议道，“不是这样。”

“是这样的。”她坚定地说道。

“绝对不是。”

“不管怎么说。这都只是个理论问题了。”她不想再争执了。这个问题已经不重要了。

人们全都看着他俩，他们的亲密太明显了。

“马克，我得走了。”

“是吗？可是——”

她从人群中挤出一条路来，招呼着所有人，微笑着，微笑着，微笑着，一直到门口。

出了门后，她加快了脚步，贝姬在她身后跑着，努力想跟上她。等她们到达安全地带后，她突然停在了一扇门旁，弯下了身子，捂住了肚子，她的头发像瀑布一样散在了地上。

“你要呕吐吗？”贝姬伸手搂住了她的腰，对她耳语道。

“不，”她喘着粗气答道，“但我很难受。”

她们一起站了几分钟，乔乔发出了一种很奇怪的悲嗥声，贝姬感到难以忍受。然后乔乔直起了腰，把头发甩回背后，说：“给我张面巾纸。”

贝姬从包里摸出一张，递给了她。“你可以回到他身边的，你知道。”

“这样的事情绝不会发生。我们已经了断了。”

“怎么会呢？你非常非常想他呀。”

“那又怎么样？我会忘掉他，嘿，我差不多已经忘掉他了。如果我愿意的话，将来我还会遇见其他人。我的意思是，你看看我——我经营着自己的生意，我牙齿和头发都健全，我还能修自行车呢——”

“你像是兔子杰西卡。”

“我是个神秘的纵横字谜刺客。”

“你模仿唐老鸭可真像。”

“是的。我棒极了。”

莉　莉

安东的手机响了一声。响了两声。我的心怦怦跳着，我的手湿漉漉的。我嘴里嘟囔着："求求你，上帝。"电话响了三声，四声，五声，六声。

呸……

电话响过七声后，传来了咔嗒一声，继而听筒里爆发出一阵像是小酒馆里的谈笑声，有人——是安东——说道："莉莉？"

激动使我头晕目眩。（不过我必须承认，我打的是他的手机，实际上没有冒任何险。）而且还没等我挤出哪怕一个词，他就已经知道是我了！这是又一个信号！（不过也许他看了来电显示。）

"安东？我能见见你吗？"

"什么时候？现在吗？"

"是的。你在哪里？"

"沃德街。"

"在圣约翰伍德街地铁站等我吧。"

"我现在就出发。十五分钟，顶多二十分钟后我就赶到那里。"

我浑身顿时充满了力量，跑到镜子前，抓过一把梳子梳了梳头。我又在化妆品包里翻找了一阵子，但我不需要任何化妆品，我看上去已经完全变了。然而，我还是很快地涂上了腮红和唇膏，因为这不会有什么害处。还有睫毛膏。还有伊琳娜硬塞给我的能加亮眉骨的什么奇怪东西。然后我停住了手——我开始意乱情迷了——去求伊琳娜照看一下埃玛。"我要出去一会儿。"

她问："做什么？"

“去干一件鲁莽的事情。”

“去见安东？好极了。可你不能这副样子去啊。你需要抹些柔肤紧致润肤露。”她伸手去拽她的化妆品箱，但我已经跑了。

我必须赶紧离开公寓了。尽管安东还不可能到达地铁站，但我的精神实在太紧张了，我无法再待在四面墙内了。

黄昏在降临，天色变成了深蓝，我加快着步伐，不到五分钟就走到了地铁站。

还在我为突然重新见到安东而感到悲伤的麻木时期，我曾经展望过我的未来。我相信崭新的生活在等待着我，充满了感情和欢笑，无比丰富多彩。除了现有的人，我还将认识一批全新的人。现在，我仍然相信这些展望，但其中的有些角色依然如故。安东仍将是男主角，是他自己赢得了这一角色。

我转过街角，走上了最后一段路，透过薄暮，我把目光固定在地铁站的出口处，那座神奇的门将把他带给我。

这时我注意到地铁站外有个又高又瘦的人在看着我。尽管天色已黑我看不清楚，而且安东从伦敦中部赶过来也太快了些，但我立刻明白了，那就是他。我知道那是他。

我的身体并没有跌跌撞撞，但我感觉我好像已经在跌跌撞撞。就像第一次见他时那样。

我的脚步放慢了。我知道即将发生什么情况。一旦我走到他身边，就会是那样。我们将相顾无言，相互凝视，然后融合在一起，永远永远。

这听起来很荒唐，但我发誓的确是那样。

我本可以停住脚步，转身往回走，抹去一切未来的可能性。但我继续一步一步地向前挪动着，好像有一根无形的线径直把我向他拉去。

我的每一次呼吸都似乎发出了巨大而缓慢的回响声，就好像我在进行水肺潜水。随着我越走越近，我不敢再看他，于是低下头来紧盯着人行道——一只福特南·梅森公司的购物袋、一个香槟酒瓶塞，都是奢华的垃圾，这里毕竟是圣约翰伍德啊——直到我走到了他身边。

他对我说的第一句话是：“我在几英里外就看见你了。”他撩起了我的一绺头发。

我靠近了他，融入了他那高大、英俊、安东式的风采中。“我也看见你了。”

虽然成群的人们像电影快镜头一样飞快地从地铁站进进出出着，安东和我却像雕塑一样一动不动，他的眼睛直盯着我，他的手抓住了我的胳膊。终于，魔法阵完成了。我说出了我一直知道的事实：“我一看见你，我就知道是你。”

尾　声

离欧文和我分手那天将近九个月时，他和洛娜生下了一个小女孩，给她起名——稍等！——阿格尼丝·拉娜·梅。没有任何可以让人哪怕远远地联想到“杰玛”的。他们也没有请我做她的教母。目前，我们也没有一起去多尔多涅的打算。

我的书在五月中旬正式出版了，然而砸锅了。人们抱怨封面、标题，还有恶毒的书评。通常的调子是：“……给逃避现实者的软食。被抛弃的妻子经历了重大而华丽的转变，挑选了一个比她年轻得多的男人，在六个月内经营起了自己的生意。对于现实生活中忠实于婚姻却被抛弃的女人们来说，这简直是一种嘲讽。当然，到了书的结尾，丈夫回来了。他被情妇的性欲望耗得精疲力竭，却发现他的妻子不要他了……”

这真是可怕无比的羞辱。仅有的好评出现在一些热衷于登载“我偷了我女儿的丈夫”之类文章的低俗刊物上。其中一份杂志称之为“复仇文学”，显然这是他们推崇的某种价值。

但即使这些也不足以推动销售。我得承认我没有对促销帮上忙：就在书马上要出来时，爸爸央求我不要参加推销活动，不要去讲述书背后的真实故事。说不清为什么我心软了，可怜起他，并答应了他。（这让达尔金·埃默里公司的市场部大为恼火。他们做了各种各样的营销安排，想让我和妈妈上白天的电视节目谴责爸爸。但是爸爸一回家，妈妈也支持起他来。）

我不会再写第二本书了。我没有了想象力，也没有什么坏事在我身上发生了——只除了我的第一本书得到了那么多恶评而我也写不出第二本书了，但那只不过有点儿后现代。事实上是我的生活实在太好了，所以才会有可怕的抱怨。

目前我的艺术创作只局限于为被抛弃的女人编造关于她们逃跑的男朋友的故事。这是我极其擅长的，在我的生活圈子里，我在这方面享有盛誉。这很合我意。预付金中大部分钱我还没有花掉（即使书几乎没卖出多少，他们也没要我归还预付金），也许将来有一天我也会自己创业的。这可不像听上去那么容易，我们并不都是乔乔·哈维，现在她在索霍区有一间漂亮的装着彩色玻璃的办公室，还有四个人为她工作，包括她的前助手马诺伊。和她相比，不仅我是个瞻前顾后的胆小鬼，而且我的合同也规定我不能带走任何客户。

莉莉的写作事业蒸蒸日上。她又写了本新书，叫《美丽人生》，像是又一本《米米的救赎》，也卖了好几百万。继而那本差点儿让达尔金·埃默里公司破了产的《水晶般清澈》，出乎所有人意料，居然入围奥兰治奖[①]了，并因此也卖出了好几百万。显然她还在写什么新书，人们在激动地期待着。

实际上，在一次出版活动上，我见到了安东和莉莉。那还是在《追逐彩虹》刚出版不久，出版商还愿意和我搭话时。当时我正在人群中挤着，急切地想找女厕所，突然，我和莉莉打了个照面。

“杰玛？”莉莉用沙哑的声音叫道。她看上去绝对是吓了一跳。

在我多年来想象了各种各样见面的情景——将一杯红酒泼在她的脸上，死死地盯着她直到她畏缩，大声告诉满屋子她的伙伴她是怎样一个贱人——之后，我眼看着自己抓起了她的手，紧紧握住，并且相当诚恳地说道：“我喜欢《米米的救赎》，我妈妈也喜欢。”

“谢谢你，太谢谢你了。我也喜欢《追逐彩虹》。”她脸上又露出了那甜美女孩的笑容，随即安东出现了，他看上去也很好。我们不咸不淡地聊了几句。他们离开时，安东想握住莉莉的手，但莉莉不让，我听见她说：“考虑点儿别人。”我想，她是指我。

是的，我当时感到有些悲伤。那是莉莉典型的举动，她非常在乎别人的

---

①奥兰治奖：又译为橘子奖，专门为奖励女性小说家而设立的年度英国文学奖，该奖得主的奖金是三万英镑。——编者注

感受。真可惜我们不能做朋友了，因为（要不是发生了偷走男朋友事件）她真是个可爱的人儿。我非常喜欢她。

但是一切还是要向前看。

妈妈第一次见到药师约翰尼时，她一下子就被他宽厚的肩膀、和善的气质和眼里闪烁的光芒吸引住了。约翰尼不用一天到晚都守着药店了，所以炯炯有神的双目成了他永恒的特色。妈妈俯在我耳边小声说道："他看上去真是个专业人士。"

她也喜欢上他了。天呐！

但即使这样，也不会让我离开他。

科莉特也没有再度单身太久，她也又有了人——是特雷弗的哥哥的内兄的朋友的朋友——因为都柏林实在太小了，我也听说了这事。据我所知，这个新男人比爸爸强多了。（至少他不穿背心。）

至于妈妈和爸爸……嗯，他玩纵横字谜游戏，打高尔夫球；她买衣服让他猜价格；他们一起看谋杀案电视剧，一起开车出去兜风。且不说我出了本书，我们有无穷无尽的外科纱布可以用了，你还可以赌咒他再也不会离开了……